# 水滸戲曲集成

四

孫琳 輯校

鳳凰出版社

# 第六本

## 第一出　高唐州教演神兵

（衆軍牢、小軍執旗牌切末，中軍引高廉上。唱）

**【北粉蝶兒】**掌握兵符，則俺這掌握兵符。論才猷資兼文武，顯神通掃蕩萑苻。靖地方安閭井東方土，守日月居諸要，不媿爲民司牧。

（白）皂盖朱旛守郡城，風行雷令仗家兄。一天花柳渾無事，白晝霜清劍戟明。（衆喝科）（高廉白）俺乃高唐州刺史統制大將軍高廉是也。身任親民，才兼武備。堂兄高俅，掌握朝綱。夫人殷氏，洞曉兵法。下官兼能役使神兵，驅遣猛獸。只因近日梁山草寇竊發，大鬧江州郡，火焚無爲軍。爲此，朝廷又加俺錫命三章，恊理河道，整飭諸路。今日乃操演之期，爲此下教場將衆軍卒技藝操演一番。中軍。（中軍應科）（高廉白）吩咐下教場。（中軍白）嗄！看轎。（衆應）

（轎夫擡轎上）（高廉乘轎科）（仝唱）

**【好事近】**士氣展雄圖，步伐止齊堪數。那水洼烏合，致朝廷幾費師伍。民難安堵，弄烟塵四野如狼虎。到今朝教演魚麗，看明日掃清蟻聚。

（作下轎，四將參見科）（高廉白）衆將官傳諭，軍士們將稍棍、雙刀試演一回。（四將白）渞令。（向内白）呔！大老爺吩咐，先演稍棍、雙刀者。（内吶喊，大鑼鼓）

（衆軍士上，演梢棍，下）

（又衆軍士上，演雙刀，下）（高廉白）作坐有法，進退無差，好精鋭三軍也。那些梁山草寇何難擒獲？衆將官傳令，大小三軍將神兵陣勢操演一回者。（將官白）請大老爺作法，小將們引隊。（高廉白）天靈靈，地靈靈，神兵速降。

（内鑼鼓，出火彩）（四將持令旗，衆神兵、四將、四纛、衆神兵持長鎗上，走陣科，下）（高廉、衆仝唱）

【北石榴花】俺則見前軍齊擁後軍呼，更鬼役，並神驅。只見那陰風慘切，招颭旗纛，雷霆宣號令，風雨引鋸鋙。一個個執戈矛，一個個執戈矛，長鎗大劍如飛度。隱隱約約，穿雲走霧。今日個演神謀，今日個演神謀，法賽黄石術。説什麽陣法必孫吴。

（四將上。唱）

【好事近】神兵三百走飛凫，一朵陰雲密佈。霎時演過，欲尋踪影無處。

（白）小將等繳令。（高廉白）神兵陣勢已精，傳令三軍，將大旗十二面各按十二時辰，佈成四方陣圖。本州演法，撒豆成兵，驅遣狼虫虎豹，飛沙走石。爾等觀看者。（四將白）淂令。（下）（衆仝唱）

展旗擂鼓看燈時，驅遣熊羆虎。恁須知撒豆成兵，早見他揚砂走土。

（四將領、十二卒各執十二旗，寫十二時辰）（高廉作法，撒豆，内出豆兵，走陣）（衆風神舞）（内作風砂聲）（高廉作敲銅牌）（内出狼虫虎豹上）（衆仝唱）

【北鬬鵪鶉】一霎時迷眼風砂，一霎時迷眼風砂，轉睛兒幻成兵卒。滿場中電掣雷轟，滿場中電掣雷轟，耳邊厢鳴鑼也那擊鼓。四下里虎豹豺狼遍地鋪，時辰牌四三可數。量那些宵小强梁，量那些宵小强梁，管教他神魂驚仆。

（四將上。白）啓上大老爺，神兵虎豹俱已演完。（高廉白）待我收了法術者。（作收法科）（衆下）（高廉白）天色已晚，傳令收操。（四將白）淂令。（向内白）呔！大小三軍，大老爺有令，收操。（内吶喊科）（高廉乘轎科）（衆仝唱）

【叠字令】齊整整兵威嚴肅，氣騰騰如湯沸釜。爱的他變幻奇，喜的他難猜摸。回令收軍，捲旗息鼓，一任他水泊么麽，一任他水泊么麽，洞裡狂狙，落吾神術，管把他生擒活捉上皇都。

【尾聲】今朝演就神兵術，何須讀韜鈐七子書，把嘯聚兇徒盡掃除。

（下）

# 第二出　楊雄巧遇石三郎

（張保醉態上。唱）

【光光乍】唬喝尋厮打，囤扎似鷹抓。酒來遮面人先怕，肥錢搶淂光光乍。

（白）區區一個薊州城守汛，有名的“踢殺羊”張保的便是。賭錢場裡趁肥頭，光棍行中推老大。叵耐楊雄那厮，原是箇河南的誇貨，反要撒土著的威風，好生不服他氣。聞淂他今日又新充了行刑劊子，等决囚回來，衆相識要與他掛紅把盞，好不熱鬧。我爲此拉上些破落户、精潑皮，吃淂醉醺醺的，搶了他的禮物，更自燥脾他一場，叫他薊州城中做不成好漢，有何不可？聽説在長街經過，我約了衆夥伴前去等他便了。正是：瓦罐不離井上破，惡龍難敵地頭蛇。（下）

（石秀上。白）一身落拓在天涯，相逢竟少魯朱家。英雄未遇遭凄苦，且賣柴薪度歲華。自家姓石，名秀，金陵人氏。來到薊州，販賣馬匹，不想消折了本錢，還鄉不淂，流落此間，賣柴度日。咳！我石秀也是箇好漢，怎生落魄至此！正是：蹉跎年少江湖日，那淂風雲際會時。（下）

（衆牢子、吹手引楊雄披紅上）（合唱）

【好事近】節級喜新充，鼓樂兩行簇擁。法刀初試，霜花氣繞成虹。紛紛酒榼，仗朋儕燕賀相欽重。

（張保引衆光棍上。唱）

擦拳頭，甩去如錘。擠街心，箍來似桶。

（衆白）打，打。（張保）住了，且慢動手。今日與他説明再打。（衆）打了再説。（張保）楊雄，請了。（楊雄）請了。原來是張保哥，來吃酒。（張保）我不吃酒，有句話對你説。你今日詐了人許多東西，分些與我們便罷，若是不肯，要打就打。今日可試試老張的手段。（楊雄）雖然與你厮認，實不曾與你財物相交，如何分些與你？各自穩便。請了。（張保）放屁！就分些與我們也不差什麽。(楊雄)我與你軍衛有司各無統屬,况且是衆朋友與我作好看的。難道是詐人來的東西?你如此放刁。(張保)就放刁這一遭兒,你待怎麽呢?(楊雄)便不與你,敢奈我何?(張保)你不肯與我們,就要動手了。(衆唱)

**【太平令】狹路相逢,個個英豪拜下風。今番不許你虚脾弄。**

(衆白)自家朋友,不要這等。(張保打介)(衆唱)

**齊動手,搶花紅。**

(衆搶介,楊雄衆追下)

(石秀上,扯住張保介。白)不必動手。(張保)不要你管。(石秀)我且問你,爲何打這節級?(張保)你這外路蠻子,我們有冤報冤,我打他,你爲何扯住我?你要强解勸,我把一個餓虎掏心與你一試。(打石秀介)(石秀怒介)我好意相勸,你這狗頭,反如此無禮!(打張保介。唱)

**【撲燈蛾】通衢起鬬争,通衢起鬬争,誰容你虚閧。酗酒逞胡爲,且讓咱先除强横也。**

(張保白)打死了!好漢饒命嗄!(石秀唱)

**吃些疼痛,纔知道王章凛奉。**

(白)你這厮可認淂了我麽?(張保)我認淂你是好漢。(石秀唱)

**拚命郎江湖傳誦。**

(張保)請從今降心,不敢再行兇。

(戴宗、楊林上。白)混跡風塵誰按劍,欣逢劇孟且停驂。(扯石秀介)饒了他罷。(石秀)誰來扯我?(戴宗)是小弟。(石秀)既承相勸,造化了這狗頭。(張保急下)(戴宗)這里不是講話的所在,前面酒店中略坐一坐。(行介)

(酒保上)三杯和萬事,一醉解千愁。客官用酒麽?(戴宗)正是。(酒保應下)(戴宗)請問吾兄高姓大名,仙鄉何處?端的是一位好漢!(石秀)不敢。卑人姓石名秀,本貫金陵。來此買賣不濟,流落窮途。方纔一時間氣忿難消,實與他們彼此俱不相識。(戴宗、楊林)這等説果然是路見不平、拔刀相助。好生難淂!看石兄一表人材,緣何這般光景?(石秀)二位兄長,聽我道來:(唱)

**【玉芙蓉】**飄零莫可言，時命偏生蹇。奈經商折本，江東羞見。胸中夙抱終軍願，世上誰生范叔憐。

（合唱）

陽和轉，且達權通變。濟亨衢，回春那怕運迍邅。

（石秀白）敢問二位兄長高姓大名？（戴宗）石兄也不是外人，實不相瞞，小可姓戴名宗，在梁山泊宋公明寨下，到此尋訪一個朋友，不期遇着石兄，三生有幸。（石秀）江湖上説有箇“神行太保”，莫非就是兄長？（戴宗）小可便是。（指楊林介）這位姓楊，名林，是新要上山一籌好漢。（楊林）石兄如此豪傑，何不一同往梁山泊聚義？（石秀）多蒙兄長提携，小弟雖然偃蹇，未能出身，等閒這話且慢提起。（戴宗）這也不敢勉强，小弟適有白金十兩，送與石兄，聊爲資本。（石秀）呀！兄長，尊惠出于無因，怎麽敢受？（戴宗）朋友有通財之義，石兄不必推辭。（石秀）如此，多謝了。（戴宗、楊林）弟等先此告别，請了。（下）

（楊雄上）陌路人排難，旗亭酒結歡。（見介）大哥，我那一處不尋到，却在這里飲酒！

（酒保上。喚酒介）（楊雄）適纔蒙兄長仗義，救我這場便宜。一時去赶那厮，失于陪奉。（石秀）小弟出于不平，還要赶來相助。恰遇着兩位外鄉客人，邀在這里説兩句話，不知節級哥哥呼喚，淂罪，淂罪。（楊雄）兄長高姓大名？（石秀）小弟姓石名秀，排行第三，祖貫金陵人氏。平生執性，路見不平，便肯去捨命相救，以此人都喚我爲“拚命三郎”。請教節級上姓？（楊雄）小弟姓楊名雄，江湖上也有個綽號，因我面色微黄，叫做“病關索”。（石秀）久仰，久仰！（楊雄）兄長可是孤身在此，還有親戚麽？（石秀）節級聽稟。（楊雄）願聞。（石秀唱）

**【四邊静】**孤身逆旅無姻眷，脚跟趁蓬轉。

（楊雄白）如此凄凉，怎生過活？（石秀）不瞞節級説，（唱）

經紀覓生涯，肩挑敢辭倦。

（楊雄白）咳！肩挑經紀可是兄長做的？請問習有許多本事？（石秀）説也慚愧！（唱）

**曾學些耍鎗弄拳、彎弓扣絃。**

(楊雄白)貴庚多少了?(石秀唱)

**廿九度春秋,食粟誚難免。**

(白)聽節級的聲音,不像這里人。(楊雄)小弟原籍中州,也是流寓在此。(唱)

**【又一體】多君意氣情留戀,相遭分寧淺。**

(白)石兄,我有句話要講:欲與兄結爲兄弟,未知可否?(唱)

**結義仿桃園,過規善胥勸。**

(石秀白)多承節級不棄,不知尊庚幾何?(楊雄)虚度三旬,叨長一歲。(石秀)如此,是哥哥了!哥哥請上,受小弟一拜。(楊雄)愚兄也有一拜。(拜介)(合唱)

**鷄壇誓堅,鴒原誼全。把臂即同心,室邇人非遠。**

(楊雄白)酒家,取熱酒來。(内應介)

(潘公上)善爲傳世寶,忍是護身符。老漢潘公,曉淂女婿楊大郎與人厮打,特地尋來。大官人,大官人!我女孩兒放心不下,特叫我老人家來看,你可不曾受張保的虧麽?(楊雄)多多虧了這位兄弟。(石秀)此位何人?(楊雄)是泰山。(石秀)失敬了,老丈拜揖。(楊雄)我如今已認爲兄弟了。(潘公)好,好!你淂這位兄弟相帮,也不枉公門中出入,誰敢再來欺負?叔叔,一向曾做甚麽買賣?(石秀)先父原是操刀屠户。(潘公)叔叔可曉淂殺牲口的勾當麽?(石秀)自小吃屠家飯,如何不省淂宰殺牲口?(潘公)老漢原是屠户出身,只因年老做不淂了。我女婿又只一身承官抵府,因此撇下這行衣飯。如今若淂叔叔相助,倒可重開起一座作坊來,豈不是好?大官人,省淂家中懸望,一同回去罷。(楊雄)有理。兄弟,少停安頓行李,即搬到舍下來。(石秀)既承哥哥美意,怎敢推辭?老丈、哥哥先請。(楊雄)酒家,多少酒錢一并上了我的賬上。(内應介)(石秀)同作天涯客裏身,(楊雄)片言投契即交親。(潘公)拔刀相助真難淂,(合)金友歡聯是玉昆。(下)

# 第三出　三家村聯盟備盜

（衆莊客引祝太公上。唱）

**【踈簾淡月】**景先華冑，喜世德相承，半州名久。

（白）八風肆舞溯欽命，席寵門楣舊有聲。文備更兼資武備，安居長此頌昇平。老夫祝朝奉是也。所生三子，長曰祝龍，次曰祝虎，三曰祝彪。祝氏三傑，譽滿通都，長次俱經授室，只有幼兒聘定西莊扈三娘，尚未過門。向因三個孩兒皆是經文緯武之器，請有教師欒廷玉，教演騎勇，委實超群。只緣俺這個去處，逼近梁山泊，喜淂武事熱嫺，足資弹壓，但是那夥强人，又添上晁盖、宋江等，益肆猖狂。遠近鄉村，無不被其劫掠。我這所属地方，亦當嚴爲防範纔好。已曾去請東莊李應，西莊扈成到此盟約，預作隄防，此時他們想該來也。

（祝龍、祝虎、祝彪上。唱）

相率趨庭，繞膝承歡清晝。枕戈衽革殲强寇，綽英聲戒嚴封堠。

（白）爹爹在堂，上前相見。（見介）（祝太公）教師怎麼不見？（祝龍等）教師率領衆莊客在後面塲圃上操演兵器去了。（祝太公）東西二莊主，將次到來，可向門外迎候。（祝龍等應介。虛下）

（杜興隨李應上）

（莊客隨扈成上。唱）

鄰莊邀友，遥聯犄角，同行携手。

（李應白）自家"撲天雕"李應是也。（扈成）自家"飛天虎"扈成是也。（合）今日祝太公邀請會盟，須索同赴。（吹打介）（祝龍等迎進介）（各相見，坐介）（李應、扈成）常叨孟氏結芳鄰，（祝太公）折簡相招信誓存。（祝龍等）珍重新盟申舊好，（合）管教閒犬卧花村。（祝太公）那梁山泊强人，聲勢愈大，時時騷擾村坊，爲害非淺，故此特請二位莊主到此盟約，我等三莊務要同心恊力，互相守望，以保寧家。（李應、扈成）我等叨居鄰末，延照威光，實生感佩，至于遞相策應，原属同鄉共里之誼，敢不祗遵，倘有不虞，一如尊諭便了。(祝太公)不有盟言,何以昭信?就請一同告諸天地神明。(李應、扈成)理應如此。(祝太公)擺香按①過來。(莊客應介。擺香按介)(祝太公)請二位主盟。(李應、扈成)太公年尊,該執牛耳。(祝太公)如此有僭了。(李應、扈成)正當。(仝拜介)(合唱)

**【八聲甘州】**焚香稽首,共束牲插②血,舊好重修。叨居同井,繕備各礪戈矛,親仁善鄰靖寇讎,誰敢寒盟并敗謀。

(拜畢,起介)(祝太公向祝龍等白)小子輩不必在此侍立,可演習弓馬去罷。(祝龍等應介。向李應、扈成辭介。唱)

名流失趨陪,交錯觥籌。

(祝龍等下)(祝太公白)備有菲酌,請二位上席。(李應、扈成)怎好叨擾?(祝太公)希恕不恭。(定席,飲酒介)(合唱)

**【又一體】**承庥雲情契早投,看勢分鼎足,誼篤同舟。塲開百戲,無限絲竹歌謳。飛竿舞組笑語稠,六膳調和旨酒柔。歸休,羡多君雄長姑尤。

(各出席介)(李應、扈成告辭介)(合唱)

**【尾聲】**遥相助,常相守,朝來盟會抵葵邱,從此後好與梁山做敵頭。

(分下)

## 第四出　惹狂蜂巧雲認義

(石秀上。唱)

**【小蓬萊後】**秦淮燈火,薊門烟樹,浩歎窮途。

(白)荆卿西去不復返,易水東流無盡期。落日蕭條薊城北,黄沙白草任風吹。俺石秀自從與楊大哥結義,在此生理。這幾日,外鄉販幾口猪,今日纔回。呀!怎麽静悄悄的,店也不開,家伙都收過了。是什麽意思呢?哦,我曉淂了。自古道:"人無千日好,

---

① 應爲"案"。

② 應爲"歃"。

花無百日紅。”哥哥在官,不管家事。嫂嫂見我做了幾件新衣,心上不快。況且我幾日不回,必竟有人撥弄些口舌,想是疑心,不做買賣了。休等他發話,不免辞了回鄉去罷。只是賬目要交代明白,纔見我石秀無欺。待我筭一筭。(看賬介)這幾家已有,那幾家已完,這幾家再不肯還,待我記起來。賬已查完,待我請潘公出來,交付與他。嗄!潘老丈。(潘巧雲内白)外邊去了。(石秀白)這是嫂嫂聲音,就請嫂嫂出來。

(潘巧雲上。白)白雲本是無心物,又被清風引出來。(石秀白)嫂嫂拜揖。(潘巧雲白)叔叔回來了麽?(石秀白)嫂嫂請收了賬目,石秀若有半點欺心,天誅地滅。(潘巧雲白)叔叔何出此言,並不曾有甚他故嗄?(石秀白)不是嗄!石秀離鄉已久,欲回家去,爲此交還賬目。今晚辭别哥哥,明早就行了。(潘巧雲白)嗄!這是怎麽説嗄!奴家已知道了。叔叔兩日不曾回來,今見收拾過了傢伙,只道不作買賣了,故此要回去。(石秀白)不然爲何?(潘巧雲白)這是那里説起?(石秀白)就走。(潘巧雲白)叔叔請寧耐些性兒,待奴家告訴你。(石秀白)嫂嫂有話,石秀願聽。(潘巧雲白)嗄!叔叔,你是曉淂的,奴家與先夫王押司呵,(唱)

【桂枝香】情非朝暮,寧同陌路,殁來兩個週年,

(石秀白)嗄!二週年了。嫂嫂待要怎麽呢?(潘巧雲唱)

欲把經文超度。

(石秀白)嗄!(唱)

原來爲此。

(潘巧雲白)爲此收拾過了傢伙。(石秀唱)

原來爲此。

(潘巧雲白)並無他故的嘘。(石秀唱)

應無别故。

(潘巧雲白)叔叔,(唱)

還要勞伊相助,

(石秀白)這個石秀當淂。(潘巧雲唱)

勸你莫多虞。

(白)就是這夥計賬……(石秀白)放在椅兒上。(潘巧雲白)嗄!放在椅兒上,也不須題起。(石秀白)嫂嫂,我豈不曉淂麽?(唱)

受恩深處家隨在,却不道財上分明大丈夫。

(潘巧雲白)好!足見叔叔志誠。(石秀白)該是這等。(潘巧雲白)叔叔來路遠,待奴家進去收拾點心,與叔叔過中。(石秀白)不消,前途用過了。(潘巧雲白)不是嘘,大郎吩咐過的,説叔叔回來,好生看待。叔叔請坐,待我進去取了出來。(石秀白)不勞嫂嫂費心。(潘巧雲白)這樣執性淂緊的。(下)(石秀白)嗄!原來他前夫二週年,故此收拾店面,不做買賣了。我且納定性兒,再做幾時便了。

(潘巧雲上。白)叔叔來路遠,隨便用些素飯罷。(石秀白)多謝嫂嫂費心。(潘巧雲白)叔叔先請杯熱酒。(石秀白)待石秀自斟,不勞嫂嫂。(石秀吃酒介。白)待我借花獻佛,回敬嫂嫂一杯。(石秀取壺,潘巧雲摸石秀手介)(潘巧雲白)叔叔,我是不會吃酒的。(石秀白)好,不會吃酒的好,待石秀自飲。(潘巧雲白)斟滿了。(石秀白)彀了。(潘巧雲白)叔叔再請一杯。(石秀白)彀了。(潘巧雲白)如此,請用些素飯。(石秀白)前途用過了。(潘巧雲白)再用些。(石秀白)响飽。(潘巧雲白)如此,待我收拾過了罷。(坐介)叔叔,叔叔!(石秀白)怎麽?(潘巧雲白)這兩日在外邊,可曉淂有一件新聞的事兒麽?(石秀白)新聞?到不曉淂。(潘巧雲白)原來叔叔却不曉淂。叔叔,我告訴你。(石秀白)嫂嫂有話就講。(潘巧雲白)説道陽穀縣有個打虎的嗄,叔叔,叫什麽?(石秀白)吓,我那里曉淂?(潘巧雲白)啐!叔叔不曉淂嗄,叫什麽武松。起初,那嫂嫂必也是這般喜歡他的。後來,那厮見嫂嫂做了些什麽歹事出來,與他何干?他到行兇,殺壞了許多人。在江湖上遍傳,難道叔叔不曉淂的?(石秀)哦!這是那武都頭幹的事。(潘巧雲)是嗄!叫什麽武都頭。(石秀)好!殺淂好!殺淂正氣!(潘巧雲唱)什麽正氣,什麽正氣!據奴家看起來,那武松倒是個獃子。(石秀)爲何倒是獃子?(潘巧雲唱)

【又一體】傾城一顧，高唐應赴。

（石秀唱）

大丈夫戴髮含牙，敢使陳平名污？

（潘巧雲白）叔叔，（唱）

又何必恁般，何必恁般，

（白）咳！只是可惜！（石秀白）可惜什麽來？（潘巧雲白）可惜那嫂嫂一片好心。（石秀）什麽好心？什麽好心？（潘巧雲白）怎麽不是好心！怎麽不是好心！（唱）

把此情辜負。

（石秀白）嫂嫂，（唱）

你出言無度，

（潘巧雲白）叔叔這裡來。（石秀白）呀，呸！（潘巧雲白）待我告訴你。（石秀唱）

他的意何如？

（潘巧雲坐近身介）（石秀白）嫂嫂放尊重些。（潘巧雲白）叔叔，（唱）

雖雲男女無親授，却不道嫂溺須將親手扶。

（石秀白）咳！俺石秀是個不讀書的君子，誰耐煩聽這許多嘮嘮叨叨、咭咭聒聒。好没趣！（潘巧雲白）啐！正是：酒逢知己千杯少，話不投機半句多！原來是個蠢東西。（下）（石秀白）嗄！這是那里説起？

（裴如海上。唱）

【羅袍歌】【皂羅袍】（首至八）和尚雙眸如注，把光光乍整，去看飽嬌姝，色色空空總模糊。

（白）這是楊家門首了。（唱）

見緑窗新吐香絨縷，

（白）可有那個在這裏？（石秀白）呔！做什麽的？（裴如海）呀！檀越稽首。（石秀白）到此怎麽？（裴如海白）來尋乾爹，個可在家？（石秀白）那個是你幹爹？（裴如海白）就是潘公。（石秀白）嗄！潘公是你幹爹麽？（裴如海白）正是。（走進介）（石秀白）住了！怎麽往裡亂闖？（裴如海白）嗄！嗄！（潘巧雲内白）叔叔，是那個？（石秀白）是一個和尚，叫潘老丈是什麽乾爹的。

（潘巧雲上。白）嗄！這是門徒海師兄。（唱）

他是裴家年少言清行孚。與奴家結拜，因此兄稱妹呼。

**【排歌】**（四至末句）認爹行自小做幹兒父。

（道人持盒上。白）出淂報恩寺，又登檀越門。師父，盒子在此。（裴如海白）怎麽這時候纔來？（道人白）師父，自古百步無輕擔。（裴如海白）走來裡哈，有個尷尬人在那里，要小心些送進去。（道人白）我在行勾。（進介。白）大娘娘。（向石秀介）楊大郎。（石秀白）没相干。（道人白）是也罷，不是也罷，亂跳。（石秀白）你又是什麽人？（道人白）報恩寺來的，送些東西在此。（潘巧雲白）又要師父費鈔。（道人白）没有什麽嘘，一盤爊乳餅，一盤糟枇杷，送與大娘夜間下酒。（潘巧雲白）叔叔，受了他的。（石秀白）受他的麽？（潘巧雲白）正是，領了他進去。（石秀白）我石秀同這道人進去，嫂嫂陪着和尚？也罷，道人，隨我進來。要知心腹事，（道人白）這裏來？（石秀白）這裏來。但聽口中言。（道人虚白，同石秀下）（潘巧雲唱）

心忙向，步又徐，嬌羞遮掩到庭除。

（裴如海唱）

只爲趨承遠，音問殊，紅塵隔断薜蘿居。

（潘巧雲白）師兄請坐。（裴如海白）押司二週年，無物相送。些少掛麵，幾包京枣，聊表薄意。（潘巧雲白）出家人的東西，怎生消受？（裴如海白）出家人個此物，受之絶妙。（潘巧雲笑介。白）什麽説話？（裴如海白）賢妹一向好麽？想殺子我哉！（潘巧雲唱）

**【又一體】**謝淂師兄誉慮，把麥塵、供棗當取伊蒲。

（白）迎兒，看茶來。

（迎兒上。白）來了。（唱）

一盞清茶獻芹愚。

（白）茶在此。（潘巧雲白）送與海師父。（迎兒白）海師父請茶。

(裴如海白)阿呀！妙嗄！(唱)

似瓊漿手自親傳與。

(吃茶介。白)好顔色茶葉！又好水,又好泡,又泡淂淂法！迎姐姐,前日多多有慢。(迎兒白)好説。(接鐘介)(潘巧雲白)再换茶來。(裴如海白)妹妹,敝寺新建水陸道場,欲請賢妹隨喜隨喜,恐節級見怪。(潘巧雲白)大郎倒不計懷,只是我母親臨終之時,曾許下《血盆經》懺,還要到上剎,相煩了愿。(裴如海白)阿呀！個是好事務。你看這些孝順的。(唱)

爲親恩無盡,還要肉燈點膺。

(潘巧雲唱)

三年乳哺,因此血盆愿篤,却不道目連救免生身母。

(裴如海白)迎兒姐,這一日也來隨喜隨喜。(迎兒白)來是要來的。(唱)

只是花宫杳,蓮步迂,白雲深處是精廬。

(潘巧雲白)石叔叔來了。(同迎兒下)(裴如海看介)

(石秀上。白)莫信直中直,須防仁不仁。嗄！你這和尚,看什麽？(裴如海白)勿是,等我哩個道人了。(石秀白)道人從後門去了。(裴如海白)個個老老,慣走人家個後門,個檀越請坐。(石秀白)咳！和尚,(唱)

我是邯鄲市惡少徒,休嫌村野禮文踈。

(裴如海白)小僧告别。(作探望介)(石秀白)呔！看什麽？(裴如海驚介。白)看我跟來的道人。(石秀白)方纔對你説過,他從後門去了。(裴如海應介)(石秀白)住了！我姓石,名秀,金陵人氏。爲因好管閑事,替人出力,又叫做"拚命三郎"。過來,俺楊大哥不是好惹的。淂走,來走走;不淂走,不要走！(下)(裴如海白)這個人好生的硬頭硬腦,怪不淂他原來姓做石了。有一日,把那雌兒勾搭上手,却不由我不海枯,也不怕他不石爛。(下)

## 第五出　敦正氣酒肆訴情

(石秀上。唱)

【引】千里風塵夢物華，心附歸槎，思遶天涯。

(白)番手作雲覆手雨，紛紛輕薄何須數。當年管鮑貧時交，此道金銀棄如土。我石秀雖在窮途，幸遇俠友，寄居於市，度日時年。昨遇同鄉安太醫，他在桃花庄上徑過，稍帶一紙家書，急切要俺回去。只是我與楊大哥八拜爲交，兩情莫逆，一時不忍輕别，只淂再住幾時。又有一件，我石秀非關心上，好管閒事，寔因眼内看不過，前日海闍黎與那婦人，明明是一段奸情，但未曾覺露，既是我哥哥門内的事，難道我石秀只推個不知，罷了不成？少不淂要見個分明。呀！説話之間，天色已晚，待我收拾店面，掩上門兒罷。正是：他鄉既有主，客子寧畏人。(下)

(副、丑上。唱)

【水紅花】風流謎里正難猜，晚些來，誰人能解，今宵重會女裙釵，揾香腮，歡情無奈。

(旦上。唱)

落淂眼中消受，心兒裡巧安排。

(丑虛白下)(旦白)來了麽？(副白)正是。(唱)

匆匆好去會陽臺也羅。

(下)

(小生上。白)不知爲什麽，再睡睡不着。嗄！正是事不關心，關心者亂。我想前日海和尚來此做功德，後來又約那婦人入寺燒香，眼見淂是私情勾當，爲何又没些影響？(唱)

【解三醒】這籌兒委决不下，好教我没處詳察。不是俺弓蛇影裡生疑訝，須掘草問根芽。

(白)那和尚幾番來的時節，(唱)

看他眉稍眼角多戲要。

(白)那婦人，(唱)

又早入寺，歸來臉帶霞，難甘罷。怎淂個窗前月冷，一任梅花。

(丑念佛、敲梆介)(小生白)嗄！原來是個報曉的頭陀。(丑又叫介)(小生白)阿呀！我想這一條是個死巷。(唱)

又不是九陌三街鱗次瓦，止不過委巷幽深曲徑窊。

(丑又敲梆介)(小生唱)

呀！聽梆兒急急連聲咋。

(丑又念佛介)(小生唱)

高叫着佛菩薩。

(白)你那報曉的可知道麽？(唱)

我這裡屠沽道兒行業差，那些個吃素看經積善家。

(內叫佛介)(小生唱)哎喲！

難禁架，抵多少池塘夢曉，惱亂鳴蛙。

(丑內白)天亮哉，困丢個，醒介醒。(小生白)呀！叫淂蹺蹊了，事有可疑。也罷，待我帶上門兒，閃在暗中，悄悄看他做甚麽。

(副、小旦上。唱)

【水紅花】依稀仙子下瑶堦，是凡胎，何來天介。昨宵今夕甚情懷，暢奇哉，日親日愛。

(旦唱)

悄地潛踪歸去，怎禁淂再延捱，匆匆一似離天臺也羅。

(丑上。仝副走介)

(小生上，見介)(副、丑急下)(旦閉門下)(小生白)呀！(唱)

【太師引】聽門啞阿喲有個人行踏，這機關怎瞞咱。

(白)嘚①！狗禿驢，你幹淂好事嗄！(唱)

我恨不淂疾忙追去，一刀兒把他兩個决撒。

(白)且住，我石秀雖然粗鹵，(唱)

還怕閨門事體成話靶，怎着淂我外姓喧嘩。

(白)好歹對俺哥哥說。(唱)

情非假，由他自來按察。

---

① 此劇底本"嘚"字多作"噚"。

(白)只是不好啓齒,咳!我若不說,誰與他講嗄?(唱)

難道是相知朋友不直話?

(内雞鳴介)(小生白)呀!天明了,我且赶過早市,竟到衙門前去,尋俺哥哥,對他説個明白。正是:難將閉口深藏舌,呀,呸!説甚安身處處牢。可要去説?咳!一定要説的。(下)

(楊雄上。唱)

【搗練子】愁旅寓,聽關山,人物蕭條属歲闌。

(白)我楊雄只爲身在公門,碌碌奔波,未曾少暇,就是石家兄弟與我恁般投分,時常不淂相見。今日喜淂個空閒,不免竟走回家去,與他叙叙。呀!來的正是石秀兄弟。

(石秀上。唱)

【又一體】遊此地,不知還,直道無憂行路難。

(楊雄白)兄弟。(石秀白)哥哥拜揖。(楊雄白)兄弟那里來?(石秀白)外面討些賬目,就來尋哥哥説句話兒。(楊雄白)一向不淂工夫,不曾與你快飲三杯,這裏來,與你酒肆中坐一坐。(石秀白)如此却好。(楊雄白)酒家有麽?

(酒保隨口上。白)呀,原來是楊節級!請樓上坐。(上樓坐介)(酒保下)(楊雄白)兄弟請一杯。(石秀白)哥哥請。(作悶不飲介)(楊雄白)兄弟,你常時喫酒不是這般,想是心上有事,故此不樂?(石秀白)没有什麽,只有幾句話兒。(欲止介)(楊雄白)嗳,兄弟!(唱)

【風入松】你從來開口没遮攔,爲甚欲言如赧。

(白)我曉淂了,只爲我楊雄呵,(唱)

一身在官多羈絆,家無主將伊輕慢。

(石秀白)哥哥,説那裡話?(楊雄白)兄弟,你難道不曉淂我的?(唱)

咱家性須不耐煩。

(白)你有什麽説話?(唱)

疾速講,免推難。

(石秀唱)

【又一體】蒙兄骨肉恁相看，教我一言難按。

(白)哥哥。(唱)

自伊出去歸家罕，腦背後不生雙眼。你朝夕裏公門事繁，家門内怎防閑？

(楊雄白)家門内，敢是潘公有甚麽話麽？(石秀白)那潘公有甚說話？(楊雄白)這等是嫂嫂？(石秀白)正是。(楊雄白)敢是嫂嫂待慢你？(石秀白)不是，哥哥，原來嫂嫂不是好人！小弟已看在眼裏多遍了，不敢啓齒，今日淂見一個仔細，故此直言，哥哥休怪。(楊雄白)原來如此，你說，你說！(石秀白)就是那海闍黎。(楊雄白)就是海和尚。(石秀白)正是。(唱)

【急三鎗】那和尚做功德，多顛倒，直至更深散，兩箇相嘲笑，不止在眉間。

(楊雄白)有這等事？(石秀白)哥哥，嫂嫂呵，(唱)

三日後，還經懺，歸來晚，帶着酒，艶粧殘。

(白)哥哥，這還不打緊。(唱)

【風入松】我昨宵不寐五更寒，只聽淂佛聲高讚。

(白)小弟特起來瞧看，原來是一個報曉的頭陀。那頭陀連日在此喊叫，就有些疑心。(唱)

潛身暗裏相凝盼，見一和尚似俗家裝扮。

(楊雄白)那和尚可就是海闍黎麽？(石秀白)正是，他在嫂嫂裏面出來。(唱)

悄出去一似鷄鳴度關，說甚僧未起不如閒。

(楊雄白)罷了，有這樣事？(唱)

【急三鎗】怎知道，賊潑濺，多淫悍，看頃刻裏，便除奸。

(石秀攔介。白)哥哥。(唱)

却不道，姦情事，須親看。

(楊雄白)兄弟。(唱)

難道你無確見，怎虚攀？

(石秀白)哥哥，不是這般說，須待哥哥親眼看見，然後下手未遲。(楊雄白)既然如此，却怎麽處？(石秀白)小弟倒有一計在此，哥

哥回去,且不要提起,待明日呵,(唱)

【風入松】只推值宿又輪班,

(白)待三更已後,(唱)

那時節打進門擴。

(白)那厮必然驚走,哥哥把住前門。(楊雄白)他往後門走了。

(石秀白)待小弟把住後門。(唱)

他後門一路常行慣。

(白)待小弟呵,(唱)

一索綑,莫教他鬆泛。

(白)那時但凴哥哥處分,只是今夜再不可洩漏。(唱)

歸宅院,切莫破顔。

(楊雄唱)

我權容耐,且相安。

(差人上。白)上命差遣,盖不由己。(上樓介)楊節級,太爺在花園内飲酒,唤你去使鎗棒,那一處不尋你來,快去,快去。(楊雄白)本官呼唤,只淂去答應,兄弟先回去罷。(石秀白)曉淂,飲散高樓便轉身,(楊雄白)教人怒氣欲沾巾。(石秀白)五更專待頭陀到,(合)准備鋼刀要殺人。(下)

## 第六出　行反間蘭房掉舌

(潘巧雲上。唱)

【海棠春】門兒低亞簾兒淺,盡日裏凄凉庭院。

(白)奴家潘巧雲,因迷戀裴如海少年,大膽做下些勾當。今晚是我丈夫下班回家,這時候還不見來,想又是同伴們拉他飲酒去了。不免叫迎兒整備些湯水,待他回來便了。

(楊雄醉上,向内介。白)請了,再吃不淂了。(唱)

【園林好】嘆人生榮枯在天,枉教我英雄自憐。博淂個衙門厮賤,看發跡是何年,看發跡是何年。

(白)方纔太爺見我使淂鎗棒好,賞我十大盃酒吃。又被夥計們拉到店中痛飲一回,不覺大醉,行來已是自家門首了。開門。(潘巧雲出,見介。白)呀! 官人回來了。(楊雄見潘巧雲,怒介。白)哇!(唱)

【又一體】見伊時胸中氣填,不由人一時恨牽。好結果腌臢潑賤,休刮着大蟲涎,休刮着大蟲涎。

(潘巧雲扶楊雄進,坐介)(潘巧雲白)你又醉了,睡罷。(楊雄白)你這潑賤,不要慌,少不淂死在我手裏。(睡介)(潘巧雲白)好奇怪!(唱)

【江兒水】他往日裏歸來醉安然,一覺眠。爲何今宵不自生歡忭?

(白)哦! 我曉淂了。(唱)

莫不有甚風聲通一線,因而出口言不善。

(白)多應是石秀那厮搬鬭些言語了。(想介)我有計在此。呀,啐! 這有何難?(唱)

只淂將他消遣。

(轉身推楊雄介。白)醒來。(唱)

説個明白,免使夫妻情變。

(楊雄醒介。白)阿呀! 好醉。娘子,我要茶吃。(潘巧雲白)茶在此。(楊雄白)娘子,你夜來不曾脱衣服睡麽?(潘巧雲白)便是。(楊雄白)娘子,我夜來曾説些什麽説話?(潘巧雲白)你往常酒醉回來便睡,今番有些不安寧。(楊雄白)石秀兄弟在家中,好看待他麽?(潘巧雲作不語、歎氣介)(楊雄白)娘子,我夜來醉了,不曾惱你,爲何是這般?(潘巧雲作哭介。唱)

【又一體】嫁作王郎婦,指望一竿撑到邊,誰知殘香断却前生願。

(楊雄白)如今嫁了我,也不虧你。(潘巧雲唱)

似你英雄人欽羡,誰知背地成糊面。

(楊雄白)成什麽糊面?(潘巧雲白)我且對你説。(欲言又止介。唱)

語到舌尖還嚥,

(楊雄白)娘子,(唱)

你説個明白,免使夫妻情變。

(白)你且不要啼哭,有什麽就説。(潘巧雲唱)

【五供養】就是石郎偃蹇,

(楊雄白)就是石秀麽?他便怎麽?(潘巧雲唱)

對我花言巧語翩翩。

(楊雄白)他説些什麽來?(潘巧雲白)他起初時也好,後來見你不歸,幾次對我説:"嫂嫂,你孤眠獨宿,好不冷静。"我只不保他。這也不消提起。(唱)

誰知昨宵將項洗,背後便來纏。

(楊雄白)有這等事!你爲何不喊叫起來?(潘巧雲唱)

欲待聲張叫喊,顯淂個鄰家傳遍。等淂君來到,又被醉魂顛。有事關心,故相嗟怨。

(楊雄白)有這等事?(唱)

【玉嬌枝】我知人知面不知心,從來信然。他分明破綻些兒見,反誣伊把惡事傳宣。

(潘巧雲白)他説我甚的來?(楊雄唱)

他説你海闍黎事情多罪愆,

(潘巧雲白)天呵!(唱)

没些巴臂將人騙。説將來無因至前,又何須聽他巧煽。

(楊雄白)娘子,我如今也不説破,只是不與他做買賣罷了。(合唱)

【川撥棹】休呵譴,且將他肉案捲。一時間不辨愚賢,一時間不辨愚賢,到今日朋情怎全?好教他歸故園,儘由他急着鞭。

【尾聲】人情閃爍如飛電,驀地裏將人輕撚,

(楊雄白)娘子,(唱)

和你閉户安居最值錢。

(向内介。白)泰山,快將店面收拾,不做買賣了。(内白)却是爲何?(楊雄白)你不要管,店中夥計們隨他自去罷。宰的牲口,醃了就是。(内白)曉淂。(楊雄白)人前誰不貌堂堂,(潘巧雲白)背後都將廉耻忘。(楊雄白)種花不種不結果,(潘巧雲白)交友莫交無義郎。(楊雄下)(潘巧雲白)你看這個糟頭,被我怎麽長,怎麽

短,他就聽信了。咳! 正是:枕邊言易入,酒後性陶真。(下)

## 第七出　真拿奸行兇破晚

(更夫上。唱)

【水底魚】終日巡更,金鑼不暫停,梆兒相應,湯湯吉各聲。

(白)我每薊州城内巡更更夫便是。近日新任巡檢,甚是古怪,倘有些不小心,就要打罵。没奈何,説不淂辛苦大家做敲梆擊鑼嗆。(唱)(合)

梆兒相應,噹噹咭咭聲。

(白)黑影裏走一個人來了。

(石秀上。唱)

【前腔】披衣探聽,起來鷄正鳴。疾忙奔兢,管教惡氣平。

(更夫白)呔! 是那個? (石秀白)是我。(更夫白)原來是石三郎,爲何起淂甚早? (石秀白)嗄! 今日上市,故此起早。(更夫白)樵樓上已打五鼓了,我每大家去歇宿一回。請了。正是:紅樓生怕曉,辛苦是支更。(下)(石秀白)生性無私曲,難分皂白冤。俺一生路見不平,那裡説起,受了那婦人一口惡氣,少不淂要在此間了這場公案。昨晚打聽小牢子到楊家去收鋪程,眼見淂他值宿去了。只淂起個五更,潛身伏在暗中,等那厮出來,我自有處。(躲介)

(胡道人上。白)淂人錢財,與人消灾。黄昏進去,更漏出來個。東方動哉,還勿見出來。阿彌陀佛。(石秀白)哇! (胡道人白)阿呀! (石秀白)不許高聲,若高聲,我就是一刀。好好對我説,海和尚教你來怎麽? (胡道人白)待我説。(石秀白)快快説,不殺你。(胡道人唱)

【朱奴兒】海和尚與潘娘有緣,

(石秀白)怎麽出入? (胡道人唱)

來往處,驀將身閃。

(石秀白)要你來何幹? (胡道人唱)

倩我從傍好顧瞻,恐忘却路途𡾊嶮。

(石秀白)他如今在那里?(胡道人白)在里面。(石秀白)借你的衣服、木魚與我。(胡道人白)有甚個。(石秀白)不妨。(唱)

髡餌心頭火炎,好頭頸噹咱一劍。

(殺介,下)(白)陀頭已殺死。不免將梆兒敲入巷内去,待他出來,一發結果了這厮。(敲介)

(裴如海上。唱)

【前腔】又不是幽魂睡魔,何勞你把梆兒頻點。

(白)出來哉,只管吉吉各各,那煩雜乱。(石秀白)賊秃驢,你幹潟好事!(裴如海白)阿呀!死介。(石秀白)不許高聲,開口就是一刀。(裴如海白)阿呀!石爺爺,再勿來哉。(唱)

自此分開比目鰜,

(白)今後再勿敢來,我就發咒。(唱)

若不信,自有佛爺做驗。

(石秀白)快些脱下衣服來。(裴如海白)等我脱。(石秀白)這個紅綿襖,是那個與你穿的?(唱)

堪嫌心頭怒添,頃刻内妖魔盡殲。

(裴如海咬石秀手介)(石秀殺裴如海下介。白)好個莽和尚!頭陀、和尚已殺死,不免把這刀兒放在頭陀身畔,將兩件衣服捲去,做個証見。且回店中睡一覺。正是:殺人可恕,情理難容。(下)

(楊雄上。唱)

【一江風】偏傳時有一節蹺蹊事,説兩個人殺死。

(白)説昨夜一個和尚、一個頭陀殺在巷内。(唱)

細尋思,多應是暗里行姦,想是石秀陰行刺。

(石秀上。唱)

嗏!此事已分枝,無勞脣齒。爲友除殘,不枉稱國士。

(白)哥哥。(楊雄白)兄弟,我正在此尋你。(石秀白)這里不好講話,隨到寓中去。(楊雄白)有理。(石秀唱)

你道路徬徨何所之。

(進門介)(石秀白)哥哥,做兄弟的不説謊麽?(楊雄白)兄弟,我一時酒後失言,反被那淫婦使了見識。今日特來尋兄弟負荆請罪。(石秀白)哥哥,小弟雖不才,也是一個好漢子,難道幹些不良之事?只怕哥哥日後中了那廝奸計,因此把他殺了,來尋哥哥。看這幾件衣服,是小弟剥在這里。(楊雄白)在那里?(石秀取衣介)(楊雄看介。唱)

**【前腔】**恨難支,潑賤應無二,

(白)我今晚回去,碎剮了那賤人也!(唱)

也不怕他能插翅。

(石秀白)哥哥有差了。(唱)

既在官司,

(白)却不道"拿賊拏賍,捉奸要雙"?(唱)

又不曾獲着雙奸,便把刀輕試?

(楊雄唱)

嗏!怎免淂外人嗤,道我差三錯四。

(石秀白)哥哥,不要着惱。(唱)

我有句良言,做個奇男子。

(楊雄白)兄弟,(唱)

委曲聽伊藥石詞。

(白)怎生教道我做個好男子?(石秀白)東門外有一座翠屏山,好生僻静。哥哥只説明日要往燒香,和嫂嫂同去,賺他出門,就帶迎兒,同到山上。小弟先到那邊等候,當面把是非對明白了。那時寫一紙休書,棄了這個婦人,可不是兩全之策?(楊雄白)我已曉淂那賤人説謊,不消分辨,你身已清潔了。(石秀白)不是這般説,也要曉淂他每往來的真情。

翠屏深處鬱匆匆,且向空山萬水中。

情到不堪回首處,一齊分付與東風。

(楊雄白)我府前有事,要到府去了。(石秀白)今晚回去,不要又吃醉了。(楊雄白)哎!我戒了酒了。(下)(石秀白)待我掩上門兒,明日起個五更,先到彼等他便了。(下)

(潘巧雲上。唱)

【引】昨夜情人去悄悄，人别後没些音耗。

(迎兒上。白)閉門家裏坐，禍從天上來。(潘巧雲)爲何這等慌張？(迎兒白)大娘子，不好了！不知什麽人將胡頭陀、海師父殺死在後巷了。(潘巧雲白)怎麽説？(迎兒白)殺死在後巷了。(潘巧雲白)呀！好不唬殺人也。(哭介)嗄！是了。(唱)

【紅衲襖】莫不是蠢頭陀，爲争風狠下刀？

(迎兒白)不知那一個殺死的？(潘巧雲唱)

莫不是莽和尚，妬他行生殺倒？

(迎兒白)他兩個赤條條倘在後巷。(潘巧雲唱)

爲甚赤條條，没一絲兒罩？

(迎兒白)便是呢。(潘巧雲唱)

早難道，互相殘做一雙刎頸交？

(迎兒白)不知那一個行刺的？(潘巧雲唱)

那裏有行刺兒，反鬬着，又没甚隣里每來厮鬧。

(白)迎兒，我曉淂了。(唱)

莫不是丈夫行特地行兇也。

(迎兒白)官人也有這等事的。(潘巧雲唱)

多則是"拚命三郎"弄淂來没下梢。

(迎兒白)石秀，是嗄！一定是他了。

(楊雄上。唱)

【引】勉聽良言，按不住咱家俠性。

(進見潘巧雲介。白)爲什麽啼哭？(迎兒白)想是外邊風大，吹什麽蓬塵在眼内。(潘巧雲、楊雄虚白)(楊雄白)巧姐，我夜來淂其一夢。(潘巧雲白)夢見什麽？(楊雄白)梦見神道見責，説我有舊願未了。我想起來，向日許下東門外東嶽廟有一炷香愿未還，蹉跎到今。明日空閑，和你同去走走。(潘巧雲白)你去罷了，我去何用？(楊雄白)這是爲你許的，一定同去。(潘巧雲白)但凴你罷了。(楊雄唱)

【賞宫花】神天有靈，欲相祈保太寧。舊願難忘却，入夢更堪驚。

(合)

閑日燒香猶自可,急來抱脚也非輕。

(楊雄白)明早唤下轎兒,迎兒你也去走走。(楊雄下)(迎兒白)曉淂。(潘巧雲哭介)(迎兒作手勢,虚白下)

## 第八出　翠屏山對明心跡

(石秀上。唱)

【山羊轉五更】【山坡羊】(首至七)鬱葱葱層嵐如靛,急煎煎寒飈如箭,虚飄飄孤踪似萍,冷颼颼怒髮如虬顫。我也不自憐,愁他作話傳,不平義氣難消遣。

【五更轉】(五至末)因此刃落霜衔,塵襟血濺。還恐他胡做作没高見,被咱賺出閨門媛。若淂個跡剖情真,説甚言深交淺。

(白)迤逞行來,已到翠屏山上了。只爲我前日殺了海和尚、胡道人兩個,俺哥哥已知姦跡分明,到俺下處來服罪。他一時性發,就要除那淫婦,我勸他使不淂,因此我獻他一條計策,做個好男子。只説東嶽廟燒香,騙他到這荒山僻静去處,把是非當面再對一個明白,任凴哥哥措置,豈不是好。今日我先來此等候,説話之間,遠遠望見他們來了,我且閃過一邊,再作道理。(虚下)(楊雄内白)娘子,就在這裏下轎罷。

(同潘巧雲、迎兒上。唱)

【山羊嵌五更】【山坡羊】(首至四)亂紛紛叢篁如蒨,響泠泠幽泉如咽。

(潘巧雲對迎兒介)

愁戚戚一心似呆,意懸懸千轉如揉線。

【五更轉】(六至九)(楊雄唱)思量起到頭來難辭辨,一身做事敢向誰埋怨。

【山坡羊】(八至末)俺自有男子綱常怎肯爲妻兒情輭。

(白)行到此間,果然石兄弟先已到了。

(石秀上,見介。白)嫂嫂拜揖。(潘巧雲白)呀!叔叔爲何也在這裡?(石秀白)專候多時,爲嫂嫂一句説話與石秀有些干涉,故來説個明白。(潘巧雲白)呀!叔叔,你是個曉事的人。(唱)

何緣隨人把話煽。

(石秀唱)

雖然,也要還咱一句言。

(楊雄白)你前日對我説,石叔叔幾番把言語調戲你,今日無人在此,對個明白。(潘巧雲白)阿呀! 過了的事,説他怎的?(石秀白)嫂嫂,怎説這般閒話,正要在哥哥面前,(唱)

【古輪臺】問明白,無根浪語爲誰來。

(潘巧雲白)叔叔。(唱)

緣何没事擔驚怪,那些寧耐。

(石秀白)嫂嫂休要口硬,教你看個証見。(出衣,抛介)嫂嫂可認淂麽?(潘巧雲慌介)(石秀白)哥哥,此事只要問迎兒便知端的。(楊雄揪迎兒倒地介)你這小賤人,我且問你,怎麽僧房入姦,怎麽黄昏勾引,怎麽五更敲木魚,好好實對我説。(唱)

若是一語胡歪,看取鋼刀磨快。

(迎兒白)官人息怒,此事實與迎兒無干,待我説。(楊雄白)快些説來。(迎兒)那日呵,(唱)

入寺燒香,酒酣春色,把迎兒發付,兩個早和諧。

(楊雄白)以後便怎麽?(迎兒白)大娘與他約定,(唱)

但是官人不在,將夜來香棹安排,五更出鈸,暗中策望頭陀擔帶。誰想石叔惹飛災,

(楊雄白)怎麽倒説石叔叔身上來?(迎兒白)大娘恐事情敗露,買囑迎兒只説石叔叔將言調戲。(唱)

都是胡厮賴,眼珠落地不見影兒篩。

(白)只此真情,望官人饒了迎兒罷。(石秀唱)

【又一體】休猜料,非我叮囑裙衩。

(白)哥哥。(唱)

問嫂嫂根節情由,莫教遮盖。

(楊雄揪潘巧雲介。白)你這淫婦,那小賤人呵,(唱)

他無語搪塞,怎把你姦情詞改?

(潘巧雲白)官人。(唱)

看平日夫妻兩情厮愛,勸你權將怒兒解。

(石秀白)哥哥,含糊不淂的,須要問嫂嫂一個明白。(楊雄白)你這賤人,還不快説!(潘巧雲白)待我説,(唱)

也是前生孽債,早托爲兄妹同儕。道場留意、僧房約定、往來無礙。

(石秀白)怎的對哥哥倒説我來調戲你?(潘巧雲白)只爲他前日呵,(唱)

酒後露狂乖,多尷尬,駕言嘲戲總推挨。

(白)只是把言語支吾,石叔叔並無此事。(楊雄唱)

【撲紅燈】【撲燈蛾】(首至七)怒從心上生,怒從心上生,惡氣怎分擺。

(迎兒白)官人可憐,與迎兒什麽相干?(楊雄白)唗!還要説?(唱)

送暖與偷寒,這丫頭好生膽大也。留他貽害,好教你先喪塵埃。

(迎兒白)官人饒命!(楊雄唱)

【紅綉鞋】(七至八)惱殺這潑奴胎。

【撲燈蛾】(末一句)從今斬草去根荄。

(殺迎兒下)(楊雄唱)

【又一體】【撲燈蛾】(首至七)一時間誤聽,一時間誤聽,惹淂交情壞,醉裏露消息,反被他人來賣也。

(白)你這賤人,(唱)

心腸忒歹,險教咱一命難挨。

【紅綉鞋】(七至八)先下手洩恨舒懷。

(殺潘巧雲,下)(唱)

【撲燈蛾】(末一句)霎時身首早分開。

(楊雄唱)

【尾聲】抛將怨氣雲霄外,狼藉屍骸不可埋。

(白)兄弟,(唱)

我和你那處安身别擺劃。

(白)兄弟,如今淫婦、奸夫都已結果,和你怎生去向?(石秀白)小弟已尋思一個去處,請哥哥就行。(楊雄白)是那里?(石秀白)哥哥,我和你都殺了人,往那里去,不如竟向梁山泊入夥。

(楊雄白)且住,一來不認淂那邊,二來俺楊雄又是做公的,他怎肯收留?(石秀白)不妨,那宋公明招賢納士,天下傳名,況小弟曾會過“神行太保”戴宗,此去必無攔阻。(楊雄白)既如此,快走。(合唱)

【沽美酒帶太平令】【沽美酒】(全)快同行好漢儔,快同行好漢儔。向水泊遠相投,晁、宋威名延領久。料此去多應見收,忙打叠休迤逗。

【太平令】(全)今日個洗净了男兒蒙垢,結果着淫婦奸謀。空山裏松聲亂吼,古墓上鴉群厮鬭。俺呵,腸抽,雪仇,去休。呀!拽紥起一溜兒走。

(同下)

## 第九出　鼓上皂隻鷄起釁

(店小二上。白)區區店小二的便是,領着祝朝奉的本錢,在這獨龍崗外開這一座客寓生理。正是:孟嘗君子店,千里客來投。閑話少説,天色晚上來了,倘有投宿的,教他門自已打火,撮幾個乾房錢也是好的。(虚下)

(楊雄、石秀上)(楊雄唱)

【侉腔】翠屏山再回頭,濺桃花一雙首。幾乎失却交情厚。蓼兒窪裡問漁舟,蘆花遮盖英雄醜。

(石秀唱)

淫邪態怎入眸,當塲誤局外羞。不平小試弹碁手,鴛鴦野宿恁風流,潑天風浪今番陡。

(楊雄白)俺楊雄。(石秀)俺石秀。(楊雄白)兄弟。(石秀白)哥哥。(楊雄白)我和你淫婦已除,奸夫已殺,就投奔梁山去罷。(石秀白)哥哥言之有理。(唱)

無枝鳥何處投,望濃陰翠盖浮。入林把臂顔真厚。松濤隱約客夷猶,道旁恐有探丸手。

(楊雄白)兄弟,松林裡有歹人,前去看個明白。(石秀白)有理。呔!林子裡面什麽様人?

(時遷上。白)咦,好尖眼珠子!我没有看見他,他就先看見我。什麽樣人?我把他一句大話兒聽聽。呔!朋友,我是個快。(石秀白)你是大快,你是小快?(時遷白)咦!到是一個跳板上朋友。我説是個快,他説你還是大快、小快。大快粱山上殺人放火的强盗,小快我輩中偷鷄剪綹的賊。難道你認個賊?呔!朋友,我是大快。(石秀白)既稱大快,敢出林子來會咱一會?(時遷白)好利害!他説敢出林子會他一會,莫説你是個人,就是那銅鑄的金剛、鐵鑄的太歲,我這一棍,要打你個兩段。呔!朋友,我出林子來會你,照打。(打介)(楊雄白)呔!不要動手。可是時遷兄弟?(時遷白)我道是誰,原來楊雄哥哥。(楊雄白)還在此幹這勾當?(時遷白)哥哥,我如今做了好人了,賊都不做了。(楊雄白)做什麽?(時遷白)在這没人的地方兒上打個悶扛子。(楊雄白)還須改過。(時遷白)哥哥,此位是誰?(楊雄白)他,你還没有認淂?他就是"拚命三郎"石秀。(時遷白)怎麽説,"拚命三郎"石秀就是他?怪道利害。哥哥,是你什麽樣人?(楊雄白)是爲兄的好友。(時遷白)哥哥,朋友就是兄弟。四海之内皆兄弟也。請他見個禮。(楊雄白)要與他見禮,待爲兄的對他説。嗄,兄弟,此人江湖上亦是有名的,他叫"鼓上皂①"時遷。(石秀白)他就叫"鼓上皂"時遷?(楊雄白)他要和你見禮,此人毛手毛脚,須要隄防一二。(石秀白)兄弟曉淂。(楊雄白)嗄,時兄弟,爲兄對他講過了,請去見禮。(時遷白)是了,那邊站的可就是石老兄?(石秀白)然。(時遷白)"拚命三郎"石秀就是足下,久慕其名,轟雷灌耳。今日淂見,可有一比。(石秀白)可比甚麽?(時遷白)可比三條板橙。(楊雄白)三生有幸。(時遷白)小弟不才,江湖上混號"鼓上皂"時遷,和兄初會,請一禮。(石秀白)使淂。(時遷)照打。(石秀白)呔!(時遷白)嗳唷!好利害。我把他一個"黑虎偷心",他把我一個"燕兒撒翅"。石老兄,方纔小弟粗鹵,淂罪石老兄。(石秀白)豈敢。再見一禮?(時遷白)重見

① 多作"蚤"。

一禮。照打。(石秀白)呔!(時遷白)嗄唷!我把一個"張果老倒騎驢",他把我一個"仙人摘茄子"。石老兄,名不虛傳。你的上盤狠,來淂溜燥,不知下盤如何?到要試這麽一試。(石秀白)請試。(時遷白)不要動手,動手不算個好漢。可痛?(石秀白)不痛。(時遷白)好嗄,打!(石秀白)呔!(時遷白)嗄唷!怪道兩條腿猶如石柱子一般,摇都摇他不動。(楊雄白)你却不是他的對手。(時遷)請問二位哥哥往那里去?(楊雄白)我們上梁山,去投宋大哥。(時遷白)怎麽説,二位上梁山去見宋大哥?可帶着兄弟同往?(楊雄白)你要同去,必須要依我們三件。(時遷白)那三件?(楊雄白)一件不許你吃酒。(時遷白)只吃一鐘。(楊雄白)就吃一鐘?(時遷白)不是那個小鐘子。(楊雄)是什麽鐘子?(時遷)是那北寺裡鐘樓上的大鐘子一鐘。(楊雄白)只宜少吃。(時遷白)第二件?(楊雄白)第二件,不許你生事闖禍。(時遷白)不生事,不闖禍,有人惹着我,不殺人,只放火。(楊雄白)胡説。(時遷白)第三件?(楊雄白)不許你做賊。(時遷白)别的都可戒淂,惟有做賊,就是我的毛病。若不做賊,就要生病了罷。二位哥哥,已後不做賊,見了東西也不偷。在我的手邊,順手牽羊。(楊雄白)已後要戒。(時遷白)就此同行。(唱)

三人行聯袂遊,似班荆逢故友。常山蛇具尾腰頭,断金竊比如蘭臭。

(時遷白)二位哥哥,天色已晚,來此祝家庄找個店房,打個間兒,明日再走?(楊雄白)如此,找店房。(時遷白)店家不在那里,櫃抬①擺一個銅旋子在那里,賜顧舊病又發了。(偷介)二位打店了。(楊雄白)房子可好,潔凈高大。(時遷白)又潔凈又高大。(楊雄白)銅旋子那裡來的?(時遷白)店家不在店裡,順手這麽……(楊雄白)又是偷來的?(時遷白)不是偷來的,順手牽羊帶來的。(楊雄白)在此安歇,必須還他。(時遷白)還他,便宜了他了。店家那里?快來。(内白)店家,要黄豆錢,要開舡了,快些。

① 應爲"臺"。

(店小二上。白)黄豆錢秤好,在這裡了,拿去。(楊雄白)店家,我們下店的。(店小二白)我道是要黄豆錢的,原來是歇店的。客人,請進去。(進介)客官,請來見禮。(楊雄、石秀白)見禮了。(時遷白)店家。(店小二白)咦?你這個人那里進來的?(時遷白)大門裡進來。(店小二白)没有瞧見你?(時遷白)没有見我,我且問你:你跑堂的,還是掌櫃的?(店小二白)跑堂的也是我,掌櫃的也是我。(時遷白)怪道好大眼珠子。(店小二白)不高不大。(時遷白)薩還説什麽“不高不大”,見我二位哥哥衣帽齊整,與他打恭施禮,見我三接兩夸,見不淂一個禮。(店小二白)這是二位客人,你是赶脚的脚夫,與你見禮?(時遷白)呔!這是我二位哥哥,我是他兄弟。銀包多在我身上,明日回鈔,戥稍一拷,就在裡頭了。(店小二白)看顧小老,是我有眼不識太山,如此説,再見禮。(時遷白)跕着,店家,不是我争你的禮,人將禮樂爲先,樹將花果爲園。(店小二白)是嗄!人無笑臉休開店。(時遷白)和氣定生財。(店小二白)嗄!我的帽子,不要頑的。(時遷白)不曾見。(店小二白)在脊梁上。(時遷白)没有。(店小二白)嗄!頭上帶的,放在那個地方去?(時遷白)好帽子。(店小二白)好的。(時遷白)那裡買的?(店小二白)北京買的。(時遷白)多少銀子?(店小二白)一錢八分。(時遷白)好的,我這帽子和你换了罷。(店小二白)你的帽破也破了,换我的好帽子?你去買!(時遷白)我買要多少錢?(店小二白)你買要二錢。(時遷白)怎麽你買一錢八分,我買要二錢?(店小二白)我們這裡人欺生的。(時遷白)罷了,你送了我罷。(店小二白)人也不認淂你,送你的帽子?(時遷白)你今日送了我這頂帽子,你明日就認淂我了。(店小二白)我也不要認淂你,也没有帽子送你。(時遷白)如此,我替你戴。(店小二白)我自己戴,不要頑。(内白)要黄荳錢。(店小二白)秤好在這里了,拿了去。阿呀!不好了,銀子包掉了。嗄,二位客官,方纔進店,可曾揀着一個銀包?還了我。(楊雄、石秀白)没有看見,揀着了就還你。(店小二白)如此淂罪了,問那位客官去。嗄,客官。(時遷白)嗳!潘郎,你來就説個來,不來就説個不來,哄奴做怎的,要奴做怎的,撇淂奴黄昏獨自,直等到月轉西樓。(店小二白)西樓?帽子又拿去了!(時遷白)我打一個攔頭板,帶過來了。(店小二白)客官,一個銀包?(時遷白)是我的?(店小二白)不是,我掉了一個銀包,問你可曾揀着,若是揀着,還了我。(時遷白)嗄!你掉了一個銀包,問我揀没有揀?(店小二白)是。(時遷白)没有的。我們走江湖的,又道拾金不昧真君子,没有看見。(店小二白)我不放心,要你賭個咒。(時遷白)我就賭,我若揀了銀包不還你,王八烏龜鱉羔子是你親生兒子。(店小二白)嗄,嗄!没有就罷了,賭這樣大咒。他説揀了銀包不還我,王八烏龜鱉羔子是我生的兒子,分明駡我老王八,是他偷了!嗄,客官。(時遷白)呔!咱又不該你的錢和鈔,原何赶到灞陵橋?莫不是狹路相逢,冤家來到。(店小二白)嗄!客官,你方纔這個咒賭淂尷尬,説王八烏龜鱉羔子是我生的,你明明是駡我。(時遷白)依你便怎麽?(店小二白)我要在你身上搜。(時遷白)搜出來怎麽説,搜不出來怎麽講?(店小二白)搜出來送你到老爺堂上去,打你的板子,捱夾棍,你是個賊。(時遷白)搜不出來?(店小二白)罷了。(時遷打介。白)罷了?(楊雄、石秀白)做什麽?(時遷白)店家不見了銀包,要在我身上搜。(楊雄、石秀白)你可曾揀着他的?(時遷白)没有。(楊雄、石秀白)如此,與他搜何妨?(時遷白)搜出來什麽意思?(楊雄、石秀白)唔,無私有弊與他搜。(時遷白)二位哥哥説了,與你搜。(店小二白)待我搜。(時遷白)嗄唷!好打。搜到不搜,夾嘴一個大巴掌。(楊雄白)店家,緣何你打他?(店小二白)二位客官,我手都没有動,他打了我,反説我打他。(楊雄白)兄弟,你打了他,怎麽説他打你?(時遷白)店家,方纔是我打你,不是你打我?(店小二白)你先打我。(時遷白)連我都忘記了。罷了,你來搜!我對你説,先搜帽子。我這帽子,西洋紅毛國裡來的,避水火的烟毡帽,九兩三錢二分五厘半銀子買來的,放在火裡燒不去,水裡浸不爛的好寶貝帽。你弄破了我的帽子,要賠我一頂新的。(店小二)有這許多零碎的話。(時遷白)把我的帽子弄破了一個大窟籠,賠我一頂新帽子。(店小二白)你的帽子原是破的,舊有的。(時遷白)舊有的?便宜你。再搜。(店小二白)没有。(時遷白)可見?(店小二白)不見。(時遷白)狗囊的,你屈冤平人做賊。(楊雄白)不可如此。(時遷白)看二位哥哥分上,打的個王八烏龜鱉,抬頭着打。(店小二白)真真是個猴子變的。(時遷白)若還你搜出來了這個銀包來,我再也不做賊了。(楊雄白)這銀包那里來的?(時遷白)進店揀着的。(楊雄白)拿來。(時遷白)好做盤纏。(楊雄白)店家,我們安歇在那里?(店小二白)上房罷。(時遷白)好器械。(店小二白)不要動。(時遷白)店家,你家裡爲什麽私藏軍器?(店小二白)不知道我們這裏離梁山不遠?這是防家器械。(時遷白)送了我罷。(店小二白)防家的,送了你?(時遷白)賣給我。(店小二白)不賣的。(時遷白)你放在那里?(店小二白)放在門背後。(時遷白)他不對我説放在門背後,停一會兒,我偷了就走。店家,拿酒來,快些。(店小二白)不好,這客官總要偷我帽子,我把帽子抗起來。(時遷白)快些拿酒來。(店小二白)要帽子在這里。(時遷白)他到是個神仙,就曉淂我要偷他的帽子。(店小二白)又要帽子。你到淂了帽子病。小夥計,收拾關門睡覺,還有酒壺?(時遷白)二位哥哥不吃,待我吃。(店小二白)偷酒壺,踹扁了,是要賠的。(時遷白)拿去。(店小二白)又要帽子,又偷酒壺,真真毛病不好。(起更鷄叫介)(時遷白)咦!纔起初更,就有鷄叫?我的毛病不好,聽見鷄叫就要偷鷄肉吃。二位哥哥不放我下樓,如何是好?粧個肚子疼。嗄唷!(楊雄白)做什麽?(時遷白)肚子疼,下樓出恭。(楊雄白)陪你下樓。(時遷白)不要,自去罷。(楊雄白)須要小心。(時遷作下樓。白)嗄唷!(下)(楊雄、石秀唱)

茅店月轉樓頭,剪孤燈念舊遊。落花飛絮任飄流,男兒事業何年就。

(時遷上。白)這隻鷄該我口裡的食,被我扭死了,一火煮熟了。開厨門,一個醬罐子又打破了。哥哥,吃鷄肉。(楊雄白)那里來的?(時遷白)買來的。(楊雄白)又是偷來的?(時遷白)鷄籠裡叉來的。

(店小二上。白)五更報燒①鷄不見叫,且到樓上看來。二位客官,可見一隻鷄上樓來麽?(楊雄白)没有見。(店小二白)問那位客官。客官,客官,這客人古董,睡覺都是古董,頭到在底下,脚到在上頭。咦!手會偷帽子,脚也會偷帽子。客官醒來。(時遷白)纔睡淂着,叫命的叫!(店小二白)可見一隻鷄?(時遷白)纔吃夜飯,肚子還没有飢。(店小二白)我店中有一隻五更報曉鷄,打一更叫一聲,打五更叫五聲。一更叫過,二更不見叫來。問客官可曾見?(時遷白)店家,你家不見一隻鷄來問我?那隻鷄被黄鼠狼捉去了。(店小二白)我們這里從來没有黄鼠狼的。(時遷白)新到的。(吹燈介)(店小二白)燈又吹滅了。(换帽介)(時遷白)好鮮鷄,只是淡了些,少點醬油。(店小二白)到是醋罷。好!偷我的鷄吃。(時遷白)我的是鴨子。不好了,不見行李,拿火來,你那里上來尋鷄?分明偷我的帽。(楊雄白)店家,你緣何偷他的帽子?(店小二白)是我的帽子除下來的。(時遷白)你看還是你的,還是我的?(店小二白)你進店來偷我的銀包,又偷我鷄吃,又偷我的帽子。不打你兩下,不知我們祝家庄上的利害。(偷衣介)好打,我的衣服呢?(時遷白)没有穿上來。(店小二白)樓下去尋。(時遷白)他一拳,我就偷衣服穿起來。不長不短,摇摇擺擺。(店小二白)好,偷衣服。(時遷白)拿去。(店小二白)你們不是好人,都是梁山大盗。小夥計,快些拿强盗。(楊雄、石秀、時遷下樓介)

(衆庄客持火把、器械上鬭介)(暗伸撓鈎,搭住時遷下)(楊雄白)庄客雖然敗散,時遷兄弟却被撓鈎搭去了,怎生是好?(石秀白)他這庄上果然有備,我等不可深入重地,且赶到前邊,待天明了,再作區處。(楊雄白)有理。(唱)

天將曙漏漸收,覓岐途身早收,莫教羅網添僝僽,龍騰虎躍不回頭。我和你,拽開大步快快兒走。

(下)

---

① 應爲"曉"。

# 第十出　撲天雕一札敗盟

(杜興上。白)臉闊腮方氣概雄,萬間廣庇賴東翁。身爲主管忙支應,滚滚財源掌握中。自家杜興,本貫中山人氏,只爲面顔生淂麤莽,因此人都叫俺做“鬼臉兒”。上年在薊州買賣,争着一口氣上,悮傷了同夥的客人。官司把俺禁在薊州監内,却蒙恩人節級楊雄,知我善能鎗棒,盡力扶持,救了性命。來到這獨龍岡上,感承此間李大官人台爱收留,在莊做個主管,諸事重托。(嘆介)咳! 回想先年,若無恩人楊節級救援,怎淂有此遭際? 此恩此德,時刻不忘。今日下鄉公幹,須索走遭。正是:楚諺不輕酬一諾,淮陰欲報贈千金。(下)

(楊雄、石秀上。唱)

【燒夜香】四圍曉色漸平明,乍脱狼巢膽戰兢,失伴何心問去程。

(石秀白)哥哥,喜淂天明了。(楊雄白)只是時遷兄弟被他莊上拏去,無從搭救,實切悶懷。若徑投奔梁山,可不是苦了時遷兄弟也。(石秀白)哥哥,不可造次。(楊雄白)你我路徑生踈,如何是好? (杜興内虚白介)(石秀白)那邊有人來了,且問他一聲,相機而行便了。(合唱)

問去程,機關就裏生。管使鶴唳俱空,風聲永静。

(杜興上。白)有權暫作催租吏,無級常尊掌庫官。(作見介)(楊雄白)嗄! 台駕可是“鬼臉兒”杜兄麽? (杜興白)不敢,原來是楊大恩人。如何到此? (石秀白)此位是何人? (楊雄白)就是向日時常説的杜兄了。(石秀白)嗄! 就是杜兄。久仰,久仰! (杜興白)兄長高姓? (楊雄白)這是我結義的兄弟,姓石名秀。(杜興白)失敬了。(楊雄白)不瞞杜兄説,因我在薊州殺了人,欲往投梁山泊去入夥。昨晚在祝家店投宿,因同一個來的伙伴時遷偷了他店裏鶏吃,一時與店小二鬧將起來,把他店屋都燒了。我三個連夜逃走,不隄防亂草中舒出撓鈎,把時遷搭了去。我兩個亂撞到此,正要問路,不想淂遇杜兄。(杜興白)恩人,不要慌,我教放時遷還你。(楊雄白)多感盛情,杜兄緣何也在這里?(杜興白)小弟自分别之後,投逩這裡李大官人,留我居住。(楊雄、石秀白)叫什麽名字?(杜興白)叫做李應。(楊雄白)可是江湖上遍傳綽號"撲天雕"麽?(杜興白)正是。這裏獨龍岡前有李、扈、祝三座村莊,都結下生死誓願。中間祝家庄最是雄富,適纔恩人所言時遷一事,只消小弟與東人説知,修書去討,管叫立刻送還。(楊雄、石秀白)若淂如此,感佩非淺。我二人欲往求見,不知可否?(杜興白)這却何妨?待小弟引路。(合白)萍聚他鄉逢舊雨,蘭交高義薄層雲。(下)

(莊客引李應上。白)由來仙李自蟠根,少小英雄俠氣存。訓練鄉兵嫺戰伐,井疆保護長兒孫。自家姓李名應,别號"撲天雕"。家擅素封,胸藏異略,飛刀五口,慣能百步取人。插①血三莊,盡是獨龍著姓。

(杜興上,進見介。白)稟上莊主,今有壯士楊雄、石秀到門拜謁。(李應白)既係壯士,請進相見。(杜興請介)

(楊雄、石秀上。白)久仰斗山人引領,喜添敎價客登龍。(李應出接,進見介)(叙禮坐介)(李應白)請問二位來到小莊,有何見諭?(楊雄、石秀白)大官人聽稟:(合唱)

**【瑣窗寒】**一則仰龍門晋謁修誠,二則投宿宵來起鬬争,祝家店裡大肆威稜,同行伴侶擒無踪影。

(白)有一個時遷兄弟,竟被祝家莊捉去了。(合唱)

稔悉三莊盟訂,伏望垂青,馳書援救保安寧,如天恩德難名。

(李應白)這等小事,二位放心。小厮過來,請門館先生修書一封,賫送祝家莊去,討回時遷,容當面謝。(庄客應下)(李應白)薄設一酌,少叙三杯。(楊雄、石秀白)既沐洪慈,怎叨厚擾?(莊客白)酒筵完備。(李應白)請。(坐席介)(合唱)

**【梁州序】**萍逢歡幸,杯盤快整,天涯古道班荆。披肝瀝膽,何須鼓瑟吹笙。此去片緘陳請,管取佳音,兩下消争兢。

---

① 應爲"歃"。

(庄客上。白)特尔捎魚腹,幾乎捋虎鬚。禀莊主,小人奉命前去,親見祝朝奉,接了書札,倒有放還之心。那祝家三傑見了,反焦躁起來,書也不回,人也不放,定要解上州去。(李應怒介。出席唱)

這等咆哮言來挺,看淂從前誓怎輕。

(白)他家與我結下生死,書到便當放還,如何恁地起來?(唱)

辭不輯,妨將命。

(白)必是你言語不安,以致如此。杜主管,必須你去走遭。(杜興白)只求東人親手書緘,小人持去,料他必定垂照。(李應白)説淂有理。取筆硯過來。(莊客取文房四寶設桌上介)(李應寫介)(楊雄、石秀白)大官人親筆書去,彼必放出時遷也。(李應白)杜主管,可火速馳馬送去。(杜興應介。白)曉淂。瀾翻三寸舌,賫送一封書。(下)(楊雄、石秀白)多謝大官人如此費心,吾等銘感五内矣。(唱)

【又一體】謝高朋誼切嚶鳴,垂末照一言九鼎。佩始終,噓拂仗義堪憑。

(李應復相讓入席坐介)(李應唱)

彼此氣求聲應,且暢飲開懷,不必愁孤另。

(楊雄、石秀唱)

成言豈復慮寒盟,况且是模楷今時重李膺。

(合)

醉旨酒,飽和羹。

(杜興上,見介。白)大官人,不好了。(李應白)爲何這般光景?(杜興白)小人到彼,見了祝氏弟兄三人,恭身禀道,東人有書拜上。祝彪那厮喝道:"你那主人,恁般不曉人事,早間差個蠢材來下書,要討梁山泊賊人時遷。我這裏正要解到州裡去,怎麽又來下書?"小人道:"時遷不是梁山泊賊人,是薊州客商,要投見敝莊東人,不想悮燒寶店,東人自當照舊盖還,望看薄面,寬恕寬恕。"祝家三子齊聲喝道:"偏不還,偏不還。"其時,小人説可看東人親筆書札。祝彪那厮,接過書去,也不開看,扯淂粉碎。喝令衆人將小人叉出，駡道：“不要惹老爺發性，把你那……”（住口介）（李應問介。白）爲何不講？（杜興白）小人不敢説，實恨這三個畜生無禮，“把你那李……”（又住口介）（李應白）李什麽？（杜興白）“李、李應那厮捉來，也做了梁山泊賊人，一齊解州。”又叫莊客先拏了小人，被小人飛馬走回。（李應怒介。白）罷了，罷了！（唱）

【節節高】無知三乳嬰，恁欺凌，十分硬着頭顱挣。

（白）這厮好無禮。杜主管，你可看守莊户，吩咐衆莊客准備鎗馬，莊前伺候。（唱）

威風逞，戰馬騰，軍裝盛。

（杜興、李應下）（楊雄白）兄弟，大官人爲了我們這般仗義，好生難湇！那祝家三傑呵，（楊雄、石秀合唱）

全忌①了扶持守望居同井，鄉隣不恤多頑梗。霎時吴越起干戈，大張義勇師中慶。

（李應戎裝，杜興、衆莊客仝上。唱）

【又一體】盟言負，束牲詰，戎兵披堅執鋭投隣境。

（杜興白）鎗馬俱已齊備了。（李應白）擡鎗帶馬。（楊雄、石秀白）我等願同前往。（衆仝唱）

言何硬，惡已盈，災誰拯，盟言在耳今何冷。自貽伊戚須深省，獨岡上鼓鼙聲，一塲鏖戰三軍勝。

（下）

（衆莊客引祝龍、祝虎、祝彪上。唱）

【金錢花】忽然鋒鏑鏦錚、鏦錚，疾忙跨馬相迎、相迎。

（白）適纔莊客來報，李應那厮帶領人馬前來搦戰，就此迎上前去。（衆莊客應介）（合唱）

祝門三傑壓羣英，奮厥武，鬼神驚，陣雲起，掣雷霆。

（李應衆迎上，見介）（李應白）你這三個畜生，好生可惡，你父與我結盟生死之交，同心恊力，保護村坊。我有一個平人，二次修

---

① 應爲“忘”。

書來討，擅敢扯碎不允，復又恥辱我名，是何道理？（唱）

【駄環着】儘胡言誶誶，儘胡言誶誶，火動無明，父執輕欺全無恭敬。

（祝彪白）俺家和你結下生死之交，原爲共捉梁山泊强寇。你緣何暗自結連反賊，通同謀叛？（唱）

你敢附邪棄正，皂白難清，黨羽結梁山，時還現証。

（李應白）呔！休浔胡説。看鎗。（李應與祝彪戰介。祝彪作敗下。李應追下）（祝龍、祝虎戰楊雄、石秀下）（庄客對殺下）

（祝彪作敗上。唱）

他武藝料難厮併，除别技送伊殘命。

（白）這厮好生利害，戰他不過，不免射他一箭，了却殘生便了。

（取弓箭介）

（李應上）賊子，那裏走！（祝彪作射中，李應倒介）

（衆莊客上，抬下）

（楊雄、石秀急上。與祝彪殺，敗下）

（祝龍、祝虎上。唱）

中權勁，後隊能，賴百步穿楊，魂勾俄頃。

（祝龍等白）李應中箭受傷，帶來人馬盡行敗走。天色已晚，分付鳴金收軍，各回莊内，不浔有違。（衆莊客應介）（合唱）

【尾聲】催停戰鼓收金鐙，浪投書平空禍攖。莫怪俺三傑無情，多緣爲盜憎。

（同下）

## 第十一出　石楊問路投酒店

（石勇上。白）北山酒店我新開，緊急軍情飛報來。一樣水亭施號箭，隨機招接衆英才。自家石勇，自到梁山，浔遇衆位豪傑，協力同心，共扶忠義，山寨十分興旺。前自朱貴保護李逵回來，添設三座酒店，以作耳目。這北山奉寨主着我掌管，凡有過往客商，行李緇重者，相機劫掠，若遇投逩義士，即便引他上山入夥。不免唤小二打掃店面則個。小二那里？

（小二上。白）酒店酒店，殺人行險。蒙汗麻翻，包兒作餡。店主有何説話？（石勇白）今日天氣晴明，只索開張鋪面，倘有客人下顧，發些利市。（小二應介。虛白，同下）

（楊雄、石秀上。唱）

【鎖南枝】平白地種禍根，勢成騎虎難處分。不憚路艱辛，梁山急投遶。

（楊雄白）兄弟，我與你多蒙李大官人仗義相留，只爲索取時遷，遂致兩莊爭鬭，更累他中箭受傷，心愈不安。今早辭别大官人，急往梁山求救，淂報此讎，纔洩我恨。（石秀白）哥哥，須索趲行前去。（合唱）

報此讎纔教俺消宿忿，瞥見酒帘飄沽芳醞。

（楊雄白）這里有個酒店，且沽飲一壺，再問路前往。酒家有麽？

（小二上。白）是那個？二位是吃酒的麽？請裡面坐。（楊雄、石秀入座介）

（小二取酒上。白）客人，請用酒。（楊雄、石秀取壺斟介）（小二白）二位可要什麽小賣下酒？（楊雄、石秀白）不消淂。（小二虛下）（楊雄、石秀飲介）（楊雄白）兄弟，若見宋公明，未知肯與我們復讎否？（石秀白）他是俠烈之士的人，豈有不肯鋤强扶弱？只是無人引進。戴院長曾有一面，從何處通着信息與他，如何是好？

（石勇暗上，作听介）（楊雄唱）

【又一體】威名似雷震，管許含冤雪覆盆。

（石秀唱）

他雖則招賢納士，只慮欲渡無舟，彼岸遥難認。

（石勇作相見，各讓坐介）（石勇白）二位請坐，酒保，看好酒來。

（小二上。白）店主人，可是蒙汗燒刀，還是鬧楊花煮酒？（石勇）都不用，只取乾浄好酒便了。（小二應，取酒上，虛下）（楊雄、石秀白）原來是店主人，失瞻了。（石勇白）請問二位，貴鄉何處，有何公幹到此？（楊雄、石秀白）我們從薊州而來，正要動問上梁山泊去的路程。（石勇白）足下可是石秀兄長麽？

（楊雄白）在下是楊雄，這位便是石秀。（石秀）店主人怎生知道？（石勇白）小弟本不認淂，前者戴宗哥哥到薊州回來，稱讚兄長，所以聞名久矣。（石秀白）豈敢，這等説兄長莫不是山寨頭領了？（唱）

非泛常，店主人，望提携，莫相擯。

（石勇白）實不相瞞，小弟外厢聽了半晌，既然要見宋公明，乞道其詳。（楊雄、石秀白）聽禀。（石勇白）願聞。（楊雄、石秀唱）

【又一體】獨龍岡廝近，祝氏從來妄自尊。

（白）只爲一個同伴時遷起釁。（唱）

敢道鄉鄰有鬭，不必披髮纓冠，閉户情何忍。

（石勇白）原來如此，久聞祝家莊三子兇惡異常，横行霸道。那李、扈二位還成淂個豪傑，今二位要見宋寨主，一些不難。請到後面用了分例酒，待小弟射一枝號箭，山寨自有頭目迎接上山。（楊雄、石秀白）多謝引進。（合唱）

傾盖間，意氣親，欲要見波濤，全仗漁翁引。

（下）

（衆僂儸引晁盖、宋江、吴用、林冲、秦明、張横、張順、馬麟、鄧飛、王英、劉唐、吕方、郭盛、阮小二、阮小五、阮小七、花榮、穆宏、李逵、黄信、歐鵬仝上。唱）

【朱奴兒】嚴賞罰三令五申，好形勢川環山峻。四海歸懷延攬勤，又早是掃徑迎賓。

（宋江白）适纔戴宗、楊林報道，有薊州楊雄、石秀上山入夥，并爲祝李兩莊成釁，特求救援，想他二人將次到來也。（晁盖白）向聞三莊結盟，最是輯睦，今忽自相違背，却又何來？（吴用白）待他二人到來，便見分曉。

（戴宗、楊林引楊雄、石秀上。唱）

忙趨進載欣載奔，訴顛末抒誠悃。

（進見參拜介。衆白）久聞二位大名，如雷貫耳，既到山寨，可將祝李不和始末，備細述與寨主知道。（楊雄、石秀白）理當告啓，二位寨主聽禀：（唱）

【桂枝香】仰蒙垂問，緣何成釁，爲着同伴時遷，因此上兩莊矛盾。

(白)那時遷原是個穿窬行業，同我二人來投貴寨。那日宿在祝家店中，不合時遷偷食報曉更鷄，與店家争鬬起來，放火燒了他店房，時遷被捉，我二人幸淂走脱。行至中途遇見杜興，引至“撲天雕”李應莊上，知他與祝氏聯盟，求伊援救，承李應二次修書去討，那祝家三子呵，(唱)

他公然不允，公然不允，反把言來厮窘，不由人平添煩懣。

(衆白)以後便怎麽？(楊雄、石秀白)却説時遷乃梁山大盜，我等正要掃除賊寇，反來庇護，因此兩相争鬬，以致李應中箭受傷，我二人特行拜懇寨主救援。(唱)

翦强鄰，須記取淂罪風霜苦，全生天地人。

(晁盖白)呔！這厮兩個把梁山泊好漢的名目，乃去偷吃更鷄，連累我等受辱。孩兒們，綁去砍了。(僂儸綁介)(衆看介)(戴宗、楊林白)寨主，方纔聽見，那時遷原是此輩出身，故惹起祝家那厮。(宋江白)豈是這二位賢弟要玷辱山寨？我也每每聽見人説，祝家莊那厮要和俺山寨對敵。(唱)

【尾犯序】他那里邾鶩魯柝早傳聞，望宥及無辜，俯從公懇。

(白)哥哥，請息怒。這是他來撩俺虎鬚，知他莊上十分富足，俺山寨錢粮正慮缺少，若打破此莊呵，(唱)

富窟多藏，積貯金銀。

(衆合唱)

還思忖，儘也彀十年支①粟，豈但爲兩人洩恨。

(吴用白)那厮委實無禮。(宋江白)小弟不才，親領人馬，洗蕩那厮村坊，兼請李應上山聚義。小弟此去，若不打破祝家莊，誓不回寨。(唱)

乘機取讎深不共，洗蕩虎狼村。

(吴用白)公明兄此言甚善，豈可自斬手足之人？(戴宗白)寧可斬了小弟，不可絶了賢路。(晁盖白)既如此，放了綁。(僂儸應，

① 應爲“支”。

放綁介)(楊雄、石秀謝罪介)(宋江白)二位賢弟,這是寨主號令森嚴,休生異心。(楊雄、石秀白)我等既然入夥,自當遵奉約束。(宋江白)楊林、石秀聽令,你二人一個扮做賣柴樵夫,一個扮做壓魔道士,前往祝家庄探聽路徑虛實,行營相會,不淂有違。(楊林、石秀白)淂令。(下)(晁盖白)事不宜遲,衆頭領、花榮等聽令。(花榮、穆宏、李逵、楊雄、黄信、歐鵬應介)(晁盖白)帶領三千僂儸、五百馬兵聽令于宋寨主,協力攻打祝家莊。(晁盖、吴用唱)

【鮑老催】三千步軍馬兵五百争立勳,宋寨主號令須凛遵,獨龍岡斬渠魁孚忠信。

(晁盖白)林冲等聽令。(林冲、秦明、戴宗、張横、張順、馬林、鄧飛、王英應介)(晁盖、宋江白)帶領三千僂儸,五百馬軍隨機策應。(晁盖唱)

隨機策應守八門,武侯佈下風雲陣,務掃蕩妖氛盡。

(白)後營披掛。(宋江、花榮、林冲等衆應下)(晁盖白)我與軍師、劉唐等各位頭領護守營寨。(唱)

【雙聲子】青霄奮,青霄奮,健翮如鷹隼。閃陣雲,閃陣雲,一霎交兵刅。

(宋江、花榮、林冲等衆各披掛持兵器上。唱)

殺氣屯,壁壘新,纔顯俺威風,梁山英俊。

(衆僂儸白)船隻俱已齊備。(晁盖白)出師此日鳴金往,淂勝移時奏凱歸。(晁盖、吴用、劉唐衆下)(宋江白)請衆頭領即過金沙灘前去。(同唱)

【尾聲】踹他岡阜成齏粉,端貴行師捷有神,追踪三鼓奪崑崙。

(内鳴金,作開船。下)

## 第十二出　訪出路指明楊樹

(石秀上。白)篛笠芒鞋打扮喬,英雄自古付魚樵。憑將斗大姜維膽,虎穴龍潭走一遭。俺石秀奉哥哥將令,前往庄中打聽他裡面虛實。因此裝做打樵人模樣,迤逞行來,早已庄門西畔也。(唱)

**【新水令】**潛來庄上探踪跡，變形模芒鞋篛笠。龍潭難測量，虎穴那經歷。

(白)你看這庄邊人家，都是避兵的，把門户都緊緊閉在那裡。(唱)

門户寂寂，向何處知虛實。

(下)

(楊林上。白)無量壽佛，天光地光，晝夜神光，神佛自至，邪魔消亡。貧道西岳華山來的壓魔道士，今見你這莊上有股黑氣，直上雲端，自是邪魔作耗村坊，貧道特來與你壓魔壓魔哩。俺"錦豹子"奉大哥將令，扮作壓魔道人，前往村中打聽軍情。石秀已入莊西入去，俺竟往莊東入去便了。(唱)

**【步步嬌】**改換衣裝閒遊戲，血海躭干係。銅鈴手上持，只見道路紆廻，東西難記。

(白)無量壽佛，天光地光，晝夜神光，神佛自至，邪魔消亡。貧道西岳華山來的壓魔道士，今見你這庄上有股黑氣，直上雲端，自是邪魔作耗村坊，貧道特來與你壓魔壓魔哩。

(鐘離子上。白)呔！你那道人，你方纔説些西岳華山來的，你路上行了多少日子？(楊林白)且住，教我一時算不出路來，怎麽對他嗄？有了！咳，你那官人聽者，貧道雲遊度日，離家早是半載有餘了。(鐘離子白)原來如此，你不要去了，我還來齋你。看他言語支吾，想必是個奸細，不免報與欒教頭知道。(下)(楊林白)是虧我急口對付了一句，不然怎麽了？(唱)

應變要隨機，有誰人識破真奸細。

(下)

(石秀上。唱)

**【折桂令】**進庄門佈擺周密，渾不似墟集喧閬村落形迹。早又是紅日西斜，並没聽淂個音耗消息。

(白)進淂庄來，只見道路紆廻，果然難以識認。你看那些庄客，來來往往，没一個説交戰的。可見這庄上約束嚴明，不可輕視。况又紅日西斜。咳！石秀嗄石秀，多應是你今日此來不淂建功

也。(唱)

好教俺心懷怵惕,細思量莫教差失。

(白)且住,你看天色已晚,不如今日且尋舊路回去,明日再來打聽便了。(唱)

且過今夕,再訪端的。

(白)呀!我記清路程回來,往西走了半日,怎還走到這個所在來?我聽淂人説,祝家庄道路難行,進淂來,出不去,此言果是不虚。這便怎麽處?

(鐘離老人上。白)三兒頂上門,我去借柴火來做晚飯喫。寧爲太平犬,莫作離亂人。咳!什麽要緊,今日也打仗,明日也打仗,弄淂來家家閉户,處處關門,連柴火也没有處去買。(石秀白)賣柴㖞!賣柴㖞!(鐘離老人白)咦,好嗄!思衣淂衣,思食淂食。喂!挑柴火來,我買你的。(石秀白)公公,買柴火麽?(鐘離老人白)好個後生,你是那裡人?我這裡許多兵馬在外,虧你挑柴火進來賣。(石秀唱)

念區區强負薪聊供衣食,不分明路徑如棘。

(鐘離老人白)你説路徑如棘,莫非你不知路徑,胡亂闖進來的麽?(石秀白)小可原是外路之人,那裡知道這裡路徑?(鐘離老人白)如此説,只怕你性命休矣。(石秀)小可不過是賣柴火,又没有犯了什麽法,可有什麽打緊?(鐘離老人白)怪道你是外鄉人,不知我這裡的利害。待我説與你聽。這裡叫做祝家庄,庄上有個祝朝奉,有三個兒子,個個精通武藝,四處聞名。還是小事,還有個教師,叫做欒廷玉,真有萬夫不當之勇。(石秀白)他便兇勇,難道胡亂害人麽?(鐘離老人)咳!不是胡亂害人,有個緣故,只因近日呵,(唱)

【江兒水】他與梁山泊曾將讎怨積,庄前金鼓連天地。

(白)你若是差了道路,被他們一把拿住了。阿呀!阿呀!(唱)

便當細作看承來拘執,伊家性命應休矣。

(石秀白)如此利害,教我怎生出淂去?(鐘離老人白)你要出去?哼!難,難,難喏!(唱)

你看仄徑盤紆難識，要想逃奔，除是你身邊生翼。

（石秀白）阿呀！公公救我一救嗄。（唱）

【雁兒落】可憐我學買臣樵採迹，可憐我學阮籍窮途泣，可憐我似羝羊觸藩籬，可憐我似遊蜂鑽窗隙。呀！可憐我生死存呼吸，可憐我性命空抛擲，可憐我血淚如潮汐，可憐我孤身同瓦礫。藏匿何處，尋磨勒隱默，仗恩星庇片刻，仗恩星庇片刻。

（鐘離老人白）快些躲避進來罷。（同下）

（楊林上。白）阿呀！罷了，罷了！（唱）

【僥僥令】機關已破矣，急切難廻避。

（鐘離子、欒廷玉上。白）賊子，那裡走？（唱）

大膽奸徒來窺覷，怎肯輕輕放過伊。

（戰介。擒楊林下）

（石秀、鐘離老人上。白）客人，欒教師擒了奸細，你去怎麽？（石秀）我去帮他。（鐘離老人白）他的手段還弱，要你去帮他？你若去，只怕連你也當做細作了。（石秀唱）

【收江南】呀！若不是老人家因果三生石，險些兒一網橫波及，却教俺尋思無路出庄去。

（鐘離老人白）我看你是個老實人，我指與你一條生路去罷。打此處往東，見了白楊樹，往右邊走，都是活路了。如若走差了，須要吃人拿住。（石秀白）如此，我去也。（鐘離老人白）如今天色已晚，行走不淂，在我家歇一夜，明早走罷。（石秀白）多謝公公。（唱）

謝深仁大德，謝深仁大德，謝你周旋覆庇似拯溺。

（虛下）

（鐘離子上。白）有趣，有趣！爹爹，開門來，是我來了。（鐘離老人白）原來是你，爲何吃淂這般大醉，倘被查夜的拿住還了淂？（鐘離子虛白。問石秀介。白）什麽查夜的，他估淂起拿我，只許我拿人家。（鐘離老人白）不要胡説，醉了。（鐘離子白）我可不醉。爹爹，我方纔看見一個壓魔道士，形貌異樣，被我拿話就鈎搭住了。剛剛遇見欒教師，被他三言兩語露出破綻，原來是梁山

泊的奸細。爹爹,那道人也是一個利害的哩!(鐘離老人白)怎麽利害?(鐘離子唱)

**【園林好】**假黄冠藏頭露尾,

(白)若不是欒教師手段呵,(唱)

怎猜破個中啞謎,魆地裡横拖倒曳。

(白)只爲拿了奸細,欒教師道我看莊有竅,賞了一頓酒肉、一吊大錢。(鐘離老人白)這也罷了,你頭上爲何插着一根鵝翎?(鐘離子白)你不知道,現今宋江引兵進莊,欒教師定下計策,暗撥兵馬,四下合來擒拿宋江。庄門上挑起紅燈一盞爲號,宋江往東,燈往東指;宋江往西,燈往西指。又空①黑暗裡認不出自己人馬,故把鵝翎爲號,插在帽上喏。(唱)

舉一羽認軍旂,

(鐘離老人白)若没有鵝翎呢?(鐘離子白)那還了淂?(唱)

揮三尺奪頭盔。

(鐘離老人白)你醉了,扶你去睡睡去罷。(扶鐘離子下)(石秀白)唬死我也!唬死我也!方纔聽那言語,(唱)

**【沽美酒】**火擦擦眉下急,火擦擦眉下急。醉中言恁明晰,那"錦豹子"生擒受驚嚇,還要看紅燈的皪,生把俺哥哥凌逼。説什麽鵝翎表識頭直上,區分出人,待趁這雲深月黑,待挤這孤拳獨力。

(鐘離老人上。白)客官,夜静更深的,又往那裡去?(石秀白)嗄!老人家,我説與你聽,你不要害怕。(唱)

俺呵,是恁家强敵、勁敵,石三郎聲名顯赫。

(鐘離老人白)望大王饒命。(石秀白)看你指路分上,不殺你,饒你去罷。(鐘離虚白,下)(石秀唱)

呀!莽軍聲如同霹靂。

(白)一徑行來,果然白楊樹在此,不免竟往右邊走去便了。(唱)

**【尾聲】**白楊記路真詳悉,我插號提鎗人不識,俺便似大膽甘寧叫他喫一嚇。

---

① 應爲"恐"。

（下）

（花榮、黄信、李逵、楊雄、李俊、穆宏、衆僂儸引宋江上。唱）

【朝天子】把師貞筮嘉，怎羊腸路叉。焰騰騰士馬如雲扎，隄防失利擺三才五花，到疆埸忙厮殺。

（歐鵬上。白）啓寨主，適纔奉令前往打聽，紛紛傳説祝家莊拿了一個奸細，委實路徑甚雜，不敢深入重地。（宋江白）咳！説那里話。既是拿了探路之人，益發今晚必要進兵，救出二位兄弟。衆位頭領，大小僂儸，即此與我殺入莊去。（衆應介）（合唱）

擂鼓兒吹笳，頂盔兒貫甲，快拿。

（衆白）莊前了。（李逵白）呔！鳥太公出庄厮殺。（宋江白）住了。莊上無人馬，必有暗計，且教三軍暫退。（内吶喊）

（莊兵各執火把，立門樓放箭）（宋江衆敗下）

（黄信不上，餘衆即上。白）不好了！前面都是盤蛇路，走了一遭，又轉到這里。（宋江白）望着火光，取路殺出，不溽有違。（衆應介）（同唱）

猛教人齊心招架，齊心招架，覷分明紅光罅，覷分明紅光罅。

（衆白）又不好了！遍地鐵蒺藜，路口已都塞住。（宋江白）咳，天喪我也！（唱）

【普天樂】誰承望道兒盤、路兒塌，阻輣車藏渠答。他地利健羡堪誇，俺天亡埋怨誰差。

（僂儸報上。白）報、報、報！報寨主，"鎮三山"黄信頭領悮走路徑，被他伏兵撓鈎搭去了。（宋江白）這却怎處？（唱）

呀！撓鈎齊搭，心頭亂似麻，不料今宵受伊這等波查。

（石秀上。白）寨主，（宋江白）兄弟回來了？路已塞断，如何是好？（石秀白）小弟扮作賣柴人，前往探聽，蒙一鐘離老人指明路徑。但看白楊樹轉湾，乃是通衢，餘者都是死路。（宋江白）如此，傳下號令，望白楊樹轉湾，殺出去。（衆應介）（合唱）

【朝天子】似狂風捲沙，像寨林散鴉。齊臻臻併力莊攻打，何來遊奕羣呼亂嘩。

（内吶喊介）（衆莊兵上，圍繞介）（竿高點紅燈一盞介）（宋江白）

行到此間,爲何庄兵愈衆?(石秀白)日間亦曾察聽的實,他今晚以紅燈爲號。(花榮白)那邊却有紅燈,隨着我兵所向,東扯西拽,果然是他的號令了。(宋江白)怎麽滅了紅燈方好?(花榮白)這有何難,只消一箭射下紅燈者。(唱)

見紅光休驚訝,穿楊兒不差,射燈兒遄下,試咱。

(射燈落水介)(衆莊兵吶喊,亂下)(衆白)祝家庄人馬都四散逃遁了。(宋江白)雖則四散,一時難以攻破,這如何是好?(楊雄、石秀白)寨主放心,三莊雖係結盟,東村李應已成讎敵,現今中箭受傷,只消我二人前去,如此如此,恁般恁般,便知虚實,定可淂勝回山。(宋江白)此計甚妙,就頃前往。(唱)

把虚實務須詳察,疾前行休停答,疾前行休停答。

(楊雄、石秀應下)(宋江白)大小僂儸。(衆應介)(宋江白)就此回營。(衆應介)(合唱)

【普天樂】見白楊便掙達,待明朝好厮殺。昏黄月人影交加,莽紅燈神箭除他。呀!你稱强奪霸,原來是三小蛙。看一鼓成擒管教决勝攻瑕。

(下)

## 第十三出　毛太公匿虎反目

(解珍、解寶持鋼叉上。唱)

【縷縷金】弩子鋭、點鋼叉、上山忙,捕虎勇堪誇。

(分白)我乃解珍,綽號"兩頭蛇"的便是。我乃解寶,綽號"雙尾蝎"的便是。(解珍)我們兄弟兩個,都充本府獵户。只爲登州山上來了一羣猛虎,晝夜傷人。官府立了甘限文書,着我等獵户限内捕捉,當堂領賞;限外不能,解官痛責枷號。爲此山前山后都下了窩弓、藥箭,擒捕大蟲。已經兩日過去,不見動静。如明日不能解官,便要受責,怎生是好?兄弟,趁此月明之下,和你上山,去看有什麽響動麽?(解寶)有理。(上山介)(合唱)

偏生河不渡好難禁架，請看苛政敢争差，教人也没法，教人也没法。

(虛白)(虎跳上)(解珍、解寶持叉敵虎介)(合唱)

【四邊静】負嵎枉自威聲唬，攘臂車當下。藥箭中來深，咆哮不須怕。

(虎作滚跌下)(解寶白)這孽畜中了藥箭，又加上叉傷，骨碌碌滚下山去了。却從何處去找尋?(解珍)這山下是毛太公莊後園裡，天色漸明，到彼索取便了。(解寶白)就去。(合唱)

山君是他，楊香是咱，怎放出于柙，籌兒告消罰。

(下)

(毛太公上。唱)

【夜遊湖】弄機關些兒權詐，讓吾先請賞，添上光華。

(白)老夫毛太公，區區積祖土豪，赫赫多年武断，用一副利己害人兒心術。須知爲富者大抵不仁，幹幾樁傷天逆理價營生，從來放利的何妨多怨。孩兒毛仲義，也筭淂個跨竈的賢郎，亦争淂住肯堂之肖子。今早五更時分，有一艷虎滚下山來，恰好落在我莊園内。這正是立限嚴捕的大蟲，落淂我解官請賞。(笑介)只不知是那個獵户，枉費上辛勤，還要當堂去受責。這也顧不淂他，已着孩兒與莊客解往州裡去了。如有人來索取，佯推不知。這不是老夫貪天之功，俗語叫做“上門生意好做”。閉門推出窗前月，分付梅花自主張。

(解珍、解寶持叉上。唱)

【水底魚】抹過山窪，前頭是那家?莫言虎死還防施爪牙，還防施爪牙。

(白)來此已是。有人麽?

(莊客上)什麽人?(解珍、解寶)解珍、解寶要見。(莊客進禀。見介)(解珍、解寶)老伯起居好麽?(毛太公)二位賢侄，許久不見，今日這等早光。(解珍、解寶)官身覊絆，不能常侍左右。(毛太公)請問二位，今日到小莊有何見諭?(解珍、解寶)無事不敢驚動。小侄因官司委了甘限文書，要捕大蟲。今早四更射淂一個，不想從後山滚下，落在貴莊後園。望煩借一路，取出大蟲則個。(毛太公白)只怕未必落在我家。(解珍、解寶白)山後緊靠着貴莊後園,再無别處。求老伯把虎擡出來,免使我二人吃棒。(毛太公)哦,哦!怎麽平空賴我,强來索取?(解珍、解寶白)老伯,恕我無禮,進去搜一搜。(毛太公白)各有内外,我這里比不淂你家。既要搜,莊客那里?(莊客應介)(毛太公白)帶了鑰匙,跟去開園門上的鎖。我陪你二位去搜,若搜不出莫怪。(解珍、解寶白)老伯,請先行。(同走介。唱)

【桃紅菊】過園林寧同看花,啓鎖鑰且休停搭。

(莊客作鎖不開介。毛太公白)園中久無人來,敢是鎖鐀銹了?叫你帶的鉄錘打開了罷。(莊客作取出鉄錘,打開鎖介)(毛太公白)可有虎麽,虎在那裡?(解珍、解寶)你看草壓倒地,血跡尚存,還要抵賴?(唱)

那形迹分明如畫,那形跡分明如畫,誰容着瞞天喬坐衙。

(毛太公白)哇!好生無禮。(解珍、解寶白)有你欺心擡過了虎,反説我無禮?(毛太公白)你當面看見敲開鎖來的,誰人擡過?和你們前廳來講。(解珍、解寶白)就到前廳去講。(衆走介)(解珍、解寶白)快還虎來。你家也現當里正,官府一樣委了甘限文書,却没本事去捉,倒來就我現成。莫不是你倒拏去請功,叫我兄弟兩個吃限棒?(毛太公白)小畜生,好生放肆!你吃限棒,干我甚事?(解珍、解寶白)老畜生,你賴了虎,反來破口,天理難容。你敢不還?(摔椅介)(衆奪鬧介)

(莊客引毛仲義乘馬上。唱)

【僥僥令】鑱彪誰受嚇,餓虎俺先抓。

(莊客白)大官人回來了。(毛仲義白)爲何厮鬧?(毛太公白)昨夜我家自射淂一個大蟲,理合解官受賞。巨①耐解珍、解寶兩個獵户要來白賴我的,借索虎爲由,把我家伙打壞,趁勢白日搶劫。(毛仲義白)那里來的悪奴,這等大胆?看梢棍!打這厮。(衆莊客打倒解珍、解寶介。作綁介)(毛太公白)把鋼叉做了兇器,打爛家伙做了賍証,一齊解到州裡去,也與本州除了二害。(衆莊

① 應爲“叵”。

客應介)(解珍、解寶白)我們從没有害人的去處。(毛太公白)"兩頭蛇""雙尾蝎"可不是害人的東西?你看好人家男女,那有這等惡名?(唱)

須索解府鳴官窮研鞫,蛇蝎消除絶禍芽。

(莊客押解珍、解寶下)(毛太公白)這兩個畜生,却放他不淂,免致後患。(毛仲義白)爹爹放心,只消囑托妹夫孔目王正,叫他斬草除根,了結此案。我這裡另行與知府打通關節,包管結果了二人性命。(毛太公白)好妙計!這纔是挣氣的孩兒。事不宜遲,速速前去。瞞天昧己仗揮金,(毛仲義白)買路全憑用計深。(毛太公白)不必牛哀身變化,(合)咥人只要虎狼心。(同下)

## 第十四出　扈三娘落馬被擒

(花榮、林冲、歐鵬、秦明、鄧飛、王英、李逵、戴宗、穆宏、楊雄、石秀、馬麟、張横、張順、衆僂儸引宋江上。唱)

【番竹馬】撫此兵齊將勇,整我六師肯挫威風。地利讓人和,儘饒他壁壘馭輕居重。審機宜追殺生擒縱,須戮力待臨衝,好把義旗高聳。

(宋江白)俺宋江大彰神武,特指義旗,叵耐祝家莊上險峻天成。昨因孟浪進兵,遂致我師失利,陷了黄信、楊林兩個兄弟,不知性命存亡。誓必滅此朝食,方遂吾願。特遣楊雄、石秀二位到李應處計議。他有病不及厮見,多虧主管杜興指明虚實,不慮不馬到成擒也。衆位頭領,上前聽令。(花榮衆應,分立介)(宋江白)第一隊馬麟、穆宏、歐鵬、王英聽令。(馬麟衆應介)(宋江白)帶領五百精兵,莊前莊後策應,不淂有違。(馬麟衆應下)(宋江白)第二隊林冲、秦明、鄧飛聽令。(林冲衆應)(宋江白)帶領五百人馬,臨陣接戰,不淂有違。(林冲衆應下)(宋江白)第三隊戴宗、李逵聽令。(戴宗、李逵應介)(宋江白)帶領三百步兵,兩路策應,不淂有違。(戴宗、李逵應下)(宋江白)所有頭領隨營接戰,不淂有違。(花榮衆應介)(宋江白)大小僂儸,即此殺上前去。

（衆僂儸應，行）（合唱）

聽笳鼓喧天，雷霆震悚，豈鄒人藐與魯人鬨，分佈下赫赫軍容。呀！今非黑夜那怕伊一盞燈紅。

（仝下）

（衆莊兵引欒廷玉、祝龍、祝虎、祝彪上。唱）

【好事近】巨鎮控西東，李、扈推吾總統。摧鋒破敵名揚祝家伯仲。

（分白）我乃欒廷玉是也。我乃祝龍是也。我乃祝虎是也。我乃祝彪是也。（祝龍白）梁山泊草寇宋江，也敢到俺莊上來納命，大肆侵犯，好生無禮。（欒廷玉白）我們且把白旗竪在莊前，一則張我軍威，二則挫彼鋭氣。（祝龍）教師言之有理。吩咐扯旗。（鳴金扯旗介）（祝龍白）披掛已畢，分頭殺出莊去。（欒廷玉白）有理。（合唱）

回思昨夜點紅燈，號令誰能懂。雖未曾唾手殲除，也彀着提心驚恐。

（仝下）

（宋江衆上。唱）

【又一體】併力去交攻，那怕金城鐵甕，探知虛實魚兒釜中游泳。

（僂儸白）已到莊前了。莊門上竪起兩面白旗。（宋江白）待我看來："填平水泊擒晁盖"，"踏破梁山捉宋江"。這厮好狂言！我宋江若不打破祝家莊，誓不回寨。傳令第二撥頭領攻打前門，我自領了前部人馬去打後門。（僂儸白）淂令。（合唱）

莊圍前後，四周遭密扎如箍桶。自何須假道陰謀，好争看斬門勇猛。

（下）

（衆女兵引扈三娘上。白）［西江月］蟬髮纓冠籠罩，鳳頭寶髻斜插。連環鎧甲襯紅紗，綉帶柳腰端跨。大纛旌旗耀彩，雙刀日月光華。生成閨閣女姣娃，斬將飛身出馬。我乃扈三娘"一丈青"是也。俺這里三庄聚義，力拒梁山。昨有賊寇宋江，領兵攻打祝家庄，理合前去救應。衆髩鬟，就此前去。（衆應介）（唱）

【福馬郎】娘子軍威到處竦，

（白）帶馬。（唱）

一騎青絲鞚，村路迴。須知俺女英雄，戰鼓擂三通，贏勍敵奏膚公①。

(内吶喊介)

(馬麟、穆宏上)(通名殺介)(扈三娘打穆宏敗下，作追馬麟下)

(僂儸、女兵战介。僂儸敗下，女兵追下)

(衆僂儸引王英上。白)好一個俊俏佳人，將馬麟、穆宏都戰敗了。我不免迎殺上去，將他擒來，豈不快樂？衆僂儸！(僂儸應介)(王英白)殺上前去。

(扈三娘追馬麟上，馬麟敗下)(王英接战介)(王英架住兵器，喊叫介)女將軍姓甚名誰？使我知道了，好廝殺。(扈三娘白)我乃扈三娘"一丈青"是也。你這矮賊，通名上來。(王英白)我乃梁山第一個風流頭領王矮虎的便是。最喜與婦人交戰。(扈三娘白)胡説！看刀。(對殺介)(王英敗下。扈三娘追下)(籐牌棍單對下)

(四女兵上，擺住)(扈三娘追王英上，作拿住介)(扈三娘白)將矮賊解到祝家莊去。(衆應介。下)

(秦明、鄧飛上。唱)

【千秋歲】列轟轟，戰壘塵飛處，看浴血沿山被壟。

(祝龍、欒廷玉領莊兵上)(各通名介)(秦明、鄧飛白)既知吾等大名，早早投降，免汝一死。(唱)

早早投降，早早投降，免使那頭頸餐刀疼痛。

(交戰介)(祝龍、欒廷玉敗下)(秦明、鄧飛追下)

(衆莊兵持絆馬索上，埋伏介)

(祝龍、欒廷玉引秦明、鄧飛上，復戰介)(佯敗，絆馬索絆倒秦明、鄧飛，衆莊兵綁介)(祝龍、欒廷玉白)將此二賊綁進莊内去。(衆莊兵應介)(合唱)

狻猊猛，虚脾弄。霹靂火，乾興烘，二賊輕賫送。料傾巢搗穴，旦晚成功。

(下)

---

① 應爲"功"。

（衆女兵引扈三娘上。唱）

【越恁好】獨龍岡上，獨龍岡上，兵氣未消融。須索生擒戎首，掃餘孽殄羣兇。

（歐鵬上，戰介）（扈三娘、女兵敗下）

（林冲殺上。唱）

小兒女也敢當熊，原非將種。俺這里耀韎韐如雷動，他那里摇環珮如雲從。

（扈三娘追歐鵬上，戰介。敗下）（林冲接战，作擒扈三娘下）（内呐喊介）

（戴宗、李逵急上。各通名介。白）適纔與祝虎、祝彪對壘，聞説秦明、鄧飛已被綁進莊内去了。（李逵白）你看祝虎、祝彪這兩個犬子，手段高强。你我奉着將令，兩路策應，須索隄防纔是。（祝虎、祝彪内白）呔！那里走？

（引莊兵上。唱）

【紅繡鞋】刀光劍氣成虹，成虹。曳兵棄甲休鬆，休鬆。

（戰介）（李逵、戴宗敗下）（莊兵白）賊人敗走了。（祝彪白）此必佯輸，不可追赶。（祝虎白）兄弟，紅日西落，進莊飽飧，明日再戰未遲。（祝彪白）有理！衆莊兵將庄門緊閉，分付弓箭手，上門樓瞭望，以備不虞。（莊客應介）（合唱）

須挾矢并彎弓，擊刁斗衛崇墉，待明日再交鋒。

（下）

（宋江引僂儸上。唱）

【剔銀燈】難返日紅輪下舂，且收兵再操幾綜，這其間全在機謀用。

（白）天色已晚，不可戀戰。但今日四散分兵，未知勝負。且等衆兄弟到來，便知下落。

（衆頭領上。唱）

愧此日勞師動衆，忡忡失承天寵，報寨主爻分吉凶。

（白）奉寨主傳諭收軍，我等前來繳令。（宋江白）今日分路攻打，勝負若何？（歐鵬、馬麟白）秦明、鄧飛已被祝家賊子將絆馬索絆倒，綁進莊里去了。王英亦被扈三娘活擒下馬。（宋江白）又折了三位頭領,氣死我也!(衆頭領白)寨主請息怒,勝敗乃兵家常事。(宋江白)我宋江若救不出幾位兄弟,情願死于此地,有何面目回見江東?

(僂儸報上。白)報知寨主,林頭領陣上生擒"一丈青",特來報知。(宋江白)這也略消此恨,押過來。(僂儸應下)

(林冲押扈三娘上)(林冲唱)

【好孩兒】莽裙釵疆場倥傯,生擒矮虎,禍不旋踵。令傳凛奉,令傳凛奉,忙押赴主帥營中。

(白)扈三娘綁到。(宋江白)又断了祝家庄西路接應,另日叙功行賞。就差賢弟星夜將"一丈青"送回山寨。待我奏凱班師,自有發落。(林冲應介)(宋江唱)

火速檻鸞囚鳳,押回寨交付我翁。

(林冲押扈三娘下)(宋江白)衆僂儸!(衆應介)(宋江白)收回大隊人馬,到村口下了寨栅,明日相機進勦。(僂儸白)淂令。(合唱)

【朱奴兒】他則是甕中蠛蠓,怎當俺山苞川湧。李、扈而今誓不終,失犄角勢力將窮。誰呼擁,真成獨龍,待智取神機中。

(同下)

## 第十五出　鉄叫子送信成謀

(樂和上。白)拳棒武藝甚高能,絲竹管絃件件精。偃蹇暫時充獄卒,公門勾當好修行。自家樂和是也,祖貫茅州人氏,生平喜唱善吹,會淂諸般樂品,人都稱我"鉄叫子"樂和。昨日堂上審着一起人犯,解珍、解寶兩個乃是我的親戚,爲争虎一事被毛家父子賄托了他女壻王孔目,打通關節,屈打成招,打發死囚牢内。又買嘱了包節級,早晚要了他二人性命。我雖是小牢子,知道這等冤抑,就是平人也該相救,何况關些瓜葛,豈忍坐視?但是單絲不線,孤掌難鳴。只淂報與他姐姐顧大嫂知道,商量解救便了。一心忙似箭,兩脚走如飛。(下)

（顧大嫂上。唱）

【單調風雲會】【一江風】（首至三）慣當壚，改卓今爲顧，賣酒還開賭。

【駐雲飛】（五至末）嗏！人把大蟲呼，誰來欺侮。

（白）我乃顧大嫂是也，混名“母大蟲”，同丈夫孫新在這十里牌坊開設酒店，後面兼設賭場，買賣却也興旺。天已早明，開設鋪面則個。（唱）

把望子斜挑，掩映花村路。瞥聽浔喧嘩争喝盧，誰博浔千金一擲無。

（孫新、鄒淵、鄒潤、王小二、衆賭客上。白）大嫂。（顧大嫂白）那個輸贏了？（王小二白）我輸了三十貫。（衆白）我們都歇了。（孫新白）多到王小二家去筭帳，唤夥家開了店面。（顧大嫂白）曉浔了。（孫新衆下）

（樂和急上。唱）

【不是路】氣夯胸脯，一逕到東門十里途。

（白）大嫂。（顧大嫂白）原來是舅舅，裡面請坐。（樂和進内，作揖介。白）大嫂，令弟解珍、解寶不好了！（唱）

冤遭苦，禍從天降猝難圖。

（顧大嫂白）我兄弟有甚麽禍事？（樂和白）二位令弟在登州山上捕浔一虎，滚下山去，落在富豪毛太公莊後園内。令弟去討，藏過不還，他父子反把令弟呵，（唱）

生扭做强徒，揮金暮夜通官府，竟屈打成招伏罪辜。

（顧大嫂白）有這等事？（樂和白）毛太公托了女壻王孔目，將銀上下買囑，告他白日搶劫。令弟吃打不過，只浔招認了。現今下在大牢裏。（顧大嫂白）下在牢内了，如此怎麽好？（樂和白）那毛賊還不肯輕放，又買通當牢包節級，必要結果他二人性命。我路見不平，獨力難救。只想一者沾親，二乃義氣爲重，特地與他通個信息。（唱）

叨親故，特來代彼將冤訴。拔刀相助，拔刀相助。

（顧大嫂白）好個狠心賊子，難浔舅舅來此報信，正叫做是親必顧了。夥家！

（夥家暗上，應介）（顧大嫂白）家主在王小二家，快去請來，説有

親戚在此。(夥家應下)(顧大嫂唱)

【掉角兒序】謝賢親患難相扶,到寒家好通情愫。切莫怪一向生踈,還全仗片言調護。

(樂和白)二位令弟道,只除是姐姐便救淂他。(唱)

他説道賴知心惟姑表,望援手須擔負,莫忘葭莩。

(夥家隨孫新上。唱)

有誰款晤,特地招吾,爲甚的帘兒不掛,拒客來沽。

(夥家白)家主回來了。(孫新白)原來是大舅,到此何幹?(顧大嫂白)我兩個兄弟解珍、解寶爲索虎到毛家庄上,毛賊父子賴虎不還,扭告官府,托了女壻王孔目,買囑上下,説他白日搶劫,屈打成招,坐罪在獄。又暗托牢内包節級,目下要了他性命。多虧此間樂和舅舅報信與我們,纔知備細。我兄弟的性命,不是我們去救他,靠着誰來?(孫新白)阿喲喲!這還也淂!夥家。(夥家應介)(孫新白)你到王小二家,請了鄒家叔侄到來。(夥家應下)(樂和白)大哥計將安出?(孫新白)我想起來,除了劫牢,别樣也救他不淂。(樂和白)如此甚好。(孫新白)我有碎銀幾兩,將去牢中使用。(顧大嫂白)舅舅急速前去,寬慰我兄弟,叫他放心,我們定有救他的道理,諸凡照應要緊。(樂和白)不用叮嚀,自當留意。往後如有用着我處,無不出力向前。(顧大嫂白)難淂舅舅恁般熱腸。(樂和作别下)(孫新、顧大嫂唱)

【又一體】可憐他繫作鉗奴,少時遲還防延悮。我兄弟灾罹剥膚,伊性命危如朝露。

(夥家引鄒淵、鄒潤上。唱)

俺者是莽生涯趁賭埸,劣性子渾麤鹵,酒肉之徒。

(進見介)(夥家下)(鄒淵、鄒潤白)大哥、大嫂,什麼事情?(孫新白)二位嗄,舍舅解珍、解寶被毛家父子陷害,坐罪在獄,早晚要結果他二人性命。我們打點,要去劫獄。(鄒淵、鄒潤白)我二人情願同往。(顧大嫂白)但此地安身不淂了,也要相商一個去處。(鄒淵白)不妨,我有幾個好相識在梁山泊入夥,救出令舅之後,一齊投遶梁山泊去便了。(孫新、顧大嫂白)這等最好。(鄒淵、鄒潤白)還有一件,我們劫牢之後,倘登州官軍追捕,如之奈何?(孫新白)我哥哥孫立現做本州兵馬提轄,他的武藝到處聞名,同城武職中,只有他一個了淂。他若同去,何懼追兵?(鄒淵、鄒潤白)只怕提轄不肯落草。(顧大嫂白)不妨,我有道理。夥家!

(夥家上。應介)(顧大嫂白)你可飛馬到大伯提轄處,説我急病垂危,火速請他夫妻二位到來。(夥家應下)(孫新白)大嫂進去,打點行裝。(合唱)

沉舟破釜,浮海乘桴,及早的行裝打叠,不用躊躕。

(顧大嫂下)

(夥家引孫立、樂大娘子、從人上。唱)

【大和佛】驅馬郊垌日未晡,病喘可能甦,疾忙相探指顧近鄉閭。

(夥家報介)(孫新等接進,相見介)(孫立、樂大娘子白)嬸子有恙,故此我夫婦火速而來。

(顧大嫂上。見介)(孫立白)緣何却是無病?(顧大嫂白)我害些是救兄弟的病,不是這等,怎肯就來?(孫立白)此二位是誰?(孫新白)是叔侄二位,鄒淵、鄒潤,是我結盟兄弟。他原是萊州人氏,現住登雲山。(孫立白)久仰,久仰!(樂大娘子白)着我們到來,有何事情呢?(顧大嫂白)伯伯、姆姆在上,今日事急,只淂直言拜稟。只爲我兄弟解珍、解寶,被登州山下毛太公與同王孔目設計陷害,早晚要謀他兩個性命。方纔樂和舅舅特來報知。(孫新、顧大嫂唱)

巨惡自當鋤,平人陷害遭擒捕。恃有通神十萬上下把錢鋪,我兄弟顛連性命懸朝暮,忙解救纓冠而赴。

(孫立白)我在州裏亦聞此事,如今待要怎麼?(孫新等白)我等要去劫牢相救,只怕追兵勇猛,故求提轄帮助。(孫立白)我是軍官,如何使淂?(顧大嫂白)大伯,你若不肯,拚着併個你死我活。(各出兵器介)(孫新白)住了!不必動手,待大哥三思三想。(衆唱)

還須要計議從長莫生麤。

(孫立白)罷,罷!我想你們做出事來,我在此定難走脱。(衆白)

高見，説淂極是！（顧大嫂作附樂大娘子，再作暗語介）（孫立白）只是牢中可有接應？（樂大娘子白）有我兄弟在彼照應。（顧大嫂白）我便進牢送飯，你們在監門外，聽裏邊動静，然後下手。（孫立白）只是這里安身不淂了。（孫新白）哥哥，我們原是瓊州人，左右是寄藉，隨處可以安身。（鄒淵、鄒潤白）我們早已計定，同往梁山，投逩宋公明入夥，断無後患。（孫立白）既然這等，我們劫了獄後，再到毛家莊上殺了讎人，討個乾净。（衆白）説淂有理。（孫立白）從人過來，速進城中運出細軟。另備車輛，明日五更乘了，大娘子先往前途等候，我們隨後就來。快去安頓。（從人應下）（孫新、顧大嫂白）天色已晚，夥家。（夥家應介）（孫新、顧大嫂白）快快宰一羫羊，煖幾角酒，請衆位後面用晚膳，明早好行事。（夥家應下）（衆合唱）

【尾聲】端的苛政猛于虎，一不休來二不做，人心更險是江湖。

（同下）

## 第十六出　母大蟲劫牢拒捕

（包吉上。白）自家名兒包吉，充上多年節級。罪人性命鴻毛，單討肥錢發跡。心中毒計如刀，口裡甜言似蜜。福堂活塑閻羅，囚犯死當鬼卒。鋪牢使用周全，送飯容他出入。若還白賴面情，鞭朴穿皮見骨。鎖靠扭不輕鬆，匣床上須結實。如此人人害怕，收禁先來支撥。憑渠賣①鬻子，總要燒香拜佛。還有仇家買囑，恐防喊冤叫屈。只消一紙病呈，管把登時了畢。勸人莫打官司，便可遠離暴室。閑話少提，只爲毛家庄上一事，今早王正又來打點，定要了他二人。今日是毛太公誕辰，王正在彼祝壽，方纔着人邀我，我那淂工夫。想來不過爲着前件。正是淂人錢財，與人消災。緊守在牢內，溜一空兒，替他行事便了。小牢子過來。

---

① 此處漏一“妻”字。

(樂和暗上)(包吉白)你在牢門首看着,我往後監查點查點便來。(樂和應科)(包吉白)羅刹真形提短棍,酆都變相帶長枷。(下)

(顧大嫂上。唱)

【東甌令】忙前往,到園扉,遲緩隄防伏殺機。

(白)來此已是牢門首。那位大哥在此?(樂和)呔!什麽人?(見科)原來是大嫂。(顧大嫂白)我兄弟在牢,特來送飯。(樂和白)待我開你進去。(顧大嫂進科)(遞眼色照會科)舅舅。(樂和白)包節級在後面,見機而作。(附耳作暗語科)(顧大嫂白)放心。兄弟在那里?

(包吉上。喝科)呔!這婦人那裡來的?(樂和暗下)(顧大嫂白)我是解珍、解寶的長親。他陷罪在牢,特來送些飯食。(唱)

送將一飯申情意,全仗垂恩庇。

(包吉白)小牢子。

(樂和上。應科)(包吉白)你怎麽放他進來?(樂和白)我見他哀求不過,故此放他進來的。(包吉白)咳!自古道:"獄不通風。"怎麽你擅自開放?(顧大嫂白)説甚麽通風不通風,有許多包吉不包吉。(樂和分辯科)

(孫立、孫新、鄒淵、鄒潤各持兵器上。唱)

短兵突入逞神奇,獄静有烏啼。

(作叫門科)(顧大嫂解衣科)(包吉白)嗄!有些蹺蹊。衆牢頭快些出來。(内應科)

(解珍、解寶急上,將枷打死包吉下,各去枷扭科)(顧大嫂殺衆牢頭下)(樂和開牢門,孫立衆殺進科。白)我們且殺至堂上,結果王正這廝。(樂和白)他在毛賊庄上拜壽。(衆白)如此竟好,齊到庄上去。(合唱)

【風入松】公門巇險不須提,一班兒假是真非,名呼王正歪心地,那包吉吉星廻避,毛仲義義恁澆漓,齊断送入泥犂。

(下)

(毛太公、毛仲義、王正、衆莊客持盤果、酒器上。唱)

【秋夜月】祝壽山與齊，聽綺席笙歌沸，正春光明媚流花氣。

(毛仲義、王正白)今日爹爹壽誕，正值春風和煦，桃李爭妍，願爹爹壽與春長，福隨日永。(毛太公白)我們莊前賞玩賞玩。(合唱)

嫣紅姹紫濃桃李，且開懷酌玉醴，引年集朱履。

(孫立衆上。唱)

【風入松】滿盈惡貫想期頤，怕菜衣化作縈衣。

(白)狗男女，那里走！(毛太公衆驚避科)(孫立衆殺下)(顧大嫂殺入内科)

(衆莊客持棍棒上，孫立衆殺下)

(顧大嫂追老小婦人上，急走殺下)

(孫立衆提首級上)(孫新白)毛賊一門都已殺盡，財物已經取淂，我們放火燒庄。(作燒科)(合唱)

洪爐毛燎如游戲，暴易暴彰明天理。忙包裹阿堵分肥，槽有馬韝①來騎。

(白)外有數十匹現成鞍馬，我們大家乘了走。(鄒淵、鄒潤白)我二人先往石勇酒店中商議等候便了。(衆白)甚是有理。(鄒淵、鄒潤下)(内吶喊科)(孫立衆白)官兵追來了，我們迎上前去，殺他個落花流水。(合唱)

【黑麻序】拍馬如飛，任衝州過郡，斬將搴旗，把雄軍後殿，輜重先賫。

(追兵殺上，接戰敗下)(孫立衆白)追兵大敗，快些策馬加鞭。(合唱)

騑騑登州快遠離，梁山速去依，日平西，則見川途遼曠，山靄萋迷。

(鄒淵、鄒潤、石勇上)(鄒淵、鄒潤白)孫大哥，衆人都到了麽？此間就是石大哥酒店，過來相見了。(衆白)原來是石大哥，奉揖了。(石勇白)不敢。適纔鄒家竹林説起衆位豪傑來歸山寨，甚好，只是楊林、鄧飛二人都跟宋公明打祝家庄去了。又聞淂兩次失利，那楊林、鄧飛兩個都被陷在那里。(衆白)那祝家庄如此利害麽？(石勇白)祝家三子已是驍勇，又兼他師父欒廷玉更是利

① 底本此字作"鞴"。

害。(孫立大笑科)(衆白)提轄,笑什麽?(孫立白)我等衆人要投大寨入夥,正没半分功勞。我待獻一策,以爲進身,如何?(石勇白)若淂如此,極妙的了!我們且同衆位豪傑先見軍師,再作計較罷。(衆應科)(合唱)

**【尾聲】**清宵虎帳還參議,不怕他將軍堅壁,管教笳鼓聲中奏凱歸。

(同下)

## 第十七出　病尉遲獻計歸巢

(衆僂儸引宋江、戴宗上。唱)

**【高陽臺】**八陣空懸,一籌莫展,愁看列幕平沙,衰草寒雲,軍容特地蕭颯。

(宋江白)賢弟,我這兩日心神恍惚,睡夢不寧,如何是好?(戴宗白)大哥且自寬懷,從容計較爲是。(宋江白)怎奈祝家庄堅如鐵桶,不但不能破他,而且陷了幾個兄弟,教我宋江心上如何過淂去?

(僂儸上。白)啓上寨主,吴軍師到了。(宋江白)快請進來。(僂儸作請科)

(吴用上。白)已知隻手難擒虎,直下雙鈎欲釣鰲。(相見科)(宋江白)連日攻打不利,軍師知道麽?(吴用白)怎麽不知?小弟特來與大哥道喜。(宋江白)正在憂愁,有何喜之可賀?(吴用白)今有登州兵馬提轄孫立帶了七籌好漢,説與石勇、楊林、鄧飛交好,要投山寨入夥。(宋江白)這也不過添些人馬,未足爲喜。(吴用白)哥哥呀,那孫立與祝家庄教師欒廷玉乃是一師之徒。他欲獻一計,以爲進身。(唱)

提轄,西風願助霜威也,管捲却炊烟一搭。

(宋江白)真個?果然?(吴用白)豈有虚語?(宋江大笑科。白)他們如今在那裡?(吴用白)現有石勇兄弟引他來參見哥哥。(宋江白)妙呀!(唱)

破愁城,雙眉展放,陡增歡洽。

(吴用白)打祝家庄之後還有一計。(宋江白)還有何計?(吴用白)戴宗兄弟過來。(作袖中取出封套科)你到山寨取“鉄面孔目”裴宣、“聖手書生”蕭讓、“通臂猿”候健、“玉臂匠”金大堅到來,交此帖與他四人,俟打破祝家庄,各扮知府、公吏人等,賺取李應上山。照帖行事,不淂有違。(戴宗白)淂令。(吴用又出封套科。白)還有一封,就是你同楊林、李俊、張順、馬麟、白勝六人交看,俟打破祝家庄,分扮巡檢、都頭、土兵,賺取李應家属上山。照帖行事,不許泄漏。(戴宗白)淂令。一心忙似箭,兩脚走如飛。(下)

(僂儸報上。白)中堅嚴號令,奸細早擒拏。啓寨主,外面有一扈成,直入寨内,僂儸們綁下了。(宋江白)綁進來。(僂儸應科)(綁扈成進)(扈成白)扈成叩見將軍。(宋江白)哇!本寨主欲進庄攻打,這厮莫非是奸細?拿去砍了。(扈成白)將軍息怒,並非奸細,特來投寨入夥。(宋江白)且容他講。(扈成白)只爲小妹扈三娘已許鄰庄祝彪爲室,前番小妹愚鹵,悮犯虎威,故爾小可多帶金帛奉上,將軍放還小妹,完彼姻親,小可即收拾家資,願投麾下。伏望將軍格外施恩。(宋江白)放了綁。(僂儸應科。放綁科)(宋江白)看坐。(扈成白)寨主在上,小可怎敢坐?宋江白)坐了好講。(扈成坐科)(宋江白)既願投降,貴庄自不騷擾。但祝彪那厮首領,决不放他。保全令妹,自當另行擇嫁。若依我之讎仍爲汝之姻戚,則雖云入夥,定有異心。今日之請,断難從命。(扈成白)小可雖援從一之義,實深兄妹之情,只求把三娘放還。從來覆巢之下,必無完卵,小可也領會淂了。(宋江白)既是如此,金帛也不敢拜登,只煩放回王矮虎,自當把令妹送還。(扈成白)不期被祝家拿去,現今拘鎖在莊。(吴用白)令妹已送至山寨,奉養在宋太公處,將來自有商量。今後祝家庄上倘有響動,切不可救護。(扈成白)一一凛遵鈞諭,即此告别。(作别科。白)小莊思繫援,大寨許行成。(下)

(孫立、孫新、鄒淵、鄒潤、解珍、解寶、顧大嫂、樂大娘子、樂和、石勇引上)(合唱)

【又一體】那答烟火連村，貔貅野宿，大旂一片斜撒。寂静人聲，悲笳數點吹發。

(石勇進見。稟科)新來投寨孫立等一行人馬現在帳前俟候。(宋江接進，叙禮科)(宋江白)適纔吴軍師來説，遠投敝寨，草木生輝。(孫立衆白)寨主納士招賢，四方聞風慕義，容我等淂隨鞭鐙，願竭駑駘，以備鞭策。(宋江、吴用白)提轄威名如雷貫耳，何用太謙？兼蒙指授妙計，更荷榮施。(孫立白)不敢。(宋江白)兩次進兵，俱經失利。寨中兄弟，現被羈囚，正乏良圖。福星光降，使宋江不勝慶幸。(孫立白)祝家庄地勢天險，必須裏應外合，立可成擒。(宋江白)請教。(孫立白)在下本是登州提轄，只説對調鄆州把守經過，來此相望，他們父子断不疑心。我們進身入去，外有舍親等照應，内有弟婦並寒荆維持，内外殺出，一踹而平。特獻此策，以爲進身之報。(宋江)妙嗄！提轄這等神機，正是燎如觀火，獨龍祝氏直蝘蜓耳！(合唱)

排闥，西窗燭焰連烽火，怎敵淂神兵山壓。獻奇謀，茅廬初出第一功伐。

(宋江白)僂儸看酒，與衆位洗塵。(孫立白)且慢，明朝淂勝而回，我等開筵，當爲寨主慶賀。今日酒止，暫且相别。(宋江白)從命。(合唱)

【尾聲】沙場醉卧真瀟洒，向幕底連床枕甲，你聽那一片村鷄叫月華。

(分下)

## 第十八出　欒廷玉開門揖盜

(祝朝奉、祝龍、祝虎、祝彪、欒廷玉、莊客引上。唱)

【駐馬聽】保守村莊，執鋭披堅禦寇忙。俺須是填平水泊，踏破梁山，擒賊擒王。

(莊客上。白)報。啓上教頭，莊後有一行車輛人馬，旗號上寫着“登州兵馬提轄孫立”，特來拜望。(欒廷玉白)這是我同師學藝的兄弟。(祝朝奉白)那孫提轄是教頭令弟麽？(欒廷玉白)乃係

師弟。他騎勇件件出衆，不知今日如何到此，快請相見。（莊客向内請科）

（孫立上。唱）

轅門奉調適兹邦，故人咫尺遥相訪，特到巍岡。權作片時晤語暫息行裝。

（莊客進報科）（祝朝奉衆出，迎進科）（欒廷玉白）見了朝奉、三傑。（孫立各叙禮科）（祝朝奉白）請台坐。（孫立白）朝奉齒德俱尊，焉敢僭妄？（祝朝奉白）提轄職掌專城，老夫乃鄉隅衰朽，不必過遜。（各坐科）（欒廷玉白）賢弟向在登州鎮守，今日到此，有何事情？（孫立白）奉總鎮對調，移劄鄆州，隄防梁山泊强寇。便道經過，聞知仁兄在此，特來相探。適見村口屯扎兵馬，不好衝突，却是爲何？（祝朝奉白）這幾時正爲梁山泊賊寇連次攻打敝莊，未經撲滅。今遇提轄到來，真乃天從人願，枯旱降霖。斗胆屈留幾日，恊助獻俘，不勝萬幸。（孫立白）孫立不才，自當努力成全貴莊偉績。只是家小人衆，攪擾不當。（祝朝奉白）小莊雖然窄狹，還可居停，惟恐褻慢。（孫立白）説那里話？（祝朝奉白）孩兒等去請衆位到此相見，着你母親迎接孫夫人等到後堂款待。（祝龍等應下）（孫立白）多蒙過愛，何以克當！（唱）

【排歌】初幸承顔，遽蒙抵掌，流連信宿情長。

（祝龍等引孫新、鄒淵、鄒潤、解珍、解寶、樂和上。唱）

解鞍此日快登堂，東道聯歡荷寵光。

（進作叙禮科）（祝朝奉白）請問各位大名？（孫立指孫新、解珍、解寶白）這三個是我兄弟。（指樂和）這位是鄆州差來的公吏。（指鄒淵、鄒潤白）這兩個是登州送來的軍官。（祝朝奉等白）久仰，久仰！難淂衆位光臨，叨蒙帮助，何愁小寇猖獗，管教即日就擒。（孫立衆白）必須活捉了宋江，使天下傳名，盡知貴莊三傑。且我等薄効微勞，也不枉憲臺調防之意。（祝朝奉衆白）前日已擒淂賊寇幾人，今待拿了宋江，一齊解往東京，此則提轄應占頭功，小莊淂附驥尾，感佩不淺。（孫立白）豈敢。

（莊兵急報上。白）梁山賊寇又殺向獨龍岡前。（祝朝奉白）知道了。(莊兵下)(祝朝奉白)請到後面飽餐披掛,老夫在莊門上指麾便了。(衆白)如此甚妙。(祝朝奉白)吩咐掌號開莊。(内應介)(衆唱)

新封堠,古戰場,四奇四正陣高張。軍威盛,兵氣揚,管教面縛靖强梁。

(同下)

(宋江、衆頭領引僂儸上。唱)

【錦衣香】一隊隊忙前向,一陣陣争先上。定知立搗窩巢生擒厮養,旗麾閃爍馬騰驤。

(宋江白)今日攻打祝家庄,衆兄弟務要努力上前厮殺者。(衆應介)(合唱)

俺這是神機妙算指授非常,四面聞楚歌困垓心志賽張良,鼓角聲悲壯。早礪兵選將,獨龍岡畔開營打仗。

(下)

(内吹打)(埸上預設庄門)(孫立衆立後兩邊凳上)

(祝朝奉上門樓介。唱)

【點絳唇】玉帳雲開,畫旗風擺,莊門外蜂擁而來,賊黨應天敗。

(宋江内白)把祝家庄圍住者。(内應介)

(僂儸引花榮、林冲、楊雄、石秀、歐鵬、穆宏、馬麟、戴宗、宋江各持兵器上)(繞場作圍莊介,下)(祝朝奉白)看那些賊寇都來納命也。(唱)

【油葫蘆】甲士啣枚,剔選差,十面埋,撓鈎鹿角早安排。俺這里銅墻鐵壁攻何害,况則是登陴守望屯兵械。

(衆僂儸引花榮、林冲上)(向莊門白)呔! 何人敢來出戰?(祝朝奉白)欒教頭、祝彪出戰。(孫立白)解珍、解寶相助,須要小心。(解珍、解寶、欒廷玉、祝彪出莊應,與同花榮、林冲殺介)(花榮、林冲敗下)(欒廷玉、祝彪、解珍、解寶追下)(祝朝奉唱)

戰得疾,猛教人喝聲采。你看他相當旗鼓真無賽,第一陣勝負好難猜。

(衆僂儸引楊雄、石秀上。白)呔! 誰人出莊迎敵?(孫立白)朝奉,待孫立弟兄出戰,務要生擒賊寇進庄。(祝朝奉白)怎好有勞賢昆仲?（孫立白）不敢。（孫立、孫新出莊，與楊雄、石秀戰介）（孫新追楊雄下）（孫立白）賊寇休走，俺今日必要擒你進庄獻功。（石秀白）休淂胡説。（孫立白）看鎗。（作戰介）（擒石秀介）

（孫新上）（庄兵白）孫提轄又生擒賊寇一名。（祝朝奉白）綁進莊來囚禁。（莊兵押石秀下）（孫立、孫新進莊，照舊立凳上介）（祝朝奉白）好個孫提轄也！（唱）

【鵲踏枝】端的是大將才，不虛俺拜登臺。暢好是裴相征西召伯平淮。

（李逵、穆宏上。白）呔！莊内什麽人出來對壘?（祝朝奉白）祝龍、祝虎出戰。（孫立白）鄒淵、鄒潤相助。（作抵言。白）小心在意。（鄒淵、鄒潤、祝龍、祝虎出莊殺介）（李逵、穆宏佯敗）（祝龍、祝虎追下）

（林冲、欒廷玉上）（解珍、解寶後追殺介）（林冲作佯敗，解珍將欒廷玉刺死介。下）（祝朝奉白）你看解珍怎麽殺起我的人來了?（孫立白）莊主想是看淂眼花了。

（花榮引祝彪上）（解寶後追殺介）（花榮作佯敗，解寶用雙刀將祝彪殺死介。下）

（李逵引祝龍上）（鄒潤後追殺介）（李逵作佯敗，鄒潤用雙刀將祝龍刺死介。下）

（穆弘引祝虎上）（鄒淵後追上，同作交戰介）（穆宏、鄒淵同將祝虎殺死介。下）（衆莊客持棍，衆僂儸持雙刀，同作對戰介。各下）（衆僂儸引林冲、花榮、解珍、解寶、李逵、穆宏、鄒淵、鄒潤持欒廷玉、祝彪、祝龍、祝虎四人首級作遶場下）

（一莊兵上。白）三位公子與欒教頭俱已陣亡了！（祝朝奉哭介。唱）

可憐那戰陣上痛遭肉醢，愈教人飲恨也麽唧哀。

（孫立、孫新、樂和、鄒淵、鄒潤白）看刀。（殺祝朝奉下）

（僂儸上，遶場下）（鄒淵、鄒潤白）祝朝奉已死，我等放出梁山好漢，再將金銀粮草盡皆收拾，解上梁山，也是我等之功也。（衆下）

（解珍、解寶帶引時遷、楊林、黄信、秦明、鄧飛、王英、石秀上）（去

枷鎖、囚衣介)

(孫立上。白)衆位兄弟,今將祝家莊人口殺盡。我們放起火來,燒了莊子,前去參見宋大哥。(衆應下)(顧大嫂引老幼婦女殺下)(内放火彩介)

(孫立衆引僂儸推車輛裝綵緞、金銀、粮草上,遶場下)

(李逵上。白)且喜祝家莊已經翦滅,我不免殺入扈家莊去。

(扈成上。白)呔! 爾等與祝家庄有仇,怎麽殺入扈家莊上來? (李逵白)汝是何人? (扈成白)我乃莊主扈成,汝是何人? (李逵白)不認淂俺"黑旋風"李爺爺麽? 那里走! (戰介)(殺扈成下)

(花榮、林冲、馬麟、穆宏、歐鵬、戴宗、張横、張順、吕方、郭盛、石勇、吴用、宋江、僂儸引上。唱)

**【青歌兒】**吹不盡陣雲靉靆,看不了血雨膘腥,原來那野火燒身自惹災。

(孫立、孫新、鄒淵、鄒潤、樂和、僂儸等推車輛上。唱)

好似他鉅橋積粟鹿臺財,都分賫。

(孫立衆相見,揖介)(吴用、宋江等白)何來許多車輛? (孫立衆白)載有金銀、綵緞、衣服、首飾,都是莊内之物。(宋江白)妙嗄! 皆衆位玉成之力也。(唱)

**【寄生草】**滿斗量盈車載,比方着董家郿塢燒難待,郭家金穴消應快,石家梓澤人何在。

(解珍、解寶引楊林、時遷、黄信、秦明、鄧飛、王英、石秀等上。唱)

分明缺月慶重圓,周圍密網欣齊解。

(見介)(合白)我等有失軍機,又蒙軍師、寨主解救,實深惶悚。(吴用、宋江白)勝敗兵家常也。

(李逵提首級上。白)燥脾燥脾,爽快爽快! 大哥,祝家庄、扈家庄多被我殺盡了。這是扈成的首級,提來請功。(宋江白)哇! 鉄牛,扈成已是投降,怎麽殺他莊上,擅違將令? (李逵白)你又不曾和他妹子成親,便又思量阿舅丈人? (宋江白)唗,胡説! 今日本合斬首,且把功勞折過了,下次違令,定不饒恕。(李逵笑介。白)雖然没有功勞,也吃我殺淂快活。(宋江白)還有那鐘離老人指路之恩未曾報淂。將車中綵緞、金銀，再將粮米五百石，就差石秀兄弟親送于彼，并合村百姓各賜粮米一石，以表人心。(石秀應下)(宋江白)衆僂儸。(衆應介)(宋江白)就此拔寨回山。(衆白)淂令。(合唱)

**【寄生草】**奏凱歌，拔營寨，仇讎已報消兵革，金銀如許添光彩，英雄新聚均推戴。功成三打祝家庄，絃歌試譜垂昭代。

(同下)

## 第十九出　扮假官李應上山

(李應手帕絡手，小厮扶上。唱)

**【錦天芳】**没來由，兩函書把盟言盡勾，談笑起戈矛鬧蕭墻，那些兒式好無尤。

(白)我李應叵耐祝家庄那些小畜生不顧口黄，唐突父執。我修書兩次，不但不放回人來，反出惡言詈罵。我去與他理論，他公然與我格鬬，又射我一箭，瘡口至今未愈。因此閉户養疴，不管他人閒事。(唱)

堪恨這一星星雛雛黄口，只落淂怒冲冲按住吴鈎。

(白)前者宋江差人求見於我，故推病不出。我想宋江雖仗義踈財，但我乃盛世良民，怎肯接見他，蹈這瓜田李下之嫌？(唱)

他據着莽男兒逋逃藪，怎當我緊閉雙環如泄柳。怕農夫刈良苗，還同稂莠。

(白)昨日聞淂把扈家三娘生擒了去，這笄又断了一臂了。(唱)

笑他將軍太柔，却累裙釵出醜，莫怪我殘局外自優游。

(庄客上。唱)

**【傾盃賺】**賊勢滔天，花村殺戮連鷄狗。

(白)庄主，不好了！那祝家庄已被梁山賊人掃爲平地了。(李應白)嗄！有這等事？你且漫漫的報來。(庄客白)昨日忽有人來報説，登州兵馬提轄孫立領了官兵到了祝家庄後門。那欒廷玉原與孫提轄有舊，聽見這個喜信，就放下吊橋。(唱)

烽烟懷舊，一夫暫啓當關守。

(李應白)且住，祝家庄有了官兵帮他，一發好了。(庄客)庄主，有什麽好！那知祝家兄弟出去厮殺，孫提轄竟做了理應外合，把祝家呵，(唱)

墮奸謀，覆巢下俱遭毒手。霜鋒過，不分童叟。

(李應白)祝家父子都死了？那粱山泊好兇也！(庄客白)這還不筭兇。只見那些强盜又跑到西村，將扈家一門，(唱)

摧殘陡，還將細馬載温柔。

(白)一霎時兩村化爲白地，那紛紛居民報官的報官，逃難的逃難。(唱)

問君驚否，問君危否？

(下)(李應白)聽了這些話，我李應好不驚喜交并也。(唱)

【又一體】喜靖鄰仇，唇亡齒寒堪眉皺。

(白)我原是三村相爲性命，如今只有我家無恙，這也筭僥倖。(唱)

綢繆户牖，尚無風雨來僝僽。

(杜興飛跑上。白)庄主，本州太爺爲查祝家事情，已到我們庄上了。快出去迎接。(李應謊①介。白)我箭瘡初愈，快些扶我出去。

(内吆喝)(衆皂役、一孔目、兩虞候引知府轎馬上)(衆仝唱)

賣風流，擺頭踏，居然太守。

(下馬介)(李應迎接)(知府白)你是東庄李應麽？(李應白)小人正是。(知府白)那祝家庄爲何被賊人殺害，你是知情的。説來。(李應白)小人雖是東庄，離他甚遠。那祝家庄與粱山泊搆釁，小人其實不知。况且小人曾被祝彪射了一箭，傷了左臂，一向閉門在家。(唱)

清平世罪名難紐，

(知府白)胡説！祝家庄現有人告你結連强寇，打破村庄。你前

---

① 應爲“慌”。

日又受了他許多鞍馬、金銀，你還要賴到那裡去！（李應白）小人是知法度的人，如何肯受他的東西？（唱）

**皆烏有，探丸貲物怎甘收？**

（知府白）不用多講，左右，與我拏下了。（左右應介）（衆綁李應介）（知府白）那個是主管杜興？（杜興白）小人就是。（知府白）你也是有名人犯，把他鎖了，一同押到府裡去。（左右應介）（作鎖杜興介）（知府上馬，衆作押李應、杜興行）（合）（仝唱）

**不須分剖，難容分剖。**

（下）

（蒼頭上。白）嗄，嚇殺我也！我家庄主平白地被州裡太爺拿去了。這便怎麽處？不免報與大娘子知道。大娘子快來。

（使女引李應娘子上。白）蒼頭，前面鬧烘烘，怎麽樣了？（蒼頭白）大娘子，不好了！庄主是被州裡太爺拿去了。那太爺説通同梁山泊賊寇，打破祝家庄。如今要提去審問。（大娘子白）兀的不痛殺我也！（作跌倒介）（蒼頭作叫介）（大娘子起。唱）

**【又一體】淚湧雙眸，飛災天降難消受。**

（内白）衆土兵，把李家庄團團圍住，不許走了一個。（蒼頭白）外邊又喧嚷起來，好奇怪也！（唱）

**驚魂自抖，恨没個夫人城廓當强寇。**

（衆土兵、四都頭引兩巡檢上。白）衆土兵，打進李家庄去。（蒼頭白）你們又是什麽人？青天白日打進良民之家？（巡檢白）掌嘴，掌嘴！你是良民，難道我老爺是賊？你家通同梁山泊賊寇，還説什麽良民？（蒼頭白）請問老爺，如今來做什麽？（巡檢白）奉上司明文，拏了家屬，抄扎家私。衆土兵，進去抄扎家私，把箱籠細軟都解上州裡去。（衆應介。下）（大娘子白）嗄！竟要抄扎家私，好不唬殺人也！（唱）

**胡厮耨，似這等硬打劫求財白手，何不自掙個家私銅斗。**

（衆土兵作抬箱籠上。白）老爺，家私、細軟都收拾了。（巡檢白）把他家人、使女都上了鎖，李大娘子把車輛載好了。（衆應介）（作鎖蒼頭、使女）（大娘子哭介。唱）

真堪醜，把妻奴也似罪人囚。

（巡檢白）衆土兵，與我把這叛民庄屋都放火燒了。（衆土兵作放火介）（衆遶場。唱）

僞官忙走，僞官忙走。

（下）

（衆皂役、孔目、虞候押李應、杜興引知府上）（衆同唱）

**【四邊静】**牢籠巧計誰參透，紗帽將頭湊，賊智可偷天，官話不離口。

（白）左右，行了多少路了？（衆）行了三十里了。（知府白）快些趲行者。（衆應介）（遶場）（唱）

眼光即溜，精神抖擻，等淂夥兒來，丢下犯人走。

（衆僂儸引吴用、宋江、黄信、秦明、王英、阮小二、阮小五、阮小七、石勇、李逵、時遷、鄧飛、解珍、解寶、歐鵬、林冲、花榮、楊雄、石秀上。白）呔！梁山泊好漢全夥在此，你那狗知府，往那里走！（作冲殺）（知府、孔目、虞候跑下）（衆白）那知府走了。（林冲白）衆僂儸，分兵前去，把那狗知府都殺了罷。（衆應介）（作解縛介。白）大官人受驚了。我宋江聞淂大官人被知府捉拿，故此前來解救，請上梁山暫躲幾時。（仝唱）

**【朱奴帶錦纏】**龍蛇窟暫且淹留，蓮花幕何妨逓逗。和你痛飲中山千日酒，等淂着昇平時候。

（李應白）多承衆豪傑救我。只是叫我上梁山，我是断然不去的。（唱）

稼穡念先疇，怎敢學鯨魚碧海從他掉尾游。

（杜興白）大官人是清白之民，不上梁山也極有理。只是如今又殺了知府，可不是罪上加罪？（李應白）知府是他們殺的，與我何干？（杜興白）只怕難分辯，若依杜興主意……（李應白）依你便怎麽？（杜興白）不如上山暫躲幾時，一來不受眼前荼毒，二來宋公明義重如山。（唱）

特地來相救，劍亡何用刻舟求。

（李應白）我若去了，我的家属豈能保全？（林冲四人白）大官人放心，寶眷已接上山寨去了，不須慮淂。（李應白）罷了，罷了！

且隨你們上山,再作道理。(宋江白)衆僂儸,就此回寨。(衆應介。唱)

【尾聲】分明傾蓋逄佳友,不啻盟心杵臼,

(合唱)

且向雲山汗漫遊。

(下)

## 第二十出　踐舊約王英合巹

(衆僂儸、蔣敬、童威、童猛、劉唐、鄭天壽、燕順、杜遷、宋萬、孟康、陶宗旺、薛永、朱富、宋清、穆春、李雲、李立引晁盖上)(同唱)

【玉芙蓉】包戈静鼓鼙,脱劍扶忠義,盡堂堂正正,殺人有禮。祝家莊上豨張息,宛子城邊虎旅歸。

(晁盖白)前因祝家庄恃横大言不慚,公明賢弟領兵進勦,喜淂已經掃蕩,奏凱班師。兼有衆多豪傑,聞風歸附。那"撲天雕"李應已經賺取上山,遠近景從,大寨益加興旺。(衆白)聞淂那生擒的扈三娘全身武藝,孫提轄等俱是騎勇超羣,此皆寨主威德感孚,因淂有此英賢輻輳。

(僂儸上,報介。白)軍師與宋寨主已過金沙灘了。(晁盖白)伺候鼓樂迎接。(僂儸應下)(晁盖衆合唱)

他那里,競壺漿筐篚。動歡聲,漫天香靄散雲飛。

(下)(内作開船、掌號、鳴鑼)(衆僂儸、林冲、花榮、李俊、張横、張順、阮小二、阮小五、阮小七、白勝、蕭讓、裴宣、侯健、金大堅、吕方、郭盛、穆宏、歐鵬、鄧飛、秦明、黄信、李逵、戴宗、馬麟、王英、楊雄、石秀、楊林、石勇、時遷、孫立、孫新、解珍、解寶、鄒淵、鄒潤、樂和、顧大嫂、樂大娘子引宋江、吴用上)(仝唱)

【又一體】乘風扯義旗,傍日消兵氣。喜班師奏凱,群才濟濟。芙蓉艦泛銀濤沸,鸚鵡舟停錦纜維。

(晁盖衆迎接,作上山介)(合唱)

大寨裏聽金鳴鼓擂,快遥迎錦衣上路滿光輝。

(内奏樂)(舊頭領參見宋江,新頭領參見晁盖介)(各坐介)(晁盖白)聞淂祝家庄地勢最險,車不及回轅,馬不能並轡,怎生智取,成此大功?(吴用白)此功多虧孫提轄與衆家豪傑理應外合,不然怎淂成功?(晁盖白)提轄這般神筭,真堪運籌帷幄之中,决勝千里之外。敬服,敬服!且請到後寨少歇,聊具小酌,以作洗塵。(孫立、孫新、樂和、解珍、解寶、鄒淵、鄒潤、顧大嫂白)多謝寨主。(下)(宋江白)請李大官人出來。(僂儸應,請介)

(李應上。白)情知不是伴,事急且相隨。(宋江、吴用白)此位就是晁寨主。(李應作拜介)(晁盖白)久聞李大官人扶危濟困,仗義踈財,今淂親炙榮光,可稱萬幸。(李應白)多蒙寨主與衆頭領恁般義氣,弟雖不才,亦願常侍左右。但不知官司事體,可能平静否?(宋江大笑介。白)你道那知府是誰?就是我寨中頭領假扮的。只爲仰慕大官人,特設此一條計策,祝家人口都已殺盡了,那裡有人來告你?(李應作驚介。白)原來如此!(宋江白)戴宗賢弟,你同李大官人到後寨安置寶眷則個。(戴宗携李應同下)(王英白)宋大哥,我想忠信乃立身根本,每見大哥行事,只全淂個"忠"字,於"信"字上却欠着幾分。也莫怪俺做兄弟的饒舌。(唱)

**【鮑老催】**信字難期,俺花星不照命運低,怪不淂牽羊擔酒謝媒遲。

(宋江笑。白)兄弟不必多言。(向吴用、晁盖介)我當初在清風山時許下他一頭親事,懸懸掛在心中,不曾完淂此願。(唱)

清風山直到今,並不是都忘記,難淂個雌雄劍合莫邪妻。

(白)今擒淂扈三娘,此女武藝高强,竟欲配與王兄弟,成其夫婦,不知尊意如何?(唱)

姻緣湊巧諧夫壻,把信字休嘲戲。

(王英白)足見大哥有德有義。(王英拜謝,虚白介)(吴用白)今日黄道吉日,可備花燭,與大哥早早完全了這個"信"字。(王英又拜介)(宋江白)賢弟,快請更衣。(王英作恭敬應下)(宋江白)就請新人。

(儐相上,讚禮介)

(王英吉服,扈三娘、四侍女作攙扶,兩場門上)(王英、扈三娘交拜介)(晁盖、宋江、吴用白)送入洞房。(鼓樂前導,王英作扯扈三娘,虛白下)(衆笑介)(晁盖白)吩咐大排筵宴,設在忠義堂上,一則與衆位頭領慶功,二則與王兄弟賀喜。(衆白)多謝寨主!(仝唱)

【尾聲】洗塵筵席開還未,聽合巹蘭房歡莫比,大聚會啣盃休問夜何其。

(同下)

## 第廿一出　白秀英斂錢招禍

(鄭氏上。唱)

【遶紅樓】膝下孤兒悵遠遊,倚閭切盼断雙眸。

(白)斑衣一去無消息,堂前寂寞成悲憶。天涯望断欲消魂,長堤芳草連天碧。老身鄭氏,幼適雷門,夫主早亡,守孤十載。孩兒雷横,現充本縣都頭,二十已過,姻親未偶,更兼任俠使氣,仗義踈財。這却是男兒本等,只索由他。自從往東昌公幹,已經兩月,家中薪水艱難,幸賴朱節級時常周濟,不致缺少。只是爲何此時還不見回來,好生牽掛人也!

(雷横上。唱)

奉命宣差,别家已久,怎免北堂愁。

(白)我雷横從東昌回來,投過回批,已到自家門首,不免逕入。母親。(進見介)(鄭氏白)呀!我兒回來了。(雷横揖介。白)奉本官差遣,定省久違,恕孩兒不孝之罪。(鄭氏白)起來。(雷横起介)(鄭氏白)且坐了。(雷横白)告坐了。(旁坐介)(雷横白)孩兒雖則在外,一心只牽掛母親不下。(鄭氏白)咳!孩兒,只願你早諧姻事,我便放心淂下了。(唱)

【黄鶯兒】白髮已盈頭,盼孩兒叶好逑。紅絲何日牽成就,肩兒少休,心兒少酬,生男始願纔消受。

(合唱)

賴天麻夫和婦睦,百世紹箕裘。

(鄭氏白)兒嗄,自你出門,家中薪水多虧朱官人時常周濟。該去謝謝他。(雷横白)孩兒還要到縣畫卯,回轉到彼奉謝。孩兒在路遇一契友,相贈銀兩,母親請收下。(出銀包交付,鄭氏收介)(鄭氏白)可曾用早膳麽?(雷横白)孩兒在路用過,就往縣中去來。(鄭氏白)早去早回。(雷横白)曉淂。(作揖,出門介)(雷横白)家中來事母,縣裡去承官。(下)(鄭氏進内下)

(李小二、衆看官上。唱)

【縷縷金】帮閒慣,會溜鈎,朝朝閒打趄,串青樓。快活誰能及,一生花柳。

(雷横上。唱)

纔完公事且行由,衙門免伺候,衙門免伺候。

(撞見介)(李小二白)都頭幾時回來的?(雷横白)恰纔縣裡銷繳公文、批帖,列位爲何恁般的匆忙?可往那裡去?(衆白)你出去了這許多時,這勾欄院裏新到一個歌妓,叫做白秀英,果然色藝雙絶,熱鬧淂緊。都頭何不去看看?(雷横白)我纔到家,不曾曉淂,此刻公事已畢,同去識目識目也好。(衆白)好嗄!大家去走走。(衆合唱)

【又一體】忙移步,莫遲留,逢場争買笑,聽鶯喉。行到平康里,摩肩而走。紛紛委實看人稠,教坊第一手,教坊第一手。

(下)

(白玉喬上。唱)

【梨花兒】教女鸎歌真罕傳,繞梁音韻韓娥授,未断恩情虧邑候。嗏!開科院本翻新奏。

(白)自家白玉喬的便是。只因年邁,止倚靠女兒秀英賣唱度日。吹弹歌舞,出類超羣。不想有緣淂遇這鄆城縣老爺,昔年與我女兒在東京交好,特來投逩。蒙他批發告示,容我們開設勾欄,喜淂人山人海,甚是熱鬧。我想有此脚力,何愁不香?非但院内歌唱,就是鄉宦之家,也要去尋他幾貫錢鈔。告示已經張掛,衙門使用,看官府面上竟不來索取,何等快活!不免唤女兒出來,趁早演唱。秀英那里?

(白秀英持扇上。唱)

【清江引】金樽檀板娱清晝,珠串霏香口。標首自争先,纏頭誰落後。又洒樂,又温存,又風流。

(白)爹爹説什麽?(白玉喬白)今日看官甚多,演好些曲兒纔好討賞。(白秀英白)檢個什麽異樣曲兒唱唱便好?(白玉喬白)有了!竟唱個《西調連相》罷,我便打個叉,好接他們的賞錢。(白秀英白)好嗄!竟是這樣。(白玉喬白)快些打扮上臺。(白秀英下)

(雷横衆人上。白)花雨送香黏蝶翅,春風吹暖滿鶯聲。這裡院内了,進去,進去!(齊進介)(白玉喬白)列位看官們,今日我秀英出奇的西調,唱倒了幾處州城了,要討看官們重賞哩!(衆白)只要唱淂好,討些賞錢何妨?(白玉喬白)如此,就要演唱了。(下)(衆讓雷横首坐介)(内弹琵琶絃子)

(白秀英上。唱西調介)(白玉喬中間發渾介。唱畢)(白玉喬打采介)(衆白)果然唱淂好!我們情願打采。(各出銀錢,白玉喬持盤收介)(對雷横討賞介。白)這位官人來。(雷横作羞色介)

(白秀英上)(雷横白)今日偶然,不曾帶淂出來,明日一總賞你。(白秀英白)官人收了這"賞"字罷,頭醋不酸,二醋不辣。我們賣笑生涯,尋趁看官們的錢鈔,不拘多寡就是了。(雷横向白秀英介。白)我就賞你三五兩銀子,不值甚的。(白玉喬氣介。白)嗳!早是這等,不必進來遊戲了。(向白秀英介)我兒,你自没眼,不看城裡人、村裡人。(雷横怒介。白)哇!這忤奴。(白秀英背後虚白,衆勸介)(雷横白)你敢辱我雷横麽?(白玉喬白)罵你這三家村使牛的。(雷横作打白玉喬耳光介)(白玉喬撩衣欲打介)(衆勸介)(白秀英嚷介)(雷横唱)

【撲燈蛾】打伊這潑賤,打伊這潑賤,看官莫相救,我來閙勾欄,怎放他膽大如斗也。

(衆勸介。唱)

你也休争,他也没扭,遊戲事結甚冤雠。

(雷横怒介。唱)

恁腌臢苗而不秀，仗倚誰迎門賣俏不知羞。

(白玉喬向雷横撞頭，雷横打傷白玉喬門牙，跌地介)(衆勸)(白秀英扶白玉喬諢下)

(白秀英即上，罵介)(衆勸住雷横作推出門介)(齊下)(白秀英怒介)

(白玉喬痛苦聲，手捧牙上)(白秀英白)可曾打壞那裡？(白玉喬白)把門牙都打掉了，支撑不住，怎生是好？(白秀英白)爹爹放心，我向縣裡老爺處告他，只説我父親七死八活，性命也不保，定要把這厮處死他，纔好出氣。(白玉喬白)好孩子，真正娼妓中的魁首！(白秀英白)進去睡在床上，不要出頭。(渾下)

(四衙役、吏典引知縣錢用臧上。唱)

【光光乍】小子作清官，伸手只要錢。地方諸事都不管，比較錢粮用威權。

(白)断事不在理，作官偏爱財。有人來告狀，只交現錢來。下官鄆城縣知縣錢用臧是也。連日嫖興大發，没有一點空閒，堆積許多狀子。今日不免檢點檢點，可有什麽想頭在内？待我批發批發。(看介)一件霸占田産事。妙嗄！這裡面有一注錢弄弄。具狀人趙洪，有山田一畝三分。啐！通共一畝三分地，有什麽想頭？不要看他。一件已獲大盗，乞求追賍，已濟飢寒事。有趣嗄！强盗捉住了，失主求我追賍，這件事有五千金到手。妙嗄！可喜樂殺。待我看來。呈狀鐘三于二月十五日夜間忽被大盗三五人打入後門，偷去倉米二斗，舊葛布袍一件，破毡襪一雙，白大碗二個。咳，悔氣！這些東西要他何用？

(白秀英上。白)爺爺，救命嗄！(知縣白)什麽人叫喊，拿個來！(衆應，帶進)(白秀英跪介)爺爺，告狀。(知縣白)呀！你是白秀英。看茶伺候。起來，地凉不要跪着。爲何事告狀？快快説上來。(白秀英白)承你的好意，興起勾欄，我們如今都被人打了，特來謝你美意。(知縣白)誰敢！不要説打你，就是人瞧你這們一眼，我也不依。(白秀英白)現都有人看見的，還説不敢？(哭介)(知縣白)不要哭，有話你告訴我，我好收拾他，替你出氣。(白秀英白)雷橫把我父親打傷,命在呼吸。(知縣白)就是雷橫麽?申冤容易。左右,快拿雷橫過來。(遞簽與衙役,應下)(知縣白)白姑娘,你父親可打壞何處?實説與我知道。(白秀英唱)

【玉肚枝】【玉嬌枝】(首至二)沉冤莫剖,那雷橫肆爪牙胡言亂謅。

【玉胞肚】(三至合)我爹行遍體傷痕,小妮子籲恩提究。

【玉嬌枝】(五至末)還説我衙門情熟因那籌,百般辱罵多僝僽。望爺爺研鞫細追求,一紙呈詞敢上投。

(白)打落門牙,現有証見。(知縣白)知道了。(白秀英白)走來要着實的打,若是虚應故事,我不與你干休。(知縣白)我恨不淂一板敲死,怎麽説虚應故事?我要打輕了他,我就是你的兒子。(衙役帶雷橫進介。白)雷橫當面消簽。(知縣白)雷橫,你在我衙中出入,怎不遵守法度,擅自行兇,把白玉喬打落門牙?你有何辯?(雷橫白)爺爺,小人素知禮法,遵守衙規,怎敢胡亂打架?小人不合到勾欄聽唱,身邊不曾帶錢,豈料那白玉喬呵,(唱)

【又一體】攔門斷耨,把衣衫牢拴緊摳。

(知縣白)你没有賞錢,自然不放出你去了。怎麽你就打他?(雷橫唱)

白玉喬大肆咆哮,因此上兩相争毆。并未曾揮拳鑿齒招罪尤,天臺犀照奸難售。況且是奉明文娼妓不容留,怎當伊噀血含沙逞惡謀。

(知縣白)你這狗才,曉淂勾欄是本縣叫開的,你到扳扯本官,我也不與你計較。只是問你,打落門牙,該淂何罪?(白秀英白)爺爺是青天,他既無賞錢,反將我父親打壞,足見他是强霸了。(知縣白)打架是真,强霸是實。(雷橫白)小人怎敢?(白秀英白)公堂之上,他還敢引着明文壓制官府,何況背地裏?只求爺爺詳情。(知縣白)是嗄!如此肆横,决當重處。扯下去重打四十!(衆應,打介)(知縣白)取大號枷來,枷號衙門示衆。(二衙役押雷橫即下。即上)(白秀英白)你把他枷在那里?(白)枷在井亭示衆。(白秀英白)這個與不枷的一樣。(知縣白)不要惱,你説枷在那里，我依你就是了。（白秀英）雖然蒙老爺將雷横枷責，還求號令勾欄門首，方可警戒將來。（知縣白）説淂有理。分付禁子，將雷横枷號絣扒在勾欄院門首示衆。如若容情，一併究處。（衆應介）（白秀英白）多謝！我去了。（知縣白）什麼話？你今日動了怒，生了氣，那有空回之理，略坐坐兒，喫杯酒，與你解解悶兒。（白秀英虚白介）（知縣白）分付掩門。（衆應介，齊下）（白秀英）雷横，雷横！饒你縱有凌雲翼，管教難逃目下灾。且回到勾欄，慢慢洒落也。（下）

## 第廿二出　雷都頭荷技行兇

（雜扮禁子押雷横枷上。唱）

【山坡羊】没踹的雄心難按，窣地裹含冤長歎。好似那羝羊觸藩，角其羸，牽惹喬公案。

（禁子白）雷大哥，這里是勾欄門首了，且在此坐一坐。（雷横白）咳，我雷横也是個好漢。（唱）

潑紅顔，生憎遭白眼，則索低頭簷下，怎不添慚赧。呼籲蒼天，迢遥雲漢。

（白）更是我母親在家呵，（唱）

愁煩，盼金萱孰問安。摧殘，恨烟花剔弄奸。

（白秀英上。白）紅牙方歇板，白眼又看人。好嗄！叫他這般自在，禁子哥。（禁子白）娘子怎麽説？（白秀英白）你敢是和他有首尾，放他自在，老爺叫你絣扒他，你却做人情，少間我對老爺説了，還你個好意兒。（禁子白）娘子不必發怒，我就絣扒他便了。（白秀英白）如此我便帮襯你。（暫下）（禁子白）都頭，没奈何，胡亂絣一絣罷。（絣雷横介）

（鄭氏提飯上。唱）

【又一體】痛膝下驀遭欺熳，喫堂上不容鬆泛。直教我淚眼難乾，勸孩兒且自加餐飯。

（白）孩兒雷横因打了白玉喬，被娼妓告官，將他枷號在勾欄門首，爲此老身特送一碗飯兒到此。呀！原來絣扒在這里。（雷横白）母親嗄！（鄭氏向禁子介。白）你和我孩兒一般是衙門中出入的人，錢財這般的好使，誰保淂常没事，將他絣扒麽？（禁子白）老安人，我們却要容情，無奈被原告人監定要絣，因此做不淂情面。（鄭氏白）幾曾見原告人自監着被告枷號的，你待哄那個？（禁子白）老安人有所不知，他與本官相與淂好，一句話便要断送我們，因此兩難。（鄭氏白）嗄！這賤人恁般倚勢，待我解了索子，看他怎麽樣了我！（放索介。白）我那兒嗄！（雷横白）母親嗄！孩兒不孝，連累母親擔憂。（鄭氏白）兒嗄！（唱）

欠平反，眼睁睁誰顧盼。痛殺伶仃孤苦，添上愁無限。非是我舐犢私情，忍見他濡狐貽患。

（雷横白）孩兒自别母親出門，不想從勾欄門首經過，與衆友一同進去觀看，只因未曾帶錢，那龜子白玉喬不容孩兒出去，一時性發，打他幾下。却被娼妓告官，受此枷責。（鄭氏白）原來如此！我兒，且休煩惱，做娘的帶淂碗飯在此，且喫一口。（雷横白）孩兒氣咽填胸，怎生喫淂下！（鄭氏白）勉强喫些。（雷横喫飲，嘔吐介）（鄭氏白）阿呀，白秀英賤人嗄，害淂我兒好苦也！（合唱）

這般，屈官司到處難。今番，舊家門甚日還。

（白秀英曲内上，見介。怒白）你這老賤人，在這里説什麽？（鄭氏白）你這千人騎萬人壓的賤歪貨，你倒來駡我麽？（唱）

【水紅花】娼家賣笑與迎姦，揭天翻把人輕慢。

（白秀英白）你這老咬蟲、乞貧婆、死賤人，敢來駡我麽？（唱）

老而不死賊般看。

（鄭氏白）鄆城知縣敢是你做的麽？（白秀英白）啐！（唱）

没顛趄肆無忌憚。

（打介）（雷横怒介。白）哇！（唱）

敢將娘親欺侮，毋狗虎狼餐，不由人怒氣直排山也囉。

（將枷梢打死白秀英下）（禁子白）不好了，白秀英打死了！地方快來。(鄭氏慌介。白)如今怎麽樣處?

(地方二人上。白)好嗄! 弄出這樣事來。人命關天,非同小可,快同到縣裏去。(鄭氏、雷横哭。唱)

【尾聲】殺人者死王章犯,管教母子分離散,真是那雪上加霜寒上寒。

(衆押下)

## 第廿三出　美髯公捨身救友

(朱仝急上。唱)

【山東劉袞】勾欄鬧,勾欄鬧,慘磕磕,困英豪。

(白)我朱仝連日只爲奉差出去,不曉滑雷兄弟回來,豈知他鬧了勾欄,没來由惹出一場是非,受此枷責。方纔地方呈報,説他打死了白秀英,解到堂上來審問。我想那白秀英是本官心爱的妓女,此事料難挽回,如何是好? 且待官府剖断明白,看是如何,再作道理。

(差人押雷横上)(鄭氏隨上)(雷横唱)

剗地妓館娼樓,種綿綿禍苗,實實屈成招。他兀是出律律炒,面上辱難當,心裏恨寧消。豈是咱要尋彼懊惱,反把娘親絮叨。不覺的側身剛打一枷梢,直僵僵脂悴粉憔,無奈喧嚷嚷的地方來告。

(各見介)(朱仝白)呀! 雷兄弟,我只爲本官差了出門,不曉滑你回來。誰道你今日犯着此事!(鄭氏白)節級,如今怎麽處?(朱仝白)老伯母且自放心。賢弟,你如何做出這樣事來?(雷横白)哥哥,一言難盡。(朱仝白)官府還未升堂,且在衙門首席地坐一坐。(差人白)朱節級,有話快些説幾句,官府坐堂在即了。(暗下)(坐介)(雷横白)小弟前日從東昌回家,特來拜謝哥哥的盛德,不合在勾欄門首經過,進去一觀。可恨那白玉喬的老龜惱了小弟的性子,打了他一場,不想被本官徇情枷責,不容分辯。(朱仝白)賢弟,你打傷了白玉喬猶可解救。如今打死了白秀英,只怕官府不肯引着悞傷人命科断哩! 你也忒覺性急了些。(内衙役、吏典白)發三梆了。(内發梆介)(朱仝白)官府坐堂了。老伯

母，那邊略躲一躲。（朱仝、鄭氏下）

（差人暗上，帶雷橫暗下）

（内擊雲板）（衆衙役、吏典引知縣錢用臧上。唱）

【臨江仙】息訟安民人自擾，琴堂不淂逍遥。

（白）下官鄆城知縣錢用臧是也。方纔地方報來，白秀英被雷横枷砍斃命，本縣特爲升堂。

（差人帶雷横暗上）（白玉喬隨上）（知縣白）左右。（衆應介）（知縣白）帶雷横進來！（左右應介）（差人報門介。白）白玉喬進。雷横進。（左右）進來！（差人帶雷横、白玉喬進，跪介）（知縣白）且打開刑具。（差人應，開刑具介）（知縣白）差人出去。（差人下）（白玉喬白）爺爺申冤，我女兒白秀英被雷横登時打死，俱是致命重傷。（知縣白）屍親站過一邊，傷痕俱已檢驗明白，本縣替你嚴究就是了。（白玉喬跪一邊介）（知縣白）雷横。（雷横應介）（知縣白）本縣將你枷號示衆，怎麽還敢行兇？你把白秀英打死，明明是讎殺了。快快招上來。（雷横白）小人只爲這潑賤欺侮我母親，一時性發，並無有害彼之心。（白玉喬白）爺爺，不要聽他胡言。他母親也是個鴇兒。（諢介）（左右吆喝，仍跪原處介）（雷横唱）

【梁州序】娘親年耄，多般刁拷，無明火起難銷。略他枷梢輕點，悮傷犯下科條。

（知縣白）你明明有心打死，怎生引淂悮傷人命？按律抵償，並非枉断。（雷横白）小人該死，只求老爺超生。況且母老丁單，即援仇殺之條，尚有留養之例。（唱）

伏懇恩臺垂照，實出無心，留養沾鴻造。

（白玉喬白）他母親有許多乾丈夫，到處都有乾兒子，養贍那争雷横一個？只是苦了我女兒，只有爺爺一個乾丈夫。如今我女兒死了，叫我這硬邦邦頂碑馱碣的一座丈人峯，目下認不成乾親戚了。（左右喝介）（知縣白）自古道："人命關天，豈可輕放"！扯下去，先重打了四十再問。（衆應，打介）（白玉喬白）爺爺真正是我女兒的情郎，先打他來肉綻皮開，也與我女兒消消這口惡氣。

（左右喝下）（雷橫起介。唱）

筆下超生陰德原非小，鐵案成時怎動摇。

（知縣白）吏典疊成文卷，問成死罪。即令解上濟州，聽候断結便了。上了刑具，屍親釋放寧家。（衆應介）（知縣白）分付寫解批。（衙役向内傳介）（知縣白）唤朱仝。（衆應，向外唤介）

（朱仝上。白）朱仝進。（左右）進來。（朱仝進，跪介）（衆遞解批桌上介）（知縣白）雷橫打死白秀英，應該低①償，着你解往濟州處决，罪案便了。解批在此。（朱仝應，站介）（知縣白）再派幾名解差，沿途押送。（朱仝、衆應介）（知縣唱）

决死罪纔公道。

（白）分付掩門。（衆下）

（解差掛腰刀上）（扶雷橫作出門）（朱仝同出介）（朱仝、解差扶雷橫行）（仝唱）

**【節節高】**天高聽亦高，盻雲霄，回天全仗天來靠。

（解差暗下）

（鄭氏急上。白）我兒在那里？（雷橫白）母親在那里？（相見哭介）（雷橫唱）

身難保，喫棒敲，真消耗。問成死罪傷懷抱，母恩罔極他生報。

（鄭氏白）朱官人，官府怎麼樣断了？（朱仝白）已經問了抵償，將令郎解往濟州官府處决断，就要起身了。（鄭氏白）阿呀，兒嗄！（唱）

暮景桑榆歎仳離，連我殘年都休了。

（相抱大哭介）（朱仝白）伯母放心，雖然這樣問擬，上司或有駁輕的日子。且免愁煩，請回宅上，薪水都是小姪處送來。到彼一有好音，星飛報知伯母。（鄭氏白）多謝官人。（雷橫白）孩兒就此拜别。（鄭氏作哭介）

（解差暗上）（衆同唱）

**【哭相思】**親慈子孝兩相抛，此别重逢合少。可憐性命等鴻毛，惟有影

---

① 應爲“抵”。

形堪弔。

(鄭氏哭下)(朱仝白)我們且出了城,尋個僻静之處,歇息一宵,明日早行。(衆應介)(雷横、解差同行介)(合唱)

【香柳娘】趲行程路遥,趲行程路遥,斜陽衰草,子規啼血哀哀叫。看酒旗亂飄,看酒旗亂飄,隨分飲村醪,渴喉免乾燥。

(解差白)前面有個酒店,我們且到那邊吃兩碗酒去,再行趲路。(朱仝白)如此,二位先請,我在此看守犯人。(壯丁白)好個知趣的節級。我們正想着軟飽三杯,大家吃了,一總會賬。(下)(朱仝看衆下,向雷横白)雷兄弟,我要救你,想不出計策。恰好本官差我解來這遭,不救更待何時? 快些打開刑具。(雷横白)只是承你放了小弟,必連累到哥哥身上,于心何忍?(朱仝開刑具,撇野地介。白)賢弟,你可連夜回去,接了老母,星飛到别處逃難。這里我自替你吃官司。(唱)

快星飛隱逃,快星飛隱逃,多緣故交,還憐親老。

(雷横白)阿呀,哥哥嗄! 此恩此德,何時淂報? 如今回去,同了母親,只淂投逩梁山泊去了。雙手撇開生死路,一身跳出是非門。(下)

(壯丁、解差上)(朱仝作慌介)(壯丁見介。白)節級爲何如此慌張?(朱仝白)我一時不小心,竟被雷横走了,怎麽處?(唱)

【又一體】猛教人好焦,猛教人好焦,落他圈套,一似風筝断線弦聲杳。

(壯丁白)這是重犯,如今怎麽處?(唱)

肯官司恕饒,肯官司恕饒,同是奉差徭,株連怎生好?

(朱仝白)咳! 我一個不小心,被他逃走。二位不必埋怨,我情願認罪無辭。我們且回去繳了文批,本官處出首便了。(唱)

這踈防我挑,這踈防我挑,甘心打熬,自行投到。

(下)

# 第廿四出　幽燕路祇迓王師

（扮左企弓、虞仲文、曹勇義、劉彦宗、康公弼、張彦忠各冠帶上。唱）

【看花回】没挽回破碎江山，一肩國事倩誰担。偏俺這不逢辰遇着艱難，遥望着紫宸朝一聲兒長嘆。

（白）下官知樞密院事左企弓。下官知樞密院事虞仲文。下官樞密使曹勇義。下官樞密院副使張彦忠。下官參知政事康公弼。下官簽書劉彦宗。請了。（左企弓白）只爲金兵勢大，席捲長驅，昨晚探子報來，高六已献居庸關，看看逼近京城了。今日百官聚議朝堂，商量戰守之策。（虞仲文白）列公，我想我契丹立國百年，那知一敗塗地。（衆白）這也是天之數也。（内白）好苦嗄！（曹勇義白）那邊有一老宫監飛迯朝堂而來，不知何故？且待他來時便知端的。

（一老宫監急上。唱）

【綿搭絮】天心誰挽，則問這天心誰挽，走將來喘吁吁渾身打戰。

（作相見科。白）嗄，各位老先，不好了嗄！蕭太后昨晚聞居庸關已破，燕京必難死守，半夜逃出京城，向古北口�天德軍去了。

（衆作慌科。白）嗄！豈有此理，這便怎麽處？（宫監唱）

恁列坐朝班，可知道宫闈中變故真希罕。只爲聞風兒失却了居庸關，料的這燕京塗炭，到更深跨上雕鞍。

（衆白）請問老公公，蕭太后既去，那宫中宫女、宫監們便怎麽樣？

（宫監白）哎呀，好苦惱呀！（唱）

【又一體】一陣兒椒宫離散，一陣兒金屋傷殘，一陣兒手扳鳳輦，一陣兒哭送龍顔，一陣兒悉留撒拉的拖了衣帶，一陣兒幾溜古魯的掉了雲鬟，一陣兒吉里噶拉的擠着永巷，一陣兒希里哈拉的迸着銅鐶。

（衆白）這也慘淂緊。（宫監唱）

【青山口】還有那御河橋畔聽潺湲，握絲絲宫樹寒，見了些慘慘悽悽都在眼，止不住撲撲簌簌淚不乾。這的是家亡國破惹的這地覆天翻。

(衆白)如今老公公便作何主意?(宫監白)事到如今,還有什麽主意?咱家忍死片時,來告知諸位老先,然後拚着一死以報國家。(衆白)這個只怕使不淂。(宫監唱)

止不過覓剛刀投利劍,有什麽使不淂也那顔?

(宫監急下)(張彦忠白)蕭太后出亡,宫中潰亂,這中興事業一旦休矣。(虞仲文白)諸公不必傷懷,目下金兵已抵城下,城中尚有禁旅民兵。且令守城,以待勤王之師何如?(曹勇義白)老先,國統屢絶,那個勤王?(虞仲文白)就是背城一戰,也見遼國之亡尚有人在。(劉彦宗白)列公,只怕"戰守"二字,今番都用不着。(康公弼白)列公,小弟到有一説,從來識時務者呼爲俊傑,順天者存,逆天者亡。我和你們平日受了高爵厚禄,此刻也非貪生惡死。但死而無益,不如從長計議,依小弟愚見,大金朝起兵以來,勢如破竹,天意可知。今二京已亡,區區燕山焉能濟事?况且南逼宋人,進退無路,不如應天順人,修一降表,同詣軍門,叩頭請死,保全生靈,此爲上着。(劉彦宗白)參政之言有理,我們就修降表出城便了。(一白)好便好,只是面縛乞降,羞人答答。(衆作悲介。白)這也無可如何。(唱)

這樁事大難大難,恁與俺事契丹,怎又低頭屈膝拜東藩,恁道潛也不潛,安也不安。蕭太后呀!一自垂簾案,重窪憂患,何日淂追攀。

(下)

(扮衆百姓手持香一炷上。白)寧爲太平犬,莫作離亂人。我們乃燕山府的百姓便是。聞淂高六已献居庸關,今合城百官,奉表請罪,我們衆百姓也去焚香迎接。(一白)如今不要我們守城打仗就好了呀!(一白)列位,聞淂大金皇帝仁德之君,所下城池鷄犬不驚,這就是我們做百姓的福。(一白)前日已有詔諭,燕京官民降者赦罪,官皆仍舊,由此復見太平矣。(内鑼鼓,呐喊介)(百姓作驚跌介)(一白)呔!你們爲什麽驚慌?(一白)聽見金兵來了,不怕不腿軟。(衆白)這没奈何,迎上前去,在路傍一字兒跪着。(唱)

【聖藥王】天、天、天俺只索一炷香,向虎狼窩叩首三呼萬。早聽淂幾聲炮，鶤鸛陣排兵漢與番，止落淂兩脚蹣跚。

（下）（衆軍士引高六、斡①離不、迪古乃、銀术哥、娄室、婆盧火上。唱）

【慶元貞】則俺這統前鋒，統前鋒趁勢潮平岸，多管是王師時雨没遮攔。

（斡離不白）高都監，前面已是燕山，可探淂城中虛實若何？（高六白）啓上都統，下官已經探淂，蕭氏夜半出宫，由古北口趋天德軍去了。城中大亂，官民議修降表，詣軍門請罪。那些百姓都掃地焚香迎接。（五都統白）燕京已降，全遼悉舉矣，我好快活也！（唱）

聽淂臣民大啓關，你道赸也麽赸，眼見淂矢不折兵不煩。

（扮遼六臣囚服捧表上，跪科。白）亡遼纍臣左企弓等奉表待罪，望大王鑒察。（斡離不白）將表收了，趋送行在。（高六接表科。斡離不白）聖上前已有旨，王師所至，降者赦罪，官皆仍舊，諸臣可各守原階，换取冠帶，在城門迎接。（六臣白）萬歲、萬萬歲。勝國于今無骨氣，興朝依古有恩波。（下）（斡離不白）列位，你看那遼國臣民乞降光景，好笑人也！（衆白）這是大金朝龍興之福。衆把都，整齊隊伍前去。（衆應科。唱）

【古竹馬】則見他牽羊肉袒，高捧着降書出關。還有那百姓躋攀，競進壺飡，共献上錦江山。這是天滅契丹，地助金藩，似風吹草偃，比東征西怨，風順揚帆，勢若廻瀾。生教那没結果的遼王，遼王也面赧。

（六臣冠帶上。跪白）纍臣迎接大王。（斡離不白）諸公在遼，係何官職？（六臣白）臣知樞密院事左企弓。臣知樞密院事虞仲文。臣樞密使曹勇義。臣樞密副使張彦忠。臣參知政事康公弼。臣簽書劉彦宗。（斡離不白）諸公請起，暫守舊階，少不淂另有新擢。就此入城，伺候車駕便了。（六臣白）領旨。（作起科，下）（衆唱）

【煞尾】没照會齊跟豹尾班，有興頭手按着象牙板。恁則看風飄飄龍旗五色雲，簇擁着瑞騰騰黄羅曲柄傘。

（下）

---

① 應爲“斡”。

# 第七本

## 第一出　吴學究秋日離山

(衆僂儸、林冲、秦明、花榮、戴宗、李逵、雷横、劉唐、穆宏、李俊、張横、張順、阮小二、阮小五、阮小七、解珍、解寶、黄信、孫立、燕順、歐鵬、吕方、郭盛、童威、童猛、鄒淵、鄒潤、王英、"一丈青"、馬麟、鄧飛、杜遷、宋萬、楊林、白勝引晁盖、宋江、吴用上)(仝唱)

**【點絳唇】**慷慨英豪,雄心皎皎,施强暴,恣意貪饕,盗跖推同調。

(晁盖白)平生仗義寸心丹,(宋江白)萍水相逢出肺肝。(吴用白)袖底青萍三尺雪,(仝白)交情氣味近芝蘭。(晁盖、宋江白)今乃孟秋時候,暑氣漸消,金風荐爽,與衆兄弟玩賞。(衆白)看酒來。(同唱)

**【泣顏回】**秋日聚英豪,齊向瓊筵歡笑。金風颯颯影巍峩,晴山照耀。聽鸞笙鳳管,唱新詞歌舞皆仙調。看風光暑氣漸消,喜團圞①異姓同胞。

(衆白)大哥請酒。(宋江唱)

**【又一體】**持盃想起舊根苗,不由人珠泪頻抛。貪生失義,有何顏嘯聚山凹。

(衆唱)

新秋才到,看駢羅仙木祥光耀。且從容佳釀幾杯,又何須愁鎖眉梢。

(白)大哥,有話何不明説?(宋江唱)

**【解三醒】**非是我隱情不告,待説來雨泪如潮。

(白)當初蒙一人呵,(衆)怎麽樣?(宋江唱)

他放我殘生遊海角,這恩德似天高。我和你朝朝宴飲同歡笑,他而今遭配滄州日夜焦。我心間惱,到做了辜恩負義宵小兒曹。

(衆唱)

---

① 底本此字作"圝"。

**【又一體】**笑吾兄平生磊落，却緣何話語蹊蹺。那英雄今在何州道，請他來聚昏朝。

(李逵白)大哥，有什麼話，何不對老李説?(宋江)對你説也是無用。(李逵)大哥言語把吾欺，半吞半吐不説知。那人今在何方地，李逵星夜走如飛。(唱)

縱有千軍萬馬吾不惧，向虎穴龍潭走一遭。你休煩惱，管教他同歸山寨，重話蘭膏。

(衆白)大哥，到底爲着何事，何不對衆兄弟説知?(宋江)衆位兄弟有所不知，只因石勇寄書回家探父，事發到官，多感朱仝兄弟衙門打點，因此改罪發配江州。他今有罪，發配滄州。昨日雷横兄弟報知其細，所以心中煩恼。(晁盖)原來爲此！那朱都頭向日蒙他私放，我等至今懷恩未報，怎淂用計，賺他上山纔好。(吴用)哥哥放心，既然如此，待小弟下山，請朱仝到寨便了。(宋江)多謝軍師。(雷横)大哥，想朱仝哥哥元爲釋放小弟，將他抵配滄州。小弟心懷恩義，欲請令同軍師走遭。(宋江白)多謝賢弟。(李逵背介。白)我怎麼淂下山走走才好。(吴用白)還淂一粗心大胆之人同去方好。(李逵白)呔！粗心大胆者就是我老李。(吴用白)你去不淂。(李逵白)我怎麼去不淂?(吴用白)你吃酒惹禍，去不淂。(李逵白)我就把這兩樁都戒了。(吴用白)戒了還去不淂。(李逵白)怎麼又去不淂?(吴用白)須要扮作伴當才使的。(李逵白)什麼東西是伴當?(吴用白)使唤的小厮。(李逵白)咳！咱們乃是好弟兄，怎麼叫我扮你們的小厮?不扮！(吴用白)不扮?另差别人。(李逵白)我就扮，我就扮！(宋江白)你們此去，先到柴大官人庄上，説我多多拜上，望乞週全此人上山。(吴用白)領命。(吴用、雷横、李逵下)(衆同唱)

**【尾聲】**堂前何淂閒争鬧，施謀設計在今朝，兄弟相逢喜氣滔。

(分下)

## 第二出　地藏寺寃遇兇謀

（吴用、雷横、李逵上。唱）

**【降黄龍】**聚義相邀，特赴滄州，援引同袍。欲如伊奮身爲友擔愁，千古寥寥。

（吴用白）二位，我等三人奉晁、宋二公之命，招接"美髯公"朱仝入夥。知他與雷兄弟代罪，已經刺配滄州，特來乘機援引。但他性情固執，一往直前。聞淂知府高邦彦，十分青目。他雖無家累牽絆，還只恐受恩深處，不肯輕離，如何是好？（雷横白）軍師不必過慮，朱都頭雖是執性，小弟素與交好，心迹頗知，只要緩款進言，强逼不淂。（李逵白）嗄！憑他執拗，俺有板斧在此。（雷横白）没有見面，你就發火性了。（吴用白）休淂多言，待到其間，或有用淂你着的去處。（李逵白）軍師纔是妙人，那膠柱不通的，須則要俺一斧劈做兩段。（吴用白）將次到郡，須索小心，大家道友相稱，方爲穩便。（李逵、雷横白）有理，道友請。（仝唱）

迢遥披星帶月，須則忙探聽伊人消耗。望前途肩摩轂擊，郡城來到。

（下）

（朱仝上。唱）

**【又一體】**吾曹時命還高，貴手提携報應結草。中元令節奉差遣，疾往僧寮。

（白）我朱仝刺配到此，多蒙太爺電情超豁，免發牢城，留在衙内，陪伴公子。這却那裏想着？蒙如此豢養深恩，我益當竭力圖報，纔表一點忠敬之心。今乃中元節届，太爺捐俸修齋，就在地藏寺啓建道場，着我前去料理。那地方上成例，還要點放河燈，諸般雜耍。晚間命我領出小衙内，前來觀看一回，不免先往預備。（唱）

今朝作盂蘭盆會，仗佛力青弭灾消。猛則見雲中旙竪，風外鐘飄。

（下）

（雷横上。唱）

【黄龍衮】金蘭訂久要，金蘭訂久要，汲引同歡樂。

(白)我方纔到衙門打聽，太爺差遣朱兄到地藏寺擺設道場去了。因今日是中元佳節，廣放河燈，不免到彼等候。(唱)

且待見面時，

(合)

從容細把衷腸表。

(朱仝上。接唱)

奉佛修齋，四恩來報。辨虔誠，除葷酒，申條教。

(撞見雷横介)

(吴用、李逵暗上)(雷横白)你是朱大哥麽？(朱仝白)雷賢弟，爲何到此？(雷横拜介。白)多蒙哥哥救了性命，家母與小弟如今都上梁山泊了。因放心不下，波及哥哥受累，聞淂刺配滄州，特地前來探聽消息，不料恰好遇見哥哥，正是天從人願。(朱仝白)賢弟，自前時放你之後，到縣中呈首了，解上濟州，審断刺配到這裏。蒙本府太爺留養内衙，領着公子却也身安心樂。(雷横白)哥哥是一籌好漢，怎麽埋没在此？小弟此來一則探望哥哥，二則晁、宋二寨主不忘舊日恩德，欲請哥哥上山，同聚大義。(朱仝白)咳！你差了，你犯了該死的罪名，我因義氣放了你，我還想挣扎還鄉的日子，復爲良民，怎肯做這等勾當？(李逵怒暗①介)(吴用見介。白)吴用也在此相請，望仁兄即那尊步，同赴山寨，以滿晁、宋二公之願。(朱仝白)先生怎生也是這等説？匆匆不敢細叙寒温，二位即便請回。(雷横白)哥哥在此，只是居人之下，還是同上梁山的好。(朱仝白)咳！雷兄弟，你好没理，我因你母老家貧，故此放你，你今反來惹氣我。今晚要領小衙内看河燈，不淂久叙，請了。(急下)(雷横白)看他急急而去了。(李逵白)阿喲喲，好惱，好惱！我們好意請他入夥，反道我們不是，我站在旁邊聽，把肚子都氣來漲穿了。待我赶上去，打這厮。(吴用白)他是重義之人，自然不肯胡行的。(李逵白)嗳！我們山寨

---

① 應爲“暗怒”。

中怎希罕這個鳥人？回去罷。（吴用白）不妨，三人同心，其利断金，我自有妙計。（雷横、李逵白）有何妙計？（吴用唱）

【皂羅袍】肯放虚行這遭，陡心生一計，不費絲毫。

（雷横白）既有妙計，速速請道。（吴用唱）

肯教春信漏梅梢，當前觸發成圈套。

（白）你二人過來。他方纔説領着小衙内看燈，雷兄弟可將他誘在一邊，只説還有要緊説話，那時你將小衙内悄然抱去，引誘朱仝前到黑松林，將小衙内用斧劈死。朱仝見了怎肯干休？自然與你争鬭，那時可將朱仝引誘到柴大官人莊上，我等又有别計，不怕他不上山也。（雷横、李逵白）妙嗄，好計，好計！（唱）

假虞伐虢計兒實高，進狼拒虎穽兒怎逃。

（吴用白）天色漸晚，你我速到地藏寺前尋他便了。（雷横白）有理。（合唱）

斜陽掛樹烟光繞。

（作虚白下）

（衆和尚上。白）慈悲勝念千聲佛，作恶空燒萬炷香。我等地藏寺衆住持是也。今乃七月十五日，本寺年年廣修善果，今歲本府太爺又特捐俸，啓建道場，遣一位朱内司前來料理，又要我們在河燈船上持誦往生神咒。今日做了一天功德，天色將晚，少停要放河燈了，朱内司他回府衙去領公子到來頑要，我們須索鳴鐘擂鼓作起法會來。（内應，敲鐘、擂鼓介）

（衆鄉民、雜要等人上。唱）

【玉嬌枝】一謎里人山圍遶，借勝會情豪興豪。壜開百戲堆歡笑，蓮花燈斜傍蘭橈。

（虚白介）

（朱仝佩劍抱小衙内接唱）（上）

向招提遠聽淂鐘鼓敲，鬧垓垓人聲喧譟。不多時日淡林臯，咕叮噹梵音飄渺。

（衆鄉民白）朱大爺領了小衙内，可是看我們頑要麽？（朱仝應介）（衆鄉民白）我們今日各鄉村到此，原爲做勝會，列位有什麽

奇異雜耍，快些搬演。一者献佛，二者與衆觀瞻觀瞻。（衆雜耍呈技介）

（内作音樂）（駕蓮船上，遶場放河燈下）

（吴用、雷横暗上）（雷横扯朱仝衣介）（朱仝白）是那個？（雷横）是小弟。（朱仝）你又來怎麽？（雷横）借一步説話。（朱仝放小衙内坐介）（雷横）小弟實奉晁、宋二位寨主之命，特請哥哥上山。若然不去，叫小弟如何回覆？

（李逵暗上，抱小衙内下）（朱仝）咳！你好不識時務，方纔一言已畢，何用多説？（作推雷横介）請各便。（轉身作不見小衙内介）（雷横暗下）（朱仝）衙内在那裏，衙内在那裏？（問衆人介）你們衆人可曾見衙内麽？（出劍介）（衆虚白驚下）（吴用内白）適纔見一黑漢，手執板斧，自稱鬧江州的李逵，將衙内抱往東南去了。（朱仝慌介）呀！竟竟抱往東南去了，不免急急赶上，拿這賊去。

饒他走上焰摩天，脚下騰雲須赶上。

（下）

## 第三出　小衙内無辜受禍

（李逵抱小衙内急上。唱）

【好事近】修短命中該，莫恨鐵牛心歹。

（白）俺李逵，軍師定計，賺淂小衙内在此。且喜離城已遠了。（小衙内哭介）（李逵白）不要哭，不要哭，送你到好所在去。（唱）

萬松深處，伊家安身所在。

（白）行到此間，好一個曠野之處。今夜月色明朗，如同白晝，就在松林中送你性命便了。噲！小孩子，不是我要害你，這是軍師定計，怎敢有違？且住，本該一斧劈死，怎麽忍淂？也罷！不免將他掐死，與他個全屍而去罷。（唱）

盂蘭佳節送郎君，早去遊天界。

（掐死小衙内介）（扮土地暗上，接下）

（朱仝上。唱）

莽平原不怕迷蹤，遭狹路還防謀害。

（李逵作出松林介）（朱仝見介。白）呔！你這厮，拐我小衙内到那裏去了？你是何等人，擅敢大膽？（李逵白）我乃鬧江州的"黑旋風"。（朱仝白）嗄！你是李逵麽？（李逵白）老爺便是！你敢怎麽樣？（朱仝白）你好好把小衙内還我，我便饒你。（李逵白）我"黑旋風"豈是討人饒的？（朱仝白）呸！（唱）

【千秋歲】漫分腮且鬬個輸贏者，無明火怎生容耐。

（拔劍出，對殺介）（李逵白）你要與李老爺鬬合麽，來、來、來！（唱）

合凑今朝，合凑今朝，好把你主僕一齊支解。

（對殺介）（朱仝白）這厮快還我衙内來。（李逵指頭上介）小衙内的頭鬇却在我頭上，與你看看。（朱仝見。驚介）不差，是我小衙内戴的。如今衙内在何處？（李逵白）安安逸逸睡在林子内，來、來、來！（作入林介）（合唱）

深林裹消烟靄，清光滴無雲彩，一見就明白。

（李逵白）這不是小衙内？（朱仝見，驚跳，怒介）嗄！竟掐死在此。好狠心的賊嗄！（復對殺介）（朱仝怒唱）

恁行兇至此，狠過狼豺。

（對殺介）（李逵遶場敗走）（朱仝追介）（李逵入莊内）（朱仝白）這厮竟進莊内去了。天色已明。咳！我定不與他干休。裡面有人麽？快走出來。

（庄客上。白）來了，是什麽人？（朱同白）方才有一黑漢走進你家來，請你主人出來。（庄客白）少待。大官人，有請。

（柴進上。唱）

【好事近】雙闔爲君開，最喜江湖結客。

（朱仝進介。白）莊主。（相見介）（柴進白）足下何來？（朱仝白）小可是鄆城縣節級朱仝，昨領小衙内出來看放河燈，被"黑旋風"那厮掐死衙内。現今走入貴莊，望煩添力捉捕送官。（唱）

恕吾造次，望煩恊挐送解。

（柴進白）原來是"美髯公"！（朱仝白）不敢。請問莊主高姓？

(柴進白)在小"小旋風"。(朱仝白)嗄！就是柴大官人。不想今日淂識尊顔。(柴進白)請到裏面坐。(朱仝對拜介)(合唱)

**聞聲相慕,幸今朝邂逅親珠。咳！漫匆匆握手談心,喜孜孜納頭下拜。**

(坐介)(柴進白)小弟有一爱友,與足下亦是舊交。(朱仝白)請問不知是何人?(柴進白)名唤"及時雨"宋江,現在梁山泊做頭領。(朱仝白)原係舊交,近日可有所聞否?(柴進白)公明兄有密書一封,令吴學究、雷横、"黑旋風"俱在敝莊,禮請足下上山聚義。因見足下推阻不從,故意教李逵殺了小衙内,絶了足下歸路,便好傾心入夥。(朱仝白)咳！只是氣李逵不過。(柴進白)吴先生、雷兄、李兄,如何不出來陪話?

(吴用、雷横、李逵上。唱)

**【紅芍藥】且下氣陪話高齋,多只爲設賺英才,不顧慈仁但分成敗。**

(相見叙禮介)(吴用、雷横白)昨宵地藏寺别來,不料此間又淂快叙。(朱仝白)雖承弟兄們情意,只是忒毒了些。(雷横扯李逵施禮介)(朱仝怒介)就是這厮！(拔劍鬬介)(衆勸介)(李逵白)這是宋大哥將令,干我甚事?(朱仝怒唱)

**怒衝冠恁般無賴,實丕丕萬剮賤狗胎。**

(衆勸介)(柴進白)兄長暫息雷霆之怒,適纔小弟之言,兄若不信,請看宋公明此書,方知就裏。(朱仝接書看介)(哭介)皇天嗄！(唱)

**没來由寃家路窄,可憐生無地愁埋。**

(白)列位,我今欲投梁山,只是辜負了太爺。我欲回到府衙,小衙内又被這黑賊殺死,怎見恩官之面?(哭介。唱)

**兩下裏半尴不尬。**

(衆白)事已至此,不必悲傷,還是上山爲妙。(朱仝白)列位若要我上山時,要依我一件事。(吴用、雷横白)無不遵依。請問那一件事?(朱仝白)只要把李逵首級,與我出了這口氣,我就上梁山。(李逵白)我有板斧在此,也不怕你。(暗下)(柴進白)朱兄,方纔言過,是晁、宋二位主意,與他何干?我有道理,李大哥留在敝莊，且盤桓幾日，待朱兄性定，然後還山。三位先上山去便了。（朱仝白）這件事已經做下，知府必定移文捉拏家小，如何是好？（吴用、雷横白）多敢寶眷俱已在山了。請放心。（朱仝白）且到彼再作計較。（柴進向内介）莊客們，看三騎馬過來。

（莊客帶馬上）（吴用、雷横白）多多攪擾，就此拜別。（衆唱）

【紅繡鞋】回程不敢延捱，延捱，休教望眼頻揩，頻揩。

（衆白）請上馬。（莊客帶馬介）（衆作上馬介）（合唱）

秋日影轉高槐，齊跨馬漫擡揌，欣聚義慰同儕。

（吴用、雷横、朱仝下）（柴進送介）

（李逵暗上）

（陳旺乘馬急上。白）飛馬直奔横海郡，奇灾急報大官人。已到莊門。（作下馬介）（柴進轉身見陳旺介）（陳旺白）大官人在上，小人叩頭。（柴進白）陳旺，你到此何幹？（陳旺白）大官人，有緊急事務。（柴進白）裹面來講。（作進介）（陳旺白）只爲前日有個殷天錫，倚勢行兇，要强奪我家老爺花園。（柴進白）住了！那殷天錫是何等様人？（陳旺白）那殷天錫原是本州知州高廉的妻弟，他看上我家花園，要來白占。我家老爺被他氣傷，染成一病，命在呼吸。爲此修書一封，請大官人速速前往辦理後事。（陳旺作哭介）（柴進作怒介）有這等事？陳旺，你到後邊用了酒飯。我一面吩咐莊客准備行李、馬匹，即刻起程。（陳旺應介。作牽馬下）（李逵作喊介）阿呀，阿呀！大官人，我也要同去走遭。（柴進白）這也使渇。（同唱）

【尾聲】一封書到人驚駭，病入膏肓劇可哀，急赴高唐探候來。

（下）

## 第四出　殷直閣怙勢亡身

（梅香、安人扶柴皇城上。唱）

【秋夜雨】煢獨無倚仗，受欺侮休誇門望。官勢凌人，亭臺白占，我死讎難忘。

(白)老夫柴皇城,只爲本州知府高廉縱容伊妻舅殷天錫,挾勢婪賍。知我花園,要來强占。我親自與他折辨,反受他挫辱一場,因成感氣傷寒,命危旦夕。咳!罷了,罷了!只爲我年老無嗣,姪兒又遠隔滄州,被他如此肆横。曾差陳旺去接姪兒,不知可等淂他來囑咐幾句麽?(安人白)老爺且請開懷,保重貴體要緊,大官人早晚定然到了。(柴皇城怒介。白)嗳,好恨也!(唱)

【高陽臺】恨積多端,愁生千丈,吾生恁等輕喪。小阮能來叮嚀,須報狐黨。

(安人唱)

調養,君臣藥餌須頻進,從古道吉人天相。

(白)老爺,藥已煎好,待去取來。(柴皇城白)咳!不濟事了,服之無益。(安人白)老爺請耐煩些,還是服藥的好。(柴皇城服藥,作倚桌介)(安人服侍介。白)天那!(唱)

可憐伊病深藥淺,添人惆悵。

(陳旺引柴進、李逵乘馬隨衆莊客上。唱)

【又一體】高唐叔姪關情,雲山瞻望,倥偬馬首相向。

(陳旺白)大官人,小人先進去通報。(柴進虚白介)(陳旺進稟介)(柴皇城白)快接進來。(陳旺出稟柴進介)(柴進白)李大哥,請到後廳少坐。衆人耳房伺候。(李逵、衆莊客下)(柴進同陳旺進見介)(陳旺下)(柴進白)嬸娘。(揖介)(安人白)大官人來了,老爺,老爺!(柴皇城醒介)(安人白)滄州大官人來了。(柴皇城白)姪兒,你來了麽?坐了。(柴進坐介。白)一向不知叔父欠安,失於問候。蒙差陳旺寄字與姪兒,爲此飛馬而來,希恕遲慢。(柴皇城白)姪兒嗄!被冤已經書内寫明,只望你來,乘我未死,遺囑你幾句。我命定不能保了。(唱)

閉户安居,平空受此无妄。

(柴進白)我家傳有丹書鉄券,怎肯放他欺侮?自當報復此讎。(柴皇城白)你還不知殷天錫的聲勢,何等炎炎,總靠着高太尉掌朝,那些依親附勢的便敢毒流天下。(唱)

欺罔豈惟一郡遭流毒,都仗他朝綱操掌。我死後擊登聞報讎洩恥,休教饒放。

(柴進唱)

**【玉山頹】【玉胞肚】**(首至合)愁煩撇漾,合延醫調治安康,那其間攔駕何難,就此日鳴官休講。

(柴皇城白)殷天錫,殷天錫! 我死之後,當作厲鬼殺之。(仰椅背介)(安人、柴進同叫介。唱)

**【五供養】**(五至末)怎神魂惝慌,敢則是乘雲而上,甦醒祈靈貺。

(又叫介)(柴皇城低白)姪兒,我若死後,殷天錫再來催逼出房。你嬸娘是女流,我又無兒女,止有你一個親人。你若報淂此讎,我就在九泉之下,我的靈魂也隨着你。(作暈倒介)(安人、柴進同叫介)(柴進白)嬸娘,叔父這般光景,多應不濟事了,快扶到裏面去。(安人叫介)(同唱)

狠無常,回生難覓返魂香。

(扶下)(衆内哭。白)老爺氣絶了。

(二家丁上白)部民白嚼充魚肉,宦僕烏漫肆爪牙。有人麽?

(陳旺上。白)是什麽人?(家丁白)我們是殷大爺那里來的,快快出空了花園,大爺即刻要來收管了。(陳旺白)我家爺爲了此事,今已去世了,還要什麽花園、果園?(家丁白)管你去世不去世,出房遲了,少不淂有人與你們講話。柴家性命輕如蟻,殷府心腸野過狼。(下)(陳旺白)這事怎處? 大官人有請。

(柴進孝服哭上。白)怎麽説?(陳旺白)大官人不好了,殷賊着人來催出花園,他自已隨後便來收管,如何是好?(柴進白)你也該説老爺今已身故,有喪服在家。(陳旺白)小人也是這等説,那來人反説一番硬話,竟自去了。(柴進怒介)這廝好無禮,定要鬧一塲的了! 唤衆莊客出來。(陳旺應,唤介,下)(柴進白)李大哥。(李逵白)大官人,怎麽講?(柴進白)我叔父已經氣絶身亡,只爲殷天錫那厮倚靠本州知府高廉聲勢,要强占宅後花園,百般凌辱,可憐我叔父性命竟被他威逼而死。(李逵白)嗄! 怪道方纔有人催出花園,就是那攮刀的家人。(柴進白)我們係前朝宗室,現有鐵券丹書,他來尋釁,只淂要與他憲司處呈告。(李逵

白)咳！憲司不憲司，大概都像高廉的狗官兒，先打後商量，纔是爽快。(仝下)

(家丁引殷天錫醉態上。唱)

【水紅花】接羅倒着馬踉蹌，問花莊可曾相讓。

(白)花園可出空了麼?

(李逵、莊客暗上)

(柴進上。白)我家有喪事在身，我叔父被你威逼致死，還敢登門囉唣麼? 我家現有丹書鐵券，休得無禮！(唱)

丹書鐵券護門墻，敢猖狂，休來投網。

(殷天錫白)丹書鉄券在那里?(柴進白)在滄州家裏，我是他姪兒柴進。(唱)

啣冤欲與你聲罪，逼死我尊行，怎還敢囈語短和長也囉。

(殷天錫白)唗！(唱)

【江兒水】樣子何欺藐，言兒恁大方，先教喫頓威風棒。

(殷天錫白)打這廝。(衆家丁打柴進介)(李逵白)呔，狗頭！(柴進、衆莊客打衆家丁下)(李逵唱)

旁人忿得拳頭癢，郎君莫怪多衝撞，打了一場消帳。

(打倒殷天錫介。叫饒介。白)好漢請留名。(李逵白)你就曉得了我名兒，也没處來拿我，告訴你，怎麽再喫我兩拳，彀你受用。(打殷天錫死地介)(李逵白)這樣不中用的，也要强占人花園，怎麽不多幾拳就死了?(柴進慌介。白)阿呀！此是高廉家走狗親戚，怎肯干休? 李大哥打從後門而去，快些逃奔梁山，我在此與他們官司告理去。(李逵白)説那里話來? 我打死殷天錫，怎好連累大官人?(柴進白)不要如此，快些去罷。(李逵白)如此，李逵去也。(唱)

連累官司，希恕鐵牛鹵莽。

(下)

(高廉乘馬，牢子、衆家丁掛刀上。唱)

【僥僥令】兇徒親踏訪，至戚慘罹殃。

(高廉下馬進介)(見柴進介)(衆白)就是他動手打死殷爺的。

（高廉白）鎖押了。（衆鎖柴進介）（高廉見屍介）嗄！我妻舅嗄，你竟被人打死，我定當與你伸冤。左右，擡過了，備棺盛殮。（衆抬下）（柴進白）非我打死，怎可胡亂拏人？（高廉白）且押倒衙門嚴訊，不怕你不招伏。打道。（衆應介）（高廉上馬介）（衆唱）

且把六問三推纔招認，斃命登時合抵償。

（下）

## 第五出　黑旋風孤身報信

（戴宗上。唱）

**【滴溜子】**忙縮地，忙縮地，遠臨海郡。奉差遣，奉差遣，敢辭勞頓。

（白）我戴宗奉吴軍師之令，着我潛至滄州柴大官人莊上，打聽李鉄牛安否如何。恐他在彼生事鬧禍，一面即引他回山。誰想柴兄挈了李逵已到高唐州去了，隨即拴上甲馬赶至這里。不道路上紛紛傳説，有本州知府高廉的妻舅，叫做殷天錫，與柴家争什麽花園，與柴大官人厮鬧，被一黑漢打死，反累柴家喫官司。知府十分着惱，把柴進收禁死牢，那黑漢倒走脱了。南來北往，衆口一辭，好生詫異，我想那黑漢一定是鉄牛了，須索探聽仔細，即便回覆要緊。（唱）

教咱心中思忖，流言果信然，誰憐窮困，須探分明，作速報聞。

（下）

（衆僂儸、朱仝、雷横、張横、張順、楊雄、石秀引晁盖、宋江、吴用上。唱）

**【四塊玉】**梁山從此威名震，底用斗大黄金印。聚天涯兄弟相歡，扶世宙忠義當申。忙訓練飛雲陣，莫小覷蓼兒洼内蛟龍奮。

（擺門進介）（各通名介）（晁盖白）某叨蒙衆兄弟景從，共扶忠義，興寨以來，争相歸附，粮草無不供之餉，戈矛無不淬之鋒，豈但雷厲一方，真可風行四海。日來軍師淂有先兆，防有外患侵凌，爲此點集舟師，頃從金沙灘觀演水陣。喜淂艨艟相接，兵卒熟嫺，以備不虞，儘足制勝。只是李逵在柴大官人莊上已經月餘，不見回寨，好生放心不下。（吴用白）已差戴院長前去探聽，待他回來，便知下落。（宋江白）寨主且請寬心，他是神行，早晚定有音耗。（衆唱）

料伊行捷足如神，不日淂滄州音信。

（林冲持令旗引花榮、秦明、李俊、吕方、郭盛、孫立、歐鵬、楊林、鄧飛、馬麟、白勝十二頭領，接唱上）

報平安，烽火牙参齊進。

（各通名介。白）昨奉寨主將令，命我等巡視各哨隊伍。今已查點回來，不免上前參見。（參見介）二位寨主在上，奉令巡哨已畢，合行繳令。（晁盖、宋江作謙讓，坐介）

（李逵急上。唱）

【窣地錦襠】無端宦戚壓皇親，代報仇讎爲主人。旋風名字舊翻新，小者當災我脱身。

（白）呔！通報俺鉄牛回來了。（僂儸禀介）（李逵闖進介）寨主！各位頭目。（各見介）（朱仝怒介）這厮，你來了麽？（執劍直向前鬭鬧介）（衆勸介）（宋江、吴用白）朱兄，前者之事，多是我等三人定的計策，不與李逵相干。（李逵白）什麽！俺奉大哥將令，你怎麽只管尋着我？（朱仝白）我氣你不過。（晁盖衆白）今日既到山寨，便休記心，只願同心恊助，共興大義。須看我衆人薄面。鉄牛，過來陪了禮。（李逵撮介，諢介）（朱仝白）看衆位面上，權放着你。（晁盖、宋江、吴用白）多不必介意。（衆白）我們衆人與二們奉揖。（衆揖介）（合唱）

【雙聲子】抒誠悃，抒誠悃，前事都消泯。應喜欣，應喜欣，同氣情來儘。切莫嗔，誼共敦，知雨散雲開，建功立勳。

（戴宗急上。接唱）

【滴溜子】遭无妄，遭无妄，使人飲恨。急歸報，急歸報，怎生救引。

（僂儸見介。白）戴院長回寨了。（進禀介）（戴宗進見介）（李逵白）戴大哥，你又從那里回來？（戴宗白）好嗄！你這鉄牛，怎麽打死了殷天錫，累及柴大官人受無限刑法，下在牢裹？他令叔柴皇城人口、家私都被抄扎，柴大官人性命難保。我從高唐州打聽淂一明二白。你這黑漢倒先在這里了，遺害别人吃官司。（晁盖、宋江、吴用白）你這黑厮，又做出事來了！（李逵白）撞見這種事情，便是活佛也忍不淂。（晁盖、宋江、吴用白）快些細説來。（李逵白）二位寨主聽稟：自朱兄上山之後，不想柴大官人有一令叔叫做柴皇城，住在高唐州，年老無子。誰料本州知府高廉的妻舅殷天錫，要强占柴皇城家花園，被他打傷，一病不起，寫書招大官人去救護。我因同至高唐，柴皇城一見姪兒，訴此冤情，登時氣絶。那殷天錫又帶領多人赶逼出房，百般無禮。我見大官人喫虧，便自火星飛迸，兩三拳將這狗頭就打死了。列位，該打不該打？（衆白）這也是仗義之事。（唱）

聞言平添煩悶，坐觀不救時難消公忿，直須翻轉盆冤以報故人。

（晁盖白）柴大官人自來與山寨有恩，今日他有危難，怎不下山去救他？我親自去走一遭！（宋江白）晁大哥是山寨之主，如何便可輕動？小可和柴大官人舊來有恩，情願替哥哥下山領兵相救便了。（吴用白）高唐州城池雖小，兵多餉足，不可輕敵。（宋江白）俺山寨多少英雄，何懼他弹丸之地！花榮、秦明，挑選嘍囉三千，先過金沙灘等候。（花榮、秦明白）淂令。（下）（宋江白）在位衆頭領，一齊下山攻打高唐州。（衆白）我等願往。（晁盖白）既如此，不才權守山寨，衆位統領人馬即速下山。（宋江白）衆兄弟就往金沙灘起兵前去。（衆唱）

【五馬江兒水】提兵前進，威風卷陣雲。可恨那燒天勢焰，弱被强吞，把一個舊王孫，致含冤莫訴負屈難伸。此日師行義旅伐暴安民，惟人自召禍之門，將貪官墨吏迅掃狐羣，救取蘭交不匡血刃。

（下）

## 第六出　高唐州三陣交兵

（四小軍、四提轄、四統制、四都統各執兵器，高廉紥靠背劍，旗纛隨上。唱）

【點絳唇】千里封疆，萬人師長，腥風颶狂寇豨張，尅敵兵權掌。

(白)本州高廉是也。叵耐本郡與梁山泊相近,正欲發兵前往撲滅,誰知他反來攻打城池。這廝好似燈蛾赴火,自喪其生也。漫説俺這里粮充將足,就是那三百名飛天神兵,已儘彀無敵了。衆將官。(衆應介)(高廉白)就此起兵前去。(衆應介)(高廉上馬介)(衆領走陣介。唱)

**【八聲甘州】**人强馬壯,甚夭麽鼠輩敢肆猖狷。分排八陣,師行正正堂堂。三通戰鼓驚雷響,一片征雲掩日光。

(合)

高唐衛城池永固金湯。

(下)

(衆僂儸引林冲、花榮、秦明、鄧飛、李俊、吕方、郭盛、孫立、歐鵬、楊林、馬麟、白勝上。唱)

**【黑麻序】**戮力疆場,要共扶忠義,鋤暴安良。覷孤城斗大,破如反掌。(林冲白)我等奉宋大哥將令,來打高唐州,衆兄弟須索奮力殺上前去。(衆白)有理。(走唱介)

戎行全憑威武揚,從教撻伐張。

(合)

恁黄堂①,竟敢遥持國柄剔弄王章。

(高廉率衆圍上,分站介)(高廉立正塲椅上)(高軍、宋軍各戰介。高軍作敗,宋軍齊作追下介)(高廉白)好一塲厮殺也。(唱)

**【風入松】**則見他兩邊旗鼓正相當,都是驍兵雄將。雖属梁山草寇,休輕量。待决勝,好難猜想。

(于直、温文寶、林冲、秦明殺上。架住介)(林冲、秦明白)來將通名。(于直白)我乃統制于直。(温文寶白)我乃統制温文寶,來找你的頭顱。(林冲、秦明白)不用多言,快放馬過來。(戰介)(林冲、秦明殺于直、温文寶下)(高廉白)被二賊連折我二將,好驍勇也。今須作起法來,破他便了。(唱)(合)

今須要運動神光,陰兵借逞强梁。

---

① 似應爲"荒唐"。

(高、宋衆將上,混戰介)(高廉執劍念咒介)

(衆陰兵執黑旗冲上,作飛沙走石、狂風聲響介)(宋軍大敗,下)(高廉收法,陰兵下)(衆將白)賊衆大敗,東逃西竄去了。(高廉作下椅介。白)雖然淂個小勝,他那裏傷了些人馬,但不足以報于、温二將之讎。務要斬草除根,方洩我恨。衆將官!(衆白)有!(高廉白)就此回營。(衆應介)(仝唱)

**【引軍旗】**鳴金退陣,凱歌齊唱,法術果無雙,殺淂他大敗都逃往。滅此朝食何消講。

(合)

向明再立旗門下,神兵翦滅妖黨。

(下)

(衆僂儸引朱仝、雷横、戴宗、李逵、張横、張順、楊雄、石秀、宋江、吴用上。唱)

**【風入松】**旌旗密布夜凝霜,喜淂軍威雄壯,捷音待報遥瞻望。

(林冲等敗上。接唱)

甚妖術受伊骯髒,

(合)

挫鋭氣把人揬搪,江東見好慚惶。

(僂儸曲内通報介)(林冲等作見介。白)罷了,罷了!折盡威風矣。(宋江白)衆兄弟,那高廉怎生的武藝,難道不是他的敵手麽?(林冲、秦明白)他帳前于直、温文寶兩員統制俱被我等斬于陣前。高賊並未出馬,怎見他的武藝?(宋江白)如此斬將搴旗,他的威風折盡矣。怎説我軍不利起來?(林冲、秦明白)大哥,若論交鋒,怎怯于彼?誰知那高賊仗劍作法,頃刻飛沙走石,地暗天昏,被他掩殺過來,折了許多人馬。可不慚愧!(宋江白)軍師,是何法術,如此利害?(吴用白)此乃妖法也。必須速往薊州,尋訪公孫勝來此,破高唐州如反掌耳。(宋江白)小弟亦有此意。(吴用白)戴院長。(戴宗白)有。(吴用白)你改換衣裝,連夜往薊州尋訪公孫勝。説晁、宋二寨主渴想之至,把高廉所行妖法,備細告訴與他知道。(戴宗白)只是淂一個做伴的去方好。

(李逵白)李逵願往。我打死了殷天錫,却累柴大官人喫官司,我如何不要去救他?(吴用白)路上須要小心在意,此去務必速請到來,萬萬不可遲悮。(戴宗、李逵下)(宋江白)衆僂儸就此回山。(衆應介)(同唱)

**【又一體】**義師東指到隣疆,妖法憑伊誇獎,俺自有一清名將神通廣,何須道生瑜生亮,怎容他横行一方,天心法問誰强。

(仝下)

## 第七出　戴院長密訪仙踪

(雜扮酒保上。唱)

**【水底魚】**賣酒生涯,花村第一家。南來北往,都教照顧咱,都教照顧咱。

(白)自家乃三家村店小二便是。隔着高唐州城却也不遠,雖則是箇小小村莊,生意却還鬧熱。開這一座酒飯店,安歇客商。今已天色將明,昨晚兩箇客人來此投宿,一位是素客,那一位喫淂酒醉肉飽,這時候還不見起身,不免唤醒他們,算清了店賬,好教趁早赶路。二位客官,有請。

(戴宗、李逵上。白)遥瞻薊水將千里,乍别高唐第一程。(酒保白)客官,天色待明了,可用什麽點心、饝饝、茶湯、飴餎麽?(戴宗白)不消了。昨晚喫了多少飯錢?(酒保白)放量一喫,只淂二錢銀子。(戴宗出紙包介)(酒保接介)(李逵與酒保虚白,酒保下)(戴宗拴縛包裹,李逵隨後作出店介)(戴宗看天介。白)妙嗄!看那曉日將升,宿烟漸散,好景像也!李大哥,走嗄!(唱)

**【勝如花】**川途曠,景色佳,紅日一輪初駕。樹林中宿鳥喧嘩,草坡前野花低亞。

(戴宗白)李大哥,我們奉寨主之令來訪公孫勝,自離了高唐州,不及五六十里路,赶早好走,你怎麽只管落在後邊?(李逵白)院長,我也要看看野景。(指介)那一帶山巒叠翠,好看淂緊嗄!(唱)

看山容渾如圖畫,

（合）

翠層層徐開曉霞，碧粼粼輕縈淺沙。

（戴宗白）你這鉄牛也學了些清趣！但你我有事在心，快走罷。（李逵）院長，我心裡有些不爽快，慢慢的走罷。（戴宗作疑心介）想這鉄牛私下吃了些葷了，耍他一耍。李大哥，此去薊州有八百里之遥，不是出來遊山玩景的。（李逵）怎麼樣呢？（戴宗）來，來！拴上甲馬，快快到彼尋訪要緊。（李逵）要拴一齊拴上。（戴宗）這個自然。（戴宗拴甲馬，念咒介。暗白）待這厮走個不住脚。（同行緊。唱）

快似飛鴉，兩脚無從停搭，眼矬裡烟塵淅颯，耳邊廂風雨交加。

（戴宗作離遠暗笑介）（李逵帶走。白）阿呀！餓死了，餓死了！怎麼跕不住了？我這脚不由我半分，只管自己在下邊奔了去。不要討我性發，把大斧砍了下來。院長，院長！怎麼叫我住一住才好？（作飢餓介）戴爺爺！戴哥哥！（戴宗念咒，住介）（李逵）我的親哥，怎麼這等耍我？（戴宗）你敢自偷吃了葷，心不虔誠的緣故。（李逵）昨夜不合瞞着哥哥。我見哥哥會吃素，鉄牛其實煩難，偷買了五七斤牛肉。今候若喫時，舌頭上生碗來大的疔瘡。我的爺爺，解了甲馬罷。（戴宗）可又來？如今我往前，你只隨着我走。（李逵）再不可耍我了。（戴宗又念咒介）（李逵立住不動介）（作喊叫介）戴爺爺，又似生鉄鑄牢在這里了。再救我一救。（戴宗）你方纔罰咒，又不要是假的。（李逵）你是我的親爺，如何敢違你的言語？（戴宗）既如此，與你解了。（念咒，作解介）（李逵）這兩腿方纔是我的了。（戴宗）還有一件叮囑你，到處不許你開口。（李逵）做個啞巴子我也學淂來，但是走了許多路，餓淂腸子都断了。（戴宗）前面已到薊州，我先進飯店等你。（下）（李逵）戴爺爺！嗐！怎麼去了甲馬，又是走你不過？（發急介。嚷下）

（進香百姓各持元寶、香燭上）（仝唱）

【又一體】忙行步漫磕牙，心願虔誠許下，仗神靈四季平安，旺家園千金勃發，競捧持璀璨香花。

(一老人白)我們本州鄉民,今日嶽廟社會,前來進香,保佑家宅興隆,田禾茂盛。(衆白)喜淂山門不遠,我們且到店中喫了素齋,同去上廟未遲。(老人)説淂有理。(仝唱)

集場開樓前賣茶,看人多柳陰繫馬,熱鬧堪誇,鎮風光無價,祈禱畢再來頑耍,泰安州可不争差。

(戴宗前走作擁擠上)

(李逵作叫嚷介,上)(衆進香人下)(老人在後,李逵撞落老人香紙、元寶,老人扯住李逵介)賠我香紙、元寶來。(李逵)什麽元寶? 鳥的元寶! (老人要介)(戴宗拾起還介)老丈,此人有些瘋癲病,不要睬他。(老人)看這位客人面上,不然一定要你賠我。(戴宗)老丈,你們到那里去進香? (老人)到嶽廟進香。(戴宗作想介)廟内可有個公孫師父麽? (老人)公孫勝有的,公孫勝有的! 他如今不叫公孫勝。(戴宗)叫什麽呢? (老人)叫"一清道人"。他是羅真人上首弟子。老漢在薊州九宫縣二仙山下居住,與他是隣舍。他只有個老母在堂。(戴宗)九宫縣二仙山? 此去有多少路? (老人)離此四十里。(戴宗)他在家,還是雲遊去了? (老人)在家麽! 老漢時常相會,他輕易不與人相見的嘎。(戴宗)如此,多謝! 本欲相求挈引到彼,老丈進香了願要緊,不要担閣了。(老人)是嘎! 這客長説淂不差。請了。將軍不下馬,各自奔前程。(下)(戴宗望介。笑介)嘎! 正是踏破鉄鞋無覓處,淂來全不費工夫。鉄牛,快些與你前去。(李逵)可用甲馬了? (戴宗)還是拴上甲馬。(拴介,念咒介)(仝唱)

【劉潑帽】老人指示非虚假,二仙山定是他家,疾忙前去相迎迓。

(合)

上路滿烟霞,風景多清雅。

(下)

(公孫母上。唱)

【東甌令】顔還少,鬢添華,與孩兒爐鼎同燒勾漏砂。

(李逵急上介)

幾呼險被公孫傻,板斧兒腰間跨。

(白)方才戴院長打聽公孫勝在家中,却恐他隐避,不肯見人。俗語道:“請將不如激將。”特用着我鉄牛,哄嚇他出來,戴院長隨後接應。(唱)

柴門兩扇傍籬笆,待發語費搔爬。

(白)有了! 裡面有一位老媽媽,想是他的母親了。不免進去。(咳嗽介)(公孫母驚懼,作問介)客官是那里來的?(李逵白)我乃梁山泊“黑旋風”,奉着哥哥將令,叫我來請公孫勝。你叫他出來。(公孫母白)我這里不是公孫勝家,自唤做“一清道人”。(李逵白)你自叫他出來,我自認淂他嘴臉。(公孫母白)孩兒出外雲遊未回。(李逵白)他明明在家。(公孫母白)實是不在家。

(戴宗暗上,作聽介)(李逵怒介。白)快快叫他出來,佛眼相看。若還不肯出來,放一把火,把你家當燒做白地。(胯下出斧介。唱)

【太師引】佯躲避怎干罷,誰容你當前謊詐。

(執斧嚇公孫母介)

(公孫勝急上,扶母下,又上)

(戴宗上,攔住介。白)不要動手!(唱)

伊老母喫驚擔嚇,單只爲望眼巴巴。

(公孫勝向戴宗唱)

遥臨蓬舍殊意外,使鹵莽直恁波查。

(白)院長。(三人見,各笑介)(戴宗白)小弟爲兄費盡心機,纔淂尋訪到此。(李逵白)不是我這板斧,你還不肯出來。(戴宗白)唗! 不許開口。(李逵白)又不要我開口了。(公孫勝白)請二位到静室中坐去。(仝走。唱)(合)

臨來檻敞着碧紗,厮執手煮茗焚香請話。

(進内各坐介)(公孫勝白)虧你二位尋淂到此。(戴宗白)爲拜請兄長,特到薊州,虧淂遇見一進香老人,知道兄長仙鄉,特蒙指引,因淂造訪。(公孫勝白)請問有何緊要事情?乞道其詳。(戴宗白)不瞞兄長説,只爲宋寨主攻打高唐州,要救柴大官人,被本州知府高廉這厮會用妖法,連破我軍兩三陣。惟有兄長道法絶倫,必能取勝。晁、宋二寨主多多拜上,求駕速往,以救燃眉之急。(公孫勝白)這便怎麼處?一者老母在堂,無人奉侍;二則本師羅真人未必肯放下山。(戴宗白)哥哥,可看往日交情,慈悲援救纔好。若堅執不從,宋公明必被擒捉,山寨大義從此休矣!(李逵白)方纔俺鉄牛粗鹵,淂罪了老太太,情願叩頭賠禮,只求哥哥去走一遭。(跪介)(公孫勝扶介)請起。(戴宗白)小弟也該請罪。(叩介)(公孫勝扶起介)既如此,今晚權宿草堂,明日同見本師一面,禀知老母,若肯容許,便當同去。(戴宗、李逵白)多承美意,不負昔日之盟。(仝唱)

【尾聲】懸知兩地多牽掛,只聽曉鐘徐打,明日箇晉謁師前同告假。

(作謙讓介。下)

## 第八出　流白血真人被殺

(場上設帳幔、香几等物)

(童子引羅真人上。唱)

【新水令】棲心塵外不知年,儘消閒,《黃庭》一卷。向陽修鶴柵,倚石結松軒。滿塢雲烟,界破青山面。

(白)不必人間識我名,猶如鶴病懶梳翎。二仙山上仙何在,風自清兮月自明。我乃紫虛觀羅真人是也。道契冲虛,神遊淡莫。火温丹竈,靈飛粒粒硃砂;雲散經窗,秀露青青翠巘。世間甲子管不淂,却會長生;壺裏乾坤只自由,常存普濟。徒弟一清,普有道法,但塵緣未滿。今到梁山,作惡多端,將來必墮地獄,我也救他不淂。如今戴宗仝李逵前來相訪,等他到時,自有道理。童兒。(童子應介)(真人白)小心看守静室,待我入定片刻則個。(二童子應介)(真人入帳幔介)(一童子下幔介)(一童子坐地作看門介)

(公孫勝、戴宗、李逵上)(同唱)

【步步嬌】夾路松陰瞻虛殿,芒履山程踐。霜華欲曙天,同謁師尊,敢辭勞倦。

(公孫勝白)這裏是觀前了。同到松鶴軒相見本師。(戴宗、李逵白)乞求指引。(同唱)(合)

告啓意懸懸,只求慨允生歡忭。

(童子見介。白)一清師父來淂您①早。(公孫勝白)相携舊交,來見吾師。(童子白)真人入定雲牀,待我通報。(三人應介)(童子稟介)(真人出外坐。白)請進來。(童子請介)(公孫勝引進,戴宗、李逵拜介)真人在上,弟子塵世濁夫,幸瞻仙闕,驚動恕罪。(真人白)請起。看坐。(各坐介)(真人向公孫勝白)此二位何來?(公孫勝白)昔日弟子曾告過我師,山東義友是也。今有宋江等,高廉顯逞異術,宋江受困於高唐州,特令二位到來呼唤弟子。未敢擅便,故來稟問吾師。(真人白)咳!一清既然脱離火坑,何淂再慕此境?(唱)

【折桂令】而今鏡象合離詮,霜曉餐霞,午夜朝元,世外逍遥,怎還當再慕塵緣。

(戴宗白)伏望真人慈悲,容放契友到寨,破了高廉,即送還山。(真人白)一清,雖則如此,(唱)

儘聒噪鵑啼鶴怨,且棲遲蕙圃芝田。應守師傳莫聽人言,好作慈烏常奉金萱。

(公孫勝白)弟子呵,(唱)

【江兒水】侍奉慈闈側,瞻依函丈前,丁寧訓迪當交勉。塵緣何敢還歆羡,昨宵已把愚忱展。

(真人白)一清這等纔是。(戴宗、李逵跪介。白)萬望真人憐憫相救。(真人白)請起。二位不知,此非出家人閒管之事,汝等下山自去商議。(戴宗求介)公孫先生昔日同聚大義,今宋公明哥哥正在危急之際,若不放他下山前往解救,性命休矣。懇求俯允,暫去就回。(唱)

全仗門開方便,

(合)

---

① 應爲“恁”。

救困扶危，叨沐洪慈非淺。

(真人白)不用多言，聽淂厭煩了！閉門推出窗前月，分付梅花自主張。(真人、二童子齊下)(三人作出門介)(李逵白)那牛鼻子在那裏說甚麼？(戴宗白)那仙長叫公孫哥哥不要隨我們去。(李逵怒介)呸！放他的狗屁。我兩個走了許多路程，好容易尋着，怎麼不叫公孫哥哥同去？俺李逵又按捺不住了。(唱)

【鴈兒落帶淂勝令】【鴈兒落】(仝)氣淂俺膨脝肚子穿，禁不住忐忑龐兒變。惡言語休教你信從，歹心腸合招人輕賤。

(公孫勝白)鉄牛，他是我本師，我是他弟子，自然要聽他的吩咐。(李逵怒介)咳！難道容情多事没有的。我們替他叩頭，他竟洋洋不保。什麼本師，屁的本師！(唱)

【淂勝令】(仝)呀！你不是傀儡兒被人牽，爲甚的聽伊言，僵直了兩足難回轉，咽塞了千聲只叫冤。

(戴宗白)不要怪李逵生氣，我們千辛萬苦尋見兄長，如淂珍寶一般。若是不去，何顏見我寨主？(李逵作嚷介。白)不要管我，和這老賊師拚了命罷。(唱)

淹煎，老賊道一斧消前件；狂顛，忒欺人膝黄金不值錢。

(作砍斧下介)(戴宗、公孫勝扯衣勸介。白)住了！(唱)

【僥僥令】從旁須曲勸，臨事要安全。

(戴宗白)慢慢商量。(李逵白)商量什麼？(戴宗白)你若粗鹵，我又要釘住你的脚了。(作念咒介)(李逵陪笑介)不敢，不敢！我自這般說一聲兒頑要。(公孫勝)天色已晚，且到草堂權宿一宵，明日再去懇告吾師。(戴宗白)只是宋大哥望淂眼都穿了。(公孫勝白)不要說了，且到舍下，再作計較。(戴宗白)但是只管打攪。(公孫勝白)說那裏話？請。(衆走介。同唱)

猛不覺又是夕陽在山矣，

(合)

投至淂剪燭西窗一夜眠。

(戴宗、李逵、公孫勝仝下)

(童兒持葫蘆隨羅真人上。白)法行龍虎伏，道重鬼神欽。可笑無知漢，强徒起殺心。今有李逵，因我不放公孫一清下山，要來害我。我怜他扶助宋江，一片誠心，况且天數已定，只索由他混世罷了。爲此准備葫蘆，化作幻身，使他真假難辨，戲弄他一番。童兒，把葫蘆放入帳内。（童兒應介）（内作起更介）（作念咒書符，帳内預設羅真人幻身介）（童兒作掛帳幔介。白）變淂像師父，還是師父葫蘆，葫蘆師父。（真人白）作個葫蘆題罷了。隨我到後面去，我還有話吩咐你。（童兒白）理會淂。（仝下）

（内打二更）（李逵袴衣、袴褲，胯雙斧悄步上）不免開了門，向外走走。（作開門悄出）（李逵走介）阿喲！俺李逵翻來覆去，再睡也睡不着。俺想公孫哥哥原是山寨裏人，却來問甚麽師父。我本待一斧砍了出口惡氣，不争殺了他，却又請那個去救俺哥哥。爲此心生一計，莫若殺了那個鳥賊道，教他没問處，只淂和我去了。趁此星月明朗，再到觀中走一遭。（場上設前帳幔，出假羅真人切末介）（李逵走。唱）

【收江南】呀！忙踏步陟山巔，那怕阻墻垣。

（白）此是院墻，不免跳過去。（跳介）且喜過來了。（偷看介）正是這個所在。（悄步走介）（看中門介）呀！内有燈光。阿呀！寒露逼人，相近五更時分，掀起簾兒。（掀簾介）

門兒虚掩。

（看介）這賊道還是這等坐着。（悄進介。唱）

俺則把青鋒送汝入黄泉，可知道世間多有假神仙。

（拔斧砍，假羅真人倒牀介。白）嗄！怎麽流出白血來了？這賊道自幼吃齋，自然是白血了。且喜喪在我手内了，不免往廻廊下走出去便了。（走介。唱）

早抽身一溜烟，抽身一溜烟，怎學你白雲深處儘流連。

（童子上。唱）

【園林好】五更初棲鴉未喧，怎淂有行踪隱現。

（李逵偷看介。白）有人來了，不免躲在廊下，等他過去再走便了。（虚下避介）（童子唱）

渾不露機關一線，

（合）

真也是没交纏，假也是没交纏。

（李逵急上，走介）（童子扯住喊介。白）你殺了我本師，走到那裏去？（李逵白）放手！你這小賊道，也喫我一斧。（將童子殺入地井内）（李逵笑介。唱）

**【沽美酒帶太平令】【沽美酒】**（全）老頭皮命棄捐，老頭皮命棄捐，恁童子也難延，惡氣方消没掛牽。

（内絶更介。白）這兩個賊道已被我斧劈了，怕天色漸明，趁此月光，急急回到草堂，再作區處。（遶場走。唱）

看西岑月影偏，冷颼颼松風一片。

**【太平令】**（全）不擇路慌忙旋轉，喜早到伊家庭院。

（進草堂，作關門介。白）妙嗄！這事幹淂好撇溜。明日等他起來，看他還有什麽推托麽？（唱）

今日箇虧咱靈變，明日箇憑咱差遣。恁呵，到底是緣淺，福淺，枉饒舌曾經修練。呀！再不被神仙誆騙。

（下）

## 第九出　駕黑雲李二遭殃

（公孫勝上。唱）

**【菊花新】**閒心長繞白雲邊，忍撇慈闈復整鞭。

（戴宗接上。唱）

望眼待將穿，

（合）

再把言辭相勸。

（公孫勝同見，坐介）（戴宗白）小弟來至尊府相近數日，公明兄在高唐州望切雲霓，專等兄長前去解救。萬懇再見真人，淂他允諾纔好。（公孫勝）小弟也不敢坐視，且再往求告本師便了。（戴宗）李逵呢？（公孫勝）想是還没有用完早膳。（戴宗）待小弟唤他出來。鉄牛，快出來！

(李逵哈揿介。虛白上,仝見介)(戴宗)你這懶牛,寨主望淂眼穿,我們快些再去求告真人,淂公孫兄長一同前往高唐州,以慰寨主的盼望,方不虛爾我這一番差遣。(李逵)唗!還去求他?(冷笑介)求不着,大家没興。(公孫勝)不要多説,就此前去!(出門走介)(公孫勝、戴宗同唱)

**【風帖兒】舊徑重尋忘近遠,散朱霞露露出翠峴。紫虛觀中門可鍵,**

(合)

**輕剥啄忙求見,顧千金諾一言。**

(公孫勝白)來此是松鶴軒。

(童子暗上)(公孫勝進内問童子介)真人何在?(童子)真人在雲床養性。(李逵驚介)嗄!怎麽樣?(戴宗)不要開口!(李逵虛白)(公孫勝、戴宗)説我們三人求見。(童子請介)

(真人上,虛白,請進見介)(李逵暗白)我昨晚難道殺差了?(作沉吟介)(真人)你三人又來何幹?(戴宗)特來哀告吾師,慈悲救衆免難。(李逵欲跪不跪介)(真人)這黑漢是誰?(戴宗)是弟子義弟李逵。(真人)本不肯放一清下山的,看李逵面上,叫他去走遭。(戴宗、李逵拜謝介)(真人作對公孫勝、戴宗介)你二人一有騰雲法,一有神行法,片刻可到高唐州矣。只是李逵不會法術,如何去淂快嗄?也罷,待我出家人與你作起駕雲法來,比他們更疾,可好?(李逵虛白介)(真人)試一試與你們看。你朝了上閉了眼。黄巾力士何在?

(黄巾力士上)真人,有何法旨?(真人)將李逵送至薊州府堂上,受些磨難,不淂有違。(黄巾力士)領法旨。(李逵叫苦唬天,作風轉下)(戴宗看,作驚介)真人,爲何將李逵送到薊州堂上去?(真人)你們有所不知。他夜來跳墻,將斧劈我,故叫他受些磨難。不妨,我還救他。(戴宗、公孫勝)多謝真人。(真人)隨我到後面去。(公孫勝、戴宗隨真人齊下)

(吏人上)清介吏從水上立,廉明人向鏡中行。我們薊州府尹馬老爺衙内書吏是也。今日官府升堂在即,須索在此伺候。

(内打升堂鼓,衙役么唱)(府尹上。唱)

【普賢歌】我做府尹管百姓，胡里胡塗賽秦鏡。三杯濁酒到喉嚨，嗏！一團醉話渾不醒。

(進桌介)(黄巾力士圍李逵遶場，黄巾力士下)(李逵坐地)(衙役、吏人驚介)什麽東西從天掉下來？(府尹)拏過來，拏過來！(衆拏介)(府尹見介)怎麽黑里黑秃一個人？必定是個妖人。衙役們！(衆應介)(府尹)拏狗血澆在他頭上。(衆應介)(府尹)再拏一桶糞來灌在他口裏去。(李逵慌介)我不是妖人，是跟羅真人的徒弟。(書吏)這薊州羅真人是淂道的活神仙，若是他的徒弟，不要用刑在他身上。(府尹笑介)下官讀千卷之書，每聞古今之事，未見神仙有如此頑徒。左右，拏皮掌子打這厮。(衆應介。打介)(府尹)招了妖人，便不打你。(李逵)不要打了，我是妖人李二。(府尹)取大枷號。

(禁子上，應介)(府尹)釘入牢内去。(禁子應，枷號介)(府尹虚白介)吩咐掩門。(諢下)(衙役衆同下)(禁子押李逵進監介)(禁子)好臭嗄！(李逵)什麽？我是好好香人，弄了臭人了。我因淂罪了真人，暗地叫我受罪，不過兩三日就來取我回去。快拏酒肉來吃。(禁子不保介)(李逵)不與我酒肉吃，死你們一家子。我還要洗澡。(禁子)裏面去，是樣都有。(李逵)先拏一盆臉①水來，我漱漱口，好吃酒肉。(衆隨口諢下)

## 第十出　辭仙師逐伴下山

(真人同公孫勝、戴宗上。唱)

【小桃紅】握靈機人誰辨，授正法消争戰。几席重親待何年，藥爐丹竈相依戀。

(戴宗白)李逵平日鯁直，雖然淂罪真人，(公孫勝同白)看弟子薄面，攝回他來，以免衆友盼望。(同唱)(合)

慈悲到處開方便，恕無知格外矜憐。

① 應爲“臉盆”。

(跪介)(真人白)請起,便宜了他。(念咒介)黄巾力士何在?(黄巾力士上介)(真人)速到薊州知府牢内,攝取李逵到來。(黄巾力士)領法旨。(下)(真人、公孫勝、戴宗同唱)

【朱奴兒】幻多少浮雲千變,只來去清風一片。行道須知要替天,忙救取切莫遲延。

(合)

開生面,早則是種下因緣,宣力士重提現。

(黄巾力士攝李逵上,見介)(真人退黄巾力士下)(李逵磕頭介。白)阿呀! 親真人爺爺,不知我李逵何事觸犯了真人? 望活神仙明言指示。(真人)我是出家人,不曾惱着你,爲何夜來跳墻,入我室中,將斧劈我,又殺我道童? 幸虧砍了我兩個葫蘆。(冷笑介)(李逵)李逵淂罪了活神仙,我的罪也受淂彀了。(公孫勝、戴宗)鉄牛,你怎麽樣受罪? (李逵哭介)我李逵那裡是駕雲,身子横起半空,天昏地暗。到了薊州,從空跌下,被衙役拏住了,打了無數,弄些尿糞灌在口内,狗血潑在身上,只要死不要活。(真人)你自今以後須要戒性,休使歹心。(李逵)我的真人爺爺,自今以後,再不敢鹵莽使性了。(真人)這便纔是。(李逵起介)(戴宗)戴宗來了多日,高唐州軍馬甚急,望真人慈悲。(真人)如此,一清同去走遭。(公孫勝叩拜介)多謝吾師慈悲。(公孫勝、戴宗、李逵)真人請上,弟子等拜别。(同唱)

【玉芙蓉】階前叩法筵,袖裏懷靈篆。悵歸期未卜,别淚如泉。軍中待把邪魔遣,世上從教正法傳。

(合)

生歡忭,荷恩光非淺。看高唐,凱歌争唱息烽烟。

(兩場門分下)(李逵虚白介。下)

## 第十一出　别老母遺路投店

(道人上。白)主人愛静淂安閒,七十無妻是老鰥。一半出家一半俗,注明鄉貫二仙山。今早一清師父吩咐,准備他静室内寶劍兩口、鉄冠、道衣等物藏於包裹内,他又要出外雲遊。收拾都已停當,堂中灑掃潔净,只等師父出來。

(公孫勝、戴宗、李逵等上)(公孫勝唱)

【粉蝶兒】烏鳥情舒,又趲離愁,别母好教人費盡躊躕。

(戴宗)

促行裝,符遠望,恐防遲悞。

(李逵)

枉教咱葫蘆斫錯。

(各見介)(戴宗白)小弟在此專候兄長起程。(公孫勝)小弟已經整頓。(公孫勝向道人介)早上吩咐你,包裹、行李准備了麽?(道人)都收拾停當了。(公孫勝)看茶。(道人應下)(戴宗)不用茶了。小弟先别兄長,到高唐州報知公明兄。李逵好生伏侍先生前往。(李逵)有我李鉄牛在此。(戴宗)不可生事惹禍。(公孫勝)有小弟在此照看,料他不可差池。(李逵)你和羅真人一般的法術,我如何敢輕慢的?我且送院長一步,回來同行便了。(公孫勝)小弟還要拜别家母,方敢起行。(戴宗)就此告别。(揖介)(李逵同白)此日暫教辭薊水,他年常淂聚梁山。(下)(公孫勝)母親有請。

(公孫母上。唱)

【柳梢青】年華虚度,白髮愁無數,相守孤雏又離别,神魂失措。

(公孫勝白)母親。(揖介)孩兒蒙本師怜念,我出門之後,早晚使人來此看視。孩兒此去,不過數月即便歸山。(公孫母)我本不欲汝下山,争奈與彼向有金蘭之誼。本師既容,我做娘的决難阻擋。(唱)

【剔銀燈】金蘭契理當助渠,待成功早歸故土。丹臺注籍休教悞,裊爐烟香添玉乳。

(公孫勝白)孩兒就此拜别。(公孫母)兒嗄!(唱)(合)

登程須當早去,休使他眼巴巴終朝望汝。

(李逵上)(公孫母下)(李逵向後背包裹介。白)請兄長前往。(公孫勝)路上只稱我師父便了。(李逵)我會淂了。(同行介。唱)

【攤破地錦花】做征夫，免不淂多勞苦。渺渺長途，涉紅塵撇了仙都。言念高梁，斷殺還無。

(合)

少行厨，見旗亭且留步。

(李逵白)師父，這里有一小飯店，且進去打個中伙。(公孫勝應介)(李逵)店小二有麼?

(店小二上)聞香須下馬，知味且停車。是打中伙的麼?(公孫勝、李逵進店介)(公孫勝)你店中有什麼素點心?(店小二)這店中單有酒肉，没有素點心。(李逵)師父請到後面款坐，先用杯酒兒，待我到市上買些素點心來。小二領了師父進去，包裹行李交與你。(店小二應介，引公孫勝虛白下)(李逵)不免到市上走遭。(下)

## 第十二出　撞賣技義結良朋

(衆百姓數人簇擁湯隆携瓜鎚上。唱)

【福青歌】偌大長軀，百鈞能舉。走江湖没箇知遇，莽生涯困英武。仗花拳兒略諳幾路，淂做聊且做。

(合)

串街坊技可睹，看官們站住。

(李逵上，站立睄介)(衆白)壯士，你看如此大市之中，舒展舒展本事，把鉄瓜鎚使一路，與我們看看。(湯隆)使淂。列位嗄！此鎚看時一小物，撒開力敵萬人。衆位閃開。(使鎚串頭勢子介。畢)(衆唱采介)好嗄！果然使淂好！(李逵看，怒介。向湯隆)住了！你這鎚不過三十來斤，衆人有什麼這等喝采?待我也使一路，你們看看。(湯隆)借與你使來。(衆)你們不要擠嗄。(李逵丢弄介)什麼奇貨?我拿在手中猶如弹丸一般。閃開！(使鎚串頭勢子介。畢)(衆喝采介)(湯隆)請好漢留名。(衆)我們各自回家罷。飽看街心來賣技，散開場面去傳名。(齊下)(李逵)你問我麼?我便是李逵。(湯隆)莫不是“黑旋風”麼?(李逵)你也曉淂俺老爺的綽號?漢子，你也通箇姓名。(湯隆)在下姓湯名隆，綽號“金錢豹子”。先父原是延州府知寨官，在老種經略相公處聽用，亡於任所。小可無可營生，在此打鉄度日。（李逵）想兄如此身軀，兼有武藝，做這營生，幾時能淂發跡？不如隨我投奔宋公明，教你做個頭領。（湯隆）小弟情願執鞭墜鐙，就與哥哥八拜爲交。（同拜介。唱）

**【四邊静】**英風俠氣垂千古，今朝欣會聚。八拜兩相歡，弟兄必如許。奸惡共鋤，忠義共扶。

（李逵白）我與你既經結義，同上梁山入夥便了。（湯隆）小弟雖則一身，到下處收拾了行李、物件，一同前往。（李逵）我師父在店中肚子餓壞了，我揣淂點心在此，與師父充飢。（湯隆）師父是那個？（李逵）叫公孫勝。（湯隆）我亦久聞此人大名。（李逵）快些收拾去，不可担擱了。引你到彼，同見師父便了。（湯隆）如此極好。（李逵）不遠麽？（湯隆）就在前面。（同行介）請。（唱）（合）

促整小家資，同去見師父。

（諢介。下）

## 第十三出　三百神兵逢國手

（衆卒、四哨將隨高廉上。唱）

**【剔銀燈】**戰强人敢辭勞倦，統雄師不留一線。那怕他就裡機關變，俺這里盡行誅剪。

（白）俺高廉昨日殺退强寇，只道那厮們遠遁潜踪，正欲整兵勦滅，不想這夥强賊神通廣大，夜間將城圍困，爲此今日帶了法寶，與他鏖戰，誓把羣賊勦滅。衆軍士，殺向前去。（衆白）淂令。（高廉唱）

心專網羅佈全，只教他死而無怨。

（衆僂儸、李逵、黄信、穆宏、甌鵬、劉唐、秦明、馬麟、鄧飛引公孫勝上。白）你這厮莫非就是高廉麽？（高廉白）俺便是你刺史老爺。你這野道也與賊寇爲伍，報名上來。（公孫勝白）聽者：（唱）

**【風入松】**上清供奉號金仙，就裡功修非淺。

(白)貧道公孫勝,法號"一清"。聞渂尔以逆欺仁,將柴進困禁重獄,又施妖法敗我山寨人馬。今日特來擒汝,還敢在此揚威耀武麽?(唱)

無知枉自將身殄,違吾者立遭天譴。休渂要逞威大言,梟伊首把杆懸。

(李逵、劉唐、秦明、穆宏與四將對殺介)

(高廉敲牌,衆獸上,李逵衆敗下)

(五雷上,擊牌破介。衆追下)

(高廉敗上。白)爲何雷電交加,異獸潜逃?不免再驅遣者。(敲牌介)呀,不好了!這聚獸牌爲何不响?(唱)

【急三鎗】爲甚的,平白地轟雷電?敲不响聚獸牌,向誰言。

(白)也罷!俺不免遣風沙擒他便了。風神速降。

(衆風神上,梁山衆將追上殺介)

(七煞上,追風神下)

(公孫勝上。白)高廉,還有何能,速速施展。(高廉喊介。白)哎呀,哎呀!(公孫勝笑介。唱)

慢道你,敲風砂來索戰,止問你,這戲法是誰傳。

(高廉白)妖道手段高强,不免遣神兵取他便了。神兵速降。

(衆神兵上。公孫勝衆敗)

(鬼卒三台、魑魅魍魎上,殺介。追神兵下)

(高廉敗上。白)何處鬼王將我神兵戰敗?有了!那妖道向南方高處施展妖術,俺不免乘他作法,悄地去擒他便了。(下)

(高廉追公孫勝上)(公孫勝白)紫靈神、多目神速降。

(紫靈神、多目神上,殺介。高廉敗下)(紫靈神、多目神白)啓法師,高廉敗入城中去了。小神恐震嚇生靈,天公取罪不便,特交法旨。(公孫勝白)有勞尊神,速退。(二神白)領法旨。(下)(公孫勝白)這厮已敗入城中,不免令衆將掩殺餘黨,准備攻城便了。(唱)

【風入松】黔驢小技妄擎拳,笑螳螂奮臂當轅。神靈多目空中現,倉皇也喪家之犬。待打點冷灰復燃,好鼓勇破城垣。

（下）

（高廉敗上。唱）

**【急三鎗】**唬淂我，心半驚肉半顫。跑淂我，脚如箭走如烟。

（白）哎呀！好利害，好利害！不知何方神道，相貌威光，險些喪命。幸而逃入城來，只是衆將官難免遭擒受戮。我想這妖道如此法術，倘早將柴進劫去，怎生是好？若處斬市曹，又恐妖術攝去。也罷！俺不免密令獄官藺仁討他的絶呈，縊死獄中，以除大患便了。（唱）

忙忙的，回衙去密傳宣，取病狀入黄泉。

（下）

（四哨將官逵上。唱）

**【風入松】**天風地陷戰場旋，唬淂我心驚胆戰，教人無處逃生便，只索是背城一戰。

（白）我們四哨將官被敵兵殺敗，逃奔而來。奈城門緊閉，不放進城，後有追兵，只淂勉力争鬬。（唱）

倘僥倖天公可憐，他退去我生還。

（鄒淵、鄒潤、王英、陶宗旺上，殺介）（斬四將）

（公孫勝上。唱）

**【急三鎗】**你看那，塵砂漫鬼風旋。頃刻裡，斬四將滅狼烟。那高廉，縱逃遁也非遠，少不的就拘牽。

（李逵等衆將俱上。唱）

**【風入松】**高堂傾刻作塵烟，羽翼皆被誅剪。軍師妙用由來顯，把外道邪魔盡捲。到麾前交回令箭，願指日建功還。

（衆白）啓上軍師，小將等追斬將卒五百餘級，特來繳令。（公孫勝白）衆位賢弟，辛苦了。（衆僂儸）就此回營，明日破城便了。（衆白）淂令。（衆仝唱）

**【五馬江兒水】**妖氣净殄，收軍暫息肩。仗公孫法力，掃蕩烽烟。勝諸葛仙機顯，風伯將誰扇，神兵不值錢，猛獸驅還寶物懸。這回高廉把何法演。看濟濟兵威將權，也不用驚鷄弄犬，明日裡入城中救小旋。

（下）

## 第十四出　紫宸朝元戎特薦

（衆小軍、將官、中軍引呼延灼上。唱）

**【掛真兒】**家聲不落金張後，屬河東簪纓華胄。智比囊沙，謀同拔幟，真個嚴如細柳。

（白）壯志凌雲氣若虹，巍峩閥閲數河東。胸羅兵甲無勍敵，銅柱勳標第一功。本帥乃呼延灼是也。籍貫河東，始祖呼延贊，原係先朝名將，蒙賜節鉞兵符，累代蔭襲。本帥現爲汝寧統制，部下雄兵列布，戰將分排。訓練着三千連環馬軍，横衝竪搗，出奇制勝，更賽過籐甲軍也。（内白）聖旨下。（衆稟科）（呼延灼白）快排香案。（衆應科）

（衆執事引樞密使捧旨上。白）一封丹鳳詔，飛下九重來。（呼延灼接進科）（樞密使立正場念科。白）聖旨已到。（呼延灼跪科）（樞密使白）跪聽宣讀。詔曰："近因梁山泊賊寇竊發，圍破高唐州，官兵遠遁，主帥陣亡，急需良將前往勦捕。兹據高太尉所薦，呼延灼勇冠三軍，才堪八面，授爲兵馬大元帥，特賜踢雲烏錐千里馬。韓滔、彭玘二將授爲先鋒，以助臂使。趲造梭子甲三千副用賜連環馬軍，務須滅跡掃塵，班師復命。勅到立即興師，不可延緩。奏凱之日，論功陞賞。謝恩。"（呼延灼叩介。白）萬歲，萬歲，萬萬歲！（樞密使白）請過聖旨。（呼延灼白）香案供奉。（衆跪接介）（呼延灼白）天使大人。（揖介）（樞密使白）聖旨嚴緊，不得刻延。（呼延灼白）君命嚴切，下官即刻興師，請天使後堂款坐。（樞密使白）不消，復命要緊。奉旨傳天語，覆命返龍宫。（内奏樂介）（呼延灼送出門介）（衆引樞密使下）（呼延灼白）衆將官！（衆應介）（呼延灼白）擺齊隊伍，就到教場挑選人馬，即刻興師。帶馬。（衆吶喊介，帶馬）（呼延灼執雙鞭上馬介。纛隨上）（衆唱）

**【銀燈紅】【剔銀燈】**（首至合）整軍旅威行上游，申號令攻伊小醜。止齊步伐嫺馳驟，連環馬那怕撓鈎。

【紅娘子】(合至末)都斯紐衝鋒最優,兵到處,誰攔救。

(下)

(衆小軍引韓滔、彭玘上)(衆唱)

【又一體】恨騷擾高唐一州,合努力先擒賊首。今朝廟略天人授,堂堂陣驍勇誰侔。

(韓滔、彭玘各通名介。白)奉旨同呼元帥,恊力勦寇,在汝寧郊外會齊。衆將官!(衆應介)(韓滔、彭玘白)就此迎上前去。(衆應,吶喊介)(同唱)

攻和守左旋右抽,計指日,消争鬭。

(衆小軍、將官引呼延灼上。同唱)

【傾盃賞芙蓉】【傾盃序】(首至五)三路提兵殺氣遒,大纛雲光覆。喜的列着軍容,衛着兵欄,簇着師貞,壯着王猷。

(韓滔、彭玘相見介)(呼延灼白)我等奉旨勦寇,高唐州軍民如入水火之中,我軍不可遲滯。衆將官!(衆應介。)(呼延灼白)就此發兵前去。(衆吶喊)(内放炮介)(衆唱)

【玉芙蓉】(四至末)長驅直勦梁山寇,只爲高廉去報讎。

(合)

忙馳驟,敢濡遲落後。仗神機,鐵連環鎖占先儔。

(同下)

## 第十五出　延灼大排甲馬陣

(衆僂儸、張横、張順、李俊、阮小二、阮小五、阮小七、吕方、郭盛、朱仝、雷横、楊雄、石秀、穆宏、黄信、李逵、楊林、王英、扈三娘、歐鵬、馬麟、孫立、秦明、花榮、林冲、吴用、公孫勝、晁盖、宋江上)(衆唱)

【榴花好】【石榴花】(首至四)高廉枉自號能軍,喜勝敗片時分,好將杯斝達殷勤。

(晁盖、宋江、吴用、公孫勝坐介)(晁盖、宋江白)我等賴有法師神術,淂破高唐州,已救柴大官人同歸山寨。今日特備筵席,與大

官人賀喜。李頭領!(李逵應介)(晁盖、宋江白)快請柴大官人出來。(李逵應,請介)

(柴進上。白)風前楊柳含愁舞,雪裹梅花帶笑開。(見,坐介)(宋江白)我等向日均沾恩惠,旦夕不忘。不料陷於縲絏,致動干戈。幸淂打破高唐,故人又淂聚首。可喜,可賀!(晁盖、吴用、公孫勝白)聊設草酌,以解悶懷。(柴進白)小弟自分必填溝壑,賴衆位全生,况且病體尫羸,不勞費心。(衆)略請少坐,各申誠敬。(宋江白)看酒。(僂儸遞酒,晁盖、宋江定席,内奏樂,兩桌同並,正場左右設條桌板櫈,各坐介)(僂儸白)請上酒。(衆唱)

霞觴端捧座生春。

【好事近】(五至末)迭爲主賓,競開懷頰上廻潮潤。

(合)

憶先時布滿征雲,喜一朝掃開愁陣。

(報子上。白)天兵投虎穴,地主展龍韜。報:寨主在上,報子叩頭。(晁盖、宋江白)所報何事?(報子白)朝中被高太尉啓奏,特遣大將呼延灼率領雄兵前來搦戰。(晁盖、宋江白)起來講。(各出席介)(報子起。唱)

【好事近】殿帥奏楓宸,特遣雄師前進。呼延苗裔,汝寧現掌金印。長驅直搗向梁山,勦捕威名震。

(宋江白)再去打聽。(報子應下)(晁盖白)正待寬飲,風波頓生。大官人,請進後寨。(各出席介)(柴進下)(宋江白)衆頭領後寨飽飡,披掛聽令。(衆應下)(晁盖、宋江白)軍師向聞此將否?(吴用白)小弟久慕此人,實係驍勇,慣使兩條金鞭,萬夫莫敵。爲今之計,先用力擒,後當智取。(宋江白)既如此,待宋江領兵前往。他那裡兵多將廣,須用紡車戰法,以學當年擒獲蚩尤之故事耳。(晁盖、公孫勝、吴用白)我等專候捷音。(下)(宋江白)衆僂儸。(衆應介)(宋江白)傳衆頭領聽令。(僂儸應,向内吩咐,内應介)

(張横、張順、李俊、阮小二、阮小五、阮小七、吕方、郭盛、朱仝、雷橫、楊雄、石秀、穆宏、黄信、李逵、楊林、王英、"一丈青"、歐鵬、馬麟、孫立、秦明、花榮、林冲各披掛執兵器上)(唱)(合)

展威風那怕天兵,舒神武爭誇英俊。

(宋江白)張橫、張順、李俊、阮氏三雄聽令。(張橫、張順、李俊、阮小二、阮小五、阮小七應介)(宋江白)爾等先去帶領水軍,各駕戰船,在蘆葦之中接應,不淂有違。(衆應下)(宋江白)李逵、楊林聽令。(李逵、楊林應介)(宋江白)爾等帶領步軍,分做兩路埋伏救應,不淂有違。(李逵、楊林應下)(宋江白)林冲、花榮、孫立、王英、"一丈青"聽令。(林冲、花榮、孫立、王英、"一丈青"應介)(宋江白)爾等分爲五陣,戰殺一陣,隊如紡車般轉作後軍,前後策應,不淂有違。(衆應下)(宋江白)餘者頭目引大隊人馬押後。(衆應介)(宋江白)衆僂儸!(衆應介)(宋江執銅鞭介。白)就此起兵前去。(僂儸應,吶喊介)(秦明、馬麟、歐鵬、黄信、穆宏、楊雄、石秀、朱仝、雷橫、吕方、郭盛、宋江同唱)

**【又一體】**今朝古陣可相循,一隊隊蟬聯接引。既用紡車戰法,更艨艟埋伏遠近。

(下)

(衆小軍、衆將官引韓滔、彭玘、呼延灼上。唱)

金戈鐵馬用攻堅,到處成灰燼。猛剌剌將勇兵齊,焰騰騰地覆天昏。

(報子上。白)報:今有梁山賊將,五路殺來。(呼延灼白)再去打聽。(報子應下)(呼延灼白)衆將官,賊兵迎面殺來,就此殺上前去。(衆應,向内吶喊介)(呼延灼、韓滔、彭玘望内介)(同唱)

**【千秋歲】**喊聲聞,遥望屯兵處,好似那天麼厮混。

(衆僂儸、吕方、郭盛、歐鵬、馬麟、黄信、穆宏、朱仝、雷橫、孫立、花榮、林冲殺上介)(呼延灼、韓滔、彭玘白)賊寇那里走?(孫立、花榮、林冲擋介。白)來將通名。(呼延灼白)我乃兵馬大元帥呼延灼。(韓滔白)我乃前部先鋒"百勝將軍"韓滔。(彭玘白)我乃後部先鋒"天日①將軍"彭玘。(呼延灼、韓滔、

① 應爲"目"。

彭玘白）賊將通名。（孫立白）我乃梁山頭領“病尉遲”孫立。（花榮白）我乃梁山頭領“小李廣”花榮。（林冲白）我乃梁山頭領“豹子頭”林冲。（呼延灼、韓滔、彭玘白）今日天兵降臨，還不下馬受縛？（唱）

及早投戈，及早投戈，如梗化踹箇梁山齏粉。

（孫立、花榮、林冲白）我等雖然落草，乃是替天行道，伐暴救民。爾等擅敢侵犯？（呼延灼、韓滔、彭玘白）賊子休淂胡説。看鞭！（齊戰介）（孫立、花榮、林冲作敗，呼延灼、韓滔、彭玘衆將追下）（内吶喊介）（歐鵬、馬麟、黄信、穆宏、吕方、郭盛、朱仝、雷横與衆將對介，衆將追下）

（呼延灼追孫立上介，孫立敗，呼延灼下）

（韓滔追林冲上殺介，林冲追下）

（彭玘追花榮上殺介）（“一丈青”截殺，作擒彭玘介）（“一丈青”白）將這厮押在後寨去。（衆僂儸應介）（唱）（合）

疆場上忙迎刃，軍營裹堪磨盾。來將如相問，俺三娘女帥驍勇絶倫。

（下）

（衆僂儸、花榮、林冲、秦明、孫立、王英、歐鵬、馬麟、黄信、穆宏、楊雄、石秀、朱仝、雷横、吕方、郭盛引宋江上。唱）

【駐馬聽】遊奕紛紜，煽動干戈對壘頻。喜强兵如虎，列陣如山，克捷如神。

（“一丈青”綁押彭玘曲内上，見介。白）奴家拏淂先鋒彭玘，請寨主發落。（宋江白）嗐！好不知事！（解放綁介）久聞“天目將軍”武勇超羣，淂接光儀，曷勝榮幸。吕方、郭盛！（吕方、郭盛應介）（宋江白）送將軍到大寨，請晁天王好生款待。（吕方、郭盛應介，仝彭玘下）（内吶喊放砲介）（宋江白）爲何連珠砲響？（唱）

忽聽淂連珠砲響煞驚人，莫不是火燒赤壁攻來窘。

（合）

號令當申，齊心用命立功勳。

（白）不好了！爲何許多馬軍横冲直撞前來？衆頭領，分兵迎敵者。

(右場門出連珠馬,八人各騎竹馬,手執長鎗冲上)(後隨馬軍八員,各持弓箭,同冲上)(宋江等截殺,遶場介。敗到左場門)

(左場門出連環馬,八人各騎竹馬,手執長鎗冲上)(後隨馬軍八員,各持弓箭冲上)(宋江等敗回中間)

(李逵、楊林從兩場門上,作引宋江敗,衆馬軍追下)

(李俊、張横、張順、阮小二、阮小五、阮小七摇櫓上。唱)

**【好事近】**盪漿似飛奔,水底游行安稳。蘆花深處,豫把船來藏頓。

(齊排下場介)

(李逵、楊林引花榮、秦明、林冲、孫立、王英、馬麟、歐鵬、黄信、穆宏、"一丈青"、楊雄、石秀、朱仝、雷横、宋江上。接唱)

連環難擋且登舟,避却風頭狠。

(李逵、楊林白)衆兄弟,快攏船來相救嗄。(李俊、張横、張順、阮小二、阮小五、阮小七作攏船,宋江等上船介)(李逵、楊林白)快開船!又有追兵來了。(衆應)(唱)(合)

亂慌慌鐵馬長驅,齊剪剪烟波遥隐。

(齊下)

## 第十六出　李俊劫奪轟天雷

(衆小軍引呼延灼上。唱)

**【六么令】**雙鞭齊打,草木皆兵殺賊如麻。風聲雀唳已驚他,管踏破蓼兒洼,收功只在連環馬,收功只在連環馬。

(白)俺呼延灼奉朝命征勦梁山泊,雖是個么麽小寇,看來武藝絶倫。頭陣失利,竟把先鋒彭玘捉去。幸有連環甲馬衝突過來,殺淂那些强寇披靡而走,爲此差人京師報捷。只恨四面是水,無路可進,看他寨栅,必淂大砲飛打,方可成功。久聞東京有個炮手凌振,名唤"轟天雷"。此人善造火炮,更兼他身通武藝,弓馬熟嫻,已密稟高太尉,轉奏去了。若淂此人來時,水泊不難平也。

(小校上。白)報啓元帥,天使大人將到行營了。(呼延灼白)知

道了。(小校下)(内白)聖旨下。(呼延灼白)衆將官,聖旨將到,快排香案。(小軍應介)

(内吹打)(衆軍校擡御酒、錢鈔、捧綿袍引天使上)(仝唱)

【喜還京】温旨褒嘉,賜天漿俱籠黄帕,看逆黨首碎江涯。

(呼延灼跪迎介)(天使白)聖旨下,跪聽宣讀。皇帝詔曰:"梁山泊賊寇弄兵潢池,用彰天討。兹據兵馬大元帥呼延灼奏稱,初進征勦,大獲全勝,賊巢水泊,指日可平。朕心嘉悦,特賜綿袍一領,御酒十瓶,錢十萬貫,勵爾元勳,鼓爾士氣。更聞賊人巢穴占居水泊,難以進攻。轟天炮手凌振用炮精明,就賜子母大將軍飛炮三座,隨即進勦,尅日奏功,以慰朕懷。欽哉。謝恩。"(呼延灼白)萬歲,萬萬歲!(軍校擡切末下)(天使白)恭喜將軍!指日就成功了。只是彭團練如何失陷?(呼延灼白)只爲貪捉宋江,深入重地,致被擒捉。今後羣賊再不敢出來了。(天使白)如此,下官回朝復命去也。(呼延灼送介)(天使唱)

傳天語覆奏將軍回話,把驛丞驛卒亂打。

(下)(呼延灼白)衆軍校把御酒、錢鈔分賞諸軍。(衆應介)(向内白,内吶喊介)

(小軍上。白)凌將軍到了。(呼延灼白)快請。(小軍作請介)

(凌振上。白)金輪子母轟天振,炮手名聞四百州。(相見介)(凌振白)元帥在上,凌振參見。(呼延灼白)有勞總管遠來,這裡賊巢隔着水泊,非將軍不能成功。(凌振白)小將帶來的有欽頒子母炮三位,還有風火炮、金輪炮、紅衣炮、西瓜炮、轟雷炮、穿山炮、連珠炮,馬上用的牛腿炮,烟火藥料四十車輛。不要説一個梁山泊,十個梁山泊也不難平也。(呼延灼白)如此,就煩將軍先到水泊邊安放炮架,待本帥一面誘他出戰,將軍一面打破寨柵,兩路夾攻便了。(凌振白)得令。(呼延灼白)請。(下)(凌振白)衆軍校,把炮架抬到水泊邊去者。(衆小軍應介)(作抬炮介,架上)(仝唱)

【賽紅娘】照着蓼兒洼,莫争差,將紅衣大炮高高架。不怕他,火光一出梁山塌。

（凌振白）照着金沙灘安好，今晚且着人看守，明日攻打就是了。

（唱）

堪憐那三軍皮骨登時化，不用剮刀剮。

（作安炮架介，下）

（李俊、張横、張順、阮小二、阮小五、阮小七摇船上。唱）

**【夜行船序】**柔櫓咿啞，趁朦朧暝色，盪出蘆花。

（白）列位兄弟，適纔探細人來報説，東京新差炮手凌振在水邊竪立炮架。如今奉寨主將令，着我們黄昏左近悄悄上岸，盗取炮架，引誘凌振追赶，設計擒獲。看看漸近岸了。（唱）

踈林外，模糊似建高牙。

（作上岸介。白）僂儸們，把船泊在一邊去。（僂儸應介，摇船下）

（衆作撩衣偷架介。唱）

丫叉，走電鞭霆把鐵鑄豐隆阿香車撒。

（作盗取炮架，撒于場門内，衆在内吶喊介）（李俊白）列位兄弟，這厮一定報與本將主。我們望蘆葦中走罷。（衆唱）

歡洽，向烟波深處，一笑擒他。

（下）

（衆小軍引凌振上。唱）

**【醉翁子】**驚訝，魆地裡將人戲耍。掌烈焰飈輪，還恐水來尅伐。

（白）適纔小軍來報，炮架被賊人盗去。爲此赶來。（小軍白）啓上將軍，前面蘆葦中就是賊了。（凌振白）與我快些赶。（唱）

難罷，向白葦黄苑把漁弟漁兄一起拿。休輕放，將頭顱割取，祭炮爲佳。

（内鳴鑼介）（衆僂儸、朱仝、雷横上，戰介，下）

（李俊、張横、張順、阮小二、阮小五、阮小七持撓鈎，套索上。白）列位，凌振將次到了。我們把絆馬索就此埋伏罷。（虚下）

（朱仝、雷横上）（凌振追上，戰介）（凌振作馬跌介）（李俊六人用撓鈎擒介。下）

（衆僂儸、花榮、林冲、秦明、孫立、歐鵬、馬麟、黄信、穆宏、王英、“一丈青”、楊雄、石秀、李逵、楊林、戴宗、湯隆、白勝、時遷、吕方、

郭盛、彭玘、公孫勝、吴用、晁盖、宋江上。唱)

【錦衣香】馬連環真堪怕,炮轟天尤堪詫。急勅龍公禁住暴雷聲乍,張羅先捉火中鵶。窮陰寒沍,布鼓休檛,一任東皇罵,出地奮怎肯由他。

(作坐介)

(朱仝、雷横、李俊六人綁凌振上。唱)

奪了雷神架,旁觀欠雅。笑你春能驚蟄只好做春牛鞭打。

(白)我等賺淂凌振在此,聽候發落。(宋江白)爲何恁般無禮?放了綁。(衆應介)(宋江作解放介)(凌振謝叩介。白)多蒙不殺之恩。不知何故俯憐卑末?(彭玘白)凌總管,晁、宋二位寨主,替天行道,招納豪傑,專等招安,與國家出力。既然我等到此,只淂從命。(凌振白)只是我有老母、妻子都在京師。倘或知覺,必遭誅戮。(宋江白)但請放心,尊眷管取即日相會。(凌振白)若淂如此,願隨鞭鐙。(晁盖白)宋寨主,彼之兵勢兇勇,如何可破?(宋江)那厮雖則兵多將廣,不足爲患。只是這三千連環馬軍,實無良策。(湯隆起身介。白)寨主在上,湯隆不才,願献一計。(宋江白)湯兄弟,你有何計?(湯隆白)小可祖代打造軍器爲生,先父曾在老種經略相公軍前做過延安知寨,先朝曾用這連環甲馬取勝。欲破陣時,須用鈎鐮鎗可破。但會使的人少,除非是我一個姑舅哥哥,現充教頭,來教方可行淂。(林冲等白)莫不是金鎗教師徐寧麽?(湯隆白)正是此人。(吴用白)既如此,且請到後寨細談便了。(晁盖、宋江白)此言甚爲有理。衆頭領。(衆白)有。(晁盖、宋江白)吩咐暫且卸甲解胄,大排筵宴,與凌總管壓驚。(衆應介)(同唱)

【尾聲】驪龍自抱明珠耍,江上空將網撒,待覓個十丈長綸去引誘他。

(下)

# 第十七出　時遷盜取雁翎甲

（衆梅香引徐大娘子上。唱）

【金鷄叫】簾外寒威清冷，日過梅梢移來踈影，相守香閨焚獸鼎。

（白）妾身乃徐寧之妻，出自縉紳門第，父因乏嗣，特選東床，將奴爲配。喜淂相公深藏韜略，夙負經綸，家資豐厚，現居觀察。連朝六花飛降，雪壓梅梢。今日天霽雲開，融和漸暖，相公隨駕未回，特備酒餚，且待回來，聊觀雪景。梅香！（梅香應介）（徐大娘子白）准備獸炭紅爐，暖酒伺候。（梅香應介）

（衆家丁掛刀，引徐寧乘馬上。唱）

離却彤墀揚鞭馳騁。

（進見，各坐介）（徐寧白）今早駕幸道德殿，纔便回宫，乘空到家休息片時。（徐大娘子白）妾身備有酒餚，請相公聊觀雪景。（徐寧白）多謝娘子。（徐大娘子白）看酒。（梅香應，遞酒）（徐寧、徐大娘子對定席）（正塲桌，塲設圓爐介）（衆同唱）

【惜奴嬌】玉盞雙擎，向紅爐促坐宴賞家庭，瑟琴静好，長此共樂昇平。寧馨，膝下瞻依添歡慶，叙天倫娱佳景。

（合）

須酩酊，看穿簾入隙，飛舞瓊英。

（院子上。白）啓爺，明日五更，天子駕幸龍苻宫，特傳今晚向午門值禁。特來稟知。（徐寧白）吩咐備馬，帶着金鎗伺候。（院子應介，下）（徐寧白）娘子，我往午門值禁，樓房中小心將燈照守，吩咐家人前後門緊閉，不可懈怠。（徐大娘子白）不消相公吩咐，妾身自然留心。（徐寧白）你們廻避。（徐大娘子、梅香下）（徐寧白）帶馬。（家丁應，帶馬）（徐寧上馬介。白）大雪裝成銀世界，滿簷結就玉玲瓏。（下）

（時遷上。白）我做偷兒本事高，鷄鳴狗盗其實妙。飛簷走壁疾如神，穵壁扒墻真個巧。入空穿房鬼不知，傾箱倒籠人難道。官銜本是賊中郎，綽號稱爲“鼓上皂”。我時遷奉宋大哥將令，今夜

潛入徐寧家中,偷取鴈翎寶甲。此際已是黄昏,可喜星迷霧鎖,月暗雲深,敢是天助我成功也。不免去走一遭。(唱)

【園林好】我悄低聲,行行自驚。

(内打一更介)

聽漏聲沉,提心注睛,幸喜淂更闌人静。

(白)這里是了。好緊大門!(撬介)這牢門怎麽響聲?(唱)(合)

早振的響如鈴,早振的響如鈴。

(内打一更介。唱)

【又一體】你聽打初更,聲聲尚醒,我竚空街喘吁不定。

(白)來此已是他家門首。且住,我在街上恐撞着别人,不免挨入他門裏去。阿呀!偏生這門是响的。(唱)

我略把門閂來挺,早振淂响如鈴,早振淂响如鈴。

(内打二更介。白)呀!(唱)

【尹令】聽譙樓二更交應,想他們夢魂方定。

(白)妙,想是都睡熟了,一些响動也没有。嗄!這墻垣又高,怎麽進去?妙嗄!事有凑巧,物有偶然。有棵大樹,待我扒在樹上,跳墻過去。(唱)

墻垣有十分高峻,

(跳下介。白)好了,進子一重門了。(唱)(合)

這門户重重,喜到天台第一層。

(白)這是亭子,又是大廻廊。嗄!那邊還有大房,想必内室了。這重門怎麽進去?(内打三更介)(唱)

【品令】三更正緊,燈火尚微明。閨門閉緊,相將重禦警。

(撥門响介)(徐大娘子白)蒼頭,外面什麽響?(蒼頭内白)没有什麽響。(徐大娘子内白)拿燈去看看。(蒼頭内白)不要看淂,門是我閉上的,不消看淂。(時遷白)嗄,還有人聲説話!嗄,是了!(唱)

他時時震驚,只爲寶甲如瑜瑾。我營營思省,還怕他一時妻媵。

(合)

唧唧噥噥,雨去雲來送且迎。

(蒼頭上。白)半夜三更,那裡有什麽聲響,大娘子只管耳根邊聒噪。且開門打望打望,再去安眠。(作開門看介。白)我説没有什麽,鬼也不見一個,那裡招出個人影來? 嗐! 白白里擔悞了一場好夢。(作關門介)大門閉了,待我閉了二門,拿火來。阿呀,奇了! 風又没淂,那了暗子偖,勿要是鬼吹滅個。(時遷作鬼叫介)(蒼頭白)嗄,嗄,嗄! 我老,老不怕鬼的。阿呀! 這酥泥撒上一大把,鬼打墻。偖入娘賊,我老人家不怕鬼的。(下)(時遷笑介。白)那老入娘的,也怕撒泥的,被我一頓鬼叫諕了進去了。(唱)

【豆葉黄】聽聲聲漏滴,夜半還盈。我肩重擔所任非輕,肩重擔所任非輕。怎做淂風燈泡影,這是閨門左右須眼明手靈。

(推門介。白)牢門好響。(徐大娘子内白)繡英,房門響,拿燈去看看。

(梅香上。白)嗄! 是了。睡又睡不醒,眼睛開不開,只管叫看什麽價。半夜三更,大驚小怪,那裡響? 待我看。(放火開門)(時遷進,吹燈介)(梅香白)阿呀! 一燈牢火又跌暗了。教我黑天黑地,那裏去摸? (徐大娘子内白)繡英,什麽響? (梅香白)没有什麽,像是猫在此拿耗鼠了。(時遷作猫叫介)(徐大娘子内白)既是猫兒捕鼠,閉上了門,進來罷。(梅香)喲! 是了。火又没了。黑暗裡摸不出個燒願心,個捉價一個大耗鼠,不關個牢門了,不關個牢門了。(下)(時遷白)好了。(唱)

喜淂把殘燈盡瞑,喜淂把殘燈盡瞑。

(合)

直逼淂鼠烏同居,自批自評。

(白)我時遷今夜做賊,原不是我要做的。(唱)

【玉嬌枝】爲軍中嚴命,論奇功賽過偷營劫營。

(白)且住。聞淂他這副甲掛在房内樑上,我不免盤上樑去便了。呔! (唱)

我是梁山好漢揚名姓,自合在樑上施逞。

(聽介。唱)

鼾齁聒耳不住鳴，陽臺路重鴛鴦冷。

(作擅①頭介。白)阿呀！(唱)(合)

硬頭顱撞淂血淋，

(作上樑介)(跳下，跌介)(唱)

好腰肢不禁痛疼。

(又作上樑取甲，下)

(湯隆、白勝上。唱)

【么令】早起見更闌夜醒，啓重關人聲沸騰。

(湯隆白)白兄弟，天色將明，此時城門已開了，時兄弟怎麽還不見到？(白勝白)想是還早。我們只在此等他便了。(唱)

最堪憐露濕霜華蛩亂鳴，看天際雲横霧暝。

(湯隆白)我們到樹林内等他。(唱)(合)

且進踈林，且聽淂鷄聲犬聲。

(下)

(挑擔人上。唱)

【江兒水】早起求生意，朦朧睡未醒，巴巴衣食難安静。

(時遷急上，撞跌介，下)(挑擔人白)捉、捉、捉嗄！背箱子的人是個賊！快些捉住了他。(唱)

看他獐頭鼠腦行來勁，瞻前顧後藏形影，待我赶上賊人挐定。

(白)挐賊！挐賊！啐！捉賊不如不捉賊，與我什麽相干嗄？(唱)(合)

且去早幹營生，莫惹這無端災眚。

(下)

(時遷急上。唱)

【川撥棹】功成頃，漸天明，將度影，喜城門出入無警，喜城門出入無警。

(白)且喜被我混出城來，但不知湯隆、白勝在於何處。待我叫一聲。嗆！湯哥哥，白兄弟。(唱)

---

① 應爲“撞”。

我叫聲高他應聲愈輕。

(湯隆、白勝上)(唱)(合)

怕人聞風鶴驚,謹防他四野清。

(湯隆白)兄弟,寶甲有了麽?(時遷白)在此了。(白勝白)真個好手段。(時遷白)不成意思,休笑。(湯隆白)白兄弟,你把這甲包好了,連夜抄出小路,先上山。時兄弟,背了空箱,慢慢而行。遇着轉湾抹角的所在,畫個白粉圈兒,做個暗記。遇着酒店、飯店,亦是如此。我就到徐家,將機就計,騙他同來追赶。這是軍師吩咐的,不要差了。(時遷白)這個自然,不要你吩咐。(同唱)

**【又一體】**鴈翎寶甲冷氣騰,豐城劍利秋光映。

(湯隆白)白兄弟,(唱)

你前行不必留停,你前行不必留停。

(白)時兄弟,你背着空箱子,(唱)

假悠悠前途慢行,

(合)

怕人聞風鶴驚,謹防他四野清。

(同唱)

**【尾聲】**三人各自分頭逞,也須要小心支應。

(湯隆白)轉來。(唱)

莫犯着風火雷霆號令行。

(分下)

## 第十八出　賺徐寧教鈎鐮鎗

(衆家丁持鎗引徐寧乘馬急上。唱)

**【窣地錦襠】**縱横躍馬急歸來,恨簇眉梢納悶懷。昨宵值宿向金階,誰料穿窬剔弄乖。

(徐寧下馬介)(衆白)老爺回府。(徐寧)卸下。(衆下)

(梅香上,接鎗)

(徐大娘子急上。白)相公回來了。(徐寧怒介。白)我聞淂家中失了盗，爲此急赶回家。（徐大娘子白）相公嗄，不好了！自相公昨晚往内值宿，妾身吩咐家人把前後門緊閉。妾身在樓房中點上燈火，叫㛹鬟守護。一霎時燈火吹滅，起來照看，只那梁上寶甲忽然不見，衣服、首飾等物不失一件。好生奇怪。（徐寧慌介。白）嗄！這是我四代傳家至寶，怎麽被人盗了去！（唱）

【太師引】這賊人真奇怪，明放着金珠不爱。這副甲傳來多代，驀忽地兩處分開。

（白）這副鴈翎甲，花兒王太尉還我三萬貫錢，不捨淂賣與他。（唱）

肯酬萬貫還不賣，直恁的運退時乖。

（徐大娘子白）相公必須打聽，追尋便了。（徐寧白）你們進去，待我坐想片時。（徐大娘子、衆梅香虚白下）（徐寧悶介。白）咳！（唱）（合）

好一似鬼使神差，行廣捕定教天敗。

（坐介）

（湯隆上。唱）

【東甌令】機謀定，莫疑猜，流水行雲不染埃。

（白）這裡是了。有人麽？

（院子上。白）整夜何曾睡，奇珍搶個空。什麽人？原來是湯爺。（湯隆白）通報。（院子白）少待。啓爺：有湯知寨之子湯爺拜望。（徐寧白）嗄！説我出迎。（院子應）（徐寧迎進見，坐介）（湯隆白）小弟許久不曾造府，爲因經營買賣，却在左近，特來看望。不知哥哥景况如何？（徐寧白）不要説起，愚兄昨夜被人盗了四代傳留雁翎寶甲，又叫做賽猭猊，無處追尋，心中焦憤。（湯隆白）裝在什麽東西内的？（徐寧白）是紅羊皮匣子内。（湯隆白）阿呀！兄弟方纔在城外見一黑瘦漢子，背着一隻紅羊皮匣子，上面刺着緑雲頭如意，中間有獅子滚綉毬在上。（徐寧白）一些不差，離此多遠？（湯隆白）離此五六里之遥。（徐寧白）院子過來。（院子應介）（徐寧白）好生看守門户，我同湯爺追赶此賊去了。（院子應下）（湯隆白）快些追上去。（急走）（同唱）

慌忙根緝如風快，贓証明難遮盖。

（合）

天教指引巧安排，踏破兩芒鞋。

（下）

（時遷背皮匣上。唱）

【香柳娘】奉軍師這差，奉軍師這差，狂奴故態，紅羊皮匣空携帶。

（白）我時遷奉宋大哥將令，往徐寧家偷取寶甲。費了些許多心機，方把他那一副雁翎甲輕輕到手。喜淂白勝兄弟先將寶甲帶上梁山，止剩淂空皮匣子在此。湯哥哥已引却徐寧前來追赶，我不免假裝折脚走不動，慢慢而行便了。（唱）

脚跟兒懶擡，脚跟兒懶擡，裝個不成材，安心且等待。

（合）

使離他境界，使離他境界，疑團打開，明言何礙。

（湯隆、徐寧急上，追着介。白）在這里了。（時遷擲皮匣地上，坐介）（徐寧將時遷打介）（湯隆勸徐寧開匣看介）（徐寧白）怎麽是空皮匣，寶甲那裡去了？快説名姓來。（時遷白）小子叫張一，泰安州人氏。有個財主知道你家有此寶甲，如有人能淂盗取，肯出一萬貫賞錢。因在你家柱子上跌下來，閃朒了腿，因此走不動。先着人拏了寶甲去，止留淂空匣在此。你若饒了我，一同到彼，討來還你。（徐寧白）如不饒你？（時遷白）自古"拏賊要賍"，就到官司和你白賴，看你怎麽樣？（湯隆白）哥哥，有小弟陪伴前去，不怕他不還。（徐寧白）也不怕你。（時遷白）只是我閃了腿，走不動，怎麽好？（湯隆白）説不淂我同哥前面酒店中飲三盃，唤一乘車輛，我們三人坐上，同去便了。（徐寧白）有理。（同走。時遷諢介。下）

（衆僂儸、林冲、花榮、劉唐、李逵、楊雄、黄信、彭玘、鄧飛、杜遷、穆宏、吕方、馬麟、秦明、石秀、孫立、歐鵬、凌振、郭盛、宋萬、白勝、解珍、解寶、鄒淵、鄒潤、燕順、朱仝、楊林、王英、"一丈青"引宋江、晁盖、吴用上）（衆唱）

【賽觀音】陣雲飛，漫山寨，急切等行人到來。聽靈鵲頻啼窗外，

(合)

料挈伴同歸展眉開。

(外擺門,進坐介)(晁盖白)方纔在西寨中看雷横照畫式打造鈎鐮鎗,俱已完工。從金沙灘上岸回營。且喜時遷甲已盗至,白勝預先來獻。本寨已經識目,果然此甲不比尋常相類。只等湯隆賺取徐寧到來,教演鎗法,接戰連環馬軍,便勢如破竹矣。

(時遷上。白)樑上稱君子,山中號大王。(見介)奉令盗取寶甲,白勝早已献上。湯隆哥哥誘着徐寧追赶時遷,引進店中,將蒙漢藥酒麻倒。現在山前候令。(宋江白)就煩時頭領將解藥解醒,請上山來。(時遷應下)

(湯隆、徐寧上。唱)

【紅娘子】蒙汗藥多時方解,這路徑森排栅寨。索縫尋癡呆打孩,早轉出山巔水涯。

(宋江、晁盖白)觀察到來,有失遠迎,多有淂罪。(迎進見介)(徐寧驚介。白)兄弟,怎麽賺我到這個所在來?(湯隆笑介。白)不瞞哥哥説,小弟早已入夥在此。今被呼延灼連環甲馬衝陣,無計可破。小弟已將鈎鐮鎗畫式献與寨主打造,這鎗法只有哥哥精明。爲此用計,賺上山來。(唱)(合)

投主帥,休只是英雄困埋,扶忠義威名大。

(徐寧白)你害人不淺!只是我家小必被官府捉拿,如何是好?(宋江白)觀察放心,小弟早已着人搬取寶眷,來此完聚矣。

(戴宗上。白)啓寨主,小弟接淂觀察家小,已到山寨了。(徐寧白)這也可喜。湯兄弟,真乃神策也。(湯隆白)小弟豈肯有累於尊眷?(宋江白)湯頭領,可將觀察家小請進後寨安歇。(湯隆應介,下)(宋江白)衆頭領,同至忠義堂前請教觀察鎗法。(徐寧白)只恐小技,有污衆英雄之尊目。(衆白)我等從未識荆,若淂一見,俱淂增光矣。(走介)(仝唱)

【剔銀燈】休謙遜鎗風閃開,羣仰見英雄氣槩。經心演習誰偷怠,藉指教家傳科介。

(合)

今朝整齊器械，使將來下風甘拜。

(作到忠義堂，齊立定介)(徐寧白)看鎗。(僂儸擡鎗，徐寧略使介。白)四撥三鈎通七路，共分九變合神機。二十四步那前後，一十六翻大轉圍。(使鎗介)(衆唱)

【玉芙蓉】迎頭大會垓，入手分支派，這鈎鐮鎗法賽過藤牌，渾疑劍雨冲無外，更把征雲掃盡開。

(快使鎗完介)(宋江白)妙嗄！如此鎗法，真個耀奪日光，疾如風捲，實所罕見也。衆僂儸日夜演習，不可懈怠。(僂儸應介)(宋江白)後有薄酌，用作洗塵。(衆白)請。(唱)(合)

團光彩映，旌旗動色，待交鋒，横衝直搗勝狼豺。

(下)

## 第十九出　擒韓滔破連環馬

(凌振、杜興上。白)軍容須整肅，隊伍要森嚴。拱聽中軍令，威光播遠天。(凌振白)俺等今日奉寨主將令，接戰呼延灼，吩咐盔甲俱要鮮明，爲此俱已收拾停當。話言未畢，寨主早已登臺發令了。須索在此伺候。

(白勝、鄒淵、鄒潤、杜遷、宋萬、童猛、童威、馬麟、“一丈青”、王英、郭盛、吕方、楊林、燕順、鄧飛、歐鵬、孫立、黄信、解寶、解珍、石秀、楊雄、阮小七、張順、阮小五、張横、阮小二、李俊、雷横、穆宏、李逵、劉唐、戴宗、朱仝、柴進、花榮、秦明、林冲。内吹打介。衆僂儸、吕方、郭盛引吴用、公孫勝、晁盖、宋江上)(搭高臺、小帳幔，設令箭介)(衆唱)

【粉蝶兒】義氣凌霄，喜的是義氣凌霄，怎禁他螢光熠耀。連日里戰鼓頻敲，合寨旗還斬將，顯淂俺威名不小。休認做梗化天朝，端只爲豺狼當道。

(衆白)寨主在上，衆頭領參見。(晁盖、宋江白)衆頭領，兩旁侍立。(衆應介)

(徐寧、湯隆各執手旗，引步軍十六名，各執鈎鐮鎗上。唱)

【好事近】本事逞英豪，鎗法鈎鐮通曉，當場試演，敵他大馬金刀。

(徐寧、湯隆白)啓寨主，鈎鐮鎗步軍俱已齊集。(晁盖白)多精熟了麽？(衆步軍白)多精熟了。(宋江白)吩咐操演一回者。(衆步軍白)淂令。(衆演鎗介)(晁盖白)妙嗄！(唱)

横衝竪搗，霎時間烽火平安報。

(合)

戰沙場電掣星馳，震軍威龍吟虎嘯。

(舞畢)(晁盖白)妙嗄！鎗法果然精熟。彼連環鐵馬，必定成擒矣。(宋江白)如此，晁寨主、公孫法師、吴軍師牢守山寨，待宋江再當領兵前往，以决勝負。(晁盖、公孫勝、吴用)既如此，眼望捷旌旗，耳听好消息。(下)(宋江白)徐寧、湯隆听令。(徐寧、湯隆應介)(宋江白)你二人各持號帶，將步軍引入枯葦之中，如遇連環馬，胡哨一起，即將號帶領出伏兵，破彼陣勢，不淂有違。(付徐寧、湯隆令旗，引步軍下)(宋江白)凌振、杜興聽令。(凌振、杜興應介)(宋江白)你二人向高阜處，將子母炮、風火炮往正北打去，驚散連環馬軍，不淂有違。(付凌振、杜興令旗，應下)(宋江白)劉唐、李逵、穆宏、雷横聽令。(劉唐、李逵、穆宏、雷横應介)(宋江白)爾等各帶五百鐵騎，埋伏山凹之中。如遇呼延灼將官，奮勇截戰，不淂有違。(劉唐、李逵、穆宏、雷横應介)(宋江唱)

【石榴花】做一個南陽八陣展龍韜，戰必勝簿上記功勞。

(付劉唐、李逵、穆宏、雷横令旗，各接令旗，應下)(宋江白)黄信、孫立、歐鵬、鄧飛、解珍、解寶、燕順、楊林聽令。(黄信、孫立、歐鵬、鄧飛、解珍、解寶、燕順、楊林應介)(宋江白)爾等埋伏深林之中，如遇呼延灼，奮勇截殺，不淂有違。(唱)

着爾等深林埋伏，各逞雄驍，除殘而伐暴，聲息莫喧嚣。

(付令旗一面，黄信、孫立、歐鵬、鄧飛、解珍、解寶、燕順、楊林應下)(宋江白)水軍李俊、張横、張順、阮氏三雄、童威、童猛聽令。(李俊等衆應介)(宋江白)爾等各領水軍，在沿灘處所接應，如遇馬軍敗至水邊，恊力捉拿，不淂有違。(唱)

須索要密叢叢，密叢叢，潜踪匿影厮圍繞。悠悠嚦嚦，一聲長嘯。撞着他敗軍兒，撞着他敗軍兒，一鼓都擒到，學個周處斬長蛟。

（付令旗一面，李俊等應下）（宋江白）衆頭領！（衆應介）（宋江白）爾等前後截戰，不淂有違。（衆應介）（宋江白）就此分兵前去。（衆應介）（宋江執鞭上馬介）（仝唱）

【福馬郎】號令嚴明軍不擾，儘讓俺殺人兒如草。他來到，没一個垓心中躲，刀頭上挑，都教魂魄消，

（合）

期尅敵，在今朝。

（齊下）

（水軍李俊、張横、張順、阮小二、阮小五、阮小七、童威、童猛上。唱）

【鬬鵪鶉】一行行鹵莽男兒，一行行鹵莽男兒，急臻臻領軍早到。閙轟轟馬足紛馳，閙轟轟馬足紛馳，亂滚滚人頭便落。須識是揭地掀天手段高，輕覷你小兒曹。

（各通名介）（李俊白）奉大哥將令，埋伏灘頭，捉拏馬軍。（内喊介）（李俊、張横、張順、阮小二、阮小五、阮小七、童威、童猛白）你聽喊殺連天，想是呼延灼兵馬來了。我等且隐入蘆葦中窺探動静便了。（行介。唱）

熱騰騰萬隊鏖兵，熱騰騰萬隊鏖兵，冷颼颼一聲胡哨。

（下）

（衆小軍、步軍、馬軍、將官引韓滔、呼延灼各持兵器上。唱）

【千秋歲】搗窝巢鐵馬連環甲，一陣陣賊兵如掃。朝命嚴催，朝命嚴催，早制勝，只恐師行兒老。

（衆將齊向下場看介）（内鳴金鼓、放炮介）（呼延灼白）呀！聽炮聲振天，想是凌振這厮在彼施放。衆將官！（衆應介）（呼延灼白）將連環馬分作四隊，衝破賊軍。我與韓先鋒分路截殺。（韓滔應介）（内鳴金鼓，炮响介）（衆白）呀！（唱）（合）

三通鼓，一聲炮，降强寇，真奸狡。併力厮征勦，喜梁山在望，水泊非遥。

（下）

（僂儸引劉唐、李逵、穆宏、雷横持兵器上。唱）

【撲燈蛾】静悄悄設伏在山凹，一個個掣刀齊抽鞘。惡狠狠臨衝敵萬人，亂紛紛戰塵兒風飄。

（衆小軍引韓滔衝殺上。白）賊子那里走？（劉唐、李逵、穆宏、雷横白）來將通名。（韓滔白）我乃“百勝將軍”韓滔。賊將留名。（劉唐白）我乃劉唐。（李逵白）我乃李逵。（穆宏白）我乃穆宏。（雷横白）我乃雷横。還不下馬受縛！（韓滔白）休浔胡言。（齊戰，擒捉韓滔介）（劉唐白）綁至寨主處分。（衆唱）

厮濟濟回營繳令，一個個雄威兒賽嫖姚。昏慘慘先鋒莽撞，明晃晃高題姓字叫韓滔。

（下）

（王英、“一丈青”、宋萬、杜遷、鄒淵、鄒潤、馬麟、白勝持兵器上。唱）

【好事近】瀟瀟陣雨灑征袍，殺浔個片甲無存纔了，鑼鳴鼓擂，威風直衝穹昊。

（各通名介。白）我等奉大哥將令，着我們前後截殺，自當遵令而行。（内吶喊介）（衆白）你聽喊殺之聲，我們迎敵上去。（唱）

騰騰殺氣，更聽他士卒羣譁譟。

（八將官引呼延灼上。唱）（合）

失先鋒雖道軍孤，守中堅不放兵驕。

（兩分介）（呼延灼立正場）（王英、“一丈青”、宋萬、杜遷、鄒淵、鄒潤、馬麟、白勝與八將官圍戰介）（八將官、呼延灼追王英、“一丈青”、宋萬、杜遷、鄒淵、鄒潤、馬麟、白勝，齊敗下）

（黄信、孫立、歐鵬、鄧飛、解珍、解寶、燕順、楊林上。唱）

【撲燈蛾】叠叠雄師桀鼻，陣陣敗軍騰笑。剌剌的鬬疆場，急急裡顯英豪。

（各通名介。白）我等奉宋大哥將令，截殺呼延灼。（内吶喊介）（衆白）你聽喊殺之聲，我等上崗一望。（後場設凳。同上凳看介）

（八將官追王英、“一丈青”、宋萬、杜遷、鄒淵、鄒潤、馬麟、白勝對

殺,八將官追下)

(呼延灼隨後追上)(黄信、孫立、歐鵬、鄧飛、解珍、解寶、燕順、楊林跳下崗,截戰呼延灼,敗下)

(連環馬冲上)(黄信、孫立、歐鵬、鄧飛、解珍、解寶、燕順、楊林敗)(連環馬齊追下)

(李俊、張横、張順、阮小二、阮小五、阮小七、童威、童猛、水軍撓鈎套索同上。唱)

清清悄悄,廝裝圈套。俺不是河上逍遥,俺則待陣上㒹烋,俺則怕連環甲馬。

(内呐喊介。白)有兵馬來了。

(八將官追王英、"一丈青"、宋萬、杜遷、鄒淵、鄒潤、馬麟、白勝上,殺介)(王英、"一丈青"、宋萬、杜遷、鄒淵、鄒潤、馬麟、白勝敗下)(水軍作截殺,活捉幾將介)(李俊等白)將他這廝押至水寨,聽候發落便了。(衆唱)

赤緊的水樁,齊踏上鈎撓。

(齊下)

(湯隆、徐寧引鈎鐮鎗十六人上,遶場作埋伏介)

(連環馬軍追黄信、孫立、歐鵬、鄧飛、燕順、楊林、解珍、解寶上,作敗,鈎鐮鎗十六人截殺,作對馬挑鈎馬蹄,遶場轉介)(内放炮鳴金呐喊)(連環馬驚散衝開,亂跑下,鈎鐮鎗十六人亂殺介。馬軍敗,鈎鐮鎗追,齊下)

(呼延灼棄甲去盔,持雙鞭奔上。唱)

【越恁好】投戈卸甲,投戈卸甲,剗地里没下梢。

(解珍、解寶八人上。白)啲!那里走!(同戰介)(呼延灼敗,解珍、解寶八人追下)

(李俊、張横、張順、阮小二、阮小五、阮小七、童威、童猛領水軍上。唱)

羡軍師妙算,掃馬陣如捲籜。聽聲聲鼓敲,聽聲聲鼓敲,疾忙忙擺開兒,似奪錦標。

(中場排立介)

(連環馬亂跑上,各虛白,發諢介)

(鉤鐮鎗十六人上,作追,連環馬軍踏水樁,陷溺水中,水軍活捉幾人介)(李俊等白)連環馬已破,回山繳令便了。(衆白)有理!

(衆唱)

一個個顛翻,怯生生敗卒兒,下水怎撈。

(合)

全虧淂這一番敵寇成呆傍,把連環甲馬盡入圈套。

(下)

(僂儸、吕方、郭盛、花榮、林冲、秦明、戴宗、朱仝、柴進、楊雄、石秀引宋江持鞭上。唱)

【上小樓】密匝匝鴈陣排,實丕丕天羅罩。管教俺智賽張良,管教俺智賽張良,勇賽淮陰,功賽班超。

(凌振、杜興、徐寧、湯隆、黄信、孫立、歐鵬、鄧飛、解珍、解寶、燕順、楊林、王英、"一丈青"、宋萬、杜遷、鄒淵、鄒潤、馬麟、白勝、李俊、張横、張順、阮小二、阮小五、阮小七、童威、童猛各持令旗上)

(接唱)

斷濟濟繳令營門,斷濟濟繳令營門,獻俘山寨,銷兵水泊,莽高俅枉陳天表。

(擺門進介。白)各寨頭領成功繳令。(交令旗介)(宋江白)論功陞賞。(衆分站介)

(劉唐、李逵、穆宏、雷横綁韓滔上。白)我等弟兄四人,拏淂韓滔在此,請寨主定奪。(宋江親解綁介。白)多有淂罪,萬望將軍同歸山寨,除奸報國。(韓滔白)既蒙不殺,情願執鞭墜鐙。(宋江白)四位兄弟,將韓將軍請入大寨,請晁天王好生款待。(劉唐、李逵、穆宏、雷横應,同韓滔下)(宋江白)衆僂儸!(衆應介)(宋江白)呼延灼連環馬已破,就此收兵回寨。(衆應,吶喊介)(唱)

【清江引】想前番高唐種禍苗,今日才歡樂從教,張我軍恁怕他征討,黑鄧鄧的征雲看漸少。

(下)

# 第二十出　呼延灼失馬借兵

（衆家丁引呼延灼，歪斜披甲戴盔，背插雙鞭，騎馬急上。唱）

【滴溜子】羞敗北，羞敗北，師行失利。烏錐馬，烏錐馬，長嘶喪氣。誰知這番狼狽。

（合）

嘯聚蓼兒洼，螯如鼇起，棄甲曳兵，怎不皺眉。

（白）泰岳難摇動，冰山頃刻頽。我呼延灼被梁山賊寇殺淂大敗虧輸，止剩淂踢雪烏錐，教我何顔到京？弄淂進退兩難，如何是好？幸虧淂我有個舊相識慕容相公，現爲青州知府，向他借兵復讎，還可解嘲。衆家丁，就此趲行前去。（唱）

【秋夜月】涕淚揮，勇力成何濟。故人作郡相依倚，軍容重整防清議。

（合）

舉頭天影低，回眸日色西。

（内白）投宿的這里來。（呼延灼白）這里有個宿店在此，不免權宿一宵，明日竟投青州便了。（下馬介。白）酒保。

（酒保上。白）廣招天下客，安歇四方人。客官，住宿的麽？（呼延灼進介。白）是住宿的。把這匹馬帶到後槽上料。（酒保應介，解馬下，即上）（呼延灼白）酒保，我是軍官，爲因收捕梁山泊失利，往青州投奔慕容知府。方纔這馬是御賜的踢雪烏錐馬，好生喂養，明日重重有賞。（酒保謝介。白）多謝軍官。却有一件事要告禀：前面有座桃花山，山上有夥强人，爲頭的是“打虎將”李忠，第二個是“小霸王”周通，聚集衆僂儸，時常攪擾村坊，官兵捕他不淂。軍官須醒睡些。（呼延灼）千軍萬馬尚且不惧，何怯此輩？我知道了。（酒保）酒肉多擺在後房内，請軍官後面安歇。（呼延灼）槽上添料要緊。（酒保應）（同下）

（衆僂儸引李忠、周通執兵器上。唱）

【點絳唇】名震轟雷，威行盖世，金蘭契，情篤塤篪，早結桃園義。

（合白）人人争羡緑林豪，那用龍韜與豹韜。任我威行天一角，春山開遍萬株桃。(李忠)我乃桃花山"打虎將"李忠是也。(周通)我乃"小霸王"周通是也。(李忠)自據占山頭,無人敢犯,全憑劫掠行商,以供寨中日用。聞淂宋將呼延灼力敵萬人,統領雄兵,欲勦梁山泊衆,被他大破連環馬軍,殺淂片甲無存。呼延灼單人獨騎,潜向青州慕容知府處,借兵恢復。他有一坐騎,名曰"踢雪烏錐馬",日行千里,乃是道君皇帝所賜,真個賽過"紫燕""桃花",爲第一神駿。聞淂他打從左近旅店安歇,不免着精細僂儸,夜間盗取此馬,以助我寨威風,豈不美哉?(周通)有理。(李忠)僂儸過來。(僂儸應介)(李忠白)你二人可速下山打聽呼延灼旅店宿處,盗取踢雪烏錐馬,回來重重有賞。(僂儸應下)(周通)大哥,自古驊騮稱獨步,萬馬敢争先。如不盗此馬,實是可惜。(李忠)正是。(仝唱)

**【豹子令】踢雪烏錐世所稀,世所稀,偷他到寨壯軍威。星忙奉命去如飛,眼望明朝旌捷旗,**

(同唱)(合)

**管教人馬一齊歸。**

(下)

(内起更)(二僂儸悄步上。白)哥嗄,我們奉大王之命來盗這馬,我們把這籬笆墻挖開進去。(唱)

**【小引】把茅籬,把茅籬,掘破他來盗馬騎。暫聽已更深,兩人須用心。**

(進介)(一白)你看可有人驚動,我悄向後邊去。(一應介,進内牽馬)(僂儸虚白,望介)(牽馬悄步上)(唱)(合)

**好箇偷天手,銜枚忙疾走。**

(白)在這裡了。(僂儸急下)

(酒保右場門嚷出介)不好了!

(呼延灼執雙鞭左場門出介)什麽人?(酒保)不要動手。(呼延灼)酒保,爲何亂嚷?(酒保)軍官,我添了草料,纔睡下,只聽淂馬蹄响,那馬被人盗去,推翻了這籬笆墻出去的。一定是桃花山上小僂儸偷去了。(呼延灼驚介)這怎麽好,可追淂着?(酒保)這時候那里去追,軍官坐待天明,官府去告理。(呼延灼)那里等淂天

明，俺自去也。（酒保虛白下）（呼延灼）衆家丁，快些赶上。（唱）

【劉潑帽】踈星數點明雲際，去匆忙只怕濡遲，願他緝捕如吾意。

（合）

前路盻程期，不遠青州矣。

（下）

（僂儸引李忠、周通上。唱）

【水底魚】寶馬天賚，桃花配合奇，日行千里，風輕騁四蹄，風輕騁四蹄。

（白）我等踞此山寨，雖則打家劫舍，却藉義氣相扶。昨已盗了呼延灼這匹名馬，如獲珍寶。正是：良馬歸吾風捲電，敗軍笑汝雪加霜。

（報子上）探報軍中事，傳知山上人。呼延灼投向慕容知府處，借兵二千，前來奪馬。請令定奪。（李忠、周通）有這等事？快些起兵迎敵。（衆應介）（唱）

【大迓鼓】無端動鼓鼙，折衝禦侮，號令嚴催。俺長鎗大戟提精鋭，他殘兵敗將昧高低。

（合）

煽起威風，殺入重圍。

（下）

（小軍引呼延灼上。唱）

【水底魚】兵馬重提，皇天不可欺。桃花山寇，先此救瘡痍，先此救瘡痍。

（呼延灼白）我呼延灼蒙青州慕容知府借兵二千，先來掃清桃花山，奪回那匹烏錐馬。盖因他管轄地方，多有草寇侵犯。還有那二龍山、白虎山，趁手一例收勦，以除民害。然後引兵撲滅宋江等，復仇雪耻。承他青眼相看，理合赤心以報。喜淂桃花山不遠了。大小三軍，即此殺上前去。（衆應介）（唱）

【大迓鼓】皇威悚四夷，誰容馬足當道狐貍。他綠林嘯聚渾兒戲，俺烏錐鞭策怎𢘿瞶。

（合）

一視同仁怎道越瘠秦肥?

(李忠、周通領僂儸冲上,分開站立)(呼延灼白)呔!賊寇,你黑夜偷盗名馬,敢來太歲頭上動土?(李忠、周通)敗軍之將,何浔言勇?看鎗。(同戰介)(李忠、周通敗下)(呼延灼)賊寇逃上山寨。衆將官!(衆應介)(呼延灼)依山扎營,聽令再戰。(衆應介)(呼延灼唱)

【風入松】可恨他山頭竊踞逞胡爲,到處行商遭累。必待焚巢掃窟無逃避,青州境不窩奸究①。

(合)

將營寨安他四陲,長驅入凱歌回。

(下)

(僂儸引李忠、周通上。唱)

【又一體】刀鎗密布在山蹊,再戰定難廝對,多緣自惹干戈沸。保山寨須籌别計。

(合)

切莫教悔生噬臍,須商酌,莫狐疑。

(周通白)呼延灼這厮武藝高强,難以抵敵,如何是好?這都是你要偷那匹烏騅馬惹來的禍。(李忠)你又來長他人的志氣,滅自己的威風。我想起來,爲今之計,除非寶珠寺"花和尚"魯智深,兼有"青面獸"楊志、"行者"武松,力敵萬人,不如急急寫書一封,差僂儸持去。若能來救,情願將馬進奉與他。(周通)如此請到裏面,就寫書着人送去便了。(李忠)請。(同下)

(二龍山衆僂儸引魯智深、楊志、武松、施恩、曹正、張青、孫二娘上。唱)

【甘州歌】【八聲甘州】(首至六句)雲開霞霽,幸萍踪巧合,僧俗山棲,左提右挈,坤道一班豪氣。

(一僂儸引桃花山僂儸持書曲内上。白)僂儸告進。(衆僂儸)進來。(僂儸應。跪介)桃花山差人下書。(魯智深)着他進來。

---

① 應爲"宄"。

(僂儸應介)(領桃花山僂儸進,叩介)敝寨主有書呈上。(魯智深)後寨酒飯。(僂儸下)(曹正接看介)(魯智深)那年洒家在桃花村,曾打過這廝一頓,他到結拜我爲兄。書上怎麽寫?(曹正)"只爲青州慕容知府近日收淂進征梁山泊失利的雙鞭呼延灼,慕容知府先教掃蕩桃花山、二龍山、白虎山,再借兵與他,收捕梁山泊復仇。現今敝寨勢處危急,特來啓請大頭領將軍下山相救。待休息之時,情願來納進奉。"(楊志)俺們各守山寨,管他則甚?(魯智深白)説那裡話?洒家一者怕壞了江湖上豪傑,二者恐那廝淂了桃花山,便小視了洒家這里。張青、孫二娘、施恩、曹正看守山寨,俺三人親自走遭。(張青、孫二娘等作應介)

(桃花山僂儸上。叩介)謝三位寨主酒飯。(魯智深、楊志、武松白)回去稟復主人,我等人馬就到了。(僂儸應,下)(魯智深)衆僂儸!(衆應介)(魯智深、楊志、武松各執兵器介)就此下山,竟往桃花山。(四小頭目暗下,衆應)(吶喊介。唱)

旌旗蔽天軍威壯,渺小鄰疆合撫綏。

**【排歌】**(合至末句)聯聲援,免伺窺,青州全郡踹成灰。行須急,令莫違,月終進奉不斷虧。

(下)

(衆將引呼延灼上。唱)

**【排歌】**不放逃生,料應垂斃,崇朝撲滅無疑。豈徒懷恨盗烏騅,馬足須張民帥威。

(衆白)桃花山下並無一人。(呼延灼)呔!山上毛賊,有本事的出馬對壘。(衆唱)

沿山麓,繞水湄,偃旗息鼓意何如。

(内吶喊)(僂儸引武松、楊志、魯智深上)(唱)(合)

三山聚,隊伍齊,殲他敗卒恁稀奇。

(兩軍分立)(魯智深白)那是梁山泊殺敗的撮鳥,敢來這里諕嚇人麽?(呼延灼)先殺你這胖秃驢。(魯智深、呼延灼殺介。魯智深敗下)(武松、楊志截殺呼延灼,敗下。兩軍殺介)

(李忠、周通領僂儸暗上)(後場設桌,上望介)(呼延灼所領軍卒

敗下,衆僂儸追下)(呼延灼、魯智深、武松、楊志四人殺介。呼延灼敗下)

(衆僂儸上報介。白)呼延灼人馬大敗。(内奏樂)(李忠、周通領衆作下山迎接魯智深等上山,拜謝介)(李忠、周通)三位寨主真乃盖世豪傑,今蒙救援幸淂全生,我等情願執鞭墜鐙。(魯智深等謙遜介)(李忠、周通)我等無物恭献,有一駿馬,名曰"踢雪烏騅",原是道君皇帝賜與呼延灼的,我等淂來已久,望乞笑納,并請三位寨主後寨寬飲,暫住幾日,聊表孝敬之心。(魯智深等)前承華翰見招,特來相助。今喜貴山無事,我等即要告辭。(李忠、周通)且請小飲,再作商量。(同下)

(衆引呼延灼急上。唱)

**【風入松】**英雄成敗訴誰知,此日又教蒙耻。賊兵烏合聯聲勢,真勍敵,憂心如醉。

(白)罷了,罷了! 指望到此勢如破竹,拏了這夥草寇,怎知又逢着這般對手,我好如此命薄也!

(報子上)奉本州太爺鈞令,請將軍收兵急回,青州今有白虎山强人孔明、孔亮領人馬前來劫牢,恐府庫有失,速即回城守備。(呼延灼)知道了。大小三軍,就此回城。(衆應介)(唱)(合)

奉麟符,忙行疾馳,收兵轉衛城池。

(下)

## 第廿一出　獨火星救兄投寨

(衆僂儸引孔明、孔亮上。唱)

**【山花子】**暫從深谷屯熊豹,毛頭獨火雙豪。救天倫肯憚勤勞,逞雄風殺氣干霄。

(白)我乃"毛頭星"孔明是也。我乃"獨火星"孔豪①是也。只因本鄉一個財主與俺們争競,因此把他一家良賤殺了,聚集六七百

① 應爲"孔亮"。

人馬占住白虎山，官府也無可奈何。今因我父親孔賓在青州城裡做些買賣，有人出首，被慕容知府監在牢中。爲此點起人馬，攻打青州，救俺父親。衆僂儸，就此殺上前去。（衆僂儸應介）

（場上左設布城一座，門上掛“青州府”三字）

（慕容知府隨從等上城垛看介）（衆唱）

望青州重關閉牢，沿城鑿下經丈濠。參差雉堞百尺高，恊力齊攻，地動山摇。

（呼延灼領人馬上圍，分站介）（孔明、孔亮白）來將何名？（呼延灼白）我乃統制呼延灼，你是何處强人？大胆敢攻打朝廷禁城。（孔明、孔亮白）我乃白虎山孔明、孔亮兄弟，與慕容知府並無仇隙，將我父親孔賓平白監禁，如今好好放他出來便罷，若不放出，只怕先要淂罪將軍。（慕容白）呼將軍，這乃是白虎山大盜，來劫城池、倉庫。將軍休要放走此賊。（三人戰介）（呼延灼鞭打孔亮，敗下）（呼延灼活捉孔明，官兵綁介）（衆僂儸作敗下，開城介）（慕容知府隨從同下城，衆引呼延灼進城相見介）（場上撤城介）（呼延灼白）小將生擒賊寇孔明，請恩相發落。（慕容白）綁過來。（衆刀斧手綁孔明急上。白）賊寇進。（衆應）進。（綁進介）（慕容怒介）哇！你這强賊，有何本領，敢來攻城劫庫？（孔明）我來救我父親孔賓，並非攻城劫庫。今既被擒，但憑擺佈。（慕容）將這厮與孔賓監禁一處，待等申奏之後，一同處斬，不淂踈縱。（刀斧手應，押孔明齊下）（慕容白）請問將軍，桃花山兵勢如何？（呼延灼）本待是甕中捉鱉，手到拿來，無端又被一夥强人前來救應。數内有箇和尚、一個青臉大漢，十分驍勇，所以未曾拿獲。看來他的武藝，不像緑林中手段。（慕容）告將軍淂知，這個和尚便是提轄魯達，今已落髮，喚作“花和尚”魯智深。這一個青臉大漢，喚作“青面獸”楊志。再有一個“行者”叫做武松，原是景陽崗打虎的武都頭。他三人占住二龍山，打家劫舍，拒敵官兵，直至于今。（唱）

**【剔銀燈】**潢池寇紛紛近郊，一處處强梁非小。官軍屢次空征勦，只辦淂前徒戈倒。

(呼延灼白)原來是楊制使和魯提轄,名不虚傳。恩相放心,有小將在此,少不淂一個個生擒活捉,以除民害。(慕容)全仗虎威,還當保奏,且請到署内筵宴慶賀大功便了。(唱)

賢勞成功可保,玳筵前領略歌清舞妙。

(下)

(内呐喊)(武松乘馬持刀急上。唱)

【又一體】逞武勇呼延遁逃,喜贈遺花驄腰裊。

(白)我武松同了魯、楊二位哥哥,帮助桃花山殺敗呼延灼,承他們請我到山寨,大開筵宴,又送我這匹踢雪烏騅馬,故此先回山寨。呀!那邊又有一陣敗殘兵馬,踉蹌而來。待上高崗一看。(唱)

敗軍殘將一似傷弓鳥,陟高阜向前瞻眺。

(下)

(孔亮乘馬引衆急上。白)我孔亮被呼延灼鞭打,逃奔前來,如今却投那里好?(小軍)二爺,還是回白虎山去罷。(孔亮)這等我父親、哥哥性命休矣。(唱)

呼號向誰愬告,父和兄餘生莫保。

(武松上。白)呔!你是那裏敗殘人馬,報上姓名。(孔亮)師父,我乃白虎山孔亮。(武松白)可與孔明是弟兄?(孔亮)正是!(武松相見介)(孔亮)請問師父大名?(武松)我乃"行者"武松。(孔亮)原來是師父。(拜介)(武松)久聞賢昆玉在白虎山聚義,爲何到此?(孔亮)只因父親孔賓被人陷害,慕容知府下在牢中。我弟兄前來救出父親,不料被官將呼延灼出城迎敵,把我哥哥活捉而去。小弟被他鞭打,幾乎也被擒拏。如今正是進退無路,望師父救我。(武松)不妨,我同魯智深、楊志久已占據二龍山。昨日,桃花山來借兵,故此去殺敗了呼延灼。只説他戰敗而逃,那知回青州與你厮殺。如今二位頭領將到,我們同去攻青州,救你父親如何?(孔亮白)如此,感激不盡。

(僂儸引魯智深、楊志持兵器乘馬上。唱)

【攤破地錦花】喜連鑣,齊踏破平坡草。樹葉亂飄,驀然見獨燕尋巢。

(武松白)二位頭領住馬。(衆下馬介)(武松、孔亮拜介)(魯智深)此位何人?(武松)此乃宋公明相好徒弟孔亮,今在白虎山落草。此時有一事相求,孔兄可備細説與二位頭領知道。(孔亮)只因父親孔賓被慕容知府無端囚禁,因此與哥哥同打青州,不想遇一將官叫做呼延灼,把我哥哥生擒去了。小弟逃到此間,望三位豪傑救援。(唱)

**乞鑒苦情,望念同胞,轉旌旄,殺遶向穆陵道。**

(武松白)我們義氣爲重,聚集三山人馬,攻打青州,殺了慕容知府,擒獲呼延灼,劫取府庫錢粮,以供山寨日用,如何?(魯智深)洒家也是這般想,便使人去桃花山報知,叫李忠、周通引孩兒們來。俺三處一同去打青州便了。(楊志)住了!不是我們自滅威風,青州城池堅固,一時難破,須用大隊人馬,方可打淂。俺知梁山泊宋公明,江湖上多稱他爲"及時雨",更兼呼延灼是他那裡仇人。俺們弟兄先合三處人馬,齊備去打青州。孔亮兄弟星夜望梁山泊,請下宋公明併力攻打,此爲上策。況且宋公明又是孔家兄弟相好。諸位意下如何?(魯智深)你們終日總説宋公明好,只可惜洒家不曾相會。孔亮兄弟,你快些去,好救你哥哥。洒家等在這里,好和那狗頭們厮殺。(孔亮)多謝三位恩人,小弟手下僂儸,權附恩人隊内。請上,受我一拜。(魯智深、武松、楊志)義氣交情,何勞如此。(孔亮拜介。唱)

**【又一體】謝英豪,肯把我冤仇報。相助拔刀,這恩情地厚天高。**

(下)(魯智深、武松、楊志白)孔亮已去,我們就此回山等候便了。衆僂儸。(衆應介)就此回山!(衆上馬。唱)

**整頓旗槍檢點弓刀,返林皋,候梁山消息到。**

(衆下)

(石勇上。唱)

**【駐馬聽】招接英豪,竹外青帘數字飄。**

(白)自家"石將軍"石勇是也。在山寨下開張一個酒店做眼目,招接英雄上山。伙家們,把招牌掛起來,把酒飯多安排好了,等客人來吃。(内應介)

（孔亮上。唱）

路途遼遠，心意匆忙，行李蕭條。

（白）來此已是梁山泊了，且在酒店問一聲，好覓人引上山去。（進店介）（石勇）客人是要打伙的麼？（孔亮）一來要打伙，二來要問路。（石勇）往那里去？（孔亮）要上梁山泊。（石勇）山上有那一位相識？（孔亮）便是宋公明。（石勇）既是來尋宋頭領，我這里有分例。火家，快些安排酒來。（孔亮）素不相識，何勞見款？（石勇）客官不知，但是來尋山寨頭領，必然是社火中人，故舊交友，豈敢有失祗應？（孔亮）如此，心領了。小弟寔爲有急事，就要上山，不及飲酒。（石勇）這等慌張，請問高姓大名？（孔亮）小弟乃白虎山孔亮。（石勇）可是宋公明哥哥的徒弟？（孔亮）正是。（石勇）既有急事，一同上山便了。（同唱）

眼前一派水雲招，望中千叠山峰峭，荻葦蕭蕭，扁舟一葉伊啞聲遥。

（同下）

## 第廿二出　擒呼延賺城報怨

（僂儸、裴宣、花榮、秦明、燕順、王英、穆宏、楊雄、解珍、解寶、吕方、郭盛、朱仝、柴進、李俊、張横、孫立、楊林、歐鵬、凌振、孔亮各持兵器引吴用、宋江上。唱）

【普天樂】統强兵施英武，莽呼延喧金鼓。可憎他硬着頭顱，瞥教人夯着胸脯。

（宋江白）昨日石勇兄弟引淂我徒弟孔亮上山，哭訴他父親孔賓被慕容知府拏去監禁，他兄弟帶領僂儸去救，反被呼延灼把孔明擒去。如今他雖請二龍、桃花二山相帮去打青州，誠恐不能成功，號救於我。爲此點齊衆兄弟下山去。衆僂儸。（衆應介）（宋江白）就此起兵，攻打青城。（衆應介）（吶喊介）（唱）（合）

呀！同猫捕鼠，誰容牙爪舒。犄角三山又看一怒征誅。

（齊下）

（僂儸引李忠、周通、施恩、曹正、武松、楊志、魯智深各持兵器上。唱）

【朝天子】恁灾生剥膚，合師行獻俘。喜三山會聚皆天數，堂堂接戰，賴英雄丈夫。搗中軍，揮前部。

(衆僂儸、裴宣、花榮、秦明、燕順、王英、穆宏、楊雄、解珍、解寶、吕方、郭盛、朱仝、柴進、李俊、張横、孫立、楊林、歐鵬、凌振、孔亮引吴用、宋江上。接唱)

青州兒不迂，金沙兒早渡急趋。疾忙的高張曉諭，高張曉諭，若投降知時務，若投降知時務。

(齊見介)(李忠、周通、施恩、曹正、武松、楊志、魯智深白)久聞公明兄名振江湖，如雷貫耳。(宋江白)小弟亦仰慕吾師清德，今日淂識慈顔，平生幸甚。(楊志白)楊志向日蒙英雄相留，不曾肯住。今日幸淂義士，壯觀山寨，天下第一好事也。(宋江白)惶恐！只是今日務必生擒呼延灼，殺却慕容知府，救出孔亮父兄并女眷等，方爲快事。(吴用白)此人不可力敵，可用智取。我們向野外掘一陷坑，可差花榮、秦明二位頭領出戰，佯輸詐敗，將呼延灼引至曠野墮入坑内。那時，擁衆向前，并力捉住，方是上策。(宋江)此計甚妙！花榮、秦明。(花榮、秦明應介)(宋江)你二人先去討戰，不可遲滯。(花榮、秦明應介，下)(宋江)衆僂儸，殺奔青州，圍打城池者。(衆應介。唱)

【普天樂】桶兒般厮圍住，網兒般無逃路。休猜做翊漢吞吴，煞强如拉朽推枯。

(合)

呀！同猫捕鼠，誰容牙爪舒。犄角三山，又看一怒征誅。

(齊下)

(場上設布城一座，上掛“青州”牌)(慕容、呼延灼、四將上，立介)(花榮、秦明引僂儸上。唱)

【朝天子】把贓坯競屠，使良朋盡扶。料孤城斗大難防護，騰騰殺氣直冲霄有餘，快交鋒休犹豫。

(秦明、花榮白)呦！好漢快開城出戰俺秦將軍、花將軍。(慕容站看城下。罵介)哇！你這二賊，你原係朝廷命官，有甚虧負，反來造反，恨不淂將你碎尸萬段。吩咐開城，呼將軍領軍出戰。

(慕容下)(内吶喊)(衆軍引呼延灼出城戰介)(撤出布城,僂儸、衆軍齊下)(花榮、秦明敗,呼延灼追下)(僂儸、衆軍兩場門出戰介)(僂儸敗,衆軍追下)

(花榮、秦明敗上,呼延灼追上)

(武松、楊志、魯智深追上)呔!那裡走!(與呼延灼戰介)(三人敗,呼延灼追)

(李忠、周通、孔亮上)呔!那裏走!(戰介)(李忠、周通、孔亮敗,呼延灼追下)

(吴用、宋江上。唱)

五旬兒不逾,萬夫兒怎懼早圖。

(白)此計已定,且待呼延灼到來入彀便了。(唱)

俺不是牢株待兔,守株待兔,掘深坑勝强弩,掘深坑勝强弩。

(後場設桌)(宋江、吴用上桌介)

(花榮、秦明、武松、楊志、魯智深、李忠、周通、孔亮齊上。分立宋江、吴用背後介)

(呼延灼追上,見宋江、吴用介。白)呀!這兩個匹夫,甚是奇怪。看鞭!(殺介)(入陷坑内,兩場門衆僂儸上,綁介)

(裴宣、燕順、王英、穆宏、楊雄、解珍、解寶、吕方、郭盛、朱仝、柴進、李俊、張横、孫立、楊林、歐鵬、凌振鑼鼓内上,兩分站介。白)拿住了。(宋江、吴用等下桌)(宋江親自放綁介)將軍受驚了。如今韓滔、彭玘、凌振都在敝山入夥,倘蒙將軍不棄山寨微賤,宋江情願讓位與將軍。等朝廷見用,受了招安,那時盡忠報國,未爲晚矣。(呼延灼)小將願隨鞭鐙,决無還理。(宋江)仰蒙慨允,同聚大義,還有事求教。(呼延灼)願聞。(宋江)只爲孔明父子陷在青州牢中,故此興兵侵犯。如今喜淂將軍同歸大寨,伏望將軍賺開城門,方能相救。(呼延灼)小將既蒙兄長收録,理當効力。(宋江)如此,要勞動將軍了。(呼延灼)小將恭聽號令。(立起介)(宋江)裴宣、燕順。(裴宣、燕順應介)(宋江)王英、穆宏。(王英、穆宏應介)(宋江)爾等同了呼將軍賺開城門,救出孔氏父子,不淂有違。(呼延灼、四人同下)(宋江)楊雄、解珍、解寶。

(楊雄、解珍、解寶應介)(宋江)吕方、郭盛、朱仝。(吕方、郭盛、朱仝應介)(宋江)爾等連忙赶上,賺開城門,不可與呼延灼見面。悄向慕容衙内,將這厮一家殺盡,不淂有違。(衆應下)(宋江)且扎營收兵。(衆應介)(同唱)

【普天樂】下梁山忙奔赴,破青州弛擔負。運神謀尅捷斯須,握兵權淂將歡娛。

(衆下)

(呼延灼等上。唱)(合)

呀!同猫捕鼠,誰容牙爪舒。犄角三山又看一怒征誅。

(場上設城)(呼延灼作叫城,同進城下)

(場上撤城)(扮二丑禁子虛白上,扮各種囚犯上,虛白介)

(呼延灼等上,作越獄救孔明、孔賓,放衆囚犯介,下)

(二家童扶慕容上。白)虎將喜他投帳下,麟符容我佩腰間。自從淂了名將呼延灼,使我不勝之喜,不想被人劫去,方纔來報,竟自回來了。爲此開城相等,怎不見到?

(雜報上)啓太爺,呼延灼同了一夥强人,劫了牢獄,救出孔明父子去了。(慕容慌介)這還了淂?好反間計嗄!快傳兵馬。(報子應下)(楊雄、解珍、解寶、吕方、郭盛、朱仝内白)殺進慕容府中。

(齊上,殺進介)(慕容知府奔逃,被衆殺下)

(男女家人等上,衆又殺下。白)一家多已殺死,不免回覆寨主。滿門俱畢命,百姓好安身。(下)

(僂儸引張青、孫二娘上。唱)

【朝天子】道心高胆粗,會左右支吾,是青龍白虎成夫婦。

(白)我等二龍山張青夫婦。大師有書前來,説打破青州城,着我們收拾了人馬、錢粮,放火燒了寶珠寺寨栅,同上梁山。桃花山也是如此。事事俱已停當,須索前去報知三位頭領。(唱)

忙忙入夥,早焚燒寶珠。思量舊事多辛苦,菜園兒荷鋤,酒糟兒開鋪。細模樣逼淂移形换步,移形换步。殺人心猶如故,殺人心猶如故。

(下)

（僂儸、柴進、李俊、張横、孫立、楊林、歐鵬、凌振、孔亮、武松、魯智深、李忠、周通、施恩、曹正引吴用、宋江上。唱）

【普天樂】急安民綏疆土，待班師收倉庫，全賴着忠義交孚。

（裴宣、燕順、王英、穆宏、呼延灼引孔明、孔賓、楊雄、解珍、解寶、吕方、郭盛、朱仝上。接唱）

喜今朝相見如初。

（呼延灼白）啓寨主，孔家父子救到了。（孔賓、孔明、孔亮見，哭介）（孔賓白）若非寨主之恩，孔賓已登鬼録矣。請上，受孔賓一拜。（宋江、吴用）何消如此！今喜重逢，亦是難淂。（楊雄、解珍、解寶、吕方、郭盛、朱仝）慕容衙内俱被我等殺盡，特來禀知。（孔賓）已復前仇，感恩不盡。（宋江）豈敢。孔亮賢弟過來，即送太公到梁山，着晁天王好生款待。（應介，下）

（僂儸引張青、孫二娘上）魯大師，寶珠寺已燒，儘數收拾人馬、錢粮在此。（武松、楊志、魯智深）見了宋寨主。（張青、孫二娘見介）（宋江）衆僂儸！（衆應介）（宋江）就此班師回山。（衆吶喊介）（唱）（合）

呀！同猫捕鼠，誰容牙爪舒。犄角三山又看一怒征誅。

（同下）

## 第廿三出　芒碭山作法飛烟

（衆僂儸持雙刀引項充背插飛刀六把，右手執鎗，左手執團牌一面，後隨一面認軍旂，上書“八臂哪叱”。李衮背插小標箭六枝，右手執劍，左手執團牌一面，後隨認軍旂一面，上書“飛天大聖”，上。唱）

【山花子】名傳宇内人驚恐，兩人各顯神通。暫潛身芒碭山中，欲强吞晁宋鄰封。

（各通名介。白）我二人奉軍師樊瑞將令，打點起兵，前去勦滅梁山。不想宋江等先已知道，反怪我們占住芒碭山，擅敢興兵前來與俺厮殺。看他們雖係人衆，只消我二人，一掃而平。衆僂儸！

（衆應介）（項充、李衮）殺上前去。（衆應介）（吶喊）（唱）（合）

小梁山猶如聚蜂，么麽妄想來遠攻。輕離巢穴合技窮，耀武揚威冒鏑衝鋒。

（下）

（朱武、陳達、楊春、史進各持兵器，衆僂儸持雙刀上。唱）

【大和佛】越境提兵猛折衝，旌旗直敝空。新投水泊愧無功，願効領先鋒。

（各通名介）（史進白）我等到山，並無折箭之功，特討此差，來到芒碭山，與毛賊接戰。（朱武、陳達、楊春）昔日漢高祖斬蛇起義之處，想就在此地矣。（吶喊介）（史進白）呀！聽吶喊之聲，有兵馬來了。衆僂儸。（衆應介）（史進）迎殺上去。（衆應介。唱）

將他面縛休踈縱，須識俺替天行道衆英雄，豈是那狗苟蠅營，鼠竊恣强横。

（衆僂儸等、項充、李衮冲上，分介）（各通名）（項充、李衮白）呔！爾等已占梁山，横行劫掠，兩不相干，怎麽犯我芒碭山好漢？（史進、朱武、陳達、楊春）呔！你這厮聚集此山，反要窺伺我大寨，誰信你胡講？看刀！（共戰介）（史進等白）放箭。（弓箭手作放箭，項充、李衮取飛刀、飛鎗打倒弓箭手下）（持棍僂儸、團牌僂儸作對科）（梁山僂儸敗下）（團牌僂儸赶下，兩旁站住）（芒碭山僂儸禀介。白）梁山人馬走了。（項充、李衮）殺淂這厮消魂落胆。（項充）這厮必有大隊人馬前來死戰。李大哥，你持團牌，引五百滚牌手藏於山凹之處，只等砲聲一响，從山滚下，把他圍困。然後我等再下山奮勇厮殺。何如？（李衮）有理。衆僂儸！（衆應介）（項充、李衮）暫且上山。（衆應介）（唱）

莫猜做潢池兵弄，

（合）

機關動，待看圍入垓心密重重。

（齊下）

（僂儸、史進、朱武、陳達、楊春敗，急上）（史進白）這厮委實利害，險些兒中了飛刀，傷着性命。人馬折了一半。

（僂儸上。報介）報：啓上四位頭領，宋寨主率領大隊人馬齊到了。（史進）知道了。（報子下）

（僂儸、花榮、徐寧、朱仝、呼延灼、穆宏、孫立、黄信、吕方、郭盛、李俊各執兵器，公孫勝、吴用、宋江上。唱）

**【舞霓裳】**芒碭山整軍容，整軍容。策應師行疾如風，疾如風。些兒妖法毫無用。

（衆見介）（史進等白）這厮兇惡異常，小弟等被項充、李衮舞起飛刀、飛鎗，險遭毒手。不是大隊到來，實難抵敵。（宋江）何足懼哉！衆僂儸！（僂儸應介）（宋江）將人馬直抵芒碭山前。（衆應介。唱）

馬蹄篤速鼓丁東，殺上去圍來没縫。

（合）

營盤裏早預定，神機逞驍勇。

（同下）

（李衮引籐牌僂儸上，舞介）（史進、朱武、陳達、楊春、花榮、徐寧、朱仝、呼延灼、穆宏、孫立、黄信、吕方、郭盛、李俊與項充、李衮、衆籐牌手亂殺介）（梁山衆將敗下）（僂儸禀介）宋江等走了。（項充、李衮）梁山人馬大敗，收兵上山。（衆應介。唱）

**【福馬郎】**怎比當年鄒魯閧，霎時間掃蕩梁山衆。讓俺總統，記取飛天李衮，哪吒項充。克敵古人同，

（合）

鬬如虎，噉如熊。

（下）

（僂儸、花榮、徐寧、朱仝、呼延灼、穆宏、孫立、黄信、吕方、郭盛、李俊、史進、朱武、陳達、楊春、公孫勝、吴用、宋江緊鼓望山上介）（公孫勝白）看山寨上多是青色燈籠，必有妖法之人。我有個陣法，管教：魔王拱手上梁山，神將傾心歸水泊。（宋江）衆僂儸！（衆應介）（宋江）就此回寨。（衆應介。唱）

**【尾聲】**斬蛇古道厮胡哄，拔幟奇謀指掌中，管教那兵氣銷爲曉日紅。

（同下）

# 第廿四出　公孫勝降魔佈陣

（衆滚刀手引項充、李衮、樊瑞背劍持銅鎚上。唱）

【出隊子】他來侵犯，喜淂追奔早胆寒。天教一直擣梁山，大寨屯兵主姓樊。

（合）

這便揚眉，容誰抗顔。

（樊瑞白）俺“混世魔王”樊瑞是也。二位兄弟，昨晚梁山兵馬雖則大敗，然而尚未勦滅。料彼决不心死，必定又有别計討戰。已着小校前去打聽，待他回報，便知端的。

（報子上）説法原無法，擒妖不是妖。啓寨主：昨夜賊衆望見我山青色燈籠，他兵俱敗，疑俺軍中有妖法，聞説要擺什麽陣勢，擒拿三位寨主。特來報知。（樊瑞）再去打聽。（報子應下）（樊瑞）他若擺陣，中我計矣。（項充、李衮）軍師所言，果然明鑒。只是何計破陣？（樊瑞）你二人各帶五百滚刀手，分爲兩路。我自往高坡之上念動咒語，直待狂風四起，飛沙走石，天昏地暗，日色無光。那時，帶領滚刀手殺入陣内，彼軍必然大敗矣。（項允、李衮）妙計，妙計！滚刀手。（衆應介）（項充、李衮）殺入寨前。（衆吶喊介。唱）

【滴溜子】安排定，安排定，衆多好漢。分頭去，分頭去，忙行急趲，神通世間希罕。

（合）

陣法縱然高，風流兩散。彼竭我盈，滅此不難。

（齊下）

（朱貴、張青、薛永、鄧飛、吕方、歐鵬、白勝、候健引公孫勝、吴用、宋江上。唱）

【滴滴金】昨宵望氣妖無限，正法留傳須迭辨，急切的運籌結這喬公案。

（各見礼，坐介）（宋江白）昨日回山，人馬勞頓，未及請教陣圖之事，望法師指示。（公孫勝袖取畫圖，同看介）（公孫勝）漢末三分，諸葛亮擺石爲陣之法，此名“八卦陣”，分爲八八六十四隊，中間大將居之。按天地風雲之機，龍虎鳥蛇之狀，待他冲入陣來，兩軍齊開七星號帶，一起變爲長蛇陣，左盤右旋。貧道作起法來，將陣散開，頃刻雷光閃電，霧暗雲迷，饒他百萬雄兵，管教全軍覆没，片甲不留。此乃于八陣之中又兼五雷天心正法。（收畫入袖介）（宋江、吴用）妙嗄！有此陣圖，法師就是諸葛孔明也！（公孫勝）忒過譽了。（唱）

乏神機，蒙虚贊，窺伊破綻，㝵將陣勢嚴防範。

（合）（宋江、吴用）

應聽取法師指揮，容弟等從旁細看。

（公孫勝白）齊集衆將，七星號帶在于貧道背後摩旗。衆將看旂招展，東西南北隨旂所往。我已安排停當，請寨主、軍師高坡觀陣。（宋江、吴用應介）（後場設高桌二層）（宋江、吴用上後一層桌，看介）（吕方付公孫勝執令旂一面介）（公孫勝白）吩咐擂鼓聚將。（吕方應介。向内吩咐，内衆應，擂鼓介）（公孫勝上前一層桌，吕方、郭盛左右立介）

（僂儸八名執八方旂，八名執刀，衆將上，分立介）（陳達執七星旂上）（公孫勝白）衆頭領。（衆應介）（公孫勝）就此擺陣，聽我吩咐。前營頭領呼延灼、李逵聽令，你領五百長鎗手坎方佈陣。後營頭領秦明、朱仝聽令，你領五百勾索手離方佈陣。左營頭領花榮、石秀聽令，你領五百驍刀手兑方佈陣。右營頭領楊志、燕順聽令，你領五百鳥鎗手震方佈陣。前左頭領武松、孫立聽令，你領五百雙刀手乾方佈陣。前右頭領黄信、周通聽令，你領五百鉄銃手艮方佈陣。後左頭領徐寧、雷横聽令，你領五百弓箭手坤方佈陣。後右頭領林冲、陳達聽令，你領五百弩箭手巽方佈陣。中營護軍頭領吕方等聽令，你等埋伏中央八卦旂下，以便擒拿賊將。衆將聽令，可看中軍旂擺，鼓一通，角八聲，疾擺八門金鎖陣。待賊人進城，鼓一通，角一聲，可疾變爲長蛇陣，以断賊人歸路。如違吾令，放出賊人者，梟首示衆。（衆應介。唱）

【雙令江兒水】八方分按，須則是八方分按。

(内吶喊介)(僂儸十六名執八方旂,八名執刀)(花榮、徐寧、呼延灼、穆宏、孫立、李應、朱仝、史進、朱武、楊春各執兵器,八方站立)(陳達執七星號帶,公孫勝在曲内指點,擺八方,中央七星向中場立介)(又變一字陣,復歸八方,立定介)(衆唱)

武侯曾結撰,正長蛇後列,八卦先按。役風雷,尤奇幻。

(擺陣畢)(公孫勝白)風陣頭領聽令,爾等可引賊人從死門而入,不淂有違。(風陣頭領應介,下)(公孫勝)衆頭領,各按方位埋伏者。(衆應介。按方位立介)

(樊瑞、項充、李衮、四籐牌從上場門冲上)(樊瑞白介)(項充、李衮白)軍師,這叫什麼陣?(樊瑞)待我作法起來。(作法介)

(四陰兵從兩場門上,入陣介)(樊瑞下)(項充、李衮殺入陣内介)(項充白)休、生、傷、杜、景、死、驚、開。阿呀,不好了!(李衮)怎麼樣了?(項充)方纔被人打從死門引入,少若遲延,性命休矣。(李衮)這便怎麼處?(項充)我和你攻打生門便了。(李衮)有理。(生門頭領徐寧、雷横等迎敵介)(項充、李衮左右冲踹,四面空殺,走不出介)(衆將外圍遶場混殺,被中央二將混戰,跌倒綁介)(衆將白)項充、李衮已擒。(公孫勝)就此收陣。(衆應,收陣介)(宋江、吴用、公孫勝下桌介)(宋江、吴用親自放綁介。白)二位壯士,宋江有罪了。(項充、李衮)不敢。(宋江)二位乃盖世英雄,要見無由,今淂瞻光,不勝萬幸。(項充、李衮)久聞"及時雨"大名,弟等無緣,不能拜識。兄長果有大義,我等逆天行事,不向正道,今被擒獲,萬死尚輕,反依禮待,受之不當。至于寨中樊瑞一人,在彼難以支撑。可容小弟等一人回寨,説取樊瑞來歸大寨,未識可否?(宋江)何必留一人在此?二位同回貴寨,來日專候好音。(項充、李衮)咳!真乃大丈夫也。果然名不虚傳。若是樊瑞不從,定將此人首級來獻麾下。(宋江)如此,二位請回。(僂儸應介)(項充、李衮上馬介)七縱七擒真仗義,三人三日合輸誠。(僂儸引下)(宋江)衆僂儸!(衆應介)(宋江)就此收兵回寨。(衆應,吶喊介)(唱)

猛早登壇,三軍競跨鞍。永戢兵欄,長守天關。

(段景住上,跪右場門介。白)衆好漢住馬。(衆掄兵器介)敢是奸細麽?(段景住)不是奸細。(宋江)既不是奸細,容他講來。(段景住)小人姓段,雙名景住。路過曾頭市,有曾家五虎,把衆好漢百般辱駡。還有機密之事,特來報知。(宋江)既如此,同至寨中,與晁天王一齊商議。(段景住叩介)多謝寨主。(同唱)

莽曾家相輕慢,敢來觸藩,大着胆敢來觸犯。偏生瓜蔓,驀地里偏生瓜蔓,且班師再作下山。

(齊下)

# 第八本

## 第一出　曾頭市悮傷藥箭

(嘍儸、李雲、劉唐、阮小二、阮小五、阮小七、白勝、杜遷、宋萬、燕順、林冲引晁盖上。唱)

【夜行船】立志長將忠義扶,忝居尊名滿江湖。

(分白)未平睚眦動三軍,閫外英雄盡立勳。一點丹心儲報國,休嘲絳灌自無文。(晁盖白)我乃晁天王是也。適有芒碭山三位英雄已歸山寨,寔乃萬幸也。爲何大隊不見上山?

(報事嘍儸上。白)啓寨主:宋寨主回來了。(下)(内吶喊介)

(嘍儸、花榮、徐寧、呼延灼、穆宏、孫立、吕方、郭盛、史進、朱武、楊春、陳達、段景住引公孫勝、吴用、宋江上)(嘍儸稟科)(晁盖迎進,見禮科)(晁盖白)恭喜賢弟淂獲全勝。樊瑞等三位同歸山寨,更覺增光。(宋江白)三位英勇絶倫,皆賴法師神力。(公孫勝白)不敢。(宋江白)段景住過來,見了晁寨主。(段景住叩科)(晁盖白)此是何人?(宋江白)此人來献名馬,中途被人搶奪,因此攔住小弟馬頭訴寃。特行帶來,叩見兄長。(晁盖白)你且講上來。(段景住白)小人段景住,祖貫涿州人氏。慣在北邊盗馬,偶然僥倖盗淂一匹千里玉獅子馬,來献寨主乘坐,以爲進身之報。不料在曾頭市上經過，有一曾老者，生下五箇兒子，名爲“曾家五虎”。長名曾塗，次名曾密，三名曾索，四名曾魁，五名曾昇。還有兩名教師，一箇唤做史文恭，那一箇唤做蘇定。率領五七千人馬，扎下寨栅，造下五十多輛陷車，在曾頭市上把馬搶去，與教師史文恭乘坐。小人説此馬要獻與梁山泊寨主的。那厮詈聲不絶，與梁山勢不兩立，還捏造一首詞句與小兒們唱，名爲童謡。(晁盖、宋江白)什麽詞句？快念起來。(段景住起念科。白)摇動鐵環鈴，神鬼盡皆驚。鐵車並鐵鎖，上下有尖釘。掃蕩梁山清水泊，勦除晁盖上東京。生擒“及時雨”，活捉“智多星”。曾家生五虎，天下盡聞名。(晁盖怒科。白)嗄！好惱，好惱！(宋江)段景住後寨安頓。(僂儸引段景住下)(晁盖白)這厮好大膽，全不畏懼我梁山。本寨親自走一遭，若不滅這畜生，誓不回山。只煩十位頭領、三千人馬前去，其餘人馬和宋公明保守寨栅。(宋江白)哥哥保守山寨，還待宋江前往。(晁盖白)公明兄，此番休要阻我。(扮軍校持認軍旗立晁盖背後科)(晁盖卸袍現甲科。唱)

**【風入松】**半生功業掌兵符，親領先鋒前部。憑吾隻手擎天柱，曾頭市立時擒捕。

(吴用、公孫勝、宋江白)長兄既要親往，小弟等不敢違拗。(晁盖白)衆位請回後寨。(僂儸隨征)(頭領李雲、劉唐、阮小二、阮小五、阮小七、白勝、杜遷、宋萬、燕順、林冲各持兵器科)(花榮、徐寧、呼延灼、穆宏、孫立、吕方、郭盛、史進、朱武、楊春、陳達、公孫勝、吴用、宋江合唱)

只怕俺當關一呼，如拉朽似摧枯。

(齊下)(晁盖白)衆僂儸！(衆應科)(晁盖持鎗科。白)就此起兵，攻打曾頭市者。(衆應，呐喊走科。唱)

**【八聲甘州】**誓師前去，似恭行天討，律犯征誅。呆獃童竪，笑他螳臂當車，黔驢逞技何須慮，大將星明照八區。

(合)

前驅，疾交鋒判箇嬴輸。

(齊下)

（衆軍校推陷車）（曾塗、曾密、曾索、曾魁、曾昇，教師史文恭、蘇定各持兵器上，站。唱）

**【又一體】龍駒威名貫斗樞，早素嫻武備，熟覽兵書。賊人何許，干戈密布鄉閭。**

（各通名科。白）吾乃史文恭是也。吾乃蘇定是也。吾乃曾塗是也。吾乃曾密是也。吾乃曾索是也。吾乃曾魁是也。吾乃曾昇是也。（曾塗白）列位兄弟。（衆白）大哥。（曾塗白）那"金毛犬"段景住通綫梁山，領兵前來攻打俺曾頭市。等他對敵之時，我等詐敗佯輸，然後分兵從柳林中殺出，管教他無路可投，無門可入。再用計擒拏盜首晁盖便了。（衆白）大哥之言有理。（史文恭、蘇定白）殺上前去。（衆吶喊科。唱）

**生擒活捉只須臾，他敢前來捋虎鬚。**

（合）

**魁渠到疆埸，勦滅無餘。**

（僂儸、李雲、劉唐、阮小二、阮小五、阮小七、白勝、杜遷、宋萬、燕順、林冲引晁盖上，分立科）（史文恭、蘇定與晁盖架住。白）來者莫非晁盖麼？（晁盖白）本寨之名，輒敢亂稱。你這一夥乳臭之子，提兵拒捕，該淂何罪？還不下馬就縛！（曾塗等白）你只看我許多陷車，待斬却爾等的首級，載去請功。（晁盖白）休淂猖狂。看鎗。（衆冲殺）（領出僂儸、軍校、陷車齊下）（李雲、劉唐、阮小二、阮小五、阮小七、白勝、杜遷、宋萬、燕順、林冲、晁盖與史文恭、蘇定、曾塗等分站六角，戰科）（内吶喊科）

（僂儸、軍校兩門出圍科）（史文恭、蘇定、曾塗等敗下）（李雲、劉唐、阮小二、阮小五、阮小七、白勝、杜遷、宋萬、燕順、林冲、晁盖追科。齊下）（僂儸、軍校戰科。將僂兵殺倒，從地井内出首級）

（陷車推上，將首級裝車内，齊下）（一半軍校逃下）（晁盖内白）追殺上去。

（衆應科，上）（林冲白）天已昏黑，路逕甚雜，暫且駐劄，待天明再戰。

（二僧人寺内接出，跪科。白）法華寺僧人迎接大王。（衆進科）

(二僧人白)大王爲何寅夜領兵到此?(晁盖白)我要勦盡曾家五虎,但不知他主將營寨在於何處?(僧人白)他有四箇寨栅,這北寨裏是他兄弟屯兵之處。只打了這箇寨子,餘寨都瓦解冰消了。他時常帶了人馬到本寺來歇脚,殿上多是馬糞,衆僧多被他赶走,止剩我兩個僧人在此。大王若能掃除此賊,神人均感。(晁盖白)如此,可引我們前去劫寨。(二僧人白)此時三更時分,正好劫寨。(林冲白)恐其不良,不必教他引路。(晁盖白)我等久行仁義之道,所過之處,並不擾民。他兩個引路,怎肯掇賺?兄弟休生疑心,快些馬摘鈴,人啣枚,悄悄的殺入北寨去。(衆應,悄步行科)(二僧人作走不上科。白)多是石徑,這裏來,這裏來!(衆唱)

【朱奴兒】把北寨星忙偷取,顧不淂更三夜五,偵探分明實與虚,曾頭市忒煞崎嶇。

(二僧下)(内吶喊科)(衆白)忽聽喊聲振地,前面多是火把。(晁盖白)僧人怎麽不見了?衆頭領,趁此火光,殺上前去。

(史文恭、蘇定、軍校持弓箭立桌科)(晁盖衆唱)

僧何在,火光齊舉,防埋伏應停住。

(衆分至下場科)(史文恭、蘇定、軍校放箭射倒晁盖,撇鎗)(僂儸擡下)(林冲、李雲、阮小二、阮小五、阮小七隨下)

(曾塗等殺出,劉唐、杜遷、白勝、宋萬、燕順同戰科,敗)(曾塗等追下)

(花榮、呼延灼、徐寧、孫立、楊春、陳達各持兵器,僂儸各持火把上。白)我等奉宋大哥將令,前來迎敵曾家五虎。聞説晁寨主帶領衆頭目前去劫營,此時天黑夜深,路徑甚雜,從何處而進?(内吶喊科)遠遠喊殺之聲。衆僂儸!(衆應科)(花榮、呼延灼白)殺入林中去。(衆應科。唱)

【江頭送別】來接應,來接應,兵屯馬聚。火光照,火光照,人影在途。一片喊殺聲相近,且安排赶捉强徒。

(史文恭、蘇定、曾塗等殺出科)(僂儸下)(共對戰科)(花榮、呼延灼、歐鵬、孫立、解珍、解寶敗下)(史文恭、蘇定、曾塗等追科)

(衆軍校上。白)梁山賊衆走了。(曾塗等白)梁山賊寇大敗,就此收兵。(衆應科。唱)

【撼動山】曾家五虎世間無,教他中强弩,不容片甲存,囚車備載賊奴,明朝來解東京去獻俘。

(合)

敢再肆毒痡,刀一路也麼鎗一路。

(下)

## 第二出　智多星算命題詩

(二書童引盧俊義上。唱)

【賀聖朝引】曈曨曉日初升,斜侵珠箔銀屏。龍雯劍氣斗牛横,養高待時清。

(白)范陽家世最清芬,壯歲英名四海聞。正要陳雷同意氣,何愁楚漢戰風雲。我盧俊義,大名人也。生成武勇,性愛豪華。家本素封,庭多善氣。更兼揮金結客,也曾濟困扶危;仗劍除邪,不惜蹈湯赴火。因此關東男子,人人心識朱家;河北賢豪,個個兄事袁盎。京城遠近,都呼我爲"玉麒麟"。只是一件,雖然門户光華,却無碁功親屬。娶妻賈氏,結褵五載,尚未生兒。只有一義男燕青,他原是本郡人氏,自小父母雙亡,在我家中養大成人。此子生來聰明絶世,吹弹歌舞,無一不通。更兼武藝超羣,弓馬拳棒,無一不曉。竟成了我跟前寸步難離之人。今日閒暇無事,已曾分付小乙,預備到郊外射獵一回,以遣悶懷。書童,唤小乙過來。(書童應科)(向内白)小乙哥,員外呼唤。

(燕青上。白)花氣風前樹,簫聲水上扉。員外,有何吩咐?(盧俊義白)今日閒暇,要到郊外射獵,可吩咐家丁們預備。(燕青)都已預備下了。(向内科。白)衆家丁們,快來!

(衆家丁牽犬、架鷹,弓箭、鳥鎗、弹弓、吹筒各携切末)(一馬夫牽馬上)(衆白)臂鷹登峻坂,牽犬過平崗。請員外上馬。(盧俊義作上馬科)(衆唱)

**【鎖南枝】**秋意爽，雲氣横，空山落木狐兔盈。弓勁馬嘶風，簇擁出郊坰。縱韓盧，放鷙鷹。一隊隊向平原，大家争馳騁。

（下）

（吴用手執鈴杵，李逵扮道童，持算盤、招牌木拐寫“講命談天，卦金一兩”上。唱）

**【園林好】**口談天誰能並咱，索謝意莫低聲價。

（白）我吴用只爲要騙“玉麒麟”盧俊義上山，在衆兄弟面前誇口。如今竟扮做了算命先生，李逵扮了啞道童前來，且喜無人識破。不覺已到大名府了。（李逵白）軍師，我這道童難作，再有兩天，就要悶死了。（吴用白）且休高聲，前面就是他門首。（唱）

更會淂占龜打瓦，

（合）

問吉凶斷不差，問流年斷不差。

（書童、老都管、盧俊義曲内上。白）翩翩裘馬五陵豪，不惜千金買寶刀。原來是推命先生！先生，請到裏面坐，與在下推算推算。（吴用、李逵進介）（盧俊義白）老都管看茶。（老都管應下）（盧俊義白）請問先生高姓大名？（吴用白）小生姓張，名用，别號“口天”，祖貫山東人氏。這啞道童姓李，一向賣卜爲生。今來大郡，與人講命。

（老都管捧茶上）（盧俊義敬科。白）先生起的那一數？（吴用白）是皇極先天鐵板神數，知人生死貴賤。先出命金一兩，方纔排算。（老都管接鐘下）（盧俊義白）取命金來。（老都管遞科）（吴用付李逵收科）（吴用白）請説貴造。（盧俊義白）甲子年、乙丑月、丙寅日、丁卯時。（吴用暗念科。白）三十三歲。（撥算盤拍案科。白）此命怪哉！（盧俊義白）主何吉凶？（吴用白）員外，小生直言，恐及見怪。（盧俊義白）君子問灾不問福，何怪之有？（吴用白）員外貴造一切都好，但今年時犯歲君，目下正是尷尬之處。（盧俊義白）怎麽尷尬？（吴用白）不出百日之内，必有血光之灾，家私不能保守，還主身首兩分。（盧俊義怒科。白）咳！先生差矣。我盧俊義非禮不爲，非財不取，那有血光之灾？豈有此理！（吴用笑介。白）我説直言不淂的！道童，取命金奉還。（李逵放桌科）（吴用白）告别了。分明指與平川路，却把忠言當惡言。（盧俊義攔科。白）先生，請息怒。再問先生，此難可能避淂麽？（吴用撥算盤科。白）㖠、㖠、㖠！除非往東南方巽地上千里之外，可以避此大難。然亦還有驚恐，却不淂有傷貴體。（唱）

【江兒水】急往南方躲，須從巽地嘉，血光雖免還兜搭。

（盧俊義白）若避此難，當以厚報。（吴用白）有四句卦歌，可書於粉墻上，日後應驗，方信小生妙處。（唱）

留爲左券須詳察，空言反道先生詐。

（曲内揮筆科）（盧俊義念科。白）蘆花蕩裡一扁舟，俊傑黄昏獨自遊。義到盡頭原是命，反躬逃難必無憂。（李逵收拾算盤科）（盧俊義謝科）（吴用白）告别了。（盧俊義白）請先生過了中去。（吴用白）多謝厚意，恐悮小生賣卦。（盧俊義白）如此，不敢强留。（吴用唱）

他日重親高雅。

（合）

回憶今朝，方信先天神卦。

（各别，李逵同下）（盧俊義進坐科。白）我想寧可信其有，不可信其無。我主意已定了。老都管！（老都管應科）（盧俊義白）吩咐李固，備下十輛太平車子，裝載本處貨物，并收拾行李，着他跟我到東南方泰山進香，不淂有悮。（老都管應下）（盧俊義白）不免進去，囑咐娘子起程便了。灾生乃起千般惑，命定須燒一炷香。（下）

（李固上。唱）

【玉嬌枝】教人没法，猛信伊狂言磕牙。

（白）我李固，方纔員外吩咐，着我准備車輛等物，往外經商貿易。這是梁山賊窝之處，如何去淂，要到泰安進香？

（燕青上。唱）

雲山迢遞輕前發，俺東人好不撑達。

（見科。白）李都管，車輛貨物可曾停當？（李固白）俱已齊備。

（燕青白）適纔裡面大娘子苦苦勸阻，只是不聽。（李固白）小乙兄弟，我們再去阻擋阻擋？（燕青白）我也要跟隨前去。（同唱）

還須勸阻相登答，怎敢裝聾來做啞。

（盧俊義、賈氏、梅香、院子同上）（唱）（合）

去匆匆轉眼天涯，趨避他凶神惡煞。

（盧俊義出門科）（賈氏拉科。白）員外，還是聽人勸解的是。（李固、燕青跪科。白）員外執意要去，我燕青同去。（盧俊義怒科。白）哇！你小小年紀出去則甚？家內無人照管，路上有李固作伴。爾等再來勸我，教你們知我拳頭的滋味。快去准備！（李固應下）（燕青不語科）（盧俊義白）娘子，卑人就此拜別。（各拜科。唱）

【哭相思】不慣分離意似麻，非貪遊覽便輕家。全憑馬上音書遞，漫道山中道路遐。

（李固領車輛、人夫上）（燕青作牽馬科。白）小人送主人上馬。（賈氏、梅香下）（盧俊義白）小乙，在家用心照管。（燕青應科）（盧俊義白）李固，我有四面白絹旗兒，寫我的名字在上。到了梁山左近，與我分插在車子上面。（李固應科）（各下）

（劉唐、穆宏、李應、朱仝、雷横、花榮、秦明、林冲、呼延灼、徐寧上。唱）

【駐馬聽】望眼巴巴，賺"玉麒麟"不用譁。只盤中打算，詩裡安排，山下擒拿。

（林冲白）適纔僂儸來報，説盧俊義帶領車輛將近梁山。我等奉宋大哥將令，着我等藏躲樹林，賺引上山。好個"智多星"，真乃神鬼不測。李頭領，先去迎敵誘引，我們各自分路而去。（衆唱）

都是俺軍師妙計實堪誇，略施些怨雲愁霧小驚嚇。一會波查，扁舟相引入蘆花。

（兩分下）

（衆車夫擁車上。將"慷慨大名盧俊義，金裝玉匣來深地。太平車子不空回，收取此崎貨去"四句，每白旗寫一句，插車上科）

（李固、盧俊義持朴刀押車上。唱）

**【雁來紅】【雁過沙】**（首至五）盼長途鞭兒快加，拜名山保歲華。那卜人推算非頑耍，福星一路相迎迓，抖擻精神支不沙。

（内吶喊科）（衆驚白）不好了！（衆唱）

**【紅娘子】**（合至末）膽兒大路入三叉，喊聲兒休害怕。

（内吶喊）（衆車夫、李固隨車下）

（李逵持斧急上。白）員外，請住步！（盧俊義白）是何毛賊？（李逵白）可認淂啞道童麽？今日被俺軍師算着了命也。（盧俊義白）胡說。看刀！（略戰，李逵敗，盧俊義遶場追科）（李逵左門下）

（魯智深左門殺出科。白）員外，洒家便是"花和尚"魯智深，今奉算命先生之命，請員外上粱山去避難。（盧俊義白）胖秃驢，看刀！（略戰科。魯智深敗，盧俊義遶場追至右門。魯智深敗下）

（武松右門殺出科。白）員外，可認淂俺"行者"武松？員外只隨我去，便不到有血光之灾。（盧俊義白）看刀！（略戰科。武松敗，盧俊義遶場追至左門，武松敗下）

（劉唐、穆宏左門殺出科。白）員外，小可是"赤髮鬼"劉唐。你不要誇口，豈不聞"人怕落蕩，鐵怕落爐"？軍師定下計策，猶如落地定了八字。你待走那裡去？（穆宏白）"没遮攔"穆宏也在此迎接員外。（盧俊義白）毛賊多講。（略戰介。劉唐、穆宏敗，盧俊義遶場追至右門。劉唐、穆宏敗下）

（李應右門殺出科。白）員外，可認淂"撲天鵰"李應麽？（盧俊義白）多講。（略戰科。李應敗，盧俊義遶場追李應至左門下）

（秦明、林冲、呼延灼、徐寧左門殺出科。白）員外住手，你還這等不曉事？我等常聽淂軍師説，一盤星辰，只有飛來没有飛去。事已至此，不如坐把交椅。（盧俊義白）看刀。（同戰科）

（花榮上，立正場椅子，持弓箭科。白）員外，看箭。（射科，即下）（盧俊義落氈笠帽下地，敗科）（秦明、林冲、呼延灼、徐寧追。齊下）

（阮小五摇漁船上。唱）

**【山歌】**生在石碣村裏人，常把船來泊水濱。若論江湖散誕客，陸龜蒙也讓我三分。

(白)自家阮小五,奉宋大哥將令,泊船相待盧員外,爲此駕舟等候。(内吶喊)

(盧俊義急上。白)行到此間,你看滿目蘆花,茫茫煙水,並無出路。咳! 罷了,罷了! 我盧俊義不聽好人之言,果有此禍。(阮小五船上歌介)(盧俊義白)是一隻漁船,不免煩他一渡。漁船上人!(阮小五白)客官好大膽,這裡是梁山泊出没之處。半夜三更,到這裏做什麽?(盧俊義)我迷失了路,求你渡我到市井去處,多與你幾貫錢。(阮小五白)如此,上船來。(盧俊義上船,坐科)(内歌上)(盧俊義)又有漁船來了。

(阮小二、李俊、阮小七上船上,站科)(盧俊義慌科,站起虚白)

(阮小五接唱)

蘆花蕩裡一扁舟,俊傑黄昏獨自遊。義到盡頭原是命,反躬逃難必無憂。

(盧俊義驚科。白)這是我家粉壁上詩句。不好了,上了賊船了!

(挺刀刺阮小五)(阮小二、李俊、阮小七作翻船擒住,作上岸科)

(同白)盧俊義已擒,我們回覆寨主便了。(各作上岸科)(同唱)

【剔銀燈】憑他是八臂哪吒,賴成功水中羅刹。世間算命原來假,早一首反詩題下。教他休思梗化,遥相接上梁山安心歇馬。

(下)

## 第三出　羣虎勸降空進酒

(戴宗上。白)適纔水軍頭領將盧員外擒住,我奉宋大哥將令,着我先送錦袍一領,叫他們不許傷犯,好好護送到金沙灘。你看他們已簇擁他前來,不免到宋大哥處繳令便了。正是:舉頭紅日近,曳步白雲多。(下)

(衆僂儸旗幟持火把,阮小二、阮小五、阮小七、李俊、張横、張順擁盧俊義身披錦袍上。唱)

【八聲甘州】火城映繡旗,似擒龍碧海,暢快淋漓。恁燕京三絶,到此無計施爲。

（盧俊義白）列位好漢，你何不殺了我，又送我到那裡去？（衆白）員外，我們是奉宋寨主將令，來請你上山做頭領。適纔“神行太保”戴院長又來傳令，説不淂傷犯貴体。員外，你看前面金沙灘大吹大擂，鼓樂喧天，這就是來迎接員外的。（盧俊義白）罷了，罷了！我今番必定死也。（衆唱）

看金沙灘畔霞彩垂，一派笙歌斯整齊。休疑，上華堂高坐巍巍。

（内奏樂）（僂儸擧紅紗燈籠，李逵、魯智深、武松、劉唐、穆宏、李應、秦明、林冲、呼延灼、徐寧、花榮、朱武、王英、“一丈青”、戴宗、吴用、宋江上，跪科。白）盧員外，宋江率領衆兄弟在此迎接了。（盧俊義忙跪科。白）既被擒捉，願求早死。（宋江起科。白）且請到忠義堂上商議去。（作到科）（宋江白）小可久聞員外大名，如雷灌耳。今日幸淂拜識，大慰平生。適纔衆兄弟甚是冒瀆，望乞恕罪。（盧俊義白）不才無識無能，誤犯虎威，應受刀鋸。若承衆義士見憐，放我還鄉，終身不忘。（宋江白）我們實慕員外威德，如饑如渴，萬望不棄鄙處，爲山寨之主，早晚共聽嚴命。（盧俊義白）列位不必多言，小可家世清白，頗有家私，生爲大宋人，死爲大宋鬼。若要相逼，寧死不能從命。（唱）

【步步嬌】涿鹿傳家清芬世，袖底虹霓起，田園守故基。

（宋江白）但求員外看“忠義”二字之面，宋江情願讓位，休淂推却。（盧俊義白）住了。你們屡屡抗拒王命，傷敗官兵，何謂“忠”乎？要劫行路，致命圖財，何爲“義”乎？我盧俊義堂堂七尺，也算頂天立地漢子，豈肯落草爲盗？（唱）

笑伊草窃逋逃，談何忠義？

（白）老天，老天！（唱）

断送好男兒，階前碎首明吾意。

（作撞地科）（衆扶勸科）（吴用白）員外，休淂恁般着急。寨主與諸位賢弟也不必恁般相强，且請員外坐下，我等衆人奉敬三盃，以盡地主之意，然後再送下山。不知員外尊意如何？（盧俊義白）大丈夫作事磊磊落落，既有酒，拿來喫就是了！（場北擺二單

桌，東西長桌）（吴用讓盧俊義坐客位，宋江、吴用上坐）（衆頭領旁坐）（僂儸斟酒科。唱）

【江兒水】銀燭青樽裡，勸君進一杯，眼前都是兄和弟。

（盧俊義作飲大盃乾科）（宋江白）員外，小可承衆兄弟推戴，實在仰慕高風。今既不肯一同聚義，再奉一盃如何？（盧俊義白）死且不懼，何况盃酒？取來！（小僂儸作送酒科）（衆唱）

果然磊落英雄氣，卑人無語相厮對。

（盧俊義作乾科）（吴用白）員外，既不能見屈，這是留淂員外身，留不淂員外心。小弟也奉一盃。（盧俊義白）使淂。（僂儸作送酒科）（盧俊義乾科）（衆唱）

聽取高明裁制，縱然鄙棄吾儕，須要休辭芳醴。

（衆頭領白）員外，我們與員外雖則素昧平生，却也聞名已久。宋大哥如此相待，員外真心堅於銕石，真乃奇男子也。我們幸淂相逢，也奉敬一盃。（盧俊義白）多承衆位豪傑盛情，只説吃酒，盧俊義是不辭的。（僂儸斟酒科）（合唱）

【又一體】烈性堅金石，低頭願拜稽，相逢已見凌雲氣。

（盧俊義乾科）（李逵起。白）員外，我李鉄牛千辛萬苦，粧聾作啞，肚裡瀗出病來，纔騙淂你上山。如今又不肯在這裡，須要吃我一斗。説一個“不”字，我的板斧不認淂是誰！（吴用笑科。白）那有這樣敬客的粗鹵主人？（盧俊義乾科。白）好洒落的話兒，我倒吃你一斗。（僂儸送酒科）（盧俊義唱）

看他們一團和氣甘於醴，好教人滿腔心事難提起。

（作乾科）（李逵白）我也不曉淂什麽咬文嚼字，粗鹵話兒到弄淂員外回嗔作喜了。（衆唱）

拚取今宵，沉醉美景良辰，休辜負荒山芹意。

（盧俊義白）列位好漢，酒已吃勾了，放我下山去罷。（宋江白）員外，到此略住數日，再盡些微情，就送還家，决不失約。（盧俊義白）小可在此住幾日也不妨，只恐家中老小，不知這般的消息。（吴用白）這個容易，先教盛价送了車仗回去，員外遲日回去罷。（盧俊義白）如此，唤李固過來。（僂儸應科）（叫李固上科。白）

常懷蜂蠆毒,誤入虎狼窝。大王,有何吩咐?(吴用白)你的車仗貨物都有了麽?(李固)一些也不少。(盧俊義白)李固過來,我的苦你都知了。你回家説與娘子,不要憂心。我過三五日便回。(李固白)員外寬心,都在我。各位大王濃意,就多住二三十年也不妨。(吴用白)這管家倒會講話。李固,聽我吩咐:(唱)

【川撥棹】你休驚悸,酒勸人無惡意。

(李固白)小人一一知道了。(唱)

到家門只説先回,到家門只説先回,主人翁雲山興飛。上金鈎欲恨誰,脱金鈎更恨誰。

(下)(宋江白)員外,今日其實辛苦了,且請到後寨安歇罷。(作起身科。唱)

【尾聲】花梢月影三更裡,説淂個酒逢知己。

(盧俊義唱)

争奈話不投機志各違。

(宋江、吴用白)員外請。(盧俊義白)請。(仝下)

## 第四出　回車報信欲攀花

(衆車夫推車,李固押上。唱)

【六么令】遭逢蹇運,陷龍潭怎想全身。今朝幸淂許回輪,擔驚怕,受艱辛。

(合)

星忙打疊須逃遶,星忙打疊須逃遶。

(白)自家李固便是。我家員外,原勸他不要出門。那知被梁山强盗劫上山去,我想這回一定凶多吉少,嚇淂我魂不附體。却也可笑,那些强盗竟大排筵宴,待以上賓,還要多留幾日。我員外記掛家中,教我先回去報知大娘子。查點車輛貨物,一些不少。我這身子,竟是在鬼門關上掙了出來的。衆車夫,快些趲行者。(衆車夫應科。唱)

【又一體】連車接軫,别梁山急返家門。

（内白）呔！那車輛站着，盧員外家人慢走。（李固慌科。白）怎麽？那强盗又赶來了，這便怎麽處？

（僂儸引吴用上。唱）

試猜啞謎當新聞，急赶上莫因循。

（合）

絶其歸路方依順，絶其歸路方依順。

（白）李固過來，聽我吩咐。（李固跪白）大王爺已經饒了小人，如何又來拿我？（吴用白）非也！你的主人原是我們請上山來的，今在山上已經坐了第二把交椅。你家壁上還有反詩四句，横頭是“盧俊義反”四字。你今回去，再休想你主人回家去罷。（李固白）多謝大王。（吴用白）僂儸們，就此回山。（僂儸應科）（同唱）

【千秋歲】算通神，八字安排定，跳不出漁郎斷引。四句詩兒，四句詩兒，一説破，便是飛灾張本。

（下）（李固白）嚇殺我也，嚇殺我也！我員外何等樣人，豈肯在山落草？這話也未必。哎呀！且住。剛纔那强盗説我員外已經坐了第二把交椅，家中還有反詩一首，藏着“盧俊義反”四字，這是千真萬確的了。我如今回去，將此情由報與大娘子知道，有何不可？衆車夫，趲路罷。（衆車夫推車科。唱）

休濡滯忙逃遁，他降賊吾遭困。就裡當思忖，到家庭傳播，有口難分。

（齊下）

（賈氏上。唱）

【一江風】杳無音，盼断歸鴻信，鬼卦無憑準。坐蘭房，粉冷香銷，怕聽的寒蛩韻。

（白）奴家賈氏，自適盧門，已經五載。争奈他雖是豪門富室，到底是個俗子村夫。但知仗義踈財，那曉憐香惜玉？前日聽了算命先生的話，有百日血光之灾，竟出外經商避祸去了。撇我在家，好不凄凉人也！（唱）

臨風幾欠伸，臨風幾欠伸，相思繞夢魂，冷衾枕，獨睡原難穩。

（李固慌上。白）脱身離虎穴，俏步入蘭房。大娘子開門。（賈氏白）是那個？（李固白）是小人回來了。（賈氏白）這是李固聲音。

丫鬟又不在，且自開門。（作開門科）（李固白）大娘子，不好了嗄！（賈氏）你同員外出門，爲何獨自回來？（李固白）大娘子，小人當初何等苦勸員外不要去，他執性要行。那知走到中途，被梁山泊賊人劫上山去。（賈氏白）劫上山去？這等説，員外性命不能保了嗄。（李固白）那些强盜不但不害性命，反置酒張筵，如同舊識。（賈氏白）這是什麽意思？（李固白）小人再三懇求，那些强盜不放員外，所以叫小人先回家報知大娘子。車輛貨物，絲毫不少。剛到金沙灘，又一起强盜追上來，説員外已經坐了第二把交椅，家中還有反詩一首。（賈氏白）什麽叫做反詩？（李固白）大娘子，就是那算命先生留下的，上有"盧俊義反"四字。説我家已後休想員外回來的了。（賈氏哭科。白）嗄！這等員外也做强盜了，教奴家依靠何人？（李固白）大娘子，且休煩惱，員外不在家，有小人陪伴服侍，只怕比員外强些。（賈氏白）奴家與你是主僕，怎麽説出這樣話來？（李固白）大娘子，不要把話兒説遠了。小人蒙大娘子眉眼顧盼之恩，情迷意戀，已非一日。（唱）

**【香柳娘】**荷娘行厚恩，荷娘行厚恩，秋波傳信，兩情牽處心相印。

（賈氏白）奴是那家憐惜與你，怎麽你倒認做歹意起來？（李固白）小人有一句話，要大娘子依從。（唱）

是天生愛因，是天生愛因，痴蝶戀花魂，天假良緣分。

（賈氏白）依你便怎麽樣？（李固跪科。白）大娘子若肯見憐，小人當殺身以報。（唱）

念情真意真，念情真意真，報恩殺身，天鑒有準。

（賈氏白）呀，啐！（唱）

**【又一體】**伊風流可憫，伊風流可憫，幾番思忖，

（白）奴家今日失身于你，（唱）日後呵，

怕忘情空把春心引。

（李固白）那説？老天在上，我李固若忘了大娘子此情，嘴上生碗大疔瘡，天雷活活打殺。（唱）

若他時負恩，若他時負恩，雷火遍燒身，碗大疔瘡印。

（賈氏白）雖然如此，還怕燕小乙識破不便。（李固白）這個一發

不難，小人設法驅逐便了。（唱）

急驅除此人，急驅除此人，斬斷禍根，氾咱胡諢。

（賈氏白）既如此，你且出去。（李固白）小人今晚死也死在這裡。（賈氏白）你不出去，我就打。（李固白）打也由大娘子，小人只是磕頭。（作磕頭科）（賈氏白）好個涎臉兒！（諢下）

## 第五出　逐燕青乘機出首

（燕青上。唱）

【浣溪沙】時正乖，恩難報，誰知我滿腹牢騷。

（白）我燕小乙自從蒙盧員外收養，長大成人，恩同父子。只因我家員外聽了算命先生的話，説有百日血光之災，要去東南避禍。那知去了些時，李固獨自回來，報説員外被梁山泊强人劫去，又説員外已經坐了第二把交椅，家中壁上又有反詩字樣，再不回來的。這等無影無踪的話，好不明白！（唱）

那東南避禍前途杳，難道山寨爲强命裡招。他那裏無影無形説根苗，算來到底蹊蹺。

（白）且住。那李固往常和大娘子眉來眼去，甚是難看。只碍着員外在家，不曾着手。我看他這兩日情形，竟和大娘子是一路的了。哎呀！員外呀，你是個鐵錚錚頂天立地的漢子，怎麽到有這些家醜？（唱）

【秋夜月】原是舊情苗，慾火幾焚廟。這邊一任狐狸嘯，那邊空負麒麟號。

（白）我爲此，今日竟到上房去，若是那狗男女肆無忌憚，少不淂要搶白他一場。（唱）

把他痛奚落，消咱這懊惱。

（下）

（李固、賈氏上。唱）

【金蓮子】倖鸞交，人前不敢輕調笑，怕有耳隔墻聽高。

（賈氏白）奴家爲你多情，一時短見，若是員外回來，如何是好？

（李固白）大娘子，我與你名雖主僕，寔則夫妻。若説員外，是再不回來的。（唱）

他作緑林中領袖，怎肯脱禍巢。

（燕青作潛身上，撞入科）（賈氏、李固作羞科）（燕青白）李固，你是何等樣人，敢公然與大娘子同坐？况且員外不在家，這個地方，豈是你走動的？（唱）

【東甌令】你是家僕役，敢違條，我一見心頭似火燒。

（李固白）小乙哥，你休疑心。我偶然與大娘子交清賬目，大娘子叫我坐的。（唱）

爲談家務被呼召，怎把疑心造。

（白）小乙哥，員外家中就是我和你兩個，須要和同纔好。（唱）

你聰明乖覺好和調，我和你仗主母恩光照。

（燕青白）那里是什麽恩光照，分明是花星照罷了！（賈氏白）燕小乙，你怎麽敢管起我的閒事來？（唱）

【劉潑帽】狂且何敢輕囉唣，把一個主母炰烋，分明欺壓奴年少。

（燕青白）我怎敢欺壓主母？（李固白）兄弟！（唱）

莫聲高，還是敦和好。

（燕青白）哦！我曉淂了，那里是什麽梁山賊人劫去？明明是你在路途把員外謀故，反説出這些話來。（唱）

【又一體】聽伊言語多顛倒，生生把員外謀故荒郊，大題架着梁山盗。

（李固白）完了，猪八戒倒打一鈀了。（燕青白）我如今不替你干休。（唱）

恨難消，拚命黄泉道。

（作迸頭科）（賈氏怒科。白）嗄！燕小乙，這等無理。明明説員外不在家，特來欺負奴家，快與我走出去。（燕青白）我又不曾幹壞什麽勾當，不去便怎麽？（賈氏白）嗄！你不去，李固快教人拿大棍赶他出去，永不許上門。（燕青白）誰又是親故，倒把我攆了。好，我且出去。此處不留人，更有留人處。（下）（李固白）大娘子，這燕小乙出去不打緊，一定搬逗是非，倒要想個長策纔好。（賈氏白）這個何難，待我通知親戚鄰里，若有收留者，即爲賊人同党。你道此計如何?(李固白)大娘子,我想一不做,二不休。如今員外既已落草,萬一被地方官知覺,那時抄扎家私,你我倒成强盗家屬,反要吃苦。不如此時且到梁中書處出首,你我佔了上風,就穩坐鈎①魚舟了。(賈氏白)這也説淂是,如此你就去。(李固白)小人就去。正是:平生不作皺眉事,(賈氏白)世上應無切齒人。(分下。衆衙役、書吏、門子引梁中書上。唱)

【臨江仙半】五馬馳聲河北道,爲民生終日焦勞。

(白)下官大名留守梁中書是也。只爲迩來朝政不修,寇盗充斥。上年打劫生辰綱,據濟州報來,夥賊都投梁山泊入夥。近日接九内舅家信,纔知有宋江題反詩一事,被梁山賊人搶劫法場,殺傷官兵而去。這等看來,那梁山草寇一日不平,天下安保無事?今日陞廳理事。左右,抬放告牌出去。(左右應科)

(李固上。白)爺爺,告狀。(梁中書白)什麽事情?(李固白)出首强盗的。(梁中書白)帶進來。(左右帶李固進科)(梁中書白)你出首的是什麽樣强盗,姓甚名誰,是何年月,有甚窩線?從實説來。(李固白)容禀:小人乃盧俊義家管賬夥計。(梁中書白)盧俊義是何等樣人?(李固白)是個財主。小人跟隨到山東曾運,被梁山泊劫上山去,坐了第二把交椅。又兼廳房壁上現有反詩一首。(出詩科。白)請爺爺看。小人誠恐日後清濁不分,故來首告。(唱)

【香遍滿】臺前投告,盧家俊義被盗招,身在梁山同落草。証明昭,反詩壁上瞧。怕他時究禍苗,特出首詞存照。

(梁中書接詩,念科)蘆花蕩裡一扁舟,俊傑黄昏獨自遊。義到盡頭原是命,反躬逃難必無憂。這也不見淂是反詩。(李固白)請爺爺横頭看來。(梁中書白)盧俊義反!(笑科)天下那有自己造反,自己寫詩在壁之理?你莫非俠仇誣攀麽?(李固白)小人怎敢?這是梁山賊人預先來哄他上山,他後來入夥,是小人跟去,

---

① 應爲“釣”。

親眼看見的。(梁中書)既係干係梁山大盜,决難踈縱。中軍過來,將此首呈存案,李固暫時着保。一面四下踹緝,或者就此可以拿獲黄泥崗、江州兩案强人,也未可知。吩咐掩門。(下)(衆擁李固同下)

## 第六出　送俠友握手爲歡

(僂儸、朱武、花榮、林冲、穆宏、徐寧、李逵、呼延灼、戴宗引盧俊義、吴用、公孫勝、宋江上。唱)

**【節節高】**天涯若比隣,幸相親,笑顔開處休愁悶。輸誠悃,救灾迍,孚忠信。瓊筵日日壺觴進,梁山何似燕山俊。秋風不覺落高旻,可憐别意縈方寸。

(盧俊義白)在下在此打攪,多承款待,實覺不安。奈何幾次告辭,寨主堅留不放。願把在下殺了倒好罷休,不殺却是度日如年。(宋江白)員外,你名噪河北,聲震山東。小弟們久切瞻韓,無緣御李,不知費如許心機,纔淂員外一會。今甫識荆,怎便分手,故與衆兄弟扳留,多住幾時,再作計較,别無他意。(盧俊義白)既蒙不殺,恩出望外。若不放歸,終是一死。况且士各有志,何必相强,就留在此,也毫無用處。若必要堅留,我就觸死君前,以明鄙意。(作起撞頭科)(衆勸科)(宋江白)員外不必發怒,既然如此堅執,不便固留。僂儸們,把舊時兵器送還員外,還有金銀一包,送作盤纏。(盧俊義白)不是我盧俊義誇口,金帛錢財家中頗有,賜與之物,决不敢當。(宋江白)這等耿介,不敢固請。我等送至金沙灘罷。(盧俊義白)多謝寨主。(宋江白)衆僂儸,擺齊隊伍,送盧員外下山。(衆應科)(衆白)只是員外此去,不知何時再當會面?(盧俊義白)大丈夫相交以心,何在見面?小弟就此拜别。(拜科。唱)

**【又一體】**相將拜手頻,莫含嗔,驪駒一曲歌來迅。前言准,舊精神,長途稳。

(向左場門送盧俊義下)(宋江白)衆僂儸,就此回寨。(衆吶喊

科。唱）

從教此後遥相問，灾星命裡應該近。天羅罩定"玉麒麟"，先機泄漏還須慎。

【尾聲】英雄心事冰霜近，怕危巢烏棲未稳，少不淂别作良圖把夙願伸。

（下）

## 第七出　背良言回家被捉

（燕青襤褛破衣上。唱）

【駐雲飛】生不逢辰，甘受饑寒報主人。惹祸由紅粉，設計心藏刃。

（白）我燕青不想主人出門之後，李固與主母通姦，竟把我赶出。吩咐但有相認燕青者，不許收留在家。我恐他們吃官司，不當稳便，只淂來到城外求乞度日。（唱）

嗏！反眼更摇唇，實難含忍。

（盧俊義上。接唱）

急切回家，落草伊誰肯。

（合）

悮聽胡言犯歲君。

（燕青撞見盧俊義科）（各虛白）你這人好像燕青。（燕青白）員外回來了麽？（跪地哭科）（盧俊義白）爲何如此狼狽？（燕青白）自從主人出門之後，李固回來報與大娘子，説員外歸順梁山，坐了第二把交椅，就去官司告知，將家私封了。李固與大娘子做了一路，向日原有些私情，恐怕小人碍眼，竟將燕青赶出在外求乞。小人深知主人必不落草，故此忍這殘喘，候見主人一面。不想今日淂遇員外。（盧俊義怒科。白）咄！這厮在我跟前讒言謗人，我到家便知。（走科）（燕青扯住科。白）主人不可回去。若去，必遭毒手。（盧俊義白）哇！莫不是你做出歹事，今日到來反説？（唱）

【憶多嬌】聽事因，添煩懣。謊詞一派誰淂信，只恐伊家行不謹。

（仝唱）（合）

敢負深恩，敢負深恩，此事難逃公論。

（燕青扯住科。白）主人嗄！（唱）

**【鬬黑麻】**切莫生嗔，隄防禍根。休輕投羅網，須要留神。觸厖吠，肆鯨吞，説到傷心掩淚痕。

（仝唱）（合）

探來不真，休教命存。到淂端詳，到淂端詳，清波攪渾。

（盧俊義急走，燕青扯衣哭科）（盧俊義踢倒燕青跌地，急下）（燕青站起。白）呀！你看員外頭也不回，竟急急而去了。此去必遭毒手，我不免捱進城去，悄悄打聽便了。（唱）

**【川撥棹】**相矛盾，怒衝衝言未盡。須則去細探殷勤，須則去細探殷勤，只恐怕險遭悔吝。護東人似救焚，恨旁人似掃塵。

（急下）

（賈氏、梅香上。白）事不關心，關心者亂。丫鬟，我這兩日呵！（梅香白）便怎麽樣？（賈氏唱）

**【豆葉黄】**我終朝眼跳，有甚緣因。還聽的鴉噪簷前，教人夢魂不穩。

（盧俊義上。接唱）

撮波生釁，恁般撒村。那李固久爲心腹，那李固久爲心腹，反噬情由，何用咨詢。

（白）且喜到了自家門首，爲何静悄悄的？且自進去。（梅香作撞見科。驚介。白）員外回來了麽？大娘子，員外回來了！（賈氏作驚科。白）嗄！員外回來了。（盧俊義白）是我回來。（賈氏作哭科。白）員外呀！（唱）

**【哭相思】**驀然一見把淚珠拉，滿腔心事言難盡。

（梅香白）李官人快來，員外回來了。

（李固上，看，伸舌急下）（盧俊義白）娘子不必啼哭，我回來就好了。只是燕青爲何不見？（賈氏白）員外，你且安息定了，慢慢説知。梅香，看茶與員外吃。

（李固、官兵、捕役掛刀急上。唱）

**【月上海棠】**官票遵，大家提着齊眉棍。爲拘拏叛犯，籤限時辰。

（盧俊義白）門外爲何喧嚷？（衆嚷進科。白）這是反賊，綁了！

(梅香驚下)(衆綁科)(盧俊義作强横勢,衆舉刀鎗架科。白)你做反詩,相約梁山,來此造反。奉梁中書老爺鈞票,拿你一家兒,都帶到官府堂上去。(盧俊義白)去也不妨。(賈氏、李固白)我們不去也罷了。(衆白)不必多説,把宅院封了。快走!(衆應。擁唱)

封鎖下海樣家私,且前去當堂研訊。難容隱,看秦鏡高懸,聽訟清慎。

(封門下)

## 第八出　梁中書逼招下獄

(衆衙役、書吏、門子引梁中書上。唱)

【紫蘇丸】光天化日逢堯舜,倚權門綰符名郡。

(白)下官梁中書,前因李固首告盧俊義反詩一事,無處捉拏。不想他私自回家,適纔李固前來稟報,已差官兵、捕役綁縛前來勘問。

(官兵、捕役帶盧俊義、賈氏、李固上)(捕役白)反賊盧俊義進。(衆衙役應科。帶進見)(梁中書白)放了綁。(衆放科)(賈氏、李固坐地,盧俊義跪科)(梁中書白)盧俊義!(盧俊義應科)(梁中書白)你是本處良民,反投入梁山落草,此番回家,裏應外合,攻打此地,可是麽?(盧俊義白)小人在家守分,被梁山泊吴用假扮星士,來至小人家下,煽惑愚迷,賺至梁山。今日幸淂脱身回家,並無反意,求恩相明鏡。(梁中書白)現放着你妻子並李固出首的。(盧俊義怒科。白)李固,我何曾有心投上梁山泊來?(李固白)現有藏頭詩,就是証見。招認了罷。(賈氏白)自古道:“一人造反,九族全誅。”不要害我們。(梁中書白)這厮倔强不招,先看頭號板子,重打四十。(衙役應,打科)(盧俊義痛科。唱)

【玉胞肚】這事兒断難招認,俺原來清平子民,與梁山水米無交,望恩相明雪冤盆。

(梁中書白)誰與你調舌弄唇。左右!(衙役應科)(梁中書白)取短夾棍夾起來。(衆應)(擡盧俊義科)(盧俊義白)住了罷。事已如此,只淂屈招了。(梁中書白)教他畫供。(衙役取紙筆於地)(盧俊義白)我盧俊義果然命中合當横死。

(禁子上科)(盧俊義擧筆寫科。唱)(合)

緑林不合去投奔,寫下親供謹上陳。

(衙役白)供完。(梁中書白)上了刑具。(衙役應科)(梁中書白)帶去收監,賈氏、李固赶出去。吩咐掩門。(衆應下)(盧俊義駡李固、賈氏科)(禁子作攔擋科)(李固取銀包,付與禁子虚白)(賈氏拉李固仝下)

## 第九出　盧俊義刺配登程

(蔡福、蔡慶上。白)承值衙門充節級,行刑高手迥無匹。弟兄都把殺人刀,只要錢多命不值。(各通名介)(蔡福白)適纔官府退堂,監中就有事件,都托與小獄吏。我和你且到茶館中坐坐,散心片時,却不是好?(蔡慶白)哥哥説淂不差。(走介)正是撥冗暫時離獄地,散心片刻到茶坊。小二有麽?

(小二上。白)品泉客至鈎簾入,鬬茗人來滿座香。二位節級,吃茶的麽?(蔡福、蔡慶白)正是。(小二白)請裏面坐。(向内取茶壺、茶盤介。白)茶在此。(蔡福、蔡慶白)廻避。(小二應下)(蔡福、蔡慶各斟茶介。唱)

【皂羅袍】没甚關心牌票,且偷閑散步,清談諧笑。多年充役做當牢,存心只愛冰光鈔。

(合)

公行賄賂何愁犯條,私和官事先挤受敲。

(李固急上。唱)

茶亭酒肆都尋到。

(進見介)(李固白)呀！小子各處尋,到却在這裡。(蔡福、蔡慶白)李主管,什麽事情?(李固白)這裡不是講話之處,請二位到僻静之處,纔好相托。(蔡福出紅紙包。白)如此。小二,

茶金在此，我們去了。（小二取包下）（李固白）二位請。（同走介。唱）

**【好姐妹】招邀，轉湾抹角，暢談心僻人喧閙。**

（蔡福、蔡慶白）李主管，什麽事情相托？（李固白）奸不厮瞞，俏不厮欺。小人的事，都在節級肚裏。有五十兩蒜頭金在此，送與二位。今夜三更要了却盧俊義的性命。（蔡福、蔡慶白）好嗄！你占了他家私，又謀他的老婆，如今托我們，又要結果他性命。日後根究出來，我們吃不起這一場官司。不受，不受！（李固白）莫非嫌少？再加一倍。（蔡福白）大名城有名的盧員外，他性命只值淂這一百兩金子麽？你若要我到地，至少淂五百兩金子，不差什麽。（李固袖内取大包介。白）金子到有五百在此，今夜就要完成此事。（蔡福、蔡慶接，揣懷介。白）明早牢洞邊來擡屍首。（李固白）是了。（急下）（蔡福白）我們回到牢中，打點則個。（走介）

（戴宗、柴進急上。唱）

**饑餐夜宿，心頭似火燒。**

（合）

**防顛倒，梁山立等伊消耗，暢好是駕霧騰雲走一遭。**

（撞見，唱喏介）（柴進白）足下莫非蔡節級麽？（蔡福、蔡慶白）然也。兄長高姓？（柴進白）在下姓柴，名進，綽號“小旋風”。（蔡福、蔡慶白）嗄！是柴大官人。久仰，久仰！（柴進白）不敢。（蔡福白）足下仗義疎財，天下聞名，何幸淂遇。（柴進白）不幸犯罪流落梁山泊，今奉宋公明將令，只爲盧員外被人陷害，監禁牢内，一命懸絲，盡在足下之手。如今仗托二位，留取盧員外性命，自當重報。倘有差池，梁山兵馬到來，打破城池，男女不留一個。久聞二位仗義，特送黄金千兩，望乞收納。若要通風捉俺，柴進並不皺眉。（戴宗付金子）（蔡福、蔡慶收介。白）如此，大官人請回。多蒙見賜，金子我二人權且收下，出力相保便了。（柴進白）全仗，全仗！（告别介）（柴進白）千金相托全終始，（戴宗白）一諾無欺報友朋。（仝下）（蔡福、蔡慶驚介。白）阿呀！唬死我也，唬死我也！（蔡福白）這到是個疑難之處。（蔡慶白）哥哥，這些須小事有何難哉？常言道："殺人須見血，救人須救徹。"如今有這一千兩金子在此，與他上下使用。梁中書、張孔目都是好利之徒，淂了賄賂，必然周全盧俊義性命。葫蘆提將他刺配出去，救淂救不淂，自有他梁山泊好漢，我們盡心替他謀幹便了。（蔡福白）兄弟之言有理。如今我往衙門，與他打點脚路。你自進監，好情相待盧俊義，不枉柴大官人所托一場。（蔡慶白）有理。（分下）

（燕青提飯籃上。白）好苦嗄！（唱）

**【東甌令】**難回挽，愈心焦，無奈賍官法柄操。果然墮落伊圈套，性命兒輕如草。

（白）我燕青主人被奸夫淫婦陷在牢中，我恨不能誅此無義之人，代替主人坐監。一來也是他命運該當，二來高傲太直，我想早晚必有風波。不免進監去看員外一面，見機而作便了。今早討淂一碗飯在此，借此爲由好進去。來此已是監門首。禁長哥有麽？（蔡慶持棍上。白）掌管監門休漏水，巡查牢獄不通風。哟！你是什麽人？（燕青白）我是盧員外家人。我主人犯罪在獄，討淂一碗飯在此，與主人充饑。望乞方便。（跪介）（蔡慶白）起來，起來！（燕青進介）（蔡慶關門介）（燕青白）阿呀！主人在那里？（蔡慶白）咄！不要嚷，隨我來。（走介）（蔡慶向内介。白）盧員外！（内應介）（蔡慶白）有個家人在此看你，有話説幾句，就要出去的，恐怕查閘的下來。（下）

（盧俊義手扭帶鍊上。白）來了。（唱）（合）

忽聞狂叫莽喧嚣，厮見識誰招。

（燕青放籃，哭叫介。白）主人在那里？（各見，哭介。唱）

**【山坡羊】**苦哀哀，痛孤身兒誰靠。慘凄凄，破家緣兒誰曉。一雙雙撞喪心兒病尫，驀忽忽當横禍兒從天掉。思量起卑人年紀小，受恩深處難忘報，乞淂殘羹且餐一飽。

（白）小乙帶淂一碗飯在此，主人請吃一口。（盧俊義白）我氣脹填胸，那裡吃淂下！（燕青喂飯，盧俊義吐介）（燕青放碗）（仝唱）

（合）

**貪饕，怯生生腹已枵。悲號，影梵梵首共搔。**

（燕青跪哭介）（盧俊義白）小乙，難爲你來看我。不想果應你之言，被這奸夫淫婦陷害了。（燕青白）我原叫主人不要來的，已遭毒手。向日偌大家私，何等受用？員外今日陷入囹圄，更遭縲絏，兀的不痛殺我也。

（蔡福引二解差掛刀上。白）兄弟，開門，開門！

（蔡慶上。白）查鬨人下來了，且躲一躲。（燕青暗下）（蔡慶開監門，衆進介）（蔡福白）盧員外，恭喜了。（盧俊義白）有什麽喜？（蔡福白）堂上大老爺將你免死，充軍發配沙門島，即刻就要起身了。走、走、走！（二解差搀出監門介）（燕青左門内撲哭出）（蔡慶白）快些出去。（推出，關門下）（衆擁盧俊義入左門口）（燕青撲哭）（蔡福踢燕青跌右場角介）（衆下）（燕青赶上哭介。白）方纔那節級説將員外發配沙門島，其中必有緣故。我不免取了弓弩、袖箭暗藏在身，遠遠隨着他，直至配所便了。急急要與東人伴，苦死中途姓字香。（急下）

（二解差持棍、掛腰刀上。白）説道有錢能買命，須知無路肯超生。（一解差白）我們押解盧俊義到沙門島，路途又遠，盤纏又少。正在愁煩之際，誰想盧俊義有個李主管，與他是讎家，竟送我二人兩錠大銀，叫我們中途結果了他性命，回來每人再謝五十兩蒜頭金。如今離城十里，此去多是樹林，正好行事。催他儹路。（一解差白）喲！盧俊義，儹路。（盧俊義内白）來了。

（手扭鍊，擲脚上。唱）

**【水紅花】懵騰天聽果然高，極哀嗷，九閽難叫。電情滅戉已恩超，絜勞叨，惡狠的忙催登道。**

（二解差作怒白）你這反賊死囚，你犯了罪，害我們幾千里路解你去。你是個財主，大錠元寶也該送我們幾個作盤纏，不枉我們兩個辛苦隨你去。（盧俊義）我今人離家破，那有銀錢？如有，巴不能孝敬二位。（一解差白）呸！你素日間怎麽不相與相與我們？（仝催走介）我對你説，路途遥遠，像你這樣，延挨幾時淂到？（盧俊義白)望二位方便,棒瘡疼痛,待我慢慢走罷。(一解差白)你還説慢慢的走。看棍!(打倒盧俊義,跌介)(一解差勸介。白)前面有一松林,行到彼處,再作道理。待我們扶着你走。(扶起,遶走快介。唱)

你富有盈千累萬,不肯拔一毛,

(合)

到此敢咆哮也囉。

(推跌中場介)(一解差白)好個樹林中,我二人也要在此打個盹兒,將你綁在樹上,待我們睡醒,一同上路。(作綁介)(盧俊義哭求虚白介)(一解差白)盧俊義,我們實對你説了罷。你家李固送我二人大元寶二個,叫中途結果你的性命。(盧俊義哭。唱)

【山坡羊】慘磕磕把一靈兒飛落,苦孜孜向恩官兒求告。實丕丕狠主管兒負恩,急煎煎結冤仇兒何時了。

(燕青暗上,立正場桌望介)(懷揣弓弩、小箭三枝介)(一解差曲內白)兄弟,我來下手,你看看林外可有人。(一解差往兩場門看介)(一解差提棍。白)盧俊義,盧俊義,你到陰司裏不要怪我。(作打介)(燕青射死一解差介)(盧俊義白)李固,你這狠心賊子。(唱)

你忒放刁,負心過豺豹。

(一解差驚介。白)嗄!爲什麽?(看介)阿呀!爲何跌倒了?(盧俊義唱)

陰魂可到沙門島,九死一生天憐恕饒。

(燕青立起,又射死一解差跌右場角)(燕青跳下桌,解放盧俊義介)(燕青白)員外甦醒,員外甦醒。(盧俊義醒。唱)

誰教,冷颼颼死裏逃。誰捞,喘嘘嘘水上飄。

(燕青打開枷鎖介。白)哪、哪、哪!他二人方纔持水火棍要打死員外,小人在樹林中袖箭射死了。(盧俊義虚白)(燕青)員外,不必遲滯,作速逃命。(盧俊義)只是我棒瘡疼痛,如何是好?(燕青)待我背了主人走罷。(下)

(四巡軍上。唱)

【水底魚】巡邏村庄，騙些酒食嘗。攻兵到處，鷄犬也遭殃。

(分白)我們乃留守司帳下巡軍便是。因這黑林地面慣有强人剪徑，所以常在此處巡查。夥計，我每大家進去看看。(一白)好大胆，這地方有人睡着。(衆驚介)這是兩個解差，方才見他押着盧俊義，爲何死在這裡？(一白)想是盧俊義殺死解差，諒他走也不遠。我們急去報官，大家赶上前去，拿住了他獻功便了。有理！將屍首抬過一邊。(衆)有理！(抬屍介)饒他走上焰摩天，脚下騰雲須赶上。(下)

(燕青背盧俊義上)(仝唱)

【風入松】顧不淂蛇行鼠伏亂山凹，殘喘苟延纔好。一肩豈特擔煩惱，兩性命怕他尋討。

(燕青放盧俊義下地介)(盧俊義白)阿呀！小乙嗄，只是如今投往何處去？(燕青)這原是宋公明害員外的，只淂原投上梁山。(盧俊義)也没奈何。(燕青)主人在此坐一坐，待我向前看可有宿店。黑夜之間，料不妨事。(盧俊義)不妨，我在此坐一坐。(燕青唱)(合)

隨分的安身一宵，防巡捕漫勞叨。

(下)

(衆巡軍、官兵執火把引將官上。唱)

【四邊静】釜中魚也籠中鳥，怎怕行踪杳。黑夜到天明，定然有知覺。

(衆撞見盧俊義介)(衆官兵、巡軍白)追着了兇身了。(將官)好嗄！你是反賊盧俊義，怎的謀死解差，竟自脱逃，天網恢恢。綁了解官。(衆應介)(仝唱)

防他再跑，加他一刀。叛犯更傷人，科罪奚止絞。

(齊下)

(燕青急上。白)員外，員外，且喜有了宿店了。阿呀！不好了。員外被官兵拿去了。你看官兵甚衆，不能相救，如何是好？嗄！也罷。不免一徑往梁山求救便了。(唱)

【風入松】激淂俺鬔鬆怒髮直衝霄，誰把風聲漏早。怎當他新翻舊按嚴刑拷，那時節死生難料。

（合）

思今日如何下梢，風波起怎開交。

（下）

## 第十出　石秀跳樓劫法場

（楊雄、石秀上。唱）

**【醉羅歌】【醉扶歸】**（首至合）急走急走休纏繞，探聽探聽敢逍遥。算命生成祸根苗，還家一定遭强暴。

（各通名介）（楊雄白）奉大哥將令，只爲盧俊義回家，並無消息，特差我二人下山打聽。（石秀）你看深秋天氣，楓葉漸落，好荒凉道路也。（同走。唱）

**【皂羅袍】**（五至八）風聲吼，樹葉兒漸彫。烟光染，岫路兒更遥。

**【排歌】**（七至末句）一番秋意驚寒早。

（燕青急上）（楊雄、石秀白）呔！是歹人麽？（舉朴刀介）（燕青拔腰刀，戰介）（各架住介）（燕青）不要動手，我不是歹人，我爲主人到梁山通信，你怎便把刀來格鬬？（楊雄、石秀）嗄！你主人莫非盧員外麽？（燕青）正是盧員外。（石秀）你是什麽人？（燕青）我是燕青。（楊雄）原來是"浪子"燕青。你主人怎麽樣了？（燕青）主人辭別梁山衆位到家，被奸夫李固、淫婦賈氏將反詩爲証，出首在官，下在牢裡。梁中書將員外刺配沙門島，小可防他中途有變，帶上弩弓、弩箭沿途暗行防送。不期姦夫李固果然買囑解子，於途中謀害我主人性命。那時我躲在樹林中，那解子正要下手，被我將弩箭射死，救了員外。正走之間，小可去看宿店，員外暫坐草坡上。誰想官兵蜂擁而來，將主人綁縛去了，存亡未卜。爲此特要上山報信。（楊雄）這還了淂？我是"病關索"楊雄。這是"拚命三郎"石秀。奉宋大哥將令，差往大名打聽員外消息，軍師與戴院長亦隨後下山。你既來此，兄弟，你先往大名，我同小乙哥回寨見宋大哥，備訴此情便了。（石秀）如此，小弟獨自前去，二位到寨便了。（仝唱）

分頭去,不憚勞,彼中未定吉凶爻。

(兩分下)

(蔡福、蔡慶扮劊子,持刀上。白)若遇殺人充劊子,常時司獄做當牢。(各通名介)昨夜三更時分,拿獲盧俊義。今早梁中書老爺傳我二人,午時三刻將他市曹斬首。我們受彼所托,不能相救,反覺不安。他們也做事忒險,教我們無計可施。不免到牢中,綁至堂上,插了犯由牌,押往法場便了。人生須作善,王法不留情。(下)

(石秀插刀上。唱)

【鬭鵪鶉】重拿轉羅織成招,剗地里冤讎怎了。明知道國法森嚴,須探聽案情分曉。

(白)俺石秀奉宋大哥將令,前來打聽盧員外消息。來到大名,果然人烟湊集,鬧熱非常。不免到留守府門前去打聽打聽。(唱)

俺只見轂擊盈街,他則待肩摩塞道。鬧穰穰市井囂,裘馬豪,這纔是海樣闊的城池。

(内場作喧科。叫白)我們去看盧員外嗄。(石秀唱)

怎忽有雷般響的譁噪。

(走介)

(衆百姓上。白)走嗄。(唱)

【縷縷金】忙趕趁,密週遭,人山與人海,到西曹。

(白)我每多是大名府的百姓,向蒙盧員外週濟之恩,一言難盡。不想今日盧員外遭此無頭横禍,綁赴法場,就要出决。爲此特備祭禮前去,以表我每誠敬之心。

(石秀上。白)列位那里去的?(衆)我們是到市曹祭奠盧員外去的。(石秀)那個盧員外?(衆白)大名城中有名的盧俊義。昨夜拿到,今日午時處决了。爲此我們前去祭奠他。(石秀)如此,列位請便。(衆)我們去罷。(唱)

善惡難欺蔽終須有報,伊家絶命在今朝。

(合)

滿城盡悲悼,滿城盡悲悼。

(齊下)(石秀白)阿呀！可不諕死我也。(唱)

【紫花兒序】一聲兒情真罪當，全身兒魄散魂消。同伴兒水遠山遥，事生倉猝，怎淂開交。

(白)也罷！向日人都稱俺“拚命三郎”，今日只淂拚一拚也。(抓衣走。唱)

心焦，“拚命三郎”只一遭。

(白)這是决人之處，有個酒樓在此，我有道理。酒保有麽？

(酒保上)酒中休惹祸，樓上可消愁。客官可是請人，還是獨自酌杯？(石秀)呸！問什麽？大碗酒、大塊肉只顧賣來，我的坐頭要挨着樓窗，好看出人。(酒保)出人公事，家家閉户，鋪鋪關門，不是當耍的。(石秀喊介)我怕什麽？(酒保驚介)夥計，打兩角酒，切一盤牛肉，擺在後樓去。(内應介)(酒保虛白下)(石秀唱)

恐負了公明差調，陡上心來，只看人到。

(下)

(内掌號，敲鑼擊鼓)(地方赶閑人介)(衆官兵執鎗，劊子蔡福、蔡慶押盧俊義，衆上。唱)

【僥僥令】一行人不少，重犯怎輕饒。莫放閑人塲中鬧，少時遲把首梟，少時遲把首梟。

(石秀立正塲桌，看介。在曲内上桌)

(衆百姓擁上)(地方白)午時了。(蔡慶拔招旗，盧俊義跪中塲介)(蔡福鬆綁介)開刀。(石秀持刀跳下桌介)呔！梁山泊好漢全夥在此。(地方、蔡福、蔡慶、官兵急下)(石秀背盧俊義急下)

(衆官兵急上介)盧俊義被梁山强人劫去，不免報知梁中書老爺知道便了。留守司前囚被劫，殺人塲上賊偷刀。(下)(内吶喊介)

(石秀背盧俊義上。唱)

【調笑令】急逃，路迢遥，生死關頭一擔挑。

(内吶喊)(石秀唱)

伊行不必狂呼叫,到跟前殺人如草。梁山全夥提兵勦,肯容情十分財鈔。

(衆官兵引二將官冲上,與石秀戰介)(打倒,綁石秀、盧俊義介)

(衆唱)

【縷縷金】好鹵莽,妄招摇,膽兒如天大,祸來抓。罪上應加罪,嚴刑弔拷,捉拿凶犯去回銷。

(合)

須防坐堂早,須防坐堂早。

(齊下)

## 第十一出　宋江大戰槐樹坡

(梁中書上。白)隻手空思劫法場,無知小寇只尋常。堂堂秉政中書府,那怕梁山衆賊强。下官梁中書是也。方纔官兵拿住梁山泊劫法場石秀一名、反賊盧俊義,被我將重枷枷號了,監在死囚牢内。不想石秀那厮將下官百般辱駡,好生可恨。正是恨小非君子,無毒不丈夫。

(衙役引王太守上)乍劫法場翻舊按,又傳榜聞作新傳。大人在上,卑府參見。(梁中書)請坐。(告坐介)(梁中書)貴府何由到此?(王太守)只爲梁山泊遍貼無頭榜,約有數十張,今揭來呈上。(梁中書接看,念介)"梁山泊義士宋江仰示大名府官吏,盧俊義乃天下之豪傑,吾今啓請上山,一同替天行道。如何妄徇奸賄,屈害善良。吾令石秀先來報知,又被擒捉。如存二人性命,獻出淫婦、姦夫,吾無多求。如傷吾羽翼,屈壞股肱,便當拔寨興師,玉石俱焚。城中義夫節婦、孝子順孫、安分良民、清慎官吏,切勿驚惶,各安職業。諭衆知悉。"阿喲喲!這却如何剖决?(王太守)這些人不是輕易動淂的,依卑府愚見,權且存此二人性命,一面寫表申奏朝廷,一面奉書呈上蔡太師恩相知道。大人即差兵馬保守大名府城池以及倉庫錢粮。若斬此二犯,恐有他變。請自三思。(中軍暗上)(梁中書)此言甚是有理。中軍!(中軍應介)傳我令去,與兵馬都監聞達、李成、索超保守大名府,梁山賊寇倘來犯境,汝等出城下寨,務必恊力擒拿,叙功陞賞。(中軍應下)(王太守)大人進去,修書要緊。(梁中書)這何消説!(王太守)卑府告辭。(梁中書)請到後堂便飯,商量奏本一事。(王太守)多謝大人。(同下)

(衆軍校執旗幟,引聞達、李成、索超持兵器上。唱)

【四邊静】塲開演武排軍校,蔽日旌旗耀。防禦大名城,么麽怎滋擾。

(各通名介)(聞達白)奉留守梁中書大人之命,着領人馬保守大名城池。即命出城下寨,緊防宋江草寇。先鋒索超聽令!(索超應介)(聞達白)帶領三千人馬,前往飛虎峪,扎下寨栅,三面掘下陷坑,不淂有違。(索超應介,領兵下)(聞達白)衆將官!(衆應介)(聞達白)吩咐本部人馬,把營盤扎在槐樹坡下,不淂有違。(衆應,吶喊)(唱)(合)

長鎗短刀,近攻遠交。赫赫擁天兵,策應安排好。

(齊下)(僂儸、解珍、解寶、孔明、孔亮、"一丈青"、孫二娘、顧大嫂、李逵、李應、史進、孫新、孫立、黄信、呼延灼、馬麟、陶宗旺、凌振、秦明、韓滔、彭玘、林冲、花榮、吕方、郭盛各持兵器引吴用、公孫勝、宋江上。唱)

【甘州歌】【八聲甘州】(首至六句)長驅直擣,任堅城難破,只當鴻毛。關心俊傑,盻取近時消耗。

(戴宗上報介。白)忙行同縮地,險事急通風。啓大哥,小弟往大名打聽淂盧俊義綁至市曹,幸虧石秀一人法塲劫取。官兵追赶,寡不敵衆,都被拿住。那時急切難救,遵奉軍師密計,星飛遍貼山寨告示,被人揭去報知梁中書。因將他二人監禁在牢,一面遣兵馬都監聞達、李成二員城外防禦。那李成標下有一先鋒索超,真個萬夫不當之勇。他們三員離大名府三四十里,於飛虎峪、槐樹坡兩處安營下寨。特來報知。(宋江)院長路途辛苦,向後寨暫息。(戴宗應下)(宋江)當初軍師妙計賺他上山,如今反累吃苦,又陷了石秀兄弟。再有何計救取?(吴用)寨主放心,小弟正要乘此機會破大名,錢粮以助寨中動用。林冲、花榮、韓滔、彭玘聽令。(韓滔、彭玘、林冲、花榮應介)(吴用白)爾等四人各帶一枝人馬,前往索超寨前引戰,不淂有違。(四人應下)(吴用)李逵聽令。(李逵應介)(吴用)你好做先鋒,可一人一騎闖入索超寨前,將索超引至飛虎峪後面,自有智取,不淂有悮。(李逵應下)(吴用)解珍、解寶、孔明、孔亮聽令,爾等四人埋伏於飛虎峪山後,只聽號炮一起,即時殺出,不淂有違。(四人應下)(吴用)"一丈青"、顧大嫂、孫二娘聽令。(三人應介)(吴用)爾等三人前往聞達、李成寨前引戰,彼處自有伏兵接應,不淂有違。(三人應下)(吴用)孫立、秦明聽令。(二人應介)(吴用)你二人前往槐樹坡前,左右埋伏,待誘出聞達、李成,可奮勇抵敵,不淂有違。(二人應下)(吴用)孫新、呼延灼、馬麟、凌振聽令。(四人應介)(吴用)凌振帶領火炮,從小路轉到飛虎峪前,放炮爲號。爾等三人只聽號炮一起,即便截住敵人歸路,奮勇厮殺,務必制勝,不淂有違。(四人應下)(吴用)其餘衆將,隨營聽令。(衆應介)(吴用白)就此下山。(衆吶喊。唱)

指揮若定失蕭曹,只聽轟天升號炮。

【排歌】(合至末句)干戈動,悔嶽摇,騰騰殺氣貫青霄。

(合)

擒聞達,斬索超,班師山寨叙功勞。

(齊下)

(衆兵引王定、索超各持兵器上。唱)

【好事近】草寇似山魈,胆敢横行强暴。俺威風密布,賊兵把他迅掃。

(各通名介)(索超白)今聞賊寇前來,要打大名府。首將王定就此催兵,殺上前去。(衆應介。唱)

除荆伐棘,整王師,信是張天討。

(合)

殺淂他片甲無存,纔顯俺奇勳不小。

(李逵上。白)呔!可認淂你黑爺爺麽?(索超笑介)原來梁山好漢是這般腌臢草寇。(李逵)放你娘的屁。(衆殺介)(李逵敗下,索超追介)

（林冲、花榮、韓滔、彭圮冲上，戰介）（花榮拈弓搭箭射索超左臂，敗下）（林冲、韓滔、花榮、彭玘追索超、王定下）

（衆將引聞達、李成持兵器上。唱）

**【又一體】**腥臊醜孽逼城濠，到這裏休張牙爪。追奔逐北，務期類無遺噍。

（各通名介）（聞達白）李將軍，我等雖是扎營在此，聞淂先鋒索超中箭，賊將甚勇，如何是好？

（報子上。白）報：賊兵殺到了。（聞達、李成白）大小三軍，迎殺上去。（衆應，上馬介）

（顧大娘、扈三娘、孫二娘冲出戰介）（衆軍分下，聞達、李成追顧大娘、扈三娘、孫二娘敗下）

（内放炮吶喊介）（孫立、秦明、呼延灼、馬麟、孫新、凌振、解珍、解寶、孔明、孔亮吶喊介。白）那裏走！（同追）

（聞達、李成上，殺介）（解珍、解寶、孔明、孔亮、呼延灼、孫新、馬麟、鄧飛、凌振齊追）（聞達、李成敗下）

（聞達、李成引衆軍亂奔上介）（聞達白）這賊衆果然利害，一聲炮響，突出無數賊兵，一路赶殺，直追過痪家疃了。只淂操了槐樹坡，快快進城走罷。（衆唱）

道他無備，却原來勝算多神妙。

（合）

且回城奏上鸞章，再屯兵略運龍韜。

（下）

（韓滔、彭玘、林冲、解珍、花榮、李逵、解寶、孔明、孔亮、扈三娘、顧大嫂、孫二娘、孫新、呼延灼、馬麟、凌振、孫立、秦明齊上。唱）

**【甘州歌】【八聲甘州】**（首至六句）殺氣莽滔滔，正相當旗鼓，不爽分毫。移時奏凱，性命兩人可保。

（林冲白）聞淂我兵已奪了槐樹坡小寨。大哥屯兵在彼，我等齊去献功。（衆）有理。（走唱）

中軍帳裡福星高，義旅前來戈便倒。

**【排歌】**（合至末句）施奇計援故交，不争銅柱把勳標。陣雲捲，落日遥，明朝鏖戰敵魂消。

（齊下）

## 第十二出　王定求援宰相府

（王定乘馬袖書上。唱）

【六么令】書呈上公，赴東京疾走如風。

（白）我首將王定，只爲先鋒索超中箭未痊，賊人猖獗，奉中書梁老大人鈞令，着我下密書一封，與蔡太師請兵救援。（唱）

揚鞭不放馬蹄鬆，烽火事尺書通。

（合）

巍巍黄閣忙賫送，巍巍黄閣忙賫送。

（白）來此已是府前，不免下了馬。（繫馬介）門上有人麽？

（一堂候上）赫赫三公府，堂堂七品官。什麽人？（王定）大名留守梁老爺有家書一封，將來投遞。（堂候）那邊少坐。太師爺出堂，與你傳禀便了。（王定應下）

（三堂候喝引蔡京上。唱）

【天下樂】身依殿陛紀恩崇，退食委蛇雨露濃。絲綸職掌佐夔龍，納賄招權兩袖中。

（坐介。白）元老當朝第一人，臨池書法更超群。萬方清宴嬴無事，論道從容燮理勤。老夫蔡京是也。獨掌朝綱，久居權要。樹黨者教伊結舌，附勢者使彼揚眉。一人推心腹之交，四海壯風雲之色。正是伯仲之間見伊吕，指揮若定失蕭曹。（堂候禀介）啓太師爺，大名梁中書差人下書。

（王定暗上介）（蔡京）着他進來。（堂候應。出介）下書人呢？（王定）在。（堂候）太師爺着你進見。（王定應。進介）下書人首將王定，叩見太師爺。中書梁爺有書呈上。（堂候接書，遞蔡京看介）（蔡京接書看介）這梁山泊賊寇這等猖獗，屡次侵掠城池，殺傷官兵，擅劫法場，種種罪在不赦。怎生大名一府，無將可以抵敵？來書欲請救兵。正是：天下本無事，庸人自擾之。（王定）

只求太師恩相早爲之計便好。(蔡京)你且往館驛安歇,商議停妥,再來傳你。(王定應介)眼望捷旌旗,耳聽好消息。(下)(蔡京)速唤保義使宣贊過來。(堂候應介)(向内傳介)宣贊,太師爺呼唤!

(宣贊開面上)常近龍光瞻聖日,幸培虎氣展威風。小將宣贊叩頭,太師呼唤,有何吩咐?(蔡京)今有大名府被梁山賊寇攻打城池,危在旦夕,無將可敵。梁中書有書與我,要請救兵。如有驍勇名將,舉薦一人,待等滅寇。(宣贊)小將有一相識,姓關名勝,見在蒲東鎮守,人都稱他"大刀"關勝。此人兵書戰策熟練精明。還有一人,姓郝,雙名思文,有安邦之策、斬將之才,與關勝結爲生死弟兄。他兩人俱有萬夫不當之勇。恩相可速入朝奏過聖上,拜他爲將,前去征勦,必能殄滅狂徒。小將亦情願執鞭隨鐙。(蔡京)如此甚妙!待我明日入朝面聖,立着樞密院賫書一道。爾同王定速望蒲東,請封關勝爲滅寇大元帥,郝思文爲副元帥,爾爲前部先鋒。就領本部人馬,前往梁山征勦。只候聖旨進止便了。(宣贊應介)(蔡京唱)

【三學士】端只爲蔓草難圖留惡種,仗春風荆棘纏叢。怎容他豨張衝突輕千騎,儩賴我虎拜披宣奏九重。

(宣贊同)(合)(唱)

推轂登壇天勑捧,消兵革息堠烽。

(内外各下)

(衆小軍、衆將官引關勝上。唱)

【卜算子】世胄奮英雄,家學希周孔。

(郝思文上。接唱)

韜略胸藏志不凡,只待乘時用。

(關勝白)蒲阪門資姓字香,承恩鎮守在邊疆。(郝思文)高扳結淂桃園義,帷幄趨風展所長。(關勝白)自家姓關名勝。此乃姓郝,雙名思文。十八般武藝,件件皆能。當初他母親夢井木犴投胎,因而有孕,遂稱他爲"井木犴"。與俺同事一方,結盟千古。手下關西好漢十數餘人,俱是兇勇狰獰,誰人敢攩俺一攩。正是

關西無敵手，塞北盡聞名。（内白）聖旨下。（衆將官稟介）（關勝白）忙排香案。（衆將官應介）

（樞密院官捧旨，宣贊、王定、衆小軍同上。唱）

【神仗兒】才堪梁棟，才堪梁棟，荷恩綸擢用。前呼後擁，急應天書遵奉。梁山賊寇，休教踈縱。

（合）

盼即日奏膚功，盼即日奏膚功。

（關勝、郝思文出迎接，跪介）（樞密院官進讀詔書介）聖旨已到，跪聽宣讀。詔曰："今有草寇宋江等，占踞梁山，横行水泊，不特商賈受劫掠之害，而且官軍遭挫辱之傷。目藐王章，罪干國憲。日又攻打大名，殘虐百姓，法塲肆其劫奪，城池破在須臾。特准太師蔡京保奏，鎮守蒲東名將關勝、裨將郝思文二員勇能戡亂，才可經邦。饒有輕裘緩帶之風，允自公侯腹心之寄。即拜關勝爲大元帥，郝思文爲副元帥，宣贊爲先鋒，統領部下精兵，迅望勦滅羣寇。功成之日，另行陞賞。謝恩。"（關勝、郝思文叩頭，謝恩介）萬歲、萬歲、萬萬歲！（樞密院官白）請過聖旨。（關勝白）香案供奉。（衆將官應，接旨介）（關勝揖介）天使大人。（樞密院官白）不敢。（關勝白）既奉聖旨，即便興師，豈敢有悞。（樞密院官白）宣贊先鋒在此等候，一同起兵便了。（宣贊白）凛遵皇命，敢瀆天威。（樞密院官白）本院告辭。（關勝白）再請少坐。（樞密院官白）不敢，覆命要緊。（關勝、郝思文白）不敢强留了。（樞密院官白）帶馬。（衆小軍應下）（關勝、郝思文、宣贊送介）（宣贊進見介。白）向知元帥義勇超羣，實生欽敬。（關勝白）豈敢。今乃黄道吉日。衆將官。（衆應介）（關勝白）就此起兵前去。（衆小軍應介）（吶喊介）（唱）

【滴溜子】旗開處，旗開處，兵驍將猛。交鋒下，交鋒下，争强奪横。三人恭承天寵。

（合）

怎比古之人，鄒和魯閧。任有瘡痍，一掃盡空。

（齊下）

（衆僂儸、凌振、秦明、林冲、呼延灼、張横、阮小二、阮小五、阮小七各執兵器引吴用、宋江上。唱）

**【鮑老催】**敵兵計窮，李成、聞達怕折衝，連朝堅壁少戰攻。繞城濠，集梯鈎，圍無縫。

（戴宗曲内上，報介。白）啓寨主，東京蔡京拜請"大刀"關勝，引一彪兵馬飛奔至梁山泊。寨中頭領主張不定，請早早收兵回寨，且解梁山之難。（宋江）且請後寨安歇。（戴宗應下）（宋江）軍師如何裁酌？（吴用）一些也不難。秦明、林冲聽令。（秦明、林冲應介）（吴用）你二人各帶領五百人馬，往飛虎峪左右埋伏。若有追兵到來，尔等奮勇厮殺。只聽號炮爲令，不淂有違！（秦明、林冲應下）（吴用）呼延灼、凌振聽令。（呼延灼、凌振應介）（吴用）你二人領一枝人馬，離城數理①之外，但見追兵過來，隨即施放號炮，使彼兩下伏兵殺出，尔等在後追殺。不淂有違！（呼延灼、凌振應下）（吴用）衆僂儸！（衆應介）（吴用）尔等手拖旗幟，肩擔刀斧，假爲拔寨之狀，引彼追赶，就此起行。（衆應。唱）

曳兵棄甲露行踪，略施計策厮胡哄，他性命輕竇送。

（衆僂儸倒拖旗鎗，肩擔兵器，齊下）

（聞達、李成、衆小軍上。唱）

**【又一體】**議謀不同，思量救趙魏先攻，端的拔寨如捲蓬。早缺斨，又搴旗，都驚恐。

（李成白）昨有報來，關勝領兵已到梁山搗其窩巢。（聞達）適纔城上望見宋江人馬捲旗息鼓，盡投東北而去。爲此帶領人馬，可以乘勢追殺，必擒宋江。（李成）有理！衆將官，就此追殺前去。（衆應介）（同唱）

烟光燎處散羣蜂，星飛撲滅忙追踵，

（合）

恁怕着來挑弄。

（衆僂儸從下場門引林冲、秦明戰，秦明、林冲敗下，呐喊介）

---

① 應爲"里"。

(呼延灼、凌振上。白)適纔追兵過去,就此放炮者,你我一齊追殺上去。(凌振、呼延灼向内白)衆僂儸,就此放炮者。(内應介。放炮介)

(聞達、李成領兵上)(秦明、林冲領兵兩場門殺出戰介,下)

(秦明、林冲追李成、聞達上)(凌振、呼延灼上)(聞達、李成即敗下)

(衆僂儸上。報介)官兵大敗。(秦明、林冲、呼延灼、凌振)就此赶上大營者。(衆應,吶喊齊下)

(吴用、宋江、花榮、黄信、劉唐、陶宗旺等,衆僂儸持兵器擁上。唱)

【滴滴金】運籌決勝都奇中,就裡機關人莫懂。他是個醯雞一任來投甕,網樣張,水般湧,憑咱提控。

(僂兵上報介。白)啓上寨主,關勝帶領十萬兵馬在前攔路。(宋江)再去打聽。(報子應下)(宋江白)衆僂儸,就此迎殺前去。(衆應。走唱)

騰騰殺氣如雲滃,閃淂個紅旗眼花,震淂個金鐃耳聾。

(衆軍校引關勝、郝思文、宣贊、小軍各持兵器左場門上,圍住殺介)(宋江等敗下)(軍校白)賊寇敗回。(關勝)衆軍校。(衆應介)(關勝)且回本寨。(衆唱)

【又一體】長歌一曲昇平頌,蚊想負山癡作夢,且教俺安營下寨三軍統。

(關勝白)各自歸營。(軍校、郝思文、宣贊應介)(吶喊下)

(關勝)爾等過來。(衆應介)(關勝)今已初更,必有偷營劫寨的來。吩咐衆軍,權且假寐,只聽拍桌之聲,圍住擒拿。不淂有違。(衆應介,下)(關勝)不免把兵書展玩一番。

(設正場,桌上擺書、燭,放驚堂介)(關勝進桌介。唱)

數更籌,清夜永。兵書朗誦,中堅獨坐寒燈共。

(坐椅看書介)(内打二更)

(張橫悄步持兵器上。白)偷營劫寨推高手,捉虎擒龍費苦心。自家張橫,聞淂蒲東關勝提兵,到此路遇,見本寨人馬,也未能取勝。不若乘此深夜,悄悄劫了他的營盤,捉了關勝,也立一件大功。爲此我與衆弟兄前來劫營。大小船隻都在岸邊等候，我悄步而來，已到他帳房了。（偷看介）（内打三更）（張横）阿喲！燈燭輝煌，在内看兵書。（低聲唤介）衆兄弟！

（張順、阮小二、阮小五、阮小七悄步，各持軍器，虚白）（内打四更）（衆偷看）（關勝拍案喊介）拿奸細！

（衆上，圍住殺介）（阮小二、阮小五、張順作急敗下）（張横、阮小七、衆水軍被綁介）（衆白）啓主帥，奸細拿住了。（關勝）將這厮用陷車盛了，直等捉住宋江，一齊解至東京。（衆應。將張横、阮小七、水軍等押下）（關勝唱）

都是些水族魚蝦怎敢來輕惹蛟龍。

（下）

## 第十三出　燈前潰陣獲三雄

（僂儸、劉唐、黄信、花榮、林冲、秦明各執兵器引宋江執鞭上）（衆遶場走）（唱）

【排歌】久仰威名，手提金印，蒲東良帥遥聞。雖然勝敗未全分，一表人才果出羣。

（宋江白）本寨屢經督陣，親履行間，從未見關勝之英雄，郝思文、宣贊亦是驍勇難敵。俺兄弟張横、阮小七不度溽量力，擅想劫營，不料被他擒捉。爲此與軍師商議，只帶五位頭領、僂儸數千親自出戰，以便乘機智取。秦明、林冲先伏於山谷之中，待本寨詐敗，引至彼處，你二人出戰。鳴金爲號，即便收兵，不溽有違。（秦明、林冲應下）（宋江白）衆僂儸！（僂儸應介）（宋江白）殺至寨前。（衆吶喊）（走唱）

接兵刃，立功勳，佯輸權作受降人。

（衆軍校各執兵器引宣贊、郝思文、關勝上）（衆軍兩邊分立介）（關勝、郝思文、宣贊左邊，宋江、劉唐、黄信、花榮右邊，齊架住介）（關勝白）來者可是宋江？（宋江）然也！（關勝白）你乃一小吏，安敢背叛朝廷？（宋江）我等替天行道，並無異心。（關勝）今日天兵到來，還敢巧言令色？看刀！（同冲殺介）（宋江、劉唐、花榮、黄信敗下，關勝、郝思文、宣贊追下）（僂儸、官兵戰介。僂儸敗，官兵追下）

（劉唐、黄信敗上，郝思文、宣贊追上，戰介）（劉唐、黄信敗，郝思文、宣贊追下）

（宋江、花榮敗上，關勝追上）

（秦明、林冲左右門殺出，與關勝戰介）（宋江、花榮立高坡處看介）（宋江作點頭讚介）將軍英勇，名不虛傳，吩咐鳴金。（内作鳴金介）（宋江）就此收兵。（宋江、花榮、秦明、林冲、僂儸等齊下）

（關勝望内介）我力鬬二將不過，看看輸與他，宋江倒收了軍馬，不知是何意思？天色已晚。（向内介）大小三軍！

（軍校上）（關勝白）就此回營。（唱）

**排雙陣，演八門，如何小醜對三軍。**

（下）

（呼延灼乘馬執鞭上。白）棄職並非無義漢，全忠還作有心人。我呼延灼奉宋大哥將令，黑夜潜往關勝寨中，裡應外合，暗行反間之計。來此已是寨前，不免下了馬。呔！將校。

（二將校急上）敢是奸細？（呼延灼）不是奸細，要見元帥的。（軍校）住着。（下）（呼延灼）你看寒色滿天，霜華遍地，又至仲冬，光陰好迅速也。

（衆小軍、衆莊兵掌燈引關勝上。唱）

**【古輪臺】已黄昏，一人一騎叩轅門，其中委曲須詳問。**

（白）唤那將官進來。（壯兵應，唤進，各見介）（坐介）（關勝）請問足下寅夜至此，有何事情？（呼延灼）乞退左右，纔好直説。（關勝）我這帳前無大無小，盡是機密之人，有話但説不妨。（呼延灼）小將呼延灼，前次奉旨，統領連環馬軍進征梁山泊。誰想中賊奸計，失陷軍機，不淂還京見駕。早間陣上林冲、秦明待捉將軍，宋江火急收軍，誠恐傷犯足下。他素有歸順之心，奈衆賊不從，着小將前來陳明衷曲。即乘夜静，引將軍由小路直入賊寨。生擒林冲等寇，解赴京師。不惟將軍建立大功，亦令宋江與小將

湔贖重罪。(唱)

將軍俯允,永息征鼙,午夜特抒忱悃。

(關勝笑介。白)既如此,連夜披掛,即速前往。(呼延灼外罩衣服,持兵器)(關勝)衆將官,爾等看守營寨,教宣贊、郝思文自領五百馬軍,兩路接應。我與呼將軍只用五百人馬,悄悄殺入賊寨去者。(衆應科)(壯兵下)(呼延灼、關勝各作上馬持兵器。同唱)

肝膽相傾,提兵前進,容他悛改予維新。三更交近,踏霜華月色如銀。

(衆僂儸扮假黄信、宋江兩邊分上,戰介)(宋江、假黄信白)呼延灼,我山寨有甚虧負於你,爲何寅夜下山,通同關勝前來奪寨?情理難容。(宋江)黄信,出馬擒拿這廝。(假黄信應戰介)(呼延灼刀劈假黄信介)(宋江作敗下)

(小軍上。報介)黄信殺死了。(關勝)妙嗄!果然是條好漢。趁着月光,(唱)

似掩殘雲,一齊風捲,掃除都盡。

(合)

正氣植乾坤,威加奮,今霄尅敵捷如神。

(呼延灼暗下介)(内執紅燈)(關勝驚白)遠遠的紅燈一盞。呼將軍,這是那里?(小軍)呼將軍不見了。(關勝)不好了,中了奸計了!

(僂儸、林冲、花榮上,圍介)(僂儸、小軍下,二將敗,關勝追下)

(宣贊、郝思文上)奉元帥將令,着我二人兩路接應。(内吶喊介)(宣贊、郝思文)你聽吶喊之聲,衆軍校,就此殺上前去。(衆應下,内作吶喊聲,殺介)

(花榮敗上,關勝追上)(扈三娘急上殺介,綁關勝下)

(林冲敗上,郝思文追上)(呼延灼急上殺介,綁郝思文下)

(秦明敗上,宣贊追上)(孫立急上戰介,綁宣贊介)(秦明白)綁至宋大哥寨中,聽候發落。(衆應介。唱)

【尾犯序】逡巡,一謎里追奔,號令營中,稍抒公憤。

(齊下)

（衆僂儸、張橫、阮小七、李應持兵器押上。接唱）

何敵不摧矜，全弟昆堪哂。暫囚鳳羽毛，乍鎩出柙虎，威風益震。

（李應白）自家李應，奉大哥將令，救出張橫、阮小七兩位兄弟以及水軍人等。衆僂儸！（衆應介）（李應）速去見大哥。（衆應。唱）

即忙去，舊懽重叙原是一家人。

（齊下）

（衆僂儸、李俊、張順、薛永、劉唐、解珍、解寶、吴用、宋江上。唱）

【剔銀燈】平風浪能甦涸鱗，更九曲黄河分潤。只期到處孚忠信，這便是招徠英俊。

（宋江白）幸喜張橫、阮小七兩位兄弟都已救取回來。那關勝、郝思文、宣贊等俱亦陣上擒拿，待他來時，本寨親解其縛便了。

（呼延灼、秦明、扈三娘、林冲、花榮押關勝、郝思文、宣贊上。唱）

紛紛將功來儘，戰場中生擒質訊。

（呼延灼白）關勝、郝思文、宣贊綁到。（宋江、吴用親自解縛介）好不知事，快些跕開。（宋江推關勝在正椅坐，宋江跪介）宋江冒犯虎威，望乞恕罪。（呼延灼跪叩介）小將奉寨主之令，不敢不依，望將軍免恕虛誑之罪。（關勝）被擒之將，無面還京。（宣贊、郝思文）願賜早死，休淂多講。（宋江）將軍在上，意欲奉請三位一同替天行道。若是不肯，便送回京。不知尊意如何？（關勝）且住。人稱忠義宋公明，果然有之。罷，罷！（宣贊、郝思文）願在部下當一小軍。（宋江、吴用）如此甚妙！薛永過來，速往蒲東搬取三位寶眷，不淂有違。（薛永應介，下）（宋江隨淚介）（吴用）公明兄，爲何掉下淚來？（宋江）猛然想起盧員外與石秀兄弟陷在大名，故此垂淚。（吴用）兄長不必憂慮，只過今晚，來日再起軍兵去打大名府，必然成事。（關勝、郝思文、宣贊）我三人無可報答，願領兵前去攻打大名，以報生我之恩。（宋江）如此甚妙！三位將軍領兵前往。李俊、張順！（李俊、張順應介）（宋江）你二人帶上水戰盔甲，一同隨去。（李俊、張順應介）（關勝、郝思文、宣贊）我三人呵，（唱）

【朱奴兒】仰德望久同慕藺，衆豪傑都非凡品。結草銜環報大恩，情願去効力前軍。

（衆僂儸遞兵器，帶馬）（李俊、張順、關勝、郝思文、宣贊下）（宋江白）衆僂儸！（衆應介）（宋江唱）

城圍困，

（衆唱）

打大名除殘救民，殲巨惡彰公論。

（齊下）

## 第十四出　索超被陷勸歸降

（衆小軍、索超、李成、聞達上。唱）

【駄環着】保城池一座，保城池一座，貫甲提戈。草寇狓猖，自取其禍，天敗看他怎躲。

（各通名介）（聞達白）方纔探子來報，道關勝、宣贊、郝思文都被宋江拿住，俱已入夥梁山泊。軍馬現今又到，梁中書大人大怒，着我等三人提兵到此。（李成、索超）如今仲冬天氣，連日大風，我們來到飛虎峪，與梁山泊交戰。（聞達）衆將官！（衆應介）（聞達、李成、索超）把人馬緩緩而進。（衆應，吶喊介。唱）

緩轡徐行，罩眼刮風沙，隄防跌蹉。飛虎峪移師重過，管戰勝奇功堪賀。

（衆僂儸、關勝、郝思文、宣贊上。接唱）

兵燎火，陣捲波，定報復前讎，孤城當破。

（分開）（小軍、僂儸下）（索超白）關勝，你這反賊，朝廷有甚虧負你，投順梁山入夥，這是怎麽説？（關勝、宣贊、郝思文）休淂多言。看刀！（六人戰介）（索超、李成、聞達敗）（關勝、宣贊、郝思文追下）

（衆僂儸、吕方、郭盛、楊志、吴用、宋江上。唱）

【又一體】綽威風遠播，綽威風遠播，地網天羅。飛侶新添，轉下山坡，聞、李擒來入夥。

（内吶喊介）（宋江白）我與軍師在高阜處觀看兩軍厮殺便了。

(後場設桌,齊陞後場桌上站介)

(關勝引索超上,戰介。關勝敗,索超追下)

(郝思文、宣贊追李成、聞達上,戰介。李成、聞達敗,郝思文、宣贊追下)

(水軍吶喊,引李俊、張順持兵器上。唱)

水捉蛟龍,手段自高强,非同小可。更昨夜雪花飄墮,掘坑塹銀沙堆垛。

(各通名。白)奉宋大哥將令,着我們掘下陷坑,等索超到來,將他墮入深溝,恊力擒拿便了。衆水軍!(衆應介)(李俊、張順)就此依計而行。(衆應,吶喊介。唱)

憑掀簸,只剎那似坑卒長平,一般結果。

(下)

(關勝引索超至陷坑。索超跌倒,水軍齊上,綁介)(關勝白)索超已擒,聽候發落。(宋江白)快些放了綁。(吕方、郭盛、吴用、宋江下桌)(宋江放綁介)將軍休淂驚慌,若淂將軍不棄,一同替天行道,未識可否?(索超)今已被擒,情愿受死。(楊志)我與兄長别後多時,常懷想念。衆兄弟一大半都是軍官,皆因義氣爲重。兄長既然到此,不淂不然。(索超)既蒙大哥勸解,情愿執鞭隨鐙。(宋江)這也可喜。

(郝思文、宣贊上。白)啓大哥,李成、聞達敗入城中去了。(宋江白)既如此,衆僂儸!(衆應介)(宋江)就此收兵回寨。(衆應,吶喊介。唱)

【越恁好】天時剛凑,天時剛凑,地利並人和。出奇制勝,相感激在心窩。須知下城拔寨不蹉蛇①,此際暫時安妥。那邊把奸宄也刀來剁,這邊將倉庫也車來馱。

(下)

① 應爲"跎"。

## 第十五出　張順渡江逢夜劫

(張旺上。白)没本經商委實佳,貪杯好賭愛烟花。人從揚子江邊渡,一把板刀切腦瓜。自家"截江鬼"張旺是也。與一夥計叫做"油裡鰍"孫五,撑一小舡,在這揚子江邊擺渡。來往客商,若是有財帛的,不教他刀下死,便教他水底活。劫取行囊,儘我嫖賭吃着,件件完備。如今殘冬天氣,未免有人要過江去,把舡撑在江心,便好算計他。不免教夥計摇舡到蘆葦中,煑些飯吃了,再做道理。夥計!(内應介)(張旺)摇舡上來。

(孫五摇舡上介)大哥,上舡了麽?來、來、來!(張旺作上舡介)夥計,把舡摇到蘆葦中去煑些飯吃,再做道理。(孫五)有理!(張旺撑篙)一篙戮破天心月,雙櫓推開水底雲。(下)

(張順背包上。唱)

【駐馬聽】醫士相延,日月奔馳未消肩。怎尖風刮耳,冷氣侵眸,凍雪盈顛。

(白)我張順前往建康府,去請安道全太醫醫治我宋大哥背疽之症。夜住曉行,衝風冒雪,幸滑前路不遠了。(唱)

荒凉村店濕無烟,猛不覺流澌千尺臨江面。

(白)來到揚子江邊,那邊有一渡舡,在蘆葦中,炊爨烟起。不免叫一聲。舡上大哥,渡我到建康府公幹,多與你些錢便了。

(張旺、孫五摇舡上)如此,講過了,要一兩銀子。(張順)就是這等。(張旺)上舡來。(張順上舡,進艙介)

(張旺取火盆上介)客人,且向向火。(又取酒飯盤子上)來、來、來!酒飯都有。吃些。(張順)多謝。少頃多與你幾錢銀子就是了。(飲酒吃飯介)(張順唱)(合)

不用垂涎,且圖醉飽滑安眠。

(白)連日在路上,那裡有這樣酒飯,倒是舡上的飯好吃。(吃完介)不吃了,收了去。(張旺應,收傢伙、火盆介)(張順將包袱枕頭睡介。白)行路辛苦,已是初更時分,不免安睡一覺,好上岸趲

路。平地風波渾不少，同舟吴越幾曾經。（睡介）（孫五）大哥，我們開舡了。（張旺解纜，撑篙，孫五摇櫓。唱）

【又一體】夜静開船，解纜提篙到那邊。正長庚初起，晚汐徐平，明月高懸。

（孫五捏包袱介。白）張大哥！（暗手勢，張旺進艙，摸包袱）（孫五將繩遞與張旺，綑張順介）（唱）

好一注上門買賣趁肥錢，將他個勞拴緊縛難施展。

（包袱取下，手拏板刀叫介）醒來，醒來！（張順醒介）怎麽把我綑住了？（張旺、孫五）認淂我們麽？（張順）好漢，只求你全我的屍首，冤魂便不來纏你。（張旺）罷了！造化你，把他帶着繩子丢在江裡去。（孫五）有理！（張旺、孫五攙張順入地井下）（張旺背想介）且住，這些金條、行李喒一人受用不好麽？倒分與他？我有道理。孫五哥！（孫五應介）（張旺）進艙來與你講話。（孫五）甚麽話？（張旺持刀殺孫五地井下）（張旺）這一來，可不乾净！不免摇了舡，原到那邊去。（摇舡。唱）（合）

有眼皇天，財鄉行運賽神仙。

（下）

（張順急上。白）不好了！（唱）

【撲燈蛾】幸虧識水性，幸虧識水性，不教了前件。惡星遇凶神，揚子江險送殘喘也。

（白）咦！有座酒店在此，不免竟入。

（老丈虚白上。見介）嗄！你莫不江中被人劫了，跳水逃命的麽？（張順）不瞞老丈説，小可從山東下來，要到建康公幹。黑夜渡江，不想撞着兩個歹舡家，把衣服、金銀都劫了去，把小可推入江中。幸虧小可却會赴水，逃了性命。老丈救我一救。（唱）

望你週全搭救，這感戴寧同泛然，異鄉人只求回轉。

（老丈白）既如此，我且問你，到建康有何公幹？（張順）安太醫是我弟兄，去探望他。（老丈）你從山東來，曾經梁山泊過麽？（張順）正從那裡經過。（老丈）那山上頭領宋公明，不打劫來往客人，又不害人性命，却是替天行道，果是如此麽？（張順）老丈，不要吃驚。小可便是“浪裡白條”張順。因爲宋公明害發背瘡，將黄金百兩，着我來請安道全。誰想托了大意，在舡中睡着，被兩個賊男女綑住了，推入江中。被我咬断繩索，到淂這裡，幸遇老丈。（唱）（合）

這緣由，辱承垂問敢明言。

（老丈白）且换了乾衣服。（老丈與張順换衣介）

（王定六上）多半使鎗爲活計，權時賣酒作生涯。自家“活閃婆”王定六是也。只好赴水，使鎗弄棒，多曾投師，不淂傳授。來此已是家門首。父親那裡去了？（老丈、張順各見禮）（王定六）此是何人？（老丈）這就是山東宋公明部下“浪裡白條”張順。（王定六）久仰，久仰！今日幸會。爲何到此？（張順）只爲宋大哥害發背瘡，要往建康請安道全醫治。在揚子江中被一渡舡打劫了包裹金帛，把小弟推入江心。幸喜會水，逃命到此。（王定六）哥哥放心，這兩個狗男女，我都認淂，一個是“截江鬼”張旺，那個瘦後生唤做“油裏鰍”孫五，慣作這勾當。哥哥在此住幾日，這二人時常在這裡吃酒，我與哥哥報仇便了。（張順）感承兄弟好意，只爲宋公明哥哥病重，小弟巴不能勾請了安道全飛了去。（唱）

【喜漁燈】念吾到此程途遠，時乖舛，急攘攘腹内憂煎。

（老丈白）既然如此，那太醫住在東門秦淮橋下，此去進城就是。這裡有現成的酒，且吃三盃，壓壓驚，再細細領教。（張順）好，到也不敢虚讓。（作坐飲介。唱）

殘生苟免，一杯消却寒威顫，絶勝却玳瑁瓊筵。

（白）兄弟，我看你狀貌魁梧，身材活溜。開張酒店，也未必有出息。何不上了梁山，做個頭領，日後招安，富貴長保？（唱）

聽言，光陰似箭，早覓取錦袍一件。

（老丈、王定六白）愚父子久有此心，争奈無人引進。（唱）

【又一體】眼前誰把窮簷荐，空欣羡，抱一腔熱血徒然。

（張順）兄弟，我和你雖則陌路相逢，一見如故。待我請得安太醫回來，隨我一同上山便了。（王定六）既如此，兄長在上，受小弟一拜。（張順）豈敢。（老丈）竟該拜爲兄弟。（仝唱）

不嫌鄙賤，青蝇附驥天衢遠，依漁父淂入桃源。

（張順白）兄弟，你一面收拾酒店，結束包裹。我去去就來。（王定六）小弟即刻收拾，耑倏哥哥。（唱）

先鞭，行囊一卷，把樹底青帘高捲。

（張順下）（老丈白）我見你一向要上梁山，今日天緣凑巧，我好快活。（王定六）如此，我們進去收拾罷。（老丈）甚好。（仝白）蛟龍淂雨騰天漢，鵰鶚凌風棄舊巢。（下）

## 第十六出　截江鬼攫金入馬

（場左竪一招牌，寫“建康安道全精理男、婦、小兒、内外、方脉”）

（安道全上。唱）

【懶畫眉】肘後傳來有仙方，濟世婆心没了塲。愛野花開趁四時香，石頭城是巫山障，惹淂遊蜂鎮日狂。

（白）幾度春風活杏林，庸醫誰竟度金針。岐黄道脉傳千古，須識根源体聖心。自家安道全，乃江南建康府人也。妙術通神，醫家淂手。肱曾三折，人稱扁鵲之名；脉察六微，世比涪翁之技。自幼孰習鎗棒，與張横、張順兄弟二人比勢争奇，結爲莫逆。如今相别數年，音問不通，不知幾時再能聚首。正是：友朋聚散渾無定，遇合風雲會有期。

（張順上。唱）

【又一體】幾載潛踪别江鄉，爲訪盧扁到建康。

（白）我張順只爲來請安太醫，來此已是秦淮橋下，正是他家門首了，不免徑入。（作相見介）（安道全）你是張家兄弟？（張順）小弟正是。（作拜介）久别長兄，時懷夢想。（安道全拜介）故人相見，驚喜如狂。兄弟，聞淂你鬧了江州，數年不見。今日甚風吹淂到此？（張順）小弟自從鬧了江州，隨了宋公明上山，托賴福庇，甚是如意。近日宋公明哥哥現患背瘡，寨中兄弟備有黄金一百兩，來請兄長去調治。不想到了揚子江中，趁了歹人的舡，險些喪了性命。因此空手而來。（唱）

黄金閃鑠露光芒，江心夜半逢災障，止落淂兩袖清風拜畫堂。

(安道全白)原來如此！若論宋公明，天下義士，况且是兄弟遠來，本該去走一遭。只因拙婦亡過，家中别無親人，决難遠出。賢弟休怪。(張順白)小弟千辛萬苦，特來敦請吾兄。若是兄長推却不去，小弟也難回去。眼見淂宋公明的病是没救的了，小弟有何面目見天下好漢？也只好尋個自盡就是。(唱)

【又一體】血性從來冷秋霜，若負良朋齒劍鋩。

(安道全白)兄弟，何必如此激切！小弟一生也是以義氣爲主，只是一件，寔不瞞兄弟説，小弟此間有個妓者，叫做李巧奴，是小弟包的，十分相好。如今竟到他家，替他説明，明日就走。如何？(張順)這個使淂。(作行内撤招牌介。唱)

一心戀却杜韋娘，相携同入平康巷，不作人間薄倖郎。

(作叩門介)

(李巧奴上。唱)

【又一體】賣俏迎門理新粧，誰叩銅鐶惹吠尨。

(開門介。白)太醫回來了。這位是誰？(安道全)這是我結義兄弟，姓張。(巧奴)原來是張家叔叔，請到裡面坐了。媽媽，太醫同張家叔叔來了，快些送酒罷。(衆人坐介)

(媽媽捧酒榼上)簾前春色應須惜，樓上花枝笑獨眠。太醫好呀，這位是誰？(巧奴)這是張家叔叔。(媽媽)太醫，這位叔叔爲何從不曾見？一向住在那里，做何營運？(安道全)他原在這里做買賣，近來在山東生理。(媽媽)看叔叔這等打扮，自然是大財主。(安道全)怎見淂？(媽媽)外邊穿的這等樸寔淂緊。(安道全)你休取笑他，他在揚子江中被盜，幾乎喪了性命的。(媽媽)只怕我這里比揚子江還更兇些。(巧奴)不要胡説，去罷！(媽媽)是了！通宵巫峽夢，竟日玉樓春。(下)(巧奴作送酒介)叔叔初到此間，太醫也該陪一杯纔是。(安道全)巧姊説淂有理。兄弟請。(張順)兄長請。(安道全作照杯介。白)這就是我家一様。(巧奴)這就是太醫的家了。(衆唱)

此間儘可叙家常，還須淺飲低低唱，消受風光午夜長。

(安道全)巧姊,我有句話兒要對你説,恐怕你惱。(巧奴)太醫,你的話還有叫人惱的麽?(安道全)我今晚在此宿歇,明日早和我兄弟到山東走一遭,多則一月,少則半月,回來望你。(巧奴)太醫,怎麽説出這様話來?我家有什麽待你不好,你這様没良心?你若去了,再也休上我的門。(安道全)我藥囊都收拾了,再不能留。你且寬心,我决不躭閣你。來、來、來!你看我净乾三杯,竟筭了你替我送行。(巧奴)且再商量,你不依我,我要咒淂你的肉片片兒飛。(安道全作醉起介。白)你要咒誰,我把你個……(作吐介)(巧奴作扶介。白)且睡了,明日再講。(安道全作吐。下)

(巧奴復上。白)我道你來做什麽,原來是來攛掇我家人到山東去。可曉淂我家柴米油鹽醬醋茶,都靠安太醫?你自回去,我家没睡處。(張順白)既不教我哥哥去也罷,且等他睡醒了,説明白,我纔去。(巧奴)也罷,就在門首小房裡安歇罷。(張順)使淂。(巧奴)賣弄風流眼底俏,暗勾魂魄枕邊言。(下)(張順)你看這娼婦又布下烟花陣,安太醫被他迷戀,明早必定變卦。且住,他若不去,宋公明哥哥的病如何淂好?且不管他,夜已深了,我且假寐片時,到明日再講便了。(内起更介)(作靠桌睡介)

(張旺上。白)我乃"截江鬼"張旺,近日在江中淂了一注横財,要到李巧奴家走走。來此已是,不免輕輕叩門。(作叩門介)(張順)外邊似有人敲門,待我看是何人。

(媽媽作持燈上。白)那個?(張旺)老親娘,是張旺來了。(媽媽作開門介。白)你許多時不來,在那里去了?今晚安太醫醉倒在房裏,却怎生奈何?(張旺)老親娘,我有十兩金子,送與姐姐打些釵環。老新娘做個方便,叫他出來會會。(媽媽)也罷,你在我房中,我叫女兒來陪你就是了。你悄悄兒隨我來。(下)

(張順上)嗄!適纔看時,原來就是江中打劫我的强盗張旺。今晚恰好落在我手中,不如把他們都殺了,一則報了我的仇,二則

断了他的念。有理，有理！（唱）

【刮鼓令】他雙雙入洞房，我摩拳還擦掌。

（内打三更介。白）此際已將半夜，他們飲興正濃，不免到他厨房中，覓取刀斧，行事便了。（唱）

了却你風流寃債，教安公空断腸。

（虛下）

（媽媽持酒壺上。白）隨便吃他娘兩盃也罷，半夜三更又嫌什麽酒涼？

（張順上，作殺媽媽下）

（李巧奴上）外邊什麽响動？

（張旺上）我的娘，管他什麽响，夜短淂緊，我們睡覺罷。

（張順上）看刀！（作殺李巧奴）（張旺作跳椅走，下）（張順作跳椅跌介。白）好狗男女，他竟自跑了。待我蘸這淫婦的血，書寫幾個字兒。（作寫字介。白）殺人者安道全也！（笑介）哥哥，快醒來。

（安道全作欠伸上。白）好醉呀！（張順）哥哥，不要則聲，你來看看這是什麽人？（安道全作驚介）你，你怎麽殺起人來？（張順）那里是我殺的？請看。（安道全看壁介）“殺人者安道全也”。兄弟，你却苦了我也！（張順）我替你抬過死屍，再告訴你。（作抬巧奴下）（安道全）兄弟，你要我去，患不着殺人。况且這個女子，雖然是歌妓，與我面上甚是有情。自從包了他，大有從一而終之意。（張順）好個從一而終。告哥哥淂知，自你醉後睡了，那巧奴與張旺通奸。我恐怕他將來筭計哥哥，故此把他母女殺死，張旺越窗走了。如今只有兩條路。（安道全）怎麽兩條路？（張順）你此時聲張起來，我自走脱，請你去吃官司。若要没事，此刻取了藥囊。我還有個新結義兄弟，叫做“活閃婆”王定六，同他父子連夜上梁山泊便了。（安道全）兄弟，你忒短命，只依你就是。（作出門介。唱）

這禍事怕承當，即忙抵家取藥囊。

（安道全作拭淚介）（張順笑介）（同唱）

可憐毒計促行裝，心傷紅粉淚汪汪。

（下）

（張旺摇舡上。白）殺人不見血，爲盗却無贓。我張旺昨到李巧奴家中叙叙舊情，偏偏有人在家，只淂在虔婆房中便宜行事。那裡曉淂半夜有賊，把巧奴殺死，我只淂越窗而走，赶到船上，過了一夜。如今還在這裏抖。正是：若非跳出是非門，幾乎做了風流鬼。且把船兒摇去，趁些買賣罷。（下）

（王定六父子、張順背藥囊同安道全上。唱）

【大迓鼓】山花遶石梁，一肩行色又抵寒江。

（王定六白）張二哥，那邊就是張旺的舡了，待我教他。張大哥，你留舡來，渡我兩個親戚過去。

（張旺摇舡上）上船來，上舡來。（衆上舡介）（張旺開舡介）（張順作摸刀介。唱）

猛然想起囫圇賬，忍不住無明業火貫天關。

（白）梢公，這里來。（張旺）做什麽？（張順踢翻介）你這厮，可認淂我麽？你前晚爲何謀我的財，又害我的命？（張旺）好漢，這都是我夥計孫五做的事。（張順）如今孫五呢？（張旺）我已替好漢報仇殺了。（張順）也罷。昨日在李巧奴家，可是你麽？（張旺）好漢冤枉，李巧奴是被强盗殺的，與我何干？（張順）胡説！李巧奴是我殺的，我姓張。説明了，你死也瞑目。（張旺）好漢，這等説，都是張家門裡共碗吃飯的兄弟，饒了我罷。（張順）一報還一報。（把張旺推入地井介）（張順唱）

可知前宵昨夜，奸盗兩場。

（衆白）張二哥，這段公案，到也了結淂乾净。只是没人有撑舡了。（張順）這是小弟本行。（作摇舡介。唱）

【又一體】輕風送一航，霞天雁字影落銀塘。

（張順白）我們把舡棄了，都上岸走罷。（衆）甚好。（作上岸介。唱）

任他無人野渡空飄蕩，且向酒帘高處再飛觴，回首風波已在那厢。

（戴宗曲中上。白）我戴宗只爲宋大哥病患背瘡，着張順前去請安太醫調治。如今大哥十分沉重，奉吴軍師將令，着我來迎他。咦！前面好像張順，待我迎上去。張兄弟，你請的安太醫在那里？（張順）原來是戴大哥。這不是安太醫麽？（戴宗）宋大哥十分沉重，耑望先生上山醫治。此二人又是何人？（張順）這是王定六父子，二人要投山寨入夥的。（戴宗）這等，我與安太醫拴上甲馬，作起神行法先去，你們隨後來罷。一心忙似箭，兩脚走如梭。（戴宗、安道全下）（張順）老丈，兄弟，等他先去要緊，我和你慢慢行走。到了朱富酒店中，吃了三盃再上山去。（王定六父子）説淂有理。（仝唱）

【尾聲】他風車雲馬先回向，要急救那人無恙。只願他手到成功大家一拍掌。

（下）

## 第十七出　地靈星妙手回春

（公孫勝、林冲、解珍、解寶、杜遷、宋萬、孔明、孔亮、李應、史進、鄒淵、鄒潤上。唱）

【天下樂】提起辛酸，慘背疽根脚如盤。喘噓噓精神昏亂，地靈星醫中款。

（公孫勝、林冲白）只爲宋大哥背瘡陡發，一病不起，飲食不進。（衆）我等心甚不安，戴院長下山迎接神醫安道全，尚未見到。須淂他早來醫治便好。（唱）

建康雖則路漫漫，調治難延緩。燭花昨夜開，洒掃迎賓館。

（戴宗引安道全上。唱）（合）

携同伴，催雲趲霧，診視衆心寬。

（解珍、解寶、杜遷、宋萬、孔明、孔亮、李應、鄒淵、鄒潤白）戴院長，太醫先生來了麽？（戴宗、安道全見介。白）宋寨主病體怎麽樣了？（公孫勝、林冲白）十分沉重，只有一絲兒氣。院長，可同先生後邊診了脉，好生用藥調治。（戴宗白）理當細心。太醫先生，隨我進來。（引安道全仝下）（公孫勝、林冲白）列位嗄，此番診了脉,但願神天護佑,敷了藥兒,立刻見効便好。(解珍、解寶、杜遷、宋萬、孔明、孔亮、李應、史進白)我想宋大哥爲人正直無私,十分義氣,神天定然保佑,大體不妨。(唱)

**【勝葫蘆】**好在爲人豈一端,邀天庇滅瘡瘢,生全只聽神醫斷。

(戴宗上。白)幸逢醫國手,立見濟時心。列位頭領!(衆)戴院長出來了。宋大哥病體不妨事麽?(戴宗白)方纔安道全先把艾焙引出毒氣,然後用藥,外使敷貼之餌,内用長托之劑。説道只在這幾日間,包管漸漸皮膚紅白,肉體滋潤。不過十日,可以如舊。教衆位頭領休慌。(衆)謝天地,謝天地!我們正在此講宋大哥爲人自有神天護佑。今太醫如此説來,决然無事的了。(唱)(合)

神醫口許,聞道盡生歡。

(張順、王定六、老丈上。唱)

**【光光乍】**世情看冷暖,山寨樂盤桓。家鄉浪把流光换,

(合)

此處安身無羈絆。

(各見介)(戴宗白)列位來了。(張順白)正是。宋大哥病體如何了?(戴宗白)太醫安道全方纔進去診了脉,説道只在這幾日痊可。不妨事了。(張順白)謝天地。(衆白)此二位何人?(張順白)這是王定六父子二人,要投山寨入夥的。(衆白)原來如此。(張順白)如此,煩戴院長引我三人進見。(戴宗白)隨我來。(張順、王定六父子二人下)(公孫勝、林冲白)列位嗄,張大哥帶來二人進見宋大哥去了,我們梁山泊十分興旺也。(衆白)正是。

(戴宗上。白)列位頭領。(衆白)戴院長方纔帶進去二人,收用了麽?(戴宗白)方纔這父子二人俱已收用了。宋大哥病體好了一半,就對衆人灑淚而嘆,就要商量打大名救取盧員外、石秀。吴軍師和安道全勸解宋大哥,且自寬心目。今春初時候,軍師自領兵馬打破大名城池,救取盧員外與石秀,擒了淫婦、姦夫,與員外報讎。軍師在忠義堂上,請衆位頭領商量起兵一事。(衆白)如此,我等須索前去,拱聽號令。(唱)

【蠟梅花】齊心踴躍把前件完，仗軍師妙策持籌算。一服定心丸，趁春長晝永，大名攻打破城垣。

（齊下）

## 第十八出　金沙灘軍師出令

（水寨八頭領張横、張順、阮小二、阮小五、阮小七、童威、童猛、李俊上。分白）一山春色盛軍容，浪漲桃花水拍空。天上將星人世傑，網羅整頓捉蛟龍。（合白）我等水寨衆頭領是也。爲因盧俊義、石秀被難在大名府，宋寨主患病在身，奉吴軍師之命，着我等在金沙灘前收拾將臺，遣將發兵，須索在此伺候。談笑鬼神皆喪膽，指揮豪傑盡傾心。（下）

（衆僂儸、解珍、解寶、杜遷、宋萬、孔明、孔亮、李應、曹正、史進、魯智深、武松、鄒淵、鄒潤、劉唐、楊雄、朱武、陳達、楊春、時遷、凌振、燕青、王英、扈三娘、張青、孫二娘、顧大嫂、孫新、柴進、樂和、關勝、郝思文、宣贊、黄信、秦明、韓滔、彭圯、孫立、花榮、呼延灼、李逵、林冲、樊瑞、李衮、項充引吴用、公孫勝上。仝唱）

【粉孩兒】好春光，漾清波縈丹嶂。爲前讎報復特移兵仗。事雖越俎讎怎忘，快登臺整束戎行。

（吴用白）我吴用，只爲主寨有病在床，不浔領兵攻打大名，故爾委托於我。如今將近元宵佳節，乘此機會，可用智取。不免分撥衆頭領前去便了。（公孫勝）有理！（吴用白）衆僂儸！（衆應介）（吴用白）擺齊隊伍，到將臺上去。（衆應介。唱）

扇威風布滿山隅，早看取剪除强項。

（吹打，擺門介）（吴用、公孫勝上臺介）（水寨八頭領上接介）（吴用白）兩旁伺候。（八頭領應，分立介）（吴用白）時遷聽令。（時遷應介）（吴用白）你可前往大名城内，有座翠雲樓，正月十五夜潛藏在翠雲樓上。等待二更時分，放火爲號，兵馬入城，便可厮殺。不浔有悮。（時遷應介，下）（吴用白）朱武、陳達、楊春、凌振聽令。（四人應介）（吴用白）朱武扮做雲遊道人，爾等三人扮做道童，可將風火、轟天等砲暗帶入城，静處等候。但見火起，即便放炮爲號。不淂有悮。（四人應介）（吴用白）劉唐、楊雄聽令。（二人應介）（吴用白）你二人扮做公差，前往大名府城内州衙前。但見火起砲響，截殺報事人等，放火燒衙。（二人應介）（吴用白）鄒淵、鄒潤聽令。（二人應介）（吴用白）你二人扮做賣燈客人，前往大名城内。但見火起砲響，便去司獄司前策應。不淂有悮。（二人應介）（吴用白）聽我吩咐：（唱）

【紅芍藥】遵號令，謹慎行藏，各分司聽砲聲揚。

（朱武、陳達、楊春、凌振、劉唐、楊雄、鄒淵、鄒潤應下）（吴用白）解珍、解寶聽令。（二人應介）（吴用白）你二人扮做獵户，前往大名城内州衙前獻納野味。但見火起炮響，截殺官兵，放火燒衙。不淂有悮。（二人應介）（吴用白）杜遷、宋萬聽令。（二人應介）（吴用白）你二人扮做賣米客人，推輛車兒，暗藏火藥、硝黄，前往大名城内。但見火起砲響，即便殺入梁中書家内，放火燒衙。不淂有悮。（二人應介）（吴用白）聽我吩咐：（唱）

火器潛携上車輛，合同心獵人裝幌。

（解珍、解寶、杜遷、宋萬應下）（吴用白）孔明、孔亮聽令。（二人應介）（吴用白）你二人扮做乞丐，前往大名城内。但見火起砲響，即便守住倉廩，截殺官兵。不淂有悮。（二人應介）（吴用白）曹正、史進聽令。（二人應介）（吴用白）你二人扮做客人，前往大名城内。但見火起砲響，即便守住府庫，截殺官兵。不淂有悮。（二人應介）（吴用白）聽我吩咐：（唱）

紛紛府庫倉廩旁，遇官兵不容踈放。

（孔明、孔亮、曹正、史進應下）（吴用白）魯智深、武松聽令。（二人應介）（吴用白）你二人扮做行脚僧人，前往大名城東門内等候。但見火起炮響，即便截殺守門軍兵，大開城門，内外接應。不淂有悮。（二人應介）（吴用白）關勝、郝思文、宣贊、黄信聽令。（四人應介）（吴用白）爾等四人帶領四百人馬，前往大名城東門外等候。城内砲響，即便截殺守門軍兵，大開城門，内外接應。不淂有悮。（四人應介）（吴用白）聽我吩咐：（唱）（合）

奪東門扼要非常，須接應大兵來往。

(魯智深、武松、關勝、郝思文、宣贊、黄信應下)(吴用白)孫新、顧大嫂聽令。(二人應介)(吴用白)你二人扮做唱詞之人，前往大名城南門内等候。但見火起砲響，即便截殺守門軍兵，大開城門，内外接應。不淂有悮。(二人應介)(吴用)花榮、呼延灼、李逵、李應聽令。(四人應介)(吴用白)爾等四人帶領五百人馬，前往大名城南門外等候。城内砲響，即便截殺守城軍兵，大開城門，内外接應。不淂有悮。(四人應介)(吴用白)聽我吩咐：(唱)

【耍孩兒】南門一帶分停當，白晝都埋伏，到初更劫取城隍。

(孫新、顧大嫂、花榮、呼延灼、李逵、李應應下)(吴用白)張青、孫二娘聽令。(二人應介)(吴用白)你二人扮做鄉村夫婦，前往大名城西門内等候。但見火起砲響，即便截殺守門軍兵，大開城門，内外接應。不淂有悮。(二人應介)(吴用白)秦明、韓滔、彭玘、孫立聽令。(四人應介)(吴用白)爾等四人帶領五百人馬，前往大名城西門外等候。城内砲響，即便截殺守門軍兵，大開城門，内外接應。不淂有悮。(四人應介)(吴用白)聽我吩咐：(唱)

夫妻打扮淂一對村農樣。

(張青、孫二娘、秦明、韓滔、彭玘、孫立應下)(吴用白)王英、"一丈青"聽令。(二人應介)(吴用白)你二人扮做花鼓唱詞之人，前往大名城北門内等候。但見火起砲響，即便截殺守門軍兵，大開城門，内外接應。不淂有悮。(二人應介)(吴用白)林冲、樊瑞、李衮、項充聽令。(四人應介)(吴用白)爾等四人帶領五百人馬，前往大名城北門外等候。城内砲響，即便截殺守門軍兵，大開城門，内外接應。不淂有悮。(四人應介)(吴用白)聽我吩咐：(唱)

打花鼓夾雜金鐃響，

(合)

把城門齊心搶。

(王英、"一丈青"、林冲、樊瑞、李衮、項充應下)(吴用白)柴進、樂和聽令。(二人應介)(吴用白)你二人扮做軍官,前往大名城内。但見火起砲響,即便到蔡節級家中,救取盧員外、石秀二人出城。不淂有悮。(二人應介)(吴用白)燕青、張順聽令。(二人應介)(吴用白)你二人前往大名城水門等候。城内砲響,便從水門進城,直奔盧員外家,捉拏姦夫、淫婦,其餘僕人,盡皆誅戮。不淂有悮。(二人應介)(吴用白)聽我吩咐:(唱)

**【會河陽】**爲救英雄特布刀鎗,水關潛進掃淫坊。

(柴進、樂和、燕青、張順應下)(吴用白)其餘衆頭領聽令。(衆應介)(吴用白)扮做鄉民、買賣之人,待等城中動手,來往截殺。不淂有悮。(唱)

星忙,號令遵依分頭改裝,差撥定軍容壯。

(吴用白)奉請公孫先生與小弟也扮做雲遊道人,逍遥入城,觀其動静便了。(公孫勝白)小弟當淂奉陪。(一①人同唱)

那邊,明點綴昇平象;這偏,暗調遣英雄將。

(公孫勝笑。白)妙嗄,此計甚妙!實乃"智多星"也。我等更換衣服,就此下山。(唱)

**【縷縷金】**渾作戲,且逢場,恁般施計策果優長。只盼元宵夜,樓前火亮,雲遊道者會祈禳。

(合)

投降免灾障,投降免灾障。

(下)

(朱武、陳達、楊春、凌振、劉唐、楊雄、鄒淵、鄒潤、解珍、解寶、孫新、顧大嫂、張青、孫二娘、王英、"一丈青"、杜遷、宋萬、孔明、孔亮、曹正、史進、魯智深、武松上)(仝唱)

**【越恁好】**急遵軍令,急遵軍令,移步換形龐。攙着男男女女,堆歡笑漫驚惶。賽過明修棧道度陳倉,陡起陣雲千丈。

(白)我等奉軍師將令,各扮技藝人等,先到大名城埋伏。就此前

① 應爲"二"。

去。(唱)(合)

俺這裡,一個個摩拳掌。他那裡,一處處興波浪。

(下)

(關勝、呼延灼、彭玘、花榮、秦明、韓滔、郝思文、宣贊、孫立、黄信、李應、李逵上。仝唱)

【紅繡鞋】臻臻左右陳行,陳行。翠雲樓上炎光,炎光。人威武,馬騰驤。城立下,民無傷。

(合)

寬縲絏,卸鋃鐺。

【尾聲】笑他燈節争歡賞,魆地干戈似網張,暫教俺戲謔供人要笑方。

(同笑,下)

## 第十九出　翠雲樓元夕下城

(衆小軍引聞達上)(仝唱)

【福馬郎】佳節元宵月三五,遍地賞燈真難遇,俺須索加緊防禦。

(白)爲因元宵節届,廣放花燈,照依東京體例,通宵不禁。梁中書大人親自行春,務要與民同樂。小將親領一彪軍馬出城,前到飛虎峪住扎,以防梁山賊衆奸計。衆將官,就此到飛虎峪去。(衆應介。唱)

理合揚威前往,屯兵在途,蒼生保安居。

(合)

日無擾,夜無虞。

(下)

(後場上設樓掛燈。天井下各樣彩燈,樓前兩旁設茶桌、杌凳介)

(地方二人上。白)我等大名府地方是也。遵奉梁中書大老爺告示,慶賞元宵佳節,特行廣放花燈。俺這大名府是河北頭一個大郡,衝要的去處,却有諸路買賣雲屯霧集。只聽放花燈,都來赶趁。富豪之家,各自去賽花燈。便有客商,年年將燈到城貨賣。家家門前紮起燈棚,都要賽掛好燈巧樣。烟火户内縛起山棚,擺放五色屏風砲燈，四邊都掛名人書畫、奇異古董、玩器之物。大街小巷，家家賭賽社火。留守司前搭起一座鰲山，上面盤着一條白龍，每片鱗甲上點燈一盞，口噴净水。四面點燈，不計其數。以及銅佛寺、翠雲樓，俱紮起兩座鰲山，周圍都有千百盞花燈，好不熱鬧。適纔傳下大老爺鈞諭，少刻出衙遊玩，不免吩咐他們點起燈來。（向内場兩邊介）衆人聽者，大老爺少刻出衙遊玩，點起花燈，都要小心伺候。（唱）

【水底魚】徹夜通衢，花燈錦繡鋪，如添社火，預備怕招呼，預備怕招呼。

（下）

（衆鄉民上）（時遷提筐隨上，諢介）（唱）

【普天樂】彩盈棚，燈沿路，穿街串巷看難足。

（白）我等大名府衆鄉民是也。今乃元宵佳節，奉上司明文，家家賭賽花燈。你看這般景致，其實稀少。我們且到翠雲樓前，觀看鰲山雜技。（唱）

人雜沓到處歡娱，鱗甲動活脱鰲魚。

（虚下）

（衆鄉婦上。唱）

婦携幼，姑攙嫗，裝扮淂緑袄紅裙渾綽趣。

（白）我等大名府城裡城外衆民婦是也。今乃元宵節届，家家賭賽花燈，其實熱鬧。（一半白）聞淂翠雲樓前搭有鰲山，多少奇異在彼，我們大家同去玩耍玩耍。（一半白）有理！（唱）

翠雲樓前邊何處，顧不淂金蓮小步。出色慶元宵，好個太平官府。

（衆到樓介）（雜扮茶博士、酒保作在樓前兩邊吆喝虚白介）（衆鄉民、雜耍、梁山雜技虚白渾上）（一半白）列位嗄，今蒙留守大老爺廣放花燈，其實難遇這樣的太平時世。衆位若有技藝，何不在此玩耍玩耍？（衆）好嗄！列位玩耍玩耍，大家見見識面，不枉元宵之樂。（衆隨意坐立，飲酒吃茶介）（各作雜要鬧元宵等介，畢）

（時遷上樓，作放火介）（樓上樓旁出彩火介，内放砲介）（梁山雜技人等出兵器亂殺介）（衆百姓四散逃竄介。白）不好了！我們

快去報官。(梁山衆追下)

(小軍持兵器引梁中書、王太守上。唱)

**【風入松】**驀地里祝融肆虐擾通都,閃淂軍中無主。一片轟天砲響來何所,元宵節惱人驚遽。

(白)適纔大砲驚天,報人來説,翠雲樓上起火,望去遍天通紅。已傳城内軍兵,前來救應。我等就此前去。(衆應,走介)(唱)(合)

嚴防衛巡邏四隅,紅光下耀鋘鋙。

(劉唐、楊雄上,截殺介)(梁中書領軍敗下)(楊雄打死王太守介。白)這狗官被俺一棍打淂腦漿迸流。(劉唐)追殺前去。(下)

(千把總領官兵上)我等千把總是也。適纔留守傳諭,着我等領兵前到翠雲樓救應。就此前去。(衆應介)

(解珍、解寶喊上殺介。官兵敗下,解珍、解寶追下)

(梁中書領小軍上)不好了!不想梁山賊寇已入城中,殺我軍民,如何是好?衆軍校,就此投往東門,出城避難。(衆應,走介)

(魯智深、武松上,殺介。梁中書、衆軍敗下)

(關勝、郝思文、宣贊、黄信喊上,梁中書領軍敗回跑下,衆追下)

(官員、鄉宦人等内作醉態,一半院子作扶,急上。白)了不淂了!適纔飲酒之間,忽聽大砲驚天,火光四起,不免報與留守知道,遣兵救護。(内吶喊)

(孔明、孔亮、"一丈青"、王英上,亂殺介)(衆官員、鄉宦人等亂跑下,衆追下)

(衆小軍引李成持兵器上。白)下官李成是也。帶領鐵騎遶城巡邏,忽然大砲驚天,四面火起,聞梁山賊寇已入城來,爲此領兵救應。衆軍校,就此迎殺上去。(衆應介。唱)

**【好事近】**變起在須臾,一遞裡喊聲如許。

(内吶喊介)(曹正、史進殺上,衆戰介)(李成敗下,曹正、史進追下)

(梁中書領衆小軍急上。唱)

無門可避,殺來只叫聲苦。

(白)一個大名府殺淂七零八落,這便怎麽處?我們逃往南門去罷。(内呐喊介)

(孫新、顧大嫂上,殺介。梁中書、小軍敗,孫新、顧大嫂追介)

(李成領兵迎殺上,戰介)(花榮、呼延灼、李逵、李應殺上,仝李成戰介。李成敗下,衆追下)

(聞達領衆小軍上。唱)

他先内應,恨强人,劫急衝師旅。

(白)忽聽城内大砲驚天,探子來報,説梁山賊寇已在城内。這明明是内有埋伏,飛虎峪不見半個人馬。咳!不是廣放花燈,倒是引虎入室了。衆將官,快快奮勇殺上前去。(衆應介)(仝唱)

不些時引動笙歌,只片霎交鳴笳鼓。

(下)(李成、梁中書、衆小軍上)(梁中書虚白)罷了,罷了!纔到南門,險些兒被賊拿去,人馬折了大半。幸虧淂遇將軍,保全性命,只淂尋路逃生要緊。快殺往西門去。(李成)留守大人放心,有末將在此,不必驚慌。(梁中書)爾等衆軍須要圍裹我在中間,等待平静,俱各重賞。(衆應)(梁中書)快逃往西門去。(衆應,圍裹梁中書)(李成断後,走介。唱)

【急三鎗】急忙去,快逃生,怕搶擄。巴①到西門外,且看勢如何。他那裡,誇戰勝,渾天數。

(張青、孫二娘持兵器上,與李成戰介)(梁中書、小軍跑下)(張青、孫二娘作敗下,李成追介)

(秦明、韓滔、彭玘、孫立截殺上。白)那里走!(唱)(合)

撞俺兇神到,打點送頭顱。

(殺介。李成敗下,秦明、韓滔、彭玘、孫立追下)

(張順帶李固、燕青帶賈氏上。唱)

【風入松】一雙淫婦與姦夫,更且占人門户。虧淂個上天報應無差錯,到今日仗誰扶助。

(李固、賈氏跪介,叩首介。白)我二人忘恩背義,今日方知後悔,

---

① 應爲“已”。

望小乙哥饒我二人性命。(燕青)哇！你這姦夫、淫婦也有今日。認淂我小乙麽？(張順)閑話休講，見了軍師，自有發落。(帶走介)(唱)(合)

他纔是喪良賊奴，天應敗，仗誰扶。

(柴進、樂和、盧俊義、石秀、蔡福、蔡慶上。唱)

【好事近】方甦涸轍淂噓枯，久打叠命沉圜土。

(盧俊義白)若非衆位英雄相救，盧俊義焉能復生？(柴進向蔡福、蔡慶介)二位賢弟，可速回家收拾行李、物件，急同寶眷上山便了。(蔡福、蔡慶)既如此，同到舍下，請盧員外、石兄弟更换衣服，一同前往。(衆)請！(唱)

不用楚囚相對，請從今歡然道故。

(齊下)

(聞達領軍喊上。唱)

變生倉猝，四關厢一片聲悲楚。

(白)不好了，城内軍民已被賊人殺却大半。聞説梁中書已投北門而去。衆將官，速往北門救護者。(唱)

亂荒荒督領前軍，齊臻臻援救中書。

(林冲、樊瑞、李衮、項充各持兵器上，戰介。聞達敗下，林冲、樊瑞、李衮、項充追下)

(梁中書、李成、敗殘人馬急上)(梁中書白)好了，好了！咳！只是我兵馬盡被殺傷，我雖逃出城來，無處安身，如何是好？(李成)大人放心，帶領敗殘人馬，且向鄰近州縣躲避。急速寫表上聞，請兵勦滅。一面差人打聽，賊衆回山，城中安静，再作道理。(内呐喊介。衆作驚，齊奔下)

(李俊引吴用、公孫勝上)(仝唱)

【大和佛】不演南陽八陣圖，全城早獻俘。非同遺恨失吞吴，恩怨怎模糊。

(梁山衆將、僂儸隨上。唱)

飛行絶跡真神武，誰復敢衝鋒冒鏑較嬴輸。相賞的鐵鎖星橋，引起刀山布，相見面如披雲霧。

（衆見介）（盧俊義白）若非軍師妙策，衆位英雄神力，我盧俊義再也不能復生。衆位請上，受我盧俊義一拜。（跪叩介）（衆齊跪介）（唱）（合）

常歡聚，只是舊事重提惡氣夯胸脯。

（燕青、張順白）姦夫、淫婦拿到，聽候軍師號令。（吴用）但憑盧員外發落。（盧俊義喊叫介）你這潑婦、賊子也有今日？將他二人綁在兩邊柱上。（僂儸綁賈氏、李固柱上介）（盧俊義卸外衣，持刀介。白）賊淫婦！（唱）

**【撲燈蛾】**汝心怎地狠，汝心怎地狠，餐刀肯饒恕。摘肝與抽腸，待俺來一并刳取也。

（剖賈氏腹，抽揚、摘心、刀剁介）（賈氏作喊叫介）（盧俊義向李固白）把你這狠心的賊子，（唱）

一面剜睛一面割舌，才教我心頭氣舒，兩人兒一般擺佈。

（作剜睛、割舌介）（李固喊叫介）（衆頭領白）妙嗄！（唱）

今日箇，姦夫淫婦盡皆誅。

（衆僂儸卸屍兩邊，抬下介）（盧俊義下場穿衣介）（吴用白）吩咐傳下號令，一面出榜安民，將府庫打開，應有金銀寶物、緞疋綾錦，都裝載車輛。再將倉厫粮米分濟滿城百姓，餘者盡載車輛，將回梁山貯用。（衆應介）

（盧俊義暗上）（吴用）衆位兄弟，我等就此回山，報與宋寨主知道。（衆應介）（仝唱）

**【舞霓裳】**解釋灾眚變歡愉，變歡愉。頑梗端應用征誅，用征誅。威風蕩蕩回山去，笑他翠雲樓上燎斯須，大地放銀花火樹。

（合）

從今後把兵氣消爲及時雨。

（同下）

## 第二十出　李瑞蘭出首忘恩

（衆軍校、綑綁手、軍牢人役引程萬里上。唱）

**【海棠春】**官居五馬慚才淺，怎逆料蠻争蝸戰。郊外警烽烟，兵甲須完繕。

（白）我乃東平府知府程萬里是也。忽報宋江草寇帶領人馬，住扎安山鎮。已差人去請都監“雙鎗將”董平，商議軍情大事。怎麼還不到來？

（衆軍校引董平上。唱）

**【轉山子】**除戎講武干城選，鎮守隣東兗。

（進見，坐介）（董平白）多蒙呼喚，有何台諭？（程萬里）只爲梁山賊首宋江領兵到此，住扎安山鎮，特請商議，怎生抵敵？（董平）賊寇臨城，理當繕備，若言出戰，小將豈懼他人？

（軍校上，稟介。白）啓爺，宋江差人下戰書。（程萬里）唤進來！（軍校應介）下書人隨我進見。

（郁保四、王定六上，進見介）（軍校下）（郁保四、王定六）奉寨主之令，有書呈上。（軍校接書）（程萬里看介）他要借本府錢粮，以作寨中日用，却怎生是好？（董平怒，接書扯介）這厮草寇，甚是猖狂，綁去砍了。（衆軍校應，綁介）（程萬里）且住！（唱）

**【甘州歌】【八聲甘州】**（首至六句）雖干邦憲，他通和兩國，爲甚遭愆。應加寬宥，合許恩開一線。

（董平白）這厮不遵王法，恣意胡爲，若不斬首，恐爲後例。（程萬里）自古兩國交兵，不斬來使。（唱）

當師古人留來使，招撫須將大義宣。

（郁保四、王定六）若斬我二人，宋寨主怎肯與你干休？（程萬里）不妨，不妨！决不斬你二人的。將軍，看我薄面，放他二人回去罷。（董平）既是這等，放了綁。（衆放綁介）（董平）將他二人各細二十訊棍。（軍牢應，打介）（程萬里）推出城去。（軍校應，扶下）（董平）看他二人回寨，宋江怎麼説？（程萬里）他怎肯干休？

且待來日，再作道理。（衆唱）

【排歌】（合至末句）兵符緊，繕備先，守陣有士耀戈鋋。刀出鞘，弓上絃，人人執鋭與披堅。

（下）

（衆僂儸引林冲、花榮、劉唐、燕順、史進、徐寧、吕方、郭盛、韓滔、彭玘、孔明、孔亮、解珍、解寶、王英、"一丈青"、孫新、顧大嫂、段景住、石勇、阮小二、阮小五、阮小七、宋江上）（仝唱）

【沉醉東風】打東平思量有年，扇威風騰來半天。備軍需，借銀錢，差人那邊，只探聽音書回轉。

（僂儸上。報介）啓寨主，郁保四、王定六被董平打了二十訊棍，打淂皮開肉綻，扶回來了。（宋江）扶進寨來。（僂儸應介）

（扶郁保四、王定六上）打仗未推兵出去，投書先吃棒回來。（見，哭介）（宋江）你二人去下書，程萬里那厮竟敢無理？（郁保四、王定六）程萬里猶可，董平那厮好生藐視，將書扯碎，要將我二人斬首。幸虧程萬里勸解，説兩國交兵，不斬來使。將我二人斬罪饒了，各打二十訊棍，推出城來，好生無理。（宋江）你二位且上車，回至山寨將息，我與爾等雪恨。（郁保四、王定六應介）（僂儸扶下）（宋江怒介）氣死我也。今統領大兵，定要平吞州郡。（史進）大哥，休要動怒。小弟舊在東平府與一妓者李瑞蘭交好，我今多帶金銀，潛地入城，借他家安歇，約定日子，哥哥來攻打城池。只待董平出來交戰，我便在更樓上放火，裏應外合，可成大事。（宋江）此計甚妙，且往後寨收拾金銀，藏了暗器，前去便了。（史進應介，下）（宋江）衆兄弟。（衆應介）（宋江唱）

猛可恨同儕負冤，微員弄權。尅期制勝，以解倒懸。

（吶喊介，齊下）

（李睡蘭上。白）烟花隊裡我奪翠，一朵芳蘭只愛睡。瑞睡二字却同音，祥瑞何如酣睡美。奴家李睡蘭，我爹爹李大伯，只生奴家一人。只因身在烟花，已入行院，送故迎新，倚門賣俏，就在這西瓦子居住。聞淂梁山泊賊寇在城外扎住兵馬，攻打城池，我爹爹已出去打聽消息，怎麽不見回來？

（李大伯上。唱）

【六么令】倥傯市廛，遇兒夫情意纏綿，忙歸説與小嬋娟。

（見介）（李睡蘭白）爹爹回來了。城外扎住兵馬，果有此事否？（李大伯）果然有的。本府程太爺撥兵防衛，以安百姓。我在途路遇見你的舊情郎史大官人，他説一向不曾見你，心中十分想念。着我先來告訴你，他就到我家來的。（李睡蘭）如此，我進去打扮。爹爹整治些酒餚，以待他來。（李大伯）有理！（仝唱）

整杯酒，叙寒暄，舊歡賽見新歡面，舊歡賽見新歡面。

（下）

（史進上。唱）

【好姐姐】鬧喧李家行院，

（白）來此已是李睡蘭家。（進介）有人麽？

（李睡蘭上）雲髻罷梳還對鏡，羅衣更换便添香。（見介。白）哥嗄！我爹爹説了，早已打點迎接你了。請到裏面坐。（史進謙讓）（仝唱）

兩相歡天從人願，把盟山山①誓海，爾我幾曾捐。

（合）

思嬌倩，生憎歲月如飛電，重上紅樓意惘然。

（設桌椅，坐介）（睡蘭白）好嗄！一向不知留戀那個，今日甚風吹渏到此？（史進出銀介）大姐，這是一大錠，權作見面之禮。請大姐收了。（李睡蘭收銀，謝介）

（李大伯托盤酒壺、酒杯上介）（李大伯）大官人來了，潔治酒餚，與我孩兒叙叙舊情，不要生踈了。孩兒過來，好生服侍大官人。（史進謝介）（李睡蘭付銀與李大伯，接銀笑介，虚白下）（李睡蘭定席，送酒介）（史進、李睡蘭仝唱）

【玉胞肚】合歡開讌，恁相逢三生夙緣。引壺觴暢叙呼盧，談衷曲做美周旋。

（史進白）大姐，不瞞你説，我做了梁山頭領。如今宋大哥來打城

① 衍一“山”字。

借粮，我把舊日交好與大哥説知，特地來此做個細作。（李睡蘭作怕介）（史進解包出銀介）還有白銀三百兩，相送與你，切不可走漏消息。等待事完，帶你一家上山快活。（李睡蘭收銀，又謝介）待我將銀送到房中藏好，恐漏了消息，再取熱酒來你吃。（史進）甚妙！（李睡蘭）且住！他往常做客時是個好人，他如今投奔梁山，在此出入，恐怕連累我們。我有道理，不免叫爹爹前去出首。（急下）（史進）你看他這樣殷勤，待我實爲難淂。（唱）

多時分手愈生怜，只恐水性楊花意不專。

（李睡蘭拿壺在曲内慌忙上。白）哥嗄！有熱酒在此，多用一杯。（斟酒，驚慌介）（史進）大姐，你爲何這等面色，失驚打怪，莫不有甚事情？（李睡蘭）方才在外面跌了一跤，因此心慌撩亂。（史進）原來如此。（讓飲介）

（李大伯引衆捕快上。唱）

【三月海棠】緊事件，捉拏奸細須靈便。

（李大伯白）列位到裏面拴了就走，待我藏過了。（下）（衆捕快唱）

當眼明手快，切莫俄延。

（見史進，拴介。白）在這裏了。（史進）爲什麽拿我？（捕快）不要管，到府廳上程太爺那里去講。（撤桌椅介，拴史進介。唱）

休辯，帶去回銷成審讞，那時纔顯恩中怨。

（下）（李睡蘭白）好了，好了！脱了我們的干係。不是我們行院中人恁般無情，若不出首呵，（唱）

道是窩藏，恐怕干連，金多怎肯遭人騙。

（下）

（衆僂儸引解珍、解寶、孫新、顧大嫂、宋江上。唱）

【玉嬌枝】衝州打縣，急指揮三軍上前。自陳内應將功建，那籌兒端的盡善。

（僂儸報上。白）啓寨主，史頭領彼①娼妓李睡蘭出首，拿至程萬

---

① 應爲“被”。

里府内去了。(宋江)再去打聽。(僂儸下)(宋江)史頭領去的時候,我已修書去請吴軍師,爲何不到?

(僂儸引吴用策馬上。唱)

東平迢遞加一鞭,商量機密心如箭。

(下馬)(僂儸報介)(宋江接進介)(吴用白)寨主來書,説史進到娼妓李睡蘭家中做細作,果有此事麽?(宋江)哎!正爲此事。方才僂儸來報,説娼家走漏消息,把史進拿入程萬里府中去了。(吴用)兄長主張差了。娼妓之家害了多少好漢,史頭領必然吃虧。(宋江)軍師,計將安出?(吴用)顧大嫂過來。(顧大嫂應介)(吴用)你可扮作貧婆,潛入城中,只做求乞的。若有些動静,火速便回。若史進陷在牢中,可告求獄卒,與他送飯,混入牢中,暗與史進説知,我們月盡夜黄昏前後,必來打城。你安排脱身之計,放火爲號,兵馬進城,方可成事。(顧大嫂應介)(吴用)公明兄可先打汶上縣,百姓必定都奔東平府,叫顧大嫂預先前往,混入數内,乘勢入城,無人知覺。(唱)(合)

到監中通他一言,月盡兒留心應變。

(顧大嫂應下)(宋江白)軍師之計甚妙。(吴用)小弟告别,回到東昌府去了。帶馬!(僂儸仝下)(宋江)衆僂儸!(衆應介)(宋江)就往汶上縣去。(衆應,吶喊介)(仝唱)

**【尾聲】**環攻汶上休辭遠,妙計不放寧鷄犬,男牽女牽馬也牽。

(仝下)

## 第廿一出　顧大嫂報信探監

(小牢子上,吊場介)

(顧大嫂扮貧婆,提飯罐上。白)喬裝貧乞尋消息,懷藏韜略薄鬚眉。奴家顧大嫂的便是。只爲史大郎陷入東平,杳無音信,軍師命俺進城探聽消息。我只淂扮做貧乞婦人,昨日同汶上縣逃難百姓一齊混了進城。四下打聽,果然李睡蘭出首,史大郎業已陷入牢中了。可見軍師智料真如神也。我今日提着飯罐,前往司

獄司前，看看可有機會進去看他。只是這樁事情雖則那娼妓恩將仇報，史大郎却也孟浪淂緊。(唱)

【宜春令】雖然是恩報仇，論禍胎皆因己求。如今身遭坑阱，凴空伸出拿雲手。

(白)前面有一年老公人出來，不免等他來時，着實求他，看是如何。(唱)

要提起地網天羅，須臾及個驢前馬後。

(老公人上。白)身充獄吏難爲善，人説公門正好修。(顧大嫂作見介，拜介)節級大爺，可憐呀！(公人白)咊！瞎了你的眼！這牢裡是你討飯的麽？(顧大嫂)老節級，老身不是來討飯，倒是來送飯的。(公人白)送與那個？(顧大嫂白)這牢中新進來的史大郎，是老身的舊主人。自從十年不見，聞他在江湖做買賣，不知爲着甚事陷在監中。老身叫化的一碗飯，要送與他充飢，望節級可憐見。(公人白)咊！你好不曉事。這是梁山泊强人，犯着該死的罪，誰敢帶你進去？還不快走。(顧大嫂哭介。白)節級爺，他犯了罪，就是一刀一剮，也是應該。只可憐見是老身的恩主人，不過容我見他一面，盡了我的心，勝造七級浮屠。(唱)

望恩官方便，苦人食齋朝斗。

(哭拜介)(公人白)看他哭淂可憐。且住，若是男子漢，難帶他進去。一個貧苦婦人，想來也無甚利害。咊！貧婆，不要只管哭，你悄悄兒隨我進來。(顧大嫂白)多謝節級。(公人白)不因漁父引，(顧大嫂白)怎淂見波濤？(仝下)

(牢子扶史進披枷鎖上。唱)

【又一體】魂離體，祸臨頭，恨無端罹此百憂。

(牢子白)你那坐了。(史進坐介)(牢子白)我看你也算一籌好漢，爲什麽跟了梁山泊做起强盗來？(史進白)兩位大哥，一言難盡。(唱)

命逢鈎絞，三刑五鬼相遖逗。

(白)只是在這裡多謝兩位大哥照應，我史進若淂見天日，必當圖報。(牢子白)只怕未必有這一日，你且耐煩些，我到後監查查再來。學爲秦獄吏,長對楚囚冠。(下)(史進白)我史進一時見識短淺,漏洩真情,爲這娼妓所賣,送了性命。也罷!只是宋大哥不見我回去,空自驚惶,無人通信,教我死淂不明不白。想起來好悽慘人也!(唱)

空教他滿腹驚疑,怎知我渾身枷杻。細思量,除非關節潛通,破壁飛走。

(公人帶顧大嫂上。白)這里來。(相見介)(公人白)這不是你舊主人麽?(顧大嫂白)在那里?(相見,各作驚介)(顧大嫂白)嗄,主人呀!我爲十年前受你大恩,故來看你。那知你身被重鐵,好不痛殺我也!(哭介)(公人虛下)(顧大嫂唱)

【搗白練】乍驚還抖,伊休開口。

(白)奴家討淂一碗飯在此,你且權喫兩口。(史進白)我食不下喉,如何吃淂下去?(顧大嫂唱)

你知道到此是何由,莫教風聲脱漏。

(白)月盡夜打城,你須牢中自扎挣。(牢子作持棍撞入介。白)呔!這個是死囚。你是那里來的叫化婆?(史進作要問介)(顧大嫂白)大哥,我是史大郎舊僕婦,特來送口飯,望大哥方便。(牢子白)自古獄不通風,你這該死老乞婆。(唱)

一身稀臭,還不快走!

(作赶打出門,推跌,關門介)(牢子扶史進介。白)進去罷,不要鬧亂兒了。(扶史進下)(顧大嫂起。白)嚇殺我也!剛纔我只説淂月盡夜打城,你在牢中自扎挣。不曾説完,被這小牢子撞散,但不知史大郎可聽淂明白。這是官係不小,我且在監獄左右打聽則個。(唱)

【紅芍藥】莫笑女裙釵,從來胆似斗。却將史大郎反牢信投,料不忘却因由。

(白)只是一件,這個月是大盡,萬一記作小盡,那時反出來,無人接應,怎麽好?(唱)

還愁,還愁記成二十九,鳴孤掌倉猝誰救。俺只好監門左右暗淹留,好防那翻覆。

(下)

# 第廿二出　九紋龍悞期越獄

(史進帶枷鎖上。白)我史進在監,只説宋大哥不曉淂我苦楚,那知顧大嫂奉命前來探監,送信説月盡夜打城,教我牢中自扎挣。剛説淂兩句,被小牢子撞破。我想既有此信,一定叫我在獄中反牢,他們外面接應無疑的了。這兩日裝做棒瘡疼痛,故意委頓,他們信以爲然,不甚拘管。今早問小牢子道今朝是幾時,他説今日是月盡。夜晚些買帖孤魂紙來燒,想來二十九是小盡了。盼到黄昏,只好到水火坑邊打開枷杻便了。正是聞説城頭屯虎豹,先教海底走蛟龍。(下)

(扮皂隸引獄官上。唱)

【好姐姐】奉差向虎頭城里,都只爲梁山猖熾。緊守監門,怕于中起禍機。

(白)下官乃東平府司獄是也。適纔奉本府太老爺之命,説梁山賊人兵駐安山鎮,要前來打城。已令城中嚴行守禦,那監獄重地,一發要小心。况且現有做細作的梁山賊人在内,雖未取有確供,却難踈縱。因此叫下官到監,派人日夜看守,以防踈虞。我想此時一發要緊的了,倘有變故,我老爺這頂矮矮紗帽,就有些戴不穩哩。(唱)

加隄備,此日若然有踈失,矮矮烏紗立脱離。

(皂隸白)開門,開門!

(牢子上。白)那個?(皂隸白)老爺來了。(牢子做開門介)(牢子磕頭介)(獄官白)監中這些禁卒那里去了?(牢子白)都在監中。(獄官白)叫他們都來,我有話吩咐他。(牢子應)(向内白)吠!老爺來了,有話吩咐。你們當差的都來。

(衆牢子應介,上。白)莫道人間無地獄,此間便是活閻羅。老爺在上,小人們叩頭。(獄官白)罷了。你們可曉淂麽,剛纔本府太老爺吩咐下來,説梁山泊賊人在安山鎮,城中戒嚴,監獄重地,一發要小心。况且有梁山泊賊人在内。你們今夜爲始,都要在此

巡邏看守，不許離開。（衆牢子白）老爺，守到什麽時候？（獄官白）容易的守到梁山賊人去了，照常辦事。你們聽我吩咐：（唱）

【風入松】梁山草寇把城圍，還捉有强人奸細。堂翁特把下官委，要你個小心防備。

（白）獄中若有一點兒疑竇，即忙追究。（唱）

若遇伊形迹可疑，須盤問莫稽遲。

（衆牢子白）啓上老爺，放一萬個心。我這東平府的監獄，從無越獄的事。况且小的們到的下晚，製有一串連的戲法，憑他插翅，也難飛去。（唱）

【急三鎗】小牢子，謹合詞，共咨啓。從不容外來一螻蟻。若論我，一串連，小把戲，他縱插翅，也難飛。

（獄官白）怎麽叫一串連？（衆牢子白）五個犯人共一根木頭鎖着，動憚不淂，這叫一家犯法，五家連坐。（獄官白）我不信，你把監中所有犯人都帶出來。（衆牢子白）呔！夥計們，抬扛子上來。（内應科）

（牢子抬一木上鎖五犯人，抬出十一根上）（牢子攙扶史進枷杻上）（獄官白）有趣！妙法，妙法！這一個爲什麽不拴上？（衆牢子白）這就是梁山細作。（獄官白）咗！這是重犯，爲何倒由他自在？（衆牢子白）他棒瘡大發，只怕要死。小人又怕凌逼他，所以叫小牢子管押。（獄官白）原來如此，帶過去，小心防守。（衆囚下）（獄官唱）

【風入松】果然妙法忒稀奇，渾是一團頑意。那些羅鉗吉網都迴避，棲一木自成連理。那細作雖然吃虧，還則要緊羈縻。

（衆牢子唱）

【急三鎗】承嚴命，加防守，無朝夕。

（獄官唱）

須知這重任，我和伊。

（白）我且到堂上回復去，你們小心。（衆牢子白）這個自然。（唱）

請尊官，放心去，莫介意。

(獄官衆唱)

且自離阿鼻,過泥犁。

(下)(一牢子白)這叫做無故而發大難之災。清平世界,那里就有反牢的事?(衆牢子白)兄弟,本官吩咐,只好依從。我們弄他幾杯三酉兒,呵呵,今夜就過去了。(一牢子白)列位哥,明日是三十,我們三月的常例錢該分的了。我們竟透支一天,都拿來買酒,窮奢極欲,吃他一場不好麽?(衆牢子)甚好。(一牢子)這等,小弟有現成的在這裡,待我再去預備。(衆牢子)我們且在亭子上去,行行去去,去去行行,請坐下,來、來、來!(衆作飲酒介,划拳介。一白)寡酒難吃,我們弄個什麽頑頑纔好?(一牢子)我會姑娘腔。(衆牢子)妙嗄!最愛的是姑娘腔。(一牢子)你們唱,我來打叉。(一牢子)我來了。(作隨唱秧歌"寄生草"小曲諢介)(衆作醉介,倒地介)

(史進上,持手鐐破枷上)(一牢子跟上,作打牢子介,下)(衆牢子作醉厮打介,被史進打敗,跑下)(史進白)呔!衆位大哥,梁山泊好漢俱已進城,你們還不打開刑惧①快走,更待何如?(衆吶喊介)

(各打開刑惧,持扛上)好漢,這些禁子呢?(史進)都被我打死了。(衆囚犯)如今便怎麽樣?(史進)就此一面放火,一面打出牢門,我大哥自來接應。(衆囚犯)多謝好漢,我們就此打出去罷。(衆作放火介,打開監門介,下)

(衆小軍引巡夜將官上。唱)

【水底魚】聽報魂飛,慌忙倒着盔。監門大啓,莫教搜捕遲,莫教搜捕遲。

(白)自家巡夜將官便是。方纔官兵來報,獄中有人反牢,爲此帶領官兵追上擒拿。你看監門大開,快些進去搜捕。(衆囚犯殺上,將官敗下)(衆囚犯)官兵敗了。(史進)且住,官兵雖敗,爲何此時還不見我們接應的兵?(衆囚犯)這便怎麽處?(史進)列

---

① 應爲"具"。

位，不要管他，三十六計，走爲上計。（唱）

【風入松】一時舉手忽驚疑，怎不見打破城池。多應錯記真時日，料不淂脱然無累。倘到監門，官兵不追，趁勢兒奔東西。

（下）

（顧大嫂扮貧婆上。白）不好了嗄！（唱）

【縷縷金】忙裏錯，好心攛。悮猜三字謎，事多端。

（白）我跟着汶上縣避難的男婦混入城中，打聽史進已陷在牢內。隨即將送飯爲由，進監去與史進通信。只説淂月盡夜着他挣扎防備，史進才要問我，被小節級將我打出牢門。想是史進只記淂“月盡夜”三個字，誰知這三月却是大盡！他記了小盡二十九日，將酒灌醉了小節級，打開枷杻，打死了牢卒，拔開牢門，只等外面救應。把牢中應有罪人盡數放了，還有五六十人，就在牢内發喊起來。誰想有人報知太守程萬里，即便起兵前來，又將史大郎拿去。我不免躲避左近打聽便了。（唱）

就裏難區處，眼花撩亂，安山鎮上路漫漫。

（合）

飛聲也難唤，飛聲也難唤。

（下）

（衆軍校引節級、虞候各持器械，董平、程萬里上）（仝唱）

【四邊静】紛紛劫獄思逃竄，捕捉休遲緩。要犯“九紋龍”，罪名更多款。

（董平白）那厮劫牢，城中必有細作。公相可着節級人等，圍住監門，休教走了史進。小將須乘此機會，領兵出城去捉宋江便了。（程萬里）將軍之言有理。（董平）衆軍校，就此出城。（衆應下）（程萬里）衆軍校，就此圍住牢門，休放走了史進。（衆應介）（唱）（合）

人兒快攢，縫兒怕鎖，圍住虎頭門，再論長和短。

（下）

（衆僂儸引林冲、花榮、劉唐、徐寧、燕順、吕方、郭盛、韓滔、彭玘、孔明、孔亮、解珍、解寶、王英、“一丈青”、張青、孫二娘、孫新、石

勇、段景住、阮小二、阮小五、阮小七各持兵器引宋江上。唱)

【普天樂】悮宣差,添淒惋,軍師妙策推神算。月盡夜公案纔完,偏大建未淂心寬。

(報子上。白)啓寨主,有“雙鎗將”都監董平前來對敵。(宋江)再去打聽。(報子應下)(宋江)他既殺來,准備迎敵。衆頭領!(衆應介)(宋江)聽吾號令,先着韓滔、徐寧出城,餘者頭領,看我在高阜處號旗指處,圍住董平厮殺便了。(衆應介)(宋江)衆僂儸!(僂儸應介)(宋江)就此殺上前去。(衆應,吶喊介)(唱)

旗梢上靈風滿,更加着扎下的圍場如叮噹。俺這裡事成功半,他那裡惡盈滿貫。准擬取東平,怎怕長鎗兩管。

(下)

(衆軍校引董平持雙鎗上。唱)

【朝天子】小覷方州似弾丸,驀地如烏合嚇鳳鸞,雙鎗舞動雪花團,技堪觀。

(白)自家“雙鎗將”董平是也。梁山賊寇攻打城池,爲此領兵前來捉拏賊首宋江。衆將官!(衆應介)(董平)就此殺上前去。(衆應介。唱)

戒嚴保守城垣,巡邏詰盤,人人怒髮衝冠,似天兵一般,似天兵一般。

(衆僂儸引韓滔、徐寧上,與董平戰介)(韓滔、徐寧詐敗下,董平追介,下)(衆軍校仝戰介,僂儸敗,軍校追介,下)

(衆頭領上。唱)

【普天樂】日舒長,春和暖,攻城掠地誰延玩。有多大幾個毛官,遵軍令不敢欺瞞。

(白)我等奉大哥將令,圍住董平厮殺。大哥在高阜處督陣,我等只看號旗爲號,急往追殺,不免奉令而行。(唱)

把岔路遮圍断,還將那繫馬的索兒沿途絆。展施俺高强手段,定見彼驚惶嚇煩。算定數難逃,掙個封侯如鄺。

(下)

(宋江上,高處持號旗。僂儸隨上)

(韓滔、徐寧引董平上,仝戰介)

（衆頭領上，圍戰介）（宋江動號旗介。衆僂儸吶喊介。董平冲出介，下）（衆頭領站介。宋江下桌介。白）衆僂儸，暫且收兵，直抵城下，候彼再戰。（衆應介）（仝唱）

【朱奴兒】早見着鎗兒散慢，急趁勢長驅城畔。打破東平喜也歡，怕獄底吃苦熬酸。

（合）

武功纘，便算做九錫躬桓，山泊主誰更换。

（仝下）

## 第廿三出　雙鎗將被獲献城

（衆衙役引程萬里上。唱）

【七娘子】風清鈴閣春光好，奈朝朝羽書頻報，上緊巡防，加嚴征討，勞形案牘添煩惱。

（通名介。白）只爲連日宋江與董平打仗，不能退賊，下官日夜憂悶，賊勢猖狂，如何是好？

（報子上。報介）啓爺，宋江賊寇攻打甚緊，特來報知。（程萬里）可報與董將軍，帶領三軍出城交戰，火速無遲。（報子應介，下）（程萬里）分付掩門。（衆軍校應介）（吹打仝下）

（衆僂儸引宋江持鞭上）（仝唱）

【芙蓉樂】【玉芙蓉】（首至合）行軍運六韜，决勝施三略，仗奇謀特出，不怕㑂㣲。

（通名介）（宋江白）連战董平，不能擒縛。我今日佯輸詐敗，先着林冲、花榮埋伏，接戰引至壽春縣。那邊有一條驛路，兩傍盡是草房，使王英、扈三娘、張青、孫二娘埋伏在彼，鳴鑼爲號。再令孔明、孔亮兩傍殺出，將絆馬索絆倒董平，即時擒拿。破了城池，救出史進，却不是好？衆僂儸！（衆應介）（宋江）殺上前去。（衆應，吶喊介）（同唱）

這回管捉籠中鳥，此際方收海底鼇。

（衆軍校引董平上。唱）

【普天樂】(合至末)交鋒幾遭,鎮威風匝地,殺氣衝霄。

(兩分開,軍校、僂儸下)(宋江、董平對戰介)(宋江白)早早投降,纔可免汝一死。(董平怒介)呔!你這黥面小吏,該死狂徒,休淂胡言。看鎗!(仝戰介)(宋江敗下,董平追介)

(内林冲、花榮)那里走!(上,仝戰)(林冲、花榮敗下,董平追下)

(王英、"一丈青"、張青、孫二娘上)我等奉大哥將令,先在草屋兩邊埋伏,等候董平,鳴金爲號,將絆馬索絆倒,擒拿便了。(暗下)

(董平内)賊寇那里走!(追林冲、花榮上,殺介)(林冲、花榮敗下)(董平)赶到此間,賊寇連敗二陣。(唱)

【芙蓉燈】【玉芙蓉】(首至七)三軍果勇驍,二陣頻摧倒。

(合)

躊躕再戰,不可輕挑。

(孔明、孔亮内白)董平那里走!(上,戰介。孔亮、孔亮敗下,董平追下)

(王英、"一丈青"、張青、孫二娘、衆僂儸上,兜絆馬索,内放炮鳴金,董平縱馬絆倒介)(王英、"一丈青"、張青、孫二娘捉住介)

(軍校上。白)投降的!(王英、"一丈青"、張青、孫二娘白)一齊解往宋大哥處,聽其發落便了。(唱)

只聽號令山前砲,不放將軍馬上驕。

(下)

(衆僂儸引孔明、孔亮、林冲、花榮、徐寧、劉唐、燕順、吕方、郭盛、韓滔、彭玘、解珍、解寶、石勇、段景住、阮小二、阮小五、阮小七、宋江上。唱)

今朝將伊挐到。

【剔銀燈】(末一句)一謎里輸心陪笑。

(王英、"一丈青"、張青、孫二娘押董平,僂儸押軍校上。唱)

【芙蓉紅】【玉芙蓉】(首至合)啣枚逸待勞,設伏昏連曉。解中軍請令,定爾餐刀。

(白)我等挐住董平,還有投降軍校來見寨主。(宋江)哇!不知事務,我教你去相請董將軍,誰教你們綁來?俱各放綁。(衆應介，作放綁，下介）（宋江）將軍休罪，若不嫌草寨微賤，原讓將軍爲山寨之主，望勿推却。（董平）小將被擒之人，應該斬首，已蒙寬恕，實爲萬幸。若推爲寨主，决難從命。（宋江）如此，有事商量。（董平）不知寨主有何事差使？（宋江）敝寨缺少粮食，來此東平府借粮，並無他意。（董平）寨主在上，程萬里那厮原是童貫門下門館先生，淂此美任，安淂不害百姓？若肯容董平帶領本部人馬回去，賺開城門，共取錢粮，以爲報効。（宋江）此計甚妙！將軍先請，本寨隨後就來也。（僂儸遞雙鎗介）（董平）衆軍校，就此回軍。（上馬介。唱）

明中淂勝張旗號，暗裡偷營奪錦標。

（軍校仝下）（宋江白）衆僂儸！（衆應介）（宋江）前往進城，不許傷害百姓。（衆應，吶喊介。唱）

**【紅娘子】**（合至末）休强暴，奉安民榜條，雞犬寧，家園保。

（仝下）

（場上左門設布城一座，軍校引董平上。唱）

**【芙蓉猫兒墜】【玉芙蓉】**（首至合）成擒定不遥，報怨誰嫌早。任重關叠閉，飛渡城濠。

（衆軍校白）把門軍士快開城門。（衆軍兵上城，應介）（軍校）董將軍回來了。（把門軍士應介）（内作開門介）（進城，下）

（衆僂儸引孔明、孔亮、林冲、花榮、徐寧、劉唐、燕順、吕方、郭盛、韓滔、彭玘、解珍、解寶、石勇、段景住、阮小二、阮小五、阮小七、王英、“一丈青”、張青、孫二娘、宋江上，齊進城。下）

（衆百姓上，作出城介。白）不好了！一箇東平府被董平引梁山泊衆打破城池。百姓們東奔西逃，且到親戚人家躲避幾日再處。（唱）

個個抱頭鼠竄魂都掉，跌脚狠奔髀也消。

（下）

（衆軍校引董平出城介，仝上）（董平白）程萬里一家都被我殺盡。軍校。（軍校應介）（董平）押了車輛，且歸營寨。我在此等候寨主。（衆應介。唱）

【琥珀猫兒墜】(合至末)歡饒,喜凱歌聲唱,金鐙鞭敲。

(下)(董平暗下)

(衆僂儸引衆頭領、史進、顧大嫂,車輛裝載金銀、綵緞,宋江齊出城介,上)(場上撤布城介)

(董平上,見介。白)小將進城,把程萬里一家殺盡,家私都已抄没,特來繳令。(宋江)且喜救出史進,放火燒了牢獄。又擄掠錢粮,散與居民,以安百姓,餘者裝在車上,解往梁山,遂吾之願也。(史進)且喜殺了李睡蘭一門大小,冤仇已報。

(湯隆上。報介)從來勝敗邀天數,到此輸贏賴主盟。宋大哥!(宋江)嗄!你在東昌府,爲何到此?(湯隆)不要説起!東昌城中有一猛將張清,飛石打人,百發百中,人呼"没羽箭"。手下兩員將官唤作"花項虎"龔旺,那一箇呼作"中箭虎"丁淂孫,其實兇勇。盧員外提兵到彼,連輸二陣,請大哥前去救應。(宋江)如此,不必回山,齊往東昌府去便了。(衆應介)(仝唱)

【普門大士】【普天樂】(首至四)擬班師,聞消耗,赴東昌,重征勦。戛鐣鐣戰鼓齊敲,爛輝輝兵幟斜飄。

【賽觀音】(三至末)俺這答威光遠耀,助彼成功顯英豪。

(仝下)

## 第廿四出　没羽箭逢人飛石

(衆軍校引龔旺、丁淂孫、張清掛石子袋、持兵器上。唱)

【好事近】玉帳擁三軍,鎖鑰齊東名郡,宣威耀武,小醜敢來尋釁。

(各通名介)(張清白)梁山泊盧俊義雖然兇勇,我全虧這錦囊中飛石,百發百中,連贏他二陣。聞淂他通信於宋江,協力來打東昌府。我已着人打聽,爲何不見回報?

(報子上。報介)報啓將軍,打聽淂宋江帶領兵馬前來接應,特來報知。(張清)再去打聽。(報子應介,下)(龔旺、丁淂孫)我二人怎生出戰?(張清)我等前去,相機出戰便了。衆軍校!(衆應介)(張清白)就此迎殺前去。(衆應介。唱)

止齊步伐盡熟嫻，隊伍忙前進。任憑他鎗似風來，怎當俺石如星隕。

（下）

（場上設將臺一座介）

（衆僂儸、徐寧、燕順、韓滔、彭玘、宣贊、呼延灼、劉唐、楊志、朱仝、雷橫、關勝、董平、索超、林冲、花榮、燕青、史進、孔明、孔亮、解珍、解寶、王英、“一丈青”、張青、孫二娘、孫新、顧大嫂、石勇、郁保四、王定六、段景住、阮小二、阮小五、阮小七、吕方、郭盛各持兵器引盧俊義、宋江持號帶上。唱）

**【點絳唇】**逼取强隣，排開英俊，威加奮，士馬雲屯，合把龍韜運。

（衆作參拜介。白）衆頭領打躬。（宋江）侍立兩旁。（衆應，分立介）（宋江）我宋江來到東昌府，帮助盧俊義擒拏“没羽箭”張清等三人。衆頭領俱在此，平川曠野，看我號帶，挑兵出戰。聽我吩咐：（衆應介）（宋江唱）

**【混江龍】**孫吴名，論出奇制勝立功勳。俺兵符再綰，號令重申。

（衆頭領應，分下）（宋江上將臺，吕方、郭盛隨上介）（宋江唱）

但見遥天飛陣雨，直看曠野蔽征雲。青龍朱雀戰塲開，白旄黄鉞前軍近，遠鳴金鼓，漸動沙塵。

（報子上。白）報啓寨主，張清討戰。（宋江）知道了。（報子下）（宋江）徐寧出戰。（内應介）

（徐寧、張清兩門上，對戰介。張清作敗，徐寧追介）（張清囊中飛石打徐寧面，張清下，徐寧下）

（解珍、解寶、龔旺、丁淂孫上，仝戰）（解珍、解寶敗下，龔旺、丁淂孫追下）（宋江）好一塲厮殺也！險些傷我一將。（唱）

**【油葫蘆】**殺氣冲天白晝昏，技軼倫。雖然勝敗未全分，他手中石子抛來准，險些一將難逃遁。再引戰，捷有因。帳前須淂差燕順，驍勇實超羣。

（持號帶白）燕順出戰。（内應介）

（燕順、張清兩門出，對戰介）（張清取飛石打燕順背，燕順敗下）

（解珍、解寶接戰科，解珍、解寶敗下，張清追下）（宋江唱）

**【天下樂】**再戰重傷繼解珍，堪恨復堪嗔。何妨佈陣還勾引，將敗衂競折除，把餘孽都掃盡。准待寫露布兒墨磨盾。

(持號帶白)劉唐出戰。(内應介)

(劉唐、張清兩門上，戰介)(張清敗，飛石打倒劉唐)(龔旺、丁淂孫捉劉唐下)(張清隨下)(宋江唱)

【遊四門】又一陣立分勝負只逡巡，猛將兩邊均。非如龍鬭魚遭損，直恁受邅迍，喊遠聞，急將器械手中掄。

(持號帶白)楊志出戰。(内應介)

(楊志、張清兩門上，戰介)(張清取飛石打楊志盔上，楊志敗下，張清追下)(宋江唱)

【耍孩兒】勢聯犄角還遭擯，這就裏何從細詢。一拳之石有多斤，果然百中驚人。他全憑地利師貞吉，俺好仗天書元女文。兩相準，鏃飛似雨，刀蘸如銀。

(持號帶白)燕青出戰。(内應介)

(燕青、丁淂孫兩門上，戰介)(燕青打倒丁淂孫，跌倒，解珍、解寶搶下介)

(龔旺上，與燕青戰介)(燕青敗下，龔旺追下)(宋江唱)

【青歌兒】俺這裏心中心中思忖，那燕青弩箭如神，尚爾虧輸力不伸。督令三軍，啓營門，收餘燼。

(持號帶白)林冲、花榮出戰。(内應介)

(林冲、花榮、龔旺兩門上，戰介)(龔旺被林冲、花榮活捉下)(宋江持號帶白)就此收兵。(内鳴鑼)

(衆頭領齊上)(衆僂儸綁押龔旺、丁淂孫上)(宋江)先把二人着解珍、解寶送至梁山大寨。(僂儸、解珍、解寶押龔旺、丁淂孫下)(宋江白)張清這厮連打我十五員頭領，幸喜拿了二人，聊解羞耻。暫且回寨，請吴軍師前來，用計擒捉便了。就此回兵！(衆應)(仝唱)

【煞尾】踹城垣同虀粉，高張榜示去安民，一遞裏設計擒他穩。

(同下)

# 第九本

## 第一出　田虎拜師僭稱王

(十六軍將引田虎上。唱)

【點絳唇】地接輿圖,山連天府雄星助。燦爛皇都,指日爲民父。

(白)天與人歸意氣揚,斬關劈寨逞豪强。圖王定霸平生志,一統山河帝德昌。孤家田虎是也。羣雄四起,各踞一方。宋江義結山東,方臘撫有江南,王慶坐擁淮西,孤家尊稱河北。稱此人强馬壯之日,欲打幾處州城,奈軍中少一員參謀贊劃軍機,爲此不敢輕動。聞淂長安有一劉鐵嘴,打箬無有不驗。已差先鋒狄能前去徵聘他來,同贊軍機。凡有破城打州之事,問箬而行,諒無差悮。正是:卧龍三請賢能士,扶漢安劉鼎足分。

(副上。進介)狄能告進。(見凈介)狄能叩頭。(凈)徵聘事如何了?(副)奉大王將令,劉先生已聘下了。(凈)好!請進來。(副應介)劉先生有請。

(末扶丑上)(副白)劉先生請到。(凈)先生請起。作揖。(副扶丑起介)(凈)看坐。(丑)跌箬是要立子勒跌勾。(凈)坐了,有話講。(各坐介)先生!(丑)强盗!(衆喝,丑倒介)(衆扶起)(凈)先生,孤本中原武弁,殺人避跡江湖,因見蔡京設應奉局,在蘇杭二州採辦寶玩。我想這些東西俱是民脂民膏,因此中途劫奪,遂投河北。蒙衆軍士推我爲頭領,哨聚山林,養成甲士十萬,虎將千員,欲打幾處州城,奈軍中少一員參謀。聞淂先生有鬼谷之才,濟民水火,因此不憚千里,有屈大駕。願明以見教,幸勿推却。(丑)是你拉乯通誠哆哈偖勾嗄。(凈)對先生講。(丑)也是好笑,勾你就要跌箬也。等我拿勾箬跌拉地下子,問你偖用,然後好講來勿來。你先拉乯白韲、白漿介,鬧熱蓬生哉。(副)要先生做個軍師。(丑)偖勾教軍師阿,吃淂勾介?(副)就是劉備聘諸葛亮故事。(丑)要我做一個諸葛亮?(副)正是。(丑起介)盖没阿有門，各落裡拉乱，讓我登拉哈。（衆）這怎麽説？（丑）有數説勾門各落裡諸葛亮，門各落裡諸葛亮。（衆）休淂取笑。（丑）咳！大王差到底了。我本一個窮民，幾塊窮骨，目不識丁，手不拈筆。自幼讀淂一本"關王經"，並非張子房之秘訣；自小念淂幾行"鬼谷數"，亦非黄石公之謀略。兩片筊筶，當不淂諸葛亮四輪車軸；一肩招牌，那裡是姜太公的釣魚竿？青龍、白虎、朱雀、元武勾陳出口，難省六韜三略；甲乙丙丁戊己庚辛壬癸入耳，不似五申三令。擺下一個打卦圍場，豈堪作走馬演武？討來卦錢細微，那供淂起行灶軍需？發令自與行人家宅不同，談兵難向求財謀望酷肖。招兵買馬即是添人進口，殺人放火那保淂大家無妨？將臺上阿是用我，盖一個乾癟老老勾嗄！（浄）説那裡話？軍中取金道冠、八卦法衣，與軍師穿戴了。（吹打换衣介）（浄笑介）如今就像軍師了。（丑）大王，你拿我是更一勾打扮子，今夜還是要謝土呢，還是要浄宅？（浄）請軍師登壇，待孤家拜印劍兵符。（吹打）（衆扯丑上台介）（浄拜印劍介）（衆）衆將官叩頭。（丑）又不是年，又不是節，叩傛頭介？（衆）請師爺發令。（丑）打劫看我面上，今夜罷了。（衆）不是，請問軍師先打那一處地方？（丑）就要發令哉？（衆）正是。（丑冷笑介）我也倒好笑，真正剥勾活牛皮漫鼓，一味裡勾生做那間？叫我發傛勾令嗄？叫衆將官！（衆）有！（丑笑介）唔，唔！到來淂齊集。有趣！勿要管渠，我竟拿勾跌筶、故離經淂來念去來便罷，盖没再教。衆將官！（衆）有！（丑唱）

【滚綉毬】與我先按着，左青龍右白虎，

（衆應介）（丑唱）

前朱雀後元武。

（衆應介）（丑唱）

那騰蛇動處休教走，朱雀臨門百事符。定國安邦皆由是子孫旺相。斬關破盗必定是父母爻扶。印殺相生那怕他銅垣鐵壘。日神生尅定主有損將亡徒。

（衆白）請問師爺，如今先打那一處地方？（丑）盖没，還要問家

師。(出筶下壇。跌介)大王!(唱)

馬到成功,利在西北。

(净白)西北,如此説是山陝地方? 衆將官!(衆)有!(净)就此發兵前去。(衆)淂令。(三軍呐喊介)(合唱)

【離經歌】只見前營移動,不覺又是後營忙。

(丑)

這是三聖聖,又是三陽陽。

(衆)

衆兒郎一個個身披短甲,手挽雕弓,挨挨擠擠,都去鬧城墻。

(丑唱)

也麽陽陽聖,也麽聖陽陽。

(衆)

又只見衆兒郎打歪歪,左右兩隊分。

(丑)

這是三聖聖,又是三陰陰。

(衆)

又听淂馬兒嘶嘶嘶,車兒咿咿咿,砲兒烘烘烘,鼓兒咚咚咚。奔兒奔的奔,醺兒醺的醺,都是一般歪癩軍。

(丑)

也麽陰陰陰聖,也麽聖陰陰。

(衆)

見一座府道城池,銅垣鉄壁,金石銀磚,高似青天,堅如翠嶽,打破了不留停。

(丑)

這是陽陰聖,又是聖陽陰。

(衆)

又只見旗門下相持厮殺,鞭來鐧擋,鎗去刀迎,一來一往,斬了幾個倒運娘。

(丑唱)

也麽陽陰聖,也麽聖陰陽。

（净白）帶馬過來。（走介。唱）

**【醉太平】**賴軍師助吾，爲鷹揚奮武。顯一個綸巾羽扇指謀謨，那怕他有拔山舉鼎夫，那怕他陸地行舟伍。與宋家做一個新跋扈，與你家立一個新帝都。

（衆遶場下，把門介）（丑）大王嗄，我令便發了！（唱）

這的是陽聖陽陰聖陰的筶譜。

（笑介）（挽丑下）（衆圍下）

## 第二出　吴用運粮施妙計

（衆軍校、衆軍卒引知府上。唱）

**【步蟾宫】**一麾特出巖疆守，敷政治龔黄先後，長東方千騎古諸侯，無那逼臨强寇。

（白）下官東昌府知府是也。梁山賊寇盧俊義犯我城池，他已連輸二陣，將次敗逃。不想復糾合宋江一枝人馬，在郊外曠野平川挑兵出戰。幸虧同城張清等三員猛將到彼接戰，聞湶連打了十五個賊人，不知確否？

（衆軍校押劉唐引張清上。唱）

**【纏枝花】**靖干戈銷烽堠，仗廟略天人授。陣上成擒合梟首，解黄堂須窮究。

（衆軍校白）張將軍到衙。（張清下馬。進見介）小將與宋江等交戰，不多片時，連打了十五名賊寇。以後龔旺、丁湶孫出戰，被他們擒去。雖然折了二將，且喜拿湶賊寇劉唐在此，聽候發落。（知府）下官預先聞湶此信，果然有之。軍校！（衆應介）（知府）將這厮押赴牢内，緊緊看守，不許放縱。（軍校應介，押劉唐下）（知府）且往後堂，再與將軍商議退此賊寇便了。（唱）

喜此日功勞茂，平蠻策借前籌。

（衆接唱）（合）

滅此朝食無難事，稳取凱歌立奏。

（齊下）

（衆僂儸引魯智深、武松、孫立、黄信、李立、李俊、張横、張順、阮小二、阮小五、阮小七、童威、童猛、林冲、花榮、公孫勝、吴用、盧俊義、宋江上。唱）

**【賀新郎】**拳石紛投，似穿楊淂心應手。戰場中這般厮耨，衆頭領負痛含辛待報讎，怎禁淂雙眉添皺。

（宋江白）叵耐張清這厮連打我十五員名將，好生着惱。所有中傷頭領送回山寨調養，龔旺、丁淂孫今已被擒，須籌妙計，捉獲此人。（吴用）寨主放心，小弟久已安排定了。將車百十輛裝載粮草米袋，上插旗號，寫着"水滸寨忠義粮"。就着魯智深、武松打從寨後西北上押着車輛而行。再吩咐孫立、黄信、李立引領水軍安排船隻，水陸并進。賺出張清，便成大事。（唱）（合）

船排好粮裝就，憑他神策難参透，還運動靈符咒。

（白）張清若中我計，再煩"一清先生"往河岸邊作起法來，使他無門可走。林冲領鉄騎軍兵，將張清連人帶馬都赶下水去，教水軍擒拿便了。（宋江）妙計！真乃神鬼不測。吩咐依計而行。（衆應介）（唱）

**【節節高】**軍師部署周好機謀，烟波飄渺空争鬬。管許計兒售，將兒收，城兒覆。

（魯智深、武松、孫立、黄信、李立、李俊、張横、張順、阮小二、阮小五、阮小七、童威、童猛、林冲、公孫勝下）（衆僂儸、花榮、盧俊義、吴用、宋江同唱）

休誇金印懸如斗，何容負固相馳驟。

（合）

奇兵突出在虚舟，一清那放張清走。

（下）

## 第三出　一清作法顯神通

（衆軍校引張清掛石子袋、持兵器上。唱）

**【畫眉序】**下寨守邊隅，晝夜巡邏備不虞，恁盗粮齎寇，取作軍需。

（通名介。白）正與太守商量殺退賊寇，探子來報，寨後西北上有百十輛車子，裝載粮米。河内又有大小粮草船五百餘隻，水陸並行。爲此出城，先截岸上車子，後取他水中船隻。今夜月色微明。衆軍校！（衆應介）（張清）正好前去截取。（衆應介。唱）

並水陸結隊攸行，乘星月探囊而取。

（合）

明張旗號誇豪富，此罪更難饒恕。

（下）

（衆車夫推車上，車上插"水滸寨忠義粮"旗號介）（魯智深持禅杖，武松持戒刀，押車輛上。唱）

【三段子】急趲車夫，運軍粮行來半途。月高影踈，合隄防休教胆矗。

（張清内白）跕住車輛。（殺上）（武松押車輛下）（魯智深、張清仝戰介）（張清取飛石打魯智深頭介）（魯智深敗下，張清追）

（武松迎殺上，仝戰介）（武松敗下）

（衆軍校上）賊寇已敗。（張清）吩咐將粮草車輛推入城去。（衆應介。唱）

賊人已是遭擒捕，儲糈又復充軍伍。

（合）

堪笑梁山兵單勢孤。

（下）（衆扮縴夫撑船扯縴遶場鳴號介，下）

（李俊、張横、張順、阮小二、阮小五、阮小七、童威、童猛上。唱）

【滴溜子】忙前往，忙前往，休教遲悞。張羅定，張羅定，投來網罟。

（李俊、張横白）吾等奉軍師將令，着統領水軍扮作漁翁，在此河岸邊擒拿張清。遠遠一行人來，想是張清，須索在此等候。（虚下）

（衆軍校、張清上。唱）

都虧上天帮助，

（合）

車輛既全拿，還要水路。

（張清白）粮草已自截取，趁着月光之下，不免再到河岸邊截取粮船便了。（軍校）粮船俱已過去。（張清）尔等就此赶上。（唱）

急急疾行，㵽隴㵽蜀。

(衆軍校下)

(公孫勝暗上桌作法介)(張清等慌介。白)一霎時天昏地暗，飛沙走石，怎麽走不出了？(内衆吶喊介)(張清)不好了，後面不知多少人馬殺來，且向前逃，再作道理。

(黄信、李立、林冲、孫立領衆僂儸吶喊上，遶場下)(張清作驚，虚白介)(張清白)那邊有一魚船。(叫介，虚白介)

(水軍頭領撑船上，張清作上船介)(綁張清等介。唱)

【歸朝歡】波心裡，波心裡，將他急擄，水中央誰容跋扈。到今日，到今日，驍勇何補？

(阮小二、阮小五、阮小七白)張清已被我等綁縛住了。(李俊、張横、張順白)就此送入寨内，聽候大哥發落。(阮小二、阮小五、阮小七應介)(衆唱)

這遭兒看你怎施石砮，迷漫兩岸遮雲霧。人權筭定由天數，

(合)

解赴中軍作罪徒。

(下)

## 第四出　没羽貪功却被擒

(衆僂儸、花榮、燕青、黄平①、孔明、孔亮、王英、"一丈青"、孫新、顧大嫂、石勇、郁保四、段景住、史進、吕方、郭盛引宋江上。唱)

【滴滴金】動天陣陣鳴金鼓，春夜翻營月正午，快教他降書急遞知時務。

(宋江白)我宋江親自領兵攻打城池，救取劉唐兄弟。衆僂儸！(衆應介)(宋江)連夜攻打，殺入城去。(衆應，吶喊介。唱)

伐燕齊閧鄒魯，疾忙前赴，繞城努力雲梯布。

(合)

任憑他萬馬千軍，怕煞俺當關一呼。

---

① 參照下文應爲"董平"。

（場上預設布城一座，城門上掛"東昌府"匾）（衆軍卒手持弓箭、器械立城上介）（衆白）已到東昌府。（宋江）與我攻打城池。（衆應）

（僂儸等抬蜈蚣梯作爬城上，軍卒射箭）（僂儸等爬上城，刀砍介）（衆軍卒齊敗下）（内作吶喊）（僂儸開東昌府門出迎，宋江、衆頭領殺進城介，下）

（衆百姓、家眷、院子隨上）（東昌府太守急上，出城介）（太守白）怎麽好，怎麽好？城池已破，多虧百姓道我清廉正直，不來驚動。且喜領了家小逃出城來，不免連夜差人進京，申奏朝廷，請兵征勦便了。（内吶喊介）（太守、衆百姓、家眷、院子急下）

（衆僂儸、花榮、燕青、董平、劉唐、孔明、孔亮、王英、"一丈青"、孫新、顧大嫂、石勇、郁保四、段景住、史進、吕方、郭盛引宋江上。白）且喜城池已破，就此出榜安民。衆僂儸，就此回軍！（衆應介。唱）

**【雙聲子】**封倉庫，封倉庫，一半周貧户。禁毒痡，禁毒痡，百姓安全堵。掩陣圖，揭虎符。

（合）

一壁厢奏凱雄師，再看取發落鉗奴。

（衆僂儸、單廷蛙①、魏定國、郝思文、楊林、歐鵬、凌振、馬麟、鄧飛、施恩、樊瑞、項充、李衮、時遷、白勝、魯智深、武松、吴用、盧俊義出接宋江介）（盧俊義白）若非寨主虎威，此城焉能淂破？（宋江）此乃軍師神策，方能成功。（吴用）且喜東昌府城池已破，與員外恢復前仇。

（報子上）啓寨主，水軍等擒住張清，特來報知。（宋江）知道了。（報子下）（衆僂儸綁押張清，林冲、孫立、黄信、李俊、張横、張順、阮小二、阮小五、阮小七、童威、童猛、公孫勝上。唱）

**【鮑老催】**痛深剥膚，渠魁面縛囚作俘，千刀萬剐怎蔽辜。

（衆白）我等俱已成功，擒淂張清在此。（劉唐、魯智深見張清。

---

① 應爲"珪"。

怒介)你這厮,這等利害,也被我等擒住了。(魯智深舉禅杖欲打介)(宋江)哇! 爾輩無知,還不退後。(親解張清綁介)冒犯虎威,請勿掛意。(張清跪介)小可見寨主如此義氣,情願投降。(魯智深、劉唐、武松打介)我越想越恨。(宋江勸介)休淂如此,取一枝箭過來。天地神明在上,宋江等若有報仇之心,皇天不佑,死于刀箭之下。(折箭介)(僂儸收箭介)(衆大笑介)大哥有此誓願,誰敢再言?(張清)小可有一個獸醫,覆姓皇甫,名端。善能相馬,能治頭口寒暑病症,下藥用針,無不見效。他原是幽州人氏,生來碧眼黄鬚,貌若番人,人都稱他爲"紫髯伯"。山寨亦有用處,可以同帶家小,一齊上山。(宋江)如此甚妙! 白勝,可仝將軍前去走一遭。(白勝應介。張清仝下)(宋江)我等山寨淂了張清,又添了皇甫端,十分興旺也。(唱)

山寨裡,會羣英,綏多祐。

(張清、白勝、皇甫端上)(接唱)

仝將忠義遠相孚,人人踴躍思依附,

(合)

幸注上金蘭簿。

(進見介)(張清白)小可帶淂皇甫端在此,家小車輛隨後就到。(宋江)僂儸! (衆應介)(宋江)把家小送至山寨。(僂儸一半應下)(宋江)果然一表非俗,碧眼重瞳,虬髯過腹,實乃異人也。(皇甫端)寨主如此義氣,願聽指揮。(宋江)且回山寨,自當請教。衆僂儸! (衆應介)(宋江)傳令拔寨回山。(衆應介)(仝唱)

【五馬江兒水】趲齊徒御,班師路不迂。旗標淂勝,字蘸金書,且喜英雄載後車。共扶忠義,永息征誅。長此替天行道,樂也何如。招安有日聘皇衢。

(合)

赦除舊染,願効前驅,看取梁山,歸誠明主。

(下)

# 第五出　梁山泊羣虎過關

(年老部署上。白)瓶插千年柏,爐焚萬壽香。小老乃泰安神州岳廟中一個部署是也。今當三月二十八日,乃聖帝誕辰,廟上好生熱鬧。不説一百二十行經商買賣,就是這一千四五百家客店,被天下香官來也擠滿了。更兼"擎天柱"任原結下擺臺一座,三年没有對手,所以來看的人一發多了。前日本州太爺吩咐,廟上人雜,且近梁山泊,怕有賊人騷擾,因此點小老充當部署,率領地方,各處巡緝。早間又派了一個巡檢老爺,到城門上盤查。不免會齊地方,前去見他。地方那里?

(地方上)來了。部署老爺,有舍話説?(部署)你還這等不躭干係?如今州裡太爺又派了一個巡檢老爺,在門上盤查,快同去見他一見。(地方白)踏殺這里人山人海,你我如何管淂來?只好隨口答應便了。(部署)雖然如此,也要小心些。我們迎上去。(下)

(燕青扮貨郎,挑高肩雜貨担子,手摇一把串鼓上。唱)

**【駐馬聽】**喬扮形骸,只爲尋蛇撥草來。待摇回串鼓,挑着�籠,俏着麻鞋。

(白)我燕青自幼跟隨盧員外學淂這身相撲,江湖上不曾逢着對手。昨日,關下僂儸拿了一夥牛子,原來是泰安州燒香的。他説那邊有個撲手,姓任名原,是太原府人氏。身長一丈,自號爲"擎天柱",口出大言,説道:"相撲世間無敵手,争交天下我爲魁。"聞他兩年在廟上争交,白拿了若干利物。今年是三年了,並無對手。這句話動了我的心事。攛掇了公明哥哥,把那起人放了。爲此宋大哥命我前去,與那厮放對。我想人生在世,不在稠人廣衆之中顯個神通,非丈夫也。(唱)

只要把擎天玉柱倒塵埃,煞强如留名麟閣生光彩。

(内白)小乙哥,等我一等兒。(燕青)背後有一人飛奔而來,好像鉄牛模樣。他有何事情下山?待他赶上,問個明白。

(李逵上。白)愛投虎穴尋生計,喜覓狼窩作勝遊。小乙哥,你脚底下走淂恁快。(燕青)你赶上來做什麼?(李逵)小乙哥,明人不用細講。你那一遭兒出門不是我相伴你?你今到泰安州去,就不攜帶我?我瞞了衆人,偷下山來,和你同去。(燕青)你到一處,就要鬧一處祸,如何去淂?(李逵焦燥介)你真個了淂的好漢,我好意來帮你,翻成惡意。我且偏要去!(燕青)和你去也不争,只是聖帝生日,都是四山五岳的人聚會,認淂你的頗多。若决意要去,要依我三件。(李逵)三十件、三百件何妨?(燕青)第一件,今日爲始,到了店中,你自不要出來胡撞。第二件,到了廟上,你只推病,包了頭臉睡覺。第三件,廟上争交時,你去看,不要大驚小怪。(李逵)依淂,依淂!(燕青)如此,同行便了。(唱)

假作痴騃,瞞人耳目,片時寧耐。

(下)

(史進、穆宏、魯智勝①、武松、解珍、薛永上。唱)

【又一體】奉令宣差,又向東風惹祸胎。翹瞻岱岳,俯看滄溟,對看蓬萊。

(魯智深)列位兄弟,只爲燕小乙到岳廟打擂,公明哥哥放心不下,命我等前來策應。(衆)都打點了,進城去罷。(唱)

藏頭露尾語言乖,怎識淂,偷天換日英雄槩。買賣生涯,摩肩繫轂,人山人海。

(下)

(左右拿板子,書吏拿册子,巡檢坐椅子轎上。唱)

【舞霓裳】岳廟今朝好興哉,好興哉。總甲地方把鑼篩,把鑼篩。燒香男婦齊瞻拜,巡查匪類奉官牌。且趁着一天買賣,真好笑,紗帽元來十分矮。

(部署、地方迎介)(巡檢下轎,上坐介)你們是部署、地方麽?(二人)是。(巡檢)打、打、打!我老爺來了半日,你們影兒不見,城門大開,把梁山賊人都放進去了,這還了淂?(二人)老爺是剛纔

① 應爲"深"。

來的，城門上的人正在這里聽點。（巡檢）雖然如此，不打不見官府威風。左右，拿下去打。（左右）打多少？（巡檢）各打一百二十板。（二人）老爺，小人情願罰罷。（巡檢）到也懂竅。也罷，大罰你也不能，罰你四兩乾燒酒、四個錢蠶豆。（二人）這個容易。（二人作拿酒切末介，下）（巡檢作飲酒介）左右，叫他們進城的都要報名。（左右應介。向内介）你們香客買賣人，進城的都要點名。（内應介）

（燕青挑貨郎担，李逵包頭上）報名！（燕青）我姓張，排行第一，販賣雜貨。這個伴當是僱來挑脚的，不想害了頭痛病，所以小人自己替他挑了。（巡檢）你這伴當兇惡，看來必非善類，不許進去。（李逵作跌倒介）（左右）不好了，遭了人命了。（巡檢）張乙，你怎麼帶個死人進城？（燕青）死是不曾死，老爺若許他進去，自然活的。（巡檢）如此，請進。（李逵起介）多謝老爺。（燕青、李逵仝下）（巡檢）不錯，煤黑子也來光廟了。

（雜扮各種買賣百姓上，各通名下）

（盧俊義扮相面人，手拿雨傘上，掛布招牌“善觀氣色”）（穆宏扮賣藥人，史進扮販馬人，解珍、薛永扮變戲法人，魯智深、武松打①行脚僧，一拿錫杖，一挑戒衣、雲板切末上）（左右白）你們報名。（盧俊義）我姓周，叫周大。（巡檢）做什麼的？（盧俊義）善觀氣色。（巡檢）好，你相相老爺如何？（盧俊義）好氣色，三日之内就有喜信。（巡檢笑介）好相法，適纔委牌下來，教我兼署典史印務。好，進去罷！（穆宏）我姓吴，叫吴二。（巡檢）做什麼？（穆宏）賣老鼠藥。（巡檢）妙極！昨夜被這業障鬧了一夜，拿一包來。（穆宏）送老爺一包。（巡檢）進去罷。（史進）我姓鄭，叫鄭三，販馬的。（巡檢）替老爺留下什麼？（史進）只要買賣好，明日廟上賣淂完，送老爺一匹。（巡檢）大出手，不要忘了。去罷！（解珍、薛永）我姓王，是弟兄，叫王四、王五，是撮戲法的。（巡檢作諢白介）（仝下）

---

① 應爲“扮”。

# 第六出　泰安州燕青打擂

(王二娄上,虛白,作諢唱介)(李逵白)賢弟,走嗄!

(燕青上。仝白)正直無私弊,劣性不服人。(燕青)你看,果有牌匾在此。(李逵)賢弟,念來我聽。(燕青白)"任原稱擎天,立字在牌邊。天下好教授,打死萬萬千。今日擂臺上,那個敢上前?打死不償命,愿者就當先。"(李逵)聽説罷怒髮冲冠,惱淂俺口吐冒烟。上前去劈了牌匾,看那個敢來問嗜?(劈牌介)(王二娄)呔!你甚本事,敢劈任大爺的牌匾?(燕青)敢劈敢打!(李逵)敢劈敢打!(王二娄虛白介)我今開言道,小夥你聽講。説起那任原,四海把名揚。你若上擂去,只恐把命傷。倘然有個好和歹,回家怎見你爹娘。(李逵)咱今開言道,列位細聽着。那個説閑話,打這囚攮的。(打王二娄介)(王二娄虛白)(李逵、燕青下)

(任原内白)徒弟們,就此上擂。(四徒弟應介)

(任原等上。唱)

**【四邊静】**五湖四海傳揚遍,到處人欽羨。與咱便相持,個個魂驚散。人圍冲散,兩邊排跕。試看武兵夫,天下馳名漢。

(白)俺生來有些劣像,怪肉横生。俺習成一身武藝拳棒,四海縱横。俺這兩隻手,推倒山峯華嶽。我這兩條腿,踢起萬丈雲烟。高搭擂臺三年,有誰是俺對手?呔!天下英雄,四方好漢聽者,四百座軍州,七十餘縣治,好事香官助的利物,我任原已受兩年了。今年辭了聖帝還鄉,再也不來了。有人和我争利物者,請上臺比勢。

(王二娄上,虛白介)(任原白)徒弟們,隨我操演拳棒一回。(舞介)(衆仝唱)

**【剔銀燈】**一條棍似蟒身翻,施法術難加遮攔。又擋刀斧鎗和劍,臨敵處敢來争先。

(白)徒弟們,將棍棒大家演上來。(合唱)

看掛榜招募英賢,管今朝功名可貪。

(白)徒弟們,有人上臺比勢,將鑼爲號,不淂有違。(下)

(李逵、燕青上臺打鑼介)

(任原上,二人作比勢,李逵作打下擂,燕青上台介)(彼此扭結一回,燕青作踢破任原頭臉介,燕青作舉起任原撩下臺介)(四徒弟持器械鬬介)(李逵作持板斧殺任原介)

(穆宏、史進、解珍、薛永、魯智深、武松上,諢戰介)(殺退四徒弟介)(燕青白)原來衆位哥哥都來。(衆白)這是宋寨主不放心,教我們來接應你。今任原既以打死,我們殺出城,回寨便了。有理,有理。(唱)

【紅繡鞋】一行人馬安排,安排。擂臺打倒喬才,喬才。奪利市攫錢財,水泊裡玳筵開,還暢飲這情懷。

【尾聲】春光九十難留待,又勾却幾行夙債,愛的是擲倒狂且大喝采。

(下)

## 第七出　水滸寨宋江下山

(衆僂儸引吴用、公孫勝、盧俊義、宋江上。唱)

【點絳唇】龍虎風雲,肝腸冰雪雄懷暢,虹霓千丈,直貫天門上。

(宋江白)列位兄弟,我宋江雖則借此水泊落草,幸淂衆頭領相助,替天行道,官兵莫可誰何。近來打破兩州,回歸山寨,計點大小頭領,共有一百八員,這也是天緣凑巧。(衆白)這都是大哥威德,所以人人心悦誠服。(宋江白)僂儸,請衆頭領出來。(僂儸白)衆頭領有請。

(衆頭領、史進、穆宏、魯智深、武松、朱仝、劉唐、林冲、柴進、燕青、李逵、戴宗、關勝、花榮、秦明、呼延灼、董平上。白)深藏組練三千甲,静占寬閒五百弓。大哥呼喚,有何軍令?(宋江白)連日筵宴已周,山中無事,小可有一心願要完,不知諸位以爲何如?(衆)願聞尊令。(宋江)小可聞淂東京繁華錦繡,要私自去遊玩一回。恰好又是元宵時候,只淂去走一遭。(吴用)寨主,且休輕易。東京體例,雖然與民同樂,遊人不禁。只是東京做公人多,倘有蹉失，如之奈何？（盧俊義白）軍師言之有理。我們何不在山寨中静守，只等招安之後，那時但憑遊賞。（宋江）我意已决，諸公不必攔阻。此去不多帶人，分爲四路。史進、穆宏，你扮作遊客。（史進、穆宏起介）淂令。（宋江）魯智深、武松，你扮作行脚僧人。（魯智深、武松起介）淂令。（宋江）秦明、劉唐，你扮作商人，各帶暗器，覓住店房，以防意外。（秦明、劉唐起介）淂令。（宋江）我與柴大官人自爲一路，其餘頭領都在山寨。（林冲）啓上寨主，我林冲原在東京居住，自從此山開創以來，未曾回去，向年曾着人去探信，方知妻子已死，使女錦兒嫁與王班直爲妻。我今願隨下山，一來東京路熟，也好各處引導；二來妻子守節而亡，去墳上哭他一場，也表夫婦之義。（宋江）這也使淂。（李逵白）大哥，東京看燈，我鉄牛也要去走一遭。（宋江）你最會鬭祸，如何去淂？（李逵）我若在家，就要害病的。（宋江）既然如此，你與燕青仝作伴當。（李逵、燕青起介）淂令。（宋江）戴宗扮作承局，有些緩急，好來飛報。（戴宗）淂令。（宋江）諸公聽我吩咐：（唱）

【畫眉帶一封】分隊改行裝，領取風光到汴梁。看冰壺玉朗，想皇都春色盎。

（吴用白）我們就送至金沙灘罷。（盧俊義、公孫勝）有理！（仝唱）

鶴唳灘頭人自遠，莫戀長安忘水鄉。

（宋江等十二頭領下）（吴用白）二公，宋公明哥哥既執意要去，也罷，衆位頭領，你可帶領一千鉄騎，赶至東京城外策應。（關勝、花榮、呼延灼、董平白）淂令！（唱）

馬須還黄，人須還强，萬一蹉虞策應忙。

（下）

## 第八出　柴進簪花遊秘殿

（王班直穿錦襖，頭上簪翠葉金花上。唱）

【出隊神仗】簪花繡韉，直傍歸鴉出建章。

(白)小子姓王,東京人氏。現充内府班直,向日與林教師相好。教師遠配,小子娶淂他使女爲妻,十分和好。這也不在話下。只爲我東京自從王丞相上了預借元宵的本,聖上大喜,著永著爲例。如今又遇着慶賞佳節,各處燈棚不計其數,把個偌大京城,竟如錦繡一般。小子方纔下直回來,到家看看。來此已是。娘子那里?

(錦兒上。白)相公回來了。(王班直)娘子,如今元宵佳節,明日我又該班,今晚和你吃三盃。(錦兒)奴家早已預備。(唱)

**良辰美景好年光,趁着春宵同讌賞。銀燭下影雙雙,銀燭下影雙雙。**

(林冲上。白)潛居水泊身雖穩,遥憶鄉關情更深。來此已是王班直門首。(作扣門介)王兄在家麽?(王班直)是那個?(相見介)嗄!原來是林教頭。娘子,林教頭回來了。(錦兒)在那裡?(見介)果然是我家主人。(哭介。拜介)(林冲)你且起來,不必傷懷。我家的事,我已儘知,只是諸凡都承王兄照應。(拜介)(王班直)教頭,你屡經赦宥,從前的事已在赦内,不知一向在那裡安身?(林冲)一言難盡!小子被難之後,淂山東張員外收留,照管家務。如今敝財東要來東京看燈,所以來探望你的。(王班直)在那裡?(林冲)現在門首。(王班直)既是教頭好友,快請進來。(林冲作出介)諸公那裡?

(宋江、柴進、戴宗、燕青、李逵上)(林冲)王班直都請進去。(王班直)娘子,快些整備酒餚。(錦兒應下)(林冲指宋江)此位就是張員外。(指柴進)此位就是葉巡檢。(宋江、柴進)唐突高賢,登堂冒昧。(王班直)夙欽雅誼,幸識荆州。(作拜介)(王班直)二位駕臨,頓令蓬户生輝。況且林教師久客來家,且飲三盃,以消積悃,如何?(宋江)怎好打攪?(作入坐介)(二家僮送酒介)(衆唱)

**【琢木二仙歌】萍踪合,天各方,鎮耳英名空慕想。舊識新交叙寒温,剪燭飛觴。**

(宋江白)班直公,小子東海鄙人,不見大方識面。班直公在内供奉,怎麽這般打扮?(王班直)諸公不知,只爲慶賞元宵,自冬至起，至正月止，爲時甚久，稽察最嚴。我們左右内外，共有二十四班，通類有五千七百人，每人家賜花襖一領，翠葉金花一枝，上有小小金牌一個，鑿著“與民同樂”四字。因此每日在門上聽候點視，如有宫花錦襖，任憑宫殿出入，一槩不許盤問。(宋江)原來如此！(柴進白)班直公，小弟雖然做個小吏，却不曾瞻仰宫庭，不知能彀挈帶進去看看麽？(王班直)巡檢公要去，小子包管引進。(柴進白)這服色如何淂有？(王班直笑介)真老實人。這宗物事，舍下頗有。小厮，取一副宫花錦襖出來。(一家僮應下)(衆唱)

感荷挈帶烟霄上。

(家僮取宫花錦襖上。白)服色有了。(王班直)巡檢公，你穿戴起來，我同你去。(柴進作穿戴介)(王班直)教頭，你竟同員外在御街上看看燈，晚間再飲。(宋江)小可也就要去覓下處。(王班直)員外有所不知，只爲近來梁山賊寇猖獗，這里也提備淂緊。各門頭目、軍士，全副披掛，弓上絃，刀出鞘。各處客居，百般盤詰，總不許容留閒人。如今諸位既是教頭相好，不嫌委曲，竟在舍下草榻。(宋江)這個一發不當。(王班直)好説！(衆唱)

纔因范式烹鮮急，又爲徐君下榻忙，懷德永難忘。

(各分下)

## 第九出　御樓賜酒慶元宵

(場上紮一綵樓，上懸“宣德樓”匾額。樓前一牌，樓中懸横額“宣和與民同樂”六字，左右八字，門上懸“禁衛左門”“禁衛右門”，綵結文殊、普賢跨獅子、白象。又紮二龍，中置燈燭，餘各懸燈毬。樓中設御座，黄羅傘盖、掌扇，各陳設介。内打細十番一回)(四宫監引梁師成、宿元景上。白)帝宫三五戲春臺，玉漏銅壺且莫催。西域燈輪千影合，東華金闕萬重開。咱家梁師成、宿元景是也。只爲聖上慶賞元宵，特賜羣臣飲宴。適纔宴罷，奉旨教東宫千歲爺在宣德樓賜萬民御酒，又令諸王在千步廊買市。你看人

山人海，燈月交輝，真是太平樂事。我們且在宣德門去。正是：歲久君恩重，時平樂事多。（下）

（小黄門持紅紗燈，總管、家丁捧袍笏，引各官簪花上。唱）

**【啄木賓】**天厨美法醞良，鎬飲羣沾帝澤長。

（一白）諸公，我們赴宴回來無事，還到王晋鄉家去看燈罷。（一白）只怕王將明家的燈更好。（一白）不必去，今日他家又請他的恩府先生，不如在宣德樓前步去。（衆唱）

雲廊轉萬點星毬，金門曉一片霞緗。歌嘹喨，多應是九天上曲譜霓裳。

（下）

（内鑼鼓，扮各種雜耍、舞獅一回，下）

（宋江、林冲、燕青、戴宗上。唱）

**【三段催】**天街滉瀁，罩輕烟燈光月光。千門啓張，度星橋珠裝玉裝。

（白）列位兄弟，真好繁華也！不免到宣德樓下去。

（史進、穆宏上。唱）

綵雲萬朵迎風漾，銀花千樹先春降。

（宋江）你二人也在此處？（史進、穆宏）適纔在龍津橋遇見魯智深，他邀同武松、秦明、劉唐去遊相國寺去了。（宋江）也罷！你們須要謹慎些。（唱）

聯蘭袂，入桂叢，轉�廊。繁華更在樊樓上，蜻蜓穿透芙蓉榜。拚今夜，遊歡暢。

（分下）

（軍士引高俅上）（仝唱）

**【歸朝出隊】**遭榮幸，遭榮幸，勢焰少雙，典宿衛羽林職掌。

（白）下官高俅，只因遭遇今上在龍潜朱邸時候，寵眷直至於今。目下慶賞元宵，奉旨與民同樂，一切遊人不禁。下官有典兵宿衛之責，誠恐遊人衆多，奸良莫辨，因此與童太師，他兼管樞密院，也領兵各處弹壓。衆軍士，遇有面生可疑之人，就與我拿下了。（仝唱）

嚴巡緝，嚴巡緝，防奸禦强。

（衆衙役打開封府燈籠，拿板子、鞭子、鎖子引府尹上）（仝唱）

良宵直撤了金吾禁網。

(相見介。白)老太尉請了。(高俅白)大京兆請了。(府尹)慶賞元宵,乃太平樂事。老太尉只該在家鬧燈取樂,這緝拿奸宄,禁止打降,是我地方官的事,如何也勞動太尉?(高俅)京兆有所不知,近日各處草寇竊發,此處逼近禁庭,特爲出來弾壓。宣德樓賜萬民御酒,我們且到那里去。(仝唱)

花燈鬧處人熙攘,御樓賜酒皇恩蕩。怕的不夜長春奸宄潛藏。

(下)

(各種老人、男婦上)(内奏樂介)(衆白)不要擠舍。

(樓上東宫太子上,正中跕,宫監執紅紗燈籠旁跕)(樓下皆列衛排立,錦幞頭、簪花,執骨朵子站介)(衆百姓白)樓上千歲爺在那裡,我們都跪了。(衆跪介)(宫監白)樓下百姓聽者,東宫千歲爺令旨,皇爺賜爾萬民御酒,各自從容取飲,不淂喧嘩。(衆)千歲,千千歲。(禁衛盛酒,衆取飲介)(樓上唱)

【黄龍捧燈月】天降嘉祥,四海清寧,皇心歡暢。元宵令節,大德同民,遍賜瓊漿。

(衆百姓唱)

啓黄封雲液浮香,持大斗仙韶齊響。羣拜祝,願皇躬如天久長。

(内奏樂,東宫宫監、禁衛下)(衆百姓白)我們好造化,今晚吃了黄封御酒,一年都是吉利的。(一白)我們再到前邊看燈罷。

(内鑼鼓一陣,馬燈上,冲散衆人介)(各諢尋伴介)(一大肚村婦白)不好了,我當家兒的不見了。(一和尚白)娘子,我在這裡。(婦人白)好秃驢,到來燥老娘的脾。(作打和尚介)

(衆衙役引府尹上。白)拿、拿、拿!好秃驢,你怎麽在此胡撞?左右,拿下去,重打二十。(作打和尚介)(和尚白)老爺,他是小的女人,我不是和尚。(作拿帽,露出秃子頭介)這是我剛纔拾了和尚的帽。(婦人白)冤家,我黑影子看不清。老爺,這是我的男人。(府尹)這是怎麽説,替我混攪。左右,與我赶下去。(作赶秃子、婦人諢下)(府尹白)左右,與我再到前面巡邏去。正是:五夜笙歌敲玉樹,萬人歡笑醉仙桃。(下)

（柴進上。唱）

【滴金樓】潛身禁殿覰屏障，字削山東并宋江。

（魯智深、武松、劉唐、秦明上。唱）

更深猶自壼天上，衆伴兒何無往。

（白）那不是柴大官人麽，爲何這等打扮？（柴進）原來衆兄弟。嚇殺我也，嚇殺我也！只爲借了王班直服色，仝入大内遊玩。不想王班直被同伴喚去，我竟到了紫宸殿、文德殿、凝暉殿，從殿後轉將入去，到一個偏殿，牌上金書“睿思殿”三字。閃進看時，正面却鋪着御座屏風，上堆青叠緑，畫着山河社稷混一之圖。轉過屏風，後面竟有御書數行大字，内有“山東宋江”字樣。（衆白）這又奇了。（柴進）我將身上暗器，竟把那四個字刻將下來，飛遶而出，要尋着宋大哥，告訴他早些回去，恰好遇着你們。（衆白）這事看來頗有關係，不如尋着他，早些走罷。（柴進）正是！（唱）

真情非謊，險些惹起掀天浪。急速追尋吾黨，候鷄鳴關外飛翔。

（仝下）

## 第十出　李逵縱火鬧皇城

（宋江、戴宗、李逵上。唱）

【臘梅花】相携聯袂來遊洞天，看遍星橋火樹芙蓉院。我赤膽如斗懸，驚人魂魄，誰將金殿姓名鐫。

（宋江白）我們只爲來東京看燈，昨夜回來，方知柴進兄弟竟走入大内，將御屏上“山東宋江”四字偷挖而出。衆人一驚不小，再三勸我回去。我想既來到此，豈有就回之理？只淂今夜再遊一個盡興。况且東京城内，那上廳行首李師師，是第一名妓。我意欲去訪他一訪，已着燕青前去探路，尚未見回來。（李逵）哥哥，昨日留我看家，不許我去。今夜又不教我去，就要活活氣死了。（宋江）你去，我怕你弄出事來。（李逵）哥哥，你不帶我來也罷了，既帶我來，各人都去快活，叫我悶出鳥來，予心何忍？（宋江）你狀貌不好，你性子又不好，怕你惹禍。（李逵）只不帶去也罷，幾曾看見我嚇壞了大的小的?(宋江笑介。白)也罷,帶你去便是了。

(燕青上。唱)

**【本宮賺】**花信欣傳,翠幌粧樓春色妍。

(相見介)(宋江白)你回來了麼?着你打聽李師師家,可能通渇路否?(燕青唱)

承驅遣,漁郎直入武陵源。

(白)小人打從樊樓前踱過天津橋,穿出小御街,問到他家門首。揭開青布幕,掀起斑竹簾。咳嗽一聲,只見屏風後走出一個丫環,道了萬福説:"哥哥那裏來?"我説:"姊姊請媽媽出來。"少間轉出李媽媽來,小人納頭便拜。(唱)

畫堂前,虔婆一拜生歡忭。

(白)那媽媽説:"小哥好熟臉,怎麼一時想不起來?"我説:"老娘怎的忘了?小人姓張。"媽媽説:"你莫不是太平橋下張一的兒子小張閑麼?"小人説:"正是。"媽媽説:"如此,你還我姑表姪兒哩。"小人隨機應變,將他認做姑娘。那媽媽又説:"你一向在那裏?"我説:"一向伏侍個山東客人,有的是家私,説不能盡。他是燕南、河北第一個財主。如今來此,一來賞元宵,二來京師探親,三來帶些貨物做買賣,回①來要求見娘子一面。怎敢説來宅上出入,只求同席一飲,稱心滿意。若依允時,就有黄白之物送來。"這句話動了那媽媽的火。(唱)

我道員外揚州跨鶴翩,更兼萬貫足腰纏。

(白)那媽媽就叫李師師出來,告知就理。李師師問:"如今員外在那裡?"小人説:"就在樊樓下茶坊裏,不渇娘子言語,不敢擅入。"虔婆説:"快去請來。"所以,小人赶回來的。(宋江唱)妙呀!

聽君言,趁香車綺陌趨芳宴,入馬平康學少年。

(白)林冲去上坟未回,柴進又同王班直出遊去了,我們走罷。(行介。唱)

---

① 應爲"四"。

整冠弁，向樊樓過也构欄院，暫時留戀，且休留戀。

（下）

（小官監掌燈引梁師成上。唱）

【解三醒】聽宫壺蓮花漏箭，宣王言向樞密親傳。何人闖入黄金殿，這膽大欲包天。

（白）我梁師成適纔在上清宫隨駕回來，忽有密旨，説睿思殿内屏風上被人削去“山東宋江”四字。已將門上小黄門拿下，叫喒家傳旨與樞密院，緝拿奸細。我想梁山一案，强盗非同小可。蔡太師一味主勦，兩次三番，遣的將官都被拿去。如今竟弄到大内來了。若不趁早招撫，只恐變生不測。（唱）

詭秘行踪可疑也，不如一紙丹書萬事蠲。

（白）且則由他傳旨便了。（唱）

空凝眄，早則是一天錦繡，輻輳喧闐。

（下）

（場上擺屏風、陳設古玩，各處掛燈，毬門前立烟月牌，旁掛對聯，上寫“歌舞神仙女，風流花月魁”）（内打十番）

（宋江、燕青、戴宗、李逵上。唱）

【又一體】碧澄澄萬花葱蒨，步廊外燈月娟娟。

（内打花燈鼓，又打秧歌鑼鼓介）（衆唱）

聽霓裳法曲悠揚轉，似朝元閣笛聲傳。想幾年龍争虎鬬空馳逐，怎知化日光天在眼前。葵心見，惟願取金鷄綵翼，飛下雲天。

（燕青白）來此已是，待小子進去。裡面有人麽？（宋江、李逵、戴宗虚下）

（丫鬟隨上，李媽媽上。白）酒邊舊侣真何遜，南國佳人號莫愁。是那個？原來是張閑哥，員外來了麽？（燕青）來了。主人再三上覆，媽媽啓動了花魁娘子，山東海僻之地，無甚希罕之物，特備黄金一百兩，權當人事。别有罕物，再當相送。（作遞介）（媽媽）還有什麽東西罕似他的呢？快請員外進來。（燕青下）（媽媽白）丫鬟，且收了，快請姊姊出來。（丫鬟作請介）

（李師師上。唱）

【劍溪令半】身近五雲邊，道的個離宮别院。

(媽媽白)兒嗄！那山東的員外是個大財主。就是裏邊，也不曾賞你這些東西。

(燕青、宋江、戴宗、李逵上)(宋江白)你兩人只在門前等等。(李逵)隨便説兩句，我要去看熱鬧。(宋江)休滑胡説！(戴宗、李逵下)(宋江進門介)(燕青白)我員外來了。(媽媽)我兒，這位就是山東的員外。(李師師)員外，識荆之初，何故以厚禮見贈？却之不恭，受之太過。(宋江)山僻村野，絶無罕物。芹意表情，何勞道謝？(媽媽)員外，這是我姑表姪兒，望乞員外另眼照看些兒。(宋江)這個自然。(李師師)請到裡面小閣兒坐坐罷。(媽媽)丫鬟，看酒到閣兒上去。(下)(李師師作送酒介。唱)

【傍粧臺】際堯年，良辰三五慶團圓。恁東海稱豪俊，俺南國媿嬋娟。

(宋江白)在下山鄉雖有貫伯浮財，未曾見如此富貴。花魁的風流聲價播傳海宇，要求一面，如登天之難，何況親賜酒食？(唱)

僥倖殺風流客，親近恁花魁面。

(作揎拳裸裸袖介)(燕青白)今日員外飲酒，好滑意也。

(丫鬟上)姊姊，門前兩個伴當，有一個生滑怪怕人，在那裡喃喃地罵。(宋江)不要理他。(李師師)丫鬟，與他些酒吃罷。(丫鬟應介)(宋江)大丈夫飲酒，何用小杯？(丫鬟送金斗)(宋江唱)

歡無限，喜有緣，俺平生意氣斗牛邊。

(作乾介)

(媽媽慌上)我兒，官家從地道中早已到後門，快去接駕。(李師師)奴家不及奉陪員外，今日暫請回去，望乞恕罪。(宋江)曉滑。(李師師)可堪三島神仙質，常沐九天雨露恩。(下)(燕青)我們快些走罷。(宋江)且住。今番錯過機會，後次難逢。我和你且躲在黑影裡，少間聖上來時，我們就在此告他一道招安赦書，有何不可？(燕青)哥哥，這事不可造次，且躲過一邊。(虚下)

(李逵上)咳！那裡來的悔氣，放着燈不瞧，到在這裡來瞎混。

(戴宗上)你又來發狂了。(李逵作拍桌介)我老爺的無明火要起來了。

(丫鬟拿酒上)你們來,這酒給你們吃。咳喲!好怕人的黑鬼子。(李逵作吆喝介)(丫鬟跌介,下)(李逵作赶介)(戴宗教介)

(楊太尉上)我乃太尉楊戩是也。聖上幸李師師家,不免前去扈駕。(見介)呔!你是什麽人,敢在這裡胡撞?(李逵作拿椅打倒楊太尉介)(戴宗作救不住介)(李逵作放火燒屏風介)(楊太尉爬起走介)

(宋江、燕青上,又撞倒介)(楊太尉下)(宋江白)你這黑厮又惹祸了。小乙,你跟了他來罷。(宋江、戴宗下)

(衆軍士抬水桶、火叉各切末上)李師師家失火,你們快些來救。(李逵作打倒軍士,奪棍殺介)(衆軍士)不好了!反了煤黑子了。(鬬介)(李逵、燕青下)(衆軍士跟下)

(扮秧歌上。唱秧歌)

(各種遊人上。唱)

(李逵、燕青上,作打介)(衆跑下)

(穆宏、史進上。白)你兩個快跟我出城。(李逵)老爺還要一路打了去。(下)

(柴進簪花錦袍同林冲上)聞浔樊樓那邊御街上有强人行兇,多應是我們的人,快些迎上去。

(宋江、戴宗急上。唱)

**【大齋郎】**急煎煎,急煎煎,狂且惹祸祸驚天。

(相見介)不好了,鉄牛又闖出祸來了。(柴進)不妨,哥哥且跟我出城罷。(唱)

錦袍花帽顔色鮮,昨宵金殿,今宵摇擺到城邊。

(下)

(衆衙役打開封府燈籠,引府尹上。白)衙役們,聽見有人在御街打架,快些拿去。

(李逵、燕青、穆宏上)(作打衙役、府尹。跑下)

(魯智深、武松上)你們還在此慢騰騰的,快隨我來。(跑下)

(高俅引軍士上。唱)

**【錦衣香】**帥精騎,忙如箭。掃妖氣,轟如電。

(白)衆軍士,城裡有了梁山泊强盗了。快些殺上前去。(唱)

**若教漏網吞舟,盗風愈煽,乘時掩捕莫俄延。**

(下)

(場左擺布城,上懸"南薰門"額)(門軍、門官上。白)軍士們,今晚看燈人更多,須要小心。(軍士)奉旨不許攔阻,有什麽小心,大心?(門官)你們不要太大胆了,萬一梁山泊的人來看燈,也叫他進去不成?(軍士)老爺放心,梁山泊的人,一個個我都認淂。

(柴進、林冲、宋江上)開門,開門!(門官)這是你家的大門麽?朝廷禁門是亂開的麽?(柴進)呔!我奉旨到城外公幹,怎麽攔我?(軍士作開門介)請罷,請罷!(門官)怎麽亂開門?(軍士)老爺,你不瞧他頭上帶的,也該看他身上穿的。這是内府的班直,喒們也攔起他來?(門官)只怕信不過!

(魯智深、武松、劉唐、秦明、穆宏、史進、李逵、燕青上,打門軍介)(軍士)你是那裡的?(衆)我是梁山泊來的。(衆軍士、門官諢)(衆戰,作出城逃)(門官叫喊發諢科。白)了不淂了,了不淂了!我説你們要小心,那裡曉淂鬧出大亂兒了。

(高俅帶軍士上。唱)

**空教追赶,直抵城堧,何處潛藏便。**

(白)門官,可見有一羣强盗出城麽?(門官)大人,都是看燈的好百姓出城,並没有强盗。(軍士)老爺,事到如今,還不説實話?剛纔有幾個强盗,口稱梁山泊,把我們軍士打傷了好些。(高俅白)這狗官,好可惡!回來和你講話。(作出城介。唱)

**縱虎兕出柙高騫,罪狀應難免,星飛雲捲。諒他一羣脱免,行縱非遠。**

(下)

(場上撤城介)(門官、門軍、僂儸、關勝、花榮、呼延灼、朱仝、董平上。唱)

**【漿水令】渡金沙忙整錦韉,到東京月滿平田。論觀燈原無禍延,奉軍令隄防不然。**

(宋江、林冲、柴進上,相見介)(宋江白)原來衆兄弟在此。(關勝)奉盧寨主、吴軍師將令,着小將來救應。適纔戴宗來報,説李鉄牛生出事來,故此赶上來迎接。(宋江)如今那黑厮一定被擒了。

(魯智深、武松、秦明、劉唐、穆宏、史進、燕青、李逵上)原來衆兄弟都在此。不好了,官兵追上來了。(關勝五人)待小弟迎敵。

(衆軍士、高俅追上)何處强人,胆敢闖入禁城?(關勝)梁山泊全夥在此。(戰介)(高俅敗下)(關勝)追兵大敗,請寨主回山。(宋江)就此起馬。(唱)

却笑官兵忒軟綿,提着梁山兩字,即倒戈鋋。回虎穴,開玳筵,兄弟痛飲閑消遣。從今後,從今後,莫蹈危顛。當思念,當思念,僥倖瓦全。

【尾】良辰幸遇神仙眷,偏打破個中機變,怎似衣錦歸來作話傳。

(下)

## 第十一出　宣鳳詔招安水泊

(場上搭高臺,設朝介)(内奏樂)

(力士持儀仗上,跕介)(四黄門上。白)閶闔春廻旭日鮮,花光摇曳珮僊僊。金蓮漏下催初刻,玉笋班齊祝萬年。下官乃大宋朝黄門官是也。今日早朝,恐有百官奏事,只淂在此伺候。

(蔡京、高俅、童貫、楊戩、宿元景上。唱)

【柳梢青】玉帶緋衣,湛露濃于醴。樂舉班齊,早一朵紅雲天際。

(白)今日早朝,聖駕將次陞殿,請各歸班次跕立。(作兩傍跕介)(内細樂)(八内官、四昭容從後場上,高桌兩傍跕介)(静鞭響介)(黄門官白)奏事官,有何文表?就此披宣。(高俅、童貫跪介。白)臣童貫、臣高俅謹奏。(黄門)奏來。(童貫、高俅)只爲慶賞元宵,臣二人率領禁旅每夜巡邏。不想昨夜构欄院李行首家火起,延燒居民十餘家。忽有數大漢,口稱梁山好漢,竟奪門斬關而出。事關驚擾皇城,乞吾皇定奪。(唱)

【駐馬聽】燈月雙輝,禁旅巡邏護紫微。怎构攔搆禍,奸宄生心,回禄揚威。摧殘歌舞直離披,震驚士女都廻避。俶擾王畿,更斬關直出,竟同兒戲。

(内官白)平身。(高俅、童貫起介)萬歲。(内官)聖上有旨,昨日宫官奏,睿思殿御屏上有人削去"山東宋江"四字,今又大閙皇城。此等寇盜不除,非同小可。諸臣有何所見,平此寇賊,以抒朕懷。(蔡京、楊戩出班跪介)臣蔡京、臣楊戩謹奏。(黄門)奏來。(蔡京)梁山宋江聚集匪徒,蟠踞水泊,已非一日。今公然潛入大内,驚擾王城,若非痛加懲創,不足一警兇頑。臣乞吾皇發禁兵一萬,欽差大臣一員總統,務期悉拔根株,以除妖孽。(唱)

【駐雲飛】世值雍熙,怎縱么麽擾帝畿。他逞着黔驢技,終是螳螂臂。嗏!天討莫稽遲,元戎宿衛,耀日旌旗。滅此而朝食,管取掃穴犂庭顯國威。

(内官白)平身。(蔡京、楊戩起介)萬歲。(宿元景出班奏介)臣宿元景謹奏。(黄門)奏來。(宿元景)臣啓陛下,宋江等一百八人不過么麽小寇,弄兵潢池,原非大盜可比。臣向來在華州進香,被刼金鈴吊掛,後來親至舟次,叩頭請死,總爲貪官污吏相激而成。臣於回京之日,已曾面奏。無知諸臣,立意主勦。所保將官,皆歸賊黨。今又欲移動禁旅,賊人據險負隅,未必可以滅此朝食,徒損國威。况且近來遼政日蹙,金人日强,禁旅豈可擅動?以臣愚見,只降一紙招安之詔,赦其前愆。不發一兵,不折一將,可收干城禦侮之用。如若不遵,臣願以全家保之。(唱)

【又一體】兵弄潢池,嘯聚無知是小兒。他受制贓官吏,到底懷忠義。嗏!禁旅莫輕移,金人狡獪,遼政傾欹。若不降金鷄,塗炭生民没了期。

(内官白)聖主道來,據宿元景所奏,宋江等原係良民,爲長吏摻切迫脅爲非,以致嘯聚水窪,逋逃拒命。若降詔招安,願以身保。是一紙詔書,賢于十萬師也。諸臣所請欽差總統發禁旅一萬,似不必行。朕即親書丹詔一道,庫藏官取金牌三十六面,銀牌七十二面,紅錦三十六疋,緑錦七十二疋,黄封御酒一百八瓶,即着宿元景賫往招撫毋替。朕萬萬歲。(内奏樂)(衆武士、内官、宫官、

黄門官作退朝介,下)

(場上撤高桌)(衆朝臣出朝介。白)宿太尉恭喜、賀喜。招安的事,你一力應承了,如有反覆,身家關係。(宿元景)托聖天子洪福,决不辱命。

(衆官監執樂器,持金牌、銀牌、紅緑錦,抬御酒,一綵亭中安詔書)

(梁師成隨上。唱)

**【舞霓裳】**鳳詔飛來下丹墀,下丹墀。白金文綺上方奇,上方奇。從今山薮消魍魅。

(白)宿太尉恭喜、賀喜。皇爺給了你個整臉。(宿元景)總是皇爺威德。(梁師成)皇爺有旨,教你即刻起程。(宿元景)君命嚴切,怎敢羈留,就此起馬。(衆唱)

君言不宿便星馳,高舉着招撫旗幟。梁山上放胆,歸朝莫心悸。

(下)(梁師成笑介。白)老太師,到底招安的好。(蔡京)只怕賊人反覆。依老夫之見,還是該勦。(梁師成)這些個强盗,如今都跑到城裏來鬧了,還説要勦?(下)(童貫白)這也不妨!就是招安了,有咱們在這里,少不淂慢慢兒逐個收拾他。(衆白)童太師之言甚爲有理。(衆唱)

**【又一體】**暫投香餌釣鯨鯢,釣鯨鯢。籠鳥安能奮翮飛,奮翮飛。將來周内歸文吏,眼前且自享輕肥。博的個,皇心慶尉司和鼎,宋室江山全是我調劑。

(下)

(戴宗上。白)天上星辰聚,人間雨露饒。我戴宗是也。只爲宋大哥元夜大鬧了東京,如今奉令打聽,朝臣入奏,可有調集官兵收捕之信。不免前去走一遭。前面鼓樂喧天,不知何事,向前去看來。一心忙似箭,兩脚走如飛。(下)

(内官校尉打御杖龍旗一面上,一面上寫"奉旨招安"四字,又抬金銀牌、紅緑錦、御酒、綵亭安詔書,四小宫監引宿元景騎馬,一傘夫張盖上。唱)

**【紅繡鞋】**德音過了郊圻,郊圻。霎時喜動蒸黎,蒸黎。芝盖起,慶雲隨。香靄靄，馬騑騑。馴虎豹，伏熊羆。

（遶場下）

（戴宗上。白）妙呀！方纔細細探聽，方知衆朝臣奏知，元夜大鬧東京的事，竟要請禁旅一萬血勦梁山。幸喜宿太尉以身家保奏，聖上御筆親書招安招①書一通，即着宿太尉到我梁山去。今番却是喜也，不免快去報與宋大哥、衆頭領知道。（唱）

【尾聲】一行旌旆招吾輩，鬧元宵化凶爲吉，且到忠義堂前搶他頭報喜。

（下）

## 第十二出　過龍樓齊效山呼

（場上設五鳳樓，上黄布城一座，内搭高臺，設帳幔介）

（扮黄門官冠帶上。唱）

【點絳唇】三殿宏開，千官朝拜。祥光靄，綏静狼豺，從此乾坤泰。

（白）下官乃大宋朝黄門官是也。只爲梁山泊宋江等跳梁水泊，抗拒王師。聖上降詔招安，宥其罪惡。他已焚毁巢穴，散遣僂儸，束身歸朝，俯首聽命。今日在五鳳樓前引見，真個規模整肅，意氣昂藏，十分的驍勇可愛。道猶未了，百官早到。正是：戎服上趨承北極，儒官列陛映東曹。（站介）

（四宰輔、文官十二員、武官十二員上。唱）

【一枝花】相慶幸皇朝德廣覃，還欣羡聖主恩遥被。厮濟濟千官都入賀，齊臻臻四海盡懷歸。今日個肅穆君威，召見紆鸞佩。暫聽淂静鞭兒三聲似雷，早已是噴金獸丹陛凝香，投至淂闢銅龍紫宸正位。

（白）我等奉旨，在五鳳樓前觀看招安梁山泊衆人，合當慶賀皇朝。（内鳴鐘鼓，奏樂介）（衆朝臣）聖駕陞座矣，我等肅恭朝賀。

（八太監持執事，八宫官執提爐、符節、掌扇出建章門，上樓介）

（衆朝臣排班朝賀。唱）

【梁州第七】慶吾皇恩光旁逮，幸羣臣曉旭迎暉，看不盡昇平一統圖王

---

① 應爲“詔”。

會。特招安遥頒鳳詔，競天忭舞龍墀。遊舜日金甌永固，萬堯年玉燭常輝。

(宿元景從午門上。白)聖上有旨，向以梁山泊宋江等聚集山寨，連年梗化，宵旰不寧。今招安降順，歸服皇朝，深爲喜悦。即着駕下武臣，率領梁山衆將，身披甲胄，各按舊裝，從東華門進，向西華門出，在五鳳樓前逐隊而過。欲觀英勇非常，喜見太平有象。願與文武諸臣共瞻勝事。(下)(衆文武)領旨。(衆起)(十二武臣下)(衆文臣唱)

憶先時不靖征鼙，到今朝盡向王畿。消滅了舊烽烟污染都捐，沾潤些新雨露愆尤盡洗。可知道衆豪傑兩字無欺，該題忠義。不轉盻山呼定博龍顔喜，格三苗，真堪比。一遞里左右排班引隊，齊迴邁常儀。

(城前左右設桌凳四，宰輔文臣上立介)

(二武臣持旌節花名册，領梁山將第一起宋江、吴用、花榮、秦明、呼延灼、徐寧、盧俊義、公孫勝、林冲、關勝、柴進、李應、魯智深、朱仝、武松、張清、董平、楊志，武扮，持器①騎馬上。唱)

**【九轉貨郎兒第一轉】**首奉詔攀躋金殿，擺列着龍輿鳳輦。容吾等雕鞍撥叱競揚鞭，真個是荷君恩邀曠典。

(衆作下馬跪，放兵器，各通名叩賀介)(衆持兵器上馬。唱)

欣仰聖，幸瞻天，羣拜賀海宴河清億萬年。

(下)

(二武臣持旌節、花名册，領梁山將第二起索超、戴宗、劉唐、史進、雷横、楊雄、石秀、解珍、解寶、李俊、阮小二、阮小五、阮小七、張横、張順、李逵、穆宏、燕青，照舊武扮，持兵器騎馬上。接唱)

**【二轉】**億萬年國恩叨羣瞻帝闕，到此地馬蹄蹀躞。遥望見日月雙閶雉扇斜，龍樓下端的競豪奢。

(衆作下馬跪，放兵器，各通名叩賀介。衆持兵器上馬介。唱)

喜御爐香靄身曾惹，第二起歡騰，臣妾媲美，着干城咏兔罝。

(下)

---

① 參照後文，應爲“兵器”。

（二武臣持旌節、花名册領梁山將第三起朱武、孫立、燕順、宣贊、黄信、蕭讓、裴宣、單廷蛙①、魏定國、歐鵬、鄧飛、郝思文、凌振、彭玘、韓滔、楊林、吕方、郭盛，照舊武扮，持兵器騎馬上。接唱）

【三轉】咏兔罝午門前容教馳驟，紀龐洪三班拜手。暢好是誕登覺岸渡蓮舟，却情知臣節損，恁躬沐主恩稠。

（衆作下馬放兵器，各通名叩賀介。衆持兵器上馬。唱）

恨當日潛逃澤藪，喜今日親瞻冕旒。竦天威敢偷，天容在眸，天香滿袖。還聽淂口勑臚傳尚未周。

（下）

（二武臣持旌節、花名册領梁山將第四起王英、扈三娘、孔明、孔亮、童威、童猛、陳達、楊春、皇甫端、安道全、鮑旭、樊瑞、項充、李衮、金大堅、馬麟、孟康、侯建，照舊武扮，持兵器騎馬上。接唱）

【四轉】聽臚傳分次第金階面聖，早一半恭承寵命。這都仗替天行道宋公明。昔日個在梁山羣嘯聚，幾曾的夢想功名，星輝日炳。誰知他降勑也招安，左一隊，右一隊，恁御道，容馳騁。

（衆作下馬跪，放兵器，各通名叩賀介。衆持兵器上馬。唱）

天一而貞，地一而寧。四排班，滿臉上堆歡慶。施羣策，顯羣英成。且打叠返轡疾行，免使那往後的同人斷迭等。

（下）

（二武臣持旌節、花名册領梁山將第五起鄒淵、鄒潤、穆春、鄭天壽、陶宗旺、宋清、樂和、施恩、湯隆、龔旺、丁淂孫、曹正、宋萬、杜遷、薛永、杜興、李忠、周通，照舊武扮，持兵器騎馬上。接唱）

【五轉】斷迭等覲龍顔班居第五，際風雲英雄丈夫。錫王綸，拔擢在泥途，離草莽，陟神都。一個個瀝膽披誠把社稷扶。早只見整肅朝儀，高擎節符。須則是忙鞭策，急摳趋。

（衆作下馬跪，放兵器，各通名叩賀介。衆持兵器上馬。唱）

看不了鵷行鷺序排文武，聽不盡奏御樂悠揚韶頀。飄不殘殿陛下寶鴨香浮，數不清環陳鹵簿列金鋪。且待那傳宣畢拜恩初，整齊齊一百單八員

---

① 應爲“珪”。

九叩瑶階萬歲呼。

（下）

（二武臣持旌節、花名册領梁山將第六起孫新、顧大嫂、蔣敬、朱富、朱貴、張青、白勝、蔡福、蔡慶、李立、李雲、焦挺、王定六、石勇、郁保四、時遷、段景住、孫二娘，照舊武扮，持兵器騎馬上。接唱）

【六轉】萬歲呼端端肅肅，樓前聲響。弟兄們厮厮擠擠，聯鑣直上。到俺家末末了了，前前後後綰紅纆，任頭踏花花碌碌排儀仗。却自愧村村野野，粗粗莽莽，拘拘束束，歡歡喜喜，向楓宸瞻仰。

（衆作下馬跪，放兵器，各通名叩賀介。衆持兵器上馬。唱）

纔知得汪汪濊濊，聖恩無量。早輸了誠誠服服的心，遂抹了嘻嘻出出的想。人人個個，轟轟烈烈，効力疆塲。好似那南南北北，經經緯緯，衆星歸向。穩情取冠冠冕冕，衣紫腰金共拜颺。

（下）（衆文官白）梁山衆將，臣等逐一細觀，果是相貌魁梧，身軀强壯，真可輔佐太平也。（唱）

【七轉】雖則是狰獰狀貌，是天公降生若曹。毓秀扶輿占英豪，非徒義氣忠堪表。一百八待銅柱勳標，二十四繼凌烟畫描。

（宿元景上。白）聖旨下。（衆朝臣跪介）（宿元景）聖上有旨，梁山泊衆將已經面見，知其感戴國恩，委實可嘉，各賜蟒袍一襲，玉帶一圍。盡卸甲胄，俱穿蟒服。着兵部官員率領，在五鳳樓前謝恩。（衆文官）領旨。（宿元景下）（二官虚下，作傳介，就上）（衆文官起。唱）

殊恩叠沛由來少，儘輝煌命服天章耀。試看那恁開創的梁山，

怎想到受招安兒，

五鳳樓前齊舞蹈？

（前十二員武將官率領梁山一百八人，盡穿紅蟒，各執朝笏上。唱）

【八轉】聖天子山河一統，衆宰輔皋夔接踵。可知主上是真龍，仰垂裳九重九重。沛恩膏，沾丐亘，提封合，車書争上昇平頌。慶遭逢也麽哥，效丹衷也麽哥，翹首兒肅恭，世際中天瑞日兒紅。

（齊跪謝恩介。唱）

謝吾皇錫寵錫寵，蟒玉章身被殊榮。竊臣等稽首誠惶恐，愧無功也麽哥，喜無窮也麽哥。只落滑鞠脭鸞披拜舞同。

（宿元景在樓上，傳上。白）聖上有旨，即着光禄寺大排筵宴，慶賞宋江等。即着在廷諸臣，俱在大殿陪宴。謝恩。（衆謝恩介）

（宫官）退班。（宫官、太監等下，場上撤高臺、布城等物。衆唱）

【九轉】五百載欣逢昌運，九五位瞻依禁近。笑從前十年辛苦涉風塵，踞梁山潛踪兒遠遁。值天朝降勅也承恩，更許嘗尚方仙品。光瀲灔金樽叠進，御筵前鋪着錦裀。侑霞觴樂奏南薰，身沾異數迥超倫。思報稱涓埃難盡，惟有辦丹心一點舒忠藎，萬千秋翊贊今堯舜。猛擡頭，勃鬱擁祥雲，猶望見朝罷金爐相對引。

【收尾】真個是高懸日月乾坤麗，誰及俺會合英雄今古稀。願長此衅藏戈甲抒康濟。喬煌煌錦衣，艶晶晶節霓，端不負璇圖光耀天顔霽。

（下）

## 第十三出　宋江分兵期滅賊

（燕青披掛，手捧一手卷上。唱）

【點絳唇】巧慧天生，秉心骨骾。傳軍令，“浪子”燕青，是咱名和姓。

（白）我乃“浪子”燕青是也。只爲我梁山泊聚集英雄一百八員，蒙聖恩降詔招安，都到東京大加賞賚。近日，河北田虎佔了五州五十六縣，勢甚猖獗。俺宋大哥要替國家出力，求宿太尉保奏平賊。龍顔大悦，就封俺宋大哥爲平北正先鋒，盧大哥爲平北副先鋒之職。即日率領正偏將佐，起兵前往。蕩平之後，還要論功陞賞，加封官爵。我前日在雙林鎮經過，遇着一人叫許貫忠，贈我一手卷。原來是三晋山川城池關隘之圖，一切用兵屯扎、埋伏、厮殺等事細載明白。今日兩先鋒參謀陞帳，分撥諸軍。不免前去先献此圖，就可指日成功。正是：前生夙有封侯骨，今日先徵献賦才。（下）

（内吹打，場上搭高桌，施帳幔，放令旗、令箭、寶劍、印匣各架）

（衆軍執旗幟上，左右跕介）

（中軍官執令旗引宋江、盧俊義、吴用、朱武、公孫勝披掛上。唱）

**【又一體】水泊羣英，新除將領。承朝命，飛旆長征，刻日清梟獍。**

（白）俺乃河北正先鋒宋江是也。俺乃河北副先鋒盧俊義是也。俺乃參謀吴用是也。俺乃參謀朱武是也。俺乃參謀公孫勝是也。（宋江、盧俊義）今日某等歸命聖朝，宣威河北，務要馬到成功，全仗參謀大力。（吴用白）二位先鋒放心，那田虎不過沁源一獵户，少有膂力，身處萬山之中，易于哨聚。又值水旱頻仍，人心思亂之時，因而糾集亡命，揑造妖言，煽惑愚民。更兼朝廷不以爲意，所以猖獗。如今二位先鋒兵到，正如摧枯拉朽耳。（宋江、盧俊義）雖然如此，他佔了五州，我們從那里起手？（吴用）適纔燕青兄弟獻一三晋山川城池關隘之圖，賊中情形，小弟已燎①如指掌了。如今，只要兵分兩路。（宋江、盧俊義）那兩路？（吴用）東一路渡壺關取昭德，由潞城、榆社直抵賊巢，之後却從大谷到臨縣會兵。（宋江、盧俊義）西一路呢？（吴用）西一路取晋寧，出霍山取汾陽，由介休、平遥、祁縣直抵威勝之西北。合兵臨縣，取威勝擒田虎便是。（宋江、盧俊義）如此，須先分定纔好。（吴用）小弟已經鬮分在此，宋先鋒是東一路，盧先鋒是西一路。如今，只消把大小將領一分就是了。（宋江、盧俊義）如此甚好！（中軍白）請二位先鋒、參謀陞帳。（内吹打作開門介）（三人陞帳介）（吴用）中軍過來，吩咐衆將，今日兵分兩路，東一路在東，西一路在西，不許攙越。（中軍）吠！衆將官聽者：參謀有令，今日兵分兩路，東一路在東，西一路在西，不許攙越。（内應介）

（中軍上。白）傳過了。（吴用）吩咐起鼓。（中軍白）吩咐起鼓。（内起鼓介）（吴用）傳衆將上帳聽令。（中軍傳介）

（衆將上。白）先鋒、參謀在上，衆將打躬。（宋江）侍立兩傍。（衆應，分介）（吴用）你看戰士如雲，猛將如虎，不怕河北不成功也。（吴用、宋江、盧俊義、朱武、公孫勝同唱）

---

① 應爲“瞭”。

【四邊静】熊羆虎豹真彪炳，結束更奇整。河北小么麽，怎保殘生命。

（衆將唱）

鼓鼙震霆，旌旗轉明。香靄陣雲平，詰朝好厮併。

（宋江白）衆將官，今乃黄道吉日，就此分兵前去。（衆應介）

（同唱）

【又一體】刀鎗劍戟霜鋒冷，不是舊行徑。戮力報皇朝，名與凌烟並。

（合前）

鼓鼙震霆，旌旗轉明。香靄陣雲平，詰朝好厮併。

【尾聲】征塵四野馳金鐙，自有個出奇制勝，直把那三晋雲山一廓清。

（下）

## 第十四出　急交绛瓊英飛石

（衆小軍、葉清引鄔梨上。唱）

【新水令】新朝勳戚應時昌，統貔貅旌旗飄漾。嬌兒呈妙技，老父仗餘光。戰勝名揚，指日宋師喪。

（白）吾乃晋王國舅樞密使鄔梨是也。原是威勝富户出身，只因大王起兵，聘了俺親妹爲正宫，因此封俺爲國舅兼樞密之職。向年曾擄一女子，名唤瓊英，就撫他爲女，不異親生。誰想我女兒夢中淂異人傳授，諸般武藝件件皆精。更能飛石打人，百發百中。今年已長成一十六歲，幾番欲將他許配與人。奈他誓愿要與他一般會打石子的纔配他，這也可笑淂緊，那里去尋這樣的人？近日，宋朝差了宋江、盧俊義前來交戰。現今圍困昭德，俺只淂奏請帶兵前來救援。又保舉俺幼女瓊英，大王甚喜，就封他爲郡主。今日起兵。葉清，過來，即請你小姐披掛上堂。（葉清應介）（向内白）就請小姐披掛上堂。（内應介）來也！

（瓊英披掛上。唱）

【駐馬聽】弱質戎裝，弱質戎裝，姿態風流春色盎。威名遐暢，熊羆簇擁杜蘭香。

（白）爹爹萬福。（鄔梨白）罷了。兒嗄，看你金釵插鳳，鎧甲披銀,好一個女將軍也!(瓊英白)爹爹,孩兒既爲先鋒,就要出去廝殺了。(鄔梨)我兒,軍旅之事,不可造次。(瓊英)那幾個毛賊,何足懼哉?(鄔梨)好!大小三軍,就此殺上前去。帶馬!(衆應介)(同唱)

英風颯爽三軍壯,馬蹄蹀躞五花良。若探囊,個中消息應無兩。

(下)

(衆軍士引王英、扈三娘、孫新、顧大嫂、林冲、李逵、魯智深、武松、解珍、解寶、宋江上。唱)

【沉醉東風】聽北虜英雄女將,戰南朝豪傑兒郎。虎旅羣蛾眉樣,紅裙隊緑鬢旗張。

(白)俺宋江自取了昭德,正要乘勝直抵賊巢。探馬報來,又有國舅鄔梨帶兵前來,用一女將爲先鋒。(王英)既是女將,我王英願先出馬。(宋江)也罷!王英、扈三娘、孫新、顧大嫂聽令,你領騎兵一千,先行哨探北軍。(王英衆下)李逵、魯智深、武松、解珍、解寶、孫立、林冲聽令,尔等只分左右策應,不淂有違。(衆)淂令。(宋江唱)

只要你先鋒直入擣中央,還教左右翼齊聲攔擋。

(衆應下)(宋江上高桌介)

(瓊英領衆上)(王英出馬架住。白)來將通名。(瓊英)奴家乃先鋒將郡主瓊英,你們不過是些打家劫舍的小賊,也敢來通名道姓麽?(王英)好罵,好罵!你就駡我兩句也快活。(瓊英)這厮可惡,誰替你多言。看鎗!(瓊英與王英殺戰,王英跌倒介)

(扈三娘出戰介)

(孫新、顧大嫂作抬王英下,顧大嫂接戰介)

(瓊英敗介)(扈三娘追介)(瓊英囊中取石,打扈三娘手腕,撇刀逃去)(瓊英追,顧大嫂作遮攔介,下)

(孫新又上,接戰介)(瓊英囊中取石,打孫新頭,敗下)

(李逵接戰科,打李逵下)(解珍、解寶接戰,打解珍跑下)

(魯智深接戰,打跑魯智深)(瓊英追下)(宋江白)這女將軍好利害飛石也!(唱)

【鴈兒落】則見他似走丸脱手良，則見他如挾弹隨身放。則見他落將來雨點般，則見他承將去流星様。

【得勝令】呀！則見他激飛雹過銀塘，則見他如擲果打情郎。説什麼演陣法逢諸葛，説什麼逞奇謀遇子房。

(鄔梨、徐威領衆上)

(孫立、劉唐領衆上，戰)(孫立敗，鄔梨追介)(孫立拈弓搭箭，射鄔梨落馬，徐威死救，衆軍抬下)(宋江下高椅介。孫立見介)

(孫新、顧大嫂、武松、林冲上，見介)(孫立白)那鄔梨中箭而逃了。

(衆上。白)那瓊英見他父親被傷，也鳴金收軍了。鎗傷了王英，打傷了林冲、扈三娘、李逵、解珍、解寶，不見了魯智深，特來繳令。(宋江)我自起兵以來，北軍從無此利害，這便怎麼處？(唱)

昂昂，只道你飛石應無兩。蹌蹌，可知我良弓也少雙。

(郁保四上。白)啓上先鋒，拿淂奸細一名，聽候發落。(宋江)叫什麼名字？(郁保四)叫做葉清。(宋江)帶過來。

(作帶進葉清介，跪介)(宋江)放了綁。(葉清)多謝先鋒。葉清有句話，乞屏左右。(宋江)我這帳前都是心腹之人，但説不妨。(葉清)小人雖是鄔梨國舅名下總管，其寔小人原是介休良民。因家主遭亂被殺，只帶淂小姐瓊英逃難。不想又被鄔國舅搶來，做了女兒，終日賊巢度日。要想報仇，苦無機會。如今天兵到來，我家小姐亟欲歸順，未敢造次。適纔鄔國舅被傷藥箭，勢甚危急，叫小人出城覓醫，故引冒犯轅門，敬陳苦况。先鋒若可憐見，生死感恩的。(唱)

【收江南】都只爲小人冒死訴衷腸，幾年認賊作爺娘。望將軍妙計救紅粧，把深冤報償，翦除巨寇姓名香。

(宋江)看他情真色慘，料非虚誑。你且起來。(葉清應介，起介)(宋江)左右，叫安道全、張清過來。(左右傳介)

(安道全、張清上。白)先鋒，有何吩咐？(宋江)如今鄔梨中了藥

箭，危在旦夕。于中瓊英小姐有意歸降，你二人改作全靈、仝①羽，同了葉清去，相機行事。（唱）

【沽美酒】一個叫全靈挈藥囊，一個叫全羽隨衣仗②。只要你顯出神醫海外方，慢慢的把甘言試嘗，若比武藝無多讓。

【太平令】直到的桃李來往，忒分明威鳳求凰。芙蓉帳紅絲牽上，鴛鴦被青霞幾緉。俺呵，人强馬壯，恁休戀衾香枕香。

（葉清、安道全、張清白）淂令。（下）（宋江）就此扎營。（衆應介）（合唱）

呀！請看俺衆弟兄摩拳擦掌。

（下）

## 第十五出　乍比勢全羽成親

（院子扶鄔梨，瓊英隨上）（鄔梨唱）

【西地錦】堪怪强梁鳴鏑，毒藥暗賁金鈹。

（瓊英唱）

吉人天相投良劑，只爲遇着神醫。

（白）爹爹萬福。（鄔梨）我兒罷了。我前日身被毒箭，幾乎性命不保。幸淂葉清尋那全靈、全羽弟兄前來醫治。外使敷貼之藥，内用長托之劑。三日之間，就痊可了。真是萬幸。（瓊英）這都是爹爹吉人天相。（鄔梨）院子，叫葉清喚全靈、全羽進來參見。（院子傳介）

（葉清引全靈、全羽上。白）自操起死回生術，來作偷天换日人。（葉清）住着。（進見介）全靈、全羽弟兄傳到。（鄔梨）唤他進來。我兒廻避了。（瓊英）曉淂。（全靈、全羽進見介）國舅在上，全靈、全羽弟兄參見。（鄔梨）起來。看坐來與他弟兄坐了。（左右應介）（鄔梨）我此番身被毒箭，全仗先生妙手。你是何方人氏，

① 應爲“全”。

② 鈔本此字作“袱”。

幾時在此行醫？細細説與我知道。(全靈白)醫人是江南人，幼淂異人傳授，諸般雜症，應手而效。(唱)

【降黄龍】家世江南，異授仙方，配合精奇。任諸般雜症，走入膏肓，死去生回。

(白)這全羽是醫人兄弟，自幼學成武藝，更能飛石打人，百發百中，望國舅提拔。(鄔梨)也能飛石打人？這也奇怪！(全靈、全羽合唱)

如飛探囊取石，打教人血流被體。望恩慈提携，驅遣馬前宣力。

(内一探子上。白)報，宋江又領兵攻城了。(鄔梨)再去打聽。(探子應下)(鄔梨)嗄！我連日不曾出戰，這厮又來打城。葉清過來，傳令教場整點兵馬，令郡主出去迎敵。(葉清應介)(全羽白)啓上國舅，小人蒙恩抬舉，無可報効。今宋江兵馬臨城，小人不才，願假一旅之師，殺他片甲不回。(唱)

【黄龍滚】戎裝震虎威，戎裝震虎威，少展平生技，願領一旅師，把么麽草寇平如洗。

(鄔梨)壯哉，壯哉！你方纔説能打飛石，你敢與郡主比試麽？(全羽)小人乃卑下之人，怎敢與郡主比試？(鄔梨)比較武藝，何分貴賤？葉清過來，一面領全羽去裝束，一面請郡主披掛。(葉清應介。領全靈、全羽下)(鄔梨唱)

看他風流倜儻，諒非凡輩。鬭飛石，女投桃，男報李。

(瓊英披掛持鎗上。唱)

【神仗兒】雕戈畫戟，雕戈畫戟，旌旗旖旎，想英雄到矣。

(白)適纔葉清來傳父親之命，説那醫人之弟全羽也能飛石打人。又聞淂那生一表非俗，就在本府演武廳比試。且看是如何！(唱)

聽説容儀俊美，怕的是外强中乾，虎皮羊質，負金閨嬌艷姬，負金閨嬌艷姬。

(鄔梨)我兒，你可與全羽比較一番，就到後園去。

(葉清引全羽上。見介)郡主在上，全羽少禮。(瓊英)既如此，若有傷損，休淂見怪。(全羽)郡主放心，試看如何？(作厮殺介)(瓊英敗，全羽追介)(瓊英飛石介，全羽作接介)(三打三接介)

(鄔梨上。白)你們都住了手。(兩人停鎗介)(瓊英下)(鄔梨白)我家郡主原有誓愿,能打飛石者與他作配。今看你飛石不在郡主之下,今日是黄道吉日,就成花燭禮罷。(全羽白)多蒙垂爱,感徹五中。但郡主是一金枝玉葉,全羽是個俗子村夫,匹配不倫,有玷門楣,不敢從命。(鄔梨)郎才女貌,寔是天緣。一面吩咐預備喜筵鼓樂。你同你妻安氏竟做大媒,速請改粧拜堂罷。唤儐相。(葉清引全羽下)

(内細樂)(扮儐相上。白)國舅大人在上,儐相叩頭。(鄔梨白)就請新貴。(儐相)伏以郡馬是虎頭燕額,郡主是玉葉金枝,果然是王侯之配。不數他桃李之姿,嬌滴滴三千粉黛,喜孜孜八百胭脂。今夜既成鳳友,明年定産麟兒。就請上堂交拜。

(葉清引全羽,安氏引瓊英,院子、丫鬟隨上,作交拜行禮)(鄔梨作安席介)(儐相下)(衆唱)

【畫眉序】合卺百年期,豈料牽絲是抛石。喜檢書月老,巧作良媒。臺下列鳳瑟鸞笙,座間進金漿玉醴。真真好個風流婿,今宵共祝齊眉。

(鄔梨白)就此送入洞房。(内細樂)(鄔梨、院子下)(丫环持花燭,葉清、安氏作送全羽、瓊英入洞房介。更衣介)(全羽白)你們都廻避了。(衆)曉淂。(衆下)(全羽白)郡主,我與你雖則天緣凑合,若非郡主誓愿在先,那有今日?(瓊英)人謀天意,都是前緣。淂侍君子,寔深萬幸。(全羽白)郡主,我與你既成夫婦,諒無嫌疑。我有句心事,不知可説淂否?(瓊英)願聞。(全羽唱)

【鮑老催】衷情訴伊,投明棄暗須究推,赤繩自是前生繫。

(瓊英)嗄!這等説,難道你是奸細麽?(全羽白)我非奸細,我乃宋江麾下"没羽箭"張清。(瓊英)既是宋將,怎麽假托名姓誆騙婚姻?(全羽)郡主不要高聲,只因你父親中箭,差葉清出城覓醫。那知葉清竟投奔我寨中來,備細説郡主久有歸朝之志,且有父母之仇未報。故爾假托醫人,潜觀動静。豈知天緣凑巧,就有花燭之事。(唱)

非許僞,來探訪你仇敵,拚身虎穴尋消息。豈知作合成連理,早建功,莫遲滞。

（瓊英白）郡馬，奴家只爲田賊未除，親仇未報，故此隱忍以待時。今既淂郡馬相助，料想就有見天之日了。但不知計將焉出？（唱）

【下小樓】聽言已知就裡，念親仇只痛悲。誓將强賊盡誅夷，全仗仙郎妙計，還要不露端倪。

（全羽白）郡主，明日先將鄔梨鴆死，星夜叫葉清賫表去，説已招郡馬甚是驍勇，即日要來保駕。况聞淂田賊知宋兵連勝，要自己親征，威勝必虚。我和你分作兩路，我擒田虎，你入威勝，兩下成功，豈不妙哉？（瓊英）郡馬之計甚好。（全羽）夜已深了，請睡罷。（唱）

【尾聲】今宵喜共鴛鴦被，到明日先鴆鄔梨，還待把田虎生擒，芳名竹帛垂。

（下）

## 第十六出　宋江奏捷平河北

（葉清披掛上。唱）

【北粉蝶兒】天道無常，説不的天道無常，冥漠中安排停當，空教我抱怨恨撑破肝腸。

（白）我葉清只爲瓊英小姐與宋將張清成親之後，已將鄔梨鴆死。又叫我飛報田賊，説郡馬要來保駕。那田賊信以爲然，日盼他來。如今宋兵東路打破了榆社、太谷，西路又打破了平遥、介休。昨日聞淂水又灌了太原城，田賊大怒，留了兄弟田豹、田彪在威勝，輔太子田定監國，自己統領尚書李天錫、鄭之瑞，樞密薛時、林昕，都督胡英、唐顯及御林指揮校尉等，挑兵十萬親征，已駐銅鞮山南數日了。今早探馬報來，説宋江兵到，今日交鋒。我想田賊今番料難存活也。（唱）

虎離山，鼠離穴，看他個有何伎倆。今日裡決戰沙場，論事勢易如反掌。

（下）

（扮衆軍士旗幟、金瓜、鉞斧，李天錫、鄭之瑞、薛時、林昕、胡英、

唐顯、葉清引田虎，張曲柄飛龍黄傘上。唱）

【南好事近】割據幾星霜，不憚親征勞攘。黄旗左纛，帝制居然相抗。貔貅十萬赭黄袍，穩坐中軍帳。

（葉清白）葉清參見。（田虎白）起過一邊。（應介）（田虎白）寡人乃晋王田虎是也。自從起兵以來，已佔了五州五十六縣，正要殺進東京，問那道君皇帝讓位與俺。不想宋朝招安了梁山大盜，就用他爲先鋒，把寡人所佔州縣盡行恢復。止有襄垣鄔國舅新招一郡馬，驍勇非常，同郡主武藝一般。不想鄔國舅又病亡了，劉軍師又不知去向。寡人只淂留太子監朝，御駕親征。衆將官，就此起行。（衆應介。唱）

率如林掩殺王師，料宋室江山在掌。

（下）（衆軍士引孫新、顧大嫂、王英、扈三娘、孫立、朱仝、燕順、吴用、宋江上。唱）

【北石榴花】俺只爲旬時恢復舊封疆，一處處士女進壺漿。更喜的埋名張頎匹配蘭香。

（白）我宋江奉命北征，已經恢復數州郡。張清兄弟又招贅瓊英，自應不日成功。如今田虎親自出來監戰，衆位兄弟，今日務須努力，擒此逆賊。（衆）淂令。（唱）

成功在半晌，計日奏明光。

（田虎領衆上，作對陣介）（田虎、宋江上高椅介）（衆作對戰介。宋軍敗，北軍追介）

（劉唐、鮑旭、項充、李衮作領標鎗、團牌、飛刀手上，北軍冲作兩路敗下。田虎跑下）（衆白）啓上先鋒，北軍大敗，田虎走了。（宋江）快些追上。（唱）

遥望見亂紛紛，遥望見亂紛紛，一霎時喬作無投向，引的他横遭魔障。竟做了兩下分張，竟做了兩下分張，好教人玩弄他股掌兒上，還須要趁勢逐亡羊。

（下）

（衆軍士、胡英、唐顯、葉清引田虎敗上。白）嗄，不好了！我軍正爾淂勝，忽被他籐牌軍將我軍分作兩断，把李天錫、鄭之瑞、薛時、林昕的兵都冲散了。這便怎麽處?(内呐喊介)(田虎白)那邊又有一彪軍馬突至,這是天喪孤也。

(一小軍上)啓上大王,這是平南先鋒郡馬全羽兵到了。(下)

(田虎白)快些宣進來救駕。

(全羽領衆上。唱)

【南好事近】良緣飛弾打鴛鴦,天教鼠賊淪亡。一腔忠義,埋名暫從狐党。

(全羽白)臣啓大王,甲冑在身,不能行禮,望恕臣萬死之罪。(田虎)恕卿無罪。寡人正在危急,將軍從天而降,卿其盡心保駕,倘淂中興,皆卿之力。(全羽)臣啓大王,事已至此,周圍皆是宋兵,速請大王駕幸襄垣,權避敵鋒纔好。(田虎)但憑郡馬調度,就此起行者。(衆唱)

乘龍貴客作前驅,引入扶風帳。盻銅鞮營寨烟消,走襄垣窟穴身藏。

(下)

(宋江領衆上。唱)

【北鬬鵪鶉】恰正好對陣兵交,恰正好對陣兵交,猛聽的銅鞮炮响,氣騰騰冲断重圍,氣騰騰冲断重圍,生擦擦中分作兩,全虧了帷幄中間一智囊。

(宋江白)今日全虧參謀將田虎十萬兵冲淂七零八落,可見銅鞮不可恃也。(吴用)此時張清想誘他襄垣去了。我們急急赶去。(宋江)有理。(仝唱)

他喜孜孜錯認作勤王,那知道圈套裝成,那知道圈套裝成,眼睁睁直投羅網。

(下)

(場上擺布城,上懸"襄垣縣"一匾額)(衆引田虎上。唱)

【南撲燈蛾】争攘攘摧殘龍虎軍,雄糾糾忽來熊羆將。望悠悠駐蹕到襄城,早則見女墻高敞。

(衆作進城介,内响動,呐喊介。白)田虎要拿活的。(田虎白)嗄,不好了!城中有变,快些走罷。(唱)

戰兢兢魂飛魄越,止落淂加鞭去避鋒釯。

(白)哎!我田虎本是亂民,妄干天位。如今進是孤家,退是寡人了,不如尋個自盡罷。咦!你看那邊好像葉總管、全郡馬,想是來救駕的。

(葉清、全羽領衆上。唱)

眼見那大憝元惡,他那知灾禍起蕭墻。

(白)軍士們,把田虎拿下了。(作拿田虎介)(田虎白)你是全郡馬,爲何拿我?(全羽)我乃宋軍大將張清。(田虎)完了!葉總管,你受我的恩不淺,爲何反主?(葉清)田賊,你害我主公、主母,今日方淂報仇雪恨。

(報子上)宋先鋒到。

(宋江領衆上)(張清、葉清衆擒田虎見介)啓上先鋒,田虎已擒,特請鈞令。(宋江白)就上檻車。(軍士推田虎下)

(瓊英領衆拏田豹、田彪上。白)河北妖氛净,山東氣概雄。

(安道全上。白)啓先鋒,郡主淂勝而回。(宋江白)就請進來。(相見介)(張清白)郡主好奇功也!過來見了大伯。(宋江)這就是郡主麽?這拏的是什麽人?(瓊英)奴家領兵賺開威勝城門,那僞太子田定已自刎而死,現拿淂田豹、田彪在此,聽候先鋒發落。(宋江)吩咐一齊上了檻車。(軍士應介)(推田豹、田彪下)(宋江)賢夫婦雙建奇功,真堪慶幸。(衆白)恭喜先鋒,我們初受招安,五月之内,就誅此首惡。這要筭初出茅廬第一功也。(宋江)這都是聖天子洪福齊天,衆兄弟同心戮力。一面表奏朝廷,各處安民;一面押解衆賊,到東京獻俘便了。(衆應介,行介。唱)

【北尾聲】掃欃槍清逆党,河北重瞻日月光,這要算初出茅廬第一場。

(下)

## 第十七出　王慶興師起大房

(李助、方翰、段二、段五、范全、龔正、邱翔、杜嵒、謝宁上。唱)

【菊花心】英雄豈論出身低,翊霸匡王須自知。文武兩班齊,半是封侯骨氣。

(白)俺乃軍師都丞相李助是也。俺乃樞密使方翰是也。俺乃護國統軍大將段二是也。俺乃護國統軍都督段五是也。俺乃殿帥范全是也。俺乃轉運使龔正是也。俺乃御營使邱翔是也。俺乃都督杜嵒是也。俺乃統軍大將謝宁是也。今日楚王陞殿,不免在此伺候。

(八軍士持金瓜、鉄鉞,宫監、宫娥引王慶上。唱)

【又一體】披荆斬棘啓王基,劉、項何妨舉義旗。割劇①有淮西,早識其中天意。

(白)寡人乃楚王王慶是也。原是東京開封府人氏,生來勇略過人,機謀出衆。只因與小人不合,以致顛沛流離,逼我到大房山落草。抗拒官軍,攻破城池,已佔踞了八州地面。因此在這南豐創造宫殿,建號改元,只等打破東京。(笑介)看那道君皇帝讓喒也不讓咱。只是聞淂宋朝又派兵來厮殺,特宣諸臣計議。内侍,宣諸臣上殿。(宫監)大王有旨,宣諸臣上殿。(衆)領旨。(作見跪介。白)臣等見駕,願大王千歲。(宫女白)平身。(衆朝臣白)千歲。(起介)(王慶白)今日宣諸卿到來,非爲别事,只爲我兵正要攻打魯州、襄州,聞淂宋朝用了宋江爲先鋒,來救宛州,已屯駐于方城山了。不知諸卿計將安出?(李助白)臣李助謹奏,臣聞宋江乃梁山劇盗,道君皇帝降詔招安,新平河北而回,共有一百八員猛將,甚是利害。望主公不可輕覷。(唱)

【好事近】水泊號渠魁,百八强梁無比。束身歸命,新平河北鋭氣。虎威狐假,統貔貅,煞有如潮勢。望吾主庙筭無輕,勅守臣相機隄備。

(段二、段五白)臣段二、臣段五謹奏,那宋江不過是草窃英雄,原無大志,何必長他人志氣,滅自己威風?况且宛州是劉敏把守,驍勇絶倫。前者蔡攸、童貫之兵被劉敏殺淂大敗虧輸,那宋江何足惧哉?(唱)

【千秋歲】奏明廷,俯納微臣啓,論抗拒官軍兒戲。那草窃英雄,草窃英雄,幾曾有童、蔡當年威勢。我旌旗整,刀鎗利,軍聲壯,謀臣偉。直殺到東京裡,看取宋朝天子,何處棲遲。

---

① 應爲"據"。

(王慶白)卿言是也。只是一件,不備不虞,不可以師。都督杜嵒。(杜嵒跪白)臣有。(王慶白)你可領二萬接應西京。(杜嵒白)領旨。(王慶白)統軍大將謝宁。(謝宁白)臣有。(王慶白)你可領兵二萬接應荆南。(謝宁白)領旨。(王慶白)轉運使龔正。(龔正白)臣有。(王慶)你可往來督運粮草,接濟兩軍。(龔正)領旨。(王慶)倘若殺退宋江,即趁勢進取東京。聽我吩咐:(唱)

【越恁好】閫干天位,閫干天位,幾載弄潢池。説甚官軍難拒,守和戰總披靡。我增兵益將兩分岐,何愁鼠輩。

(衆白)大王神武勝筭,寔非臣等所能仰窺。此番一定成功也。(唱)

些時,早奪取也梁山幟。些時,早殺入也東京地。

(王慶起身介)(宫監、宫娥、衆軍士擁王慶下)(衆朝臣仝下)

(杜嵒、謝宁、龔正吊場介)(衆軍士執旗幟上)(杜嵒、謝宁、龔正仝白)大小三軍,就此分兵到西京、荆南二路去者。(衆應介)(仝唱)

【紅綉鞋】如雲將士星馳,如雲將士星馳。助守兩處城池,助守兩處城池。帥虎旅,趁雄飛。滅趙宋,擴丕基。大楚國,萬年期。

【尾聲】房山落草原非意,主和臣不圖今日,直要到殺退官軍方是喜。

(下)

## 第十八出　朱武大破六花陣

(衆軍士、楊志、索超、徐寧、燕青、解珍、解寶、施恩、孫立、單廷蛙①、魏定國、陳達、楊春、鄒淵、鄒潤、薛永、李忠、穆春、阮小二、孫新、孔明、朱貴、湯隆引盧俊義、朱武執令旗,仝公孫勝上。唱)

【鬬鵪鶉】剛則是河北初平,怎又來淮西肆擾。一謎裡掠地攻城,猛可的僭王建號。俺這里奉命馳驅,止合是統軍蕩掃。望賊氛,極目遥。且屯

① 應爲"珪"。

駐伊闕山南，徐圖征討。

(白)俺乃副先鋒盧俊義是也。俺乃朱武是也。俺乃公孫勝是也。(盧白)二位，只爲宋先鋒纔平河北，又奉旨征勦淮西，起兵以來，剋了宛州，下了山南。如今荆南將破。昨日，接有陳安撫奉樞密院劄文，説西京寇盜摽掠東京屬縣，須先平復西京，然後功勦王慶巢穴。宋先鋒因與俺分兵，教俺收復西京，他自攻打京南。分淂戰將二十四員，往西京進發。二位不知有何高見？(朱武、公孫勝白)聞淂西京城内是僞宣撫使龔端與僞統軍奚勝守把。那奚勝統軍曾習陣法，頗知其妙，一定要演出他的本事。如今我兵且在伊闕山屯住，再去探聽。(盧白)甚妙！

(探子上。白)報：啓上先鋒，賊軍中已在那里佈成陣勢了。(盧白)賞你銀牌，再去打聽。(探子)謝爺賞。(下)(朱武白)賊軍既已擺陣，且到伊闕山那里，觀看賊勢動静便了。(盧俊義白)衆將官，就到伊闕山去。(衆應介)(仝唱)

【紫花兒序】他止仗着些蟻屯烏合，説甚麽連雲灌水，不争的擊鐲鳴鐃。早則是龍蛇飛動，不分明鵝鸛飄颻炰烋。笑他們呐喊摇旗，早把人驚倒。哄的人落他圈套，霎時間似雪澆湯，如火焚毛。

(下)

(龔端、奚勝領衆上。唱)

【調笑令】旋繞擁旌旗，少什麽黄石武侯及尉繚。也不用綸巾羽扇矜談笑，一指麾烟雲籠罩。止賺淂英雄入彀歸掌握，不眨眼火滅烟消。

(白)俺大楚國宣撫使龔端是也。俺大楚國統軍奚勝是也。(龔白)統軍，如今宋兵壓境，我和你恊同鎮守西京，但不知統軍何以迎敵？(奚白)自古水來土掩，兵來將迎。聞淂他屯住伊闕山下，我已在山前平坦處擺成陣勢。那些草寇安知就裡，只要他落在我圈套中，少不淂一一就擒。(龔白)如此，就請統軍上將臺觀陣者。(作上將臺介)(衆軍上介)(奚勝)衆將官，與我擺陣者。(衆應介)(奚勝、衆仝唱)

【禿厮兒】齊擺着浩浩方圓一妙，現放着明明内外雙交。止教他分行别隊包大小，誰識取這根苗蹊蹺。

（作擺成外方内圓陣介。外方四正用正色旗，四隅用間色旗。内圓用二十四人執械爲圓樣介）（盧俊義白）衆將官，隨我打陣者。（衆將應介）

（盧俊義引衆將上，作打陣介）（對戰介）（奚勝軍敗下，宋軍追下）（朱武唱）

【聖藥王】俺這里把令招，他那里策馬逃，那些個旗迷轍亂畫難描。他不學姜子牙藴六韜，他不學宋襄公恕二毛。恰便似八公山上魄魂消，弄的來艸木盡弓刀。

（衆大將上，對戰介）（奚勝軍敗下）（朱武下高椅介）

（衆將上。白）啓上先鋒，賊軍大敗，奚勝走了。（盧白）全賴參謀妙用，破了他陣法。（衆白）今日此一陣也喪敵人之胆。（盧白）只是西京城池堅固，急切不能滘破，如何是好？（公孫勝）今夜待貧道略施小術，助先鋒成功，何如？（盧白）如此甚妙！衆將官，就此起兵前去。（衆應介）（仝唱）

【煞尾】也不用駕衝車跟着轟雷炮，也不用竪雲梯陰穿地道。只須施小技碧烟籠，管教把一座鉄桶西京白滘了。

（盧白）衆將官，把西京團團圍住者。（衆應介，圍城）（下）

## 第十九出　一清作法取西京

（場上擺布城，上懸“西京”匾額）（龔端、奚勝上城樓坐介。唱）

【綿搭絮】堂堂軍陣，枉自費心多。世事蹉跎，株守孤城可奈何。

（衆軍領衆上，作圍城繞墻下）（龔端白）統軍，陣法已破，宋軍四下攻城，如何是好？（奚白）我也不想宋軍也有這等利害人。爲今之計，只有令軍士加緊守城便了。（唱）

恨么麽四面干戈，真個上天無計，勢若籠鵝。

（龔白）前日楚王已派杜將軍來同守西京，爲何還不見到？（奚白）那邊塵土起處，想是杜將軍來也。（唱）

遥望那滚滚塵氛，好整旗鎗接應他。

（杜嶨領衆上。唱）

【水底魚兒】冲破烟蘿，名齊老仗波。西京單弱，提師振海螺，提師振海螺。

（宋軍士攔住，混戰介）（宋軍下）（杜嶨白）俺杜嶨奉楚王之命，帶領二萬人馬助守西京。不想官軍正在圍困，因此衝破重圍，來此已近城門了。（唱）

揮動金戈，重圍辟易過。莫愁城破，增兵益餉多，增兵益餉多。

（龔端、奚勝白）那來者莫非杜將軍麽？（杜白）宣撫、統軍，别來無恙。（龔白）吩咐快開城門。（衆應介，作開門）（杜嶨領衆進城介，下）

（扮巡城、更夫持梆鑼上。白）列位纔奉杜將軍之命，叫衆軍輪流巡更，只過了今夜，明日要殺的宋軍片甲不回的。

（内打二更）（公孫勝上。唱）

【山桃紅】則爲這危城一座，抵多少佛地三摩。這答兒輕條脱，早更嚴警呵。

（白）我公孫勝適纔奉盧先鋒之令來破西京城，待俺作法者。（作拔劍捻訣。白）值日神將何在？

（扮值日神將上。白）吾師有何法旨？（公孫勝）可同諸神作霧，把西京城團團罩住者。（神將白）領法旨。

（扮八神將、八小鬼上）（公孫勝唱）

則見他驅役神魔，霎時間烟生白波。教他們雲裡存霧裡過，睋雙睛渾無那也。那知我就裡機緘妙用多。

（白）衆軍士可帶雲梯，緣上女墻者。（衆應介）（上，抬雲梯爬城介）（公孫勝唱）

任你上城垛，與君奈何，只索要洗蕩妖氛一會呵。

（下）

（内作連珠炮响、吶喊介）（城上作打宋軍旗號，各持火把上）

（盧俊義、朱武、公孫勝領衆上，作殺入城介）（場上撤布城介）

（龔端、奚勝、杜嶨領衆上，混戰介）（作殺龔端、奚勝、杜嶨介）（衆軍士伏地介）我們都是好百姓，迫脅從賊的。（盧白）有令在先，恕爾無罪。到軍政司登注名册，派隨大軍便了。（衆磕頭介）多謝先鋒。(盧俊義白)公孫先生,今番是你第一功也。(公孫勝白)都仗先鋒虎威。(盧俊義白)如今先到宋先鋒處報捷,我們一面出榜安民,一面查點府庫錢粮,就交與公孫先生鎮守。我們統領衆軍往荆南去者。(仝唱)

**【豹子令】**笑他前途盡倒戈,盡倒戈。滿城鼎沸决江河,决江河。此番全仗神通大,追奔乘勝敢蹉跎,軍門奏凱競鐃歌。

(下)

## 第二十出　王慶渡江逢李俊

(場上擺布城,上綴"雲安州"區額)(城上竪一大旗,上書"征西宋先鋒麾下水軍正將混江①")

(王慶戴金幞頭,穿綉蟒袍,領衆、二内侍急上。唱)

**【哭岐婆】**一盤棋局,被人搬弄。把車輪馬足,傷殘無用。

(白)寡人自僭號以來,所向無敵。以爲可已一統山河,那知被宋江這厮連剋數州,遂及南豐。寡人只淂親帥六師,與他决戰。被他排一九宫八卦陣,殺淂我們兵馬七零八落。寡人看此光景,大有不妙。只淂領了御林親軍數百,逃出重圍。内侍,如今往那里去好?(内侍)大王,還有雲安、東川、安德三座城池,投奔那里,自有勤王之兵接應。倘若再淂中興,也未可知。(王慶大笑介)好會説話,所謂江東雖小,亦足以王。寡人果淂中興,富貴與你們共之。就此快走。(唱)

幸虧士相護中宫,殘兵孤炮空惶恐。

(左右)大王,看見雲安城了。請大王那里駐蹕。(王慶白)前面是雲安城麽?你看旗旛齊整,兵器林立,好一座堅城也。(唱)

**【又一體】**金城一座,雲安名重。看旌旆飄飖,自應固鞏。

(一軍士白)大王,不好了!怎麽城上都是宋軍旗號?(王慶)怎麽説都是宋江旗號,這便怎麽處?(内侍)大王,事不宜遲,大王

① 應有"龍"字。

速卸下袍服,急投東川而去,恐城中見了生变。(王慶)爱卿言之有理。(作脱帽、換衣帽介)(一軍士)啓上大王,這衣帽就賞了小人罷。(王慶)哇!你那里有這樣福氣?(軍士)豈不聞項羽圍困漢高,被紀信假扮出降,因此高祖淂以脱去。如今大王危急有似漢高,萬一追兵赶上,小人願捨身以作紀信。(王慶)好,你的主意也不錯!只是我大王到了東川,就要王帽龍衣接見臣下。我這一副行頭,豈是借淂出來的?不如帶着走。(内侍)啓上大王,如今只好倒捲旗鎗,大路難走,從小路悄悄兒抄過雲安城,投東川去罷。(王慶)有理。(作捲旗拖鎗悄行介。唱)

待做個割鬚棄袍學曹公,還效聖人微服而過宋。

(下)

(場上撒布城介)(扮李俊駕一漁船,一漁人摇上。唱)

**【窣地錦襠】**潯陽江上混江龍,不是尋常把釣翁。今朝又趁滿篷風,欲向餘杭沽酒濃。

(白)自家"混江龍"李俊是也。奉宋先鋒將令,着我統駕水軍船隻,與賊人大戰于瞿塘峽,殺其主帥聞人世崇,擒其副將胡俊。那胡俊狀貌不凡,因此義釋胡俊。他感恩思報,竟去賺開雲安水門,奪了城池,殺死僞留守施俊等。今聞淂大兵厮殺,想那賊若敗,必由此入川。因此叫張横、張順鎮守城池。又叫阮氏三雄也扮作漁家,分投灎澦灘、岷江、魚腹浦,各路埋伏哨探。我同童家兄弟在此探聽,那邊童家兄弟來也。

(童威、童猛各駕漁舟,二漁人摇上。唱)

**【又一體】**殺人放火逞英雄,出洞翻江號二童。此時若淂獲元兇,小艇何妨建大功。

(白)自家"出洞蛟"童威是也。自家"翻江蜃"童猛是也。今日無事,弄淂一壺酒,且去同李大哥一談。(作相見介)(李俊)兄弟,爲何來遲?(二童白)小弟弄淂一壺酒在此,我們方之舟之,飲個盡興罷。(李俊)甚好!來、來、來!(作摇攏漁船在場西介)(衆坐下,擺酒盞、酒壺,作飲介)(李俊)兄弟,好一派江水也。(作飲介)

(王慶領二内侍上。白)我王慶自離南豐,可恨扈從軍士逐漸都逃散了。連日人困馬乏,肚中饑餓難存。早又是一派江水阻路,這便怎麽好?(二内侍)大王,那邊倒有許多漁船,那漁父們都在那里吃酒,叫他們渡過去如何?(王慶)若天不絶楚,渡過江去就好了。(内侍)呔!你那漁船,來渡我們三人過江。這是楚王,渡過江去,重重有賞。(李俊白)怎麽説這是楚王?妙淂緊,上船來。(王慶仝作上船)(李俊作擒王慶,各虛白)(李俊、二童同唱)

**【蠟梅花】**楚王何幸淂萍水逢,艤舟亭長來相送。何須淂問吉凶,上門買賣,好端端交與宋先鋒。

(摇船下)

(内吹打,擺三高坐,仝虎皮)(衆軍士執旗執大刀,擺門勢)(中軍引宋江、盧俊義、吴用上)(仝唱)

**【曉行序】**整肅軍容,統貔貅虎豹,陷陣摧鋒。献俘馘,掃穴犁庭付刀弓。

(宋江白)我宋江自從領兵出征淮西,且喜把賊人佔踞州縣盡行恢復。如今打破南豐巢穴,正待生擒王慶,誰想那厮領着數百騎逃走去了。今日衆將献功,吩咐開門。(作開門介)(宋江)中軍過來,吩咐衆將報功的魚貫而入,不許搀越。(中軍應介)(傳介)(衆應介)(内掌號介)

(林冲、黄信、孫立上。白)林冲、黄信、孫立繳令。(宋江)那里的功?(林冲白)第一陣殺了僞統軍柳元、僞統軍潘忠。(宋江)論功陞賞。

(楊雄、石秀上。白)楊雄、石秀繳令。(宋江)那里的功?(楊、石)盧先鋒戳死僞樞密方翰,生擒僞軍師李助。楊雄砍翻僞統軍大將段五。石秀搠死御營使邱翔。(宋江)論功陞賞。

(八將上。白)魯智深、武松、李逵、焦挺、項充、李衮、樊瑞、劉唐繳令。(宋江白)那里的功?(八將白)殺死僞兵馬都監劉以敬、僞兵馬都監上官儀,搠死僞統軍畢先。(宋江)論功陞賞。

(男、女六將上。白)張清、王英、孫新、瓊英、扈三娘、顧大嫂繳令。(宋江)那里的功?(六將白)搠死僞統軍李雄,生擒僞妃段

氏。(宋江)論功陞賞。妙呀！真乃猛將如雲,戰士如雨,怪不淂馬到成功也。(衆仝唱)

羣雄,斬將搴旗,把狗黨狐羣,曾無遺種。心悚,要渠魁授首,方告成功。

(李俊、童威、童猛上。白)小將李俊、童威、童猛生擒盗首王慶,現在轅門,聽候發落。(宋江)嗄！王慶生擒了！吩咐製造檻車,將王慶就交你們看守,明日一同起程,解往東京便了。(李俊三人下)(宋江)中軍過來,吩咐安排筵宴,與衆將慶功。(中軍應介)(衆下高椅介。唱)

【尾聲】平淮西有餘勇,好增入詞臣歌頌,我和你報國無能,全憑汗馬功。

(下)

## 第廿一出　清溪洞方臘稱王

(宫監、宫女引方臘上。唱)

【秋蕊香】眼底乾坤反覆,天生我必非無由。闢土開疆任馳驟,看指日汴京到手。

(白)幼習干戈胆氣粗,帮源洞裡獨稱孤。從來富貴原無種,却笑黄巢不丈夫。寡人姓方名臘,睦州清溪人也。只因朱勔在吴中徵取花石綱,俶擾東南,黎民怨怒。寡人趁此人心思亂之時,託左道以愚民,飾紅巾而爲號。旬日之間,聚衆數萬。因此攻打城池,佔據州郡,自號“聖公”,建元永樂。目今已淂了八州二十五縣。大太子南安王方天定鎮守杭州,皇叔大王方垕鎮守歙州,御弟三大王方貌鎮守蘇州。指日就要渡江。取了揚州,直抵汴梁,奪了大位,方遂吾願。今日乃寡人千秋,聞淂三鎮要來稱觴,此刻想就來也。(宫監跪介)啓上大王,公主出來。(方臘)就宣上殿。(宫監)大王有旨,宣公主上殿。(内應介)

(宫女引金芝公主上。唱)

【海棠春】宫雲鬟鬢春如綉,喜托體天家閨秀。綺殿午風柔,要進延齡酒。

(白)孩兒見駕,願父王千歲。(作拜介)(方臘)罷了。我兒,你年已及笄,尚未下降,待寡人與你擇配。(公主)今日乃父王千秋,孩兒預備稱觴。(方臘)我兒不必性急,皇叔、御弟、大太子就到,一同把盞罷。(公主)謹遵嚴命。

(衆軍士引方垕、方貌、方天定上。唱)

【又一體】天潢一派稱華胄,看半壁江南在宥。連袂過螭頭,來慶千秋壽。

(白)我乃皇叔大王方垕是也。我乃御弟三大王方貌是也。我乃大太子南安王方天定是也。衆軍士,廻避了。(衆軍士下)(作進見介)大王在上,臣等朝參,願大王千歲、千千歲。(宫監)平身。(三人)千歲。(方臘)你們把守三鎮,何必擅離職守?(三人)今日乃大王千秋,臣等敬奉一觴。(方臘)生受你們,同行禮罷。(公主)領旨。(衆作進爵拜介。唱)

【錦堂月】紅豆聲柔,黄扉漏永,爐烟惹來衣袖。身傍宸扆,鶴筭叠增海籌。惟願取萬里河山,徧列着九天星斗。酌春酒,看取混一寰區,無疆眉壽。

(方臘)皇叔,你可把鎮守歙州之事説與寡人聽之。(方垕)臣守禦歙州,屯軍二萬餘衆,統領十數員大將,于中兩個最是利害,一個是尚書王寅,一個是侍郎高玉,都有萬夫不當之勇。(唱)

【醉翁子】咽喉,吴越宣歙當樞紐。誇良將如雲,二萬貔貅。還有那盖世英雄,渤海瑯琊聲價酋。

(白)那把二昱嶺關就是"小養由基"龐萬春,一發了渴。(唱)

把要害,技妙穿楊,千古爲儔。

(方臘)大太子,你在杭州如何布置?(方天定)孩兒手下有七萬餘軍,統領二十餘員大將,還有四個元帥。(方臘)那四個?(天定)寶光如來國師鄧元覺,南離大將軍元帥石寶,鎮國大將軍厲天潤,護國大將軍司行方。(唱)

【又一體】非苟,控七萬雄師鎮守。荷吾主威風,桓桓糾糾。輻輳,更元帥將軍,勇健非凡成四友。真厮倖,似虎豹熊羆,抑又何求。

（方臘白）三大王，你那蘇州乃三鎮咽喉，一發是要緊去處，安排更要妥當纔好。（方貌）臣統軍四萬，雄兵如雲，八員統制如虎，控制潤州樞密吕師囊、常州統制錢振鵬。（唱）

**【僥僥令】**龍城如腋肘，節越控蘇州。鎖鑰長江湧天險，指日維揚跨鶴遊。

（方臘）如此看來，那宋室江山孤家不久就可以唾手而淂了。

（一官監急上。白）啓上大王，方纔探馬報來，朝廷差了童樞密統領大兵前來，以新近招安的梁山泊宋江爲先鋒，已到揚州，即日就要渡江。請旨定奪。（方臘）原來如此，傳旨再去打聽。（内監下）（方臘白）不想宋朝之兵如此迅速。（方垕、方貌、方天定）大王放心，仗着我們兵勢，管教他片甲不回。（方臘）你們不可輕敵，聞淂宋江一百八人，起家時也與寡人一般行徑。只因他無大志，歸順宋朝，怎如寡人不肯受制于人？（三人）大王是真命天子，應運而興。宋江不過是個草寇。（方臘）英雄不論出身低，"草寇"二字不須提起。（唱）

**【又一體】**休輕言草寇，同氣早相求。自古英雄多微賤，天與人歸洵不侔。

（白）你們速速各回本鎮，倘有捷音，即忙飛報。（三人）領旨。（衆唱）

**【尾聲】**稱觴介壽年年酒，待把個雄藩斯守，看取宋室江山望裡收。

（下）

## 第廿二出　瓜步江張順淂采

（張順上。唱）

**【醉花陰】**纔把淮西賊酋撻，怎又報幫源洞奸雄窃發。他佔據數州郡，跨着長江，要想圖王霸。

（白）河北淮西兩建功，江南又報馬嘶風。瓜州渡口行人絶，遥聽金山寺裡鐘。俺乃"浪裡白條"張順是也。只爲江南反了方臘，聖上命童宣撫出兵勦寇，恰好我宋大哥平了淮西，班師回朝。宿太尉又保奏宋大哥從征江南爲先鋒,前軍已抵揚州。奉宋先鋒將令,着俺過江探聽賊情虚實。來到瓜州渡口,你看白茫茫一派江水,又無渡船,如何是好?咳!想俺"浪裡白條"張順何用渡船,不免赴過江去。我不免匾扎起來。(作脱衣裝束,頂頭上、腰上插刀介)呀!你看星輝月朗,浪静波恬,好一派江景也。(唱)

**【興隆引】**無舟可駕,結束乘浪花。遥看月夜金山,風光如畫。

(白)那邊上溜頭有一隻小船來了,我想這時兵戈擾攘,那裡有行人?這等光景蹊蹺,不免跟那船去,討個下落。(唱)

無端小艇,莫不暗藏着奸猾。趁一篙細浪,向五夜輕划。

(虚下)

(扮吴成、葉貴作摇船上。唱)

**【南小引】**緊摇摇,慢摇摇,摇過江心聽洞簫。莫要説蹊蹺,子猷過剡溪。莫要嫌夜黑,蘇公遊赤壁。

(張順從地井内跳出,作扳船,殺一人介,一人作嚇跌倒介。白)好漢饒命。(張順作踏住介)你這厮是那裡船隻?是什麽人?從實説來,饒你一死。(那人白)小人姓吴名成,是揚州城外定浦村陳將士家幹人。因到潤州投拜吕樞密,獻粮准了,使個虞候和小人同回,要索白粮五萬石、船三百隻,作進奉之資。(張順)那虞候何在?(那人白)那虞候姓葉名貴,剛纔被好漢殺下水去的就是。(張順)你是幾時來的,船裡有甚物件?(那人白)小人正月初七日過江,吕樞密又叫小人去蘇州見了三大王方貌。關了號色旌旗三百面,并主人陳將士官誥,封作揚州府尹,正授中明大夫,還有號衣一千領及吕樞密劄付一道。(張順)你的主人叫甚名字?有多少人馬?(那人)人有數千,馬有百十匹。嫡親兩個兒子,叫陳益、陳泰,主人將士叫陳觀。(張順)也罷,饒你起來罷。(作殺那人下)(張順)原來倒有這個機會。(唱)

**【又一體】**機關正凑,何必鬼門空占卦。那厮把投款真情,一一登答。非干好殺,無奈冲冠怒髮。

(白)且住,我如今不免將船摇到揚州,報與宋先鋒,將計就計,先殺了陳將士家,然後去賺潤州,直如反掌耳。(唱)

我不免借賊舟快渡，向先鋒消假。

(下)

(陳觀、陳益、陳泰、二家童隨上。白)天荒地老山河在，虎鬬龍争草木腥。(陳益、陳泰白)父親拜揖。(陳觀)罷了。我兒，我家在這定浦村居住幾世了，只爲近日睦州"聖公"方大王起兵，佔了八州二十五縣，看看要破揚州了。自古道"識時務者呼爲俊傑"。因此悄悄兒叫吴成過江，去拜投吕樞密，怎麼去了許多時不見回來？如今官兵又到，我這幾天，心裡十分牽罣。(陳益、陳泰)父親放心，那吕樞密目下要圖揚州，此時有我家爲内應，他已喜出望外。况且我家又去献粮，一定妥當的了。至于官軍，想來也只平常，我們只預備裡應外合。若破揚州，我家的富貴不必説了。家童，一面整治酒餚，與父親上壽。(家僮應介，下)

(張順作扮虞候，引李逵等十人上，虚白下)(解珍、解寶扮南軍挑切末)(張順上。白)我張順昨日連夜過江，見了宋大哥，叫我扮作葉虞候，解家兄弟扮作南軍，挑担到陳將士家。一路問來，來此已是。裡面有人麽？

(家僮上)是那個？(張順)我是從潤州來的，要見你家主人，有機密事相商。(家僮)潤州來的？住着。啓爺：外邊有一人，説是從潤州來的，有機密事相商。(陳觀)潤州來的，快請。(家僮傳介，作相見介)(張順)這就是陳相公麽？小人見禮了。(陳觀)不敢。足下何來？(張順)要問小人來歷，乞屏左右。(陳觀)不妨，這兩個是小兒。(張順)原來是大爺、二爺，失敬了。小人姓葉名貴，是吕樞密帳前虞候。正月初七日接浔吴成密書，就叫小人仝到蘇州，見了三大王啓奏。恭喜賀喜，已有官誥，封相公爲揚州府尹。樞密就差小人同吴成回來，不想吴成害了傷寒，不能動止，所以小人先來。這是相公官誥并樞密文書、關防牌面、號旗三百面、號衣一千領。剋日就要粮石船隻，到潤州交割。(作遞切末)(解珍、解寶作打開担子送號衣切末介)(張順唱)

【又一體】文書誥軸和旗號，一一陳明仔細查。跨鶴揚州，則你那喜哈。蘭撓白粲，急向江頭献納。

(白)相公,請穿帶起來謝恩。(陳觀作喜介,換冠帶扎紅巾介,作謝恩介)(張順唱)

且披上朝衣,還勒上紅帕。

(陳益、陳泰)父親如此大喜,孩兒要替父把盞。(張順)大爺、二爺,小人有句不中聽的話。(陳益、陳泰)請講。(張順)小人是送喜的,箅個借花献佛,先敬一盃。(陳觀)這怎敢?(張順作拿酒壺與解珍、解寶,作放蒙汗藥)(張順作持盃斟酒送陳觀父子介。唱)

【又一體】霞觴高晋,献佛還借花。休笑我鹵莽,不過殷勤意寫。金昆玉友,莫嫌玻璃盞大。一般兒沉醉,一謎兒酥麻。

(陳觀、陳益、陳泰作跌倒介)(家童白)嗄!我主人爲何跌倒了?(張順、解珍、解寶作殺二家童下,又作殺陳觀父子下)(魯智深、武松、史進、楊雄、李逵、項充、李衮、鮑旭、楊林、薛永殺家眷下)

(張順赶衆庄客上。白)呔!你們庄客們聽者:陳觀父子勾通反賊,奉宋先鋒將令,已經梟首。你們都是良民,悉赦無罪。(庄客白)多謝將軍。(下)

(衆軍士引朱仝、索超、張清、樊瑞、李忠、周通上。各通名介)列位,我們奉宋先鋒將令,領一千軍馬圍陳將士庄上,那邊衆兄弟出來也。

(魯智深十人上。相見介)衆兄弟,都到了麼?小弟們十人已將陳將士一家老幼盡行殺死。

(張順、解珍、解寶作提首級拿號衣上。相見介)這是陳將士父子首級。如今衆庄客俱已逃散,我們一面放火燒了庄院,一面到小港内將船隻打上方臘旗號。這是號衣,你們各取一件穿起來,即刻過江,賺取潤州便了。(衆各穿衣介,作取火燒庄介)(張順衆仝唱)

【尾聲】早則見一炬燎原絶萌芽,解纜舟北固浮槎,這叫做將計就計把他生嚇殺。

(下)

## 第廿三出　假送粮引水入船

(十二統制官各紥紅巾上。白)馬掛征鞍將掛袍,柳梢枝上月兒高。男兒要掛封侯印,腰下常懸帶血刀。俺乃"擎天神"福州沈剛是也。俺乃"遊奕神"歙州潘文德是也。俺乃"遁甲神"睦州應明是也。俺乃"六丁神"明州徐統是也。俺乃"霹靂神"越州張近仁是也。俺乃"巨靈神"杭州沈澤是也。俺乃"太白神"湖州趙毅是也。俺乃"太歲神"宣州高可立是也。俺乃"吊客神"常州花疇是也。俺乃"黄旛神"潤州卓萬里是也。俺乃"豹尾神"江州和潼是也。俺乃"喪門神"蘇州沈忭是也。我等十二統制是也。請了。樞密升帳,只淂在此伺候。

(衆軍士、中軍官引吕師囊各紥紅巾上。唱)

【七娘子】虎符高擁臨江岸,輔新朝開基恊贊。大將規模,將軍丰範,瓜州消息終朝盼。

(十二統制上介。打恭介。白)衆將打恭。(吕師囊)諸位統制少禮。俺東廳樞密使吕師囊,歙州人也。部下管領十二統制官,名爲江南十二神,都有萬夫不當之勇。更兼潤州城裡統領五萬南兵,甘露亭前擺列三千戰艘。正打筭剋日渡江,恰好揚州定浦村有一陳將士,差人前來獻粮。我想這個機會實是難淂。因此叫他去見了三大王,就封陳將士爲揚州府尹,又賞他號衣一千領,叫他送粮過江,然後裡應外合。(笑介)衆位統制,此計若成,這揚州唾手可淂也。(十二統制)都是主上洪福。(吕師囊)這有一件,昨日探馬報來,説宋朝差了童貫爲宣撫,又用梁山宋江爲先鋒。我們須要牢守江岸纔好。(十二統制)曉淂。

(中軍上)啓上帥爺:探子來報,北固山上哨見對港數百隻戰船,一齊出浦,上面插着護送衣粮先鋒紅旗號,特來稟知。(吕師囊)一定是陳將士家送粮無疑,就煩列位統制領兵到江邊查點明白,再放上岸,聽我吩咐。(唱)

【朱奴兒】雖則是献粮公幹,到底是隔江維挽。查取號衣莫憚煩,遮莫教夾帶匪奸。

(十二統制白)淂令。(下)

(一將官持令箭飛騎上。白)一心忙似箭,兩脚走如飛。蘇州使命齎有三大王令旨到來,快些通報。(中軍稟介)蘇州使命齎有三大王令旨到來。(吕師囊)快請。(將官見介)樞密請了,三大王有令,前日陳將士投降送粮一事未可准信。近日官軍已抵揚州,樞密須加緊牢守江岸,不淂有違。(吕師囊)原來爲此。(將官)不敢久停,咱們覆命去也。(下)(吕師囊)嚇殺我也!剛纔説送粮這般人到,我正疑惑,恰好就有三大王令旨。幸而着人盤問,想來不致爲患。中軍傳令,速到教場挑兵。(中軍應介)(引吕師囊唱)

真稀罕,春水一帆,指日到維揚岸。

(下)

(宋衆將作押船上)

(十二統制上,作搜船介)(衆將殺十二統制敗,衆將追下)

(衆引吕師囊上介)(一將官急上。白)樞密爺,不好了!那陳將士三百隻船齊集江岸,衆統制正要下船搜撿,忽而四下鑼响,三百個船跑出無限軍兵,混殺一場,一齊擁進城來。城上已豎宋江旗號,如今已殺到府前來了。(吕師囊)這還了淂!衆軍士,快些帶馬。(作上馬持械介。唱)

【醉太平】神魂驚散,似臨崖失馬,收繮已晚。我長江鎖鑰,受人重寄如山。何顔,開門揖盗引兇殘,祗付與幾聲長嘆。且是驅兵巷戰,不知甚的,心胆俱寒。

(下)

(十二統制、十二宋將對戰介,十二統制敗下)

(宋江、吴用領衆上)(吕師囊領衆上,戰介,吕敗下)(宋江)你看吕師囊大敗,六統制俱已逃去,我們查點人馬,再行追赶。

(史進、張横、劉唐、郝思文各持首級,孔明、孔亮擒卓萬里,項充、李衮擒和潼上)啓上先鋒,史進獻沈剛首級,張横獻潘文德首級,劉唐獻沈澤首級,郝思文獻徐統首級,孔明、孔亮生擒卓萬里,項

充、李衮生擒和潼，聽候軍令。（宋江）首級將去號令，生擒賊統制暫行監禁，一而報童宣撫，一面出榜安民。（衆）淂令。（唱）

【又一體】江干各逞兇悍，假献粮名色，黄頭打扮。入船引水，江心漏補偏難。虚幻，倘他識破這機關，須要把吾儕糜爛。速去安撫百姓，漸圖恢復，重整旗旛。

（下）

## 第廿四出　真行祭乘風縱火

（場上擺布城，上懸“湧金門”匾額）（衆守城軍士作敲梆鑼，打初更介，上。白）列位，我們奉了千歲爺令旨，説官軍攻打杭州，叫我們守城。軍士，要小心巡邏。（一白）大哥，這也是千歲爺過慮。我們這杭城，若説水門，要泥鰍纔鑽淂過；若説扒城，這等插天高，只怕飛鳥纔可以到淂。（一白）這也不要管他，我們只是巡邏敲梆要緊。（作敲梆鑼介）

（張順口啣三尖刀，作赴水狀上。白）我張爺同李俊哥哥帥領水軍取方塘，截西路打靠湖城門。叵耐方天定這厮將兵退入杭城，半月不出，似這等曠日持久怎了？我同李大哥商議，今晚從水門暗入城去，放火爲號，他自領兵來接應。這是極妙的好計！（城上作打二更介）（張順）呀！這時又早二更天氣也。（唱）

【園林好】悄低聲湖邊獨行，聽玉漏二更交應，望雉堞旌旗端整，東山上月明明，湖心裡水盈盈。

（白）你看水色拖藍，山光叠翠，這一湖好水，就死在這裡，也是好的。（唱）

【又一體】眄清光菱花鏡瑩，更一片銀塘萬頃，縱教我此中畢命，山與我作佳城，水與我作佳城。

（打三更介）（張順作攢水門，銅鈴响介）（張順伏地井介）（城上軍士喊介）怎麽銅鈴會响？這事情蹊蹺淂緊。（一白）敢是大魚來撞的响，我們睡覺罷。（張順）方纔摸那水門，竟是鉄窗櫺上有繩

索縛着銅鈴，看來水門是難盡①的了，不如上岸爬城罷。（作上岸介。唱）

【江兒水】水底銅鈴警，窗欞鉄斵成，人非魚鱉難遊泳。到弄湑驚鳥樹上棲無定，且上岸從容尋捷徑，止好攀緣僥倖。

（内打四更介）（張順白）譙樓已是四鼓，此時不下手，更待何時？（唱）

若再遲延，辜負今宵佳興。

（作摸石打介）（城上軍士喊介）（張順伏城下介）（城上白）這遭奇怪，湖面上一個船也没有，難道是鬼？我們還是睡覺罷。（作伏墻邊介）（張順又抛石介。白）此時想他們睡熟了，不免爬上去。（唱）

【又一體】再聽譙樓鼓，天鷄四野鳴。難由自在從容性，飛砂抛石人無警，夢魂已入華胥境。且把身軀扎挣，飛上城隅，誰料自投坑阱。

（作爬介，城上梆子响介）（放亂箭、標鎗、鐃鈎②、流星各切末介）（張順跳下，入地井介）（城上作抛鐃勾入地井内，勾出替身切末，身上着亂箭介）（拉上城介）（軍士白）好强盗！這想是梁山寨上有名目的。我們一面梟首，用竹竿挑起號令，一面報與千歲爺知道。（作竹竿挑出首級懸城上介）（衆軍士下）

（戴宗穿白箭蟒上。白）俺戴宗只爲李俊大哥報來，道張順兄弟在湧金門扒城，被賊人殺死，已號令在城垜上。宋先鋒一痛幾絶，必要自己親去西冷③橋弔祭，吴參謀已派樊瑞、馬麟、石秀在西冷橋下埋伏，阮小二、阮小五、蔣敬在保叔塔④後埋伏，李逵、鮑旭、項充、李衮在定香橋埋伏。命我先來鋪設。話猶未了，宋先鋒已來也。

（扮僧人八衆打法器，二沙彌執小綾旛，一掌壇法師披袈裟，一軍

---

① 應爲“進”。

② 應爲“鈎”。

③ 應爲“泠”。

④ 多作“保俶塔”，亦稱“保叔塔”。

士打白旛，上寫“亡弟正將張順之魂”）（宋江掛白袍金盔，衆軍士擡祭筵、香燭上）（作到橋邊，竪旛）（宋江作上香介，哭介。白）兄弟呀，你死淂好慘也！（唱）

【川撥棹】將微敬，奠椒漿來証盟，止淝着佛力超生，止淝着佛力超生，拔幽冥慈航早登。

（白）兄弟，若仗你陰靈，破賊之後，我將你姓名呵，（唱）

殄强徒仗一靈，把孤忠奏聖明。

（内鑼鼓响）（上場門殺出南山五將，下場門殺出北山五將，追赶宋江至場口下）（僧人作跌走諢介，下）

（内連珠炮响）（上場門樊瑞、馬麟、石秀上，擋住南山五將）（下場門阮小二、阮小五、蔣敬擋住北山五將）（混戰介）（賊軍敗至場口）

（衆軍士火把引李逵、鮑旭、項充、李衮籐牌、飛刀上，截戰介。作殺四賊將，生擒一賊將介。餘敗走，下）（衆白）你看賊兵大敗，宋先鋒已護送到靈隱寺去了。我們殺死衆賊將，生擒一賊將，不免到宋先鋒處繳令便了。（唱）

【又一體】安排等，霎時間鼓角鳴，嚇殺了幾個禅僧，嚇殺了幾個禅僧，撇牲醪旛竿倒擎，伏精兵心暗驚，退賊兵恨始平。

【尾聲】饒他暗筭偏全勝，還斬獲二三將領，只可惜鴈陣驚寒又鎩翎。

（下）

# 第十本

## 第一出　張順魂捉方天定

（吴值領衆上。唱）

【點絳唇】巨鎮臬烋，虎臣矯矯。防奸狡，預勅吾曹，休落他圈套。

（白）我乃南安王帳下大將吴值便是。欽奉大千歲令旨，説有富陽縣袁評事爲首，科斂白粮五千石前來献納。俺千歲惟恐内藏奸細,叫我統領五千人馬,查點船隻進城。左右,先叫袁評事上岸來。(左右)叫袁評事上岸回話。(袁上)寧爲太平犬,不作亂離人。小人袁評事叩見將軍大老爺。(吴值)你就是袁評事麽?(袁白)正是。(吴值白)軍士們,拿去砍了。(袁白)哎呀!將軍老爺,我是好百姓,來獻粮,如何殺我?(吴值)只怕你是宋江名下奸細。(袁白)小人裝的都是粮米,怎麽是奸細?(吴值)左右,他船上都是粮米麽?(左右)都是粮米。(吴值)袁評事,我的兒,不過嚇唬你的意思,不要害怕。你船上還有什麽人?(袁白)都是有家眷的艄公,餘外還有幾個水手,並無别人。(吴值)左右,先叫艄公、艄婆上岸。(左右)先叫艄公、艄婆上岸。(内應介)(孫新、顧大嫂、王英、扈三娘、張青、孫二娘上。白)將軍老爺在上,衆艄公夫婦叩頭。(吴值)起來,起來!你們這些艄婆丰韻到也罷了,爲何一點嬌羞没有,渾是些光棍調兒,殺氣過人?(三女將白)將軍老爺,我們是撑船食力之人,凌寒冒暑,宿水飡風,怎及淂老爺府中奶奶們每日調脂弄粉,珠圍翠繞,自然是嬌羞的。(吴值)到有些理。我且問你,你們船上可有夾帶些奸細?(三女將白)將軍老爺,我們只曉淂撑船,不知道什麽奸粗奸細。(吴值)不是。目下宋江這厮圍城攻打,你們又在外來,萬一宋江鬼頭鬼腦,弄幾個人進了城,如何了的?也罷!你們三對夫婦唱个秧歌,與我老爺頑頑罷。(三女將白)我們只會唱吴歌,不會唱秧歌。(吴值)哇!"吴"字乃我老爺大姓,如何來淂?(顧大嫂)秧歌又怕老爺遭秧,還是吴歌好。(吴值)不管吴哥、吴嫂,唱罷!小厮們,一面送酒過來。(軍士送酒介)(衆唱)

**【吴歌】**春娘要插滿頭子花,無事閒噇空肚子茶。昨夜河神傳介子好夢,殺人切菜還似剖開子瓜。秋娘怕粉怕胭脂,天付風流總弗子知。若是將軍肯上子擋,輕輕掇下子介香爐兒。

(吴值)哇!怎麽將軍的香爐,你都要端下來?(三女將白)將軍,"二八佳人體似酥,腰間仗劍斬凡夫"。這不過是借來講講。(吴值)好有趣!真真船户,是好百姓,不是奸細。你們把粮搬進城罷。

(杜遷、李雲、凌振、石勇、鄒淵、鄒潤、李立、白勝、穆春、湯隆十人作背口袋上,進城介)(吴值白)關防嚴密,此中並無奸細。衆軍士,我們回覆千歲爺去罷。(唱)

【混江龍】細加盤詰,富陽評事姓名昭。白粮献納,赤胆粗豪。不是狐疑人面假,也防敵國笑中刀。消魂的吴孃丰韻,越女風騷。

(下)

(杜遷、李雲、凌振、石勇、鄒淵、鄒潤、李立、白勝、穆春、湯隆、王英、扈三娘、孫新、顧大嫂、張青、孫二娘上。白)列位兄弟,且喜進城來了,我們分頭放火。凌兄弟,你在吴山頂上放九厢子母連珠砲要緊。(衆應介,作持火把放火介。下)

(内連珠砲响介)(鄧元覺、石寶、七將官領衆上)(鄧元覺)石將軍,不好了!方纔聽淂連珠砲响,城中鼎沸,不知多少宋兵入城了。(石寶白)鄧國師,我們奪門而走罷。(七將官)千歲爺没有人扈駕,怎麽好?(鄧元覺)也顧不淂了。(急下)

(李雲、石秀等衆將接戰,鄧元覺、石寶敗下)

(杜遷、凌振上戰介)(鄒淵、鄒潤、李立、穆春、湯隆、石勇、白勝接戰,石寶、鄧元覺敗下)

(李雲、石秀追吴值上,作擒科,下)

(三女將追張道原,作擒科,下)

(林冲追冷恭,作刺死下)

(解珍、解寶追崔彧,作殺科,下)

(方天定騎馬上。唱)

【六么遍】轟天震耳如雷炮,宫中宴樂,瓦解冰消,思量昨日,怎料今朝。

(白)嗄!方纔在宫中宴樂,聽淂火炮震天,知宋兵已經進城,只淂獨自跨馬逃奔,且喜出了南門,已到江邊。怎麽這馬再不走了?(作打馬介)

(地井内走出張横,赤身,口啣短刀)(方天定白)怎麽江中走出一人來了?我好怕也!(唱)

江裡鬼風寒料峭,難逃血淋淋,白日見山魈。

(作走介)(張横作揪下馬介,推倒塲門口作殺介,持頭走介,下)

(宋江、盧俊義、吴用、朱武領衆上。唱)

**【後庭花】**武陵勝概高,王師時雨飄。立馬吴山上,錢塘萬叠潮。

(衆將上)啓上先鋒,李雲、石秀生擒吴值,三員女將生擒張道原,林冲刺死冷恭,解珍、解寶殺了崔彧,只走了方天定并石寶、鄧元覺、王勣、晁中、温克讓五人。(宋江白)裴宣、蔣敬過來,將這生擒賊將送與童宣撫斬首,就請移駐杭州。其衆將功勞,一一寫録。

(張横啣刀持方天定頭上)(衆白)怎麽"船火兒"張横也來了?(張横作見宋江,把頭和刀撇地下拜介,哭介)(宋江白)兄弟,你從那里來?阮小七在何處?(張横白)小弟不是張横,是張順。在湧金門外被箭鎗攒死,一點幽魂,不離水泊,感淂西湖震澤龍君收做金華太保,留于水府龍宫爲神。今日哥哥打破杭城,小弟在九江借我哥哥身軀上岸,到五雲山下,恰遇見方天定這厮逃奔而來,因此殺了他來見哥哥。(作站起介,僵跌介)(宋江、盧俊義、吴用白)兄弟醒來。(唱)

淚空抛,魂梟巨寇,英靈在九霄。

(張横作醒介)我怎麽在這里?(宋江白)與他披上衣服,攙扶到後邊養息去。(左右作扶下)(吴用、盧俊義白)張順兄弟如此顯靈,該立廟纔是。(宋江白)左右,吩咐一面立廟西湖,上書"金華將軍之廟",將來奏加勅封便了。(左右應介)(宋江白)如此,我與盧先鋒兵分兩路去罷。(衆唱)

**【賺煞】**奮前驅旌旗裊,要指清溪賊巢。所向披靡原無敵,看此日分道揚鑣。满擬百八同功,誰料半途中拆羽毛。借身鬼豪,成功歸去,把金華太保奏皇朝。

(下)

## 第二出　時遷火爇昱嶺關

(時遷作身負火藥上。唱)

**【北一枝花】**俺雖則寄名虎帳中,今日個歸命龍墀上。止學淂飛天逞妙技，説不淂對陣獨稱强。

(白)我時還跟隨盧先鋒來攻昱嶺關，争奈把關賊將"小養由基"龐萬春十分利害，一時難破。盧先鋒一面差撥六個頭領在關前掚戰，一面差我尋訪山後小路，進關放火。我想相持厮殺，我"鼓上皂"竟有些來不及。若説扒墻走壁，放把火兒，正是搔着癢處。我已到一茅菴，遇一老僧，指我路徑前來。你看林木叢雜，石磴碥砢，好難行走也！(唱)

鳥道羊腸，路踦嶇，山高曠。

(白)咦！關後果然有路，都被賊人壘断了，這個有何難哉？(作扒墻跌介。唱)

怎無端曲徑荒。學跳躍，一身與猿狖齊飛；漫攀緣，兩翼惟藤蘿在掌。

(作打翻車，下)

(場上擺布城，上懸"昱嶺關"匾額)(衆軍士旗幟，八弓箭手引雷炯、計稷、龐萬春，一軍士持弓箭，一軍士打綵綉白旗，上寫"小養由基龐萬春"隨上)(仝唱)

**【南一江風】**技穿楊，結束天人狀，却來作把關將。統雄兵，硬弩强弓，楚國由基，是我前生樣。

(白)自家"小養由基"龐萬春是也。自家雷炯是也。自家計稷是也。(龐萬春白)二位，如今宋軍來攻我昱嶺關，我想我這關乃歙州保障，此關破，歙州休矣。如今我們也須要准備。(雷炯、計稷白)將軍，何必准備？我們這關原是天險，後面雖有樵徑小路，俱已築断。凴他有翅，也難飛越。如今我們只把守前面，凴着咱們本事，教他一個來一個死，兩個來兩個亡。(龐萬春白)雖然如此，我想第一陣須要給他利害，吩咐弓弩手，埋伏關前林子左右，二位將軍埋伏山坡左右。只聽鑼响爲號，一齊放箭。(衆白)淂令。(作引弓弩手分下)(龐萬春上關上高椅坐介)(小軍執弓箭，執綉旗，分左右站介)(白)那邊塵土蔽天，想是宋軍來也。(唱)

高居上女墻，高居上女墻，飛塵上下狂。官軍料是投羅網。

(史進、石秀、陳達、楊春、李忠、薛永領衆上。唱)

**【北罵玉郎】**乘風破浪三千丈，應無敵，料難當。

（各通名科。白）列位大哥，我們奉盧先鋒將令，來此攻打昱嶺關，爲何不見一人迎敵？可是作怪呀！（唱）

到關前，如入無人境。何曾見鼓角鳴，烽火起，旌旗颺。

（一白）那關上不是坐着“小養由基”麽？（史進白）呔！你那無知毛賊，如今天兵到來，還不開關迎降，却待怎麽？（龐萬春笑介。唱）

**【南一江風】**笑痴狂，出語多愚戇，猛可的來胡撞。忒荒唐，擦掌摩拳，動土揮鋤，太歲頭兒上。

（白）你這夥草賊，只好在梁山泊耀武揚威，怎麽敢來我這國土裡裝好漢？難道你不知俺“小養由基”的名兒麽？（唱）

雷名震耳厢，雷名震耳厢，請看弓矢張，把恁殘生喪。

（白）看箭！（作拈弓搭箭，射史進倒介）（關上鳴鑼介）（場左右弓弩手放箭介）（五將走介。白）嗄！松林裏萬弩齊發，不如從山坡下走罷。（唱）

**【北感皇恩】**早則見一點星光，却原來毒矢如蝗。把一個九紋龍，可便是血淋淋一命生戕。又則見幾隊傾飛，林木潛藏。萬弩同時放，五人盡被傷。怎的山坡下又起欃槍。

（到場口内，梆子响）（上場門雷炯、下場門計稷領弓箭手作射死五將介）（雷炯、計稷白）啓上將軍，官兵前哨一個不留了。（龐萬春白）好！這些水洼小賊，今番却也魂銷氣阻也。吩咐開關。（衆應介。作開關，衆進介）（唱）

**【南節節高】**么麽枉自强，也忒鴟張，一時都把神魂蕩。則見他横穿項，直穿腸，斜穿嗓。矢如雨點浸衣仗，六人已上孤魂榜。同生同死盟書長，宋軍料是來稽顙。

（作開關。雷炯、計稷入關。上高桌介）

（盧俊義、朱武領衆上。唱）

**【北採茶歌】**恁倉皇，割肝腸，英雄魂魄在何方。

（盧俊義白）嗄！方纔逃回軍士來報，六個頭領都被賊人亂箭射死。好傷心也！（朱武白）先鋒且休煩惱，他不過恃着伏兵，偶中他計。我如今一路把有林木處盡行燒燬，他伏在那里？就到關

前挑戰便了。(盧俊義白)有理。(唱)

正欲焚林驅鳥雀,還看赤壁遇周郎。

(作到科。白)呔!你那毛賊,你只曉淂放冷箭,你敢出來抵敵麽?(龐萬春白)量你這些艸寇,何足惧哉!(作開關迎敵科)(對戰科)(盧俊義敗,龐萬春追下)

(時遷上關,上高椅。唱)

【南節節高】振衣千仞岡,只尋常,聽關前鉦鼓如雷樣。你看火刀放,火箭張,火炮响。

(白)且喜扒上關來,不免在草塲上放起火如何。(唱)

草堆必剥烟雲障,賊巢鼎沸魂兒喪。不須血戰向沙塲,雄關奪取如翻掌。

(作持火把燒塲放火科)(内作砲响)

(龐萬春、雷炯、計稷作敗上。白)呀,不好了!怎麽關上火起了?(時遷白)我們已有一萬宋兵入關了,你們速降者,免淂一死。(作持火把下)

(盧俊義領衆追上,大戰科)(擒雷炯、計稷科)(作殺入關科,下)

(塲上撤布城科)(盧俊義衆上)(時遷白)時遷越嶺放火,繳令。(盧俊義白)破關功勞第一。(孫立、魏定國白)孫立生擒雷炯,魏定國生擒計稷,聽候發落。(盧俊義白)將此二賊剜心致祭,史大郎六人收拾屍骸,塟于高岡。就乘此淂勝之兵,攻下歙州便了。(衆應科)(同唱)

【北尾聲】雄關雖淂心惆悵,六人同穴在高岡,止落淂剜心瀝血來祭享。

(下)

## 第三出　童宣撫平賊獻俘

(柴進上。唱)

【錦纏道】甚緣因,不分明非親是親,弄假却成真。這些時,逢人怎敢笑顰。

(白)我柴進自在秀州檇李亭,仝了燕青兄弟辭别了宋先鋒,浮海到睦州,更改姓名,叫做"柯引",燕青叫做"雲壁"。説望江南有天子氣而來,那僞丞相祖士遠就引我去清溪,見了方臘,被我一派謏言。那賊狂喜,就封我爲中書侍郎,又將金芝公主招我爲駙馬。提起來,好笑人也!(唱)

我和他是仇讎,聯作朱陳,因此上拜强徒認作君臣。富貴總浮雲,怕的是夢魂未稳,桃腮帶雨痕。

(燕青上。白)莫驚羊伴虎,喜見鳳求凰。駙馬老爺,小人回來了。(柴進白)打聽官軍事勢如何?(燕青白)駙馬老爺,那宋兵已經打破清溪縣,團團圍住幫源洞了。(柴進白)如此説來,小……(作回顧科。白)小乙,這是好消息了。適纔有僞旨傳衆公卿入宫,不免前去,相機而動。(唱)

暢好是探來春信,低①多少露相不真人。

(下)

(四宫監、四宫女引方臘上。唱)

**【朝中措】**從來閫外属將軍,今日靠何人,止好山中作盗,那堪洞裡爲君?

(白)寡人自起兵以來,所向無敵。叵耐宋江這厮,將我所佔地方盡行恢復。目下竟逼近幫源大内了。内侍,宣衆公卿進來。(宫監白)大王有旨,宣衆公卿進見。

(衆朝臣上,跪科。白)臣衆朝臣參見,願大王千歳。(内侍白)平身。(衆朝臣白)千歳。(方臘白)如今宋江圍住幫源洞,國勢危急若此,諸卿何以教寡人?(婁敏中白)臣婁敏中謹奏,臣聞識時務者呼爲俊傑。宋兵勢大難以争鋒,帮源洞中粮草足支四五年,而且險固異常。暫時堅守旬日,伺宋兵之懈而擊之,必獲全勝。中興之事,指日可待。(杜微白)臣杜微謹奏,臣聞君子見機,達人識勢。宋兵之無敵,三尺皆知。即曰死守洞中,亦非長策。不如牽羊銜璧出降,一來救一方生靈,二則就做一歸命候,也不失富貴。(柴進白)臣柯引謹奏,臣聞勝敗乃兵家之常。昔漢高祖

---

① 應爲"抵"。

百戰百不勝,一勝而有天下。國家起兵二年,踞州縣,建大號。今偶然小挫,即受面縛輿櫬之辱,此乃三尺所羞。降固不可,守亦未爲淂也。今洞中現有衆二十萬,臣雖不才,荷蒙殊恩,無可補報。願借一旅之師,請大王親臨山頂,看臣殺退宋兵,中興國祚。(方臘作喜科。白)壯哉!天賜駙馬與朕成王業也。可即將駕前護御軍馬一萬,駕前上將二十名,出洞交鋒。(柴進白)領旨。(方臘白)左右,取朕金甲錦袍過來,待寡人與駙馬披掛。(柴進白)臣不敢當。(婁敏中、杜微白)臣等代爲披掛。

(左右取盔甲上,衆軍士分左右上,奏樂)(柴進作披掛科)(方臘白)駙馬,此行成敗,在此一舉。卿其勉之。城上玉繩浮婺女,帳前銀甲擁天人。(方臘起介)(柴進跪科)(宫女、官監、婁敏中、杜微同下)

(衆軍士暗上)(柴進白)大小三軍,就此殺出洞去。(衆應科)

(宋江領衆上,對陣科)(花榮白)你這厮是什麽人?天兵到此,還不下馬受縛,更待何如?(柴進白)我乃山東柯引,誰不知我大名。量你這厮,不過梁山艸寇,何足道哉?不必多言,放馬過來。(作對戰科)(柴進敗下,衆追下)

(柴進領衆上,遶場走科。白)衆軍士聽者,我非柯引,我乃宋將柴進,你們捉淂方臘者,高官受賞,三軍投降者免罪。(内吶喊科)(柴進殺下)

(衆僞官走上)(宋江追上,殺科,下)

(官監、官女走上,宋兵追上,殺介)

(宋江領衆上。唱)

**【四邊静】**乘龍佳婿來勾引,蜂擁如雷震。血染杜鵑紅,宫闕成灰燼。

(衆上,相見科。白)啓上先鋒,賊巢妻子、官屬擒斬無遺,惟有方臘逃去。(宋江白)吩咐分路擒拏。(衆應科)

(童貫領衆上。唱)

賊兵盡奔,官兵暫屯。誰建大功勳,好珮黄金印。

(宋江作迎科。白)宣撫大人在上,宋江參見。(童貫白)先鋒勞頓了。那位是柴進?(柴進白)小將就是。(童貫白)如此劇賊,一旦蕩平，將軍之功寔爲不朽。回朝保奏，定加高爵。只是方臘逃去奈何？（宋江白）已分遣衆軍四下追拏去了。

（軍士報上。白）啓上大人，魯智深擒拏方臘到了。（童貫白）帶過來。

（魯智深提禅杖，軍士拏方臘上。白）踏破鐵鞋無覓處，渞來全不費工夫。（左右）啓上大人，魯智深擒拏方臘到了。（童貫白）左右，吩咐將方臘上了檻車。（左右應，押方臘下）（童貫白）魯智深，你怎擒拏這賊？（魯智深白）容禀：只因追赶夏侯成，竟入深林，遇一老僧呵，（唱）

**【又一體】**茅菴一榻寄吾身，不把虀鹽吝有人，夜半來擒獲無煩問。

（童貫白）擒拏賊首，功當第一。咱家回朝，你若肯還俗，封你大大的官。（魯智深白）只怕不能從命。（唱）

禅心已真，俗心已塵。要轉法王輪，且去聞潮信。

（下）（童貫白）好個莽和尚！且自由他。宋先鋒過來，傳令出去，吩咐將宫殿焚燬，一切僭僞之物固封候旨，方臘妻子、方肥等五十二人，同方臘檻車一齊解京，獻俘闕下。（宋江白）渞令。（童貫白）就此班師。（唱）

**【尾聲】**班師振旅天顔近，把三寇烟塵都盡，請看水泊英雄拜紫宸。

（下）（柴進弔場。白）我那金……（作拭淚介）（燕青作扯衣科。白）駙馬！（二人大笑）（下）

## 第四出　宋公明回朝受職

（場上擺高桌，上設帳幔）（金瓜力士、值殿將軍上，站科）（四黄門官上。白）熨帖朝衣抛戰袍，夔龍班裡侍中高。對時先奏牙門將，次第天恩與節旄。下官乃大宋朝黄門官是也。今有宋江、盧俊義等蕩平三寇有功，聖上命他衆兄弟到玉階朝見，面加爵賞。話猶未了，景鐘已動，聖駕陞殿，衆朝臣來也。正是：金闕曉鐘開萬户，玉階仙仗擁千官。（旁站科）

（文武官員十六人上。唱）

【北點絳唇】日麗丹霄，風清翠葆。爐烟裊，樂奏簫韶，聖主臨軒早。

(内奏樂，四昭容上，高桌旁站科。四宫監上，高椅旁站科)(黄門官白)諸臣朝參。(衆朝臣跪。白)萬歲、萬歲、萬萬歲！(黄門官白)平身。(衆白)萬歲。(起，左右站科)(黄門官白)聖上有旨，宣宋江、盧俊義等正偏將佐上殿。(内白)領旨。

(宋江二十七人上。唱)

【點絳唇】掃蕩妖氛，削平三寇。瞻天表，百官齊到，遥聽鳴梢杳。

(作朝參科。白)臣宋江等二十七人見駕，願吾皇萬歲、萬歲、萬萬歲！(宋江白)臣宋江等仰仗天威，初平河北田虎，次平淮西王慶，今平江南方臘，一一獻俘闕下。(黄門官白)聖上有旨，卿等敷奏已悉，可于午門外候旨，褒嘉謝恩。退班！(衆白)萬歲！(作起科)(撒朝介)(昭容、宫監下，金瓜力士、值殿將軍、衆朝臣下)

(宋江二十七人作出午門科)(内白)聖旨下。

(扮八宫監打樂器，二昭容掌宫燈，引梁師成上)(同唱)

【滴溜子】丹墀下，丹墀下，功臣進表。金殿裡，金殿裡，聖上聽了。頒來一封丹詔，把殊功異績褒。五雲飄緲，還望麒麟閣上畫描。

(白)聖旨下，跪聽宣讀。(宋江二十七人作跪科)奉天承運，皇帝詔曰："宣威耀武，爰資熊虎之才；錫爵褒忠，用廣絲綸之賁。咨爾宋江等統率六師，蕩平三寇，功垂竹帛，典著旗常。兹封爾宋江武德大夫、楚州安撫史，兼兵馬都總管；盧俊義武功大夫、廬州安撫使，兼兵馬副總管；參謀吴用授武勝軍承宣使。其餘諸將，各授武奕郎、諸路都統領。即着光禄寺大排筵宴，以誌懋賞酬庸之至意。欽哉。謝恩。"(衆白)萬歲、萬歲、萬萬歲！(起科)(梁師成白)請過聖旨。(宋江接科)(梁師成白)列位將軍，恭喜賀喜，咱家覆旨去也。(唱)

把殊功異績褒，五雲飄緲，還望麒麟閣上畫描。

(仝下)(宋江白)衆位兄弟，我們宴畢之後，即各赴新任去罷。

(衆)有理。(唱)

【神仗兒】俺本是熊羆虎豹，身披着紫袍烏帽，直上了玉階舞蹈。回思梁山爲盜，何曾想着，九重宣召，享富貴樂陶陶，享富貴樂陶陶。

（下）

## 第五出　借賞花高楊設計

（四從人、二院公引高俅上。唱）

【高陽臺引】襄贊台衡，勾連宦寺，那更中外煽結。權勢熏人，毒心不讓蛇蝎。

（白）廻避了。（四從人下）（高俅白）恨小非君子，無毒不丈夫。你道我高俅爲何道此兩句？只爲宋江這班毛賊與我本爲仇讎。昨日出征方臘回來，且喜一百八人十去其八。聖上命他見朝受職，十分榮寵。我想這等人，豈可容他久據爵位？必要設法除他纔好。如今惟有内侍楊太傅足智多謀，已曾約他下朝時來到我家賞花飲酒。待他來時，與他商量個計較，剪除這幾個業障。院子，楊太傅到來，即忙通報。（院子應科）（高俅白）正所謂平生不作縐眉事，世上應無切齒人。（下）

（左右小宫監引楊戩上。唱）

【六么令】宦官宫妾，從古來身居清切，君王舍我其誰媟。

（白）咱家楊戩，今日高太尉相約去賞花，不免前去。（唱）

這杯酒，非泛設，多應爲着心頭熱。

（又左右）門上。（院公上科）（左右白）太傅爺到了。（楊戩白）你家爺呢？（院子白）正在白虎節堂敬候太傅爺。（作向内科）老爺有請，太傅爺到了。

（高俅上。白）快請。（相見科）（楊戩白）高先兒，你好樂！（高俅白）也没有什麽樂處！（楊戩白）下了朝來，不是看花，就是呵酒。我又時常吃個嘴兒，不當淂緊。（高俅）老太傅家也有開花時候，少不淂也叫我們食個嘴兒。（楊戩白）再休提起。那朱勔忘八羔子，綱船到京，也送些花石，都是些綻頭東西，見不淂人。我家孩子們又不會收拾，活活把人氣殺。（高俅笑科。白）且請太傅爺到裡邊坐。（楊戩白）好罷咱。（作走介，看匾額科。白）"白虎節堂"！老太尉，我又不是"豹子頭"林冲，爲什麽誆我到這里來？莫不是又看上了我家什麽亮兒？（高俅白）休要取笑，請坐了。看茶。（坐科）（院子送茶科）（高俅白）你們都廻避了。（衆下）（高俅白）前日江南報捷，都是童宣撫調度。昨日見朝時節，那些群盗覺淂也太榮寵了些。（楊戩白）方興未艾，皇爺的意思，覺淂咱們這些人都不中用。（高俅白）正爲這事，要和老太傅商量。那宋江、盧俊義皆是我等仇人，今日倒做了有功之臣，受朝廷恩賜。叫他上馬管軍，下馬管民，置我等省院官于何地？必要生個計較，結果了他性命纔好。（楊戩白）這個有何難哉？他們都是些山野麋鹿之性，不檢點處甚多，做個圈套，把他收拾了。（高俅白）這等須要先對付了盧俊義，然後害宋江，如反掌耳。（楊戩白）一發容易，只消弄他幾個廬州軍漢，來省院首告盧安撫招軍買馬，積草屯粮，要圖謀不軌。便與他申呈蔡太師啓奏，皇爺多應不信。我們攛掇召他來京，皇爺賜御食時，于中下些水銀，墜他腸胃，就是廢物了。（唱）

【高陽臺】弄個機關，暗藏圈套，把他誣告生捏。攛掇來朝，登時立見昭雪。

（高俅唱）

難説，若然御賜侍食也，下定藥墜他腰拆。縱偷生，已成廢物，殺人無血。

（楊戩白）收拾了盧俊義，然後攛掇皇爺，賜宋江御酒二瓶，只消下些漫藥，他就活不成了。（唱）

【又一體】首孽倘淂，風聞應�脆，更須打算安叠。御酒雙瓶，幾見飲鴆能活。

（高俅白）妙計，妙計！真乃神不知鬼不覺也。（唱）

加額，三杯一醉和萬事，剪巨寇毋煩寸鐵。想當年，跳梁水泊，空教哽咽。

（院子上。白）啓爺：萬花樓酒便，請太傅爺上席。（高俅白）如此，老太傅請。（楊戩白）太尉請。（同唱）

【尾聲】安排妙計真奇絶，也不用雷轟電掣，管教殲厥渠魁那時把恨洩。

（下）

# 第六出　驚賜酒宋李含冤

(左右引宋江冠帶上。唱)

【粉孩兒】明明的頂烏紗、腰金帶,恁前呼後擁,十分光彩。

(白)山浮寒碧水浮花,檢點薄書放早衙。欲解黄金肘後印,白雲深處覓吾家。下官宋江,自到楚州任所,且喜軍民爱戴,政通人和,白日多閒,訟庭無事。此間南門城外有個蓼兒洼,四面都是水港。中有高山一座,甚是秀麗。而且峰巒峭削,儼然石砦雄關。前後蕩湖,恍惚金沙舊地。今日閒暇,不免到那裡消遣。左右,打道往蓼兒洼去。(左右應介)(宋江騎馬介。白)出潯郭門,又是一番風景也。(唱)

風光滿眼好稱懷,馬蹄遥繡陌花開。蓼兒洼水抱山環,暫停鞭徘徊躭待。

(作到介)(下馬介)(宋江白)你看山環水抱,松柏森然,真個風水之地。只是衆兄弟風流雲散,止有潤州李逵,時常過從,想起來悽慘人也!(唱)

【紅芍葯】高聳聳龍虎安排,明堂外拱護三台,更松柏凡凡壯關隘,似昔年故山雄概。回思聚散實可哀,舊風流而今安在。殆難禁珠淚盈腮,止好是片帆尋戴。

(一院子上。唱)

【鼓板賺】踏破芒鞋,來到楚州走郊外。

(白)一路問來,説宋老爺在蓼兒洼遊山,來此已是。(相見介)宋老爺在上,小人叩頭。(宋江白)你是什麽人?(院子白)小人是廬州安撫盧老爺家院子。(宋江白)你家老爺好麽?(院子白)宋老爺,再休提起。(唱)

奸臣坑害,道盧公懷心歹。

(白)我老爺到任之後,忽有人在樞密院首告我老爺謀反,幸而聖上不信,忽宣入朝。(宋江白)便怎麽樣?(院子唱)

趋朝快傳宣,賜食惹非灾。

(宋江白)有甚非灾?(院子白)聖上一見知謀反事虛,就賜御食,那知被奸臣暗下水銀在內,我老爺終日腰墜腹痛。(唱)

柔腸寧耐,

(白)到了泗州,竟墜水而死了。(唱)

墜淮而死,靈依泗州。公廨泣,陳其槩。

(宋江白)嗄!盧安撫墜水而死,好不痛殺人也!(唱)

【耍孩兒】驀聽言詞魂驚駭,五内都分裂,恨權奸毒計何來。

(白)我想盧安撫原是安分良民,被我計誘上山,後來九死一生,纔淂到梁山聚首。幸遇招安,東征西討,受此榮耀。如今又是這等不明不白而死,教人如何不痛?(唱)

傷心聚水泊,九死投蒿艾。典州郡,幾日榮冠帶,悶葫蘆將人害。

(院子白)宋老爺,且休煩惱。小人告辞了。(宋江白)且到衙内暫住一日,少不淂我也要去祭弔的。(院子白)曉淂。(下)(宋江白)我想,若果然是衆奸臣之計,祸必及我。怎麽我楚州偏是這等安静?看來或是他氣數應盡,何必疑人!

(院子急上。白)啓爺:朝廷差有天使到來,賜爺御酒二瓶,快去接詔。(宋江白)怎麽講?(院子白)天使到來,賫有御酒二瓶,快去接詔。(宋江大笑介。白)好!果然不免,這妙計盡在此中也。且住,我與盧安撫二人旬日之内都遭毒死,别人倒也罷了,惟有李逵是個戇直漢子,萬一弄出些事來,豈不把一腔忠義白断送了?我如今一面去接詔,一面星飛差人去説有急事相商,等他來時,與他同飲便了。過來,你速到潤州請李老爺到來,説有急事相商。(院子應下)(宋江白)哎呀!奸賊,奸賊!我一百八人彫零殆盡,怎麽這等不肯相容?帶馬。(作騎馬介)(跌介)(唱)

【會河陽】報賜醍醐,不用疑猜,此身已上失魂臺。忙差接取良朋,好除祸胎,效韓彭同俎醢。今朝想人去青山在,明朝有人住青山改。

(作踉蹌下)

(左右引李逵冠帶騎馬上。唱)

【縷縷金】聞呼唤,奉催牌,星夜揚帆,渡楚州交界。

(笑介。白)我李逵仗着一把板斧,殺人放火,許多爽快。那里曉淂做官與做强盗大不相同。頭上一頂烏紗,竟有萬把斤重。這些時,寔在有些耐不淂。幸淂宋大哥任所不遠,常時渡江相訪。適纔差人來説有緊事相商,想他也有些受不淂,大約筭計照舊回梁山泊去。若果如此,我李鉄牛就淂了生命了。(唱)

果然仍慣舊生涯,烏紗且休怪,烏紗且休怪。

(作到介,下馬介)(左右白)潤州李老爺到了。

(左右引宋江上。白)兄弟,在那里?(相見介)(李逵白)纔隔了兩日,又有何呼唤,敢是要回梁山了麽?(宋江白)胡説!今日備有小酌,與兄弟一談。左右,取酒過來。(左右送酒介)(李逵白)來,來!誰耐煩吃小杯,取大碗來。(作取大碗,飲介)(宋江白)你們都廻避了。(左右下)(宋江白)賢弟,你休怪我。昨日天使到來,賫有藥酒二瓶。我吃了些,已知中毒。我死之後,怕你生事,所以叫你來同飲。你剛纔大碗吃的就是。(李逵大叫介。白)我不信,我不信!(作按肚介。白)你不要哄我。(宋江白)兄弟,我豈有哄你之理?此間南門外有個蓼兒洼,風景與梁山泊一般,我已囑咐他們把我二人都塟此處。(唱)

【越恁好】蓼兒洼内,蓼兒洼内,深處葬遺骸,好似鴛鴦塚,並生同事死同埋。

(作按肚介)(李逵作肚痛介,喊介,哭介。白)哥哥,生時伏侍哥哥,死也作哥哥部下小鬼。(作肚喊痛介。唱)

追隨服侍鬼輿儓,這是前生冤債。

(宋江、李逵作拜介)(合唱)

些時,謝北闕也踉蹌拜。些時,赴西土也肝腸壞。

(作跌介,兩人塲上滚介,死介)

(左右上。白)嗄!兩位老爺都中毒而死了,哎呀!老爺呀!(哭介)(院子白)列位,宋老爺已有遺言,要葬在南門外蓼兒洼,如今李老爺死在一處,我們就備棺槨盛殮,一同殯葬罷。(作擡屍下)(院子唱)

【尾聲】霎時魂在九霄外,忒辜負英雄氣槩,待要做精衛含冤填大海。

(下)

## 第七出　蓼兒洼舍生取義

（吴用作改粧，騎馬上。唱）

**【端正好】**悶懨懨，無情緒，難安排七尺身軀。辜負了烏紗象簡叨華膴，心事憑誰訴。

（白）我吴用昨夜淂其一夢，夢見宋大哥與李逵兄弟二人，説朝廷賜飲藥酒身死，現葬楚州南門外蓼兒洼。叫我念昔日交情，去看視他，不免前去便了。（唱）

**【滚繡毬】**俺初負弩投水滸，佔的個龍蟠虎踞，招集的亡命之徒。却怎生受招安瞻聖主，旋奉詔掃蕩三路，叨殊恩職參戎府。雖然向日標微悃，終怕浮雲蔽太虚，空費躊躕。

（白）我想夢寐之事，未可憑信。但這等明白，必淂緣故。爲此改换衣裝，悄悄而到楚州去。（唱）

**【叨叨令】**休言夢寐無憑據，悄地微行訪其故。山花滿眼馳烏兔，馬蹄已抵楚州路。

（白）來此已是楚州。（向内介。白）大哥，借問一聲，這楚州宋安撫衙門在那里？（内白）宋安撫已中毒而死，現葬在南門外蓼兒洼了。（吴用白）嗄！果然死了！好不痛殺人也！（唱）

兀的不痛殺人也麽哥，兀的不慘殺人也麽哥。俺這裡驚魂不顧踉蹌步。

（下）

（場上擺二帳幔，碑二座，上書“皇宋楚州安撫使宋諱江公墓”，一書“皇宋潤州都統制李諱逵公墓”。供桌擺香爐、燭臺切末介）

（扮一老道上。白）小子原是梁山一個僂儸出身，因跟隨宋老爺受了招安，東征西討，貼身伏侍。昨日到了楚州任所，指望長享富貴，不想被奸臣算計，服毒而死。遵老爺遺命，葬在這蓼兒洼。可憐孤墳一座，無人看守。小人算來受宋安撫多少年恩惠，只淂築了三間土房，就在蓼兒洼早晚服侍些香燭，打掃墳墓，以表寸心。正是：一生富貴如春夢，千古英雄惟断碑。（作持箒把掃地介）

（吴用上。唱）

【脱布衫】過荒郊淚眼模糊，猛擡頭山水如覩。艸青青一杯黄土，碑矗矗兩堆墳墓。

（白）老道，這裡可是蓼兒洼麽？（老道作相見介。白）嗄！你不是吴參謀麽？（吴用白）正是！你是什麽人？（老道白）小人原是山上僂儸，後來跟隨宋安撫，蒙他多少恩惠。如今他没了，小人情願洒掃，以終天年。（吴用白）好老道，爲何有兩座墳？（老道）這是潤州李老爺。宋老爺怕他知道不依，所以叫他來一同死的。（吴用作哭介）哥哥呀！可知我吴用來了麽？（唱）

【小梁州】哭淂我血淚啼觴滚滚珠，怎不容我握别須臾，拚將一命到黄壚。魂驚仆，哽咽氣難甦。

（作伏地哭介）

（花榮騎馬上。白）白鳥影從江樹没，青猿聲入楚雲哀。我花榮夜來淂一異夢，夢見宋大哥和李逵兄弟飲鴆而死，葬於蓼兒洼内，爲此星夜到此。（作到介）來此已是。（老道作見介。白）花老爺也來了。（花榮白）誰在此痛哭？（老道白）是吴參謀在此。（花榮白）參謀在那裡？（吴用作起，見介。白）原來是花兄弟。（花榮見墳墓介。白）這就是宋大哥和李逵兄弟墳墓麽？（吴用白）正是。（花榮哭介。唱）

【又一體】哭淂我搶地呼天淚眼枯，恨不的片刻淪殂。思量無計表區區，黄泉路，同携手，定如何①。

（吴用白）賢弟，你在應天，爲何到此？（花榮白）小弟自從分散之後，無日不念想衆兄弟。不想淂一異夢，夢見宋大哥和李逵兄弟扯住小弟，説飲鴆而死，葬於蓼兒洼内。小弟因此星夜到此，不想果應其夢。（吴用白）嗄！原來與小弟一般淂夢而來的。（花榮白）參謀，如今尊意如何？（吴用白）還有什麽别的意思？小弟不過村中一學究，淂遇宋大哥言聽計從。今日他既爲國家而死，又托夢與你我，我豈忍獨活，惟有相從地下而死。（花榮白）小弟

---

① 似“何如”更合韻。

之意，亦有同心。（花榮、吴用白）宋大哥，可知我兩人要來相伴麽？（唱）

【朝天子】把紅塵謝諸，結同心伴侣。待連袂灰河渡，蓼兒洼裡、懶散不拘。甚奸究①來讒沮，月白風清、倡爾和汝，免他日尋刀斧。

（吴用、花榮作解帶介）（老道白）這等光景，有些不妙，不免報與本州老爺去罷。（下）（吴用、花榮唱）哎呀！賊子呀！

看你冥誅，痛你冤苦，霎時間早永决塞了咽喉路。

（各作弔于帳幔旁介）

（衆從人引知州上。白）下官楚州知州是也。剛纔蓼兒洼看墓人報來，説武勝軍承宣使吴公、應天都統花公都來自縊于宋安撫墓前。這等義氣，真個可嘉。爲此打道前去。（老道跪接介）老爺，二位老爺已經歸天了。（知州白）果然如此，把二位老爺請過一邊，即刻預備棺槨，就埋在兩翼，以遂他初志。（左右從人作抬吴用、花榮下）（知州唱）

【清江引】一腔熱血渾如許，相率歸陰府。一束奠生芻，慨想人如玉。青山依舊也，問英靈何處所。

（下）

## 第八出　芙蓉城鬼使神差

（場上懸“芙蓉城”匾，擺十公座桌椅）（雜扮牛頭、馬面各戴套頭，穿門神鎧持叉；扮八小鬼各戴鬼髮，穿箭袖，繫肚囊；雜扮八鬼卒，各戴鬼髮，穿蟒箭袖，虎皮卒褂，持器械；雜扮十判官各戴判官帽，穿圓領束角帶，持筆簿；雜扮金童，戴紫金冠，穿氅繫絲縧，執旛；雜扮玉女，戴過梁額仙姑巾，穿氅繫絲縧，執旛，引十殿閻君，戴冕旒，穿蟒束玉帶，從酆都門，雜扮傘夫張傘隨上。唱）

【北夜行船】整肅威儀開玉殿，笑紅塵世上牽纏。百樣謀爲，千般機變。可知俺冥司目光如電。

---

① 應爲“宄”。

(入坐科)(傘夫下)(十殿閻君白)晝是陽來夜是陰,十般貌也一般心。世人莫怪閻羅酷,都爲伊家罪孽深。吾乃十殿閻君是也。職司冥府,主宰陰曹。掌十地之樞機,握四生之橐籥。世人造業,不論廣衆大庭、暗室屋漏,不論施爲行事、動念舉心。我這裡善惡簿子上直書定盤星,分文不爽;罪福業鏡中對出照膽臺,毫髮難欺。正所謂:苦填不滿火炕,屡償難了冤債。安淂三輪盡空,化作蓮花世界。我們只爲朝謁玉帝,欽奉玉旨,説宋江等一百八人原爲羣魔降世,戕害生靈,乃反假托忠義惑世誣民,特着東岳大帝,會同我們十殿審理,要核其罪惡,分别定擬,以警愚蒙,以昭勸戒。因此先到芙蓉城中,簽差捉拏。鬼判。(衆判官應科)(十殿閻君白)那宋江一百八人的案卷都有的麽?(鬼判白)一樁樁都有清册細注,絲毫不錯。(唱)

【北風入松】十曹文簿細丹鉛,説什麽紀事與編年,春秋一卷殊褒貶。分明是業鏡高懸,纔見無私鐵面,並非關有意株連。

(十殿閻君白)既如此,明日到東岳大帝臺前,先將文簿一一呈上。(衆判官白)曉淂。(十殿閻君白)鬼卒,叫酆都使者過來。(鬼卒應科)(向内白)酆都使者那裡?(内應科)

(酆都使者從酆都門上。白)九幽明皎日,三尺凛秋霜。各位殿下,有何鈞諭?(十殿閻君白)奉玉帝勑旨,着東岳大帝會同我十殿公審宋江等一百八人假托忠義惑世誣民一案。今衆犯俱聚蓼兒洼内,我這裡與你勾牌一張,你可率領鬼卒無常一一拘拏到案。你聽我吩咐!(判官作遞牌票,酆都使者接科)(十殿閻君唱)

【北喬木查】這勾牌一片,關係着執法臯陶憲。把水滸游魂一索牽,都整齊齊躋玉階,静候大帝平反。

(酆都使者應下)(閻君白)咳!那世人上只曉淂説宋江忠義,被他那一團花假欺瞞了,那知我陰司半點不饒哩!(唱)

【北沉醉東風】幻殼子陽間驕蹇,幽魂兒陰府盤旋,枉死城森羅殿。機關用盡悔徒然,侈談忠義罪無邊,無等咒也難消遣。

(白)鬼卒各歸殿庭。(鬼卒應介,各下座)(同唱)

【北煞尾】數珠百八牟尼轉，一個個騰蛇徽纏。貫穿蓼兒洼，見一陣鬼風旋，梁山泊只怕要打碎忠義堂前匾。

（下）

## 第九出　領鬼卒攝魄勾魂

（扮土地上。唱）

【小引】叫招財，叫招財，爲舍衙門冷淡哉。不要説三牲，何曾有香燈。不要説散福，何曾有廟祝。

（白）管山要吃山，管水要吃水。看着蓼兒洼，只好去搗鬼。小神乃蓼兒洼土地是也。只因宋江受了我楚州宣撫使之職，爱我這蓼兒洼山明水秀，發誓死後要葬在這裡。那裡曉淂天從人願，不多幾天，那道君皇帝陡然賜出藥酒，將他毒死。未幾，那些鬼兄弟逐漸而來聚會，如今一百八人竟不差什麽了。只是聚了這些兇魂，週遭百十里之内，不要説是那些邪魔鬼祟各處遠颺，就是鷄犬之聲，都断絶了。小神躭着一身干係，捻着一把冷汗，總恐怕這些冒失鬼弄出事來。這也無可奈何！山中無事，我老人家只好打個盹兒。（作磕睡科）

（陰地方、無常鬼各帶鎖鍊切末，引酆都使者，雜扮一人張小傘隨上。唱）

【又一體】鬼門開，鬼門開，攝魄勾魂一信牌。莫道不分明，閻羅賬最清。莫道無善惡，絲毫不差錯。

（白）鬼卒，這裡可是蓼兒洼麽？（鬼卒白）正是。（酆都使者白）地方，叫土地。（陰地方白）曉淂。（叫土地科）（土地應科。白）原來是衆位大爺，我這裡都是良善之家，不知要勾那個？（酆都使者白）你還不知道麽？就是那宋江一百八人假托忠義一案。如今要勾他立等審問，聞他聚在這里，特來勾拏。（土地白）原來要拿宋江這起人，只是他兇淂狠，官兵都要殺敗，何况於你？（酆都使者白）他兇到那里去？（土地白）如此，隨我來，隨我來！（衆跳舞，諢下）

（宋江冠帶搭魂帕上。唱）

**【翫仙燈引】**紅蓼映蒼苔，凄凉處白陽風灑。

（白）我宋江自從征了方臘回來，蒙聖恩除授楚州宣撫使之職。誰想到任未久，又蒙賜御酒二瓶，被逆臣高俅、楊戩暗投漫藥，將我衆兄弟毒死。只是我一腔熱血，半世英豪，断送賊臣之手。提起來，好不淒慘人也！（唱）

**【獅子序】**生死路，常掛懷，羨聯翩雁字幾排。想梁山聚首，骨肉無猜。誰知道風流雲散，不由人重感慨。痛鴆毒，當沆瀣，忠魂飄敗。今日個金蘭舊譜，玉樹同埋。

（白）夜臺寂寞，風雨淒其，不免請衆兄弟出來閒談一番。衆兄弟那里？

（扮一百七人，各搭魂帕上。唱）

**【玉女步瑞雲引】**杳杳泉臺，到淂逍遥自在，依舊是梁山氣槩。

（衆分坐科。白）哥哥，我們聚義水洼，情同骨肉。自受招安，就殲巨寇。水火刀兵，死亡大半。哥哥東手歸朝，反爲奸臣暗筭，天理何在？我們心中十分不伏。（唱）

**【太平歌】**松楸裡，風雨滿基堦，枉受了權奸相妬害。留淂生平忠義好，幽隱重泉無隔礙。遼陽華表鶴歸來，空聽夜猿哀。

（宋江白）諸位兄弟所言未爲不是。但我宋江仗着"忠義"二字，就死何妨？如今到淂魂魄相依，豈非不幸中之大幸？（唱）

**【賞宫花】**平生壯懷，冷清清守夜臺。英雄千古恨，問誰來。縱有青編留姓字，空將白骨委蒿萊。

（土地領衆無常、小鬼、陰地方、酆都使者上。白）原來都在這里。（宋江白）你們是何方鬼卒？休淂無禮。（酆都使者白）我乃酆都使者，奉玉帝勅旨，命東岳大帝會同十殿閻君勘問你們這一案，故來勾取。（李逵跳起。白）放你娘的屁！凴你什麼人，我是不去的！（酆都使者白）咳！這不比梁山泊，可以藏躲。（衆白）如此，我們散了罷。（分左右走科）（酆都使者白）那裡來①這些野

---

① 據文意應爲"那裏走"。

鬼？鬼卒們，與我一一拿來。（衆鬼應科）（酆都使者作上高桌，衆鬼卒作跳舞科，用索分數起牽扯諢下）（酆都使者下桌科。白）衆鬼犯俱已拿齊，不免回覆閻君去罷。（唱）

【尾聲】平生倔强今何在，幾曾見逃亡魑魅，則請看地獄重重全搬戲法來。

（下）

# 第十出　東嶽殿狼群對簿

（扮牛頭、馬面持叉，八鬼卒持器械，八動刑鬼、四判官持筆簿，引第一殿閻君、第五殿閻君，從酆都門上）（仝唱）

【一枝花】俺只爲鸞書下九霄，分領着鵷序排三殿。

（扮第二殿閻君、第三殿閻君從酆都門上）（同唱）

思量起心胸開萬古，頓教他疑義析千年。

（第四殿閻君、第六殿閻君從酆都門上）（仝唱）

這的是雪消見晛，也只爲世教人心辨。

（第七殿閻君、第八殿閻君從酆都門上）（仝唱）

打迸着晨鐘暮鼓懸，

（第九殿閻君、第十殿閻君從酆都門上）（仝唱）

一聲聲喚醒華胥，一個個醫痊瞑眩①。

（衆閻君白）四生六道有來因，地獄天堂在轉輪。今日堂前懸業鏡，始知半點不饒人。我等十殿閻羅是也。只因宋江、吴用等一百八人潛結水滸、托名忠義一案，已按科條，久須勘問。今衆犯陽壽已終，奉有玉帝勅旨，令我等提齊各犯，到東嶽大帝殿庭公同審理。衆鬼使，就此擺道前行。（衆鬼判應科）（衆閻君白）薄書自掌森羅殿，綸綍親承白玉樓。（衆同從下場門下）

（扮八侍從，執儀仗，四判官持筆簿，引東嶽大帝從上場門上。唱）

【梁州第七】都只爲懲祸亂爰書成帙，還待要勘奸雄把業鏡高懸。看他

① 鈔本此字作"眩"。

分行夾註丹黄遍，一例的殺人放火，那些個問舍求田？

（白）善哉，善哉！巍巍岱宗，秩比三公。承天布化，福德攸同。吾乃東嶽天齊大帝是也。前者因朝玉帝欽奉勅旨，今日會齊十殿閻君，到俺殿庭公同勘問梁山泊宋江、吴用等一案，以便回奏天庭。

（衆閻君從上場門上。仝白）青鸞白鶴凌雲下，金殿珠簾向日開。（作到，進門科。白）大帝在上，我等衆森羅參見。（東嶽大帝白）衆閻君少禮。（衆閻君作參拜科。白）神在碧霄以上，權居青帝之尊。爲定忠奸一案，宣明善惡兩門。（東嶽大帝白）衆閻君，請各歸公座。（衆閻君白）謹遵帝諭。（場上設公案、桌椅）（衆閻君各入桌坐科）（東嶽大帝白）衆閻君，今日遵奉玉旨，會審宋江一案，須要仔細詳明，逐一勘問。我當奏請玉旨，定罪施行。（衆閻君白）掌案的可將案卷逐一呈明大帝觀覽。（衆判官作呈簿書科）（東嶽大帝白）這卷案都開注明白麽？（判官白）啓上大帝，那梁山泊一百八人罪惡輕重不等，各殿下分别首從，定爲六案擬罪，大帝省覽便知。（東嶽大帝白）看了這案牘纍纍，宋江等罪孽不淺，反敢假托忠義，惑世誣民，若不逐案勘破，警醒愚蒙，何以激勵人心，扶持世教？（唱）

當不的罪深孽重，屢牘連篇。止恨他嘴頭兒忠義爲先，心窝兒欺罔難言。這都是宋公明假借了兩字周旋，還有個智多星帮助了一般主見。那知道活閻羅攢造了四柱因緣，堪憐枉然。問他虧心怎到森羅殿，覓何處求方便。這是報應分明在眼前，遮莫瞞天。

（白）帶第一起過來。（判官白）帶梁山泊第一起鬼犯聽審。

（都鬼鬼卒隨帶宋江、吴用搭魂帕上，跪科）（判官白）第一起假托忠義、惑世誣民，鬼犯二名宋江、吴用。（宋江、吴用哭科。白）大帝呀！我宋江、吴用存心忠義，宣力王家，今被奸臣所害，大帝不辨明冤枉，怎麽還要加罪？（東嶽大帝白）哇！你還敢説忠義麽？你們嘯聚水窪，招納亡命，擅殺官軍，假名忠義，還有威逼上山，絶人歸路。種種罪惡，皆是你兩人爲首，你道冥司不知麽？（十殿閻君白）我陰司鐵案如山，件件都有証明，你賴到那里去？從實説上來。(宋江、吴用白)大帝、閻君在上,念我二人不過山城小吏、草澤窮民,原無遠大之志,後來爲衆人擁戴,勢成騎虎。然而日盼招安,何敢有心抗拒?至於這些歸伏之人,都是情願入夥,何曾有威逼的事?(東嶽大帝白)現有舊案在此,聽我隨舉一二指明,你聽者:即如青州總管秦明,你用計擒他,説降不從也罷了,你怎麽假他衣甲,夜半攻城,殺人放火,害他妻子誅戮,這還是忠還是義?(唱)

【梧桐樹】爲什麽假霹靂夜半遭兵燹,害的他活妻孥城頭頸血濺。這反間忒毒害,恁説無人見,怎知我陰司裡有成讞。

(十殿閻君白)宋江這一宗罪惡就彀你受用了。(東嶽大帝白)吴用,那滄州知府的小衙内與你有何仇隙,你不過要朱仝上山,就忍心教人殺死,這還是忠還是義?(唱)

【元鶴鳴】你那蜂蠆心要把利刃鐫,虎狼心要把霜刃剸。你則要美髯公投水泊,怎斷送小衙内赴重泉。他與你有何仇怨,生擦擦血裹蝦蟇道路邊。叫誰哭奠,何方問天?

(白)衆閻君,他二人是禍之首、罪之魁,但不知衆閻君如何定擬?(十殿閻君白)宋江、吴用罪大惡極,除招納亡命、玩法欺公各輕罪不議外,其假托忠義、惑世誣民,應受重重地獄,然後水①入泥犂,不淂超生。(宋江、吴用白)大帝、閻君,我二人假仁假義、説忠説孝,欺世盗名,那知陰司裡絲毫不能瞞過。只是招安之後,我也有擒方臘的大功,將功折罪,也見大帝平允。(東嶽大帝白)有的。你那擒方臘的功,只好償你殺傷官軍之罪。(宋江、吴用白)大帝呀!我二人不過假托忠義,就罹此重罰。那蔡京、王黼、高俅、童貫、楊戩、梁師成等攬權怙勢,蠹國害民,到安然無恙。這不是網漏吞舟之魚麽?(東嶽大帝白)他們的罪惡與你不差,今諸奸陽數已盡,少不淂你有會他的日子。(唱)

【隔尾】恁誰則擒拏劇盜勳名顯,也只好抵你抗拒官軍殺戮愆。恁休提六賊子到冥司逃刑憲。並肩九泉,都是將來會中緣。

---

① 應爲"永"。

(白)帶下去。帶第二起上來。(判官白)帶第二起棄官從賊、玩視王章一案上來。

(鬼卒帶宋江、吴用魂下。隨帶關勝、花榮、呼延灼、董平、索超、孫立、郝思文、彭玘、魏定國、張清、黄信、宣贊、韓滔、單廷蛙①、凌振、龔旺、丁淂孫各搭魂帕上,作跪科)(判官白)聽點。(作點名介)(東嶽大帝白)嗄!你們都係身爲武弁,陷陣摧鋒,是汝專職。終不然就拚死沙場,馬革裹屍,也淂名垂竹帛。怎麽棄官從賊起來?朝廷何賴汝輩?(唱)

【四塊玉】恁都是握虎符掌將權,披犀甲能征戰。那知你輩②主拋親拜賊前,冥司何處求寬典。還思量你標麟閣,擁霓旌,勒燕然。

(衆哭科。白)總是鬼犯一時没見識,後來受了招安,也替國家効力。(東嶽大帝白)這却遲了。衆閻君定他爲首惡之次,實爲允當。但不知應歸何等地獄?(四殿閻君白)此等棄官從賊之人,應入本殿,下刀山地獄。(東嶽大帝白)鬼卒帶下去。帶第三起上來。(鬼卒帶關勝等十八人魂下)帶第三起打劫生辰綱一案上來。

(隨帶晁盖、公孫勝、劉唐、阮小二、阮小五、阮小七、白勝搭魂帕,跪科)(判官白)打劫生辰綱一案聽點,晁盖、公孫勝、劉唐、阮小二、阮小五、阮小七、白勝。(衆應科)(東嶽大帝白)看你原案内,也不過隨從爲匪之人,不應提力標出。但黄泥崗打劫生辰綱實爲梁山水滸搆禍之始,列爲第三等,這也是法無可貸。(晁盖白)大帝呀!那生辰綱原是不義之財,打劫何害?(東嶽大帝白)要曉淂你這一案乃禍之媒也。(唱)

【罵玉郎】想當初東溪認義靈官殿,不過貪財物妄垂涎,誰知道做了梁山水泊金針線。溯禍緣,覓水源,則你這罪狀應難免。

(白)請問衆閻君,第三起謀劫生辰一案應歸何等地獄?(二殿閻君白)他們謀劫生辰,實爲禍首,應入本殿,下碓磨地獄。(東嶽

---

① 應爲"珪"。

② 應爲"背"。

大帝白)鬼卒帶下去。帶第四起上來。(鬼卒應科)(帶晁保正七人魂下)(判官白)帶第四起嘯聚山林、負隅拒命一案聽審。

(鬼卒帶魯智深、武松、楊志、施恩、曹正、史進、朱武、陳達、楊春、王英、燕順、鄭天壽、焦挺、鮑旭、樊瑞、項充、李衮、歐鵬、蔣敬、馬麟、陶宗旺、吕方、郭盛、李忠、周通、鄧飛、孟康、杜遷、宋萬、朱貴、孔明、孔亮上,跪科)(判官白)聽點。(作點名介)(東嶽大帝白)太平之世,士農商賈各有其業,汝等半係市井遊民,嘯聚窝巢,爲逋逃淵藪,梁山又爲衆惡所歸,此豈王法之所能恕?(唱)

**【感皇恩】**呀!説什麼白虎擎拳,飲馬停鞭。可知芒碭透不到二龍淵,清風吹不起桃花片,對影兒看不見少華巔,枉了你黄門宿雨,枯樹含烟。一謎價望梁山似蛆鑽糞,蛇赴壑,箭離弦。

(白)請問衆閻君,此等嘯聚山林一案,應置何等地獄?(五殿閻君白)他們嘯聚山林,負隅拒命,應付本殿,下火車地獄。(東嶽大帝白)帶下去。再帶第五起上來。(鬼卒應科)(帶魯智深三十二人魂下)(判官白)帶第五起蟠踞水窪、截江行劫一案聽審。

(鬼卒帶張横、李俊、童威、童猛、張順搭魂帕上,跪科)(判官白)聽點。張横、李俊、童威、童猛、張順。(衆應科)(東嶽大帝白)你們蟠踞水窪,截江行劫,看你原案内致命圖財之事不少。(張横五人白)大帝呀!江湖上賣板刀麵餛飩的頗多,怎麽單加罪我們?實爲冤枉。(東嶽大帝白)你還説冤枉?可知你與那嘯聚山林的是一般。(唱)

**【採茶歌】**則恁這腹中冤口中言,道陰司怎不把伊憐。那知靠洞依山兇不赦,怎你截江行劫罪能蠲。

(白)這一案不知衆閻君擬何地獄?(三殿閻君白)這一案嘯聚山林、截江行劫,應入本殿,下血湖地獄。(東嶽大帝白)帶下去。帶第六起上來。(鬼卒應科,帶張横五人魂從酆都門下)(判官白)帶第六起扶同入夥、傷害生靈一案上來。

(鬼卒帶盧俊義、秦明、徐寧、李逵、林冲、穆宏、穆春、燕青、薛永、戴宗、李應、扈三娘、解珍、解寶、金大堅、安道全、蕭讓、朱仝、石秀、楊雄、侯建、皇甫端、段景住、蔡慶、王定六、李雲、朱富、石勇、雷横、樂和、鄒淵、鄒潤、孫新、顧大嫂、楊林、裴宣、湯隆、杜興、宋清、郁四保①、張青、孫二娘、時遷、李立、蔡福、柴進各搭魂帕上）（判官作點名，衆作應科）（東嶽大帝白）請問衆閻君，看這原案内，這些多係初無爲盜之心，或係誆騙上山，或係扶同入夥，情罪自應末減。只是秦明、徐寧各有職守，應歸棄官從賊一案。至於李逵殺人獨多，傷生尤酷。柴進招納亡命，窩藏奸匪，也應從重問擬纔是。（十殿閻君白）大帝細心推鞫至此，本殿不勝敬服。但查秦明、徐寧都是宋江、吴用絶他歸路。李逵是個粗莽直性漢子，肝腸到也乾凈。柴進是個揮金結客之人，看來無甚奸惡。是以從寬問擬。（東嶽大帝白）衆閻君如此説來分晰，真乃公當也。（唱）

【三煞】雖則是棄官從賊有成典，只爲着奸計勾留是禍源。若論鉄牛莽戇被人牽，那結客滄州中無機變，與扶同入夥名連。這是罪孽皆由閻作緣，公正無偏。

（白）但不知應淂何罪？（七殿閻君白）諸人扶同入夥，傷害生靈，上干天和，應歸本殿，下各與鉄鞭一百。（衆白）多謝閻君。（東嶽大帝白）鬼卒且帶下去。（鬼卒應科，帶四十三人下）（東嶽大帝白）衆閻君，此番審明，翻盡從前鉄案，定擬十分允當。至於宋室臣僚，有真忠真義者，令他昇入天堂；害國害民者，令他墮入畜生道，方快人心。（第十殿閻君白）這都是本殿下轉輪職掌。（東嶽大帝唱）

【二煞】把從前鉄案今翻，遍推勘，曾無半字冤。止教兩大懟，諸苦惱，無寬免。餘則薄法輕科，區分煅煉。還有諸業報，要昭然，把宋室忠奸仔細研，

（下座科）（隨撤公案、桌椅科）（東嶽大帝白）十殿請回，待吾就將審過緣由覆奏靈霄去也。（接唱）

則看俺一宗宗上達三天。

（四官官從場門分下，衆侍從擁護東嶽大帝仝從昇天門下）（衆閻

---

① 應爲“郁保四”。

君白)東嶽大帝已上天庭,我等各回殿宇,静候玉旨,施行便了。(唱)

【收尾】假忠假義都明顯,真義真忠更判然。閻羅自古無情面,止候着玉音再傳,把他熬煎。看俺向枉死城中,把活地獄當場演。

(衆鬼卒擁護衆閻君,仍仝從酆都門下)

## 第十一出　河北郡二忠盡節

(扮何灌、何薊領衆上。唱)

【駐馬聽】報國無由,天步艱難是主憂。那些個談兵説劍,羽扇綸巾,緩帶輕裘。

(何灌白)下官何灌,表字仲源,開封祥符人也。官拜河東、河北制置副使,只爲金師壓境,上皇内禅,下官領兵入衛。正擬死守河津,争奈梁方平之師大潰。下官只淂退保京城,以待外援。(何薊白)爹爹,我們新募之兵,大半皆是老弱,如何抵敵?(何灌白)我的兒,禁旅健卒,盡付方平。你做爹爹的當初苦口説過,其如時宰不從,已着韓綜、雷彥興打探去了。若是金師一至,我和你父子惟有一死,以報國恩。

(韓綜、雷彥興上。白)萬騎金兵入帝京,羽書飛報進軍營。將軍縱有回天力,此際應難定太平。元帥,不好了!金師渡河,直抵汴京,並没一人抵禦。如今已逼近京城了。(何灌白)如此,我們且殺上前去。(唱)

他渡河輕駕木蘭舟,我摧鋒難覓迷魂咒。拚的是兩世勳猷,滿腔熱血,盡付東流。

(斡①离不領衆上,對戰介)(斡離不作敗下,何灌衆追下)

(斡離不領衆上。白)把都們,何灌父子十分驍勇,可令弓弩手埋伏牟駝岡側,待我引他到來,萬弩齊發便了。(衆應科)

(何灌領衆追上,戰科)(斡離不敗科,下)(弓箭手放亂箭,何灌、

---

① 應爲"斡"。

何薊、韓綜、雷彦興都受箭傷，敗下）

（斡离不上。白）把都們，何灌父子都被重創，大敗而走，我和你們速速追上。（衆應科。下）

## 第十二出　留車駕李綱守死

（内侍、宫監引欽宗上。唱）

【菊花新】青天難問漫搔頭，望断河津八百候。烽火逼人眸，只恐孤城難守。

（白）寡人乃道君皇帝太子，只爲敵人敗盟，國勢危蹙，郭藥師既以燕山迎降，梁方平又於黎陽大潰。太上皇召朕入禁中，披以御服。寡人涕泣，固辭不許，只淂從權内禅，改元靖康。今敵兵直逼汴京，太上皇已决計東幸，惟寡人行止，尚無主見。且待諸臣到來，從長計議便了。内侍，諸大臣到來，即宣入見。（内侍應科）

（扮宰相白時中、李邦彦、李綱上。唱）

【柳梢青】勁師入寇，戎馬盈郊藪，敵愾同仇，今日個面陳可否。

（内侍白）聖上有旨，就宣諸臣入宫。（衆白）領旨。（作進宫，跪科。白）臣白時中、臣李邦彦、臣李綱見駕，願吾皇萬歲。（内侍白）平身。（衆白）萬歲。（欽宗白）敵師已逼京城，太上皇東幸，朕欲隨侍，暫避敵鋒，如何？（白時中、李邦彦跪白）臣啓陛下，此時都城萬不能守，自然隨侍東巡爲便。（李綱）臣李綱謹奏，天下城池孰有如都城者？且宗廟社稷，百官萬民所在，捨此欲何之？（欽宗白）卿言雖是，不知計將安出？（李綱白）今日之計，惟有整飭軍馬，固結民心，相與堅守，以待勤王之師纔是。（唱）

【好事近】車駕莫輕投，靠着金湯堅守。那勤王師至，料敵人不戰而走。

（欽宗白）堅守亦不難，只是此時誰可任將帥之權者？（李綱白）朝廷以高爵厚禄崇養大臣，盖欲用之於有事之日。白時中、李邦彦等雖未必知兵，然藉其位號，撫將士以抗敵鋒，乃其職也。（白時中、李邦彦作怒科。白）李綱，你把這樣事情讓人，你難道不能

將兵出戰麽？（李綱白）陛下若不以臣庸懦，倘使治兵，願以死報。（唱）

倘假臣兵柄，怯書生自有擎天手。則看俺雪鎧霜戈，説什麽風僝雨僽。

（欽宗白）壯哉，壯哉！聽卿所奏，具見赤心。可以東京留守兼親征行營使便宜行事。内侍，賜李卿金盔甲全付。白、李二卿，待朕與他披掛。（李綱白）萬歲。（作披掛科）（衆唱）

【又一體】奇猷，廊廟浔紓憂，金印先行加肘。全身披掛，威風無出其右。

（内侍急上。白）啓萬歲爺：太上皇已啓行了。（欽宗作起身。白）朕不能留矣。（李綱跪白）哎呀！聖上呀！昔唐明皇聞潼關失守，即時幸蜀，宗廟朝廷毁於賊手。今四方之兵，不日雲集，陛下奈何輕舉，以蹈明皇之覆轍乎？（白時中、李邦彦白）萬一勤王之師不至，奈何？三十六計，走爲上計。（李綱唱）

那明皇幸蜀棄京師，千古人追咎。倘吾皇駕動龍旗，把微臣血漬螭頭。

（欽宗白）卿也不必恁般激切。也罷！朕今爲卿留。治兵禦敵之事，專責之卿，如何？（李綱白）領旨。（欽宗白）白、李二卿過來，割地求和之議，亦退兵之一策，可一面令康王構、少宰張邦昌前往金營議和。（白時中、李邦彦白）領旨。（欽宗白）求和自是安邦策，（白時中、李邦彦白）堅守漸無却敵方。（内侍、宫女引欽宗内場下）（白時中、李邦彦下）

（衆軍士、將校分左右上）（李綱白）衆軍士，你們皆係禁衛虎旅，如今還是願死守，還是願從幸？（衆白）我們父母妻子皆在都城，願隨元帥死守。（李綱白）好！我李綱奉旨禦敵，諸位將士，今晚隨我直砍敵營，有能奮勇殺賊者，按級重賞。（衆白）我們皆願出力死戰，一聽元帥號令。（李綱白）就此前去。（仝唱）

【縷縷金】乘寶馬，戴兜鍪，披着黄金甲，荷天休，士氣歡騰，去直殲羣醜。

（斡离不領衆上，對陣科。白）呔！你們統兵將主是誰？（衆白）

我們是李留守麾下，只曉淂厮殺，不淂工夫閒講。（戰科）（斡离不兵敗下）（李綱白）敵兵大敗。衆軍士，暫時收兵，明日再戰罷。（衆應科）（唱）（合前）

**凱歌人唱覓封侯，排雲任馳驟，排雲任馳驟。**

（下）

（斡离不領衆作敗走上。白）嗄！李綱這厮好兇也！把我人馬殺傷不計其數。且住，我想城中有了此人，汴梁急切難下。况且我師深入，久駐非宜。聞淂道君皇帝已經禅位太子，萬一勤王之師大至，内外夾攻，反爲不美。不如等他來講和，借此暫退，再圖機會便了。（唱）

**【尾聲】**一盤棋局逢高手，莫思量摧枯拉朽，只好把和議甜頭哄他上釣鈎。

（下）

## 第十三出　郭道人恃邪演法

（扮左右引何㮚、孫傅急上。唱）

**【水底魚兒】警報非訛，敵兵又渡河。急如星火，打點去求和，打點去求和。**

（白）下官開封府尹何㮚。下官同知樞密院事孫傅。（何㮚白）樞密公，不好了呀！如今敵兵又抵汴梁城，斡离不之兵屯於劉家寺，粘没喝之兵屯於青城，相爲犄角。四方勤王之師，無一人至者。奈何？（孫傅白）京兆休慌，小弟已於龍衛中訪淂一異人，叫做郭京。他能施六甲法。小弟已將他保奏，奉旨封爲成忠郎。現在召募神兵禦敵。（何㮚白）只怕這話有些荒唐。（孫傅白）這等異人乃是天爲時而生，敵中瑣微無不知者。他所挑選兵卒，不問技藝能否，只要年命合於六甲者就用。但等勢到危迫，只須出兵三百，管把敵人襲擊陰山而止。（何㮚白）如今，我們何不叫他演一演如何？（孫傅白）這個使淂。左右，請郭先生出來。（左右白）郭先生，有請。

(扮郭京上。白)手握五雷行正法,令分六甲出奇兵。二位大人,有何呼唤?(何㮚、孫傅白)先生,不好了!如今敵兵圍困京城,四方勤王之師無一人至者,如何是好?(郭京白)這等小事何用大驚小怪?這都是斡离不、粘没喝二人作怪。只消略施小法,管教兩個指頭就拈他來了。(孫傅白)請問召募之兵曾足額否?(郭京白)早已足額。我用的是七萬七千七百七十七人,都是年命合六甲的。還有一宗可喜。(何㮚、孫傅白)還有何喜?(郭京白)正在召募,忽又投來四枝神兵。(何㮚、孫傅白)那四枝?(郭京白)一個是北斗神兵,一個是六丁力士,一個是飛天使者,一個是天闕大將。各領神兵,無非用七。(何㮚、孫傅白)何不演演陣法?(郭京白)二位大人,不要害怕,待我演一演。

(場上擺高椅)(郭京作站中作法)(何㮚、孫傅左右站科)(郭京作拿令旗招科。白)左青龍天闕大將聽令。

(扮天闕大將青臉青甲持雙鎚上。白)有。(郭京白)你們可領着七千七百七十七人按着東方七宿位次站着。(天闕大將白)淂令。(郭京白)右白虎六丁力士聽令。

(扮六丁力士白臉白甲持雙劍上。白)有。(郭京白)你們可領着七千七百七十七人按着西方七宿位次站着。(六丁力士白)淂令。(郭京白)前朱雀飛天使者聽令。

(扮飛天使者紅臉紅甲持雙斧上。白)有。(郭京白)你們可領着七千七百七十七人按着南方七宿位次站着。(飛天使者白)淂令。(郭京白)後玄武北斗神兵聽令。

(扮北斗神兵黑臉黑甲持雙鞭上。白)有。(郭京白)你們可領着七千七百七十七人按着北方七宿位次站着。(北斗神兵白)淂令。(郭京白)你們聽我吩咐。(唱)

**【引軍旗】**軀殻化天魔,出陣神威大。只要命中符六甲,包伊頮頸似棉花裹。功成名在凌烟閣,方知仙術難破。

(四將走下)

(内呐喊)(四將領四隊衆,分青紅黑白,一樣持短兵器、戴假面上,作擺陣科。唱)

【又一體】串走似旋螺，五色祥雲堕。何用六韜三略法，裝神捏鬼把敵人剁。

(合前)

功成名在凌烟閣，方知仙術難破。

(郭京白)衆神將，把神兵收了。(衆應科，遶場走下)(衆下椅科)(何㮚、孫傅白)部位整齊，陸離光怪，真神兵也！(郭京白)二位大人，明日事勢若到緊急，那時放下吊橋，開門殺出。别的不敢誇口，先拏斡离不、粘没喝二人獻於闕下，再作區處。(何㮚、孫傅白)全仗先生大力。

(内吶喊科)(小軍上。白)啓上二位大人，南邊一陣塵土漲天，敵人紛紛四散，想是勤王之師到了。(何㮚、孫傅白)再去打聽。(小軍下。何㮚、孫傅白)我們且暫别罷。(唱)

【尾聲】排成六甲已如左，破敵兵泰山壓卵。

(郭京白)二位大人，(唱)

只先把二帥擒來，那時伏了我。

(下)

## 第十四出　楚江王按罪加刑

(酆都門上掛“第二殿”匾，扮牛頭、馬面持叉，八鬼卒持器械，八動刑鬼、八侍從、二判官持筆簿)(金童玉女引第二殿閻君從酆都門上。唱)

【採蓮船引】鉄按①如山司冥府，業鏡臺難容掩著。灾近肌膚，孽迷雲霧，因果到今纔悟。

(場上設平臺、虎皮椅，轉場陞座)(衆鬼判分侍，動刑鬼向下，扛碓磨、鐏刀上，設場左右科。白)凄雨悲風冷絳紗，堦前半是血蝦蟇。知君若上堂前看，應悔當初一念差。吾神二殿楚江王是也。職掌二殿碓磨、鐏刀、鉄丸、毒蛇等地獄，罪犯到此，按罪施行。

---

① 應爲“案”。

鬼卒,吩咐掌按的將前殿解到應審鬼犯逐起帶上來。(鬼卒應科。向内白)把人犯逐起帶上來。(内應科)

(扮無常解鬼帶武大郎、西門慶、潘金蓮、王婆搭鬼帕上。白)鬼犯進。(鬼卒喝科)(作進,跪科)(鬼卒白)一起爲因奸致死本夫等事,武大、西門慶、潘金蓮、王婆!(衆應科)(閻君)武大,你妻子怎麽與西門慶通姦,後來怎生將你毒死?説上來。(武大白)大王爺爺,好苦惱呀!(唱)

【孝金經】小經紀矮身軀,娶妻金蓮顔色殊。入馬有奸夫,行兇仗老驢,寃深難訴。

(合唱)

夙孽净根株,情仇莫赦除,都付與轉輪墟。

(閻君白)西門慶、潘金蓮,你兩人怎的成奸,如何毒死武大?從實説上來。(西門慶白)大王爺,小人二人成奸,初無殺武大之心。後來都是王婆攛掇,故此送包毒藥是真。(潘金蓮白)大王爺爺呀!奴家與西門慶通奸也是王婆設計,後來毒死武大也是王婆幫同下手。如今我兩人都被武松殺死,也算一命兩抵,望大王饒恕。(閻君白)王婆,這等説來,你是禍之魁了,從實供來。(王婆白)大王爺爺,小婦人不過貪他些錢鈔,故尔做此勾當。(唱)

【又一體】開茶肆自當壚,把兩人牽纏似醉魚。好色罪歸渠,貪財罰到奴,望恩饒恕。

(合前)

夙孽净根株,情仇莫赦除,都付與轉輪墟。

(閻君白)衆供明確,鬼判過來。武大形骸矮小,娶此美婦,禍非無因,但無罪而死,寔爲可憫,可送十殿轉輪王,與他七尺之軀,托生山西開張磨房,娶一粗蠢之婦,生二子一女,衣食豐足便了。(判官應科)(武大白)多謝大王。(起白)我如今不是侉子,是�子了。(説山西鄉談諢科,鬼卒帶下)(閻君白)判官過來,西門慶、潘金蓮可上碓磨,王婆上鏶刀,然後送與轉輪王,西門慶變龜,潘金蓮變鱉,王婆變母猪,以彰奸淫之報。(鬼判應科)(鬼卒

作簇三人魂從地井下,隨捉西門慶替身切末上碓,潘金蓮替身切末上磨,王婆替身切末上鏟刀)(閻君唱)

【**南枝映水清**】重轉世配蠢婦,醜夫變做美丈夫。這些呵,粉骨碎身,腰脊兩分殊。

(八扛刑具鬼隨撤碓、磨、鏟刀分下)(閻君白)帶第二起鬼犯上來。(鬼判白)帶第二起鬼犯。

(解官都鬼帶宋江、吴用搭魂帕上。白)鬼犯進。(判官白)一起爲假托忠義一案犯人宋江、吴用。(閻君白)此案已經東岳大帝審過,受重重地獄之苦。鬼卒,可將二犯帶入鉄丸地獄。(鬼卒應科,作揪宋江、吴用下)(閻君白)帶第三起上來。(鬼卒白)帶第三起打劫生辰綱一案上來。

(無常都鬼作解劉唐、阮小二、阮小五、阮小七、白勝、公孫勝搭魂帕上。白)大王爺爺,超豁孤魂。(閻君白)你們還想超豁?鬼卒,送入毒蛇地獄。(唱)

毒蛇纏繞,比你蒙汗何如?

(合前)

走不漏天網踈,脱不漏天網踈。

(白)鬼判,收攝威儀者。(唱)

【**尾聲**】因緣果報澋誰主,醒世人晨鐘暮鼓,俺則好排比淫刑對付汝。

(衆擁護閻君下)

## 第十五出　欽宗車駕幸青城

(場側擺一布城,上掛"宣化門"額)(扮衆軍士引張叔夜、張伯奮、張仲熊上。唱)

【**駐雲飛**】家世從戎,王事驅馳似轉蓬。報國無餘勇,養士成何用。嗏!手詔出珠宫,星馳飛鞚。

(白)下官南道都總管張叔夜是也。可恨敵兵猖獗,再犯汴京。蒙聖恩手詔,趣俺入衛。下官一聞此旨,魂魄飛越,連夜合軍三萬,令長子伯奮將前軍,次子仲熊將後軍,下官自將中軍,前往救援。哎呀！伯奮、仲熊，我的兒！我家一門，世受國恩，如今君父有難，我和你奮勇争先，有死無二。（張伯奮、張仲熊白）爹爹，孩兒謹遵嚴命。只是賊鋒甚鋭，衆寡不敵，奈何？（張叔夜白）我的兒，我軍雖少，訓練頗精，兼且我日以忠義之言激勵，將士個個摩拳擦掌，咸思用命。乘此軍鋒，殺上前去。（唱）

激勵三軍，士氣如雲擁，直向東京護六龍。

（扮二金帥帶大金環領衆上，對陣大戰科）（場上高桌擺帳幔）

（内侍引欽宗暗上城樓。何桌、孫傅旁侍。金二帥敗下，張叔夜追下）（欽宗白）二卿，那一隊勤王之師好不洶湧也！（唱）

【又一體】一片塵封，鉦鼓連天抗敵鋒。何處勤王衆，肯念君恩重。嗏！浩氣任縱横，耀人眼孔。那驍將雙鵰，多把殘生送。纍纍金師若土崩。

（金二帥敗上，張叔夜衆追上，作殺金環二帥。金兵敗下）（作開城門，衆軍士下，張叔夜、張伯奮、張仲熊入城科，作見科）（三人跪白）臣張叔夜帥領長子張伯奮、次子張仲熊見駕，願吾皇萬歲、萬萬歲。（欽宗白）敵師犯闕，並無一人抗敵，朕甚憂惶。適纔聞卿遠來，特御門樓，親見卿斬其金環貴將二人，賊衆披靡而退。卿父子實有再造國家之功也。（張叔夜白）敵人背約，驚擾乘輿。臣赴援來遲，實該萬死。如今賊鋒正盛，雖然小挫，即刻雲集，不知城中甲兵若何？（欽宗白）止有衛士及弓箭手數萬而已。（張叔夜白）這等如何抵敵？（何桌、孫傅跪白）此時事已危急，成忠郎郭京六甲兵俱已選足，臣曾看他演過，委實神怪。（欽宗白）既如此，内侍們，即傳郭京出兵作法禦敵。（内侍應下。）（欽宗白）郭京出兵，三卿就於城頭督戰，朕於延福宫請安去也。（衆白）領旨。（欽宗白）内侍，擺駕到延福宫去。正是：師出萬全非用武，將資三傑在推誠。（作起身，從場後下）

（郭京上。白）朝中天子宣，閫外將軍令。二位大人請了。這就是南道張總管麽？（何桌、孫傅白）正是。（郭京白）久仰，久仰！適纔有旨，叫我們神兵出戰，看來還早。（何桌白）怎麽還早？（郭京白）一來還没有到危急時候，二來今日六甲兵還不宜出。

(張叔夜三人白)怎麽講?(郭京白)今日犯孤鸞,若必要出兵,只拏淂粘没喝一個,斡离不命合六甲,只怕拏不着。(衆白)明日如何?(郭京白)明日犯劫煞,用不淂。後日犯往亡枯焦,大後日犯空亡,一發不好。(衆白)如此,你的神兵幾時可用?(郭京白)若遲淂半年三個月,包管連斡离不都拿倒了。(張叔夜)好荒唐也!(唱)

【粉孩兒】洶洶的圍城濠如鐵桶,怎推三讓四,將人厮哄。

(内吶喊科)(張叔夜白)奉旨出兵迎敵,什麽叫做孤虚旺相?(唱)

孤虚旺相全無用,又何關月煞天空。

(郭京白)也罷了!你要逆天行事,我今日只拿淂一個粘没喝,諸公休怪。(衆白)若拿淂粘没喝,這就是莫大之功了。(唱)

仗神兵殲厥渠魁,恁奇勳千古傳頌。

(郭京、張叔夜、何㮚、孫傅作上高椅科)(四將作領衆戴假面、持短兵出城)

(斡离不、粘没喝作領衆上,對戰科。作殺四將,假面兵敗下)(郭京白)這須我自下作法纔好。(張叔夜白)只怕你的法今日未必顯。(郭京作領衆出城戰科,敗下)(張叔夜、張伯奮、張仲熊作迎戰科,敗下)(斡离不、粘没喝向内白)呔!你那城中人聽者,自古有南即有北,二者不可相無。今日之議,止在割地講和,可速將金一千萬錠、銀二千萬錠、帛一千萬疋,叫你那太上皇出來見一面,即便退師。若少遲延,後悔無及。把都們,把人馬都駐城上。(衆應科,吶喊科,下)

(李若水上。唱)

【哭相思】一腔熱血許誰同,到此只疑身是夢。

(白)下官李若水,洺州曲周人也。官拜吏部侍郎之職。只爲敵人敗盟,奉使金師,往還數次,看來和議必不能成。如今攻宣化門甚急,正不知作何景象。

(何㮚、孫傅急上。唱)

【紅芍藥】倉猝猝天遣閔凶,京城内殺氣昏蒙。

(見科。白)李老先生,不好了! 敵兵攻破宣化門,一擁而上城了。(李若水驚科。白)那郭京的六甲法如何?(何㮚、孫傅白)再休提起他,大啓城門迎敵,被敵人殺敗,墮死護龍河者不計其數。他趁此時引衆南遁。(唱)

他開門揖盜禍旋踵,竪敵旗女墻歡哄。

(李若水白)賊已入城,我們速速入宫計議。(仝唱)

生生陽九厄運窮,嘆枯魚釜中游泳。想當初莫予荓蜂,求辛螫自家搬弄。

(下)

(内侍引欽宗、太子隨上。唱)

【耍孩兒】搔首問天天夢夢,多難集於蓼,見拚飛悔允桃蟲。

(白)我兒,敵兵圍城,國勢危如累卵。已着郭京出六甲兵禦敵,不知勝負如何?(太子白)父皇放心,據孫傅之言,郭京之術自能破敵。

(何㮚、孫傅、李若水上。白)乾坤蔽塞三綱絶,天地塵昏九鼎危。(作跪科。白)聖上呀,不好了! 郭京敗逃,京城已陷了。(欽宗哭科。白)嗄! 有這等事! 悔不用种師道之言,致有今日。兀的不痛殺寡人也!(太子哭科)(仝唱)

驚聞棄忠良,六甲妖言動,致戎馬九廟神靈痛,忍不住淚珠兒如泉湧。

(衆白)聖躬且免愁煩。(欽宗白)如今計將安出?(何㮚、孫傅白)那敵人説自古有南即有北,不可相無。今日之議,止在割地講和,要金一千萬錠、銀二千萬錠、帛一千萬疋,還要……(欽宗白)還要什麽?(何㮚、孫傅白)還要太上皇出郊相見。(欽宗白)諸事可從,太上皇已經驚擾成疾,出郊相見,這個如何使淂?(唱)

【會河陽】賄賂誅求尚可依從,怎肯教上皇鑾輅出璇宫。

(白)也罷! 只有朕親至青城請降,以救宗社生靈。(太子哭科。白)這個斷然使不淂,乘輿豈可蹈不測之淵? 萬一金人之計中變,如何是好?(欽宗白)這也無可奈何。(唱)

匆匆,拚赴青城,罪歸朕躬,寧屈己行朝貢。

(何㮚、李若水白)聖上至青城,臣二人保駕前往,料無他虞。(欽宗白)如此,何、李二卿隨駕,孫傅保護太子監國。内侍,預備輕輿出宫。(内侍白)已經預備了。

(校尉作推車輛上)(欽宗作上車,哭科)(太子號哭科)(仝唱)

**驚慌,看東宫攀轅送。淒愴,聽妃嬙隔簾痛。**

(張叔夜披掛,身被亂箭上。跪白)聖上呀!敵人虎狼也!車駕断不可動。(欽宗白)朕爲生靈之故,不淂不親往。(張叔夜白)聖上呀!事勢雖不可爲,臣父子還能拚死一戰。萬一無濟,國君死社稷,不猶愈於爲虜囚乎?(作哭拜科)(太子白)張叔夜金石之言,望父皇聽之。(欽宗白)不必多言,天若祚宋,寡人自然還宫,嵇仲努力。(作哭科)(衆軍士作推車,何㮚、李若水隨下)(太子作哭倒科)(孫傅、張叔夜白)殿下甦醒。(張叔夜、孫傅作扶起太子科。白)如今乘輿已去,料來無事。臣等即傳監國之旨,曉諭城中,預備堅守便了。(唱)

**【縷縷金】心如割,氣填胸,遥聽乘輿詔,聲聲嵇仲。安排堅守仗青宫,願天祚皇宋,願天祚皇宋。**

(太子作痛哭科)(孫傅、張叔夜作哭。扶太子下)

## 第十六出　地府刀山昭白日

(酆都門上掛“第三殿”匾)(扮牢頭鬼帶鬼卒上。白)善有善報,惡有惡報。若然不報,時辰未到。吾乃三殿閻君殿下牢頭鬼的便是。今日大王升殿,拘齊前殿解來鬼犯聽審,不免叫扛刑鬼卒鋪排刑具。扛刑鬼卒那里?

(八扛刑鬼卒上。白)老爹,請了,請了!你那好?(牢頭鬼)我把你這些該死的小鬼頭,我老爹是和你拱手的嗎?(八扛刑鬼卒)老爹,我們大夥兒在鬼窟裡過日子,除了大王,我們一般兒都是鬼,諢什麽上司、下屬?(牢頭鬼白)也罷了,我也不替你計較。(扛刑鬼白)也不在我心上。(牢頭鬼白)我問你這地獄刑具是誰管的?(扛刑鬼白)是小的們管的,老爹查的。(牢頭鬼白)可又來,快些安排,我老爹要驗過。若有半點不如式,咱們再講。(扛刑鬼白)那里説起,又要尋咱們錯縫子了。

(作向塲口抬血湖套地井上,又作抬鉄床、血缸上。白)請老爹查驗。(牢頭鬼作看,摇頭。白)了不淂,了不淂!我把你這些該死的奴才!鬼卒,把他們鎖了。(鬼卒應科,作鎖扛刑鬼科)(扛刑鬼白)老爹,這是什麽意思?(牢頭鬼白)你還要辨,你看血湖的血水不深,鉄床的鉄條不熱,還有血缸無血。你淂了他們多少錢,欺公賣法?這都是關係我老爹考成,可惱,可惱!(八扛刑鬼跪白)老爹,小的們知罪了,小的們還有點小孝敬。(牢頭鬼白)我老爹分文不取,一塵不染,任你千言萬語,我今番是要收拾你們的。(扛刑鬼作各懷中探出金銀錁子、紙錢各切末,掛牢頭鬼身上科)(牢頭鬼白)不是,我和你都是共碗食飯的人,萬一大王爺查下來,我那里當淂起?更籌三點,想大王要升殿了,我們且在階下伺候。正是:無錢難使鬼,有鈔可通神。(下)

(牛頭、馬面持叉,八鬼卒持器械,八動刑鬼、八侍從鬼、二判官持筆簿,金童玉女引三殿閻君上。唱)

**【慶青春引】**鎮巍巍,愁雲慘慘丹墀。古怪精奇,造惡欺心,到此時莫可追悔。

(白)苦海茫茫没盡頭,滔滔滚滚幾時休。天仙本是凡人做,争奈凡人不肯修。吾乃洞明普静神君宋帝王是也。掌管第三殿血湖、鉄床等。地獄凡有各處解來鬼犯,量其罪狀,分别發落,以彰善惡之報。鬼判!(判官應科)(閻君白)今日有幾宗人犯應該本殿發落?(判官白)現解到者有三案。(閻君白)帶第一起。(判官白)帶第一起蟠踞水洼一案上來。

(鬼卒作帶張横、張順、童威、童猛、李俊搭魂帕上,跪科)(閻君白)看這原案内,他截江行劫,種種罪惡,該擬本殿下發落。鬼卒,叉下血湖地獄。(張横五人白)大王爺爺呀!寃枉,超生!(閻君白)這還有什麽寃枉?(衆鬼卒應科,作叉張横五人下血湖,五人從地井下)(閻君唱)

**【二郎神】**科情罪,踞江鄉多行不義,檢校功曹文簿記。請君入甕,滿湖腥血淋漓。這是板刀冷麪汁,還看伊餛飩落水。須知你自罹,非俺森羅獨少慈悲。

(白)帶第二起。(判官白)帶第二起姦淫戕命一案上來。

(鬼卒解鬼作帶張文遠、閻婆惜搭魂帕上,跪介)(判官白)聽點。張文遠、閻婆惜。(張文遠、閻婆惜應科)(閻君白)你們可將通姦始末説上來。(張文遠白)鬼犯無罪,只爲當初尋訪口渴,借了閻婆惜一杯茶吃,那里曉淂風流茶説合,酒是色媒人。還把我生擒活捉來了。(閻婆惜白)奴家爲張三郎引誘成姦,致被宋江殺死,所以勾他同赴冥司。(張文遠白)這也是前生風流冤債。(唱)

【高陽臺】渴害相如,魂勾宋玉,情緣一段傳奇。那惜鶉奔,雙雙蝶戀蜂迷。

(閻婆惜唱)

堪悲,陡然禍起蕭墻也,毒魚腸血濺鴛幃。索情人,還圖幽媾,長夜夫妻。

(閻君白)閻婆惜爲私通張文遠被宋江殺害,張文遠又被閻婆惜活捉而死。原可無容加罪,但淫爲萬惡之首,不過借他二人以警世類。鬼判,張文遠可受鉄床地獄,閻婆惜可上血缸地獄。受罪之後,即送轉輪王,打入畜生道去。(張文遠白)大王爺爺,鬼犯若同閻婆惜送轉輪王,要求變一對好頑的。(閻君白)到也不差,張文遠變個兔兒,閻婆惜變個雉兒。(唱)

【又一體】難避血污紅顔脂,燔白骨浸淫載寢。方知桑濮風流,茫茫陰府魂飛。今日,孽緣幸喜消盡也。付轉輪,毛羽紛披,向文園,雉飛兔走,勝錮泥犁。

(白)叉上去。(鬼卒作拏張文遠、閻婆惜魂下,换替身切末,上鉄床、血缸介)(閻君白)帶第三起。(判官白)帶第三起假托忠義一案上來。

(無常解鬼作帶宋江、吴用魂上)(閻君白)他二人法無可貸。鬼卒,可將他叉入沸屎地獄,再上尖石地獄。(鬼卒應科,作叉宋江、吴用下)(閻君白)衆鬼卒,收攝威儀者。(衆應介)(同唱)

【尾聲】愚圈痴網空猜謎,枉煆煉一場兒戲。若肯回頭,看天堂那壁裡。

（衆擁閣君下）

## 第十七出　李若水噴血盡忠

（衆軍士、謝寧攙扶李若水上。唱）

【小女冠子引】天翻地覆遭危難，這血淚幾時乾。惱人瞎話終河漢，錯教已死殘魂返。

（白）我李若水昨因斡离不、粘没喝要逼我二帝易服，一聞此言，氣結於心，登時悶絶。今雖甦醒，看來他不但没有送還二帝之意，反用甜言啗我降順。他今日若再來相逼，我惟有一死而已。（衆軍士白）侍郎爺，你那一點水也不呵①，却不生生的餓殺了麽？（一白）侍郎爺，你昨日好駡，我家元帥並没有一點恨你的心腸。你若今日順從，明日富貴，何苦這等光景？（李若水作怒起，白）誰來順從，誰要富貴？天無二日，民無二王。我李若水寧有二主哉？（軍士白）你那不要生氣，慢慢的講。（李若水唱）

【解三醒】我剛腸由來天産，這强項怎肯低顔？何人肯把三綱断，説什麽肥家顯宦。

（謝寧哭科。白）老爺，你父母春秋高邁，若少屈膝，或淂回家養親，不淂全忠，全孝也是好的。（李若水）謝寧，你是我世僕，也是這等講？你還不曉淂我平生的心跡麽？（唱）

官身早杜私家念，子道全殀臣節殫。

（白）忠臣事君，有死無二。但吾親老，你回去，且不要説我死，叫我兄弟徐徐勸慰纔是。（唱）

寄語成行鴈，向高堂徐徐勸慰，只説生還。

（衆軍士作嘆氣科。白）好忠臣，好忠臣！話猶未了，元帥來也。（衆軍士引斡离不、粘没喝上。白）雅爱忠賢整鉄冠，剛風勁節韻珊珊。此人此性難調服，三寸凴我舌轉圜。把都們，李侍郎還好麽？（衆軍士白）元帥，活是活過來了，只是一點水也不呵，話頭

① 應爲“喝”。

兒比先還硬哩。(斡离不、粘没喝白)説我進來看他。(軍士白)李爺,元帥來看你那。(斡离不、粘没喝白)李先生,你身子好嗎?(李若水白)我李若水垂死之人,承元帥下問,感激無地。只求元帥送我二帝還朝,仍爲宋國之主。大國凡有所需,一切惟命。(斡离不、粘没喝白)侍郎公,你宋朝既已滅亡,二帝還朝之事,只怕有些未必。(李若水白)二位元帥,聽我若水一言,昔楚莊王入陳,欲以爲縣,申叔時諫,復封之。如今千載之下,莫不多叔時之善諫,莊王之從諫。本朝失信,大國背盟致討,這是元帥之職也。都城不守,社稷幾亡而存,這是元帥之德也。兵不血刃,市不易肆,生靈幾死而活,這是元帥之仁也。雖楚莊存陳之功,未有能過。今我皇帝親屈萬乘之尊,兩造轅門,越在草莽,國中喁喁,跂望屬駕之塵。今又拘留我太上皇,六宫貴人、王公勳戚狼狽就道。是元帥有存社稷之德、活生靈之仁,而又留質我君父,驚擾我黎民,竊爲元帥不取。(唱)

【太師引】只爲着存社稷,拯塗炭,屈萬乘,降表送覲。誰道陰謀羈絆,骨肉盡入籠樊。

(二帥白)李先生,我實對你説了罷!我二人已將你主公降表奏過,適纔奉有旨意到來,你家皇帝、太上皇都廢爲庶人了。如今要立一異姓爲君,先生意下如何?(李若水起身。白)哎呀!元帥,我太上皇爲生靈計,罪己内禪。主人仁孝慈儉,未有過行,豈宜輕議廢立?(二帥白)只怕你那異姓皇帝已經有了一個了。(李若水白)胡説!(唱)

痛恨豺狼兇悍,播弄的朝廷離散。還要將神器竊犯,不由人摧折心肝。

(斡离不、粘没喝白)也不怕你不依。(李若水白)哎呀!粘没喝、斡离不,你爲封豕長蛇,貪我土地,害我生靈,金帛之外,需索無厭。今又欲顛覆我宗社,我把你天不覆、地不載的劇賊。(粘没喝、斡离不白)你這厮,好生可惡!綁去砍了。(衆應科)(李若水白)李若水,李若水,你死浔好快活也!矯首問天兮,天卒無言。忠臣効死兮,死亦何愆。(大笑科)(二帥大怒科。白)把都們,將他拿去砍了。(衆應,抬李若水繞場下)(斡離不白)好可惡!

(軍士上。白)啓元帥,李侍郎死了。(斡离不白)好!將那厮殺死,方消我恨。(粘没喝白)元帥,遼國之亡死義者以十數,南朝惟李侍郎一人,真個難淂!(斡离不白)也罷,我們已着吴开、莫儔入朝議立異姓,看他們怎麽議法?(粘没喝白)我已授意於宋齊愈,叫他就議立張邦昌爲楚帝就是。我們拏了道君皇帝父子,早些回朝復命去罷。(斡离不白)有理。(唱)

**【尾聲】**笑忠魂枉自殘,翻天移鼎换朝班。好一座錦綉江山,都在我掌握間。

(下)

## 第十八出　四殿勘奸嚴設獄

(後場設烟雲帳幔,内設刀山)(酆都門上設"第四殿"匾,場上設虎皮椅公座)

(扮牛頭、馬面、八動刑鬼、八鬼卒持器械、八侍從、二判官持筆簿,金童玉女引第四殿閻君上。唱)

**【北新水令】**元圭玉冕赤霜袍,黑漫漫鬼門清悄。魂驚白子窟,血洗奈何橋。罪定冥曹,這鐵案如山倒。

(白)森森劍樹與刀山,誰教伊家到此間。無奈世人渾不怕,老夫鎮日不曾閒。吾乃四殿閻君是也。今日升殿,審理各種造惡衆生,發付刀山。鬼判,今日發落的有幾宗人犯?(判官送文卷。白)共有三起。(閻君白)先帶破戒圖奸一案上來。(判官應科)(鬼卒白)先帶破戒圖奸一案上來。

(解鬼作牽裴如海、潘巧雲魂上。跪科)(判官白)裴如海,潘巧雲!(二人應科)(閻君白)裴如海,你既削髮空門,當遵五戒,爲何勾誘民間婦女,污穢三寶?從實供來。(裴如海白)大王爺爺,鬼犯自入報恩寺爲僧,立志苦修,是要成佛作祖的。不想遇着乾妹潘巧雲,情迷意戀。他到我寺中來還血貧心願,因此請他到樓上看佛牙是有的。後來被石秀殺死,這冤屈實在難訴。(閻君

白)據你供詞,那石秀殺的你好爽快也!(唱)

【北鴈兒落】則問你雲迷巫峽高,則笑你風送秦樓杳,則恨你無端慾火燒,則看你生把禅門擾。

【淂勝令】呀!你夜半苦勞勞,倒弄淂,道左赤條條。色相遺香衲,菩提試慧刀。根苗,血盆願垂鈎釣;招邀,佛牙兒放玉毫。

(閻君白)潘巧雲,你把與裴如海通奸始末説上來。(潘巧雲白)奴家極守閨門,只爲裴如海是奴家乾哥,平時最老實,那里曉淂誆奴到樓上看佛牙,將奴淫污。(閻君白)你既行此勾當,爲何到污衊起石秀來?(潘巧雲白)奴家見丈夫醉後露出言語,知此事已破。反間之計,不過要脱身耳。那知翠屏山又遭慘殺。(閻君白)既已供明,掌案的,將他二人押付刀山。刀山之後,送入轉輪變驢。(裴如海白)大王爺爺,和尚變驢極平常事,只求變個叫驢,感恩不盡。(閻君白)你這秃驢,到此時,那一點淫心還不死哩。(唱)

【川潑棹】我恰纔敕陰曹,按金科依律條。他還想鳳友鸞交,颭李尋桃,月夕花朝,蝶浪蜂騷。頓忘了槽頭高叫,倒騎着張果老。

(白)鬼卒,叉上刀山。(鬼卒作帶裴如海、潘巧雲魂下)(閻君白)帶棄官從賊一案上來。(鬼卒應科)

(解鬼作帶關勝十八人魂上,跪科)(閻君白)食其禄者必忠其主,你們既係朝廷職官,戰敗被擒,反顔事賊。今日到此,還有何辨?(關勝等十八人白)鬼犯們被宋江假仁假義所愚,前蒙審問説破因由,悔已無及,只求大王饒命。(閻君白)爲臣不忠,與奸盜淫邪同科。鬼卒,送上刀山,按罪施行。(鬼卒作帶關勝十八人下)(閻君白)帶第三起。(判官白)這第三起就是假托忠義一案犯人宋江、吴用。(閻君白)這一案已經東岳大帝定罪,本殿毋庸再審。況前殿亦不取供詞,照例送上刀山,不必帶進罷。(閻君下座介。白)鬼卒,速現刀山者。

(場内出火彩,隨撤烟雲帳幔,現出刀山)(扮二管刀山鬼使立刀山上,五差鬼持叉,作赶宋江、吴用、關勝等十八人、裴如海、潘巧雲上刀山科)(刀山後出種種刀山切末介)(閻君白)那些衆鬼犯呵,(唱)

【北清江引】堂前哀鳴孤鴈叫，惹淂青蠅弔。刀山風雨淒，劍樹烟雲繞，問伊家是誰冤屈了。

（衆擁閻君下）

## 第十九出　張叔夜白溝致命

（扮金二將官持令箭上。白）大將南征胆氣豪，腰横秋水雁翎刀。風吹鼉鼓山河動，電閃旌旗日月高。俺乃大金國宣令將官是也。請了。俺家兩位元帥圍困汴京，那宋朝皇帝親賫降表到來。俺家元帥將他羈留，又進宫逼他那太上皇、皇后與太子都到青城來了。前日已另立異姓張邦昌爲楚帝。如今分兩路班師回朝。（一白）俺右副元帥領兵脅太上皇、太后與親王、皇孫、駙馬、公主、妃嬪及康王之母韋賢妃、康王夫人邢氏等由滑州而去。（一白）俺左副元帥領兵脅宋帝皇后、太子、妃嬪、宗室由鄭州而去。還有朝臣何㮚、孫傅、張叔夜、陳過庭、司馬朴、秦檜等隨行。阿哥，看起來好悽慘也！（一白）早間元帥有令，叫我們傳令前途預備。請了。（一白）正是：將軍不下馬，（一白）各自奔前程。（分下）（内白）衆把都們，你們都要弓上了弦，刀出了鞘，小心趲行者。（内吶喊科）

（扮衆百姓持香上。唱）

【沉醉東風】痛鑾輿雙雙播遷，頂清香遥望慘然。

（白）我們都是河南百姓，可恨敵人把我二帝及后妃、太子、宗戚三千人脅之北去，已在前面渡河。我們百姓只好在這南岸跪送。（跪科）哎呀，二帝呀！（唱）

聽鉦鼓，鬧喧闐，持刀控弦，都怒向宫車玉輦。

（内吶喊科）（衆作棄香走科。白）敵兵來了。（一白）呔！你們不是嚇糊塗了麽？二帝北行，我們這里連地皮都括了去，他還來做什麽？（一白）列位不要傷懷，如今聞淂認康王爲大元帥，若果如此，這天下還是宋朝的。（衆）惟願如此。（唱）

難禁淚漣，且休淚漣，若淂宗演接武，缺月重圓。

（下）

（衆軍士旗幟持短刀、弓箭引何㮚、孫傅、張叔夜、陳過庭、司馬朴、秦檜、二偏將、馬夫隨上。唱）

【步步嬌】地覆天翻向誰怨，淚洗風塵面。

（白）下官何㮚。下官孫傅。下官張叔夜。下官陳過庭。下官司馬朴。下官秦檜。（衆哭科）諸公呀！敵人脅我二帝北去，又拏我們朝臣隨行，只怕凶多吉少。（何㮚白）列公，此時正主辱臣死之時，我們還有兩條路麽？（唱）

微臣命數遭，莫砥中流，寧逃殘喘。

（二偏將白）衆把都，前面是那里了？（衆）白溝河了。（二偏將）把人馬暫歇片時。（衆應科。唱）

途次少留連，白溝河自古多争戰。

（張叔夜白）馬夫，這是那里？（馬夫）過了界河了。（張叔夜作哎呀聲，跌下馬科）（馬夫）這位爺跌下馬了。（衆俱作下馬科）（軍士作扶，張叔夜悶倒科）（金將白）怎麽掉下馬來了？（軍士白）這位爺總不肯食咱們的飯，整餓了這幾日。剛纔聽見過了界河，就一交跌倒，人事不懂。（金將白）張元帥甦醒。（張叔夜作醒科。唱）

【園林好】陟魂飛驚烏蛻蟬，誰承望此身苟延。

（馬夫白）謝天地，活過來了。（衆哭科）嵇仲呀！你怎麽捨我等而去？（一偏將白）這等激烈，幾乎性命不保。（一白）若有事出來，畢竟是你我二人關係。（張叔夜）我張叔夜萬死莫辭，豈一絲所能屬？（唱）

肯貪戀殘生一綫，早一刻赴重泉，遲一刻赴重泉。

（白）哎呀，聖上呀！當初臣以偏師入援，指望拚死退敵，那知大廈將傾，一木難支。（唱）

【江兒水】一旅孤軍援，無心計萬全，退師未遂英雄願。

（白）青城之行，臣何等苦諫？若肯聽從，那有今日之禍。（唱）

馬前叩諫容愚淺，何由今日輕離汴。

（衆白）嵇仲呀！二帝播遷流離，正天崩地裂之時，志士致命之

秋，且隐忍數日，同見金主，或者可以挽回萬一，也未可知。（張叔夜）諸公好痴也！（唱）

兀自痴心觀變，回首神京，怕不是趙家金殿。

（白）聖上呀！臣惟有魂靈扈駕北去。（作拜科。唱）

【川撥棹】難苟免，將微軀先棄捐，痛殺殺熱血胸前，痛殺殺熱血胸前。

（白）哎呀，皇天呀！（作哭科。唱）

不能邀蒼旻見憐，負君恩到九原，負臣心到九原。

（作跌倒科）（金將白）把都們，把張樞密抬到帳房中將息，慢慢的勸他。（衆軍士作抬張叔夜下）（金將白）好一個烈性漢子！（何㮚白）列公，張公若不起，我輩就媿死了。（秦檜白）列公，若論盡忠，我小弟已滿擬做第一個了，只是也要見機。（陳過庭）中丞所言不是見機，只怕是惜命。（軍士白）將軍，不好了！張老爺仰天大呼，嘔血數斗而亡了。（金將）好忠臣呀！（衆）吓，張公死了。（衆哭科。白）張公呀！（唱）

【又一體】愁雲片，羡騎箕天上仙，向與你共事班聯，不能勾共事班聯。望忠魂天門訴冤，耀青編姓字傳，愧青編姓字傳。

（金將白）把都們，好生殯殮，埋於高岡，就此帶馬。（軍士應科）（衆作上馬科。唱）

【尾聲】白溝過也人已遠，還留㝵纍臣幾個到幽燕。

（衆下）（何㮚白）我何㮚呵！（唱）

慚媿張公先着鞭。

（下）

## 第二十出　地獄見六賊伏法

（酆都門上懸“第七殿”匾）（扮牛頭、馬面持叉，八小鬼執旗，八鬼卒執儀仗，八侍從鬼、二判官持筆簿，金童玉女執旛引七殿閻君上。唱）

【點絳唇】棼亂如麻，兵戈華夏。國殤那，鬼籙搜查，帝德如天大。

（中場設公座，閻君轉場坐科。白）玉階金殿森羅，鐵面銅頭來往。業因似影隨形，果報如聲應響。吾乃第七殿閻君是也。只因金宋兩家興兵搆怨，傷害生靈，上帝可憐，見下界衆生受此荼毒，特傳俺十殿閻羅，召赴天門，面奉玉旨，要將枉死城中、刀頭陣亡之鬼查明，速付轉輪，超生天界，真乃上帝好生之德。鬼判，可就將枉死城中衆鬼犯連夜攢造清册，一樣三本，一送天官，一送轉輪，一存本殿，毋淂遲悮。（鬼判）曉淂。（閻君白）今日有幾案審理事件。（鬼判）新解到的只有兩案。（閻君）那兩案？（判官）一件扶同入夥、傷害生靈盧俊義等一案，一件欺君誤國、怙勢懷奸蔡京等一案。（閻君白）先帶扶同入夥一案進來。（鬼判白）先帶扶同入夥一案進來。

（鬼卒作鎖盧俊義等四十五人上，跪科）（閻君白）細看原案内，衆犯拒敵官軍、殺人放火等事不少，都應打入地獄。只因東岳大帝審明，概從末減，發本殿下，各受鐵鞭一百，這也太便宜了。（衆白）要求大王爺爺開恩。（閻君白）也罷嗎！鬼卒，帶下去，各打鐵鞭一百，然後送入轉輪便了。（衆）多謝大王。（衆卒作帶盧俊義四十五人下，内作打鉄鞭一百科）（閻君唱）

【混江龍】扶同歃馬，英雄豪傑自矜誇。殺人伎倆，放火生涯。活時嘯聚梁山泊，死後幽栖蓼水洼。忒便宜，吃頓打，也强似蒲鞭折辱，荊楚刑罰。

（都鬼、解鬼作帶宋江、吴用上）（都鬼作拿文書科）（鬼卒白）投文人進。（鬼判作接文書折科）啓上大王，五殿閻羅天子解到假托忠義一案前來。（閻君白）這是罪之首、禍之魁，前經東岳大帝審明，應受重重地獄之苦，何必又另有文移？（作看文書科）原來如此。也罷嗎！鬼判，將宋江、吴用帶在一旁，看我審理蔡京、王黼等一案，使他曉淂天網恢恢，踈而不漏。然後解往八殿受罪便了。（鬼判應科）你們帶在一旁看審，審畢之後，解往八殿去。（鬼卒應科，作帶宋江、吴用下）（閻君白）帶欺君誤國一案上來。（五長解鬼作帶高俅、楊戩、梁師成、童貫、蔡京、王黼搭魂帕上，跪科）（鬼判作點名科）蔡京、王黼、童貫、梁師成、楊戩、高俅。（衆應科）（閻君白）帶下去。（鬼卒作帶下）（閻君白）高俅，你不過市井無賴，以擊鞠渇幸，遂躋顯秩。不要説你招權納賄、瀆亂朝綱這些大惡，就是縱你養子高衙内强逼林冲之妻張氏不從，反計陷林冲，屢欲置之死地，以致張氏含冤自縊，這等淫惡，你道陰司不知麽？（高俅）這是爱子心切，故爾行此毒計，望大王饒恕。（閻君白）楊戩，你給事掖庭，争權固寵，也是你閹人本等。只是你始則謀撼東宫，思摇國本；繼則括索公田，增立租賦，以致李彦蹱而行之，民不堪命。皆是你作俑階之厲也。鬼卒，將他二人先行割舌。（鬼卒應科，作綑在左右樁上，距科，割舌科）（閻君唱）

【油葫蘆】高俅呵！你倚勢貪饕衆論譁，尤驚訝，誨淫縱子逼嬌娃，威權空向紅塵嚇，惡名猶教黄泉駡。楊戩呵！你增却無田賦，禍向他人嫁。害殺那窮民終歲犁空把，慘切切活坑了西北萬千家。

（白）帶梁師成、童貫上來。（鬼卒作抬樁帶高俅、楊戩下）

（解鬼帶童貫、梁師成上，跪科）（閻君白）你二人陰賊險鷙，跋扈强梁，以巧媚爲結人主之媒，以深交爲坑正人之阱。至如挾監軍之勢，簸弄西師；搆平燕之謀，挑唆北釁。只説權勢相軋，毒及四方；那知宗社淪亡，禍歸二帝。論起罪狀，雖菹醢不足蔽辜也。鬼卒，將他二人帶去剥皮者。

（扛刑鬼作抬樁上，動刑鬼作拿童貫、梁師成下，拏替身切末靠樁剥皮科）（閻君唱）

【天下樂】怪你生前作事差，查也么查恨癢牙，把皮囊軀殼從頭卸。則問你稱恩相誤國家，做媪相傾宗社。可想到今日來碎剮。

（白）帶王黼、蔡京上來。（鬼卒作抬剥皮切末下）

（解鬼作帶王黼、蔡京跪科）（閻君白）蔡京，你天資凶譎，舞智御人，竊弄威柄，恣爲奸利，這也不必説了。就是那元祐諸臣，你把來貶竄死徙略盡，反將司馬光目爲奸黨，刻石端禮門，更自書大字，徧頒郡國；又籍範柔中等三百九人爲邪等，皆錮其子孫，以致斲喪元氣，釀成宗社之禍。今日到此，還有何説？（蔡京）大王爺爺，這些都是上意。（閻君怒白）哇！我把你個奸賊，你欺罔君父，愚弄人主，到如今還要歸咎於上。你可曉渇，宋室江山就葬送你賊臣之手麽？（唱）

【那吒令】您朝綱獨拏，壓南衙北衙。把臣僚黨加，竄天涯海涯。縱虎狼爪牙，日含沙射沙。惹淂師旅加，害的鑾輿駕。生生的都是你顛覆了邦家。

(白)王黼，你多智善佞，乘高爲邪；拜梁師成爲父，奪鄭之綱之妾；宫室奢侈，僭擬禁省；陪扈曲宴，親爲俳優。這些鄙賤無恥，玷辱台階也罷了。乃陰盡奪宗之策，摇撼東宫；直倡覲釁之師，共圖北伐。生靈塗炭，社稷淪沮。這都是你奸賊搆成的禍亂。(王黼白)大王爺爺，王黼之罪，實不敢辨。只是雍邱無故被聶山遣人殺死，這個冤枉，也該替王黼究治。(閻君白)金師入汴，乘輿播遷，你做大臣的既不能荷戈禦敵，又不能挺身死節，乃臨難苟免，逃回鄉里，理應尸諸市朝，以快人心。今反以盗殺爲諱，却不便宜了你這奸賊？(唱)

【鵲踏枝】一味的趁豪華，鎮日裡響嘔啞。反無端禍煽青宫，釁搆黄沙。你只曉走張儉傷風敗化，不隄防遇荆軻截菜剖瓜。

(白)鬼卒，將他兩人上了解床。(鬼卒作簇蔡京、王黼下，换替身切末上鋸科)(閻君唱)

【寄生草】休驚怕，空嗟呀。欺君誤國難寬假，赤身露體除衣怕，狹床利鋸分腰胯。那管你悽凉淚兒下，那管你痛楚聲兒咋。

(白)抬過一邊。(鬼卒作抬解床切末下)(閻君白)鬼判過來，這六賊打入阿鼻地獄，然後送轉輪，永墮畜生道便了。(下台科。唱)

【煞尾】了官司，無牽罣，舉頭金闕護雲霞，一場戲耍，管教那淫邪奸佞有些兒怕。

(衆擁護閻君下)

(二鬼卒帶宋江、吴用上。白)如何？剛纔我大王審理六賊，你都看見的麽？(宋江、吴用)怎麽不看見？(鬼卒)可見我這里閻羅王是公道的。(宋江、吴用)哎呀！解長哥，我一向受地獄之苦，以爲閻羅王勢利，那些真正奸邪竟不敢動他。那里曉淂半點不饒，那刑法比衆人還重。(鬼卒)你兩位還不曉淂，剛纔地獄叫做破題兒第一夜，底下的罪還更難受。(宋江、吴用)好苦嗄！正

是：善惡到頭終有報，（鬼卒）只爭來早與來遲。（同下）

## 第廿一出　大金朝解甲賞功

（場上作設朝科）（值殿將軍、金瓜力士上，分站科）

（扮金文武大臣冠帶上。白）使廻高品滿城傳，交割山河直到燕。青史上頭功第一，春風雙節好朝天。某等乃大金朝文武兩班大臣是也。今有左副元帥、右副元帥滅宋有功，回朝告捷。某等理應在此伺候。（内奏樂）景鐘已動，聖駕早升殿也。（各分兩班站科）

（扮幹离不、粘没喝戎裝上。唱）

【北醉花陰】虎隊鴛班凱歌到，算黄石兵符神妙，齊向紫宸告。犀甲金盔，敬待金門詔。

（跪科。白）臣左副元帥粘没喝、臣右副元帥幹离不見駕，願吾皇萬歲、萬萬歲。臣等賴聖主洪恩，興師滅宋，今已俘獲宋二主及其宗族四百七十餘人，還有珪璋寶印、衮冕車輅、祭器大樂、靈臺圖書等物，伏望聖慈垂鑒。（唱）

【出隊子】趙家親属，一網都打撈。更有那周官圖史並球刀，大樂珪璋和印寶，輸與君王福量高。

（内監白）聖上有旨，卿一舉滅宋，俘獲二王，建千古未有之功。可將出師始末在朕前手舞足蹈、細述一番。（二人白）領旨。（起科。唱）

【刮地風】當日個授鉞專征膽氣豪，待展開豹略龍韜。一向雲中一向燕山道。一壁厢代朔飄摇，一壁厢檀薊奔逃，鬧攘攘汴京直搗。他那里青城再造綵繒來，金珠獻親呈降表。將北轅换南朝，纔住鉦鐃。

（仍跪科）（内監白）聖上有旨，據二卿所奏，卿之功真不朽也。待朕親爲二卿解甲，以彰異數。（二人白）天威隆重，臣何敢當？（文武兩班跪。白）粘没喝、幹离不之功，洵爲希世未有。臣等代爲卸甲纔是。（内監白）既如此，就着殿前班首大臣代朕親爲解甲。（二人白）萬歲，萬萬歲！（内奏樂，二人起，衆作解甲，二人

在當場换冠帶上。唱）

【四門子】滉着這微軀矢石疆場冒，仗威靈上赤幖。今朝盡把欃槍掃，笑戎衣蟣蝨饒。介冑離，鋒鏑銷，太平時着黄錦襖。緩帶兒垂大袖兒飄，誰記將軍舊戰袍。

（内監白）聖上有旨，有不世之功者，宜邀逾格之賞。粘没喝可封爲周宋王，斡离不可封爲魏王，各賜丹書鉄券一通，除反逆之外，咸赦勿論。宋二庶人，其父封爲昏德公，其子封爲重昏侯，即於韓州安置。一切從征將士，差等賞賚，優加録用。仍着光禄寺官設慶成筵宴，於兵部文武諸大臣陪侍，以誌飲至策勳之典。欽哉。謝恩。（粘没喝、斡离不起科。白）萬歲，萬萬歲！（唱）

【古水仙子】呀、呀、呀紫泥書下絳霄，拜、拜、拜聖德醍醐雨露饒。聽、聽、聽、聽的是列爵封藩，喜、喜、喜、喜的是胙土分茅，更、更、更、更有那恩深祭酒叨。集、集、集、集同官齊歌蓼蕭，願、願、願、願年年歲歲宴周鎬，望、望、望、望巍峩宫闕如何報，只、只、只、只落淂拜舞祝唐堯。

（作撤朝科）（衆作出朝科）（文武大臣白）恭喜二王，建此殊勳，真乃古今未有也。（粘没喝、斡离不白）這都是天地祖宗之靈，社稷生民之福。我二人不過適逢其會耳。（唱）

【尾聲】説什麽虎頭燕頷封侯貌，剛凑着雲台麟閣，姓字高標。遥望着光禄瓊筵渢渢舞舜韶。

（下）

## 第廿二出　十殿主轉輪運世

（酆都門懸"第十殿"匾）（牛頭、馬面持叉，八鬼卒持器械，八侍從鬼、二判官持筆簿，金童玉女持旛，引第十殿閻君上。唱）

【憶秦娥引】專職掌，輪廻因果勾前賬。勾前賬，一般善相，千般醜狀。

（作入座科。白）十地法如山，兩輪捷如駛。巍巍善惡門，相去惟尺咫。吾乃十殿閻羅轉輪王是也。靈威有赫，正直無私。掌出生入死之門，司旋乾轉坤之軸。好笑婆婆①世界，無非業障因緣。晝夜奔忙，總是黑漫漫三途路迳；古今淪墮，無非鬧攘攘六慾牽纏。弄淂無了無休，到底誰醉誰醒。那知迷則佛是衆生，穿瓔珞的也曾披毛戴角；悟則衆生是佛，披枷杻的立可坐象騎獅。人只曉淂舂磨銼燒，怕的是閻王老子；那知濕胎卵化，盡在我造化小兒。鬼判，今日應付轉輪幾起？（鬼判）啓上大王，善門就是宋朝死節諸臣，惡門就是梁山泊羣盜。（閻君白）鬼判，那善門忠義之臣，應着昇仙童子引去，上遊天宫，然後轉生人世，遭逢盛世，富貴壽考，金紫奕世，以彰善報。那惡門梁山衆盜，除宋江、吴用永不超生，其餘一百六人都貶入畜生道。（鬼判白）謹遵令旨。（閻君）吩咐先開轉輪善門。（内奏樂，開轉輪善門）

（内扮昇仙童子執旛，引傅察、劉韐、李若水、何㮚、張叔夜、何灌、何薊、韓綜、雷彦興，各穿戴遇害時本身冠帶盔甲，或帶亂箭，或血污面，搭魂帕上）（到閻君面前，閻君起身，作拱手狀）（衆忠臣下）（閻君白）呀！看那些死節之臣，正氣凛凛，真個可敬。吩咐開轉輪惡門。（鬼判白）吩咐開惡門。（内鑼鼓，開惡門，出火彩）

（衆鬼卒手持粉牌鎖押梁山泊一百六人，各拏禽獸蟲豕等切末上）（衆鬼卒作用鉄鎚赶打下。閻君白）你看梁山衆盜，處置淂十分爽快也。（唱）

【山坡羊】則恨你蛇肝蝎臟，則笑你龜形鱉相，則看你雉飛兔走，則聽你驢鳴狀。還教那犬共羊，同着猴兒逐臭螂，緊隨着池蝦穴鼠山頭蟒，煞强似蟠踞窩巢作虎狼。

（白）正所謂作善降之百祥，作不善降之百殃。本殿轉輪即是此意。（唱）

芬芳，善門頭降百祥；凄凉，惡門頭降百殃。

（作下座科。唱）

【尾聲】善根惡蒂覓伊長，止消我轉輪半晌。衆生呵！你清夜捫心試一想。

---

① 應爲“娑”。

（衆擁護閻君下）

## 第廿三出　兜率宫羣仙會宴

（扮衆侍從引東華帝君、混元老祖、妙法真君、慈航真人、長生大帝、無極真君、金光老祖、壽遠真人從仙樓上。唱）

**【粉蝶兒】**雲山仙風，吹散了幾塲春夢。轉乾坤，誰解在壺中。閲桑田，看滄海，止落淂大家歡哄。

（白）手握元樞閲歲華，誰司槖籥走龍蛇。後天不老尋常事，看盡蓬萊四季花。吾乃東華帝君是也。吾乃混元老祖是也。吾乃妙法真君是也。吾乃慈航真人是也。吾乃長生大帝是也。吾乃無極真君是也。吾乃金光老祖是也。吾乃壽遠真人是也。衆位帝君稽首，各位真人請了。只爲宋金遘難，南北兩分。如今兵革已消，祥和載啓。欽奉上帝勅旨，那宋朝死節之臣，特令真人羅公遠引他上遊天宫，更錫九天仙宴，命吾等相陪。你看鸞鶴蹁躚，想是衆忠臣來也。（唱）

唤醒愚蒙，好看取世人傳誦。

（下）

（扮衆侍從仙童引傅察、李若水、何臬、劉韐、張叔夜、何灌、何薊、韓綜、雷彦興、羅真人上。唱）

**【醉春風】**則俺這烈性兒上青天，可知俺熱心兒幾曾忘大宋。恁忠魂結着伴忒逍遥，直覺淂軀殼兒恁聳聳。

（羅真人白）列位忠臣，天宫都已遊遍，筵宴早已預備，可知那衆帝君、真人候久哩。（衆忠臣白）真人，又有幾位帝君？（羅真人白）到彼相見，便知明白。（作行科。唱）

早過了白玉高樓，靈霄金闕，青霞仙洞。

（帝君、真人上見介）（作見拜介）（帝君、真人白）舍生取義，播芳烈於人間；勁節孤忠，表香魂於天上。可敬可羡。某等今日特奉勅旨，筵宴諸君，已令兜率天宫新排法曲，爲衆忠臣慶賀一觴。衆仙官，就此排宴者。（内作樂，作排宴，各陞座科）

（扮十六仙女持鞏固蟠桃，扮十六仙童持長春久壽從兩場門上，合舞科。唱）

【石榴花】扶桑旭日海雲東，玉殿醉春風。霓裳袖舞繡芙蓉，蟠桃仙種，益壽花濃。彩鸞隊引紅尾鳳，翠波摇玉珮玲瓏。這瓊筵不是閒歌咏，只爲着介節格蒼穹。

【鬬鵪鶉】又只見風轉波迴，掩映着珠輝玉瑩。都只爲志篤忠貞，早則是文成雅頌。却不道日月争光萬古榮，德馨香透九重。對這些妙舞清歌，早引滿了玉壺春甕。

（衆仙童舞一回下）（衆帝君、真人白）筵宴禮成，衆忠臣可到靈霄闕下謝恩。吾等覆旨去也。（衆起科。唱）

【煞尾】只爲恁浩氣滿太空，直把個天心來感動。則這真忠真義，表揚的一字千金重。這些時呵，敢笑闊了神仙大眼孔。

（衆同下）

## 第廿四出　靈霄闕特旨旌忠

（佛門上换"靈霄門"匾）（雜扮馬帥戴荷葉盔，紮靠，持鎗；雜扮趙帥戴黑貂，紮靠，持鞭；雜扮温帥戴瘟神帽，紮靠，持狼牙棒、金剛圈；雜扮劉帥戴八角冠，紮靠，持刀，從昇天門上，跳舞科，仍從昇天門下）

（内奏樂科）（馬、趙、温、劉四帥换蟒，束玉帶，執笏。雜扮三頭六臂、四頭八臂、千里眼、順風耳，各戴套頭，穿蟒，束玉帶，執笏；雜扮二十八宿各戴本形像冠，穿蟒，束玉帶，執笏；雜扮四天師各戴道冠，穿蟒，束玉帶，執笏；雜扮四天官戴朝冠，穿蟒，束玉帶，執笏；雜扮左輔右弼各戴皮弁，穿蟒，束玉帶，執笏；雜扮四宫官各帶宫官帽，穿蟒，繫絲縧，執符節、龍風扇；雜十六宫娥各帶過梁額仙姑巾，穿蟒，繫絲縧，執如意、捧爐盤；雜扮金童，戟紫金冠，穿蟒，繫絲縧，執符節；雜扮玉女戴過梁額仙姑巾，穿蟒，繫絲縧，執符節，引生扮玉皇大帝，戴冕旒，穿蟒，束珊瑚帶，執圭；净扮靈官，戴紮巾額，紮靠，襲蟒，掛赤心忠良牌，執鞭；扮九曜各戴套

頭，穿蟒，束玉帶，隨從靈霄門上）（衆仝唱）

【仙宫入雙角】【新水令】紅雲幾朵麗丹霄，默無爲端居青昊。一元歸掌握，萬物入甄陶，玉闕崇高，誰識取清虛妙。

（白）一人有慶，萬國咸寧。仰稽真宰，元氣渾成。吾乃九天金闕玉皇上帝是也。包涵天地，陶育乾坤。周流六虚，秉中和而演化；希微三氣，緊盻鑾以難名。握福善禍淫之權，羣生是屬；收物與民胞之量，衆妙攸歸。方今沴氣全消，祥和聿啓，六幽允塞，四海敉寧。這也是閻浮提一場大公案，且待諸神奏報到來，便知分曉。正是：至聖澄真開紫極，天神御昊莫蒼生。

（扮山川岳瀆神、各省城隍神上。唱）

【南步步嬌】披拂天風祥和繞，碧落空明皎，珠宫絳闕遥，鐘鼓煌煌，羣工舞蹈。

（白）來此已是靈霄闕下，上帝陞座，不免肅恭朝參。（作進門朝見科）臣山川嶽瀆之神、臣各省城隍之神，公同朝參，願上帝聖壽無疆。（唱）

廣樂奏簫韶，齊拜手，瞻天表。

（宫官白）平身。（衆起介）（上帝白）宋金遘難，南北分疆，劇盗狓猖，生民塗炭。朕爲此一案呵，（唱）

【北折桂令】俺雖則麗上清於穆逍遥，長承望山川清宴、日月光昭。則問你臣寇㷁烋，更完顔、趙氏兩國兵交。弄的個黎民竄逃，弄的個綺殿蓬蒿。恁是川岳城隍，職任偏勞。且把至尾從頭，敷奏根苗。

（衆白）臣等啓奏上帝，只爲當初黄供在龍虎山放出妖魔，以致誕生宋江一百八人，假托忠義，騷擾淮南、河北等處。更兼金宋交兵，可憐那些百姓呵，（唱）

【南江兒水】洪信開魔道，梁山搆賊巢。淮南、河北皆雲擾，更兼金宋相征討，可憐民命似薙草。

（白）維時三教聖主同聚靈山，計議此事，奉我佛如來法旨，敕諭臣等先事預備，保護境土。後來宋江入朝，金人返北。又命臣等將枉死衆生攢造清册，都送轉輪托生人世。如今南北已分，兵戈寧静。時將原委奏聞，伏惟聖鑒。（唱）

謹奉如來三教六道,慈悲半是佛光普照。

(宫官白)平身。(衆起介)(玉帝白)此乃三教聖主體上天好生之心也。(唱)

【北鴈兒落帶湯勝令】元來是衆妖氛搆禍苗,一謎裡假忠義逞讙譟。平白地拒王師肆桀驁,累淂我羣赤子堪哀悼。呀!滅宋是金朝,魆地裡盡烟消。那知道付地獄顧梁山杳,建臨安比汴水高。

(白)目今魔氛已息,南宋已開,天下清明,羣生無擾,你們還須各保境土,默佑民生。(衆白)領玉旨。(玉帝唱)

靈霄保疆土,承仙詔賢勞。護民生在若曹,護民生多應在若曹。

(扮東岳大帝、十殿閻羅上。唱)

【南僥僥令】九幽鞫巨梟,地獄苦難熬。

(作進門朝見科。白)臣東岳、臣十殿閻君公同朝見,伏願聖壽無疆。(宫官白)有事奏來。(東岳、閻君白)臣等前奉玉旨,會勘宋江等一百八人,分爲六案定擬。今各殿審明,宋江、吴用永不超生,其餘一百六人都貶入畜生道去。臣等謹將此案歸結緣由奏聞者。(唱)

把首從分明當面剖,伏仗洪慈乞鑒昭。

(宫官白)平身。(衆起介)(玉帝白)宋江假托忠義欺誑世人,今勘破原因,惟此重罰,這纔可以警醒愚蒙哩。(唱)

【北收江南】呀!這是誣民惑世蠢兒曹,枉了他摩拳擦掌認英豪。今日裡區分罪狀自供招,也做個晨鐘暮鼓向人敲。

(白)這等元兇還敢詭稱天罡地煞,污衊天庭,尤爲可惡,卿等所擬,實爲允當。(唱)

混稱名九霄,混稱名九霄,則教他永墮泥犁罪不饒。

(東岳、十地白)臣等啓奏上帝,水滸一案,聖恩處置精詳,宋朝節死諸臣已經遍遊天闕,伏候聖旨。(唱)

【南園林好】歲寒時孤松後彫,士窮時方知節操。今日忠魂上碧霄,惟聽取九天詔,惟聽取九天詔。

(宫官白)平身。(衆起介)(玉帝白)好惡者天下之公義,刑賞者一人之微權。假名忠義者已付刑章,爲國捐生者已遊天闕。正

是:忠義不容人假借,表彰永慶世昇平。(衆仝唱)

**【北沽美酒帶太平令】**喜忠魂把介節褒,喜忠魂把介節褒。離十地上天曹,白玉樓前認故交,霓裳舞翠翹。則待開玳筵醉瓊瑶,眼睜裡交梨火枣,耳邊厢鳳瑟鸞簫,玉階外紫騈羽葆。俺呵,天高聽高,爱他每名高義高。呀! 這纔是忠義圖光生雲表。

(内奏樂,玉帝下座科)(衆唱)

**【南尾聲】**閒將軼事翻新調,迓祥和長歌天保,都只爲人壽年豐樂聖朝。

(下)

附録一：

# 二百四十出本分出内容提要

## 第一本

第一出《宣諸神發明衷旨》：釋迦如來、文昌帝君、太上老君三教領袖齊聚，共議龍虎山向日鎮壓妖魔即將出世禍亂天下一事，指出宋江、方臘、王慶、田虎四寇同時作亂雖殘傷生靈，實亦因宋室將亂，天下分爲南北，方得太平。諸神指明天意，派城隍、土地四處護佑百姓，查訪忠奸。《水滸傳》無相應内容。

第二出《建大醮酬答昇平》：宋皇爲慶天下太平，酬報天地默佑之德，在衆大臣的建議下派内宦洪信齎詔書、信香前往江西龍虎山宣召正一嗣教張真人來京修建羅天大醮。衆官送洪信至十里長亭，以表欽仰。《水滸傳》中引首與第一回前則是因天災頻仍，宋仁宗不得不派洪信去請張天師祈禳，以避災殃，洪信爲太尉之職而非内宦。

第三出《騎牛對使露真言》：山神爲試探洪信出使之意是否虔誠，派神虎、巨蟒輪番試探，洪信心生恐懼，恰遇一牧童言稱天師已駕雲進京修建醮事，於是便回返道觀。衆道人稱天師既已前去，邀請洪信遊覽風景。此標目"露真言"指牧童對洪信言稱天師已去之話，而戲曲中牧童又並不是天師本人，似"真言"用詞不很確當。《水滸傳》第一回中大體情節與此相似，只是小説中稱那牧童即是天師，而虎、蟒是天師所豢養的。

第四出《洪信放魔驚贔屭》：洪信遊覽道觀之時强進伏魔之殿，並三番五次逆衆人之意而開鎖、揭符、推碑，鎮守妖魔的十六護法神預先知道洪信縱放妖魔是命數所定，與之配合，電閃雷鳴之中，一百單八個妖魔逃往不知何處。“贔屭”意爲蠵龜，傳爲龍生九子之一馱石碑者，形似龜，好負重。《水滸傳》第一回後半部分與第二回前小部分大體情節與此相似，只是小説中借衆道人之口言此妖魔爲三十六天罡星，七十二地煞星，一旦放出，定將擾亂天下生靈。

第五出《歸正傳副末開宗》：表明此劇的意旨以及爲何叫《忠義璇圖》。稱宋江等人爲假忠僞義，惑世誣民不少，“施耐庵假宋史爲事據，斥水滸爲窩巢，極寫首惡党惡之奸，募盡殺人磨人之跡，亦欲宣明忠義，喝破愚氓，乃以夢幻爲緣，遂使勸懲不著”，像張叔夜、李若水、李綱等人方爲忠義之尤，這才是《忠義璇圖》之真結脈。而編寫此劇實有“就歌詠太平之文，寓維持風化之意……今日個把這本傳奇前按舊文，後增正史，真忠真孝，任他生土生天；假義假仁，難騙愚夫愚婦”。“開宗”亦稱“家門大意”“傳概”“副末開場”等，明清傳奇劇本結構的首出多爲此類，是宋代諸色伎藝人的“開呵”和早期南戲“末上開雲”(開場)的繼承和發展。明徐渭《南詞敘録》“開場”條：“宋人凡勾欄未出，一老者先出，誇説大意以求賞，謂之‘開呵’。今戲文首一出，謂之‘開場’，亦遺意也。”開場一出所包含的内容有繁有簡。繁者，有演出人、編劇人的自報家門，有編撰是劇的意圖和作者的意趣，以及劇情大意介紹的正傳家門。簡者則例以詞二闋，分别概述編撰人意圖和介紹劇本故事概括，亦有簡至以詩詞一闋介紹劇情的，如《八義記》《宣和譜》等。

第六出《肆華筵端王稱慶》：駙馬王晉卿過壽，邀請端王赴宴，除酒席外還安排新戲、賣解、打彈、擊球等，端王看上一鎮紙玉獅子，王晉卿承諾隔天派人將玉龍筆架一同送上。此出詳敘宴樂之歡。《水滸傳》中第二回中有類似情節，只是對於宴樂、接待過程一筆帶過。

第七出《宋家莊太公訓子》：宋江趁公事之餘回家探望父親與妻子孟氏，向父親提起爲吏之難，讓父親出一張忤逆的狀子，以防日後遇事牽累家庭。太公與妻子皆稱不可，在宋江百般懇請之下，只得應允。晁蓋來訪，與宋江論説天下英雄，共談人生理想與抱負，憤恨奸佞當道。後來柴進又派人下書與宋江，可見宋江結交之廣。此出《水滸傳》中無對應情節，且小説中宋江出場甚晚，亦無詳細介紹與晁蓋、柴進的早先交往。此出標目實不確當，無有太公訓子之任何情節，而與《水滸記》第二出《論心》有諸多相似之處，如宋江妻孟氏之賢、與晁蓋交談之契等。

第八出《高俅上任積嫌伸》：高俅升任殿帥府太尉，簡單自敘發迹遇合端王經過後即作威作福，要屬下共同參見。八十萬禁軍教頭王進因患病未到，高俅想起曾受其父王昇的教訓，欲圖報復重打四十軍棍，在衆人的勸阻之下，只得暫且訓斥一番。王進回家與其母商量，逃奔延安投奔老种經略，以報效邊庭。《水滸傳》第二回部分情節與此相似，只是重點詳述了高俅的出身來歷。戲曲中則極大地簡略了高俅因早先人品不好而四處碰壁的敘述，實則淡化了小説"亂自上作"的寓意。

第九出《史進留賓新義洽》：王進母子二人逃奔延安途中恰遇史進，因感史進款待之情，留在史家莊教授史進武藝。《水滸傳》第二回部分情節與此相似，只是更爲曲折一些，小説中王進投宿時遇到的是史進之父史太公，而之所以留在史家莊是因爲其母突患急病不得不留，而教授史進武藝則有報恩的一層意思在。戲曲簡化了人物與情節，更適合舞臺演出。

第十出《聞緝捕王進遄行》：王進悉心教授史進多般武藝，但有莊客因不滿於王進的傲慢，言稱東京行文要緝捕王進，王進只得倉促上路，離開史家莊。李吉來莊尋王四沽飲，史進盤問，帶出少華山有强人嘯聚一事，史進令莊客通知村民集合商量保護村莊之事，另伏下李吉不滿史進欲借機報復的伏筆。《水滸傳》第二回部分情節與此相似，只是王進之離去是出於己意，而非莊客催逼。戲曲中王進傳授史進槍法、刀法頗爲詳細，與《宣和譜》中欒廷玉授徒有相似之處。

第十一出《保村莊陳達被捉》：少華山上陳達不聽朱武、楊春的意見，執意要從史家莊經過去華陰縣借糧，正遇史進，戰敗被擒。《水滸傳》第二回部分情節與此相似。

第十二出《守友誼史進結恩》：朱武、楊春聽聞陳達被擒，二人赤手空拳前往史家莊要與陳達同生共死，史進被三人的義氣所感動，慷慨釋放陳達歸山，並殺牛具酒款待三人。《水滸傳》第二回部分情節與此相似，只是小説中朱武二人此舉有更多計謀的成分在裏面。

第十三出《送錦襖因醉遺書》："賽伯當"王四奉史進之令前往山寨送紅錦戰袍於三位寨主，並請他們中秋赴宴，朱武等人寫完回書後又贈銀款待，其後山上小僂囉再次請王四到山下酒店飲至大醉。王四于山林之中醉倒，被李吉發現，將書、銀偷走並要告發史進與少華山勾連一事。王四醒後回莊，向史進詭稱未有回信。《水滸傳》第二回部分情節與此相似，只是小説中王四是因善於辭令而被稱爲"賽伯當"，戲曲中則稱王四"刀架上的刀一竅也不通，書架上的書一字也不識。只因生成狡猾，小有聰明，專會幫閒，慣能嚼舌"。戲曲中另增小僂囉請王四喝酒之事，還叫唱曲的唱《寄生草》，插科打諢之處增添不少，營造了熱鬧的舞臺氛圍。

第十四出《賞中秋潰圍聚義》：史進與朱武等三人中秋相會，因義氣感召，結義爲弟兄，史進因年長而作大哥。李吉帶捕頭、土兵來捉，史進等人殺敗軍兵之後，只得逃上少華山。朱武等人勸史進落草，史進百般不從，欲赴延安投奔師父王進。《水滸傳》第二回、第三回部分情節與此相似，只是小説中王四並未逃走，被史進發現後一刀殺死。而戲曲中王四回莊後馬上逃之夭夭，與其"生成狡猾、小有聰明"的特點正相符合。

第十五出《魯達揮拳除市虎》：魯達與李忠在潘家酒樓同飲，恰遇史進，三人相見甚歡。突聞金翠蓮哭泣之聲，魯達等人打抱不平，李忠與史進護送金氏父女離開，魯達到狀元橋拳打鄭屠致死，只得逃奔外地。《水滸傳》第三回部分情節與此相似，只是小説中魯達是過了一天纔去打的鄭屠，戲曲中則是當天即去，情節更爲集中，舞臺衝突更爲激化；再者小説中魯達是先見史進，再因李忠曾爲史進師父而結識，李忠顯得寒酸吝嗇，戲曲中則是魯達與李忠早就相識，李忠亦是一慷慨漢子。此出甚有可能源自《虎囊彈》。

第十六出《朱勔怙勢緣石綱》：朱勔奉旨督理花石綱，不但搜括民間、侵欺内帑，還强拆民宅，毁路拆橋，以致東南半壁江山不穩。朱勔作威作福,令官員和百姓一起拉船。楊志身經此役,亦只得忍怒。《水滸傳》無相應内容。

第十七出《七寶村留賓構禍》:魯達逃亡途中於代州遇到金老漢,經其介紹結識金翠蓮新夫趙愷。此時緝捕風聲甚嚴,爲防意外,趙愷提議魯達出家五臺山。《水滸傳》第四回部分情節與此相似,只是小説中魯達是被金老引至金翠蓮住處,飲酒期間趙員外誤認其爲姦夫率人來打,由此二人才得相識,且僅稱"趙員外",未出現"趙愷"名字。另小説中五臺山長老爲"智真長老",戲曲中爲"智貞長老"。小説中情節更顯曲折,戲曲中情節相對簡潔,更適合舞臺演出。此出甚有可能源自《虎囊彈》。此出並無"構禍"情節,可見標目不甚合適。

第十八出《魯提轄避難被緇》:魯達隨趙愷到五臺山出家,衆僧人見其形貌兇惡,舉止粗魯,都不同意容留他在寺。智貞長老出定片時,以定未來吉凶,金身羅漢向智貞言説因果。智貞醒來後稱魯達日後頗有善果,於是魯達剃髮出家,得法名魯智深。《水滸傳》第四回部分情節與此相似,只是小説中因有後面魯智深圓寂的情節,與此處智真[貞]的預測正相符合,可算是伏筆;而戲曲中魯智深最後的結局却是入地獄受審,顯得情節脱榫。此出甚有可能源自《虎囊彈》。

第十九出《遇勍敵虎將歸林》:李忠因受魯達牽連,亦遭通緝,只得逃亡江湖。桃花山周通下山搶劫,正遇李忠,二人相鬬不分勝負。後二人結義,因李忠年長,充當大寨主。《水滸傳》無此情節,只在第五回魯智深與李忠相遇時順便提起寥寥數語。此出亦有可能源自《虎囊彈》,因三人飲酒共同救助的金氏父女,對其歸處有所交待,亦爲明清傳奇常事。

第二十出《長老修書遣醉客》:魯智深在五臺山爲僧甚感煩悶,一日於半山亭遇賣酒者,强搶其酒喝至大醉,不但踢倒了半山亭,還打破山門,打倒哼哈二將,暴打衆僧人。智貞長老爲息衆怒,寫書、贈銀令魯智深前往東京大相國寺作職事僧。《水滸傳》第四回部分情節與此相似,只是小説中敘魯智深大鬧五臺山是兩次醉酒,第一次是搶酒喝打僧人,第二次是在市鎮上飲酒大醉,回山途中打倒半山亭,打破山門，暴打僧衆等，情節更曲折一些，戲曲將兩次醉酒合爲一次，情節更集中，插科打諢處亦更多，尤其是搶小酒販酒吃那一段更是增添不少笑料。此出源自《虎囊彈》中《山門》一出，其中數曲未作太多變化，只是部分字詞和説白有所更改。

第二十一出《桃花莊强逼姻牒》：桃花莊桃花盛開，劉太公攜妻巫氏、女一娘共同賞花，遇周通與李忠下山遊玩。周通看上一娘，强行下聘，劉太公無奈只得應允。《水滸傳》無此情節，只是第五回劉太公見魯智深簡單敘述周通强行下聘一事。《清車王府藏曲本》第六册、《俗文學叢刊》第三一八册收録有《花田錯總講》，亦敘及周通强行下聘劉太公女一事，只是裡面人物更爲繁富，情節更複雜一些。

第二十二出《小霸王鴛幃被打》：魯智深離開五臺山，沿途喝酒吃肉，至劉太公莊上投宿。聽聞周通强行下聘一事，言稱自己善講因果，可以令小霸王回心轉意，於是在鴛帳之内坐等周通。周通摸黑入帳後笑料百出，被魯智深暴打一頓，回山會合李忠一同去找魯智深算帳，對陣之時發現彼此熟識，三人談笑甚歡。魯智深借此令周通收回聘禮，並隨二人同回桃花山相聚。《水滸傳》第五回部分情節與此相似，戲曲中增添了許多笑料，更富生活氣息，顯得更爲熱鬧。

第二十三出《花和尚虎寨懷金》：魯智深見李忠、周通爲人有些小氣，趁二人下山搶掠之時，搶了山寨上的金銀酒器，從後山自行離去。李忠、周通二人只得自認倒霉。《水滸傳》第五回部分情節與此相似，戲曲增添了不少細節。

第二十四出《金主親征伐契丹》：大金國大修武備，金主親下校場閲武，將帥各展雄姿。君臣一心，誓要征滅遼國。《水滸傳》無此情節。此出標目與内容略有差異，内容裡面只是準備征伐契丹，金主只是閲武，未有親征情節。

## 第二本

第一出《金國主草地行圍》：遼主貪淫酒色，政事荒怠，大金國趁此崛起，已連克黄龍府、甯江州、蒺藜山等，逼近中京。金主行圍之際，遇一白狼，一箭中其首，成其佳兆。宋使到來，與金約定先攻下遼都者得燕雲十六州。宋使離去之後，大金君臣譏笑宋朝不明時勢、太過可笑，只堪被愚弄。《水滸傳》無此情節。此出中白山赤水、巴圖嚕，以及八統制等，均有清朝的影子，似有歌功頌德之意。

第二出《魯智深菜園就職》：魯智深到東京大相國寺後，衆僧提出各種理由不想收留他，智清不忍駁師兄的面子，只得勉爲其難地安排魯智深到菜園去當菜頭。《水滸傳》第七回部分情節與此相似。戲曲中增添了不少和尚插科打諢之處，另在此出中稱五臺山長老爲"智真""真長老"等，與前文中有出入，甚有可能第一本和第二本的改編者並非一人。

第三出《張氏行香拜東嶽》：林冲陪同妻子張氏、侍女錦兒到酸棗門外東嶽廟還香願。高衙内見張氏貌美，意圖調戲，在陸謙、富安的慫恿下在回路等候張氏。《水滸傳》第七回部分情節與此相似，小説中由林冲之口簡單帶過還香願之事，而戲曲則從林冲出身與抱負演起，更爲詳細。

第四出《智深拔樹出西牆》：魯智深於菜園設席款待衆潑皮，有烏鴉在垂楊樹上亂叫，惹煩衆人，智深將樹連根拔起，又演示他的武藝。林冲於牆外等候妻子，正好看到此景，對魯智深讚不絶口，二人相見，交談甚歡。有院子來報信於林冲，稱張氏與錦兒遇到貴公子調戲，林冲急忙辭别衆人奔赴事發地，魯智深與衆潑皮亦隨後趕去。《水滸傳》第七回部分情節與此相似，小説中詳敘魯智深制服衆潑皮經過，而戲曲中則一言帶過，反而在宴席上大費筆墨。

第五出《太歲逼紅粉佳人》：高衙内正欲調戲張氏之際，林冲及時趕到，欲暴打衙内被陸謙等人勸住。林冲正在憤恨，魯智深隨衆潑皮趕至，見事情已然了結，衆人各自散去。《水滸傳》第七回部分情節與此相似，只是小説中的林冲諸多隱忍，而戲曲中的林冲則硬氣許多，對高衙内直言"少不得死在我手裡"。

第六出《教頭遇白虎太尉》：高衙内因迷戀張氏而病，陸謙、富安向高俅獻計要陷害林冲，以謀奪張氏。高俅初時不肯，後經不起衆人攛掇，派人至林冲家邀其帶祖傳寶劍前去高府，説是要準備爲軍隊鑄劍，以此爲模型。林冲攜劍不知不覺間進了白虎節堂，高俅露面怒斥林冲欲圖行刺，令人將林冲押送開封府，要害其性命。《水滸傳》第七回部分情節與此相似，只是小説中陸謙爲林冲的好友，幫助高衙内第二次欲行不軌，被林冲識破，欲殺陸謙而不及高衙内。另小説中林冲是路上偶買一寶刀，被高俅欺騙説欲行比刀才入白虎節堂。戲曲省略了小説中的諸多曲折，情節更顯凝練，但是也缺少了對人物的深入刻畫。本出標目“白虎太尉”亦有不當之處，不如直言“誤入白虎堂”恰當。

第七出《楊府尹開恩發配》：開封府尹楊清審問林冲，發覺林冲確是被陷害，但攜劍入禁地也是事實，只得寬其死罪，判充軍滄州。張氏父親張教頭將探聽的消息告辭張氏，張氏決定第二天去爲林冲送行。《水滸傳》第八回部分情節與此相似，只是小説中主審的是開封府滕府尹，而主張輕判林冲的是當案孔目孫定。戲曲對相關人物與情節作了省略。

第八出《陸虞候行賄買差》：陸謙買通押送林冲的解人董超、薛霸，欲於押解途中結果了林冲性命，以絶張氏之心。張氏、錦兒爲林冲送行，矢志守節，林冲雖百般不舍但也不得不隨董、薛二人急赴配所。《水滸傳》第八回部分情節與此相似，只是小説中有林冲寫下休書情節，戲曲中則只有一句話提及勸張氏改嫁，被張氏一口否決，並表態静候林冲遇赦歸來。

第九出《花和尚陰謀救友》：魯智深見董超、薛霸形迹可疑，認定必有害林冲之心，一路暗地跟隨，並預先隱伏在野猪林中。《水滸傳》第八回部分情節與此相似，不過在小説中只是魯智深與林冲相見時一言帶過沿路暗隨情由，戲曲則用一出專門敘述魯智深心中所慮。此曲標目“陰謀救友”一詞顯係不當，不如“立志救友”恰當。

第十出《野猪林仗義防奸》：董超、薛霸于野猪林中騙林冲綁縛在樹上，正欲加害，魯智深持禪杖沖出，及時救下林冲。魯智深一路護送，令董、薛二人再無下手加害的機會。《水滸傳》第八回部分情節與此相似。

第十一出《遇狂客莊前比勢》：魯智深見滄州已近，料董、薛不再有害林冲的機會，便回歸東京。林冲三人在途中恰遇打獵回來的柴進，互表仰慕之情，柴進邀請衆人入莊。宴飲之際，洪教頭大醉上場并出口不遜，柴進不喜，林冲與之比武，輕易將洪教頭打倒，衆人皆樂。《水滸傳》第九回部分情節與此相似，只是小説中有林冲初入柴進莊園不遇，後於途中相見的情節，另外與洪教頭比武時亦有諸多曲折，戲曲中則大大簡化了情節。

第十二出《結管營配所揮金》：差撥初見林冲，大罵特駡其一世不發迹，後見其拿出銀子和柴進的書信，又馬上變臉，百般逢承林冲。林冲四處使錢，不但免了太祖傳下來的殺威棍，且得到看守天王堂的美差。《水滸傳》第九回部分情節與之甚爲相似，戲曲中不少對白直接抄自小説。

第十三出《草料場因火復仇》：陸謙、富安知林冲未被害死於途中，又趕至滄州欲行暗害，與差撥商定火燒草料場以害林冲。林冲偶然躲過此難，見火起正欲救火，忽聞三人密談之語，大怒之下刀殺三人。柴進遥見草料場火起，正爲林冲擔憂，林冲到來，於是推薦林冲到梁山落草。《水滸傳》第十回、第十一回部分情節與之相似。小説中有林冲異鄉遇故人王小二一節，另有林冲逃奔路上搶守夜人酒，吃醉後被衆莊客吊打爲柴進所救一節，情節相對曲折。

第十四出《喬打扮明離隘口》：因草料場失火及三人被殺，林冲被通緝。柴進幫助林冲喬裝打扮，智過關隘，林冲就此奔赴梁山而去。《水滸傳》第十一回部分情節與之相似。戲曲中增添了不少笑料，如守關軍士所言林冲的相貌："是個精瘦的胖子，没鬍鬚的鬍子，五短身材的高長子，臉上是光臉的麻子兒。"純爲插科打諢，活躍舞臺氛圍而設。

第十五出《投名狀林冲落草》：梁山寨主王倫自知本領低微，明言不想再接納新的將領上山。恰在此時林冲持柴進的薦書來投，杜遷、宋萬等又勸其收留，王倫只得鬆口説林冲只有納投名狀才得上山。林冲於第三日才遇一莊客，殺害之後才知是因失陷花石綱而流落江湖的楊志所雇之人，二人大戰不分勝負。王倫從中勸解，將財物歸還楊志，楊志仍舊去東京謀還官職，林冲就此落草梁山。《水滸傳》第十一回、第十二回部分情節與之相似。只是小説中有林冲苦等二日未遇一人的敘述,亦未曾殺死楊志所雇的莊客,楊志亦自稱爲楊令公之孫,且小説中的王倫極力拉攏楊志入夥,企圖達到制衡林冲的目的。戲曲中省略很多細節,雖利於舞臺表演,但對於王倫人物形象的塑造有所削弱,後來林冲火拼王倫便顯得有些突兀。

第十六出《賣寶刀楊志除凶》:衆客商齊聚天津橋集市做買賣,正在談論没毛大蟲牛二的可惡之時,牛二上場欺行霸市,衆客商四散奔逃。楊志自來東京之後盤纏用盡,正在賣刀,牛二百般糾纏,楊志一來要爲市民除害,二來怒氣難以抑制,一刀將牛二殺死。衆客商感佩楊志爲民除害,欲向府尹説情,恰見楊志已然出衙,被判充軍大名府。《水滸傳》第十二回部分情節與之相似。小説中有高俅不准楊志復官的情節,突出了楊志心中的憤恨,在這種情況下殺牛二,個人意氣的程度更强一些。戲曲中省略了楊志的落魄與憤恨,增添了衆客商對牛二的憎惡之情,楊志殺人舉動爲民除凶的性質更顯。

第十七出《閻婆惜傳情甌茗》:宋江同僚張文遠閑走街上,偶見閻婆惜心生好感,以借茶的理由試圖接近閻婆惜,並多有挑逗之言。《水滸傳》無此情節,小説中張文遠初見閻婆惜是在宋江娶其爲外室之後。此出源自《水滸記》。

第十八出《蔡夫人介壽稱觴》:大名府留守梁世傑爲夫人慶壽,夫人蔡氏問起爲其父蔡京準備生辰綱一事。梁中書稱置辦已齊,只是擔憂如去年般被人路上劫去。蔡夫人舉薦副牌軍楊志,楊志提出要軍兵裝扮成客商,將生辰綱分擔挑運等,梁中書一一答應。《水滸傳》第十三回部分情節與之相似。戲曲省略了楊志争牌軍與索超大戰一節,而增添爲蔡夫人慶壽一節,增添了不少喜慶色彩。此出情節實以計畫押送生辰綱爲主,標目中僅提“蔡夫人介壽稱觴”似有不恰當之嫌。

第十九出《劉唐酣醉擒爲賊》:劉唐聽聞梁中書要運送生辰綱一事,打算劫奪,擔心身單力薄,考慮宋江名聲雖大,但身在公門,應該不會參與此事,於是決定前去尋找晁蓋。在路途之上,劉唐於一酒店飲至大醉,於破廟中酣酣睡去。朱仝、雷横二人奉命巡察地方,見劉唐形迹可疑，於是將他綁縛，劉唐聽説要去晁蓋莊上，便不再挣扎。《水滸傳》第十三回、第十四回部分情節與之相似。只是小説中是雷横一人碰到的劉唐，而戲曲中則是朱、雷二人一同碰到，並由朱仝提議擒捉；另戲曲中增加了劉唐在酒店中與店小二插科打諢一段，像“猪首”與“猪頭”等對話，增添不少諧趣，富有舞臺效果。

第二十出《晁蓋貪財假認甥》：劉唐被押至晁蓋莊上，私下向晁蓋説明原由。晁蓋假稱劉唐是自己遠方的外甥，朱仝、雷横順手將劉唐縱放。劉唐不忿二都頭强扭自己爲賊，且收受晁蓋銀兩，趁晁蓋不注意又追趕朱、雷二人，打算要回銀兩並教訓二人一頓。吴用恰遇此事，感覺蹊蹺，攔下相鬭雙方，晁蓋趕到，好言勸二都頭離去。晁蓋、劉唐、吴用同到莊上，劉唐説起生辰綱一事，晁、吴二人同意参與，吴用並提議再邀請阮氏三雄共同参與以壯聲勢。《水滸傳》第十四回部分情節與之甚爲相似。此出標目“貪財”二字不甚確當，實有故意貶低晁蓋之嫌，因晁蓋救下劉唐很大的原因是劉唐前來投奔自己，又無明顯罪狀，緣於江湖義氣而作，非爲貪財之故。

第二十一出《訪故友煮酒談心》：衆漁人傳聞福安橋下蚌珠放光，皆欲去撈，阮小二與阮小七亦参與其間，但枉費力氣未得絲毫收獲。阮小五前去賭博，反而大獲而歸。吴用碰到阮氏三雄，飲酒相談甚歡，吴用借機談起晁蓋欲請衆人同去劫奪生辰綱一事，三人皆大喜樂從。《水滸傳》第十五回部分情節與之相似。只是小説中吴用是分别遇到三人，且阮小五賭博連老娘的首飾也都輸掉了，阮小二、阮小七打漁又連遇挫折，寓三人恰爲窮困潦倒之際；另小説中亦無福安橋蚌珠放光一事。戲曲情節的增减更適合舞臺演出，但對人物塑造而言有所弱化。

第二十二出《巧聚會聯盟行劫》：晁蓋、吴用、劉唐、三阮正在商談劫奪生辰綱之事，白勝、公孫勝恰巧來訪，衆人一拍即合，定下劫奪生辰綱的大致方案。《水滸傳》第十五回、第十六回部分情節與之相似。小説中白勝是行劫之時方得出場，而戲曲中則一齊將衆人匯齊，使情節更凝練。

第二十三出《黄泥崗上圖金帛》：楊志押送生辰綱本不欲張揚，而蔡夫人特意要求讓官兵護送出境，以致消息早洩。途中楊志主張衆軍健晚行早歇，但因天氣炎熱，衆人皆感不滿，謝虞候亦多有怨言，無奈之下衆人歇息於黄泥崗。晁蓋、吴用等人設計將蒙汗藥下在酒内，迷暈楊志等人，將生辰綱劫奪而去。楊志醒後，感覺無從交待，只得逃亡而去。謝虞候及衆軍兵醒後，一致同意前去告官將罪責全推在楊志身上。《水滸傳》第十六回部分情節與之甚爲相似，只是小説中未有蔡夫人派軍兵護送出境一節。清代有戲曲《生辰綱》，與此出有相似之處。

第二十四出《銀嶽峰頭獻玉芝》：宋徽宗在艮岳筵宴衆大臣，衆宫娥、小太監獻各處所采鮮花，並稱采得金芝一叢以示祥瑞。歌舞昇平之下，徽宗下令將此峰定爲"壽峰"，臣子提議將此事付諸史館以昭後人。表面上一團喜氣，而結合前文劫奪生辰綱以及金兵攻遼等情節來看，實寓有譏諷之意。《水滸傳》無相應情節。

## 第三本

第一出《魯達强投寶珠寺》："金眼虎"鄧龍占住二龍山寶珠寺，四處搶劫。魯智深因護送林冲一事，被迫令離開東京，途經孟州十字坡遇張青夫婦，受其指點欲往二龍山入夥。鄧龍百般不納且惡言相向，魯智深將他打傷，閉關而守。《水滸傳》第十七回部分情節與之相似。只是此段經歷在小説中只是一筆帶過，未有如此詳細。戲曲中增加了鄧龍派手下小僂囉下山搶劫一事，對話中添不少諧趣。

第二出《二龍山曹正賺關》：魯智深在曹正店裡遇到因丢失生辰綱而落魄無依的楊志，二人惺惺相惜，談起無處容身之苦。林冲的徒弟曹正談起梁山上王倫氣量狹窄，不能容人，助二人想出計策奪下二龍山。三人依計而行，打死鄧龍，占下二龍山寶珠寺，就此魯、楊二人正式落草。《水滸傳》第十七回部分情節與之相似。戲曲中添加了許多新增的細節和對話。

第三出《黑三郎無心納妾》：媒人王婆牽線，促成閻婆惜與宋江的婚事。張文遠對閻婆惜深爲挂懷，却得知其爲宋江的偏房，心下大爲不滿。花燭之期，宋江無意於男女之情，昏昏自睡，閻婆惜見碰到如此不解風情之人，心中亦深爲憤恨。《水滸傳》無對應情節，只是敘及閻婆惜父親身亡無錢埋葬，宋江贈銀買棺助其下葬，閻母爲求生活安逸，促閻婆惜成其外宅。《水滸記》中有類似情節。此出標目亦有不確之處，既"無心"又何必"納妾"，戲曲中只是突出了宋江的不戀風情，並非表明宋江無心納妾的態度。

第四出《幸知風何清領捉》：因黄泥崗丢失生辰綱一事，濟州知府嚴令捕頭何濤緝捕，並以限棒和發配相威脅，由此也可見當時爲吏之難。何濤愁煩之際，其弟何清來訪，言稱自己知道强盜同夥中有白勝，且知其家門。何濤大喜過望，與何清急速出門要去捉拿白勝。《水滸傳》第十七回部分情節與此類似。小説中何清因曾投奔過晁蓋而認識晁蓋，只是聽别人叫了白勝的名字，更未曾與白勝爲賭友。

第五出《趁糾賭白勝差拿》：白勝分得劫奪生辰綱所得財物，在家裡聚衆賭博。何清領着何濤等人以捉賭爲名捉拿白勝等人到衙，一番審訊之下白勝不得不承認搶劫生辰綱一事，但極力辯稱不識其他參與人。在何清的質證之下，供出領頭者是晁蓋。濟州知府下文鄆城縣，令何濤連夜送到，以捉拿晁蓋等人。《水滸傳》第十八回部分情節與此相似。小説中没有白勝聚賭以及何濤捉賭等情節，戲曲中增添此類情節更添不少諧趣，尤其描摹了衆賭漢賭博的各種形態。

第六出《晁天王聞信明逃》：何濤送信遇到宋江，向其説明原委。宋江大驚之下先穩住何濤，稱知縣出外暫時未歸，而向内傳信只能自己才能辦到。安頓何濤後急速到晁蓋莊上送信，促其快逃。晁蓋等人火速收拾，朱仝、雷横領衆來捉，混戰中只捉得幾個莊客回衙交令，何濤也没有其他辦法，只得隨順而回。《水滸傳》第十八回部分情節與此相似。戲曲中省略朱、雷二人故縱晁蓋、争賣人情的情節，而增添了宋江穩住何濤的一些理由和對話，使情節更爲集中，但對朱、雷等人的性格刻畫有所弱化。

第七出《暗偷香蜂狂露相》：王婆遵宋江囑託去尋找張文遠，却發現張文遠與閻婆惜私通一事。王婆因自己是促成宋閻婚事的媒婆，不免勸誡幾句，竟惹鬧閻婆惜，遭其打駡。王婆心中不忿，守候門前，欲捉二人的醜事，又被閻婆發現。閻婆勸女兒以後不要再讓張文遠上門以免惹出事來，閻婆惜不聽。《水滸傳》無類似情節，只是借他人之口一筆帶過二人私通之事。《水滸記》中有類似情節。

第八出《逸孤群齊歸水泊》：晁蓋等人走投無路，只得投奔梁山，朱貴將其送上山寨。交談之際王倫聽聞晁蓋等人的豪舉，心裡不欲容留他們，定計第二天要禮送他們出山。《水滸傳》第十九回部分情節與此相似。小説中敘事更曲折，有何濤領兵追捕，阮氏三雄與公孫勝大敗官軍，擒何濤並割其雙耳之事，又有林冲在衆人上山時諸多心下不耐王倫之事。

第九出《明拒客蛙怒戕生》：王倫早上設宴款待晁蓋等人，並贈送金銀，欲送晁蓋等人出寨。林冲忍無可忍，怒斥王倫的小肚雞腸、難成大器，二人略戰，林冲斬其首級。林冲又推舉晁蓋坐梁山第一把交椅，杜遷、宋萬等人不敢不從，只得隨順。《水滸傳》第十九回部分情節與此相似。小説中有林冲月夜訪晁蓋以安衆人之心，吴用暗中挑撥以激怒林冲等情節。戲曲更突出了林冲的主動，而晁蓋等人則成了純粹的被動參與者。

第十出《閻氏放刁成怨鬼》：閻婆見宋江多日不曾登門，上街强行將宋江拉回家中。閻婆惜百般不耐，對宋江冷言冷語，宋江幾次欲行離去不得，只得勉强過夜。天未大亮宋江離去，突然發現自己的招文袋忘在閻婆惜家中，裹面有晁蓋的來信，不免慌速回去尋找。閻婆惜以書信要脅宋江，宋江一一答應其條件後閻婆惜仍不歸還書信，宋江一怒之下刀殺閻婆惜。閻婆趁宋江上街之時，拉扯他同赴縣衙，王婆恰逢此事，記起前日所遭屈辱，放走宋江且駡閻婆爲老不尊。張文遠聽聞此事，與王婆扭打。《水滸傳》第二十一回部分情節與此相似。小説中是唐牛兒因前日遭閻婆打駡而放走宋江，且有劉唐送信情節與書信相呼應。戲曲將唐牛兒改换成王婆，運用諸多方言俗語，更添諧趣。

第十一出《美髯公縱友逃刑》：宋江殺人後火速返歸宋家莊，宋太公希賢和妻子孟氏大驚之下，只得將宋江藏匿於家中。鄆城知縣派朱仝、雷横前往宋家莊緝拿宋江，二人争相做人情，朱仝並提議宋江抓緊時間逃往外地，以待赦後再得回鄉。朱、雷二人攜宋江日前曾準備的忤逆分家文書回衙交差。宋江拿着孟氏準備的包裹，辭别父、妻投奔柴進而去。《水滸傳》第二十二回部分情節與此相似。戲曲中明確宋太公的名字爲希賢，增添了宋江妻子孟氏，省略了宋清與其共同逃亡，更合常情。

第十二出《宋江避難投良友》：武松在柴進莊上頗上厚待，因想念兄長武大郎，打算辭别。宋江來投奔柴進，恰遇武松，不免款留武松，三人宴飲暢談，頗爲投機。《水滸傳》第二十三回部分情節與此相似。只是小説中武松在柴進莊上因莊客搬弄，並不得柴進賞識，而宋江甫到便處處照顧武松，以此與武松結下深厚情誼。戲曲如此處理令情節更爲集中，但對柴進、宋江人物形象的刻畫有所弱化。

第十三出《景陽崗斃虎遇兄》：武松辭别柴進、宋江，欲回鄉探望兄長武大郎。途經景陽崗，不聽店小二勸阻，不但喝醉酒而且還獨身夜上山崗，仗拳將猛虎打死。衆獵户驚爲天人，邀請武松到縣裏領賞，陽谷縣令賞識武松，令其充當都頭一職，並抬虎巡遊街道以彰其功。武大郎恰巧搬家至此，與武松相見。《水滸傳》第二十三回部分情節與此相似。戲曲中簡略了猛虎外貌的敘述及打虎的經歷，而增添了不少與店小二、獵户的對話，其中夾雜方言，充滿生活氣息。

第十四出《孔家莊歡聯舊雨》：孔太公聽聞宋江犯罪奔逃在外，輾轉派人尋至柴進莊上，誠邀宋江前去白虎山相聚。宋江遂到孔家莊與孔太公、孔明、孔亮小聚，相談甚歡。《水滸傳》無類似情節，只有第三十二回武松搶奪孔亮酒肉，因酒醉被孔氏兄弟所擒，繼而被宋江相救等事，間接敘到宋江到孔家莊的根由。

第十五出《潘金蓮癡情誘叔》：潘金蓮見武松英武非凡，暗生戀慕之心。趁武大出外做買賣之機，多方挑逗引誘武松。武松直言怒斥，並欲對回家的武大説明此事，只是武大沉浸在自己的生意中，没有聽懂武松所説何事，武松憤而搬家而去。潘金蓮心中愧惱，也樂得武松搬出去眼不見心不煩。《水滸傳》第二十四回部分情節與此相似。小説中潘金蓮引誘武松是在冬雪之後，而戲曲中則是在酷暑時分，另戲曲中增添了不少方言俗語，令武大更像一個丑角，製造不少笑料，活躍了舞臺氛圍。

第十六出《武二郎出路别兄》：縣令派武松去東京公幹，武松放心不下哥哥，特意到武大家裏告别。飲酒期間，武松勸哥哥晚出早歸，莫惹是非，又勸潘金蓮遵守婦道。潘金蓮惱羞成怒，憤而離席。武大口出不吉之言，兄弟倆悽然而别。《水滸傳》第二十四回部分情節與此相似。戲曲中增加了許多對白。

第十七出《爲挑簾無意傳情》：西門慶聽聞紫石街有漂亮女子，欲到王婆處訪知底細，恰逢潘金蓮挑簾時竹竿不小心掉落砸中西門慶。二人眉目傳情，彼此有了情意。王婆從旁看見，添風點火，許諾幫助西門慶搞定此事。《水滸傳》第二十四回部分情節與此相似。戲曲中省略了王婆説風情時的“潘驢鄧小閑”及“十面光”等情節。

第十八出《裁衣料金蓮野合》：王婆藉口請潘金蓮幫忙來家做壽衣，借機撮合其與西門慶，二人私通之後，王婆又出場恐嚇潘金蓮要其每日守信前來相會。《水滸傳》第二十四回部分情節與此極爲相似。

第十九出《拋梨籃武大拿奸》：鄆哥恨王婆欺負他，向武大訴説潘金蓮出軌之事，並定計幫其捉姦。武大依計而行，却被西門慶踢傷肚腹，王婆攛掇潘金蓮下藥毒死武大，並助其行事，武大中毒身亡。《水滸傳》第二十五回部分情節與此相似。戲曲中添加了不少武大插科打諢的情節與曲白，令捉姦及中毒的情節中多了不少笑料，無形中減弱了武大身死的悲劇性。此出標目無法涵蓋大部分内容，不甚確當。

第二十出《泉台冤夢驚同氣》：武松從東京回來，一進門便見武大靈位，大悲之下疑竇叢生，經明查暗訪，找到何九與鄆哥問清緣由，欲去縣衙狀告西門慶與潘金蓮因奸致命，却恰逢縣衙退堂，只得再等一日。《水滸傳》第二十六回部分情節與此極爲相似。

第二十一出《靈桌霜鋒獻並頭》：武松邀請四領來家，親自審問潘金蓮與王婆害死武大情由，潘金蓮招供，武松怒而殺嫂，又出外殺西門慶攜頭而歸，雙頭並祭于武大靈前。《水滸傳》第二十六回部分情節與此相似。戲曲省略了武松鬬殺西門慶的經過，只是將其頭顱攜上場供於靈前,令舞臺情節更爲集中。

第二十二出《武都頭孟州遣戍》:東平郡守陳文昭復查武松殺嫂一案,雖明了事情經過,但爲武松法外開恩,認可了縣裏所謂"祭獻亡兄爲姦夫淫婦阻擋,鬪毆中誤傷人命"的判詞,處決王婆,發配武松。《水滸傳》第二十七回部分情節與此相似。戲曲省略了縣中審問的過程,而直接叙述東平郡的審判。

第二十三出《團練四營商妙計》:濟州府團練使黄安與四營將官商討進剿梁山事宜,定好計策後整軍齊發。《水滸傳》無此情節,只是第二十回中一言敘及黄安帶兵、船分兩路進攻水泊。

第二十四出《軍師全勝奏奇功》:梁山衆人齊聚將台,同拜吴用爲軍師。吴用發號施令,分派諸路人馬,大敗黄安所率軍兵,活擒黄安。梁山群雄共慶勝利。《水滸傳》第二十回部分情節與此相似。戲曲中排兵布陣更爲細緻,且上場人數衆多,體現宫廷戲劇場面宏大的特點。

## 第四本

第一出《水泊慶功伸燕賀》:梁山上衆豪傑慶祝勝利,晁蓋提出要救白勝一事,吴用滿口答應,並定下計策。《水滸傳》第二十回部分情節與此極爲相似。

第二出《乍下車有心尋釁》:清風寨副知寨花榮聽聞朝廷派正知寨前來赴任,派人迎接。正知寨劉高大講排場、作威作福,又縱容手下擾民害衆,令花榮深感不滿,二人嫌隙頓生。《水滸傳》中無此情節,只是在第三十三回小部分借花榮之口一筆帶過。

第三出《投虎寨僂囉剖心》:花榮派人送由其妹貞娘所製棉衣給宋江,宋江深感花榮殷殷相盼之情,辭别白虎山孔氏兄弟,奔赴清風寨而來。途中被清風山巡邏的小僂囉所擒,正待剖心之時,寨主燕順等聽到宋江之名,連忙解縛款待。宋江由此結識清風山三位寨主,並被挽留在山寨多日。《水滸傳》第三十二回部分情節與此相似。

第四出《王矮虎漁色無緣》:劉高妻子熊氏夜夢天罡列宿手持寶

劍刺她，危急之際得一黑漢子推她一把，就此而醒。醒後想起曾許香願，不免前往嶽廟行宫還香願。途經清風山被矮脚虎王英所擒，王英欲行不軌、熊氏半推半就之際，宋江趕到及時阻止，將熊氏釋放下山。回到府衙之後，熊氏自稱自己堅貞無比感動衆盜，方得安然下山，而刻意隱瞞了宋江相救一節。《水滸傳》第三十二回部分情節與此相似。戲曲添加大量對白與曲詞，刻畫王英和熊氏更爲細緻。

第五出《公廨故交欣促膝》：宋江辭别清風山衆人來至花榮任所，二人相見甚歡。宋江談起自己殺惜以來的經歷，並談及曾恩放劉高之妻，花榮對劉高崇尚奢侈、耗費民財的舉動甚爲不滿。花榮因政務繁忙，派陳幫襯陪同宋江遊玩、賞燈。《水滸傳》第三十三回部分情節與此相似。

第六出《燈棚平地又生波》：宋江在陳幫襯的陪同下游賞元宵花燈，但見清風寨上下張燈結彩，異常熱鬧。劉高妻熊氏認出宋江，指稱他爲清風山大盜，派軍健擒捉宋江，拷問之下宋江被認作“鄆城虎張三”監禁於劉府。《水滸傳》第三十三回部分情節與此相似。戲曲中用大量篇幅鋪陳熱鬧景象，實際演出中當更爲熱鬧，此種熱鬧與故事情節關係不大，實爲歌舞昇平而作。另小説中元宵賞燈爲百姓自發組織，而戲曲中將之歸結爲劉高的强行布置，將劉高的奢侈與罪過加以誇大。

第七出《花榮義奪傷弓鳥》：花榮聽聞宋江被擒，大怒之下領人打進劉高府門，搶回宋江。劉高不忿，又派兩個都頭來奪宋江，被花榮神箭嚇退。《水滸傳》第三十三回部分情節與此相似。戲曲中兩個都頭極盡插科打諢之能事，是爲搞笑之丑角。

第八出《熊氏潛勾脱餌魚》：劉高因無法奪回宋江大怒，熊氏推測宋江定會連夜去投清風山，主張派兵伏於沿途以擒宋江，同時派人往知府處送信詳述花榮通匪一事。《水滸傳》第三十三回部分情節與此相似。小説中埋伏擒宋江、密告花榮之事都是劉高自主行爲，戲曲中則全歸爲熊氏所爲。

第九出《詭謀復獲虎張三》：宋江爲防劉高陷害花榮，獨自一人夜上清風山。正遇埋伏的劉府官兵，再次被擒。宋江大駡劉高與熊氏的恩將仇報，劉高甚爲得意，並憧憬獨霸清風鎮的未來。第三十三回部分情節與此相似。

第十出《狡計並擒小李廣》：黄信被慕容知府派到清風寨了解事情真相，劉高巧言嫁禍，稱花榮暗通匪寇，圖謀不軌。黄信欲直接擒捉花榮，劉高又怕花榮神箭驚人，獻計借黄信之名設下鴻門宴。宴席之上，花榮無備被擒，見到再次被擒的宋江，方知中計，劉高甚爲得意。《水滸傳》第三十三回部分情節與此相似。

第十一出《議救援暗離虎寨》：清風山上燕順等挂念宋江，派小僂羅下山打探消息，方知宋江及花榮被擒之事。三位寨主商議之下，決定派兵於途中埋伏，以營救二人。《水滸傳》中無類似情節，只是在宋江被救後簡單交代前因。

第十二出《明打劫計釋檻車》：黄信與劉高押送宋江、花榮前往青州府，被埋伏於途中的燕順等人擊敗，黄信逃回清風寨，劉高被擒捉上山。宋江、花榮被順利營救。《水滸傳》第三十四回部分情節與此相似。

第十三出《霹靂火興師搦戰》：黄信戰敗的消息傳回青州府，秦明暴怒之下被慕容知府派去平定清風山，以報徒弟失利之仇。《水滸傳》第三十四回部分情節與此相似。戲曲用更多的篇幅鋪陳秦明兵勢之盛，士兵之勇。

第十四出《清風山騙甲行權》：秦明帶兵攻打清風山，被宋江定計將其步步引入陷阱，並生擒了秦明。宋江見秦明矢志不降，定計先灌醉秦明，再派與其面容相似的小兵穿其盔甲、攜其兵器去大鬧青州府，以絶秦明之後路。《水滸傳》第三十四回部分情節與此相似。

第十五出《假秦明耀威縱火》：清風山小僂羅陳得功奉宋江等人之令假扮秦明，大肆燒殺搶掠青州城外百姓，並於青州城下揚言要攻打城池。慕容知府中計，以爲秦明已反，行文上報朝廷，並擒捉秦明家小。《水滸傳》中無此具體情節和“陳得功”之名，只是於後文中簡單帶過。

第十六出《真統制負屈歸巢》：秦明天亮之後辭别宋江欲歸青州府，路經一片瓦礫甚感詫異，於城門下被指爲反叛，且見其家人頭顱懸挂於城頭之上,急怒之下欲行自盡。宋江等人及時出現,勸秦明暫歸山寨,以圖日後招安。《水滸傳》第三十四回部分情節與此相似。只是小説中宋江自承離間之計是自己所施,秦明欲行報復,只是簡單地歸之於天上將星相聚,將此矛盾一筆帶過。反不如戲曲中不言明此計所施,只是令宋江形象更顯奸詐了一些。

第十七出《黄信來投除舊恨》:黄信聽聞秦明投靠清風山,正在憂疑未定之時,秦明來信相招。爲全義氣,黄信歸附清風寨,並將花榮之妹送上山寨。王英下山,將劉高妻熊氏掠上山寨,欲圖收爲妻室。宋江做主將花榮之妹嫁於秦明,並承諾日後給王英娶妻,將劉高夫婦斬首復仇。《水滸傳》第三十五回部分情節與此相似。戲曲中王英急色的表現更爲誇張,亦充滿諧趣。

第十八出《宋代作伐締新姻》:秦明和花小姐在宋江力主下結爲婚姻,王英下山尋儐相王老兒,插科打諢,充滿笑料。宋江等人爲防官兵圍剿,決定在秦明婚後全夥共投梁山。《水滸傳》中無秦明大婚情節,僅於三十五回中一筆帶過,此情節與整體故事關係不大,可見戲曲調笑的特點。宋江等人商議上梁山一節在小説中較爲詳細,而戲曲中則是一筆帶過。

第十九出《母夜叉當壚鴆客》:孫二娘在十字坡開店,貨郎心存輕薄,反被孫二娘害死。武松與解差到店後,發現此爲黑店,多加防備,反將孫二娘制住,張青趕到,衆人各報名姓,相談甚歡。《水滸傳》第二十七回部分情節與此相似。只是小説中無貨郎一節,戲曲中添加此節更增諧趣。

第二十出《小李廣飛箭解圍》:吕方與郭盛爲争取對影山山寨的歸屬權,大戰數日不分勝負。正在酣鬬之際,宋江等人恰巧趕到,花榮神箭解圍。相談之下,二人均願一同投奔梁山。石勇給宋江捎送家信,宋江看信後昏倒當場,原來信中稱其父宋太公亡故,宋江急欲回家奔喪。衆人勸阻,宋江只得權耐一夜,寫得推薦衆人上梁山書信一封交給花榮等,自己則急速回歸家鄉。《水滸傳》第三十五回部分情節與此相似。

第二十一出《老管營惜士免刑》:施恩因自己經營的快活林産業

被蔣門神所奪，心中氣悶，欲圖報復。恰巧聽聞武松被發配孟州，求父親老管營結恩示好於武松，以便結交。老管營試探之下，發現武松果然是一條好漢，決定全力結交武松。《水滸傳》第二十八回部分情節與此相似。小説中敘事更爲曲折，武松從免受殺威棒至被多次款待，一開始並未敘及原因，而戲曲則相對直白，並删減了武松獄中的遭遇。

第二十二出《新都頭獲凶刺配》：宋江本爲奔喪歸家，却發現父親無恙。得知父親怕他誤入歧途，故以訃信促其回家的良苦用心。鄆城縣新任都頭趙能、趙德因與宋江無交情，領兵將宋江緝捕，新任知縣將宋江發配江州，宋太公深感後悔，但於事無補。《水滸傳》第三十五、三十六回部分情節與此相似。小説中敘事更詳細，而戲曲則多調侃二都頭的諧趣之語。

第二十三出《兩處人雄歸虎寨》：秦明、花榮等帶領清風山、對影山人馬打着進攻梁山的旗號逼近梁山，林冲、劉唐等人發現並帶兵攔阻，花榮等拿出宋江的薦書，衆人皆大喜，就此秦明、花榮等歸於梁山。《水滸傳》中無林冲、劉唐誤會等情節，僅於三十五回中一筆帶過衆人歸梁山，並有衆人排座次的情節，戲曲中則無排座位情節。

第二十四出《全彪驍傑展龍韜》：梁山之上新舊頭領各展本領，令晁蓋、吴用大喜。《水滸傳》中無此情節。戲曲中出場人物衆多，各種武艺展示呈現宫廷舞臺演出的熱鬧氛圍。

## 第五本

第一出《梁山泊要劫宋江》：梁山衆人得知宋江被發配的消息，在中途派人攔截，欲救取宋江同居山寨。宋江百般不肯，衆人只得放行。臨行之際，吴用向宋江推薦好友戴宗。《水滸傳》第三十六回部分情節與此相似。小説敘事更爲曲折、詳細。

第二出《醉打蔣忠還舊業》：蔣忠新納小妾賽花當壚，各地客商多在酒店用飯，正在熱鬧之際，武松趕到並百般挑事。蔣忠趕到與武松對打，不敵武松，被制服之後方知其爲施恩的幫手，只得將産業納還施恩，並承諾遠離孟州。《水滸傳》第二十九回部分情節與此相似。戲曲中增添了不少各地客商插科打諢的情節，笑料百出，另武松與蔣忠對打之時亦更顯熱鬧。

第三出《贈金薛永惹閑非》：宋江在發配途中於揭陽鎮碰到薛永賣藝並慷慨贈金，此舉惹惱了當地的惡霸穆春。争執之際薛永又打倒穆春，與之結怨。鎮上諸人不敢留宿宋江等人，宋江只得投宿於民宅，誰知竟是穆春家裏。《水滸傳》第三十六、三十七回部分情節與此相似。戲曲省略了揭陽嶺結識李俊、李立的情節。

第四出《張橫大鬧潯陽渡》：宋江得知自己投宿之處竟爲穆春的家，大驚之下趁夜欲逃，穆春與其兄穆宏領人急追。宋江與解差上了張橫的船，張橫欲行加害之際，李俊等人及時趕到，並將宋江引薦於穆春、張橫等人。得知宋江的身份後，衆人仇怨全消，相聚甚歡。《水滸傳》第三十七回部分情節與此相似。

第五出《施恩重整快活林》：武松趕走蔣忠後，施恩重掌快活林。兵馬都監張蒙方受其宗弟張團練之托，欲加害武松，於是派人請武松到府任親隨之職，武松無奈只得答允。《水滸傳》第三十回部分情節與此相似。小説中敘事更爲曲折，並未直接透露都監邀武松入府的目的。

第六出《琵琶亭席上論交》：戴宗接吴用書後得知宋江身份，欲在琵琶亭上宴請宋江以當洗塵。李逵賭輸後恰遇二人，宋江想吃鮮魚。李逵自告奮勇前去買酒，却惹惱衆漁户，並與漁牙子張順大打出手，宋江與戴宗制止二人，共聚一席，相談甚歡。《水滸傳》第三十八回部分情節與此相似。小説敘事更爲曲折，像戴宗索賄、宋江贈李逵銀兩、李逵吃魚、一指點倒賣唱女等細節，更能表現衆人性格，而戲曲大爲删减，令情節更爲緊湊，於人物描寫上則明顯不如小説。

第七出《張都監綺席賺人》：中秋令節之時，張都監邀武松共飲，席上勸武松多飲，並稱欲將侍妾玉蘭贈與武松爲妻。晚間武松聽聞府中有捉賊之聲，因念都監之恩情，欲行幫忙，却被當作盗賊擒捉，捉人者於武松住處搜出大量金銀財物。這皆爲張都監所設之計，要將武松送至衙門以傷其性命。《水滸傳》第三十回部分情節與此相似。

第八出《飛雲浦橋邊喋血》：武松被陷害再次發配，施恩帶傷前來送行，並將蔣門神再次霸占快活林及張都監等人陷害之由告知武松，提醒武松沿途多加小心。途經飛雲浦，蔣忠所派的兩個徒弟與解差欲害武松，反被武松殺死。武松心中怒氣難出，重回孟州。《水滸傳》第三十回部分情節與此相似。

第九出《鴛鴦樓夜試霜鋒》：武松於鴛鴦樓上殺掉張都監、張團練和蔣門神，並殺死多個張都監家人及奴僕，留名於牆之後投奔張青夫婦。張青夫婦將武松打扮成行者模樣，勸其投奔二龍山。《水滸傳》第三十一回部分情節與此相似。小説中敘事更爲詳細曲折。

第十出《宋公明沉醉題詩》：宋江在潯陽樓上獨飲，一時興起，題了詩詞於牆壁之上。恰巧通判黄文炳亦於此處飲酒，發現此爲反詩，欲將此情告知蔡知府。《水滸傳》第三十九回部分情節與此相似。戲曲中的黄文炳是現任通判，語詞中多有對朝廷的擔憂，更多是爲職權和責任而上報此事，而小説中的黄文炳則爲卸任的通判，純爲個人起復而上報此事。目的的不同，令戲曲與小説在宋江日後復仇的立意上有了區别。

第十一出《曲猜詩謎開嚴鞠》：黄文炳面見蔡德章，向其呈報宋江所題之詩，並一一解釋詩中之反意。蔡德章派人捉捕宋江，拷問之下，宋江只得承認，蔡知府決定派戴宗前往東京彙報此事，並薦舉黄文炳。《水滸傳》第三十九回部分情節與此相似。戲曲中宋江作爲書吏，字迹首先被辨識清楚，未有戴宗預先通知而裝瘋一節，而清代另有《鬧江州》（又稱《宋江吃屎》）一劇，大肆排演宋江裝瘋之事。

第十二出《吴學究謀成五夜》：戴宗送信途中路經梁山，欲請吴用等人出手相救宋江。吴用聽聞事情經過，料定書信中定有不利之言，打開之後發現果然如此。吴用定計假寫書信令蔡知府押送宋江至東京，並於途中救援。戴宗前往濟州賺取蕭讓、金大堅上梁山，以便書寫假書信。《水滸傳》第三十九回部分情節與此相似。

第十三出《蜈蚣嶺窗前露醜》：蜈蚣嶺上道人王飛天不但逼死張桂香之父，更是將其搶上山寨，欲圖不軌。武松恰巧經過，仗義出手，將蜈蚣道人及其徒弟殺死，救出張桂香。《水滸傳》第三十一、三十二回部分情節與此相似。小説中武松是途經蜈蚣嶺時恰巧碰到道人與民女調情，不滿其作爲而出手殲惡，戲曲中則是替民婦仗義出手，二者有些微差别。據此情節所編戲曲有《蜈蚣嶺》《削道冠》等，子弟書中亦有演此故事者。

第十四出《套私書太保回轅》：蕭讓、金大堅被騙上梁山，只得按吴用之意僞造書信。戴宗持假書信飛速回歸江州。吴用猛省書信用章有誤，馬上準備調集梁山將領前往江州營救宋江、戴宗。《水滸傳》第三十九回部分情節與此相似。此出戲曲皆爲賓白而無唱詞，疑爲後添，以補情節之疏漏。

第十五出《悟假篆軍師遣將》：吴用派出多路人馬分頭裝扮前往江州，每一路均細細安排，足見戲曲演出之排場。《水滸傳》無此情節。小説對於各路人馬均在劫法場時順筆交待，並未如此詳細。

第十六出《江州郡雙雄遘難》：戴宗持假書信回抵江州，被黄文炳識破此書之假。多番套問之下，戴宗露出馬脚，只得承認途經梁山時被擒且帶回假書信。蔡德章大怒，決定盡快將宋江與戴宗二人處斬。《水滸傳》第四十回部分情節與此相似。

第十七出《劫法場群雄會廟》：李逵得知宋江、戴宗出事，欲行劫法場之事，恰遇梁山衆人，於是一同行動，順利劫救宋、戴二人。宋江執意要報復黄文炳，李逵和梁山衆人均表贊同。《水滸傳》第四十回部分情節與此相似。小説中晁蓋對攻打無爲軍、報復黄文炳之事並未完全附和，而是從安全角度提議過後再行復仇，最後在宋江和李逵的執意堅持下只得應允。戲曲中則省略了此節，減少了枝蔓，只是對於人物性格的刻畫有所減弱。

第十八出《無爲軍一炬報仇》：薛永到無爲軍尋找徒弟侯健，恰巧其在黄文炳家裏做工，熟知其門户路徑。宋江與衆人定計，裏應外合，將黄文炳滿門老小盡皆殺死，火焚其宅，活捉黄文炳後將其殘忍處死。宋江大仇得報，與衆人同歸梁山。《水滸傳》第四十一回部分情節與此相似。

第十九出《梁山泊雙彪接母》：公孫勝因離家時間較長，欲回家探母。衆人送行之際李逵突發哭聲，只因想起家中的老母心中大感不忍。宋江等人爲其定下幾條戒律，放其下山接母，另派朱貴等人沿途照應。《水滸傳》第四十二、四十三回部分情節與此相似。戲曲中省略了宋江回家接父之事，亦將九天玄女交付天書一節完全删掉，以便與前文中妖魔出世、後文中冥譴等情節相照應。

第二十出《冒名剪徑誑金歸》：李逵回家途中，遇到假借其名打劫的李鬼，一番教訓之後，因被其家中有老母要贍養的話語所蒙騙，還將金銀贈送給李鬼。《水滸傳》第四十三回部分情節與此相似。戲曲中用大量篇幅敘李鬼夫婦之間的插科打諢，充滿諧趣。此情節在清代戲曲中多有呈現。

第二十一出《殺大蟲熱心報母》：李逵將母親接出家後，連夜趕路。因李母口渴，李逵前去尋水，李母被老虎吃掉。李逵大怒之下力殺四虎，爲母報仇，心中悲傷，放聲大哭。《水滸傳》第四十三回部分情節與此相似。戲曲中增添了許多對話，令場面更活潑。

第二十二出《李鬼暗算黑旋風》：山上獵户發現李逵殺虎之事，大喜之下熱情款待李逵。李鬼恰好見到此事，定計灌醉李逵後擒捉他報官請賞。李逵中計被擒。《水滸傳》第四十三回部分情節與此相似。小説中李鬼在家中被李逵發現並殺死，還被李逵砍肉燒吃，是李鬼之妻在李逵打虎後首告官府。戲曲中情節更爲緊湊。

第二十三出《朱富麻翻青眼虎》：朱貴與其兄弟朱富合力設計灌暈押解李逵的衙役及捕頭李雲，救出李逵。李雲醒後追上前去，被衆人勸服，只得同歸梁山入夥。《水滸傳》第四十三、四十四回部分情節與此相似。

第二十四出《蕭奉先興師拒敵》：金兵侵擾京東各地，遼國蕭奉先領命率師出征，極盡鋪排。《水滸傳》無此情節。

## 第六本

第一出《高唐州教演神兵》：高唐州高廉身居異能，爲防梁山侵擾，演練神兵及相應法術。《水滸傳》無此情節。小説中爲救柴進，梁山衆人攻打高唐時方介紹高廉之能，戰陣之時方有其排演神兵之事的交待。

第二出《楊雄巧遇石三郎》：張保因不忿外來户楊雄的耀武揚威，準備勸侮他一頓，以滅其威風。楊雄因未有準備，險被張保等人所辱，石秀路見不平，挺力相助。二人一見如故，結成異姓兄弟。楊雄得知石秀流落薊州謀生艱難，邀其至家以謀生計。《水滸傳》第四十四回部分情節與此相似。小説中未有張保的相關交待，令當街搶奪一事稍顯突兀。

第三出《三家村聯盟備盜》：祝家莊祝朝奉爲防梁山騷擾地方，聯絡周邊的李應、扈成等人一同聚會，三村形成聯盟，商定共同進退。《水滸傳》無此情節。小説中只是自李應口中簡單敘述，未曾詳細展開。

第四出《惹狂蜂巧雲認義》：楊雄之妻潘巧雲欲勾引石秀，與其談起武松殺嫂一事，她認爲武松是個呆子不懂憐香惜玉，石秀則認爲武松是位頂天立地的大丈夫。潘巧雲多方試探之下只得放棄勾引石秀的企圖。恰與此時和尚裴如海前來造訪，潘巧雲與其眉來眼去，石秀心中了然，斥退裴如海，並對此多加留意。《水滸傳》第四十五回的裴如海造訪情節與之相似，只是小説中無潘巧雲勾引石秀之事，更無二人交談武松事迹的情節。戲曲《翠屏山》等對此情節多有敷衍。

第五出《敦正氣酒肆訴情》：石秀發覺潘巧雲與裴如海的姦情，多方細察之下確認了此事。在酒樓之上石秀將此事告知楊雄。《水滸傳》第四十五回部分情節與此相似。小説中另有潘巧雲到寺燒香一節，還有和尚們到楊雄家作法事一節，戲曲中均加以省略，情節更爲集中，但對石秀等人物性格的刻畫有所減弱。

第六出《行反間蘭房掉舌》：楊雄大醉歸家，於醉話中透露出已知姦情，潘巧雲使用反間計，誣陷石秀欲圖不軌、曾行調戲之事，楊雄大怒，拆掉賣肉的案板。石秀情知楊雄洩露消息，不發一言，徑自離去。《水滸傳》第四十五回部分情節與此相似。

第七出《真拿奸行兇破晚》：石秀尋機逼問事情經過，並將裴如海與報信的道人殺死在小巷之中。楊雄回思前事，情知中了潘巧雲的反間計。石秀找到楊雄，幫其定計，要將潘巧雲騙至翠屏山逼問情由，以明真相。《水滸傳》第四十六回部分情節與此相似。

第八出《翠屏山對明心跡》：翠屏山上潘巧雲無法推脱，只得招認與裴如海的姦情。楊雄怒殺潘巧雲及侍女迎兒。石秀與楊雄談起自己曾經與戴宗相識，二人商議共投梁山。《水滸傳》第四十六回部分情節與此相似。

第九出《鼓上蚤隻雞起釁》：楊雄、石秀投奔梁山途中遇到時遷，三人投宿獨龍崗上的客店。時遷在客店中多方騷擾，並偷吃了店中報曉的公雞，惹惱店家。原來此店是祝家莊所開，店夥招莊客齊聚，混戰中時遷被擒。《水滸傳》第四十六回部分情節與此相似。戲曲中就時遷住店一節大加敷衍，插科打諢之處頻見，清代戲曲中有《時遷打店》等多方播演。

第十出《撲天雕一札敗盟》：李家莊主管杜興念楊雄曾經相助之恩，仗義執言，請求莊主李應協助救出時遷。李應答應，三番與祝家莊溝通，祝龍、祝虎等人太過霸道，將三莊聯盟之誼置之不理，並暗箭射傷李應。李家莊就此退出三莊聯盟。《水滸傳》第四十七回部分情節與此相似。

第十一出《石楊問路投酒店》：楊雄、石秀因李應未能救出時遷，只得上梁山求助。上山之後二人詳述事件經過，晁蓋一聽怒其敗壞梁山名聲，欲處斬二人，宋江等人極力勸阻方止。宋江提議領兵攻打祝家莊，一來救助時遷，二來打擊祝家莊的囂張氣焰。《水滸傳》第四十七回部分情節與此相似。

第十二出《訪出路指明楊樹》：楊林與石秀奉宋江之令打探祝家莊虛實。楊林行蹤敗露，被欒廷玉所擒；石秀陰差陽錯之下路遇鐘離老人，就此探明進出之路。宋江領兵攻打祝家莊，因路徑不熟，險遭失敗，恰巧石秀探路返回，衆人安全退回營寨。《水滸傳》第四十七回部分情節與此相似。

第十三出《毛太公匿虎反目》：解珍、解寶追尋中了藥箭的老虎到了毛太公莊上，毛太公有意私吞老虎，令莊客擒住二解，誣其爲盜並送至知府大牢。毛太公父子議定要在牢中結果二解性命。《水滸傳》

第四十九回部分情節與此相似。

第十四出《扈三娘落馬被擒》：宋江領兵二次攻打祝家莊，扈三娘出馬生擒王矮虎，林冲又擒下扈三娘，互有勝負。《水滸傳》第四十八回部分情節與此相似。

第十五出《鐵叫子送信成謀》：鐵叫子樂和感於義氣將二解入獄之事報知顧大嫂。顧大嫂糾集鄒氏昆仲等人商議對策，又用計騙孫立至家，逼其參與劫牢之事。孫立無奈，只得應允，並提議順便滅毛太公一家。《水滸傳》第四十九回部分情節與此相似。小説中孫立作爲官軍中的提轄官，並無意參與此事，只是迫於無奈才勉强同意，並未有提議滅毛太公一家之舉動，另小説中的鄒氏昆仲本身即爲山寨之人，而戲曲中則只是顧大嫂相交莫逆的賭客朋友。

第十六出《母大蟲劫牢拒捕》：顧大嫂等人裏應外合，順利從牢中救出二解。官兵前來追捕，孫立大發神威，逼退追兵。衆人商議共投梁山。《水滸傳》第四十九回部分情節與此相似。

第十七出《病尉遲獻計歸巢》：宋江等人攻打祝家莊數日無功，只是將扈三娘解往山寨，以斷絶扈家莊對祝家莊的協助。顧大嫂等人恰巧來投，孫立提議自己帶人行使反間計，借與欒廷玉的師兄弟關係進入祝家莊，裏應外合大破祝家莊，宋江等人大喜。《水滸傳》第五十回部分情節與此相似。只是小説中此計由吴用提出，孫立等人只是實施者。

第十八出《欒廷玉開門揖盜》：祝家莊未識孫立等人的計策，將孫立衆人迎入莊内。孫立等依計而行，大破祝家莊。祝氏父子及欒廷玉皆被殺死，李逵並將扈成殺死。《水滸傳》第五十回部分情節與此相似。只是小説中扈成逃走，亦無欒廷玉被殺的確切描述。

第十九出《扮假官李應上山》：梁山派人假扮官兵將李應及其妻小賺上梁山，並將李家莊焚燒一空，斷其歸路。李應無奈，只得歸附梁山。《水滸傳》第五十回部分情節與此相似。

第二十出《踐舊約王英合巹》：梁山之上大賞衆將，王英提出宋江“忠而不信”，指責宋江不踐當初爲其完婚的誓言。宋江對衆言明此事，並作主將扈三娘嫁給王英爲妻，梁山之上皆大歡喜。《水滸傳》第五十回部分情節與此相似。

第二十一出《白秀英斂錢招禍》:雷横出差回家,見母後欲去拜謝朱仝時常的周濟之恩。途遇李小二,强拉其去會縣中新來一歌妓白秀英。雷横因未帶賞錢而遭白秀英奚落,一怒之下大打出手。白秀英與知縣錢用臧關係莫逆,公堂對證之下,知縣判雷横帶枷示衆於戲臺之外。《水滸傳》第五十一回部分情節與此相似。

第二十二出《雷都頭荷技行兇》:雷横披枷示衆,雷母不忍前去探望並與白秀英發生争執,白秀英欲打雷母,雷横暴怒之下用枷打死白秀英。《水滸傳》第五十一回部分情節與此相似。

第二十三出《美髯公捨身救友》:知縣錢用臧判雷横發配之刑,並欲害其性命。朱仝感於義氣,在押解途中私放雷横,並助其與母共投梁山。朱仝到知縣前自首。《水滸傳》第五十一回部分情節與此相似。

第二十四出《幽燕路只迓王師》:金兵大軍壓境,遼國蕭太后出逃,剩餘諸臣爲保性命,商議共修降表。遼國就此而亡。《水滸傳》無此情節。

## 第七本

第一出《吴學究秋日離山》:爲賺朱仝上山,吴用親自出馬,李逵自告奮勇與之同行。《水滸傳》無此情節,只是在吴用勸解朱仝上山之時簡述經過。

第二出《地藏寺冤遇凶謀》:朱仝在發配地頗受知府青眼相看,並令其照看四歲小衙内。雷横勸其投奔梁山,朱仝不同意。吴用定計讓李逵趁朱仝與雷横談話之時,將小衙内抱走。《水滸傳》第五十一回部分情節與此相似。

第三出《小衙内無辜受禍》:爲絶朱仝後路,李逵受吴用之令掐死小衙内於松林之中。朱仝大怒,一路追李逵至柴進莊上。柴進、吴用等人同勸朱仝,朱仝無奈之下只得歸附梁山,李逵暫留柴進莊上。柴進叔父柴皇城派人送信,言及其被殷天錫强占宅園,生命垂危。《水滸傳》第五十一、五十二回部分情節與此相似。小説中小衙内爲李逵刀斧而亡，戲曲中改爲被掐死，另借李逵之口講出其不忍之情，相對而言更符合觀衆心理預期。

第四出《殷直閣怙勢亡身》：殷天錫仗高廉之勢在高唐横行霸道，因看上柴皇城的宅城而欲强行霸占。柴皇城憤怒之下，一病身亡。柴進與之據理力争，李逵隨後打死殷天錫並逃歸梁山，柴進被擒入獄。《水滸傳》第五十二回部分情節與此相似。

第五出《黑旋風孤身報信》：李逵回山之後將事情經過轉述梁山衆人，晁蓋、宋江皆力主派兵攻打高唐，以營救柴進。《水滸傳》第五十二回部分情節與此相似。

第六出《高唐州三陣交兵》：宋江領兵攻打高唐州，因高廉妖法厲害，急切之下難以攻取。吴用提議派人前去尋回公孫勝以破高廉，戴宗應令而行，李逵自願隨行。《水滸傳》第五十二回部分情節與此相似。

第七出《戴院長密訪仙蹤》：尋訪公孫勝途中，戴宗戲弄李逵，勸其食素、不鬧事。二人費盡周折，終於找到公孫勝。公孫勝同意稟明師父後再定行止。《水滸傳》第五十三回部分情節與此相似。清戲曲有《戴院長神行薊州道》與此類似。

第八出《流白血真人被殺》：公孫勝之師羅真人不欲令其下山，李逵心中大怒，趁夜偷上二仙山，斧劈羅真人與道童，却流出白血，原來其是羅真人用法術由葫蘆而變。天亮之後李逵隨公孫勝、戴宗再上二仙山，心中得意，以爲羅真人已死，此次定然不會再阻公孫勝下山。《水滸傳》第五十三回部分情節與此相似。

第九出《駕黑雲李二遭殃》：李逵驚見羅真人未死，並被羅真人戲弄，降至薊州府衙中，被作爲妖人關入監牢。李逵自稱是羅真人徒弟而暫免於難。《水滸傳》第五十三回部分情節與此相似。

第十出《辭仙師逐伴下山》：羅真人對李逵衆人勸誡一番後，同意公孫勝下山，衆人同歸高唐戰場。《水滸傳》第五十四回部分情節與此相似。小説中羅真人尚有傳授公孫勝道法以破高廉之事，戲曲中則無。

第十一出《别老母趲路投店》：公孫勝早上起來辭别母親，與戴宗、李逵共趕路程。《水滸傳》無類似情節。此出内容簡短，僅有幾曲表示離别的唱詞，與整體情節關係不大。

第十二出《撞賣技義結良朋》：李逵於途中遇到落魄江湖的湯隆，見其本領出衆且有打鐵技術，邀其同投梁山。《水滸傳》第五十四回部分情節與此相似。

第十三出《三百神兵逢國手》：公孫勝多路派兵，以法術大戰高廉，取得全勝，準備明日攻城。《水滸傳》第五十四回部分情節與此相似。小説中對鬬法過程叙述詳細，戲曲則重點在排兵布陣。另小説中有李逵下井救助柴進之事，戲曲中則省略此節，使前後情節不甚貫通。

第十四出《紫宸朝元戎特薦》：因高廉戰敗身亡，高俅於朝堂之上特薦舉呼延灼率兵前往征剿梁山。呼延灼統領三千連環馬軍，與韓滔、彭玘共同出征。《水滸傳》第五十四、五十五回部分情節與此相似。

第十五出《延灼大排甲馬陣》：梁山人馬與呼延灼對陣，戰將對壘，各有勝負，彭玘戰敗被擒後歸降梁山。呼延灼派出連環馬出戰，梁山大敗而退。《水滸傳》第五十五回部分情節與此相似。

第十六出《李俊劫奪轟天雷》：因梁山位居水泊之中，呼延灼一時難以攻取。朝廷派"轟天雷"凌振攜帶火炮前來助陣。李俊等水寨頭領趁夜偷襲，將凌振與火炮盡行擄去。凌振感於梁山衆人的義氣，投效梁山。因連環馬軍難以制服，湯隆獻計宋江，稱徐寧可破連環馬。《水滸傳》第五十五回部分情節與此相似。

第十七出《時遷盜取雁翎甲》：時遷夜入徐寧府中，千方百計終於盜得雁翎寶甲。《水滸傳》第五十六回部分情節與此相似。清戲曲中有《雁翎甲》（又稱《時遷盜甲》）等類似劇目。對入府之後的行爲舉動演繹較多，頗具舞臺效果。

第十八出《賺徐寧教鉤鐮槍》：徐寧值宿回家發現寶甲被盜，正在驚怒之際，湯隆來訪，並通告時遷盜甲的相關訊息。徐寧倉促之下隨湯隆追趕而去，被灌暈後送上梁山。到達梁山之後，徐寧逼於無奈，只得從順，並教授梁山衆人鉤鐮槍法。《水滸傳》第五十六回部分情節與此相似。

第十九出《擒韓滔破連環馬》：梁山上鉤鐮槍法習練純熟之後，分兵派將，大敗呼延灼的連環馬軍，並擒捉大量軍兵，韓滔歸降梁山。呼延灼兵敗逃走。《水滸傳》第五十七回部分情節與此相似。戲曲中多排兵布陣的敷衍，出場人物衆多，舞臺效果明顯。

第二十出《呼延灼失馬借兵》：呼延灼兵敗投宿小店，御賜寶馬被桃花山李忠等劫去。大怒之下，呼延灼投奔青州慕容知府，借得兵將後誓要掃平三山。桃花山難以支持，求救於二龍山，魯智深、武松等慷慨救助，擊退呼延灼。《水滸傳》第五十七回部分情節與此相似。

第二十一出《獨火星救兄投寨》：白虎山孔氏之父孔賓被慕容知府所擒捉，兄弟二人帶兵前往營救，却因呼延灼勇猛，孔明亦被生擒。孔亮轉而求助梁山，路途之上恰逢魯智深、武松等追趕呼延灼而來，三山合力，共打青州城不下。孔亮上梁山細述詳情。《水滸傳》第五十八回部分情節與此相似。

第二十二出《擒呼延賺城報怨》：宋江領兵與三山共圍青州，呼延灼出城迎敵，中計被俘，因感於義氣，兼且韓滔、彭玘已經歸附梁山，只得也投效梁山。呼延灼賺開青州城門，殺慕容知府全家，三山同歸梁山。《水滸傳》第五十八回部分情節與此相似。小説中只是打破青州，未有殺慕容知府全家的情節。

第二十三出《芒碭山作法飛煙》：芒碭山上樊瑞等人帶兵欲攻梁山，史進等領兵前往迎戰，被其魔法所敗。公孫勝提議排列陣法，以收服芒碭山衆將。《水滸傳》第五十九回部分情節與此相似。戲曲省略吴用計賺金鈴吊挂、史進歸附等情節，史進突然出現在梁山陣營，顯得有些突兀。

第二十四出《公孫勝降魔佈陣》：公孫勝排列八卦陣，收伏樊瑞等同歸梁山。途中遇段景住，言稱曾頭市不但奪其馬匹，還口出狂言，欲與梁山爲敵。《水滸傳》第六十回部分情節與此相似。

# 第八本

第一出《曾頭市誤傷藥箭》：晁蓋聽聞曾頭市無禮，堅持自己帶兵前往征討。因地形不熟，又受人欺騙上當誤入陷阱，身中毒箭，被梁山衆頭領冒死救出，敗歸梁山。《水滸傳》第六十回部分情節與此相似。

第二出《智多星算命題詩》：富户盧俊義名聲在外，吴用特意帶李逵同赴大名，計賺其歸附梁山。吴用在盧家大言算卦，又留藏頭詩於牆上。盧俊義中計，帶李固離家奔赴泰山。途經梁山泊，宋江等已派各路人馬埋伏攔截，生擒盧俊義歸山。《水滸傳》第六十一回部分情節與此相似。戲曲中省略了晁蓋身亡、臨終遺命等節，從晁蓋中箭直接跳到吴用計賺盧俊義，前後脱節嚴重。另計賺盧俊義的戲曲在元、明間有《梁山五虎鬧銅台》，清代有《大名府》（又名《玉麒麟》）等多種。

第三出《群虎勸降空進酒》：梁山諸人分頭勸服盧俊義，皆爲其所拒，只得款留其在山中飲酒。《水滸傳》第六十二回部分情節與此相似。

第四出《回車報信欲攀花》：吴用將李固放回，暗將牆上反詩、盧俊義歸梁山的言語故意透露給他，以斷絶盧俊義返家之路。李固返家後跟主母賈氏通報此事，並起意出首盧俊義，以謀奪其妻及家産。賈氏亦因盧俊義平時只重習練武藝而心生不滿，與李固沆瀣一氣。《水滸傳》第六十二回部分情節與此相似。

第五出《逐燕青乘機出首》：燕青因怒斥李固與賈氏之私情，反被二人趕出盧家，只得流落在外以乞討爲生。李固向大名留守梁中書首告盧俊義謀反一事。《水滸傳》第六十二回部分情節與此相似。

第六出《送俠友握手爲歡》：盧俊義在梁山被强留數月，立意堅執要走，梁山衆人只得餞行送歸。《水滸傳》第六十二回部分情節與此相似。此出戲曲篇幅較短，在小説中亦一言帶過。

第七出《背良言回家被捉》：盧俊義返家途中遇到燕青，見其落魄之狀，甚感詫異。燕青向其訴説李固與賈氏私情以及首告之事，盧俊義反疑燕青不忠，怒斥他之後返歸家中。盧俊義被擒。《水滸傳》第六十二回部分情節與此相似。

第八出《梁中書逼招下獄》：梁中書審問盧俊義，嚴刑之下盧俊義只得招認，就此被關入大牢。《水滸傳》第六十二回部分情節與此相似。此出戲曲篇幅較短，在小説中亦一言帶過。

第九出《盧俊義刺配登程》：李固用重金賄賂當牢節級蔡福、蔡慶，讓其在牢中將盧俊義害死。恰好梁山派柴進、戴宗亦攜金而來，讓二蔡保全盧俊義性命。二蔡權衡利弊，用金賄買上下，盧俊義被發配。押解途中，解差又被李固收買要加害盧俊義，燕青及時出現救下主人。逃走不及，官兵又將盧捉回，燕青只得飛速前往梁山求救。《水滸傳》第六十二回部分情節與此相似。

第十出《石秀跳樓劫法場》：梁中書爲防夜長夢多，決定處斬盧俊義。燕青途遇石秀、楊雄，將前後事情告知後隨楊雄歸返梁山。石秀獨去大名查探情況，於法場之上大顯神威，却因衆寡懸殊被擒。《水滸傳》第六十二回部分情節與此相似。

第十一出《宋江大戰槐樹坡》：宋江領兵前往大名府營救盧俊義、石秀，在城外槐樹坡與聞達、李成、索超等大戰。梁中書派人緊急送信，以求外援。盧、石二人暫時生命得以保全。《水滸傳》第六十三回部分情節與此相似。

第十二出《王定救援宰相府》：王定到蔡太師府中送信，言及大名府被圍情形。蔡京派關勝、宣贊等帶兵出征，以解大名府之危。關勝等人行圍魏救趙之計，圍困梁山，梁山駐守將領夜間偷營，反被關勝識破，張横、阮小七被俘。《水滸傳》第六十三、六十四回部分情節與此相似。戲曲此出主要是關勝出兵之事，小標題並不切題。

第十三出《燈前潰陣獲三雄》：宋江領兵返回梁山，與關勝對壘。呼延灼用計引關勝進入陷阱，被擒後關勝等三將感於梁山義氣，歸附梁山。《水滸傳》第六十四回部分情節與此相似。

第十四出《索超被陷勸歸降》：關勝歸降之後，復領兵攻打大名府。索超出戰被擒，亦歸附梁山。《水滸傳》第六十四回部分情節與此相似。

第十五出《張順渡江逢夜劫》：張順爲請神醫安道全，夜渡揚子江，被張旺等捆綁後丢入江中。幸虧張順水下功夫傑出，自行解脱後上岸遇王定六父子，相談甚歡，父子二人決定跟張順同歸梁山。《水滸傳》第六十五回部分情節與此相似。戲曲中省略宋江患病一節，前後情節有所脱漏。

第十六出《截江鬼攫金入馬》：張順邀安道全回山寨爲宋江治病，夜宿李巧奴家中。張旺恰好來訪，張順出手報復，却被他逃走。張順將李巧奴全家殺害，並在牆上留名安道全。神醫無奈，只得隨戴宗投奔梁山。張順與王定六會合，又遇張旺，將其殺死復仇。《水滸傳》第六十五回部分情節與此相似。

第十七出《地靈星妙手回春》：安道全到梁山後，及時將宋江醫治痊癒。宋江決定春初時分，再次出兵攻打大名府，以救盧俊義、石秀。《水滸傳》第六十五回部分情節與此相似。

第十八出《金沙灘軍師出令》：爲救取盧、石二人，吴用在金沙灘聚集梁山諸將，分頭安排，裝扮入城，定於元宵之夜大破大名府。《水滸傳》第六十六回部分情節與此相似。戲曲中對於排兵布陣向來重視，以此體現舞臺的熱鬧氛圍，小説中則是一筆帶過。

第十九出《翠雲樓元夕下城》：梁山衆人分别進入大名府城中，元宵之夜時還夜燒翠雲樓爲號，裏應外合，大敗城池，順利救出盧俊義、石秀，梁中書與李成等人逃走。《水滸傳》第六十六回部分情節與此相似。

第二十出《李瑞蘭出首忘恩》：宋江率兵圍攻東平府，雙槍將董平勇猛過人，一時難下。史進自告奮勇前往城中，却被舊識李瑞蘭出首由此被擒。《水滸傳》第六十九回部分情節與此相似。戲曲省略梁山攻打曾頭市、盧俊義擒捉史文恭及争論金交椅歸屬等情節，前後不甚連貫。

第二十一出《顧大嫂報信探監》：顧大嫂趁亂進入東平府内，於監獄中探望史進，約定月末裏應外合，共破東平。《水滸傳》第六十九回部分情節與此相似。

第二十二出《九紋龍誤期越獄》：史進聽錯時間，提前在獄中起事，再次被圍困。宋江只得提前行動，率兵緊逼城池，董平急往城外迎敵。《水滸傳》第六十九回部分情節與此相似。戲曲中詳敘獄中情景，小説中則是一筆帶過。

第二十三出《雙槍將被獲獻城》：董平中計被宋江所擒，感於義氣而投效梁山。董平賺開城門，殺太守程萬里一家。《水滸傳》第六十九回部分情節與此相似。小説中董平是爲了奪程太守女兒而與太守交惡，並一進城就搶女殺親，顯得人品惡劣。

第二十四出《没羽箭逢人飛石》：盧俊義領兵攻打東昌府，因張清飛石絶技連打數將，無法攻破。宋江領兵殺到，協助捉其副將龔旺、丁得孫，二人歸附梁山。《水滸傳》第七十回部分情節與此相似。

## 第九本

第一出《田虎拜師僭稱王》：田虎爲稱王争奪天下，特請算卦先生劉鐵嘴爲軍師，並舉行隆重的儀式。劉鐵嘴隨意亂指揮，田虎不察，反言聽計從。《水滸傳》中無類似情節。戲曲與前後文無直接聯繫，戲文滑稽搞笑。與戲曲《黨人碑》有近似之處。

第二出《吴用運糧施妙計》：爲東昌久攻不下，張清英勇難敵，吴用布置計策，欲以軍糧爲引，擒捉張清以破東昌。《水滸傳》第七十回部分情節與此相似。

第三出《一清作法顯神通》：張清中計前去劫糧，公孫勝作法，一時風沙走石，張清被困。《水滸傳》第七十回部分情節與此相似。

第四出《没羽貪功却被擒》：張清被擒後，東昌府無大將鎮守，被梁山衆人攻破。張清等人歸附梁山，又舉薦皇甫端同歸梁山。《水滸傳》第七十回部分情節與此相似。

第五出《梁山泊群虎過關》：任原在泰山擺下擂臺，梁山上燕青欲去打擂，李逵在後隨同而行。官府爲防梁山侵擾，在關隘處嚴加把守，燕青與李逵等機智過關。《水滸傳》第七十三、七十四回部分情節與此相似。小説中無過關情節，戲曲中增添此節，充滿諧趣。另有戲曲《神州擂》《過關》等與之相類似。

第六出《泰安州燕青打擂》：燕青上臺打擂，擊敗任原。李逵大鬧擂臺，衆官兵圍捕，危急之際，梁山來人接應，大勝而歸。《水滸傳》第七十四回部分情節與此相似。

第七出《水滸寨宋江下山》：宋江欲往東京看燈，分派諸將共同裝扮前往。林冲亦隨同前往去拜祭妻子，順便探望侍女錦兒。《水滸傳》第七十二回部分情節與此相似。

第八出《柴進簪花游秘殿》：宋江等人借宿於王班直家中，柴進聽聞禁苑之中的防守規矩，向王班直借花而入禁苑賞玩。《水滸傳》第七十二回部分情節與此相似。小説中無林冲前往東京一節，戲曲增添此節似受《寶劍記》《靈寶刀》等戲曲的影響，而錦兒之夫王班直的人物設定，令柴進入禁宫更爲合理。

第九出《御樓賜酒慶元宵》：徽宗大排御宴款待群臣，東京城内百姓賞燈，熱鬧非凡。宋江等人混入人群之中同去遊玩，柴進則簪花深入禁苑，發現屏風上有字，遂將“山東宋江”四字挖下，逃出宫苑。《水滸傳》第七十二回部分情節與此相似。戲曲中爲表熱鬧，新增不少百姓遊玩之時的交談及故事，增添不少諧趣。

第十出《李逵縱火鬧皇城》：宋江因慕李師師之名，與燕青等人前去拜訪，李逵隨同，因心中不滿宋江所爲，故意惹事，恰巧徽宗微行來訪，梁山衆人大鬧東京城。《水滸傳》第七十二回部分情節與此相似。小説中宋江之所以去拜訪李師師，是爲了謀求招安之事，而戲曲中則純爲女色之故，情節更爲集中，却使宋江形象多少發生變化，其“忠義”之心未得到表現。

第十一出《宣鳳詔招安水泊》：早朝時蔡京等人向徽宗報告梁山衆人擾鬧東京之事，欲圖派兵征剿。宿元景獨排衆議，稱自己曾在華州進香時被劫金鈴吊挂，與梁山衆人接觸之下，得知他們多爲被逼上梁山者，稱他們“受制贓官吏，到底懷忠義”，故而求旨招安。徽宗同意派宿元景齎詔往撫，梁山衆人就此接受招安。《水滸傳》第八十二回部分情節與此相似。小説中經二嬴童貫、三敗高俅，多次征討無功後徽宗方始接受招安之議，戲曲中省略了數十回内容，且略華州劫金鈴之事，此時提起，顯得有些突兀。戲曲如此處理，令梁山受招安情節簡潔了許多，將宋江謀救招安的努力全都省略，宋江等人的“忠義”便無從談起了。

第十二出《過龍樓齊效山呼》：宋江等人接受招安後，焚毀山寨，遣散僂羅，將領齊着盛裝，接受君臣的檢閲。《水滸傳》第八十二回部分情節與此相似。戲曲中上百人分幾隊共聚舞臺之上，足顯宫廷戲劇場面之宏大。

第十三出《宋江分兵期滅賊》：燕青於雙林渡曾受許貫忠一手卷，内有三晉山川城池關隘之圖。田虎反叛稱王，宋江、盧俊義等人受命爲河北正、副先鋒，率兵前往平叛。《水滸傳》第九十一回部分情節與此相似。戲曲省略征遼情節。

第十四出《急交鋒瓊英飛石》：田虎陣營中國舅樞密使鄔梨養女瓊英夢中被授飛石神技，被封爲郡主，領兵與宋江對峙。鄔梨身中藥箭，瓊英舊家人葉清給宋江送信，言稱瓊英有意降宋，安道全、張清化名前往瓊英軍中以探敵情。《水滸傳》第九十七、九十八回部分情節與此相似。

第十五出《乍比勢全羽成親》：張清與瓊英均擅飛石絶技，簡單比試之後，惺惺相惜，遂定下親事。二人交談，方知瓊英身負大仇，定計兵分兩路，共破田虎。《水滸傳》第九十八回部分情節與此相似。清有《女飛石》等相關戲曲與之類似。

第十六出《宋江奏捷平河北》：張清與瓊英暗中協助，宋江與盧俊義率兵步步緊逼，最終戰勝田虎，回東京奏捷。《水滸傳》第一百回部分情節與此相似。

第十七出《王慶興師起大房》：王慶率衆起兵反叛於淮西，並四下派兵，欲攻打東京。宋江等人奉命出征。《水滸傳》第一百零五回部分情節與此相似。小説中叙述王慶反叛過程甚爲詳細，而戲曲則一筆帶過，情節更爲集中。

第十八出《朱武大破六花陣》：盧俊義領兵連克數城，逼近西京。王慶陣營中龔端曾習兵法，擺下六花陣，朱武派兵大敗六花陣，包圍城池。《水滸傳》第一百零七回部分情節與此相似。

第十九出《一清作法取西京》：公孫勝作法打破城池，攻占西京。

《水滸傳》第一百零八回部分情節與此相似。小説中征遼後公孫勝即已經回山，爲喬道清作法取城。

第二十出《王慶渡江逢李俊》：王慶兵敗，微服逃遁，在渡江時遇到扮作漁夫的李俊，被活捉。梁山衆將各報功勞，大排慶功宴席。《水滸傳》第一百零九回部分情節與此相似。

第二十一出《清溪洞方臘稱王》：方臘自號“聖公”，占據江南數州，立號造反，自感兵强馬壯，正欲四方攻掠，突聞朝廷派童貫征剿、宋江爲先鋒的消息。方臘派兵各處嚴加防守。《水滸傳》一百一十回部分情節與此相似。

第二十二出《瓜州江張順得采》：張順乘夜於瓜州渡口遇揚州城外欲通聯方臘軍的陳將士家人，用計與梁山衆人假扮方臘軍士，剿平陳將士一家。《水滸傳》一百一十一回部分情節與此相似。

第二十三出《假送糧引水入船》：張順等假扮陳將士一家，攜帶糧草、兵器等進入潤州城。雙方大戰，宋江軍擊敗吕師囊，順利進入潤州城。《水滸傳》一百一十一回部分情節與此相似。

第二十四出《真行祭乘風縱火》：張順欲夜間從湧金門入杭州城，被發現後遭箭射身亡。宋江在門外行祭，借機安排下伏兵，就此大敗方臘軍。《水滸傳》一百一十四回部分情節與此相似。現存宋代戲文中有“張順魂歸湧金門”的戲文殘齣，或許有所借鑒。

## 第十本

第一出《張順魂捉方天定》：顧大嫂等三對夫妻扮民户進城獻糧，中有插科打諢情節。宋江軍裏應外合，逼走方天定。張順魂依兄長張横，殺死方天定立了大功。宋江等人在西湖邊上爲張順立廟，上書“金華將軍之廟”。《水滸傳》一百一十五回部分情節與此相似。

第二出《時遷火爇昱嶺關》：方臘軍龐萬春鎮守昱嶺關，箭射梁山史進等六將。時遷從後山偷上，放火燒關，破了此關。《水滸傳》一百一十八回部分情節與此相似。

第三出《童宣撫平賊獻俘》：柴進與燕青易名進入方臘軍中，裏應外合大破幫源洞，方臘爲魯智深所擒，宋江平定江南。《水滸傳》一百一十八回部分情節與此相似。

第四出《宋公明回朝受職》：宋江等人平定方臘還京，生還諸將俱受官職，分守各方而去。《水滸傳》一百一十九回部分情節與此相似。戲曲中省略了諸多身亡將領的事迹，魯智深、武松、林冲等人的結局亦未特别加以交待，情節更凝練，但也減弱了悲劇色彩。

第五出《借賞花高楊設計》：高俅心中不滿宋江等人立功受封，借賞花之名邀内侍楊戩商議，定計要陷害宋江等人。《水滸傳》一百二十回部分情節與此相似。小説中一筆帶過，戲曲則鋪陳賞花與高、楊二人的對話。

第六出《驚賜酒宋李含冤》：宋江鎮守楚州，忽有盧俊義家人前來送信，稱盧俊義已爲朝廷所害。宋江驚疑未定之際，朝廷又賜御酒，宋江怕李逵在自己死後造反，派人邀李逵同飲毒酒，二人身死。《水滸傳》一百二十回部分情節與此相似。

第七出《蓼兒窪捨生取義》：吴用、花榮因心中不寧，前來探望宋江。在發現宋江已飲毒酒死後，二人以義氣爲先，共同吊死在宋江墳前。《水滸傳》一百二十回部分情節與此相似。戲曲中諸多曲詞借二人之口唱出，更能體現人物心理，比小説更顯淒涼。

第八出《芙蓉城鬼使神差》：東嶽大帝與十殿閻羅受命共審宋江等“假託忠義、惑世誣民”一案。《水滸傳》無此情節。小説以梁人衆人魂歸蓼兒窪告終，有夢中驚徽宗以及徽宗下令祭祀等情節，總體上對待宋江等人的態度還是和緩的，而戲曲則用近十分之一的篇幅來冥審宋江等人的“假忠假義”，對梁山諸人是持批判態度的。

第九出《領鬼卒攝魄勾魂》：宋江等人自詡忠義，魂聚蓼兒窪。閻王派鬼卒前來勾魂，李逵等人不欲前往，被鬼卒强行押解而往。《水滸傳》無此情節。

第十出《東嶽殿狼群對簿》：東嶽大帝與閻君共審宋江等人，分罪六等，並細數罪案所在，各有處罰。帶頭者宋江與吴用將歷經各層地獄之刑，永世不得超生。《水滸傳》無此情節。此出爲《忠義璇圖》批判宋江等人“假忠假義”的集中體現，其中大多數罪過是站在朝廷的角度來看的，忽略了梁山諸人上梁山的原因分析。

第十一出《河北郡二忠盡節》：徽宗等人尚在歌舞昇平之際，金兵已步步逼近東京。河北郡何灌父子矢志盡忠，拼死抵抗。《水滸傳》無此情節。此出篇幅簡短，僅有一曲。

第十二出《留車駕李綱守死》：金兵臨城，徽宗倉促讓位。欽宗欲南遷以避敵鋒，李綱以死相諫，並極力組織官兵進行抵抗。《水滸傳》無此情節。

第十三出《郭道人恃邪演法》：郭京自稱有神兵可破金兵，並演示其法，宋君臣信以爲真。《水滸傳》無此情節。

第十四出《楚江王按罪加刑》：閻王審判潘金蓮一案，將西門慶、潘金蓮重罰，另對宋江、吴用等人用刑。《水滸傳》無此情節。

第十五出《欽宗車駕幸青城》：張叔夜父子奮勇抗敵，暫退敵鋒。欽宗令郭京作法，郭京下令大開城門，被金兵搶入，東京陷落。徽、欽二帝被擄北去，衆臣束手無措，北宋就此而亡。《水滸傳》無此情節。

第十六出《地府刀山昭白日》：閻王審判閻婆惜、張文遠事，判二人入畜生道，又對宋江等人行刑。《水滸傳》無此情節。

第十七出《李若水噴血盡忠》：金將欲招降李若水，反被他怒斥無道，李若水雖死而贏得金人"忠義"的讚歎。《水滸傳》無此情節。

第十八出《四殿勘奸嚴設獄》：閻王審判潘巧雲、裴如海事，判二人入畜生道，又對宋江等人行刑。《水滸傳》無此情節。

第十九出《張叔夜白溝致命》：金滅北宋後，令張邦昌任僞職。宋官員被押赴北地，張叔夜等人心中大爲憤恨，張叔夜誓不過邊境，吐血而亡。《水滸傳》無此情節。

第二十出《地獄見六賊伏法》：閻王審判欺君誤國、怙勢懷奸一案，蔡京等六賊同受審判，被判極刑後永入畜生道。又對宋江等人行刑。《水滸傳》無此情節。

第二十一出《大金朝解甲賞功》：金主平定遼、宋，大賞衆將。斡離不、粘没喝等各受陞賞，徽、欽二帝被封昏德公、重昏侯。《水滸傳》無此情節。

第二十二出《十殿主轉輪運世》：閻王行使賞善罰惡之刑，除宋江、吴用永不超生外，梁山諸人皆被貶入畜生道。李若水、張叔夜等忠臣則輪轉善門，得到福報。《水滸傳》無此情節。

第二十三出《兜率宫群仙會宴》：三教仙人齊集盛會，令羅真人引領衆忠臣遊覽天宫，與梁山衆人的結局形成鮮明對比。《水滸傳》無此情節。

第二十四出《靈霄闕特旨旌忠》：天帝認可對宋江等人的處罰，並認爲"這等元兇還敢詭稱天罡地煞，污衊天庭，尤爲可惡"。最後尾聲表達創作戲劇的初衷："閑將軼事翻新調，迓祥和長歌天保，都只爲人壽年豐樂聖朝。"水滸一案就此而結。《水滸傳》無此情節。

## 附録二：

# 忠義璇圖殘第四本

### 【劇目簡介】

傳奇，未署作者姓名。殘第四本①，鈔本，現藏中國國家圖書館和首都圖書館，兩本大體相同，均缺二出。小説《水滸傳》第三十三回《宋江夜看小鼇山　花榮大鬧清風寨》至第三十五回《石將軍村店寄書　小李廣梁山射雁》敘宋江在清風寨遇險及率清風山衆人上梁山故事，第二十三回《横海郡柴進留賓　景陽岡武松打虎》至第二十九回《施恩重霸孟州道　武松醉打蔣門神》敘武松打虎、殺嫂至醉打蔣門神故事，此劇與小説情節大致相似，但細節有所不同，且順序有所調整。

殘第四本，二十出②，每頁十行，每行二十二字，每出有四字標題，與二百四十出本對勘，當爲編寫第一階段的第四本。此本當爲第四本的較早形式，因第三出"截救上山"與第九出"誘敵秦明"故事銜接連貫，可知殘缺的第六出、第七出内容應在"武大服毒"與"公堂刺配"之間，爲武松故事中的殺嫂情節。全本《忠義璇圖》在對應的第三本第十九出與二十二出之間，恰有兩出"泉台冤夢驚同氣""靈桌霜鋒獻並頭"，甚有可能殘本所缺的兩出即爲此二出。

此劇情節實爲兩條線索同時演進，主要是宋江在清風山的故事和武松故事。一條線索是宋江清風寨觀燈被劉高所擒又被

---

① 以筆者之見，此本應爲《忠義璇圖》編寫第一階段時的第四本。

② 中缺六、七二出，實存十八出。

救上清風山，後匯聚衆人共歸梁山，中途收家書探父被捉，花榮、秦明等人上梁山後展現武藝，在二百四十出本中對應爲第四本第六出至第四本第二十出；另一線索爲武松打虎、武大捉姦至武松醉打蔣忠等事，在全本中延續自第三本第十九出至第五本第二出。

## 第一出　被縱復擒

（衆軍卒引花榮上。唱）

**【絳都春序】**三五良宵，滿街頭架起火樹星橋，更有那幾萬盞花燈輝耀，正光射爛銀般皓魄①兒高。

（白）千門燈火盡樓臺，到處遊人接踵來。漫道金吾曾不禁，可知玉漏正相催。下官花榮是也，今值上元令節，清風鎮上雖有張燈年例，不想劉高到任之後，更欲侈大其事，曉諭居民，令其大放花燈。我想豐登景象，固稱樂事，但男女混雜，賢愚莫辨，其間恐有奸徒匪類，乘其弛禁，爲非作歹，亦未可知。爲此率領軍卒，沿途彈壓。此時已有三更時分了，衆軍卒再往前面巡查一番，然後回轉衙門去。（衆軍卒應介）（花榮）你看這些遊人，比前越覺得多了。（合唱）

往來相混擾，恣喧囂，擁擠得這街衢覺小，巡查須到，怕的是奸宄生非尋鬧。

（陳帮襯急上。白）只知尋樂事，不道惹災殃。（見介）阿呀，花老爺，不好了！（花榮）怎生這等慌張之狀，爲什麽來？（陳帮襯）那宋相公被正知寨劉老爺拿了去了！（花榮）嗄！好好的，爲什麽拿了去？（陳帮襯）小子同宋相公到他衙門首觀燈，不想忽然擁出一羣軍健，把宋相公指作强盗，竟拿進衙門去了。（花榮）你就該説我的内親。（陳帮襯）正欲上前分訴，就亂打將來，所以只得

---

① 底本“鬼”字第一筆缺，“魂”“魄”“槐”“愧”等字同。

避開了。(花榮)你可曉得拿了進去之後,怎麽樣了?(陳帮襯)小了①細細打聽,原來事非小可。那日劉爺的夫人被清風山擄去,宋相公亦在山上。如今被他們認出,道是清風山一夥,拷掠成招,要認作大盜。(花榮)那宋相公可曾招認?(陳帮襯)不知什麽緣故,宋相公竟認了什麽"虎張三",如今弔在後面,明日還要嚴刑審問。(花榮)阿唷唷,有這等事?那劉高好生無理!我當自去與他理論,救我哥哥。(向陳帮襯介)你且廻避了。(陳帮襯應下)(花榮)衆軍卒,快到劉知寨衙門去。(軍卒應介。行介。唱)

**【出隊子】**人心難料,陸地平空起怒濤。他平時曾不念同僚,豈念同僚有故交?險惡心腸非是一朝。

(到介。軍卒白)已到他衙門首了。(花榮)打進去!(軍卒應介。打進介)

(衆軍健引劉高上。白)什麽人大膽,敢打進官衙内來?(花榮)劉高,你好無理嗄!(劉高)花榮,你怎麽直呼我名?敢於犯上麽?(花榮)好個"犯上"!我且問你,怎麽將我的内親無故拷打,逼他認做什麽大盜"虎張三"?(劉高)嗄!原來强盜都是你的親戚?我説你與清風山大盜是通同的,果然,果然!今日你自招出來了。(花榮)這厮好胡説!(唱)

**【鬧樊樓】**你把良民平白地誣爲盜,有何贓証逼勒成招?黎庶私相拷,寮寀公然傲。

(劉高白)還説没有証據?我夫人在清風山上親眼認明的。(花榮)呀,呸!還虧你説出清風山擄去一事,可不羞死?(劉高)我夫人全節而歸,乃極有榮之事,怎麽倒説起羞來?(花榮)我也不與你這無耻小人鬬口。(劉高)你纔是小人,濫小人!(花榮)衆軍卒!(軍卒應介)(花榮唱)

去向那一處處搜看週遭,寬鎖械救無辜略存公道。

(軍卒應介)(劉高白)何人擅敢搶奪盜犯,朝廷的法度安在?(花榮扭劉高介)有我在此,你們只管搶奪人就是了。(軍卒應介。

---

① 應爲"子"。

軍健攔介。軍卒打退軍健下）（劉高）反了，反了！有這等事？花榮！（唱）

【滴滴金】你通同盜賊把王章藐，凌辱堂尊向官署鬧，這幾樁兒罪案非輕小，怕戴不穩烏紗帽。

（衆軍卒扶宋江上。軍卒白）搶得人在此了。（花榮見介）阿呀，哥哥受了苦了！（劉高）好大膽的狗頭，竟敢擅入官衙搶劫盜犯，了不得了！（花榮）劉高，你這賊子，放着你，明早和你理論。（向軍卒介）扶好了，快走。（軍卒應介）（花榮唱）

你禍心早包，含沙射影謀雖巧，但是誣陷平民可知道律有罪條？

（軍卒扶宋江隨花榮下）

（軍健暗上）（劉高白）反了，反了，了不得！你們這些狗才，這回子走來做什麽？一個也没用的，怎麽由他把强盜搶了去？（軍健）他們人衆，况花榮又十分勇猛，老爺又被他扭住，小的們不敢動手。（劉高）前日内人被强盜搶去，今日强盜被外人搶去，總不救護，要你們何用？氣死我也！

（熊氏上）皺眉誇我機謀廣，切齒由他怨恨多。（劉高）夫人，那花榮統衆而來，竟把虎張三搶了去了。（熊氏）這等看來，花榮通連盜寇形跡顯然了。（劉高）我如今連夜備文書申報上司，説他結連大盜，意在叛逆。（熊氏）且謾①，我想他雖然搶了人去，豈不慮及？（劉高）慮些什么？（熊氏唱）

【啄木兒】真情露實禍招，賊党勾通罪莫逃。

（劉高夾白）這個自然了。嗄！（熊氏連唱）

劫奪時做脱勾鰲魚，縱放處似破網神蛟。

（劉高白）嗄！他竟要把强盜放走了的？（熊氏）他連夜放走了，明日便好和你抵賴。上司見没有確証，反道你妄報了。（劉高）阿呀！這便怎麽樣處？（熊氏）諒此賊必然仍逃往清風山去。如今多差軍健，抄至前路要路埋伏，自然依舊獲着。那時悄地申報上司，連花榮的罪也就難走了。（劉高）夫人算計得甚是。衆軍

---

① 即“慢”，底本多有此用法，後不贅。

健,你們快抄至清風山要路擒獲强盜,回來重重有賞。(軍健)嗄!小的們就去。饒伊走上焰摩天,脚下騰雲須趕上。(下)(劉高)真正有智婦人,賽過讀書男子。夫人,你這樣神機妙算,教下官如何不敬服?(唱)

女陳平穩坐蓮花幕,計同六出還奇妙,似這等巾幗中的謀臣天下少。

(同下)

(衆軍卒扶宋江,引花榮上。唱)

【三段子】怒懷怎消?這冤讎天來樣高。痛苦怎熬?這災殃非咱自招。

(到介。花榮白)苦了哥哥了。快到後堂去將息將息。(宋江)賢弟,我想劉高見你搶了人來,必不干休,自然申報上司,差人搜捉。我若在此,終費口舌,不如愚兄連夜逃往清風山上。到明日已無証據,你就好和他抵賴了。(花榮)哥哥慮得雖是,但被他拷打得如此狼狽,如何還走得動?(宋江)不妨。雖被拷打,未至十分沉重,還可勉强步履。事不宜遲,就此前往。(花榮)哥哥在此,惟恐累及,小弟也不敢强留。我着家人扶了送到那邊。(宋江)若有人同行,恐招耳目。倒是孤身悄往的好。(花榮)如此,路上須要小心。(宋江)這個不消吩咐。(作别介。合唱)

做個秦關偷度鷄鳴早,楚江暗涉鴻飛杳,脱扣蒼鷹冲破了碧霄。

(分下)

(衆軍健上。白)那邊縱放這邊擒,一樣威權兩樣心。勢力看來相等埒,機謀畢竟是誰深?(一軍健)哥嗄!我們老爺料定虎張三必然連夜逃回清風山去,着我們抄至要路擒捉。(又一軍健)你看那邊隱隱的樣,有個人來了。不知可是他?我們悄然伏在黑暗之中,候他到來。(衆)説得有理。(虚下)

(宋江上。唱)

【歸朝歡】羊腸路行行甚遥,那顧得脚踪顛倒?羊腸路虎口地,虎口地剛剛脱了,還喜得人聲静悄。

(軍健捉宋江介。軍健白)在這裏了。(宋江)我是行路的,拿我做什麽?(一軍健)月光之下待我認他一認看。(認介)不錯,果

然是他！好强盗,你逃到那裏去?(衆軍健)不用和他細説,快快拿去見老爺就是了。(推走介)(宋江)咳,罷了,罷了！(唱)

一時又把危機蹈,今番重落他圈套,這是我命蹇時乖數合遭。

(到介)

(劉高、熊氏上。唱)

【滴溜子】差擒獲、差擒獲猶然信杳,挑燈待、挑燈待更深夜悄。

(軍健白)禀老爺,“虎張三”拿到了。(劉高)在那裏拿着的?(軍健)他孤身往清風山那條路去,小的們拿來的。(劉高、熊氏)好狗强盗,你又要逃到山上去。如今捉了來,可還有花榮來搶奪?(宋江)咳！你夫婦恩將讎報,何必苦苦與我作對?(劉高)哇！掌嘴！(唱)

謾言恩將讎報,我居官任不輕職司捕勦,要獲盡强徒桴鼓不敲。

(白)將這强盗嚴禁在後面,切不可走漏風聲。(軍健應介。推宋江下)(熊氏)相公,須要連夜備文書申報上司,差兵將下來,連花榮一併捉拿,以絶後患。(劉高)我立刻就備申文,連夜差人飛往便了。(熊氏)相公,(唱)

【尾聲】這悄機關不出我裙釵料,

(劉高白)夫人,你這樣的才幹,做拙夫的,(唱)

甘向下風拜倒。

(熊氏)

你那妙算神謀終輸咱一着高。

(劉高笑,應介。同下。)

## 第二出　當筵計賺

(衆軍校引黄信上。唱)

【一江風】統三軍行處如風迅,所事多嚴緊,爲他人官貴勾連盜賊縱横,奉委來拿問。

(白)下官黄信,官授青州兵馬都監。昨有清風寨劉知寨申文到慕容知府處,報稱拿獲大盗“虎張三”,供出副知寨花榮結連清風山草寇，意在叛逆。爲此慕容府尊密委下官提解“虎張三”，并拿花榮到府審理。早間已差軍校先去通知劉知寨，期在公廨①中相待，會同行事。衆軍校，就此趲到清風寨去。（衆軍校應介。行介。唱）

還當揮策頻，還當揮策頻，馬蹄蹴路塵，行行早望見官衙近。

（到介）

（四軍健暗上介。軍校白）黄老爺到了。（軍健）老爺有請。

（劉高上）鬼蜮心腸人莫測，姦回伎倆我偏多。（軍健）黄老爺到了。（劉高）快快相請。（出迎介。進内介。劉高）都監請上，下官有一拜。（黄信）下官亦有一拜。（各拜介。劉高）專閫雄才，建多懋績，行看銅柱名標。（黄信）分司重望，布有仁風，竚見金章腰綰。（劉高）請坐。（各坐介。劉高）點茶。（軍健應介）（劉高）都監遠涉，鞍馬風塵，勞苦不易。（黄信）不敢。昨者慕容相公細閲貴寨申文，不勝驚駭。故此特委下官前來，那花榮如何遽萌反叛之心，其間顛末尚要請教。（劉高）此地與清風山逼近，那山上大盜猖獗已非一日，花榮職任所專，不思勦滅。及至下官到任之後，即欲提兵協勦，他又每每攔阻，下官竟不解其故。如今看來呵，（唱）

【駐馬聽】並不是畏縮逡巡，就裏誰知事有因。

（黄信夾白）畢竟爲什么緣故呢？（劉高連唱）

不道他明爲官長暗結强徒私受贓銀。

（黄信白）他通同盗寇，有何確証呢？（劉高）怎麼没有？下官拿到清風山盗首“虎張三”，供稱花榮内親，正在審問，那花榮統衆到我法堂，竟搶奪而去。（唱）

背違王法不欽遵，通同盗犯難容隱。

（劉高、黄信合唱）

似這等叛逆情真，按蕭何律上應當嚴訊。

（黄信白）只是尚有一説。（劉高）更有何説？（黄信）花榮既把大

---

① 底本中此字爲“廨”，爲“廨”的異體字。此抄本中多有此用法，後不贅。

盜搶去,如何文書上又説個現獲?(劉高)搶去之後,他即時縱放上山。是下官猜破奸謀,密地又差人擒捉來的。(黄信)原來如此!這等説起來,背叛之情形跡顯然了。待下官去即時擒了花榮,連虎張三一併解去。(作欲走勢介)(劉高)都監,且請少住。還當商酌而行。(黄信)事已無疑,何用再爲商酌?(劉高)不是嗄!那花榮雖是神箭非常,勇力過人,以都監之神威加處,彼必慴服。但是他既萌異志,倘或一激成變,反費週折。依下官的愚見,不如用計的好。(黄信)也説得是。但是用何計策纔好?(劉高略想介)嗄!有了。都監此時差人,去向花榮説有公事到此,請他來一同會議。待他到來只説上臺知道我等文武不睦,差都監來設席調停。預先把兵將埋伏在幕後,少停飲酒中間,擲杯爲號,伏兵突出,擒他易如反掌耳。(黄信)此計甚妙,竟是這樣好。吩咐軍校,快去邀請花知寨來,説我有緊急公事到此,等他會議,促彼快來。(軍校應介)陷阱安排擒虎兕,機謀撥賺困英雄。(下)(劉高)吩咐快排筵席。(軍健應介)(黄信)衆軍聽我吩咐,(軍校應介)(黄信)少刻花榮到來,(唱)

**【前腔】**作一個宴設鴻門,壁後須教多置人。好把那旌旗暫捲,弓矢虚弢,金鼓無聞。畫堂中先設伏虎頭軍,綺筵前忽排布魚鱗陣。

(黄信、劉高合唱)

果然是妙計如神,要擒他叛將不勞兵刃。

(軍健應介)(劉高白)少時花榮來此,倒要謙恭些,使他不疑。(黄信)正該如此。(一面黄信、劉高白)

(一面四牢子引花榮上。白)壯志未伸權忍耐,雄心欲展且從容。(牢子)花老爺到。(花榮進見介)不知都監降臨,未曾遠接,伏祈恕罪。(黄信)不敢。(劉高足恭介。花榮略爲禮介。花榮)不識都監有何公幹至此?(黄信)嗄!下官此來,也别無甚事,只因慕容相公聞得二位知寨文武不睦,恐妨政事,所以特委下官來此,與二位設席調停。(花榮)嗄!原來如此。慕容相公何由知我等不睦?(劉高扯花榮背。白)千萬不要對他説實話。(轉向黄信介)都監,那不睦的話,有個解説。(黄信)因何而起呢?(劉高)

弟輩協辦之事，偶然有意見不合之處，未免有幾句閒言争論，這是有的，然豈敢以私忿而敗公事？（花榮）今蒙上臺垂注，又承都監遠臨，嚴飭之下，此後自當和衷協恭便了。（黄信）妙嘎！既已説明，前言盡當消釋，看酒來過。（劉高、花榮）此席雖承盛意，還該弟輩把盞纔是。（黄信）下官叨在主人，那有反勞之理？（劉高、花榮）都監遠來是客，况是上臺所委，自當上坐。（黄信）既是這等説，只得叨占了。略去繁文，就此一揖而坐罷。（劉高、花榮）如此從命了。（各揖介。黄信正席坐，劉高、花榮左右席坐介。合唱）

【降黄龍】綺席金樽，羅列雕盤海錯山珍；座中冠蓋，高談雄辯頻傾美醖，休分誰賓誰主。酬酢處漫多推遜，喜從今坦然胸次嫌疑釋盡。

（劉高、花榮白）取巨觥過來，待我等敬敬都監一杯。（黄信）怎敢重煩？（劉高、花榮敬酒介。唱）

【前腔】（换頭）殷勤款曲聊申，玉斝恭持瓊漿滿進。蒙君清誨，使有隙孫龐頓成廉藺。

（黄信白）將酒過來，待我回敬二位知寨一杯。（劉高、花榮）不敢。（劉高一面背向軍健低白）只看酒杯擲地爲號，即便下手。（軍健低應介）（一面黄信持杯。唱）

同寅能文善武深，喜得一朝親近。

（以目視内介。唱）

看筵前横飛拇陣，要爲酒困。

（擲杯介）

（衆軍校持各種兵器擁上）（黄信白）快把花榮拿下。（衆應，拿住花榮介）（花榮）咳！你們設得好計嘎！（劉高）你通得好盗嘎！（花榮）通什麽盗，有甚見証？（黄信）還信個見証？（劉高）恐他抵賴，我早已把大盗提在後面了。軍健，把囚車開了，帶“虎張三”出來。（軍健應介）

（押宋江上，見介）（花榮）阿呀，哥哥嘎！（宋江）賢弟！（各哭介。黄信）一見就認，通同之事無疑了。（劉高）可見下官原不説謊。（黄信、劉高一面白）（花榮一面唱）

【**黄龍衮**】驀然見故人，驀然見故人，囚服拘攣緊。只道飛鳥脱樊籠，又誰知仍復遭危窘。

(宋江白)賢弟，(唱)

冤孽相逢死原吾分，貽禍事累無辜心何忍？

(黄信白)軍校們，將花榮押至後面，也上了囚車。(軍校應介)

(花榮)咳！罷了，罷了！誣陷平人，到上臺處少不得要辯白的。

(軍校押宋江、花榮下)(黄信、劉高)衆軍校聽者！(軍校應介)

(黄信、劉高唱)

【**前腔**】論他監守人，論他監守人，黑夜隄防緊。鷙鳥在網羅中，只恐他垂翼猶思奮。

(軍校應介)(黄信白)明日請知寨一同解到府裏去，也好質對。

(劉高)這個自然。(黄信唱)

証見分明他當招認，取供狀定爰書多平允。

(劉高白)今晚請都監就在公署中安歇。下官暫且告别，明日早來同往。(黄信)請便。(劉高)嗄！花榮，花榮！(唱)

【**尾聲**】陰私攻發非是咱多殘忍，

(黄信)

論緝盜是伊家職分。

(白)請了。(劉高)請了。(黄信下)(劉高笑介，唱)

從此後官爵巍巍惟我尊。

(下。大吹)

## 第三出　截救上山

(衆嘍囉引燕順、鄭天壽上。唱)

【**破齊陣前**】偵探豈能的實？傳聞猶恐虚囂。因甚遭擒、緣何獲罪，所事費人猜料。

(燕順白)自送公明哥哥下山之後，忽又元宵節届，聞得清風鎮上大放花燈，爲此特差小嘍囉潛往探聽。倘是有隙可乘，便可肆其劫掠。(鄭天壽)不想倒探聽宋公明被劉高拿去誣陷爲盜，招認什麽“鄆城虎張三”。(燕順)聞聽之下,不勝驚駭,誠恐嘍囉傳言未確,又令王英兄弟前往打聽。怎麽這時候尚不見有回音?(鄭天壽)這早晚想必也就來也。

(王英上。唱)

【破齊陣後】是非自古多顛倒,恩怨於今更混淆,教人怒怎消?

(見介)(燕順、鄭天壽白)王頭領回來了,公明哥哥之事確否,如何?(王英)不要説起,他果被劉高那廝誣陷爲盗,今日就要起解到府裏去了。(燕順、鄭天壽)爲甚事起,竟誣爲大盗?(王英)就是前番擄來的婆娘,你們抵死要放他下山去,豈知公明哥哥於元宵夜在他衙門首觀燈,被那婆娘看見,指稱是我們一黨,竟自拿進衙内拷掠成招了。(燕順、鄭天壽)既有這樣事,難道花知寨忍於坐視,不去救護麽?(王英)他也曾拚命搶回。(燕順、鄭天壽)這就好了。(王英)誰想又被劉高拿去,將花知寨搶奪情由申報青州府,即差都監黄信到彼,設下一計,連花榮也拿下。如今黄信、劉高押着,雙雙要解往青州府去了。(燕順、鄭天壽)嗄!不想有這樣事。(王英)我們須要想個計策,救他纔好。(燕順)事已急矣,别無良策,惟有統領合寨人馬,去奪了上山。(王英)計他程途,傍晚必從此地經過,我們到山下去各路埋伏,候他前來,救取公明哥哥,拿住劉高替他報讎。(燕順、鄭天壽)此時天氣漸晚,事不宜遲,衆嘍囉就此一齊下山去。(衆嘍囉應介)(燕順、鄭天壽、王英唱)

【四邊静】金蘭誤落他圈套,冤苦無門告,急難仗良朋救援須當早。

(衆嘍囉合唱)

無須獻寶,不勞納鈔,只要捉奸徒便把冤讎報。

(下)

(衆軍卒擡囚車,車内坐宋江、花榮,黄信、劉高押上。唱)

【錦纏道】望林皋,淡濛濛烟迷遠郊。斜日下山凹,見昏鴉争飛幾陣歸巢。正行着蛇盤似迢迢路遥,猛見這虎踞的叠叠山高。

(宋江、花榮哭唱)

怨氣貫層霄,枉自把蒼蒼頻叫。

(内呐喊介)(劉高驚抖介，白)阿呀，不好！强盗殺來了。(黄信唱)

何須心膽摇，那怕他强徒齊到，看鎮三山今日顯英豪。

(王英冲上。白)來的謾走！留下買路錢，放你過去。(黄信)看你這賊，人不像人，鬼不像鬼，要什麽買路錢？留下姓名，待我砍你的驢頭號令。(王英)你要問我姓名麽？我就是清風山第二條好漢王英。(黄信)原來就是"矮脚虎"王英。(王英)你既知我王爺爺的大名，快快下馬受縛。(黄信)我正要拿你們這起强盗，竟敢自來送死。(王英)呔！休得胡説，放過馬來。(黄信)軍士們，把囚車推過一邊，待我擒了這賊，一同解去。(軍卒應介)(劉高抖介，念佛介)(黄信、王英戰介)

(鄭天壽冲上戰介)

(燕順冲上戰介)(黄信敗下，軍卒隨逃下)(燕順白)這厮敗回去了。(劉高亦欲逃介)(燕順)衆嘍囉，快快擒住劉高，把囚車打開。(嘍囉應介。縛劉高介。打開囚車介)(劉高作告饒，醜態介)(宋江白)三位賢弟，救命之恩，生死難忘。(王英)那日留下那婦人，那有這場禍事？(燕順、鄭天壽)這位想就是花知寨？(宋江)正是。(燕順、鄭天壽、王英)取衣服過來，都穿好了，同上山去。但不知花知寨肯在此聚義否？(花榮)念花榮家破人離，無路投奔，倘蒙不棄，願執鞭鐙。(燕順)如此甚好。吩咐先把劉高押至山上監禁後寨，待擒了那惡婦，一同處斬。(宋江、花榮)正當如此。(嘍囉押劉高下)(衆行介。合唱)

【普天樂】幸無虞添歡笑，誇得勝成功早，凱歌唱金鐙鞭敲，鴈行列並轡聯鑣，聽軍聲似潮，鬧轟轟一時海沸山摇。

(下)

(黄信敗上。唱)

【朱奴兒】緊加鞭忙忙奔逃，論失機惹人譏誚，這場敗北多羞惱，把往日的英名抹倒。

(白)阿唷唷，好强盗嘎！攔截去路，彼衆我寡，敵他不過，只得仍敗回清風寨來。如今人犯都被劫去，連劉高也不知去向，這便怎

處嗄？也罷！我且權住在此，收集敗殘軍卒，連夜申文青州府去，再作定奪。阿唷唷，那賊寇好不利害也！（唱）

施强暴，盡長鎗大刀，攔截住山前道。

（白）我想慕容相公處，（唱）

【尾聲】應有那踐紅塵飛騎先馳報，

（白）他那裏知道了呵，（唱）

責着我踈虞罪可知非小，咳！今做了羊觸藩籬怎地樣好？

（下）

## 第四出　捉姦被傷

（鄆哥上。唱）

【香柳娘】有風聲到耳邊，有風聲到耳邊，女歡男悦，梅湯一盞爲媒孽。

（白）自家鄆哥便是，聽得街坊上説西門慶勾搭武大郎的妻子，每日在王婆店中。待我去看，若是見了些動静，報與武大知道，出我前日這口氣呀。（唱）

看門兒鎖截，看門兒鎖截，敢是計先設，藏人在房内也。

（窺看介。白）不見什麽動静嗄。也罷！（唱）

且潛身再窺，且潛身再窺，但見茶烟未絶，好似僧房客舍。

（白）果然没有人在這裏邊，我且回去，明日再來。王婆，王婆！只教你：閉門家裏坐，禍從天上來。（下）

（武大上。唱）

【六么令】鄆哥曾講，我的渾家心向情郎。約他同去闖茶坊，捉姦處定成雙。

（白）咳！那裏説起？今有鄆哥説那西門慶與我老①勾搭上了，句句都有指實。我如今與鄆哥約定：打聽姦夫進了門時，就把籃兒丢在街上爲記，叫我就去捉姦。阿喲，我個兒兒子嗄！我若捉

---

① 按文意此處應漏一“婆”字。

住子①呵，（唱）

那時休想咱輕放，那時休想咱輕放。

（下）

（潘金蓮上。唱）

**【玉胞肚】**喬才虚謊，好教我心中暗傷，料應他別戀歌樓，這時節還不到茶坊。

（西門慶上。接唱）

心慌路遠脚兒忙，一日如同隔幾霜。

（西門慶白）娘子，我來了。（潘金蓮）走開。（西門慶）爲何變起臉來？（潘金蓮）你這負心賊，昨日爲何不來？（西門慶）我個娘，不要説起，有一個客人要兑銀子了，故此没有工夫來得。（潘金蓮）呣，賊嘴還要賴！有人看見在張惜惜家吃酒，還要哄我？（西門慶）我若哄了你哪，嘴上生疔瘡。（潘金蓮）既如此，到裏面去。

（合前）（同唱）

一日如同隔幾霜。

（同下）

（武大、鄆哥同上。唱）

**【六么令】**鄆哥攔攩②，老虔婆怎做隄防？我如今便去打茶坊。

（白）開門！（内）大娘子，武大回來了。

（西門慶、潘金蓮同上。潘金蓮）不好了，武大回來了，怎麽處？

（西門慶）不妨。我有道理在此。（武大）嗄！（唱）

門拴住忿難當，

（西門慶開門，踢武大倒。西門慶唱）

這回打破漫天網，這回打破漫天網。

（西門慶下）（武大白）阿呀，勿好哉！阿呀，勿好哉！

（王婆、潘金蓮上）怎麽説？（武大）捉、捉、捉一個人。（王婆、潘

---

① 爲地方方言，意爲“你”。

② 底本此字作“搅”。

金蓮)什麽人?(武大)一個長大漢子,被他挖①心一脚,跑了去了。臭花娘,幹得好事嗄!我還要做人個來嘘②?(王婆、潘金蓮)起來。(武大)勿好哉,踢子多訶趷瘩③出來哉。(王婆)什麽趷瘩?(武大)矮子肚裏趷瘩多了。(王婆)起來,進去。(武大)轎子來,擡我去。(潘金蓮)啐!(武大)臭花娘,臭花娘!老花娘,老花娘!(王婆)啐!怎麽駡起我來?(王婆、潘金蓮扶武大下。武大先下)(潘金蓮)乾娘,如今怎麽好?(王婆)不要慌,如今你們要做長夫妻,短夫妻?(潘金蓮)一個人弄得這般模樣了,還要説什麽長夫妻、短夫妻?老厭物!(王婆)嗨!動不動就是老厭物,你且不要忙,待我對你説,若是要做短夫妻,將養武大郎好了,從今大家撒開。若是要做長夫妻呢,就到西門慶大官人藥鋪裏討一貼毒藥,藥死了他。(唱)

【玉胞肚】斷送這腌臢魍魎,一把火將他送喪。

(潘金蓮白)倘或武二回來,怎麽處?(王婆唱)

那時節武二回來没踪跡,怎生無狀?

(潘金蓮白)好計,好計!(同唱)

管教地久與天長,免得明來夜去忙。

(白)正是:計就月中擒玉兔,(王婆)謀成日裏捉金烏。(潘金蓮)乾娘,你就去?(王婆)我就去。(潘金蓮)乾娘轉來。(王婆)怎麽?(潘金蓮)這事體全在你了嗄!(王婆)我曉得。(下)

## 第五出　武大服毒

(西門慶上,白)金風未動蟬先覺,斷送無常死不知。我與潘金蓮偷情之事,不想武大知道,昨日竟到茶坊裏來捉姦,被我一脚踢倒,奪門而走。今早王婆來,説趁這矮子心疼病倒,索性取一服

---

① “挖”爲用手擊之意,按文意此處應爲“兜”。

② 此字爲“噱”的異體字。

③ 底本此字作“踏”。

砒礵藥死了他，做個長久夫妻。恰好這毒藥我鋪中現成有的，我今拿去，送與王婆便了。説話之間，這裏已是。乾娘，王乾娘！

（王婆應上。白）不施萬丈深潭計，怎得驪龍頷下珠。（見介。西門慶低語介）此物已送在這裏了。（王婆接介）拿來。（西門慶）要做得乾浄纔好。（王婆）這個不消吩咐，但是替你幹了這樣好事，怎麽謝我？（西門慶）還你個終身受用便了。我如今且去，完事之後與我個喜信。（王婆應介）（合白）閻王註定三更死，並不留人到四更。（分下）

（潘金蓮扶武大上。白）看仔細。（武大）你個花娘，幹得好事嗄！（潘金蓮）與我什麽相干？（武大唱）

【玉胞肚】你這賊婆無狀，使姦夫把我肚腹踢傷，且等我兄弟回來把此行，訴與他行。

（潘金蓮白）乾娘！

（王婆上）怎麽説？（潘金蓮）可曾去討藥？（王婆）藥麽？煎好在那裏，待我去取來。（潘金蓮）快些拿來。（王婆唱）

我今藥内用砒礵，

（潘金蓮白）可藥得死的？（王婆唱）

頃刻叫他一命亡。

（潘金蓮白）取來，乾娘大家來帮帮我。（王婆）是了，我來帮你。（潘金蓮）大郎，可要吃藥？（武大）什麽藥？（潘金蓮）心疼痛的藥。（武大）可好的？（潘金蓮）先生説吃了這藥就好的。（武大）如此，拿來嘘。（潘金蓮）藥在此。（武大）這藥氣味難聞，不要有毒藥在内嗄？（潘金蓮）什麽毒藥？吃下去就好了。（武大吃介）不好了！（武大跌介。王婆取被按介）（王婆、潘金蓮）好了。（王婆、潘金蓮看介。武大復醒介）（王婆）阿喲！（潘金蓮、王婆又按介。王婆、潘金蓮）如今是好了。（王婆）我和你擡過一邊。（唱）

【尾聲】拔去眼中釘，消去心頭脹，受教地久與天長。

（潘金蓮白）如今怎麽處？（王婆）我如今到大官人鋪中，叫他買一口棺木盛殮了。三日後，拿去燒化了。（唱）

那時節就是武二回來也不妨。

(潘金蓮白)快些去對他説,棺木要緊。(王婆)是了。你看好了屍首嗄。(潘金蓮)你就回來,我害怕得緊。(王婆)怕什麽?你哭嚧。(潘金蓮)阿呀,天那!這是那裏説起?(各下)①

## 第八出　公堂刺配

(衆衙役引知府上,唱)

【賀聖朝】十年淡飯黄虀,半生錦綬緋衣。男兒五馬貴應,稀把清慎堅持。

(白)秩視古諸侯,君恩深未酬。雖云齊地薄,猶喜歲多收。下官東平郡守陳文昭是也。今早陞堂理事,左右把投文牌擡出去。(衆衙役應介)

(投文人上)投文人告進。(衙役)進來。(投文人遞文介)小的是陽穀縣遞公文的,解一起犯人在外。(知府看介)我已知道了,都帶進來。(投文人)嗄!

(武松、何九、王婆、鄆哥上。唱)

【前腔】已蒙賢宰提携,未知本府從違。

(何九、鄆哥)

干連何事苦奔馳,

(王婆)

怕明鏡難欺。

(投文人白)犯人當面。(知府)武松。(武松)有。(知府)何九。(何九)有。(知府)鄆哥。(鄆哥)有。(知府)王婆。(王婆)不在這裏。(執問介)怎麽説?(王婆)身子在這裏,魂靈不在這裏。(知府)都帶過一邊。(衆應介)(知府)帶武松上來。

(武松跪上介)(知府)你從實招來,不要隱諱。(武松)老爺聽禀:(唱)

【玉校枝】我情願殺身成義,既殺人如何諱得,

① 第五出結束緊接第八出。

這事情呵，

都是王婆撥置姦淫輩，將兄藥死焚屍。

(知府白)屍既焚了，有何憑據？(武松遞物介)老爺，(唱)

請看賍物與骨殖，團頭何九堪質對，况生前捉姦是實，鄆哥兒悉知就裏。

(知府白)那鄆哥怎麼説？(鄆哥)小人呵，(唱)

【前腔】曾與王婆嘔氣，恨他們包藏禍機。我報知武大飜①貽累，被姦夫踢倒昏迷。

(白)小人此時就跑了去，以後都不知。(知府)那何九怎麼説？(何九唱)

小人那時欲殮屍，西門慶買囑求遮庇，驗亡屍遭毒是實，這骨頭如何昧得？

(知府白)帶那王婆上來，先打二十板，慢慢問他。(衆衙役打介)(知府)你招也不招？(王婆唱)

【前腔】自家得罪，到頭來還欲賴誰？想從前原是不吉利，

(知府白)怎麼説？(王婆唱)

把送終衣服爲媒。

(扯衙役介，白)老爺，(唱)

西門慶是他粧做的，

(扯鄆哥介)

武大郎不死還搬戲。

(知府白)都是胡説，把這老賤人先下在死囚牢裏，聽候處决。(衆衙役應介)(王婆唱)

謝青天把王婆斷訖，且到戲房中別作道理。

(押下)(知府白)何九、鄆哥都發回本縣寧家。(何九、鄆哥叩頭介)謝老爺。(下)(知府)武松過來！(唱)

【前腔】看你英風高義，本待欲全然恕伊，况伊自首當除罪，但事關人命難悔，今依縣家原問的，

---

① 底本此字不清，應爲“翻”的異體字。

(白)做你是祭獻亡兄,有嫂前來趕逐,以致死于鬬毆。(唱)

又有姦夫護嫂因誅死,據明條當杖脊四十,

(白)這個且饒你罷。(唱)

還要刺雙頭遐方配你。

(白)我這等問了,你意下如何?(武松)老爺饒了小人死罪,這活罪怎敢討饒?但憑聽斷便了。(知府)今日就差解子,張千、李萬。

(張千、李萬暗上,應介)(知府)解你到孟州牢城去。我這裏一面申文省院,待有明條下來,就把王婆處决,决不輕恕了他。你放心去便了。(武松)多謝老爺作主,生死不忘。

(知府)任你人心似鐵,須知官法如爐。

(武松)惟有感恩積恨,(衆)萬年千載難磨。

(知府)吩咐掩門。(衆應,掩門下)(二解差押武松下)

## 第九出　誘敵秦明

(衆小軍引秦明上,唱)

【點絳唇】氣吐虹霓,性同霹靂天生急。一著戎衣,滅此纔朝食。

(白)下官青州統制秦明是也。前者清風山草寇劫奪叛將花榮、盗犯"虎張三",殺敗我徒弟黄信。慕容知府大怒,特命俺統領大隊人馬前往征勦。大小三軍!(衆小軍應介)(秦明)賊兵在前,交戰在邇,各要奮勇争先,毋得臨陣畏縮。倘違軍令,斬首示衆。(衆小軍應介)(秦明)就此起兵前去。(衆小軍應介。摇旗吶喊介)(秦明唱)

【新水令】霜華似劍戟,壯軍威砲三聲拔營齊起。休説他山中藏虎豹,那怕恁海底隱鯨鯢。憑着俺八陣圖奇,笑談間管把他窩巢洗。

(下)

(衆嘍囉引鄭天壽①。唱)

---

① 應漏一"上"字。

【步步嬌】躍馬揮戈多聲勢，似惡曜臨凡世，聽軍中戰鼓催，不用連營只須分隊。

(白)自家鄭天壽是也。自救公明哥哥上山之後，即推他爲寨主，花知寨坐了第二位，我等還依舊日次序。今早小嘍囉探聽得青州府調統制秦明前來征勦，花知寨説他十分勇猛，只可智取不可力敵。公明哥哥因愛將材，欲他降順共扶山寨，遂設一計。爲是他性急，着我等輪流誘戰，激得他怒發，必然追上山來，將大路盡行寨①斷，於小路上掘下陷坑，把他擒住，謾謾的説他入夥。衆嘍囉，你看前面塵頭起處，想是官軍來了，可迎上前去。(衆嘍囉應介。合唱)

臨陣略相持，要將他引入深深地。

(下)

(衆小軍引秦明上。唱)

【折桂令】統三軍猛似熊羆，一個個執鋭披堅耀武揚威。俺則待像畫凌烟，名標銅柱，功奏淮淝。怎容他嘯羣兇伏潜草莽，叛天朝盗弄潢池，要撫綏黔黎安奠邦畿。

(内呐喊介)(秦明唱)

猛聽得沸海驚天，惱得俺怒吼如雷。

(鄭天壽領衆冲上。白)清風山好漢在此，來的莫非是秦統制麽？(秦明)你這毛賊，既知天兵到來，何不下馬受縛？(鄭天壽)秦統制，清風山好漢利害，你不如早早回去罷，休把性命送在這裏。(秦明)哇！毛賊，誰與你鬭口？放馬過來。(鄭天壽)那個懼汝？(戰介。鄭天壽敗下。秦明追下)

(衆嘍囉引王英上。唱)

【江兒水】掣劍龍垂尾加鞭馬縱蹄，疑兵誘敵虚張勢，帷幄韜鈐籌謀秘，管教他冲天有翅難飛舉。

(白)我王英奉宋大哥將令，誘敵秦明。衆嘍囉！(衆嘍囉應介)(王英)前面塵土衝天，想必两軍交戰，快快殺上前去。(嘍囉應

---

① 應爲“塞”。

介。合唱）

設就了拖刀奇計，要詐敗佯輸幾隊兒互相交替。

（秦明追鄭天壽上）（王英截戰介，白）秦明，休得無禮，我王爺爺在此。（鄭天壽下）（秦明）任爾賊衆，我何懼哉？（戰介。王英敗下）（秦明唱）

【鴈兒落帶得勝令】殺得來顫巍巍星斗移，殺得來昏慘慘烟塵蔽，殺得來撼天關神鬼號，殺得來摇地軸妖魔避。呀，則見他鼠竄望風靡，馬驟似雲飛。

（内吶喊介）（秦明白）又有一隊賊兵來了。（唱）

望着遥天際飄旗幟，山隈震鼓鼙。

（白）軍士們，奮勇殺向前去。（小軍應介）（秦明唱）

窮追縱有那萬人敵何足畏，重圍任教是九里山不索題。

（王英復上戰介。王英敗介）

（燕順領衆冲上截戰介。王英下。秦明、燕順戰介。燕順敗下，秦明追下）

（宋江執旗上，花榮隨上。合唱）

【僥僥令】孔明多妙算，孫武有神機。向絶頂峯頭頻凝睇，俺把那令旗摇暗指揮，令旗摇暗指揮。

（立山上介）

（秦明追燕順上，燕順敗下）

（鄭天壽上，接戰介。鄭天壽敗下，王英上接戰介。王英敗下）（秦明白）原來這些毛賊都是不經殺的。（内奏樂介）（宋江）賢弟，請用一杯。（花榮）哥哥請。（秦明）何處鼓樂喧天？（小軍）遠遠望見两個賊首在山頂飲酒，故此奏樂。（秦明）軍士們，快快奪路上山，去先擒賊首。（小軍）啓爺，山前大路盡皆塞斷，只有山南小路只容一人一騎，大軍難以前進。（秦明）既如此，傳令大小三軍，就在山前屯扎，待俺獨自上山，搗其巢穴。（衆小軍應下）（秦明唱）

【收江南】呀，今日裏似鏖兵赤壁呵，不住的挽斜暉，俺可也樓蘭不斬誓難歸。

(下)

(衆小軍逃奔上)

(王英、鄭天壽領衆上,追殺下)

(秦明上,唱)

逗得俺心頭惡氣肯成灰,望山巔峻危,望山巔峻危,恨不得靴尖踢倒那崔巍。

(燕順上。白)秦統制,你領來的兵馬已被我們殺盡了。你今深入重地,墮在我們計中,插翅也飛不去了。不如早早降順了罷!(秦明)强賊,休得胡説!今日務要擒汝。(燕順)你好不知死活嗄!(戰介)

(王英、鄭天壽冲上,混戰介。王英、燕順、鄭天壽敗介)(王英白)殺你不過,休要來趕。(秦明)强賊,往那裏走?(追介。墮入陷坑介)(宋江)嘍囉們,拿上山來,只要活的,不許殺害。(嘍囉應介。綁秦明介)(秦明)咳,罷了,罷了!中了賊人之計了。(宋江)取了他的器械馬匹,押好了同回寨中去。(衆應介。合唱)

**【園林好】**入緣籠鵾鵬怎飛,觸藩籬羝羊可羈,笑你似涸轍枯魚垂斃。我這謀六出世應稀,兵十面事還奇。

(到介)(宋江解縛介。白)統制,宋江等冒犯虎威,望乞恕罪。(秦明)那得什麽宋江?(宋江)小可即是宋江,那“虎張三”乃假名也。(衆)我哥哥是“及時雨”宋公明。(秦明)嗄!你就是宋公明麽?(宋江)正是。(花榮、燕順、鄭天壽、王英)公明哥哥義氣如此,敢屈統制就在此歇馬罷!(秦明)咳!中了你們的奸計,這顆頭顱要砍就砍,何必多言?(宋江)統制全軍覆没,隻身獨返,若到青州,咎將誰委?依宋江的愚見,不若從權達變,且在此共扶山寨,未爲不可。(衆)公明哥哥好言相勸,秦統制你還是降了罷。(秦明)我秦明一點丹心,惟天可表,任你們狂言蠱惑,怎勸得我轉?(王英、鄭天壽)秦統制,你還是降的好。(秦明)咳!(唱)

**【沽美酒帶太平令】**再休將降字題,再休將降字題,頭可斷志難移。便做個再世顔嚴值甚的?肯把那芳聲墜,反把那臭名遺?

(宋江白)統制既不肯屈留,也難相强。戰鬭了一日,未免勞苦,備有薄酌,敢請上坐,少爲解煩。(秦明)誰要吃你們的酒食?(宋江、花榮)統制既不肯坐席,嗄,也罷!待我等立奉三杯,以申尊敬之心。今日已晚,明早即當相送下山,如何?(秦明)爾等果然肯放俺回去麽?(宋江等)我等惟以信義爲重,安敢相欺?(秦明)既如此,取酒來。(宋江敬酒介)(秦明飲酒。唱)

本和恁交鋒對壘,怎爲咱肆筵設席?

(花榮敬酒介)(宋江背令燕順下藥在酒内介)(燕順白)燕順也敬一杯。(秦明)有酒只管取來。(王英、鄭天壽)有的是酒,請統制暢飲。(秦明飲介。唱)

也不辭百川怒吸,只看取一飲無滴。俺呵拚得個深杯淺杯,那裹管伊誰我誰。呀!早不覺軟兀剌昏昏沉醉。

(倒介)(宋江白)妙嗄!你看他麻倒了。嘍囉們,扶了後面去,卸了盔甲來,我有用處。(嘍囉應,扶秦明下)(宋江)我今聊用小計,以絶他歸路。(衆)計將安出?(宋江)昨見小嘍囉陳得功與他面龐相似,可唤陳得功過來。(嘍囉應,唤介)

(陳得功上。白)拳打南山猛虎,脚踢北海蛟龍。(見介)陳得功叩頭。(宋江)諸位賢弟,你看他一嘴紅鬚,形容可與秦明相像麽?(衆)形容倒差不多,只是臉上不紅。(宋江)這有何難?只用塗些紅硃就是了。(陳得功)大王叫嘍囉搽了臉,敢是要唱戲麽?(宋江)唗,胡説!我叫你穿戴了秦統制的盔甲,拿了狼牙棒,乘了他的馬匹,假扮秦明,帶領衆嘍囉連夜奔至青州城下,殺人放火,要高聲叫道"秦明已降順清風山了,特來攻打城池,劫取倉庫"。成事回來,重重有賞。(陳得功應介)仲尼面貌似陽虎,優孟衣冠狀叔敖。(下)(宋江)我以此計絶其歸路,彼必傾心降順我們了。(衆)妙嗄!大哥此計,真鬼神莫測也。(宋江唱)

【尾聲】我移真换假聊相戲,

(衆)

管斷送了大宋朝長城萬里。

(合唱)

看我這草莽中的英雄倒有些大作爲。

（下）

## 第十出　横遭兵火

（四夜巡軍敲梆鑼上。唱）

【清江引】鐵衣卧月三更冷，起望蕭蕭景。風傳刁斗聲，雲暗旌旗影。一處處要巡邏當夜警。

（白）我們乃青州城内衆夜巡軍便是。今有清風山盗寇肆强，劫去盗犯，反了花榮，殺敗黄都監。慕容老爺赫然震怒，立差秦統制前去勦捕，尚無捷音。（一巡軍）因城中戒嚴，着我們在城上週流巡查，晝夜不息。（一巡軍）衆位哥嗄，此時已將有半夜了，正是要緊時候，須要一路小心巡去。（衆巡軍）説得有理，前面是南門了，我們巡到那邊去，然後再轉到西門便了。（敲梆鑼介。唱）

（合前）

一處處要巡邏當夜警。

（下）

（衆嘍囉執火把、器械引假秦明上。唱）

【風入松】世情宜假不宜真，把他人面目厮混，深宵裏昏黑有誰能認？那知咱是蘭亭贋本。

（白）適奉大王之命，着我扮做秦明，統領嘍囉乘夜至青州城下，殺人放火，聲言“秦明已投顺清風山了”。（笑介）我不知交了什麽好運，點了這樣美差，好燥脾嗄！噲，衆嘍囉，這一去逢人便殺，遇屋就燒，須要遵我的令嗄。（衆嘍囉）是了，大王哥哥，什麽遵令，我做令尊就是了！（各笑諢介）（假秦明）不要是這様兒戲，大家帮襯我，快活這一回。（唱）

休得把區區笑哂，笑我是真强盗假將軍。

（嘍囉作放烟火下）

（衆男女老幼百姓奔上。唱）

【六么令】賊兵成陣，卒起深宵地黑天昏。無端兵火，泣黎民忙携挈快逃奔，行行還恐追來近，行行還恐追來近。

(衆嘍囉引假秦明冲上殺介。衆百姓奔下)(衆嘍囉、假秦明唱)

【風入松】剛刀試處亮如銀，好房廊頓成灰燼。也因他千年一度逢劫運，非是我心腸殘忍。

(假秦明白)沿路來這些居民殺的殺了，逃的逃了，房廊屋宇燒了也有七八分了，好暢快嗄！(衆嘍囉)果然暢快，還有那些逃脱的，我們趕上去一併殺了，更覺暢快。(假秦明)饒了他們罷，前面已近青州城下，我們趲到那邊去，聲言"秦明投順清風山"的話，要使慕容知府曉得。(衆嘍囉)就是這樣。(衆合唱)

這反戈信城中若驟聞，管唬殺了衆軍民。

(下)

(衆小軍執火把、燈籠引城守將官、慕容知府上。唱)

【六么令】剥膚憂近，寇逼城陰，退敵仗何人？怪如風飛報恁頻頻。

(白)下官青州知府慕容彦達是也，方纔望見南門外一带火光燭天，又聞得號哭之聲不絶。正在驚疑，忽有夜巡軍來報，清風山强盗統衆殺到城下，意在要劫倉庫。事起倉卒，這便怎麼樣處？(作抖介)(城守將官)府尊不要抖，算計禦敵之計。(慕容知府)那裏是抖？我因氣極了嗄。(城守將官)且同到城上去看，以作防備。(慕容知府)如此，大家去嚧。

(場上預設城介。衆作上城介。合唱)

難壯膽但驚魂，

(内呐喊介。放火彩介)(慕容知府白)阿呀，不好！(衆合唱)

正火光中喊殺連天震，火光中喊殺連天震。

(衆嘍囉引假秦明，趕殺衆百姓上。唱)

【風入松】不用他山中號令再三申，論焚殺是緑林本分。漫道他無辜百姓當憐憫，可知我歹性格天生兇狠。

(作到介)(假秦明白)嘚！城上的聽者，我秦明投順清風山入夥，今統領合山大隊人馬攻打城池，你們都來細認一認。(唱)

則我是逼真的將軍姓秦，霹靂火久傳聞。

(白)快快攻城。(一面嘍囉作攻城諢介)(一面慕容知府白)嗄！

了不得了,原來反了秦明,這厮利害,難與他抵敵。軍士們,快將擂木砲石打下去。(軍卒應。放砲石介)(慕容知府)放箭要緊,快些放砲。(合唱)

【六么令】且莫衝鋒臨陣,仗火砲轟天,管打退强人。還怕他梯兒架起勢連雲,嚴垛口守城門。恨不立將睥睨增高峻,立將睥睨增高峻。

(假秦明白)城上火砲打來了,且躲開了去。(衆嘍囉、假秦明躲介。諢介。合唱)

【風入松】休做了崑岡玉石一齊焚,赴火的飛蛾身殞。倘然是焦頭爛額多傷損,也惹得旁人議論。

(假秦明白)他們已都知覺,信以爲實了。我們打起得勝鼓,班師回去罷。(衆嘍囉應介。合唱)

堪笑那盲眼的黄堂府尊,那裏得分皂白辨清渾。

(下)(慕容知府白)好了,好了!這些强賊見我這裏放砲射箭,皆退去了。且下城去,再作商量。(下城介)(城守將官)方纔火光中明明見秦明指揮賊衆殺人放火。(慕容知府)可恨這厮背叛朝廷,投順强賊。軍士們,將他一門良賤盡行處斬,把他妻子首級號令在城頭示衆。(軍卒應介)(城守將官)城外火光未熄,不知燒了多少房屋,殺了幾許人民?且待大天明了,再出查看。(慕容知府)如今一面申奏朝廷,一面傳檄鄰郡,請兵協勦。(城守將官)正當如此。

一封朝奏九重天,鄰郡先將羽檄傳。

敢請相公平賊後,願教諸吏早陞遷。

(慕容知府)可傳諭各門上、各汎地的兵將都要嚴加小心,惟恐賊人復來。(軍卒應介)(慕容知府)秦明,好反賊嗄!可惱,可惱!(同下。大吹)

## 第十一出　負冤入夥

(秦明上)

(宋江、花榮、燕順、王英、鄭天壽隨上。白)方今屈殺幾英雄,莫向人前誇武功。海闊天空六翮健，鸞凰曾不受樊籠。統制，在山多多簡慢，回到青州，萬望週全一二。（秦明）夜來不覺大醉，今日起得遲了。可即還了掩①器械馬匹，就此去也。（宋江）嘍囉們，快取秦統制的狼牙棒、馬匹過來。（嘍囉應介）

（持狼牙棒、牽馬上）器械、鞍馬都在此了。（秦明）拿來。（接狼牙棒，乘馬介）浩氣彌漫天地覺，壯懷激烈鬼神驚。（下）（宋江）你看他頭也不回，驟馬揚鞭，竟自下山去了。（花榮、燕順）他此去，慕容彦達必詢夜來燒劫之事，决不容他入城。（王英、鄭天壽）這不中了我們之計了？（宋江）如今燕賢弟、鄭賢弟看守山寨。（向花榮、王英介）你們二位隨我下山去，到前途等候。待他到進退兩難之際，那時勸他入夥。（衆應介。合白）爲惜漢陽窮鳥客，好憐梁父卧龍才。（分下）

（秦明策馬上。唱）

**【一枝花】**纔離了虎頭山多巖辥，又行來羊腸路恁迂折。諒得個歸途從電掣，又早則去逕亂雲遮。猛可的心上咨嗟，這一肩干係尤難卸，關頭怎放些？

（白）掩②想今日之事，與黄都監差不遠也。（唱）

掩③可也蹈了前轍，禁不得一霎裏眉攢面熱。

（白）你看前面又早是青州了。（望介）呀！（唱）

**【梁州第七】**遠遠見迷望眼烟塵連接，轉瞬間人影稀絶，風號萬木含悲咽。則見那愁雲慘淡，則見那殺氣重疊，則見那人民非故，則見那景物差別。

（白）纔隔得一日之間，爲何這等光景？（唱）

好教人心兒裏費盡週折，口兒内不住價猜喋。爲甚的焰連天屋舍遭焚，爲甚的血流渠屍横遍野，爲甚的列干戈匝遶城堞。

（内哭叫介）（秦明白）你聽那些百姓們，（唱）

耳邊厢不住的哭子尋爹，呼哥唤姐。

---

① 應爲“俺”。抄本中有數處誤寫，疑爲抄寫者習慣性手誤所致。

②③ 應爲“俺”。

（白）嗬！衆百姓，你們却爲何來？（内白）不好了，秦明又殺來了，快些逃走嗄。（秦明）這又奇了？（唱）

一個個忙奔急走心驚裂，好教俺堪驚訝真難決，怎能彀打破疑城將海底徹，早難道杯影弓蛇？

（白）這裏已是城下了，你看屍横滿路，血流成河，烟塵亂捲，餘燼未熄，忽變做一片瓦礫場了，好生凄慘人也，正不知爲甚緣故。（内打更介）（秦明）此際已是初更時分，俺且高叫一聲。城上的快放下弔橋，開了城門，俺秦統制回來了。

（衆軍卒持火把，引慕容知府上。白）夜來鐵騎馳明月，不許城南燕子飛。（上城介）呀，不好了！果然秦明又殺來了，快去請城守將官來。（軍卒）不妨事，他如今單身一騎到來，老爺正好與他打話。（慕容知府）有理的，待我來。嗬！秦明，你幹得好事！（秦明）城上可是慕容相公？俺不曾幹什麽事，快放下弔橋，待俺進城。（慕容知府）你這反賊，降了清風山，昨夜帶領强盗，到此殺人放火。你如今又來，敢是要討死麽？（秦明驚介）呀！（唱）

【牧羊關】乍聞言魂飛喪，唬得來意似呆。

（慕容知府白）你看城外的瓦礫場，都是你這賊放的火，又殺害了多少百姓，你還敢抵賴麽？（秦明）咳，慕容相公，你須要辨個明白。（唱）

休得要下流頭硬①打樁橛，俺本是赤膽豪傑，生扭做黄巾枝葉。從來薫蕕當辨别，自古涇渭本差迭。

（慕容知府白）我昨夜親見你指揮强盗放火殺人，還要口硬？（秦明恕②介）咳！（唱）

你怎麽陷平人啣冤屈？

（慕容知府白）你要想賺這座城池麽？（秦明唱）

那裏是斗膽輕馳熟路車。

（慕容知府白）你今夜又到此怎麽？（秦明）俺的家眷尚在城中，

---

① 底本作“硬”。

② 應爲“怒”。

且放掩①進去。(慕容知府)你這賊還想家眷?你一門良賤盡行誅戮,你妻子的首級掛在此示衆,若拿住你這逆賊,便是碎剮還輕哩。(秦明)俺妻子的首級在那裏?(慕容知府)軍士們,把首級挑與他看。(軍卒應,挑首級介)㖿,秦明!這不是你妻子的首級麽?(秦明認介)阿呀,我那妻嗄!兀的不痛殺俺也!(唱)

【四塊玉】撲簌簌两淚流,見高懸首級淋漓血。

(白)慕容彦達,你殺得俺一家好慘也。(唱)

俺今日牙關緊咬恨姦邪,從今後與你成吴越。

(慕容知府白)軍士們,放箭射死這反賊。(軍卒應,射介)(秦明唱)

則看俺猛虎軀,那怕恁飛蝗射。

(慕容知府白)軍士們,架起紅衣炮來。(軍卒應介)(秦明)咳,罷了,罷了!(唱)

則索謾謾的與你費唇舌。

(鞭馬下)(慕容知府白)這逆賊見我放炮,縱馬而去了。黑夜裏不便追趕,且待調齊了兵馬,去勦捕便了。吩咐小門上小心把守。(軍卒應介)(慕容知府)正是:孤臣日望援兵至,叛將夜乘飛騎逃。(下)

(秦明上。白)好惱,好惱!(唱)

【哭皇天】閃得俺匹馬孤身子,空踏破足底雙靴。

(白)黑夜之間,撥馬轉頭跑了一程,正不知到了那裏了。(唱)

真個是有家難奔無依藉,有國難投没計設。

(哭介)

痛殺俺結髮妻房,把百年恩愛两下生拆,滿門誅戮千古寃結。

(白)俺今日進退無門,不如尋個自盡,倒也爽快。(拔劍介。唱)

好分付三尺青萍,斷送俺一世豪俠。

(欲刎介)

---

① 底本中此字不全,僅剩"扌",似爲"掩"字。

(宋江、花榮、王英急上。白)烏江豈是無船渡,項羽何須輕喪身。(奪劍介)何人在此要尋短見?嗄!原來是秦統制。今早相送下山,爲何不到青州去,却在這裏自盡起來?(秦明)阿呀,列位嗄!(唱)

【烏夜啼】説不盡平空誤陷那枝節,

(宋江、花榮白)爲甚事來?(秦明唱)

好教俺恨極愁傺,這回鎔盡了肝腸鐵。

(宋江等白)有甚不白之事?(秦明)咳,(唱)

生擦擦濫名却把咱行借,

(宋江、花榮白)有人冒了尊名,他却怎麽樣?(秦明唱)

這些賊暗地自去焚劫。

(宋江等白)想是慕容知府錯認了統制了。(秦明唱)

他可也全不辨個清潔,

(宋江白)統制怎麽不將回去的話講明?(秦明唱)

一任俺唇尖舌底費分説,

(宋江等白)咳,只可惜統制一片丹心。(秦明唱)

反做了桀家犬向堯家嗞。

(宋江白)寶眷尚在城中?(秦明唱)

他把俺糟糠妻餐刀血,

(宋江等白)咳,令正被他殺了,這也可恨。(秦明唱)

歎今日一家滅絶,送得人上天無路入地無穴。

(宋江白)事已如此,無可奈何,莫若同小可暫且上山,權時聚義,等待日後招安。不知統制意下如何?(花榮、王英)宋大哥仁義待人,實當世之英雄也。統制還該聽其相勸。(秦明)罷!俺且隨你們上山,再作道理。(宋江等)這等甚好。(秦明)且住,尚有一説。(宋江等)更有何説?(秦明)那都監黄信乃是俺徒弟。俺今被陷,必然株連着他。他這些時委在清風寨鎮守,待俺修書去,一并招他上山,以免貽累。(宋江)如此更好。我等正欲去攻打清風寨,接取花知寨令妹并擒拿惡婦熊氏。今得統制書去,招黄都監上山,可以不勞兵革矣。(王英)迎請黄都監這個差使,小

弟討了罷。(宋江)也使得。(花榮、王英)就請統制一同上山。(秦明唱)

**【煞尾】**從今後俺一生名行多虧缺,道不得個樹正何愁月影斜。

(白)只可恨昨夜假扮俺的是何等樣人?(唱)

他敢換斗移星做成屈,

(宋江等白)且到山上,謾謾查究便了。(秦明)方纔慕容彥達在城上呵,(唱)

却將俺多慢褻,待和咱分優劣。

(宋江等白)放着這賊,謾謾的再處他。(秦明)慕容彥達,你這賊!(唱)

俺把你剖腹屠腸纔得個大冤雪。

(同下)

## 第十二出　劍誅負義

(衆小軍引黄信上。唱)

**【賽觀音】**丈夫心、英雄淚、論成敗而今怨誰?空幾度仰天歎息,頭裹紅巾是末路的好收拾。

(白)我黄信前被燕順等戰敗,反逃奔清風寨上,慕容相公因地方乏員,即委我在此鎮守。不想師父秦統制竟投向清風山入夥。慕容知府將他妻孥盡行處斬,因我與他有師弟之分,漸欲加害於我。正在憂疑不定,今早忽有清風山頭目持得秦統制書來,招我上山,説王英到此迎請并接花榮妹子,擒拿劉高之妻熊氏。又説前者所獲"虎張三"乃是"及時雨"宋公明。想我如今進退莫適,不如且投向那邊再處。你看遠遠一枝人馬飛奔到此,想是王英來也。

(衆嘍囉引王英上。唱)

**【人月圓】**山寨内招納無猜忌,特地來迎新相識,相逢不用相廻避,看世上半多咱共你。

(作見介)(王英白)黄都監,小弟奉令,敬來迎請上山。(黄信)小將聞召,正在趨赴,并送花知寨令妹到山,就在後面。(王英)如此，請先行一程。待來擒了劉高的妻子，隨後趕來一同上山。（黄信）請。（王英）衆嘍囉，快到劉高衙内擒拿熊氏要緊。（嘍囉應介）（王英唱）

蒙差委，且暫去囚鸞檻鳳休違。

（下）（黄信白）衆軍士，吩咐將花小姐的車輛趲上。（小軍應介。向内白）把車輛趲上來。（内應介）

（一車夫推花小姐坐車上。合唱）

【賽觀音】污家聲虧名義，就裏事他人怎知？也非敢公然違背，奈無地容身，向虎寨暫依棲。

（下）

（衆嘍囉引王英抱熊氏上。王英唱）

【人月圓】人怕見魆地兵戈起，獨有區區心私喜。今番穩定成婚配，這撮合還應天做美。閒摹擬，分明是新郎親迎嬌妻。

（下）

（宋江、花榮、秦明、燕順、鄭天壽上。唱）

【玉芙蓉】冥鴻雲外飛矰繳，終當避，肯甘心就死，死於無罪。想殺人慣是誣曾子，那爲盜從來冤不疑。

（一嘍囉於曲内上。白）啓上大王，王大王請到黄將軍，都進寨來了。（宋江等）快請相見。（一面嘍囉禀事）

（一面黄信、王英上。接唱）

這山中地與萑苻並比，古今來英雄占踞適相宜。

（見介）（宋江、燕順、鄭天壽白）喜得都監不我遐棄，惠然俯臨，何幸如之？（黄信）小將得罪在前，望乞恕宥。（宋江、花榮）始爲敵國，終作一家，古人往往有之。既同聚義，請勿介懷。（黄信）多謝海涵。（宋江）接得花小姐在於何處？（王英）已經送到後寨去了。（宋江）還有那惡婦熊氏呢？（王英）這個小弟也安置好了，不消大哥費心。（宋江）你去唤他出來，我有話要當面問他。（王英）已過之事，罷了，又問他做什麽？（宋江）不是嗄！你去唤他出來，我自然有個道理。（燕順、鄭天壽）快唤他出來，宋大哥自然有個主見。（王英）唤便唤他來，切莫難爲他，這是我要做壓寨夫人的了。(衆)這個自然。(王英)抵多少惡賓方鬧喜,還恐怕新婦正嬌羞。(下)(宋江)諸位在此,小可有一言告陳,未識可否?(衆)有何台諭,望即賜教。(宋江)秦統制尊嫂遇害,豈可久虛中饋?今有花知寨令妹德容兼備,小可竊欲執其斧柯,以成兩姓之好,諸位以爲何如?(燕順、鄭天壽)相女配夫,大哥所見甚是。(宋江)秦將軍與花賢弟從今日就當郎舅之稱了。(秦明、花榮)我等極蒙玉成其事,深感盛情。(宋江、燕順、鄭天壽唱)

【前腔】仙姬恁整齊,虎將多英偉,是一雙兩好天生佳配。

(秦明唱)

我慚深玉樹蒹葭倚,

(花榮唱)

我愧乏金釵錦繡圍。

(宋江笑介)(衆合唱)

看招新壻不用三媒六禮,笑吾儕英雄作事太新奇。

(王英扶熊氏上。王英白)密室欲諧鸞鳳侶,(熊氏)深山漫逞虎狼威。(王英)熊氏來了。大哥有甚言語,好好的問他就是了。(宋江向嘍囉介)帶那劉高賊子過來。(嘍囉應)

(帶劉高上。白)己欲害人仍害己,他曾求我反求他。(劉高、熊氏跪介。王英向熊氏介)你爲什麽跪下嗄?也罷,也倍①個不是就算了。(宋江、花榮)你這賊子、惡婦,恩將讎報,誣陷善良,如此横行無憚,也有今日麽?(劉高)總是我的不是了,只求爺爺饒我狗命。(宋江、花榮)你這賊子,還想告饒?(唱)

【朱奴兒】只該伊懷慚閉嘴,怎向我乞憐摇尾,怪煞司晨啼牝雞,那些個家有賢妻?

(熊氏白)大王爺,這都是我丈夫做的事,與小婦人一些無干嚧!(王英旁白)果然都是那劉高賊子所爲,與他毫無干涉。(劉高)是你起的釁端,怎多推在我身上?(宋江、花榮)呸!還敢强辯?(唱)

---

① 應爲"賠"。

相推諉，任文過是①非，怎逃得彌天罪？

（白）吩咐嘍囉，將两個狗男女緊緊綁了。（嘍囉應。綁劉高、熊氏介）（王英）阿呀，這樣子不好。（欲解勸介。燕順、鄭天壽攔介）（宋江、花榮、秦明、黄信唱）

【前腔】好男兒向緑林嘯聚，歹夫妻去黄泉唱隨，與昧心人做一個旁州例，牢戒取辜恩負義。

（宋江白）快快推出去，斬訖報來。（衆嘍囉應介。推劉高、熊氏下）（王英嚷介。欲解救介。燕順、鄭天壽攔介）（宋江、花榮唱）

鋼刀利，好報讎雪耻，聊出俺心頭氣。

（嘍囉持首級上。白）獻首級。（宋江、花榮）拿去懸掛山前示衆。（嘍囉應下）（王英氣嚷介）阿喲喲，宋公明，你也忒煞欺負人！我這般說了，要做壓寨夫人的，你畢竟要殺他，却是爲何？（衆勸介）不用粗魯，有話好好的講。（宋江）賢弟，這個惡婦，心地不良，你若留他，日後必遭其暗算。（燕順、鄭天壽）况又是宋大哥的讎人，如何留得？（秦明、黄信）這話説得甚是。（宋江）宋江向曾有言，到日後務必覓一美人相配賢弟，不要煩惱。（王英）若要等你尋起來，我王英這不老了？（燕順、鄭天壽、花榮、秦明、黄信）宋大哥决非失信之人，自然踐言。况且我輩以義氣爲重，豈可因一婦人而致自相争論，豈不被江湖上好漢笑話麽？（王英）我王英若不爲“義氣”二字，早早的散了夥了。（衆）足見高懷雅誼。（燕順、鄭天壽）小寨有幸新添了幾員虎將，吩咐快備筵席，在後寨慶賀。（宋江）我想殺了劉高夫婦，又反了三將，慕容知府焉肯干休？必然申奏朝廷，發大兵征勦，此地兵微將寡，恐難抵敵。（衆）依大哥便怎麽？（宋江）愚意不如投向梁山泊晁天王處，始爲萬全之策。（衆）投到他那裏固好，但恐不肯容留，這便怎麽樣處？（宋江）小可與晁天王有舊，斷無不留之理。（衆）如此，竟依大哥之命。（宋江）且待擇吉與秦統制完過了婚，然後拔

---

① 應爲“飾”。

寨起身便了。(衆)如此甚好。(合唱)

【尾聲】幹一番掀天事業從茲起,

(宋江)

要做個出頭人地。

(衆合唱)

看一羣待雷雨的蛟龍權投向水泊裏。

(下)

## 第十三出　武松打店

(孫二娘上。唱)

【梨花兒滚】奴奴青春年二八,鬢邊斜插海棠花。自小不伏爹娘管,學成武藝把人殺。拉硬弓騎劣馬,鐵尺拐子全會耍。好喫人肉孫二娘,江湖送號"母夜叉"。

(白)家住十字坡,鐵漢也難過。肥的包饅首,瘦的去填河。奴家孫二娘,同丈夫張青在十字坡開張酒店,用蒙汗藥藥倒了來往客商。你看案頭上的大饅首,多是人肉做的,生人進門鬼魂出出①,俺孫二娘好不利害也!(唱)

【粉蝶兒】來往兒曹可笑,他來往兒曹盡多是魚遊釜竈,可正是猛荆軻義膽天高。

(白)前者殺了一個無名的頭陀,留下人頂骨念珠一串,并鐵刀两把。誰想此刀在匣内每夜光芒烱爍,悲鳴不住。(唱)

這芙蓉鍔雪刃常則是神龍吟嘯,

(白)今後呵,(唱)

遇豪傑還要究覓根苗,但一種無義人便當個牛羊屠了。

(白)喒不免到門首去望望。

(貨郎上。唱)

【泣顔回】生性喜妖嬈,到處尋芳覓俏。

---

① 後一"出"字應爲衍文。

（白）你看店門前這個女娘，可不愛殺人也！（唱）

看他塗脂抹粉滿面春風堆笑，我從來饞眼喜今日遇着多嬌貌。

（白）不免與他見禮。（孫二娘）你看那送死的來了。（貨郎兒）大娘子，見禮了。（孫二娘）客官是投宿的麽？（貨郎兒）正是投宿的。（孫二娘）可有行李？（貨郎兒）没有行李，只有一個箱籠。（孫二娘）待我與你拿進去。（各進門介）（孫二娘）客官請坐，待我去取茶來。（暫下）（貨郎兒）妙嗄！（唱）

倘與他羅帳相親似瑶姬會合蓬島。

（孫二娘持茶上。唱）

**【石榴花】**滿捧着蒙山岕片代香醪，權做個歡顔喜笑假相交。

（白）客官，茶在此。（貨郎兒）多謝大娘子，又要拿茶與我喫。（孫二娘）好説，請問客官貴處那裏？（貨郎兒）大娘子，我家住山西朝陰縣，買賣江湖已有年。（孫二娘）家中還有何人？（貨郎兒）家中妻子亡得早，撇我一身受孤單。（孫二娘）原來如此。（貨郎兒）大娘子裏邊還有何人？（孫二娘）一言難盡。（唱）

不幸俺兒夫命短中道相抛，撇得我慘悽悽苦度昏朝。

（貨郎兒白）大娘子，我有一句話要和你説。（孫二娘）有話請説。（貨郎兒）只怕大娘子要惱。（孫二娘）我不惱。（貨郎兒）大娘子真個不惱？（孫二娘）不惱。（貨郎兒作揖介）大娘子，我單你寡两相連，千里姻緣一線牽。若得與我成佳配，白銀爲聘就安眠。（遞銀介）（孫二娘）這一錠銀子就想做親麽？（貨郎兒）若是一錠尚賺①少，箱中還有一吊錢。（孫二娘）客官不嫌奴貌醜，今夜良辰完夙緣。（貨郎兒）如此，取壺酒來，喫個合巹盃。（孫二娘）待我取酒來。（背白）可笑這厮，（唱）

癩蝦蟆妄想天鵝，癩蝦蟆妄想天鵝，輕輕墮入俺圈和套，慢慢的將他開剥。

（暫下）（貨郎兒白）我如今與他做了親，少不得是我掌櫃了。

（孫二娘持酒上）客官，酒在此。（貨郎兒）一個酒盃，两個人怎麽

---

① 應爲“嫌”。

喫呢？(孫二娘)奴家不會喫酒的，喫了酒臉要紅。(貨郎兒)紅了臉有趣。(孫二娘打介)(貨郎兒)爲何打我一下？(孫二娘)客官行路辛苦，與你槌打槌打。(貨郎兒)好是好，怪疼的。(孫二娘)待奴家奉敬一盃。(唱)

今日個湊合天緣，今日個湊合天緣，便許你鴛鴦戲嬲，請試看裴航玉杵到藍橋。

(貨郎兒麻倒介)(孫二娘白)衆夥計那裏？

(衆上)聽得奶奶叫，慌忙走來到。奶奶，有何吩咐？(孫二娘)將這厮宰了。(衆擡貨郎兒介)(孫二娘)衆夥計！(唱)

【么篇】這的是高張羅網執鋼刀，堪笑這貪虫惡鳥到林皋，一任他弄機關張牙舞爪，

(白)將這厮開剥了。(衆應介)(孫二娘唱)

只當個宰肥羊，又好似入天牢，赤緊的不畏天公，赤緊的不畏天公，便許俺殺人如草。

(衆殺貨郎兒下)(孫二娘白)待俺再到門前望望。(内白)走嗄。(孫二娘)你看又有人來了。(唱)

一隊隊行囊結伴過山坳。

(張千、李萬、武松上。同唱)

【泣顔回】(换頭)辛勤跋涉奔荒郊，一路上崎嶇不少，看歸鴉天際又見那日落林皋。

(武松白)二位嗄，天色已晚，該歇宿了。(李萬)待我去打店。(同行唱)

前村尚遥，倒不如就近人家好。

(孫二娘夾白)歇宿的這裏來。(武松見介)呀，(唱)

村務兒斜倚個妖嬈，柳梢風輕颺高標。

(李萬白)大娘子。(孫二娘)衆位客官，是歇宿的麽？(李萬)不是歇宿，要來睡覺的。(孫二娘)取笑俺哩，請進去。(各進坐介)(武松)可有好下飯？(孫二娘)有嗄，薄餅捲臘肉，饅頭共香茶。上房多潔净，下房更幽雅。客官住一晚，只要二錢八。(武松向内看介)店家，你們是黑店！(孫二娘)怎見得？(武松)裏面有多

少器械！（孫二娘）客官有所不知，我這裏離梁山不遠，這器械是防家的。（張千、李萬）可有大饅頭？先拿幾個來。（孫二娘）俺專賣的是饅頭，還有好酒哩。（張千、李萬）取來。（孫二娘向下場取饅頭、酒壺介。唱）

**【上小樓】**雖不比美饌蘭餚，雖不比美饌蘭餚，當充飢堪供一飽。暫按捺猛勇雄心，暫按捺猛勇雄心，且現出眉歡眼笑，請試嘗馨香五味出籠包。

（武松白）這是好酒麽？（孫二娘）客官嗄，（唱）

這是那解愁腸美香醪。

（武松擘開饅頭介。白）二位夏①，這裏果是黑店。（張千、李萬）怎見得？（武松）包子是人肉的。（李萬）了不得，了不得，店家！（孫二娘）怎麽説？（李萬）這包子是人肉的！（武松）裏面有人指甲。（孫二娘）客官認差了，這是鴨子肉做的，裏面的是鴨子嘴。（李萬）爲何這樣小？（孫二娘作眼介。白）這是小鴨兒。（李萬）我的身子多酥了。（向武松、張千介）你們不要疑心，快喫，快喫！（孫二娘唱）

憑着他虎嚥狼飡，憑着他虎嚥狼飡，

（白）看這厮們，（唱）

頃刻赴陰司途道。

（武松向張千、李萬低白）二位嗄，看這婦人不是善良，須要防備他。（張千）既如此，到前面去歇罷！（李萬）你們這樣膽小？這婦人生的好，一定是個好人。如今天晚，那裏赶得到前面？還是這裏歇了罷！（武松）就是歹人，俺也不怕他。（孫二娘）客官們請酒。（武松）我們不喫酒了，引我們那裏安歇。（孫二娘）客官是上房，這裏來。（張千、李萬）我們在那裏？（孫二娘）在那裏，請進去。（李萬同孫二娘諢下）（武松）這婦人不是善良，俺須防備他。

（孫二娘持刀急上）饒他姦似鬼，喫了老娘洗脚水。待俺先殺了

---

① 應爲“嗄”。

這胖漢，然後再將那兩個人結果。（唱）

俺笑他犯虎毛，俺笑他撩飛豹，頃刻間鬼慘神號，頃刻間鬼慘神鬼①，刀山咭咭劍光雪耀。

（踢門，刀砍武松介。武松踢刀，落地介。打拳介。追孫二娘下）

（武松白）這潑婦果是歹人。方纔若不隄防，險遭毒手。俺不免拿住了他，斷送他的性命。饒他走到𨁝摩天，脚下騰雲須趕上。（暫下）

（孫二娘急上）了不得，了不得！（唱）

不隄防遇着兇頑，不隄防遇着兇頑，兔脱蛇驚龍驤虎嘯。

（白）小夥計，快來！

（衆上）奶奶，有何吩咐？（孫二娘）方纔來了三個行貨，那胖漢十分利害，一齊動手。（衆應介）（孫二娘走唱）

須索要同來除勦。

（武松衝上，孫二娘引衆執棍打介。武松奪棍打衆敗介。追下）

（張青上。白）市上歸來天已暮，行行喜至自家門。不免逕入。（向内唤介）渾家。

（孫二娘急上）你回來了麽？了不得，了不得！（張青）你爲何這等模樣？（孫二娘）方纔來了三個行貨，那胖漢十分利害，拿他不住，你快快同我去結果他。（張青怒介）阿唷唷，這厮好可惡！喒同你去拿他。（持棍同走。唱）

【疊字令】急急的消除强暴，落落的英雄懷抱，氣冲冲貫斗牛，怒轟轟臨穹昊。

（武松衝上，打棍介。同擺勢。唱）

體勢狎②獰雄心磊落，一會兒格鬬喧囂，一會兒格鬬喧囂，較勇争强前揮後掉，拚得把平生勇力恣咆哮。

（又打棍介。武松將張青、孫二娘打倒介）（張青白）請問好漢大名？（武松）姓武名松膽氣雄，景陽岡上逞威風。名揚四海人傳

---

① 應爲“號”。

② 應爲“狰”。

播,酒後精拳打大虫。(張青、孫二娘)原來是武二哥。俺們聞名已久,得罪,得罪。(武松)你們是誰?(張青)俺叫張青。(孫二娘)俺是"母夜叉"孫二娘。(武松)原來也是江湖上有名好漢,得罪,得罪。(各見介)(張青)聞得二哥殺嫂報寃,十分義氣。(孫二娘)俺若早知是武二哥,方纔也不敢冒犯了。(武松)這個何妨?常言道不打不成相識。(張青)好個"不打不成相識"!(孫二娘)二哥自到店中,酒還未飲,饅頭也未喫,定然飢餓了。(武松)若是喫了嫂嫂的人肉饅頭,蒙汗藥酒,俺武松也不能到得此時了。(各笑介。同唱)

**【尾聲】**英雄相遇稱同道,將袖揎拳歡笑。

(武松白)兩個解差,不知嫂嫂可曾殺壞?(孫二娘)還在裏面,請二哥進去一同酒飯。(同唱)

幸喜得未試霜刀,做了刎頭交。

(同遜下)

## 第十四出　恩結英雄

(施恩絡手上。唱)

**【生查子】**意氣自雄豪,豈料遭兇報。天地有窮時,此恨何時了?

(白)鵬翮雖云鎩,扶摇志未忘。當思復讎計,誓滅此强梁。掩①施恩是也,自幼學得鎗棒,膂力過人,俠氣如虹,目光如電,因此孟州人稱掩②爲"金銀③彪"。此處東門城外有個快活林,山東、河北客人都來做買賣,掩④領着百十個囚徒,開一個大酒店,却也生意茂盛,財利亨通。不想被張團練的門下唤做蔣門神强占了去,又被他打傷吾臂,此恨怎消?昨日聞得解到一個囚徒,乃

---

① 應爲"俺"。此出底本中"解""爲""雖""强"等字的寫法與其他出亦有不同,疑抄者不同所致。

②④ 應爲"俺"。

③ 應爲"眼"。

是景陽岡打虎的武松，爲人仗義，十分英勇，掩①爹爹現爲管營，少不得解到此間收管。且與爹爹商量，結交了他，以圖報此讎恨。(老管營内嗽介)(施恩)爹爹出來也。

(老管營上。唱)

**【前腔】**一命老青袍，也是蒙恩造。華髮已盈顛，壯志全消耗。

(施恩見介。白)爹爹拜揖。(老管營)罷了。(施恩)孩兒掙下快活林，平白地被蔣門神那廝占了去，心中不服，務要報讎。(老管營)罷！他是張團練的門下，難與他爭論，只索忍耐些兒罷。(施恩)孩兒在孟州城中也算一個好漢，却被那廝耻辱，就死也出這口氣。(老管營)他的勢力甚大，教我也要無計可施。(施恩)孩兒聞得解到囚徒武松，爲人仗義，甚有勇力。若是爹爹饒了他一百殺威棍，待孩兒慢慢與他交好，拜爲弟兄，必然爲孩兒報讎。(老管營)這也有理，只索依你便了。

(牢子上)啓爺，東平府解到配軍武松，請爺出堂發落。(老管營)吩咐衆衙役大堂伺候。(牢子應下)(施恩)少頃見了武松，萬望爹爹留意。(老管營)這個理會。(施恩)請爹爹到裏面更衣。(老管營)欲求國士報，(施恩)須把厚恩施。(同下)

(張千上)果是官差不自由，辛勤跋涉路悠悠。

(李萬上)公堂嚴限須遵奉，水宿風飡敢逗留。(張千)哥嗄，我們做解差的，身在公門，那驅馳勞頓呢，不必説了，最怕的是解了犯人到遠惡州郡，遇着魑魅宿頭，即有性命之虞。(李萬)便是呢。即如前日在十字坡酒店中，若非武二哥英勇過人，將孫二娘打翻，則你我性命險些難保。(張千)如今到了牢城營，已將公文投進，不免請武二哥上了刑具，當堂交割，領批回去便了。(李萬)有理。(向内唤介)武二哥快來。

(武松上)從來心磊落，不憚路崎嶇。(見介)二位，文書可曾投進？(張千、李萬)已投進去了。此處是管營衙門首，(包内出鍊、

① 應爲“俺”。

扭介)要請二哥把刑具上了，好進去見管營。(上刑具介)(張千、李萬)得罪，得罪！(武松)一路多蒙二位寬鬆，如今是衙門規矩，理該如此。(内喝開門介)(張千、李萬)管營出堂了，須索伺候。(衆牢子引老管營穿公服上。唱)

【遶地遊前】管營雖小也戴烏紗帽，一般有役人牙爪。

(坐公案介。白)帶配軍武松過來。(軍牢傳介)(張千、李萬報門，帶進介)配軍武松當面。(老管營)開了刑具。(衆應介)(老管營)武松，你可曉得本營規矩？凡有配軍到此，先打一百殺威棍。你若叩頭求免，可以暫饒。(武松)咳，俺武松呵，(唱)

【宜春令】身雖辱氣自高，從不曾求人恕饒。

(老管營白)這是舊例，十分利害，你怕也不怕？(武松唱)

既稱舊例任憑要打咱多少，

(老管營夾白)你不要口内稱强，還是求我的好。(武松立起介)咳！(接唱)

况且是國法難寬，

(向衆軍牢介。白)牢子們！(唱)

你休得把人情賣了。

(自伏地上介)(老管營佯恕①介。唱)快將他拖翻堦下，與咱嚴拷。(衆軍牢舉棍欲打介。武松不懼介)(老管營背白)果然是個好漢。(向軍牢介)且不要動手。(唱)

【前腔】他言顛倒，容悴憔，料應他途中病着。

(白)武松，(唱)

憐你奔波潦倒，把殺威制棒權停了。

(武松接唱)

記下時割肚牽腸，倒不如當時消繳。

(老管營向軍牢介。白)衆軍牢！(唱)

試聽他胡言亂語，果是病軀狂躁。

(白)且把武松帶到單身房去，解子明日領迴批。(衆應介)(老管

① 應爲"怒"。

管)吩咐掩門。(張千、李萬)武二哥,一路來伏侍不週,我們明日就要告别了。(武松)多蒙二位照看。(衆軍牢)這裏的殺威棍從未饒人,今日寬免,是難得的嗄。(武松)多蒙管營的厚恩。(各隨口白,同下)(老管營出座介)

(施恩上)孩兒方纔在堂後看見,武松果然是個大英雄。(老管營)我將言語唬他,他全不哀求,又欲行杖,他竟毫無懼色,實是難得。(施恩)孩兒即遣家丁打掃潔净卧室,請他安歇,再遣人送酒送飯供待他,改日與他相見,將恩義去結交他便了。(老管營)有理。

(施恩)何幸今朝得俊英,(管營)果然實可副其名。

(施恩)相逢猶恨相知晚,(合)款曲慇懃須盡誠。

(同下)

## 第十五出　人前顯武

(衆軍徒上。唱)

**【月雲高】**一丁誰識,强弓挽兩石,自信多驍勇,人笑饒蠻力,演武廳前操練無虚日。

(白)我等孟州牢城營内衆軍徒便是。前者小管營施恩挑選我等多人,每日在天王堂前擎拿砧子,比試膂力,以備他遣用。(一軍徒)哥嗄,但不知他那裏用着我們?(又一軍徒)不要管他,我們演出力氣來也是好的。(一軍徒)説得有理。此時早飯已過,可到那邊去伺候小管營到來。(衆)就此一同前往。(行介。合唱)

誇雄健誰能匹,論争鬬咱無敵。正復諸人不可及,漫道千軍容易得。

(下)

(武松上。唱)

**【前腔】**中心惑突,疑團怎生釋?本是惡相遭,難做好相識。轉展尋思幾度空猜測。

(白)我武松刺配到此,不惟免了殺威棒,連日來住居華美,飲食豐盛,那裏似囚徒看承?竟當以佳賓管待,這却是什麼緣故呢?(唱)

憐罪人雖冤抑，笑黥徒非奇特。只好供作驪山服下役，豈可坐食牢城爲上客？

(一家丁捧食榼、酒樽上。白)欲求義士千金諾，先致王孫一飯恩。(見介)都頭，早飯已用過好一回了，此時正該飲鐘酒了。(武松)且住，我正要問你，每日這些酒饌是那個叫你送來的？我是個犯罪之人，爲什麽如此相待？(家丁)這個，小人不敢説。(武松)爲什麽不敢説？(家丁)是小主人吩咐過的。(武松)你小主人是誰？(家丁)就是老管營之子，小管營姓施諱叫個恩字。(武松)旋恩？從不相認，怎麽承他如此用情？(家丁)小主人曾説來，管待一年半載後再出來拜見。(武松)這又奇了？(家丁)我小主人呵，(唱)

【桂枝香】思相結識聊爲供給，只具有𪏮糲三餐，少備得醇醪一石。

(武松白)這等？請你小主人出來，待我會會他。(家丁)方纔説的，吩咐過不要告明都頭，小人不敢去請。(武松)咳，豈有此理！不明不白，這酒食教我如何喫得安穩？(唱)

看承我恁鄙，看承我恁鄙，只圖肉食惟貪米汁？

(白)你既不肯去請，待我自去見你主人便了。(家丁)告稟都頭，今日小主人不在衙內。(武松)那裏去了？(家丁)帶領衆軍徒在天王堂前比試膂力。(武松)既如此，你隨我到天王堂前去走遭。(家丁)改日再見罷。(武松)咳，我今日一定要見他。快隨我來！(家丁應介)(武松行介。唱)

去問端的，主人曾不相謀面，旅客如何可寄跡？

(下)

(衆軍徒隨施恩上。白)一自虧輸愧不禁，還從暗地用深心。幾番翹首東門路，快活依然舊日林。(衆軍徒)小管營，我們衆人都齊在這裏了，大家把砼子掇起來，試演試演力氣罷。(施恩)爾等試演了這幾日，畢竟那個好些？(一、二軍徒)王老三好，他掇得起三百斤的砼子了。(又一軍徒)我也好，昨日掇起二百五十斤的。(施恩)爾等都要用心演習，即日就要用着你們了。如果技勇出衆，即當拔作營長、隊總。(衆軍徒)全仗小管營提拔。(施

恩)你們各去試演,我在這邊面看。(衆軍徒應介)

(場上預設大小砫子數個,又大石礅一個)(衆軍徒各作舉砫子,或跌倒或作閃腰,諢介)(施恩旁看介。合唱)

【前腔】無須運甓但當投石,猛拚着數日工夫,管演出千斤氣力。把通身勁趲汗流背脊,把通身勁趲努傷脅肋。論今昔,拔山的項羽誇無對,舉鼎子胥稱第一。

(家丁隨武松上。白)頭顱贈汝無難色,口腹累人有愧心。(家丁)武都頭來了。(施恩驚介)二哥,你怎麽到了這裏來?(武松)適纔詢及尊使,始知種種盛情。此來一者拜識尊顔,二者欲申謝悃。(施恩)不是小弟故爲慢客,不即接見,其中有個緣故。今村僕無知,既已説出,小弟就此告罪了。(揖介)(武松)承小管營如許厚愛,但有用着武松之處,自當不避水火。(施恩)有便有一事相求,恐二哥遠來未幾,道路勞苦力量未足,謾謾的再説罷。(武松)你説在路上辛苦,力量不足麽?(施恩)正是。(武松指介)你將這些柱子只揀大的待我舉與你看。(衆軍徒)這一個是頭號的,重有四百斤,再無人掇得動他。(施恩)太大了,次些的罷。(武松)四百來斤何足爲奇?(指石礅介)這個石礅略覺大些,待我擎舉起來看。(施恩、衆軍徒)這石礅是插旗杆的,看來有五六百斤重,如何擎舉得起?(武松)你們不要管我,但看就是了。(脱衣介。唱)

【黄鶯兒】顯武衆人前,要威名四遠傳,把平生的膂力聊施展。

(舉石礅過頂介。遶場走介)(施恩、衆軍徒驚嚷介。白)阿唷唷,了不得!五六百斤石礅,輕輕的舉個過頂,還要疾走如飛,真正是天神了。從古到今能有幾個像這樣的?(唱)

與孟賁争後先,烏獲分遠近,似大力王菩薩金身現。

(武松放石礅介。唱)

偶然間,當場小試赢得讚聲喧。

(施恩白)長兄非是凡人,真神人也。(衆軍徒)果是神人,我等都是極不服善的,今日也就甘心拜倒了。(施恩)爾等且都散去,明日早來。(衆軍徒應介)古來弱漢輸强漢,今此小巫見大巫。

(下)(武松)小管營,你有什麽事,如今可該説與我知道了?(施恩)且請穿好了衣服。(武松穿衣介)(施恩)小弟在這孟州,也算小小的個好漢。向日在東門外快活林,開一個大酒店,生意十分興旺,不圖財力,實欲壯觀本營。不想近日來了一人,乃是張團練門下,名唤蔣忠,綽號"蔣門神",身高力大且好拳脚,倚張團練的勢力,竟把小弟痛打了一頓,把座酒店白白的奪了去。(武松)嗄!他竟打奪了那座酒店去?(施恩)正是。(唱)

【簇御林】他假虎威出大言,我憑雞肋飽老拳,可憐削盡了英雄面,到如今含羞耻懷讎怨。

(武松白)嗄!原來有這等事?(施恩)久仰長兄是個奇男子、偉丈夫,將來要仗神力報復前讎,奪回酒店。(唱)

論英賢,不平慣抱義膽可包天。

(武松白)阿唷唷,這厮好可惡!怎敢恃强搶奪人家的産業?(唱)

【琥珀猫兒墜】聽伊分訴怒氣欲衝天,由不得心頭烈焰燃,吾當勇往直趨前,看俄然鋤彼强梁安依良善。

(欲行介)(施恩白)二哥且謾,聞得他這幾日不在店中,再打聽那厮回來了,然後奉請前往。(武松)只是又要教我多氣悶幾日。(施恩)且請同至衙門,家父尚欲面會,小弟意欲與二哥盟作兄弟。(武松)如此甚好。只是武松是個罪人,怎好仰攀?(施恩)豈敢!請即同往。(武松)請。(行介。唱)

【尾聲】天涯外知己初相見,

(施恩)

怎論得交情深淺,

(合唱)

看咱這豪傑的投機好在是只片言。

(携手下)

## 第十六出　中途聞訃

（衆嘍囉頭目引宋江、花榮、秦明、黄信、燕順、王英、鄭天壽上）

（一嘍囉打"收捕梁山"旗號上）

（花小姐車輛、金銀、輜重隨上。同唱）

**【駄環着】**挈同儕就道，挈同儕就道，出谷遷喬把蕞爾抛，捐向叢然依靠，萬仞梁山天表，犖犖英雄又是氣相投聲相呼招，好比那擇林良鳥，在穩處棲身安保。

（宋江白）我等在清風山殺了正知寨劉高夫婦，誠恐官兵征勦難以支撑，爲此與衆兄弟商議，一同投奔梁山，以圖負固久安之計。前日秦明兄弟已與花小姐完婚，隨即焚燒山寨，裝載金銀輜重，扮作官軍，打起收捕梁山旗號，以防所經州縣盤詰。起程以來，且喜並無阻滯。（衆）我等久慕晁天王爲人豪俠，又喜梁山地居形勝，可以容納我輩。今日此舉甚合衆意。（宋江）迤逕行來，不知是何地界了？（燕順、王英）已近對影山了。（宋江）頭目過來，此處山道崎嶇，路徑龐雜，我等先往前途探聽，你們隨了花小姐車輛，押了金銀輜重，在後緩緩而行。（頭目應介）（宋江）你看峰巒高聳，樹木蒙茸，好個所在也。（衆望介）便是。（宋江）須索趲行前去。（同行唱）

風光好意氣豪，聽冉冉征途語多歡笑。

（同下）

（吕方持戟引嘍囉上。唱）

**【駐馬聽】**年少英豪，對影山中把名姓標，堪笑那終童不武、吕布無謀，怎如我畫戟如蛟。

（白）俺吕方是也，祖貫潭州人氏，霸此對影山久矣。不想近日有一嘉陵郭盛來到此間，欲奪吾之山寨，爲此今日帶領嘍囉下山，與他决一勝負。咳！郭盛嗄，郭盛！（唱）

笑你空張螳背①逞虚囂,管教一命須臾了。

(白)衆嘍囉,隨我來。(衆應介。同走唱)

轉過山坳,似奔星走電巖前繞。

(郭盛持戟冲上,戰介)(吕方白)嘚!郭盛,你有何能,輒敢奪吾山寨?(郭盛)俺的雄威誰個不曉,快快讓這對影山與我,方得干休。(吕方)誰與你多講,看我手中器械。(又戰介)(擺勢同唱)

【前腔】两戟頻交,和你决個雄雌在這遭,驀地裏蛟龍格鬬貔虎相持鳩鵲争巢。

(吕方白)衆嘍囉,一齊厮殺者。(嘍囉吶喊,應介)(吕方唱)

饒伊插翅會騰霄,此番難把殘生保。

(郭盛白)憑你有千軍萬馬,俺郭盛何足懼哉?(唱)

幼習龍韜,寡能敵衆方得顯雄豪。

(戰下)

(衆嘍囉引宋江等七人上。同唱)

【駐雲飛】翠滴松梢,一片山光日影摇,瞥峯巒好見,

(内吶喊介)

又聽兵戈繞。

(宋江白)列位兄弟!(衆應介)(宋江)你聽何處喊殺之聲,我們到高阜處看來。(同唱)

嗏!引領陟嶕嶢,穿林過梢,秀壑奇巖宛似山陰道,眺望無窮景致饒。

(衆嘍囉引吕方、郭盛殺上。擺勢同唱)

【前腔】怎肯相饒,酣戰移時怒未消。

(又戰介。同唱)

殺氣漫山繞,畫戟霜華攪。

(又戰介。架住各將畫戟上下按捺,衆嘍囉吶喊圍繞介。两戟按於地井上,地井中暗將戟帶結介。吕方、郭盛紐結繞場下)(宋江白)妙嗄,好兩員少年猛將,猶如錦繡一般。(唱)

嗏!两戟似雙蛟,波翻雪耀,又見繡帶如虹交結難分掉,掣拽盤旋氣

① 應爲"臂"。

正驕。

(衆白)果然好兩員虎將也。(宋江)兩虎相争,必有一傷。那位賢弟與他們分解了纔好?(花榮)待小弟射開戟帶,勸他兩下解和。(宋江)如此甚好。(花榮持弓箭。唱)

【地錦花】向雲坳,發一點寒星小,射斷戟縧,管教他兩下開交。

(向下場射介)

(吕方、郭盛提戟引嘍囉上。同唱)

神箭從空把彼此和調,是天教使羿射勸吾曹。

(同白)願聞神箭將軍大名。(花榮)吾乃"小李廣"花榮是也。(指宋江介)鄆城縣宋公明在此,理應各消忿恕①,上前相見。(吕方、郭盛)原來"及時雨"宋大哥到了,我等生平仰慕,今喜相逢,請下山岡,待我等拜見。(宋江等下山岡介)(宋江)二位英雄且不必施禮,請問高姓大名,爲何兩下争鬬?(吕方)俺吕方,潭州人也,占據對影山久矣。(指郭盛介)他來强奪,故此相持。(郭盛)俺郭盛,嘉陵人也,偶來此處,欲奪此山,連日交鋒,未分勝負。今遇宋大哥到此,願從指教。(宋江)二位乃少年英俊,定非池中之物,何苦共戀此山?若依宋江的愚見,郭兄弟也不必争奪,吕兄弟亦不必占據。聽我一言奉勸:(唱)

【皂羅袍】圖大還應棄小,論鵾鵬遠志豈若鷦鷯,何須争取一枝巢,不如同往梁山好。

(吕方、郭盛白)既蒙大哥指教,又喜各位英雄偕往梁山,我等情願追遂②鞭鐙。(吕方)且請大哥與豪傑上山,稍盡地主之情,明日燒寨起行便了。(衆)妙嗄!果是英雄,十分爽快。(宋江)還有花小姐車輛併金銀輜重在後。(吕方)嘍囉,快去迎接上山。(衆嘍囉應介,下)(吕方)請。(衆同行。唱)

相逢傾盖宛同故交,晤言邂逅一如久要,心孚志合稱同道。

(石勇持書上。白)欲識英雄面,須憑尺幅書。那位是公明宋大

---

① 應爲"怒"。
② 應爲"隨"。

哥?(吕方、郭盛)此位就是。(石勇叩頭介)久慕大名,今方叩見,想殺小弟也。(宋江)尊兄請起,請問尊兄高姓大名,爲何到此?(石勇)在下姓石名勇,平生所慕唯有大哥一人。特到尊府拜訪,不想大哥負罪在外,令弟四郎寄有家書,託我到柴大官人處尋覓。且又不遇,來到清風山,聞得與諸豪傑拔寨起行,故此赶來尋問。(吕方)既是宋大哥家書到了,請石兄同到山上,明日相贈金銀,以資盤費如何?(石勇)咳,俺石勇渴想多年,今始相遇,當與宋大哥永遠相處,方遂吾願。(宋江)既承賢弟盛意,可同我等前往梁山否?(石勇)小弟願往。(花榮等白)妙嗄,片刻之間,又得三籌豪傑。且同到山上,各通姓名,談論心胸便了。(吕方)就請上山。(同行。唱)

【前腔】各遂平生懷抱,看欣欣接武喜動眉梢,何期此地遇賢豪,峰巒林樹添榮耀。

(到寨介。吕方白)各位英雄請上,受吕方一拜。(衆)不必如此,大家同揖便了。(同揖。唱)

吾儕相遇一言訂交,豈同庸衆繁文絮叨,須把形骸脱略纔得心相照。

(石勇白)四郎家書在此。(宋江隨口白。接看,驚駭介)阿呀,兀得不痛殺我也!(昏倒介)(衆)大哥甦醒。(扶起介)(宋江哭介)我的爹爹嗄!(唱)

【江兒水】暫爾違色養,音容遽永抛,有虧子職稱不孝。教我寸寸肝腸渾似絞,行行血淚如珠掉。

(白)列位嗄,我宋江本欲同往梁山,不幸先君棄世,五内如焚,即欲告辭奔喪去也。(唱)

這罔極深恩難報,

(白)罷!(揖衆介。唱)

只得揖謝同袍,早赶向靈前悲悼。

(走介)(衆攔住介。衆白)宋大哥,(同唱)

【前腔】且自停悲泣,還須念我曹,

(燕順、王英、鄭天壽白)前蒙大哥計議,焚燒山寨投往梁山,如今大哥回去奔喪,我等與晁天王從未識面,焉肯容留?(衆同唱)

教人進退無依靠，望你全始全終把前言蹈，歸投水泊同須到。

(同白)且將我等安頓梁山，(同唱)

然後奔喪全孝，既盡朋情却又得不虧子道。

(宋江白)我宋江荒迷哀戚之中，豈能同往？但衆兄弟無所依歸，吾心亦甚不安。也罷！只得權住一宵，待我燈下修封薦書付與衆兄弟徑投梁山。我明早辭衆歸家便了。(衆)多謝大哥。

(嘍囉上)啓上大王，花小姐車輛併金銀輜重已到山下了。(吕方)吩咐好生迎接上山。(嘍囉應下)(衆同唱)

【尾聲】看同堂相對無歡笑，

(宋江唱)

揾不住盈盈血淚抛，

(衆唱)

且到後寨擎盃勸伊把煩悶消。

(同下)

## 第十七出　醉打蔣忠

(蔣忠上。唱)

【朱奴兒】仗膂力在江湖往來，託豪門把事業安排，憑勢行兇略使乖，奪生涯遂了胸懷。

(白)一自施恩打倒，一方讓我爲尊。一壺緑醑一紅裘，(笑介)一世無愁無悶。俺姓蔣名忠，生來兇勇漢仗魁巍，因此人唤爲“蔣門神”。少年無賴，流落江湖，今自潞州來到此間，恰好這裏張團練是掩①的好友，仗他權勢，增俺雄威，把施恩打倒，就將一座快活林白白的强占了。如今開張酒肆，那些過往客商，誰敢不依俺的高價？近居鄰舍，那敢道俺的是非？搶來妓女當渾家，制服村民爲僕隸。(笑介)好不灑落也！今日雪天無事，不免到前村債户人家去喫他一醉，有何不可？(向下場介)小伙！(内應介)(蔣

---

① 應爲“俺”。

忠)俺到前村走走，你們好生招攬主顧。(内白)是了。(蔣忠)小姐。(内應介)(蔣忠)你要用心掌櫃，不要與人耍笑。(内白)你這等利害，誰敢與我耍笑？(蔣忠笑介)這句話倒説得是，俺的利害，那個不知？(行介。唱)

威風大任憑咱擺劃，那懦弱輩甘寧耐。

(下)

(衆家丁引武松上。唱)

【燕歸梁】纔見彤雲四野排，大雪已盈街。

(施恩上。唱)

定應雪耻遂心懷，踏雪去醉歸來。

(揖介)(武松白)俺今日去打蔣門神，須還我“無三不過望”。(施恩)哥哥，怎麽叫“無三不過望望①”？(武松)但遇着一個酒店，就要喫三碗；若無三碗，便不過那酒望子去。(施恩)東門外到快活林有一二十個酒店，哥哥若喫了五六十碗，恐怕有誤大事。(武松)兄弟，你不知道，俺多一分酒增一分氣力。若非酒醉，怎能打死景陽岡的大虫？(施恩笑介)哥哥乃是酒内英雄也！家丁們！(應介)你們擡着酒餚，隨了武爺前去。(家丁擡酒餚介)(武松)兄弟，我們趁此大雪，(唱)

【好事近】和你對酒共開懷，此景尋常難買。

(衆行。同唱)

看瓊枝玉樹偏將凍蕋争開。

(施恩白)哥哥，小弟看此大雪好似蔣門神。(武松)怎見得？(施恩唱)

漫天遍野平白的占了人疆界。

(衆家丁白)已到一個酒店了。(武松)酒來。(飲酒，同唱)

有一日臘盡春回，被東君笑煞狂乖。

(施恩指介。白)哥哥，這是個村醪小店，也還喫三碗否？(武松)兄弟，(唱)

---

① 其中一“望”字應爲衍文。

【前腔】你斟來休問好和歪，但聞是酒須篩。

(飲介。衆行。同唱)

人生不飲似青山容易白頭。

(武松白)兄弟，俺想這雪又像你我二人，(唱)

歲寒交友論心胸，潔白無纖芥。

(施恩指介。白)哥哥，前面的林子就是快活林，那十字路口的酒店就是蔣門神强奪去的。(武松望介。作怒介)阿唷唷，這厮好可惡！待俺再喫十來碗酒，前去奪還酒店便了。(施恩)可要小弟帶領家丁，與哥哥同去？(武松)些須小事，何必多人？(指介)你們且在這林子内藏躲。待俺打倒這厮，然後再來歸還舊業便了。(同行。唱)

命家僮不必追隨，莫教他耻笑吾儕。

(同下)

(雜扮妓女艷粧上。唱)

【普賢歌】新來營妓學當壚，强把文君着意摩，面將脂粉塗，髻將墮馬梳，一幅賽門神的仕女圖。

(白)俺乃平安寨的妓女，被蔣門神奪到此處。叫俺開張酒店，日間掌櫃，夜裏專房，十分快活。今日俺爹到前村去了，叫俺用心掌櫃。(向下場叫介)小伙那裏？

(雜扮走堂人，引衆小伙上。同唱)

【前腔】殺牛屠狗氣豪粗，展布油蓑把酒沽。一聞掌櫃呼，慌忙去造厨，添蒜加葱還着滷。

(白)掌櫃的，有何吩咐？(妓女)爹往前村去了，須把店面鋪設停當，招人來喫酒。(衆應介)(妓女唱)

【千秋歲】快安排，標插林端外，急急的挑水搬柴。

(衆掛酒標，擡大酒缸、小酒罈安放介。同唱)

把店面開張，店面開張，只願得沽酒的人山人海。

(妓女摇算盤介。走堂人唤賣酒介。衆小伙暫下)

(雜扮各色飲酒人上。同唱)

消渴吻千盃快，助逸興千愁解，酒向前村買，將杖頭散去甕底沽來。

（進店介。同唱）

酒來酒來，

（走堂人送酒介）

菜來菜來。

（走堂人報菜介。衆飲酒諢介）

（武松作醉態上。唱）

【前腔】徑行來醉裏乾坤大，

（見酒店介。唱）

一霎兒怒塞胸懷。

（進店介。白）呔，取酒來！（走堂人送酒介。武松略飲介）呸，這酒不好！（擲盃介）（妓女）可將這罈好酒與他喫。（走堂人撮罈送介）（武松看妓女介）這個粉頭倒也標致，過來陪俺的酒。（妓女）啜！俺爹十分利害，你敢來撒野？（武松）呔！俺就撒野何妨？（擲罈打妓女介。衆飲酒人驚介。諢勸介。妓女接罈打武松介。武松接罈打。走堂人跌倒介。作忍痛下）（妓女向下場介）小伙，快到前村報與爹知道。（逃下）（武松諢打，衆飲酒人驚散下。武松將掉凳拋打介。唱）

激動雄心，激動雄心，管踹平這小小的肉林酒海。

（妓女引走堂人、衆小伙各持棍棒上。同接唱）

施人敢施狂態，冲太歲招兇害，蜂擁行來快，他寡不敵衆合自當災。

（衆打武松介。武松舉凳追打衆人下）

（蔣忠急上。唱）

【縷縷金】有誰個惹飛災，前村忙趲向店中來。

（白）方纔小伙報道，有一醉漢在此吵鬧。（唱）

我怒氣填胸臆將他危殆，

（進店叫介。白）呔！那個殺才在此惹禍？

（武松上。唱）

他摩拳擦掌恁狂乖，今日定除定①，今日定除害。

---

① 應爲“害”。

(蔣忠、武松打拳介)

(妓女引衆小伙持棍上,蔣忠取棍打武松,武松奪棍打介。赶衆小伙下,打蔣忠倒地介。赶妓女至下場介。舉假妓女作倒浸大酒缸内介。蔣忠上前欲搶介。武松踢倒蔣忠,踏住介)(武松唱)

**【越恁好】**這懦夫賤婢,懦夫賤婢,管教你喪塵埃。

(蔣忠夾白)你是什麽人?(武松接唱)

俺在景陽岡上曾打過大虫來。

(蔣忠白)原來是個好漢,只求饒命。(武松又將妓女浸酒缸内介)(蔣忠)多是我不好,與這女人何干?(武松舉擲妓女)

(衆小伙上,救下)

(施恩引衆家丁上。同唱)

想兇徒力衰,想兇徒力衰,聽聲聲乞相饒求告甚哀。

(進店介。施恩白)蔣忠,你這等强横,也有今日?(蔣忠)願聞好漢大名。(武松唱)

遍寰區播傳武松名,曾打虎豈比凡儕。

(施恩等同接唱)

笑伊那蠢殺才,在井底施威大,快活林奪得便遭傾敗。

(蔣忠白)我情願讓還快活林,只救武爺饒我的狗命罷。(武松)既然如此,還要依俺三件。(蔣忠)莫説三件,就是三百件也依得。(武松)第一件,你把酒店讓還原主,一應財物不許擅動。(蔣忠)依得。(武松)第二件,你連夜急走他鄉,不許在此躭擱。(蔣忠)依得。(武松)第三件,須要叩頭陪罪,求施大爺饒命。(蔣忠)依得。(武松放蔣忠介)暫且饒你。(蔣忠向上叩頭介)求施大爺饒命。(施恩、武松)蔣門神,(同唱)

**【紅繡鞋】**你從前作事多歪,多歪,今朝没興齊來,齊來。

(蔣忠接唱)

忙陪罪叩庭堦,須急走向天涯。

(施恩夾白)饒你去罷。(蔣忠起,向上場恨介。接唱)

我把報讎計早安排。

(急下)(施恩白)今日顔面争光,復歸舊業,皆哥哥之力也。(揖

介)(武松)些須小事,何必致謝？快去檢點銀錢,盤查帳目,重整快活林便了。(同唱)

【尾聲】須知否極還逢泰,雪後俄看温暖來,燕喜重將綺席開。

(同下)

## 第十八出　還家遇捕

(趙能、趙德同上。唱)

【六么令】身充壯健,纔入公門便爾迍①邅,把昔年舊案作新翻。

(趙德白)哥嗄,如今好了。(唱)

逋逃客在途間,

(趙能夾白)只怕傳言不實。(趙德唱)

説是聲音狀貌無差贋,聲音狀貌無差贋。

(同白)我們乃鄆城縣新參都頭趙能、趙德是也。(趙能)好笑新任大爺把宋江殺死閻婆惜的命案,着在你我身上緝捕兇身。(趙德)連次受了限棒,如今纔有些踪跡。(趙能)怎麽樣呢？(趙德)有人傳説宋江將次還家,我等須要用心捉獲。(趙能)若果然是他,你我兩人恐非敵手,須要稟明縣主,帶些土兵拿他,方爲停當。(趙德)這個自然。(宋江内哭介)(趙德)你看,那邊來的黑漢子,正是宋江！(趙能)且不可動手,快去稟知本官便了。(同唱)(合前)

果是聲音狀貌無差贋,聲音狀貌無差贋。

(同下)

(宋江哭上。唱)

【十二紅】【山坡羊】(首至四)哭哀哀痛心如剜,急煎煎歸心難按,路迢迢不顧昏朝,意慌慌一似離弦箭。

(白)我宋江忽聞父親身故,辭衆奔喪,一路行來,風飡水宿。且喜離家不遠了,不免緊行幾步。(哭介)我的爹爹嗄！(唱)

---

① 應爲“迍”。

【五更轉】(六至末)想臨别時精神健,誰知去後、去後難重見,好教我黯黯神傷悽悽悲惋。

(到門介。白)來此已是自家門首,不免徑入。

(宋清上)安閒娱歲月,温飽務農桑。(見介)哥哥回來了?(宋江哭介)阿呀,兄弟嗄!不料爹爹去世,如今靈柩停在那裏?(宋清)哥哥請免愁煩,爹爹在家無恙。(宋江)如此説來,這個訃音是那裏來的?(宋清)待我請爹爹出來,便知分曉。(向下場請介)爹爹有請。

(宋太公上)

精神多矍鑠,懷抱少營謀。

(宋清)哥哥回來了。(宋太公)我兒在那裏?(宋江膝行,哭抱介)阿呀,爹爹嗄!(唱)

【園林好】(首二句)乍相逢猶如夢間,

(拭眼,看介)

分明在嚴親膝前。

(白)石勇寄到家書,内具爹爹不利之言,孩兒讀之肝腸寸斷。(唱)

【江兒水兒】(至末)因此跋涉長途回轉,

(白)如今爹爹呵,(唱)

尊體安然,這信息教兒難辨。

(宋太公白)你且起來。(扶起介)(宋江)求爹爹快説與孩兒知道。(宋太公)自你出門之後,我終朝思想。因你平日相識過多,恐懼罪而入匪類,故命汝兄弟假報訃音,激汝歸家。况且你的罪名已經逢赦減等,料無大罪。(唱)

【玉交枝】(首至四)故將書寄遠,望你早歸家吾心始安。

(宋江①夾白)哥哥,(接唱)

非吾敢把虚言賺,尊嚴命只得從權。

(宋江白)原來如此。(笑介)我好快活也。(唱)

---

① 應爲"清"。

【五供養】(五至末)啼痕未乾，忽地舒眉哀變爲歡。

(同唱)

天倫饒樂事，從此免縈牽。

(宋江拜介。唱)

欣欣厮見，今以後常親儀範。

(宋太公、宋江隨口白介)

(趙能、趙德引衆土兵上。唱)

【好姐姐】(首至三)兇頑久經逃竄，累我輩公堂勒限，

(白)打進去。(見宋江介)在這裏了。(套鍊子介。唱)

疾忙捉獲休思輕放寬。

(宋太公、宋清白)是誰擅敢拿人？(趙能、趙德)我們是縣裏都頭。(指宋江介)他殺了閻婆惜，逃走在外，累我們逢限責比。(唱)

【玉山供】今日盈惡貫返家園，急須鎖扭見恩官。

(捉宋江下)(宋太公驚慌介。白)這是那裏説起？媳婦快來。

(孟氏上)堂前呼喚急，未審有何因？(宋太公)媳婦，你丈夫回來了。(孟氏)在那裏？(宋太公)不想纔得回家，即被縣裏都頭拿去。(孟氏)嗄！想爲閻婆惜的舊案了，這便怎麽處？(宋太公)媳婦放心，已經逢赦減等，料無大罪。你先進去打點金銀，好作衙門的使用，待我與你叔叔赶至縣前，打聽消息便了。快快進去。(孟氏應下)(宋清)待我扶了爹爹，到縣前去。(宋太公懊悔介)咳！早知今日事，何苦唤兒歸。(同下)

(内打退堂鼓，喝掩門介)

(宋江鎖扭，二解差扶上)(宋江唱)

【鮑老催】(首至六)楚囚淚漣，傷心哽咽泣斷猿，

(二解差接唱)

無由搭救空見憐。

(一解差白)咳，這是押司的命運淹蹇，遇着新任大爺十分執法，那趙能、趙德又是新參的都頭，不知押司是個豪俠，故此胡亂拿人。(又一解差白)方纔在堂上責打之時，凡係舊交無不驚嘆。

(二解差同白)奈我輩無力可施,甚覺不安。(宋江)此乃吾罪應該,不必説了! 但是方纔呵,(唱)

【川撥棹】有何顏面,受鞭笞愧怎言?

(宋太公、宋清急上。接唱)

步踉蹌不顧危顛,步踉蹌不顧危顛。

(見宋江介)(宋清白)這縣前跕的是哥哥。(宋太公)呀!(唱)

見他身被拘攣,使吾心痛酸。

(各見哭介)(宋太公白)阿呀,兒嗄! 大爺如何問了,就是這般光景?(宋江)爹爹不須悲泣,幸喜本縣大爺遵赦減等,不致抵命。(宋清)到底問何罪名?(宋江)方纔脊杖四十,刺配江州,立限起身了嚧。(宋太公、宋清哭介)纔得相逢,又要遠别。(宋太公)這都是我老年昏憒,唤你回家,以致如此。咦!(唱)

【桃紅菊】自恨我把假訃虚傳,自恨我把假訃虚傳,致兒曹身罹罪愆。

(二解差、宋江、宋清同勸介。接唱)

【僥僥令】不須曾懊惋,總是命迍邅,聚散人生原無定,且自寬心慰老年。

(宋太公向二解差白)只求二位方便,同到舍間,使我一家骨肉安慰一番,准備盤纏,相送起程。(二解差)我們乃是押司舊交,不比趙能、趙德無知之輩,憑他官府嚴限,我們只管用情便了。(宋太公)多謝,就請同行。(二解差扶宋江同行。唱)

【尾聲】在他鄉刻刻把歸期盼,誰想又向天涯抛故園,從此離别有萬千。

(同下)

## 第十九出　收攬羣雄

(衆嘍囉頭目引劉唐、林冲上。同唱)

【玉交枝】赳赳驍勇,踞梁山揚威逞雄,潢池要把兵戈弄,管甚麽國法難容。

(林冲白)劉大哥。(劉唐應介)(林冲)近日探聽得大隊官兵打了"收捕梁山"旗號,前來征勦我等。奉軍師之令在要路埋伏,似彼來時，即便奮勇截殺。（劉唐）前者黄安統領水軍到此，殺得他片甲不回。如今來的官兵，少不得也是納命的了。（林冲）雖然如此，也要用心迎敵。（劉唐）林大哥言之有理。衆嘍囉！（應介）吩咐偃旗息鼓，就此埋伏者。（衆應介。同行。唱）

向深林密箐去藏踪，這神機妙算須遵奉，破官軍易如發蒙，看奇兵立時建功。

（同下）

（衆嘍囉頭目引花榮、秦明、黄信、燕順、王英、鄭天壽、吕方、郭盛、石勇同上。唱）

【普天樂】散晨光林巒廻，事長征程途永，經幾度宿水湌風，喜梁山望裏峥嶸。

（衆分念白）我等指望宋大哥同上梁山，誰想他中途聞訃，辭衆歸家，只得帶了薦書一同前往。來此已近梁山泊，故將收捕旗號撤去，大家趲行。（同行。唱）

看高山峭聳，行行指顧中，樹色嵐光果是鬱鬱葱葱。

（劉唐、林冲引頭目、嘍囉衝上。白）嘚！何處官兵，敢來勦捕，須認認梁山好漢。（欲戰介）（花榮架住介。白）住了，好漢不可動手。我等並非官兵，因恐途中盤詰，故爾託言"收捕梁山"，今有宋公明薦書在此。（秦明等同唱）

【剔銀燈】藉鱗鴻傳投寨中，因我輩素欽威重，故兼程涉遠來尊奉，歸水泊與英豪厮共。

（劉唐、林冲同白）原來如此。（同唱）

相逢方知個中，

（劉唐白）林大哥，（唱）

須辨取音書一封。

（花榮遞信介）（劉唐接看。白）果是宋大哥的薦書。（林冲）何以得知？（劉唐）前者寨主差我送金子與他，他寫回書答謝，字蹟與此一般。（林冲）還是劉大哥粗中有細。（劉唐）喒就將此書傳達寨主。（向林冲云）林大哥領了衆位上山便了。（林冲）有理。（劉唐持書走介）八行盈寸楮，一字重千金。（下）（花榮）還有舍妹車輛併金銀輜重在後。(林冲)頭目過來。(頭目應介)(林冲)速到酒店中上覆朱大王,前去迎接。一面准備船隻,在金沙灘伺候。(頭目應介)(林冲)請各位英雄同上梁山。(衆)請。(同行。唱)

**【普天樂】**繞花溪經麥隴,過烟磴穿雲洞,雖則是草野潛踪,樂天然幽境重重。

(合前)

看高山峭聳,行行指顧中,樹色嵐光果是鬱鬱葱葱。

(同下)

(公孫勝、吴用、劉唐、晁盖作上山岡。同唱)

**【剔銀燈】**薦羣賢作爲股肱,越顯得故人情重,似茂林修竹招鸞鳳,樹風聲把人心歆動。

(晁盖白)多蒙公明兄弟薦引,清風寨諸名將併清風山、對影山諸豪傑前來匡濟,方纔看了薦信,不勝欣喜,爲此即向山前高岡之上遥接羣賢,以顯誠敬之心。(吴用、公孫勝)足見寨主敬禮賢豪,故爾人心嚮慕。(晁盖)劉兄弟。(劉唐應介)(晁盖)你速將此意傳與新來豪傑,你同林兄弟好生引領上山,待等諸位過了金沙灘,即遣嘍囉前來報知,以便率衆迎接進寨,不得有違。(劉唐應介。下臺行介。白)好將傾注意,説與遠來人。(下)(晁盖等同唱)

喜英雄來入彀中,須盡禮使四方景從。

(衆嘍囉、林冲引花榮等上。同行,唱)

**【普天樂】**宛子城朝霞拱,蓼兒洼清泉湧,早望見一片空濛,金沙灘日照曈曨。

(劉唐急上。白)各位英雄慢行。(衆停住介)(劉唐)寨主有令。(林冲)有何號令?(劉唐)方纔寨主看了薦書,十分歡喜。諸位皆天下豪傑,故同軍師與一清先生向山前高岡之上遥接衆賢,以顯誠敬之心。命我與林大哥好生引領上山,待過了金沙灘,即遣嘍囉報知寨主,還要率衆迎接進寨哩。(花榮等白)多蒙寨主盛情,何以克當?(劉唐、林冲)就此同行。(衆同行。唱)(合前)

看高山峭聳,行行此顧中,樹色嵐光果是鬱鬱葱葱。

（同下）（晁盖白）你看，新來豪傑將進金沙灘了。（同唱）

【剔銀燈】一個個如貔似熊，一行行摩肩接踵。

（晁盖唱）

但遥觀已是歡心動，又何待同堂相共。

（吴用、公孫勝唱）（合前）

喜英雄來入彀中，

（同唱）

須盡禮使四方景從。

（衆嘍囉、朱貴引花小姐車輛、金銀輜重上。同行，唱）

【普天樂】護魚軒催輜重，趲雙輪如風送，轔轔的抹過溪東，見芳洲鷗鷺飛空。

（合前）

看高山峭聳，行行指顧中，樹色嵐光果是鬱鬱葱葱。

（同下）（吴用、公孫勝白）看紛紛車輛，將至蓼兒洼也，（唱）

【剔銀燈】輾平原春雷震空，過芳堤麯塵飛動，似流泉接軫聲喧閧，滿載着金銀輜重。

（晁盖唱）

喜英雄來入彀中，須盡禮使四方景從。

（嘍囉報上。白）啓上寨主，新來好漢已過金沙灘了。（晁盖）傳令寨中，隨我到灘前迎接，一面准備酒筵，與衆好漢洗塵。（嘍囉應介）（晁盖等下山岡。同唱）

【尾聲】向筵前親自把金罍奉，盡都是著海内的矯矯義勇，佇看取説劍談兵滿座中。

（同下）

## 第二十出　互顯雄威

（白勝持令旗上。白）縲絏羈身喜脱逃，此生濟拔藉賢豪。今來許列羣英末，好比鷹鸇託鳳巢。俺白勝只因劫了生辰綱，被濟州府拿去，監在獄中，受了無限苦楚，多蒙寨主差人將金銀上下打點，得以寬鬆，故能越獄而逃。來到此間，又蒙寨主收録，此恩此德，感之不盡。昨者有宋公明薦到花榮等九位豪傑同來聚義，俺寨主十分歡喜，隨即迎至寨中，擺酒洗塵。今早又大排筵宴，款待已畢，恰遇今日乃本寨操演之期，俺寨主在席間傳令，派下新舊弟兄率領新舊嘍囉，同往山前操演比試。一來要顯本寨的威風，二來要觀新到的弟兄本領，故此先着俺在山前伺候。如今寨主將到，須索小心迎接者。（暫下）

（衆嘍囉頭目引晁盖、吴用、公孫勝、宋萬、朱貴、阮小二、阮小五、燕順、鄭天壽、黄信、郭盛、石勇十二人上。同唱）

【北夜行船】今日個心歡和意愜，把觥籌暫爾停撤，向翠擁山前砥平原上，齊看取衆熊貔一行行排列。

（燕順等白）我等多蒙寨主容留，又容開筵款待，何以克當？（晁盖）諸位皆有名豪傑，又是公明兄薦剡而來，理宜祇敬。但公明兄中途聞訃，辭衆奔喪，今日不能同列一堂，深爲悵快。（吴用等白）便是。

（白勝上。稟介）啓上寨主，花榮、林冲等共新舊弟兄八人謹遵寨主之令，各帶新舊嘍囉，伺候開操比試。（晁盖）既如此，同上山岡觀看者。（衆）寨主請！（同行，上山岡介。唱）

【喬木魚】這峯巒嶭叢，看巍巍直與層霄接，同向這雲樹烟林把危磴躡，俺可也身居翠靄中。

（向下望介。唱）

只見的佈刀鎗勇氣嗹嗻。

（晁盖白）吩咐開操。（白勝向下展令旗介）吩咐開操。（内鑼鼓介）

（花榮引嘍囉各持大刀上）

（林冲引嘍囉各持片刀上。同比試介。下）（晁盖等同唱）

【慶宣和】這的是萬點寒霜一片雪，冷颼颼向巖下飛越。待與那瓊海銀河鬬光潔，這兵威耀也、耀也。

（内鑼鼓介）

（秦明引嘍囉各持雙斧上）

(劉唐引嘍囉各持雙刀上,同比試介。下)(晁盖等同唱)

【落梅花】揮巨斧抽身入,舉鸞刀全體遮,两邊厢逞雄争傑,誰能降心甘示怯,真個是虎唬彪劣。

(内鑼鼓介)

(吕方引嘍囉各持戟上)

(杜遷引嘍囉各持鎗上,同比試介。下)(晁盖等同唱)

【風入松】只見那揺喉駐景莽龍蛇,萬千條練影向空斜。一霎裹林巒四處點霜雪,把青青草色全遮。怒蛟般横行奡桀,攪得那滄海騰决。

(内鑼鼓介)

(王英引嘍囉各持籐牌上)

(阮小七引嘍囉各持短棍上。同比試介,下)(晁盖等同唱)

【撥不斷】齊把那棍來揭牌去遮,似鄧林般攢住千江月,奮勇争先逞便捷。鬧轟轟爆雷聲震山林也,黑漫漫暗塵飛野。

(内鑼鼓介)

(花榮、林冲、秦明、劉唐、吕方、杜遷、王英、阮小七各持兵器引嘍囉上,大戰介。戰畢,同擺勢。唱)

【離亭宴歇拍煞】非是俺弟兄行驀地裹尋戈鉞,端只爲奉雷霆軍令要争雄傑。一霎兒兵交刃接,鬧洶洶怎隄防,氣昂昂誰伏帖,急攘攘施烈威,長戈挽落暉,利劍颺寒雪,猛可的愁雲滿野。

(衆跕立两傍介)(晁盖白)妙嗄!果然新舊弟兄武藝高强,两下嘍囉隊伍整肅,俺梁山可爲僥倖也。(衆)全仗寨主之福。(燕順等白)我等看了半日,十分技癢。(晁盖)且等下次操演,再當比試便了。(向衆介)我們同回寨中,重整筵席,以盡今日之歡。(衆)多謝寨主。(晁盖)衆嘍囉,擺齊隊伍回寨者。(衆應介。内吹打。晁盖等下山岡介。衆擺隊伍行。唱)

【煞尾】今日個有意辨雄雌,平心分勇怯,着眼觀優劣,似燕齊稱等倫,如魯衛無差别。逗的貔虎把雄威奮發,凛凛的騰殺氣尚横空,慢慢的舉飛觴共醉月。

附録三：

# 忠義璇圖殘第一本

## 【劇目簡介】

傳奇，署名有“藍畹”“三元官”等。殘第一本①，鈔本，現藏中國國家圖書館。小説《水滸傳》第一回《張天師祈禳瘟疫　洪太尉誤走妖魔》至第四回《趙員外重修文殊院　魯智深大鬧五臺山》敘洪太尉放出罡煞及魯達故事，此劇與小説情節多有差異，尤其是涉及金翠蓮的故事，更是大篇幅地鋪排衍化，似多有承襲戲曲《虎囊彈》之處。

殘第一本，鈔本，二十出②，每頁十行，每行二十二字，每出有七字標題③，與二百四十出本對勘，當爲編寫第二階段第一本的修改本。

此劇首敘三教圣人出場，指明宋江等人爲天罡、地煞下凡，天下當有劫難，遂吩咐各山川、土地等神注意守護百姓。洪信上香，偶然放出罡、煞，禍機已顯。高俅因送玉器結識端王，隨之陞爲太尉，任職之初，發現了過去的仇人王進，欲圖報復。王進攜母離京，途中結識史進，并傳授其多般武藝。史進與少華山朱武等人結交，事發燒莊而奔赴延安府，偶遇魯達。魯達仗義爲金翠

---

① 以筆者之見，此本應爲《忠義璇圖》編寫第二階段時的第一本。

② 中有兩个“十一出”，實爲二十一出。

③ 七字標題和編者信息爲後來貼補，初始版本中爲四字標題。此本遍布紙條貼補的痕迹，且貼補用紙顔色泛黄，與原初紙質發灰區别明顯，當是在初抄本基礎上進行的修改本，尚未經再次謄抄。文中曲白多有以貼補的形式調整者，多見由曲改爲白。

蓮抱不平，失手打死鄭屠，衹得流亡江湖。金翠蓮後嫁趙愷，并收留魯達，助其落髮五臺山爲僧。花自溪因調戲金翠蓮不成，將趙愷收留魯達一事告發，趙愷入獄，金翠蓮冒虎囊彈之刑，遠走他鄉爲夫申冤，种師道准其訴狀，下令調取趙愷、花自溪到太原受審①。

## 第一出　宣諸神發明衷旨②

（藍畹編）

（衆護法神上，跳舞介）

（衆揭諦、衆大儒、衆星官擁釋迦佛、文昌帝君、太上老君上）

（合唱）

**【新水令】**籠光華瑞靄散諸天，會靈山法身齊現，萬殊歸一本，三教總同源，宗派相傳，直與那天地共悠遠。

（奏樂介）（陞座介）（分白）悟徹菩提証妙通，齊家治國有儒宗。五千道德元門秘，聖主恩深喜並崇。我佛釋迦如來佛是也。吾神文昌帝君是也。吾神太上老君是也。積功行之無筭，與天地而長存，道統成三，雖爾分門別户，利物則一，總爲覺世度人。去上古而茫茫，事還鑒其已往；慮季世之擾擾，機當防以未來。必須默運神通，庶可潛回造化。（佛）先事而慮，謂之先覺；後事而慮，謂之後覺。即如宋室氣運，大有一番兵戈擾攘，世人昧昧，何由先事消弭？（文昌、老君）如來智慧，誠爲先覺，我等所慮，亦因向日鎮壓妖魔在龍虎山中，形雖未彰，機已漸露，將出現人世矣。未免傷害生靈，深屬可憐可憫。（佛）静極則動，隱久當顯，時節因緣，固莫能强。雖然如此，我等自當默相護佑，以安大地衆生。（衆揭諦、大儒、星官）三位教主，憐憫世人，發大慈悲心，功德非

① 此段情節應與戲曲《虎囊彈》關係密切。

② 原標題爲“三教會議”。

小也。(三教)我想這閻浮世界呵,(唱)

【駐馬聽】運會千年,往古來今多變遷。神通一展,掀天揭地費週旋。漫道那主張造化有專權,可知這維持民物多深願。好憑俺法力無邊,濟羣生的慈願應非淺。

(文昌、老君白)觀消長之機,識盈虛之理,妖魔出世,此其一也。只因宋室道君皇帝,内任奸邪,以致外招寇盜,那山東宋江、江南方臘、淮西王慶、河北田虎,四處大寇,同時作亂,雖無大害,惟恐傷殘民物。佛法無分彼此,還當作何普濟纔好?(佛)那四處大寇,同時竊發,我已預知,已經相召四處城隍,并山川之神,待其到來,面諭他們便了。(文昌、老君)我佛慈悲,保全無量生靈矣。(佛)但以我慧眼觀之,紛擾塵寰,不僅如是,那宋室自香孩兒開國,天下太平,已有年矣。無奈氣運相承,數十年後,更有一番戰争之事,棄汴京而走臨安,倚長江以爲天塹,天下遂成南北之勢矣。(文昌、老君)大數當然,即天地亦無如之何。我等遥想宋室君臣呵,(合唱)

【沉醉東風】坐花間春風綺筵,恣遊樂忘反流連。到後來南渡的再得個中興,只可憐北狩的何年得轉?有兆頭天津橋聽徹啼鵑,雖説是運數推遷總在天,也則爲人事兒有些乖舛。

(山東、江南、淮西、河北四城隍,八山川神上。唱)

【雁兒落】望雷音①輝輝佛日懸,催電車陣陣神飈捲,遥見那金繩法界開,早又是寶地檀塲建。

(白)我乃山東城隍是也。我乃江南城隍是也。我乃淮西城隍是也。我乃河北城隍是也。我等山川之神是也。今者三教教主,會聚靈山,蒙佛旨相召,特地趨赴。(進見介)三位教主在上,小神等參禮。(三教)諸神少禮。(城隍、山川神)三位教主相召我等,不識有何法旨?(三教)諸神民社所寄,責任非輕。爾等境内,各有巨寇爲亂,是皆爾諸神之所當防禦。况十室之邑,必有

---

① 抄本中此頁上有貼補紙條"縱遇著""早又是""莫使那""那""望雷音""催電車""樣",均當爲曲白修改之處,或年久脱落故置之於頁上。

忠信,一境之地,寧乏善良?豈可使崑崗失火,玉石不分乎?務須各展威靈,力爲保護山川民物。(衆神應介)(三教唱)

【得勝令】呀,可奈他逆氛煽處勢滔天,要仗伊護好了錦中原。幸喜得大都會金甌樣固,怎能彀小城垣鐵桶般堅,處處裏山川,莫使那戎馬頻蹂踐,在在的黎元,縱遇着兵戈要保全。

(衆神白)三位教主慈悲憫世,拯救羣生,小神等仰體好生之心,自當默相護衛便了。(唱)

【掛玉鈎】俺都是享祀興朝有百年,自然的多靈顯,雖不能壯志如他祖逖鞭,也索要圖完善,那凡人明處裏將勳績獻,俺神祇暗地裏把功勞建。但能彀一境安然,纔消得萬姓香烟。

(三教白)保護山川民物,固是諸神分内之事,但須早爲籌畫,以備不虞。(唱)

【川撥棹】休待要兵和將逼壕邊,須把那户牖綢繆未雨先,有一日氣運推遷,天意回旋,依舊的民物完全,恁那保障的威靈方始顯。

(衆神白)小神等就此前去,預作准備,一俟昇平,即當前來回覆法旨。(唱)

【七兄弟】看纔來鹿苑,又遽辭法筵,剛一瞬打盤旋,喜歸途趁天風便,望齊州何處依微顯,淡濛濛九點烟光遠。

(下)(三教白)衆神祇已遵法旨而去,想彼自能保境安民也。(衆揭諦、大儒、星官)請問三位教主,所走妖魔,如何可以收伏?(三教)那些妖魔,原係上界天罡地煞諸星。因有過犯遭貶,鎮鎖多年,所以出世,人雖兇暴,心實忠義,玉帝已令武曲星君,降生塵世,招伏他們歸順朝廷,以作宋室干城之將。(衆揭諦、大儒、星官)原來如此。(三教下座介)(合唱)

【煞尾】俺可也慈悲同發菩提願,俺可也槖籥分操造化權,扶持世運也則是分當然,好把那測不盡的靈光大施展。

(衆揭諦、大儒、星官擁三教下)(衆護法神跳舞下)

## 第二出　建大醮酬答昇平①

（藍畹編）

（四宰相文彦博、范仲淹、趙哲、包拯，四朝臣歐陽修、張堯佐、狄青、杜衍上。唱）

**【賽觀音】**月初沉，星猶綴，聽紫陌喧傳曙雞，想萬户千門洞啓，喜殿當頭綵仗正排齊。

（白）蓬萊仙闕五雲中，閶闔疎鐘下曉風。夜景未收宫樹暗，玉堦花影尚朦朧。下官文彦博是也。下官范仲淹是也。下官趙哲是也。下官包拯是也。下官歐陽修是也。下官張堯佐是也。下官狄青是也。下官杜衍是也。（宰相）幸生盛代，（朝臣）欣事熙朝。（宰相）望重鳳池，職在股肱帝室。（朝臣）聲傳鷺序，任當經濟邦家。（合）覩庶績之咸熙，知明良之交泰，禮應稱賀，誼合頌揚。今當早朝時分，你聽天樂鏗鏘，御香馥郁，聖上將次陞殿，須當肅儀而待。

（内奏樂介）（衆武士擺鑾駕，四小内官，四大内官，内有洪信，二黄門官、四昭容上。設朝介）（衆宰相、朝臣參介）（合唱）

**【好子樂】【好事近】**（首至四）初日耀彤墀，早殿上扇開雉尾，賡歌拜手，共仰取天顔有喜。

（白）臣等奏聞陛下。（昭容）奏來。（宰相、朝臣）恭遇吾皇御極以來，仁風善政，無地不被。普天之下，年歲豐登，萬民樂業，路不拾遺，夜不閉户。一夫無不獲之虞，比户有可封之象。臣等躬遇此太平盛世，曷勝歡忭之至。（唱）

**【刷子序】**（五至合）羣黎，欣同戴光天化日，幸長際景運昌期。

**【普天樂】**（八至末）聽遐邇歡聲如沸，盡道是皇朝有慶，聖主無爲。

（黄門官白）聖旨下，聞卿等所奏，世運清寧，民風淳朴，朕心喜焉。但以朕凉德，何能遽臻盛治，皆因天地默佑，所以致此雍熙

---

① 原標題爲“宋帝設朝”。

之化。既荷生成之德，當申酬報之儀。即着殿前太尉洪信，恭賫詔書、御香，前往江西龍虎山，宣召正一嗣教張真人來京，修建羅天大醮，答報天地之恩，兼可爲民祈福。洪信可即日起身，兼程到彼，促其星飛就道，以副朕望。欽哉！謝恩！（衆）萬歲、萬歲、萬萬歲！（唱）

【錦纏道】聖垂衣，世中天治隆化美，一物總無遺，則看這堂陛賡歌喜起，不獨是使閭閻豐衣足食，還待要爲人民迓福延禧。

（昭容喝平身介）（衆唱）

聖主德巍巍，萬斯年久安長治。

（昭容喝退班介）（奏樂介）（衆武士、大小内官、黄門官、昭容下）

（衆宰相白）宣召天師建醮，仰報天地，爲民祈福。聖旨慎重其事，我等理當恭送勅書，以展誠敬之心。（衆朝臣）正當如此。那太尉即時就要起身了，且不用歸第，請諸位老相國相率我等而往。（衆宰相）請。（衆朝臣）請。（行介）（合唱）

花陰淑景移，晝漏報紫宸朝退。望御爐中香靄尚霏微。

（下）

（衆儀從執龍旗、御棍，擡龍亭供勅旨、御香，引洪信上）（合唱）

【普天樂】繡鑾旗，排成對，盤龍棍，行開隊。纔離了絳闕崔巍，又行來紫陌倭遲。

（衆宰相、朝臣上。唱）

朝天乍歸，送使臣又看車馬争馳。

（見介）（宰相、朝臣白）恭喜老太尉榮膺簡命，出使遠方。我等當送至十里長亭，以申欽仰之心。（洪信）重承諸位老先生盛情，壯我行色，只是勞尊，恐不敢當。（宰相、朝臣）誥封炳炳，勅命煌煌，自當恭送一程。（洪信）既如此，送至新蔡門外，就請回來。（宰相、朝臣）請。（行介）（合唱）

【千秋歲】擺鑾儀，早把行人辟，穩駕着四牡騑騑。五色天書，五色天書，光燦熳直與那雲章争麗。中官職，原尊貴，天朝使，尤風利，榮寵人難比。總都緣宣揚帝命，憑藉天威。

【尾聲】障遥空，誰蹴這芳塵起，都是那接使臣的往來飛騎。

（宰相、朝臣）

只看這密層層的供帳排開專候着你。

（下）

## 第三出　駕鶴朝天徵法力①

（藍畹編）

（衆道童引天師上。唱）

【菊花新】風雷俄向掌中生，作法能教鬼魅驚。空際馬嘶聲，遵勅令百神聽命。

（白）一片閒雲鶴影孤，朝元幾度上清都。雷霆印用黄金鑄，日月符看丹篆書。我乃正一嗣教虚靖天師是也。自漢代始祖道陵公公，得道人間，棲神天上，相傳至今。蒙朝廷累代勅封，子孫蔭襲，世居龍虎山中。原有宫觀，爲厭煩囂，所以結茅山頂，静中做些修煉功夫。昨晚閒步巖前，仰觀乾象，見有使星照臨此境。仔細推算，原來朝廷欽差到此，召我進京，要修羅天大醮。因思既有聖旨，何必待天使到來，我當駕鶴徑往汴京便了。（唱）

【駐馬聽】禮合趨承，君召何須俟駕行。好准備暫辭仙觀，遠過人寰，徑向神京。籠星冠雞唱海霞明，裊雲衣鶴背天風冷，心辦虔誠。佇看甘泉宫啓，金墀仰聖。

（白）我想每常使臣到此，頗多驕傲不恭。今番我當試探來使之心，果爾志誠否。（向道童介）可唤值日神將過來。（道童應介。唤介）

（值日神將跳舞上。白）環侍霞宫嚴護衛，奉差雷部競奔趨。（見介）天師呼唤，有何使令？（天師）今有使臣到此，召我進京，我當駕鶴竟往帝都。但那天使即日上山，爾等可遣神虎、巨蟒，試探其心。只宜恐嚇，不得傷犯。（神將應介）（天師唱）

【又一體】蛇虎縱横，驀見知他是怎生？但看取有無畏懼，果否虔誠，虚

---

① 原標題爲“天師預聞”。

實情形。

(白)以前那些使臣到此，頗多倨侮不恭。(唱)

只曉作威使勢逞驕矜，怎肯卑辭下禮生恭敬，他兀自志滿心盈。今日個偶然相試，莫傷其命。

(道童白)請教主更衣就道。(奏樂介)(天師下座介。虛下)(道童一半隨下)(神將)教主赴召前去，我等須索護送一程，然後回來，遵依法旨而行。(道童)正當如此。(合唱)

【太平令】欲赴瑶京，鶴馭安排猶未乘，看松陰低覆星壇冷，吹衣袂午風清。

(奏樂介)

(天師騎鶴上)(神將、道童擁護行介)(合唱)

【榴花好】【石榴花】(首至四)一行侍從簇擁躡雲程，凌碧落上青冥，處高寒漸覺羽衣輕，拂瑶空凉吹微生。

【好事近】(五至末)何勞送迎，那土司空仰望三霄迥，廻避牌告退了神祇，律令旗潛匿却精靈。

(下)

## 第四出　鳴騶載道肅威儀①

(藍畹編)

(二法官率道衆上。唱)

【六么令】星冠鶴氅，叩齒三通，稽首焚香，書符誦咒善祈禳。論法力，果高强，伏壇長把天門上，伏壇長把天門上。

(白)我等乃龍虎山上清宫法官是也。我等道衆是也。(一法官)三日前本縣縣尊，着人通知，朝中差有天使洪太尉到此，宣召教主進京，説今日准到。(又一法官)教主却在山頂，不能通禀，我等須索率領道衆，肅儀迎接。(二法官合向道衆介)分付各處殿宇，俱要打掃潔净，少停迎接，務須恭敬。(道衆應介)(合)正是：

① 原標題爲"□迎天使。"

不向松陰聽唳鶴，且從花外候鳴騶。（道衆下）

（衆從人引文官八人上。唱）

**【出隊子】**使星遥降，出郭相迎道里長。紛紜冠盖競趨蹌，遠望前旄仰寵光，手板恭擎，佇立路旁。

（白）我等江西省道、府、州、縣官是也。今有欽差天使到來，禮合遠接。方纔前跕已到，説離此不遠，須當一同上前迎迓。（唱）（合前）

遠望前旄仰寵光，手板恭擎，佇立路旁。

（下）

（衆軍卒引武官八人上。唱）

**【又一體】**旌旄在望，官吏沿途趨走忙。前驅負弩具戎裝，恭迓欽差拜道旁，驛騎飛馳，塵土亂揚。

（白）我等江西省遊、守、千、把官是也。早上汛兵來報，欽差天使刻下就到，爲此出郭遠迎。想必離此不遠了，須索快快前往。（唱）（合前）

恭迓欽差拜道旁，驛騎飛馳，塵土亂揚。

（下）

（衆儀從，二中軍一人背勑旨、一人捧御香，引洪信乘馬上。唱）

**【朝元令】**身辭帝鄉，回首時瞻仰。衣沾御香，觸目頻懷想。下得五色雲中，九重天上，一道綸音新降，蟒玉貂璫，堂堂使臣意氣揚。

（衆文武官兩旁上）（迎接介）（文官白）江西省道、府、州、縣，（武官）江西省遊、守、千、把，（合）迎接天使大人。（中軍禀介）（洪信）請各回衙。待見過天師，再請相見。（中軍傳介）（文武官應介）星軺遠挾風霜氣，雲陛長瞻日月光。（下）（洪信）分付擺齊儀從，就此趲到龍虎山去。（衆應介）（行介）（合唱）

看候吏跪邊廂，行人避兩旁。還應誇獎，誰似這尊嚴氣象，尊嚴氣象。

（到介）（内撞鐘、擂鼓介）

（二法官率道衆上。迎進介）（法官率道衆參見介）（洪信白）天師在於何處，怎麽不來迎接圣旨？快去請來，以便開讀。（二法官）天使大人且請台坐，小道等有言禀上。（洪信坐介）有甚言語，快快講來。(二法官)這代教主,號曰“虚靖天師”。性好清高,懶於迎送。自向龍虎山頂,結一茅菴,修心養性,不住在本宫。(洪信)既在山上,着人去請來就是了。(二法官)好稟覆天使,這位教主道行非常,善能駕霧興雲,踪跡不定。即如小道等,常時亦難得相見。如何叫人請得下山?(唱)

【玉芙蓉】雲深路渺茫,人遠山高廣。每出遊歸卧,蹤跡無常。

(洪信白)似爾等這樣説來,朝廷勅命,難道罷了不成?(法官唱)

也知煌煌鳳詔自天邊降,無奈杳杳鸞驂向雲外翔。

(洪信白)欽限甚緊,這便怎麽樣呢?(二法官)話便有一句,只是不好説得。(洪信)容你們只管説來。(二法官)只除天使大人,辦一點志誠心,齋戒沐浴,更换衣裳,自背詔書,步行上山,虔誠啓請,或者可以得見。(唱)

須躬向,望高山景仰,算從前使臣來此務謙光。

(洪信白)嗄,要是這等麽?(二法官)正是。(洪信作難色介)豈有此理!我是朝廷貴臣,這個如何使得?(二法官)若不是這樣,恐違誤欽限,大有不便。(洪信)是嗄!爾等説得甚爲有理,違誤欽限,大家都有不便。也罷!便當依爾等之言,明日親自步行上山。下官一片爲國爲民之心,即使褻體,人家也當見諒。(二法官)這個自然。(洪信唱)

【又一體】躬臨紫翠房,徒步烟雲嶂。便從教褻體,却又何妨?

(笑介。白)我倒也好笑。(唱)

只道朝中烏帽尊無上,那曉方外黄冠貴莫當。

(白)分付將詔書、御香供在正殿上,從人們外面伺候。(中軍應介)(傳介)(儀從下)(洪信)

須發放,這爪牙幾行,好先將威儀略減舊風光。

(二法官白)且請天使大人到方丈獻齋。待等明日,小道等相送上山。(唱)

【尾聲】准明晨好把高峯上,拚穿遍了層巒叠嶂,還不知那無定的仙踪在那一方。

(下)

# 第五出　上清宫受驚太尉①

（藍畹編）

（場上預設山一座）

（山神、土地上。白）廟宇極荒凉，地位忒微眇。案空齋供無，爐冷香烟少。緑醑誰來薦，黄錢何處討？殿傾寒雨淋，幔破陰風裊。塵漬厨飛蝠，磚迸墻生草。廟貌既隳頽，神威復潦倒。開山力不加，守土年應老。色黯貌傷傻，泥剥形枯槁。算來實苦辛，説起多懊惱。仙靈時往來，神將頻騷擾。迎送總不休，驅遣從無了。若是誤些兒，脊梁遭棒拷。（土地）山神哥，你便打得起，我是老了，那裏還禁得打？（山神）也饒你這土地老兒不過嗄！（各笑介）（土地）閒話少説，早間值日神將，傳出天師法諭，今日有使臣洪太尉上龍虎山來。（山神）要遣神虎、巨蟒，試探來使之意虔誠與否，命我等在暗中調遣。（土地）此時想要上山快②了，我和你就此去來。（山神）説得有理。（合白）不須見怪三尸恐，只在袪邪一念虔。（下）

（二法官、四道衆隨洪信背勅旨，捧爐香上）（洪信唱）

【點絳唇】冠帶旋更，威儀暫屏，上高峯頂，好致虔誠，把大法力的天師請。

（二法官白）天使大人，請從這條路上去，不到十里之遥，就是茅菴了。小道等不便相陪，暫且告退，少刻再來迎接。（洪信）爾等自便。（二法官、道衆應介）閒指紫霜峯下路，却歸白鹿洞中天。（下）（洪信）你看嵐光叵匝，翠影交加，這深山景物，倒也幽雅。我只索緩步上去便了。（唱）

【混江龍】遥望那入雲危磴，盤空叠作有幾層層。那一邊撑天的孤峯突兀，這幾答礙日的叠嶂崚嶒。雖説是千仞崔巍山勢險，猶喜得一條屈曲

① 原標題爲“歷試堅心”。

② 應爲“快上山”。

路痕平。只須是遶崇岡穿松入竹，用不着淩絶壁附葛攀藤。碧沉沉隔林烟靄，白茫茫觸石雲生，印莎徑鹿眠跡冷，出松陰鶴唳聲清，並無個閒來往餐霞仙客，可有那嚴守衛值日神靈。

(白)走了一回，漸漸有些力乏了。唉！一個羽流罷了，却要我步行上山拜請，這是那裏説起？我想他也未必有甚法術嗄。(唱)

那裏見半青天嘘出風雲氣，平白地訶來雷電形，只好向瑶壇步斗，幾曾去玉局談經。

(内作風聲介)(洪信白)呀，好端端天晴日朗，怎麽忽然起這一陣狂風，好怕人也！(唱)

【村里迓鼓】煽腥風山鳴谷應，忽迷漫沙飛石迸，虢萬竅封姨忒猛，拔羣木孟婆太横。但見那駭獸潛踪，飛鴉驚噪，行人弔影。

(虎上)(跳撲介)(洪信白)阿呀，不好了！(驚跌介)(唱)

怎當這白額山君，咆哮挐攫，負嵎威逞，拚做個導前頭倀傷的代頂。

(虎又撲介)(洪信驚倒介)

(土地暗上。驅虎下)(洪信醒介。白)慚愧，慚愧！那虎不來傷我性命，竟自去了。如今怎麽樣呢？我想若是退轉去，那些道衆就要笑我了。罷！只得大着膽兒再捱前去。(作整衣，復捧爐香行介。唱)

【上馬嬌】雖曾躭戰兢，還算多僥倖。剛從那虎口脱餘生，尚兀自神魂措難安，那樹響也心驚。

(巨蟒上。盤繞介)(洪信白)阿呀！今番我要死也。(跌倒介)

(土地暗上。驅巨蟒下)(洪信)阿呀呀，了不得！這山中怎麽有這些毒虫猛獸？早知如此，來此做什麽？如今是斷斷再不可上去了。(唱)

【勝葫蘆】不是咱退悔心生不志誠，恁危險地怎生行？我這裏暗暗心頭還自省，又非是浮雲富貴，鴻毛性命，誰肯便輕生？

(内吹笛介)(洪信白)這樣蛇虎出没之處，竟還有童兒牧牛？且待他來，問個信兒，再定行止。

(牧童騎牛吹笛上。唱)

【山歌】想當初老君乘此度函關，一去仙蹤杳不還。今日個重向欄前鞭得起，閒來騎出白雲間。

(洪信)你那牧童，可認得我麽？(牧童不理介)(洪信)問你説話，怎麽不應？(牧童)你到此間，敢是要見天師麽？(洪信)你怎麽知道？如今天師在於何處？快去通報，説有天使在此，速來迎接。(牧童)早間聽得天師説："朝中欽差齎詔到此，宣我進京修建醮事。"已經乘鶴駕雲先去了，你不用上山去罷。(洪信)嗄！有這等事？你不要説謊嗄。(牧童作不理介)(吹笛下)(洪信)且住。那個牧童怎麽盡知我來意，莫非天師分付過了他？果然先進京去了？我想山中虫獸又多，况且天氣漸晚，不如依他的話，回轉去罷。有理，竟是這等好！(行介。唱)

【柳葉兒】猛回身好尋歸徑，虎狼窟豈可久停？早遥林一抹烟光暝，天慘淡空山景，恐落日少人行，只索把膽兒强硬。

(二法官、道衆上。接介)

(中軍暗上。接勅旨、爐香介)(二法官白)天使大人高山往返，勞苦不易。(洪信)唉！你們這些道衆，好没道理！(二法官)爲什麽來？(洪信)我是朝廷貴臣，你們如何戲弄起來？(二法官)小道等焉敢？(洪信)這山中多有毒蛇猛虎，你們必然知道，怎不先説一聲，由我獨自上去？(二法官)原來爲此着惱。天使大人有所不知，本山雖有猛獸，並不傷人。(洪信)那裏是並不傷人？還是下官的福分大，吉人天相。(二法官)這也有之。請問曾見過教主否？(洪信)那裏得見？只遇着一個牧童，説天師預先知道，已經駕鶴先往汴京去了。(二法官)原來如此。既然教主已去，公事算完，請天使大人在此少住幾日。明日小道等奉陪，相請遊山，以申仰攀之敬。(洪信)遊山？要遊在下面各處遊遊罷。那山上有什麽趣嗄！(二法官)那山上有多少勝景哩。(洪信)罷，罷！(唱)

【煞尾】論平常多豪興，不是今番拂爾高情，那山路崎嶇從來懶登。

(二法官白)既是這等，明日只遊下面各處罷。(洪信先下)(法官、道衆笑介。下)

## 第六出　齊雲社遇合端王①

（藍畹編）

（衆内侍引端王上。唱）

【東風第一枝】派出銀潢，名榮玉牒。百年屏翰皇朝，頒恩時降黄封，拜嘉長近丹霄。

（白）勅上蓬萊第一峯，宸輿遊處每相從。昨宵侍宴歸來晚，明月滿身花露濃。孤家端王是也。乃神宗皇帝之子，哲宗皇帝之弟。一身喜享尊榮，四海幸逢清宴。平居無事，惟有爲樂追歡，徵歌選舞。今日風日晴和，適值園中百花齊放。正宜歡賞。酒筵可曾齊備？（内侍）完備多時了。（端王）分付唤女樂們出來。（内侍應介）女樂們走動。

（八女樂應上）一弹流水一弹月，半入江風半入雲。（見介）大王在上，女樂們叩見。（端王）起來。（女樂應介）（端王）對此羣芳爛熳，春宴豪華，爾等可先奏清歌，後呈妙舞。（女樂應介）（端王）擻宴過來。（内侍應介）（女樂奉酒介。唱）

【念奴嬌序】香喉乍囀，聽紅牙輕按，圓匀竹肉齊調，一串驪珠纔吐處，雛鶯學語花梢。還要，響遏行雲，聲飛裂石，餘音時向畫梁繞。

（端王、内侍合唱）

須鑒賞聲容兩擅，曲調彌高。

（奏樂介）（女樂又奉酒介。舞介。唱）

【又一體】輕巧，腰圍恁小。看湘裙蕩展，雲中新月高蹺，逸態蹁躚，抵多少翥鳳翔鸞縹緲。偏好，錦帶飛揚，綃衣飄舉，似花枝不定晚風摇。

（端王、内侍合唱）

還待把纏頭早贈，垂手應勞。

（奏樂介）（又舞介）（端王唱）

【錦衣香】檀板敲，廻風調，綵袖飄，行雲貌，最好柘枝桃葉，合成雙妙。

---

① 原標題爲“端王宴樂”。

綺羅業裏擁嬌嬈，肯教虚度，月夕花朝。

(白)酒懷暢適，豪興頗濃。衆内侍，可隨我進裏面换了便衣，再至前殿丹墀之下，踢毬戲耍一回。(内侍應介)(端王)衆女樂且進内换粧，伺候我進來。(女樂應介)舞低楊柳樓頭月，歌散桃花扇底風。(下)(端王唱)

笑玉人年少，嬌無力錦屏斜靠。且待深宵到，華軒月照，把瓊筵再啓，金樽重倒。

(下)

(高俅捧玉器上。唱)

【漿水令】蒙驅遣寧辭路遥，任奔趨難言事勞。重將什襲裹瓊瑶，人休笑我，迷邦懷寶。

(白)自家高俅是也。東京人氏，自小無賴，屢有過犯，遇赦得免。因行止不端，幾爲世所不容。幸得小蘇學士，轉薦在王都尉府中，做個親隨，暫爾棲身。今日奉主人之命，着我送玉器兩件，到端王府去。一路行來，前面已是了。(行介。唱)

輝朱户，插碧霄，門前車馬相喧鬧。

(到介。白)門上那位在?

(門官上)獸環朝啓曳裾客，魚鑰宵嚴執戟人。(見介)你是那裏差來的?(高俅)是王都尉差來，送得玉器在此。相煩通稟。(門官)大王在前殿，與衆内侍將要踢毬。你可隨我進去，覷便與你傳稟。(高俅)如此甚好。敢煩相引。(門官)隨我來。須要小心些。(高俅應介。唱)

多堪畏，多堪畏，勢焰非小。還應羡，還應羡，爵位原高。

(下)

(衆内侍引端王换衣上。白)净掃春場如砥平，繡衣單薄喜身輕。迎空一蹴曾無失，嬴得千人喝采聲。(一内侍捧毬介，一内侍代端王拽衣介)(端王唱)

【雙令】【江兒水】烏靴輕健，緊蹬着烏靴輕健。春衫稱體剪，把長襟斜拽，軟帶横纏，繡團花的雙袖捲。

(踢毬介)(合唱)

自打舊曾言,齊雲今尚傳。蹴蹋輕圓,擊打盤旋,雙睛注來不暫轉。

(門官引高俅暗上介)(端王、内侍合唱)

足尖胯邊,總不離足尖胯邊。芳塵亂踐,影迷濛芳塵亂踐。這一下墮邊旁的勢稍偏。

(將毬踢至高俅身旁介)(高俅踢還介)(端王白)這是何人?(衆内侍)你是什麽人?(門官驚介。跪禀介)是王都尉處差來的。(高俅跪禀介)小的主人,命送玉玩器到此。(呈玉器介)(内侍接,送端王介)(端王略看介)前日偶然説了,駙馬直如此志誠。(付内侍介)收好了。(内侍應介)(端王)你這人叫什麽名字?想會踢氣毬麽?(高俅)小人叫高俅,略會踢幾脚。(端王)既然會踢,可下塲來同耍一回。(高俅)小人是何等樣人,敢與大王下脚?(端王)這是齊雲社,名爲天下圓,無分貴賤,但踢何妨?(高俅)小人到底不敢。(衆内侍)大王擡舉你,踢就是了。(端王)我這裏豪興勃勃,快來踢耍一回。(高俅)如此,小人大膽了。(叩頭謝罪介)(端王、内侍合唱)

【又一體】毬塲名擅,既然是毬塲名擅,向人前將藝顯。

(同踢介)(高俅唱)

要一身圓活,通體輕便,把儘平生的力氣展。

(合)

似皓月轉當天,明星忽墜川,一蹴争先,幾遍趨前,早津津汗流微氣喘。

(端王住介)(内侍、高俅又踢介)(端王笑介。白)妙嗄!(合唱)

花攢錦纏,戲耍處花攢錦纏。歡情不淺,暢好是歡情不淺。聽一片出風前的笑語喧。

(踢完介)(端王白)你那脚勢,是有傳授,着實用過工夫的,踢得甚好。(高俅)蒙大王謬奬,小人不敢當。(端王)還曉甚長技麽?(高俅)拳棒吹弹,俱略知一二。(端王)如此更妙了。我要留你在府中,做個親隨,可情願麽?(高俅)若蒙大王收録,願効犬馬之勞。(端王笑介。向内侍白)倒也乖巧。(内侍應介)(端王)你在此,諰諰自然擡舉你。(高俅)多謝大王。(端王)你主人處,我明日寫書通知便了。(高俅應介)

(端王)樂事仍多興未窮,(内侍)内堂還醉燭花紅。

(高俅)今朝得入朱門裹,醒處猶疑是夢中。

(端王先下)(高俅向衆内侍足恭介)(内侍)好造化嗄!(隨口下)

## 第七出　洪信放魔前數定①

(藍畹編)

(二法官、道衆、家將、中軍引洪信上)(二法官白)請天使大人到這裹來。(洪信唱)

**【甘州歌】【八聲甘州】**(首至六句)清虚紫府,看紅塵不到,宛似仙都。雙松陰滿院,雙鶴向人間舞,雲中路遥誰採藥,風外聲傳人步虚。

(二法官白)觀門外已經遊過,請到正殿上走走。(洪信)使得。(行介)(唱)

**【排歌】**(合至末句)官身暇,公事餘,閒遊聊把客懷舒。塵心滌,妄念除,到來應使俗情無。

(二法官白)這是三清聖像,請天使大人瞻仰瞻仰。(洪信參禮介。唱)

**【又一體】【八聲甘州】**(首至六句)虔誠禮玉樞,想化身一炁,此語非虚。(看兩旁介。唱)

壁間雷篆,隱隱疑生雲霧。森嚴甲仗神將驅,整肅星冠仙侣趨。

(二法官白)請到兩廊下各處隨喜隨喜。分付道人,把各殿都開了。(道衆應介)(行介)(中軍喝介)(洪信唱)

休將那體統拘,深山何用莽喧呼。還須把,禮貌殊,靈宫莫要太粗疎。

(二法官指點介。白)這是九天殿,那是北極殿。(洪信唱)

**【又一體】【八聲甘州】**(首至六句)牓懸瓊篆書,盡標題明白,幾多殿宇。

(二法官於曲内夾白)請到右廊下去。那邊是太乙殿,三官殿。(洪信行介。唱)

饒多幽興,正須要遊覽無餘,想元都後日誰重到,享取這清福經年我

---

① 原標題爲“誤放妖魔”。

不如。

(看介。白)伏魔之殿？(向二法官介)這殿爲何獨獨鎖閉在此，有這許多封條？(二法官白)此是本教前代祖師，鎮鎖魔王在內。但是經傳一代天師，便添一道封條，使其子子孫孫，不得妄開。(洪信)開了便怎麽樣呢？(二法官白)若是開了，放走魔王，非嘗①利害。(洪信)你且開了，待我看看魔王，什麽模樣，怎生利害？(二法官)小道斷斷不敢開，惟恐走了妖魔，爲害非淺。(洪信冷笑介)我想世上那有鎖魔之事？即使果有妖魔，見了我朝廷貴臣，自然就懾伏了。想昨日那山上的猛虎毒蛇，他也不敢來傷犯我。怕什麽，快快開了！(二法官)開不得的。(洪信)嗄，我曉得嗄！你們假粧怪事，煽惑愚民，要顯你們的道術嗄。(二法官)那有此事？(洪信笑介)好笑你們這些道士呵！(唱)

**【排歌】**(合至末句)空掐訣，枉畫符，妖魔縱有也當袪。多粧假，故弄虚，人民無識儘教愚。

(白)快快開了。(二法官)這是斷然開不得的。(洪信)你們這等堅執不開，我越加動疑了，莫非做甚不法之事，藏在裏面？衆家將，速與我打開！(家將應介)(二法官、道衆)這便怎麽處？(家將打介)(洪信唱)

**【又一體】【八聲甘州】**(首至六句)妖魔果有無，要打開門扇，必須明覷。

(打開介)

(場上預設立石碣一座，正面刻龍章鳳篆)

(法官、道衆作怕介)(洪信連唱)

瞞神唬鬼，總是荒唐言語。

(白)没有什麽妖魔嗄！(進内介)原來只有一座石碣，你們説有妖魔，如今在那裏？可見是妄誕之言。(二法官)但願没有妖魔便好。(洪信看石碣介)上面都是些天書符籙，識他不得。(唱)

這穹碑知是何年立，古篆都非人世書。

(又看背面介。白)"遇洪而開！"(笑介)爾等還不肯開這殿門，這

① 應爲"常"。

石碣上明明鐫着“遇洪而開”。可見前定之事,教下官來開的,快快推倒石碣,看個下落。(二法官)告禀天使大人,這石碣所鎮正是妖魔,萬萬不可推倒。(洪信)不要你們管。衆家將,快把石碣推倒了。(家將應介。推介)(法官、道衆)這便怎麽樣好,不要弄出事來嗄。(洪信指家將介。唱)

【排歌】(合至末句)拔山漢,扛鼎徒,不煩運動狠鍬鋤。

(指道衆介)

言都謊,事總誣,管教戳破悶葫蘆。

(推倒石碣介)(地井内震響介。放火彩介)(衆作驚避,奔跌介)(扮天罡、地煞星各色粧扮,亂跑上。遶場下)(洪信唱)

【駐雲飛】劈下雷來,萬道紅光亂迸開,奔走魂何在,顛蹶身驚壞。嗏!

(衆白)阿唷唷,好怕人也!(洪信)不道果有妖魔,却又這般利害,唬殺了我了!(法官)小道等怎麽樣禀過,天使大人執意不聽,如今走了妖魔,却怎麽處?(唱)

屢進蒭蕘來,何曾肯採。走却妖魔,塵世有無窮害,這不知誰個生生釀禍胎。

(洪信白)我且問你:鎮鎖的什麽妖魔,這等利害?(二法官白)小道等聽得傳流下來,這殿内鎮鎖着三十六員天罡星,七十二座地煞星,共是一百單八個魔王。如今都被走了,如何是好?(洪信)原來如此,你們若早是這等説,我也就不開了嗄。(二法官)天使大人倒説得好,小道等何曾不再三禀過,不聽也是没奈何。(洪信)如今總不用説了。(唱)

【又一體】歸咎誰來,這就裏還應劫數該。受了多驚駭,惹下多災害。嗏!

(白)爾等道衆,并我家將,一個也不許走漏消息,違者重究。(衆應介)(洪信唱)

好使眼前乖,事須遮盖,口要三緘,莫漏風聲大,只説這殿宇原封從未開。

(二法官白)請天使大人,再遊完了各處。(洪信)還要遊什麽!分付地方官,速備轎馬下程。明日一早起身,進京覆命。(中軍應介)(洪信唱)

【尾聲】這妖魔何事能作怪，把我那後半段的清遊興敗，想這樣的異事令人難細解。

（下）

## 第八出　高俅上任積嫌伸[1]

（三元官編）

（高俅上。唱）（二堂候隨上）

【西地錦】博帶峩冠顯耀，忽然平步青霄。宦途捷徑本非遥，一味逢迎諂笑。

（白）一生落魄類輿儓，忽地今朝步帝堦。我本無心求富貴，誰知富貴逼人來。下官高俅是也。本係微賤出身，又且行止虧損，終年漂泊，只道淪入寒微；一旦亨通，遽爾超登顯要。多虧了都尉的玉器二枚，得挨進邸第之中。正遇着端王的彩毬，一脚直引到廟堂之上。又將些拳棒吹弹，迎合其意，博得個冠裳印綬，榮顯吾身。向時提拔，暫爲朝散之員；今日蒙恩，陞爲殿帥府太尉之職。人生際遇，至此極矣。我想大凡的人，貴顯之後，恩怨最要分明。古人説"一飯之恩不忘"，那句話可以不必提他；"纖芥之讎必報"，這句話倒要緊記在心。今日上任吉期，往後少不得大作一番威福，以逞吾志。（堂候）稟上太尉爺，衙門吏役人等，在外迎接太尉爺上任。（高俅）着他們進來叩見。（堂候應介）衙門吏役人等，太尉爺着你們進去叩見。

（衆扮吏役上）接新還换舊，送往又迎來。衙門有成例，執事要齊排。吏役人等叩見太尉爺。（高俅白）爾等須擺齊執事，按隊而行，倘有參差，取究[2]未便。（衆應介）（堂候）請太尉爺更衣。（吹打，更衣，上轎介）（高俅白）吩咐打導。（同唱）

【五馬江兒水】迤邐顔行清道，飄颻旌旆繞。看巍巍朝貴，燦燦猩袍，氣

---

① 原標題爲"太尉作威"。

② 應爲"咎"。

昂昂出人意表。牙爪逞咆哮,閭閻自驚擾。勢焰騰騰可畏,威福權操,這的是掌握樞衡在一朝。

(衆扮軍政司都軍、監軍、牙將上。白)本衙門軍政司都軍、監軍、牙將等迎接太尉爺。(高俅白)衙門參見!(衆應介)(同唱)

看濟濟戎裝武曹,鬧叢叢前呼後導,早則見巍焕官衙絳彩風飄。

(吹打)(下轎,拜印,陞座)(衆逐班參見介)(高俅白)妙嗄!果然無官不貴。你看武夫羅列,吏役庭參。今日一堂之上,唯我獨尊,好得志也!(唱)

【一江風】逞虛囂,且喜登廊廟。乞相從今掃,破青衣,博得羅襴,便俯首低眉,腰折何妨笑。

(軍政司白)合屬兵將、吏役,花名册子呈覽。(高俅)取上來,待本帥細閱。(唱)

頻將册籍瞧,頻將册籍瞧。蠅頭名姓標,這回管轄知多少。

(白)兵將、吏役可都齊集?(軍政司)合屬俱齊,只有一名八十萬禁軍教頭王進,因患病未痊不到。(高俅)王進係何出身,敢大膽不到?(軍政司)王進乃都軍教頭王昇之子。(高俅背云)原來就是王昇之子?我當年受了王昇的恥辱,如今正好將他兒子出氣。我方纔説"纖芥之讎必報",今日就要發作了。(向衆云)那厮那裏是患病?明係藐視本帥,不來參謁我。左右,快去唤來,如有延挨,連你們一齊重處。(二役應下)(高俅)本帥到任,理應參謁。他這等大膽,輒敢推病不到?(軍政司等云)王教頭實係患病未痊,我等皆知,並非推故。(高俅怒介)啶!本帥躬膺簡命,法重情輕,爾等敢來徇庇,難道不怕本帥的威權麽?(衆懼介)不敢。

(二役同王進上。唱)

【又一體】志凌霄,命蹇多潦倒,伏枕傷懷抱。

(二役白)教頭,那高太尉道你推病,不去參謁,十分發怒。待我二人扶你進衙,好好求他饒恕罷。(王進白)咳!大丈夫豈肯低首下心,求人憐恕?二位不必攙扶,待我進衙,看他如何發付?(唱)

論英豪,視死如歸,雖病猶强,肯做尋常調?

(二役白)已到衙門首,待我們先進去通報。(進介)稟上太尉爺,王進唤到了。(高俅)着他進來。(二役應介)教頭,太尉爺着你進去。(王進進見高俅介。背云)嗄!原來高太尉就是東京無賴高二。此人有何技能,忽然榮顯至此?他當初受我父親恥辱,今日發怒,定有緣故了。(近前介)(高俅怒云)哇!王進,你藐視本帥,不來參謁,明明是推病無疑。左右,扯下去,重打四十棍。(王進)住了。我患病未痊,人人皆曉,並非推故,何得屈棒打人?(唱)

裝成模樣喬,裝成模樣喬,根底分明曉,井蛙魑地居權要。

(高俅白)那王昇是街坊上使花棒、賣膏藥的。你父親尚且如此,你有甚本領,充作教頭?今日見了本帥,還不下跪?(王進)在此公庭之上,朝廷名分所關,只得跪了。(跪介)(高俅)不怕你不跪!(唱)

【又一體】小兒曹,大膽將人藐,倨慢無分曉。

(白)扯下去打!(衆應介)(王進)王進有病,並非推托,受此責罰,實是冤枉。(唱)

恨難消,他宿忿存心,借此公庭,欲把私讎報。

(高俅白)今日庭參不到,理應責罰,有甚冤枉?左右,扯下去打!(軍政司等跪云)王進本該責罰,但今日是太尉爺上任吉期,望乞饒恕罷。(唱)

求將微過饒,求將微過饒,大度能容小,况吉期豈可施刑拷。

(高俅白)且看衆將之面,饒了他這次,待我慢慢再處他。正是:枉尋直尺圖新寵,藉勢依權報宿讎。吩咐掩門。(吹打下)(衆見王進介)教頭有病,我等再三告稟,太尉只是不依,未知何故?(王進)這是我命運迍邅,不必説了。只是多謝列位盛情。(揖介)(衆)豈敢。教頭好生保重尊體,我等暫别。將軍不下馬,各自奔前程。(衆下)(王進)原來那高二竟做了太尉。今日以公濟私,將我恥辱。罷!且回去告知母親,再作區處。(唱)

【皂羅袍】此恨憑誰申告?恐萱堂聞此,心下焦勞。今日裏大丈夫屈膝小兒曹，冲天怨忿何由報？自恨我乖時劣命，身微位小，他那裏依權藉勢，身尊位高，明明的泰山壓卵須當料。

(白)已到門首了。待我到側門而入，省得牌軍看見，自覺無顔。(進側門介)母親有請。

(王進母上)閒工紡績安吾分，常倚門閭望子歸。我兒回來了？(王進白)母親，不好了！那高太尉就是帮閒的無賴高二。當日學使鎗棒，被我父親一棍打翻，結下冤讎。今日差人叫我，道我推病不去，要打我四十棍。幸虧衆將討饒，未曾責罰。他説還要慢慢處我，分明是假公濟私，如何是好？(王進母)既是讎逢狹路，你又是他管轄，如何免得毒手？除非遠避，可脱目前之禍。只是避到何處方好？(王進想介)只有延安府老种經略處，乃是邊庭用人之所。況且那裏軍官多有熟識者，避到此處如何？(王進母)甚好，甚好！(王進白)事不宜遲。母親快進去收拾細軟，待孩兒遣開兩個守門牌軍，趁此時逃去便了。(王進母)説得有理！你到外厢快去遣開門首牌軍，待我進去收拾細軟。(下)(王進)牌軍那裏？

(扮二牌軍上)本爲擊柝輩，今作守閽人。教頭有何吩咐？(王進白)我前日病中，許下嶽廟的香願。你們一人去辦香供，一人先去通知廟祝，説我明早五鼓，要來進炷頭香。(二牌軍)曉得。有言須領命，無事不離門。

(王進母親持包裹上)好將細軟忙收拾，共作全身免禍人。細軟東西，俱已包裹停當，牌軍可曾遣開麽？(王進)俱已遣去了。(捧馬介)請母親乘騎，待孩兒背了包裹，趁此傍晚，混出城門再處。(出門介)(同唱)

【又一體】母子相爲依靠，縱天涯海角，怎忍相拋。櫛風沐雨路途遥，登山涉水邊庭杳。讎逢狹路，且作避逃。一枝暫寄，脱離禍巢。行行盼不到延安道。

(雜扮衆客商、鄉民趁城門，虚白，繞場下)

(門軍喝“關城門”介。下)

(王進白)好了。且喜已出城門，請母親趲行一步，到前面村店安

歇,明日早行。(同唱)

【尾聲】路崎嶇,林深窅,星星燈火小村遥。且向前途度此宵。

(下)

## 第九出　教頭抵暮因投宿[①]

(三元官編)

(史進上。唱)

【海棠春】昂藏器宇稱英勇,論武藝超羣出衆。花繡九紋龍,·任人傳誦。

(白)少小慕英豪,生來志量高。千金同草芥,六尺等鴻毛。自家姓史名進,華陰人也。自幼刺得一身花繡,人都唤我爲"九紋龍史進"。不幸父母早亡,又無兄弟,只因從小好習鎗棒,打熬氣力,故此年過二十,尚未娶妻。我這一村聚族而居,有三四百家,都是姓史。他們那些人惟以耕种爲事,所以推我爲尊。凡村中有事,皆是我照管料理,這也不在話下。我方纔在後面菜圃中跑馬射箭一番,不覺天氣漸晚,不免到莊門口閒步一回,看看野景,有何不可?(唱)

【步步嬌】籬落蕭踈村居静,獨步殘陽影,樵歌何處聲。

(白)出得莊門,你看斜陽映水,歸鳥投林,樵子行歌,牧人驅犢,好村居景致也。(唱)

屈曲流泉,依微小徑,身在畫圖行,笑他城市多奔競。

(農夫八九人荷鋤犂,牽牛上。唱)

【醉扶歸】荷鋤驅犢尋歸逕,終年碌碌事深耕。量晴較雨禱秋成,倉箱盈滿田家慶。

(史進接唱)

看紛紛農父步前汀,好問取豐年景。

(各見介)(史進白)列位終歲勤勞,未知今年田事如何?(衆)出

---

① 原標題爲"投宿山莊"。

作入息，這是我們分内之事，也管不得勞苦不勞苦。幸喜今年晴雨及時，將來秋成有望矣。（史進）這也可喜。（衆）大郎爲何獨自在此閒行？（史進）因身閒無事，偶然步出莊門，看看野景。你們田間辛苦，該回家歇息歇息了。（衆）便是。我們辛苦了一日，要回去歇息了。（史進）請各回去罷。（衆）出佃犂鋤勞矻矻，歸家婦子樂嬉嬉。（下）（史進）你看他們勞苦了一日，各各歸家去了。我也歸莊院去罷。不學老農老圃事，今朝落得一身閒。（下）

（王進背包，王進母騎馬上）（王進内白）母親，快請趲行。（同唱）

【品令】踉蹌母子，薄暮事長征。驅馳羸馬，得得向前行。迢迢去路，盡是無人境。欲投村店，望處煙林雲磴。

（王進白）母親，我們自離東京，已是華陰界上了。來路已遠，那高俅料難追趕。只是天色昏暮，赶不到投宿之處，如何是好？（王進母）這便怎麽處？（王進望介）那邊有所莊院，且赶到那裏，借宿一宵罷。（王進母）恐不識熟，未知留與不留？（王進）且到那邊，再作區處。請母親加上一鞭，速速前往。（同唱）

好似烏鵲南飛，三匝無枝何處停？

（王進白）已到莊院門首。母親請下馬，待孩兒先去問一聲。（王進母下馬）（王進拴馬介）莊内有人麽？

（史進上）柴扉聞剥啄，且出問因依。是什麽人？（王進）小可是行路的。因貪趲路程，錯過宿頭，欲借寶莊暫住一宵，明日拜納房金。（史進）借宿一宵，這有何妨？若説房金，倒覺小氣了。（王進）多感盛情。（史進見王進母介）此位是誰？（王進）是家母。（史進）如此，請到那邊客房安歇。（王進）母親請到裏邊去，孩兒就來。（王進母下）（史進）莊客，過來牽了馬去，好生喂料。

（雜扮莊客牽馬下）（史進）客官請進去。（王進放包裹，揖見，坐介）（史進）請問客官尊姓大名，仙鄉何處？有何貴幹，如此貪趲路程？如今要往那裏去？（王進背云）看此人相貌魁梧，必非兇惡之輩。我也不必隱諱了。（向史進云）實不相瞞，小可乃教頭

王進,世住東京。因與高俅素有舊怨,他如今做了太尉,(唱)

【尹令】操着殺人權柄,懷着小人心性,排着陷人阬穽,我只得遠避延安,經略衙門暫住停。

(史進白)原來就是八十萬禁軍王教師。久仰,久仰!(重揖介)(王進)不敢。請問莊主高姓大名,因何知道小可是八十萬禁軍教頭?(史進)在下姓史名進,只因從小爱學鎗棒,所以常聞教師大名。今喜相逢,欲屈留在此,盤桓幾時,略求指教一二。(王進)原來就是"九紋龍"。久慕,久慕!(揖介)既蒙盛意款留,當竭我所學,報答高情便了。(史進)請問教師,那兵器中何者最利?(王進)那兵器雖有十八般名目,只要傳授精詳,用功純粹,皆可成名,無分利鈍也。(起介。唱)

【豆葉黄】這長矛短劍,各有偏能。若要分誰利誰强,若要分誰利誰强,教我也難輕定。

(史進白)多蒙教師指教。自當從吾所好,拜從教師學習幾般便了。(王進)不敢。(同唱)

今日裏氣同聲應,開心見誠。果然是締交傾蓋,果然是締交傾蓋,何必指擬青松,和那白日證盟。

(莊客上。白)晚膳已曾完備,擺在客房中了。(史進)請教師進去,同令堂用了晚膳,再當請教。(王進)叨擾了。(史進)好說。(王進唱)

【尾聲】逋逃到此無門徑,多謝你居停慨應,

(史進)

今夜裏月下閒將武藝評。

(王進)自傷踪跡類飄蓬,幸喜他鄉知己逢。

(史進)且請舒懷共酩酊,丈夫豈可嘆途窮。

(同下)

## 第十出　莊客流言又送行[①]

（三元官編）

（副、丑扮二莊客上。唱）

**【水底魚】**拳棒難精，人前强逞能。手遲脚慢，打得遍身疼，打得遍身疼。

（副白）鋤地耕田懶學，擦掌摩拳爲樂。（丑）見人不敢脱衣，遍貼内傷膏藥。（副）嗆！你貼了内傷膏藥，還虧你説出來。（丑）譬如你那日打壞了，還灌一肚子糞清。（副）若無糞清灌救，險些命填溝壑。（丑）全憑着狐假虎威，那裏會鷹拿鴈捉。（副）溜單兒忍氣吞聲，成隊兒作威逞惡。（丑）哥嗄，這叫做"以衆暴寡"。（副）並不是"以强欺弱"。（各笑介）我們這樣好漢，也就闖得光棍了。（副）閒話休提。我們乃史家莊上莊客便是。只因大官人爱習槍棒，連我們都會些耍拳弄棍。（丑）我想除了大官人，就筭我們有本事的了。不意來了一個教頭王進，自恃本領高强，不看我們在眼内。（副）我這一拳黑虎偷心，是百發百中的。不知怎麽被他一架，脚底下一掃，我就……（跌介）（丑）怪不得你没用，站也站不稳。（副）我是學與你看。（丑）嗄！是學與我看麽？（副）在大官人面前，出我的醜，因此又羞又恨。（丑）非但這一節。前日大官人又拜他做了師父，越發大道起來，把我們呼來喝去，實實氣他不過。怎麽想個法兒弄他去了纔好。（副）我倒有個妙計在此。（丑）有何妙計？（副）他原是東京逃來的，只説東京行文到此，緝捕逃犯，有人知道在此窩藏，本縣差人即刻來拿了。他聽見此信，自然逃走去了。此計如何？（丑）好計，好計！只是要説得利害些纔像。（副）這個在我。（丑）事不宜遲，我們就去報知。（副）有理。（同唱）

**【又一體】**王進雖能，難猜此假情。牢籠計就，拔出眼中釘，拔出眼

---

① 原標題爲"集衆防御"。

中釘。

（同下）

（場上預設刀鎗架介）

（王進上。唱）

【搗練子】鄉思切，旅情多，失路英雄唤奈何。

（史進接上。唱）

得遇明師親指點，方知舊學枉蹉跎。

（各見揖，坐介）（王進白）奔走他鄉何日安，幸逢賢主且盤桓。（史進）山村無物堪供客，剪得園蔬作午餐。（王進）連日打攪，甚是不當。（史進白）多謝師父勞心教導，感之不盡。（王進作嘆介）（史進白）爲何師父只管悶悶不樂，敢是小子款待有慢麽？（王進）多謝大郎盛情，何出此言？我王進呵，（唱）

【風入松】平生豪志未曾酬，只落得浪蕩漂流。今朝碌碌風塵走，何日裏功名成就，怎能勾消愁撥憂，因此上鎖眉頭。

（史進白）我想人生窮達，莫非有命。且請師父寬懷，不必愁慮。（唱）

【又一體】窮通得失豈人謀，好隨造化優游。英雄落落雖難偶，終有日揚眉奮袖。

（白）師父，莫怪小子多言。（王進）請教。（史進近前。唱）

你本是潜身避讎，如倦鳥豈得擇林投？

（王進白）多承寬解。不覺愁悶頓消，我當任運而行便了。（史進）前日蒙師父傳授鎗法，尚有幾處不能明白，再請指教一番。（王進）左擊右刺，捷若游龍；後伏前趨，輕如脱兔。全要身心相應，進退得宜，方稱合法。你我對使一路，看有不到之處，再爲講論便了。（二人對鎗介）（同唱）

【急三鎗】如雪舞，如電走，如蛟鬬，能駐景，慣椿喉。

（又對鎗介）（同唱）

迴波繞，霜華落，寒光溜，風凛冽，集長矛。

（對鎗完介）（史進白）多謝師父指教。小子鎗法已明，尚有傳授雙刀，不能精熟。望乞師父對舞一回。（王進）既如此，我和你對

舞一回便了。(二人對刀介)(同唱)

【風入松】雙龍飛處練光浮,閃閃的晃耀人眸。但聞颼颼寒風吼,又見那冰花繞袖,全在這低昂縱收,好持此覓封侯。

(副、丑上。白)忙將緊要事,報與大郎知。大官人在那裏?不好了,不好了!(史進)爲何這等慌張?(副白)東京行文到此,緝拿逃犯。(丑)有人知道在此窩藏。(副)如今本縣差人,即刻到莊來了。(丑)唬得我渾身冷汗,特來報與大官人知道。(史進慌介)如今怎麽處?(王進)既漏風聲,須防連累。我同老母即刻起身去也。(副、丑)快去,快去!不要連累我們。(史進)哇!狗才,這等放肆。凡事有我在此。(副、丑)官府差人來,一齊捉去,不是當要的。(史進)胡説!快去整備酒殽,我與王教師歡飲一回,再作計較。(王進)住了。我逋逃到此,豈可連累大郎?去意已决,不必復留了。(史進)既是决意要行,不敢强留。但相聚未幾,匆匆遠别,難爲情耳。(王進)相會有期,何必留戀?(史進)既如此,莊客過來。(副、丑應介)你一人快去報與王老太師母知道,收拾行裝。將王師傅馬匹喂好,併將我所乘之馬一齊帶來。(副應下)你一人將我白馬一匹,盤費銀五百兩,送王教師起身。(王進)叨擾不當,何勞厚贈?(史進)不堪之敬,聊表寸心。(王進)既蒙盛意,馬匹暫領,銀子决不敢受。(史進)些須盤費,何必推辭?(王進)斷斷不敢領受。(向丑白)你快去牽馬過來。(丑)曉得。(背云)此計甚妙,不怕他不去。好快活,好快活!(下)(王進)就此拜别。(史進)小子蒙師父教導,今日分離,甚覺傷感。(各拜)(同唱)

【又一體】談兵説劍意相投,又誰知忽動離愁。依依含淚難分手,何日得連床話舊?

(王進白)母親有請。

(王進母上。唱)

似萍梗隨波逐流,重整轡,過林邱。

(史進見揖介。白)在此有慢太老師母,千萬前途保重。(王進母)多多打攪,甚是不當。(史進)待小子遠送一程。(王進)多蒙盛意，恐怕路上人多，招摇耳目，反爲不便。不消了！（史進）既如此，送到前面十里長亭便了。帶馬來！

（副、丑牽馬上）（王進母、王進、史進各上馬。王進背包裹，同出門）（史進向副、丑云）你們不必隨我去了。（副、丑下）（王進等同唱）

【急三鎗】行行去，須停轡，重回首，不忍别，淚交流。離莊院，經村落，穿林岫，且向旗亭内，話離愁。

（同下）

（李吉上。白）遊手不知耕种事，全憑打獵作生涯。自家李吉便是。我常在少華山打獵爲生，不意近來有强人嘯聚，故此不敢進山。今日寂寞不過。嗄，不免到史家莊上，尋王四沽飲一回，有何不可？（走介）行過麥隴上，便是史家莊。這裏是了。（看介）阿喲！你看好一座莊院也。（唱）

【風入松】菁葱桑柘遶墻頭，汩汩的一派溪流。牛眠芳草鷄鳴晝，開囤却千堆米豆。

（史進内白）師傅慢行。

（乘馬上。唱）

恰纔個班荆道周，迴望斷嶺雲愁。

（見李吉介。白）嗄！你是李吉，爲何在此窺探我莊上，莫非有些歹意麽？（李吉白）我來尋王四沽飲，並無歹意。（史進下馬進門）（庄客牽馬介）（史進）你一向爲何不拿野味來賣？（李吉）近來没有野味。（史進）偌大一個少華山，少什麽獐兒、鹿兒，怎麽説没有？（李吉）大郎還不知道麽？目今少華山上，有三個强人嘯聚，誰敢到那裏去打獵？（史進）那强人怎麽樣嘯聚，就這等利害？（李吉）那三個强人，兇狠異常，帶了嘍儸，横行劫掠，行旅、居民盡受其害。（史進）原來如此！（向李吉云）今日王四進城去了，不在莊上，你回去罷。若有了野味，即便送來。（李吉白）如此，我回去了。（背云）我來尋王四沽酒，他認我做歹人。（作怒介）咦！出語傷人誠可恨，咬牙切齒氣填胸。（下）（史進）且住。既是强人逼近，難免攪擾村坊，必須預爲准備纔好。莊客過來。

(莊客應介)你可傳齊合村人等,説少華山有强人嘯聚,速來商量防禦之策。快去,快去!(莊客應下)(史進)據李吉之言,那强人定然兇狠。幸得我莊上人户衆多,深溪圍繞,只要看守嚴密,也不怕他劫掠。待衆人到來,再作區處。

(衆扮鄉民上。唱)

【窣地錦襠】史家莊上户民稠,况有深溪環繞流。一齊舉起鉄鋤頭,管取强人一命休。

(白)大郎叫我們,有何吩咐?(史進)今有少華山强人嘯聚,横行劫掠,恐怕他到我村中騷擾,你們須要齊心防禦。他若來時,只聽我莊上鳴鑼爲號,即來接應,不可遲緩。(衆)我等愚蠢無知,全靠大郎做主。(史進)聽我吩咐:(唱)

【風入松】須要輪番值夜唱更籌,切莫要貪睡貪遊。揭竿削木齊防守,那怕他緑林爲寇。共村居當關戚休,急策應,莫遲留。

(衆白)既蒙大郎吩咐,我們各各小心便了。(史進)你們隨我到莊前莊後,將看守拒敵之處,指點一番。(衆)有理。(同唱)

【急三鎗】一齊到西村路,東籬口,觀出入,定謀猷。把路徑,都熟練,防争鬬。還須閒時節,武備合深求。

【尾聲】既同鄉里當援救,宜相助還須相守,努力隄防莫惰媮。

(同下)

## 第十一出　保村坊陳達被捉①

(三元官編)

(嘍儸八人引朱武、楊春、陳達上。同唱)

【點絳唇】嘯聚深山,肆行無憚。英雄漢,把守天關,部隊分方按。

(朱武白)緑林豪傑古稱雄,(楊春)烏合潜藏山島中。(陳達)那怕官兵來勦捕,(同念)須教一鼓盡成空。(朱武)吾乃朱武是也。(楊春)吾乃楊春是也。(陳達)吾乃陳達是也。(朱武)我等嘯聚

① 原標題爲"義釋陳達"。

山林,横行劫掠,人强馬壯,器械鮮明,十分威勇。(楊春白)那些近山人户,怕我等騷擾,皆已逃竄移居,就是過客經商,也懼我等劫掠,俱不敢行走。(陳達)因此寨内糧草短少,欲到華陰縣借取糧餉。二位哥,意下如何?(朱武)我們若到華陰縣,必從史家莊經過。聞得史進武藝高强,膂力甚勇,此人不是好惹的。還須斟酌而行。(陳達)咳!你長他人志氣,滅自己威風。那見得史進兇狠,我就不是他的對手?我如今帶領嘍儸前去,管取先擒史進,然後到華陰借餉。衆嘍儸!(應介)隨我到史家莊去。(上馬執刀,四嘍儸隨介)單刀能禦敵,匹馬要成功。(下)(朱武)你看陳兄弟雖然勇往直前,誠恐此去不能戰勝。我們帶領兵衆,隨後策應便了。(楊春白)有理。大小嘍儸!(應介)隨我下山。(各上馬執器械。同唱)

【滴溜子】旌旗繞,旌旗繞,雲霞映山。刀鎗利,刀鎗利,非同等閒。嚇得鄉民逃散。殺聲動地來,人人驚患。跪獻黄金,纔保平安。

(四嘍儸引下)

(内鳴鑼介)

(衆鄉民執器械上。同唱)

【六么令】强人兇悍,劫掠村莊,居民不安,齊心防獲莫偷閒。擎犂耙,舉鋤钁,鄉田同井宜防範,鄉田同井宜防範。

(二人白)我們史家庄衆鄉民是也。方纔聽得庄上鳴鑼爲號,故此各執器械,防禦强人。哥嗄,我們一同前往。(衆)有理。(同唱)(合前)

擎犂耙,舉鋤钁,鄉田同井宜防範,鄉田同井宜防範。

(史進持鎗上。唱)

【四邊静】忽聞喊殺忙厮趲,休教留破綻。偌大史家莊,强徒敢輕慢。我一身跨鞍,全家飽餐,會集衆鄉鄰,巡邏衛里閈。

(鄉民見介)(史進白)列位嗄,你聽强人喊聲漸近,將到村庄。我們迎敵前去,莫待賊人逼近。(衆)有理。(同唱)

一身跨鞍,全家飽餐,會集衆鄉鄰,巡邏衛里閈。

(陳達引衆冲上。架住)(史進白)來者通名。(陳達白)吾乃少華山三大王陳達是也。汝是何人，敢來對敵？（史進白）吾乃“九紋龍”史進。你何等强人，敢來送死？（陳達怒介）阿喲，阿喲！你休出大言，放馬過來。（戰介）（陳達敗下）（衆對戰介）

（陳達敗上）（史進追上。架住）（史進唱）

【大迓鼓】羝羊敢觸藩，管教對敵，一戰摧殘。

（同唱）

刀鎗擊架相廻轉，看看日落又啣山。和你結個輸嬴，有甚大難？

（又戰）（陳達被擒，綁介）（衆嘍儸敗下）（史進白）將這廝綁進庄内，明日解官請賞。（衆應介。同走，唱）

【又一體】强徒好赧顔，逞伊烏合，自取愁煩。英雄奮處成俘獻，今朝醜類盡傷殘。綁縛呈官，比户可安。

（同下）

（衆嘍儸引朱武、楊春上。唱）

【六么令】加鞭緊赶，塵土迷空，極目遥看。急忙接應怕兵單。同舉刄，快扳鞍，伊行只恐人傷犯，伊行只恐人傷犯。

（敗殘嘍儸上。白）不好了，不好了！啓上二位大王，那陳大王被史進戰敗，綁進庄内去了。（楊春）阿喲，阿喲！罷了，罷了！那史進好生利害。大哥，我與你帶了嘍儸，奮力前往，救取陳兄弟便了。（朱武）住了。那史進兇勇異常，只可智取，不可力敵。（楊春）計將安出？（朱武白）我們如今叫嘍儸遠扎庄口。你我二人，去了兵器，步行到彼，只説要與陳兄弟共同生死，將義氣之言感動他，方爲萬全之策。（楊春）説得有理。衆嘍儸！（衆應介）你們遠遠駐扎庄口，不可有違。（衆應介）（同唱）（合前）

同舉刄，快扳鞍，伊行只恐人傷犯，伊行只恐人傷犯。

（同下）

（史進領衆，綁陳達上）（同唱）

【又一體】叠成公案，邀請花紅，增耀羅襴，今宵且自緊防閑。人絡繹，守更番，天明解送知非晚，天明解送知非晚。

（朱武、楊春各去兵器，步行上。白）好將三義同生死，哀告村中豪傑人。（跪介）（史進）你二人是誰？（朱武、楊春）我們是少華

山寨主朱武、楊春，與陳達結爲三義，誓同生死。今陳兄弟被好漢拿住，我們情願一同將繩緊拴，盟言敢翻，我三人，

【三段子】誓不回還，去兵戈各將命拚，乞垂見憐，與同盟生榮死安。

(史進白)住了。你們如此光景，莫非有計麽？(朱武、楊春)我們身邊寸鐵皆無，那衆嘍儸已遠遠駐扎，有甚計來？(唱)

並非苦肉來欺謾，實因義氣同憂患，怎向英雄剔弄奸？

(史進背白)他們是草寇，倒有一番義氣。我若擒獲他們，豈不被江湖上好漢笑駡？(向朱武、楊春云)過來。你們既然如此義重，何忍擒拿？我如今放還陳達，一同回去罷。(向衆云)放了綁。(衆)放不得的。(史進白)咗！有我在此，誰要你們多管。(衆放綁介)(朱武、楊春、陳達同謝揖介)多謝好漢。今日蒙君全義氣，他年報德不忘恩。(同下)(史進)爾等擒賊勞苦，同到庄上殺牛具酒，歡飲一回。(衆)多謝大郎。(同走。唱)

【窣地錦襠】椎牛漉酒競開顔，休把英雄做賊看。從前防禦費多般，今後柴扉不用關。

(下)

## 第十一出　聞獅吼鄭屠遣妾①

(三元官編)②

(金翠蓮上。唱)

【番卜筭】漂泊落花天，慘澹愁人面。自知薄命合迍邅，敢向東風怨。

(白)荆釵隨便挽烏雲，寬裉初來幾摺裙。寂寞空閨春欲去，庭花和淚落紛紛。奴家金翠蓮，因隨父母來至渭州，探親不遇，誰想母親病故。父女無依，只得憑媒説合，嫁與鄭屠爲妾。咳！既已失身匪類，又且妬婦兇殘，將我百般凌辱。天嗄！我金翠蓮雖非

① 原標題爲“逼離翠蓮”。

② 此出目處貼補有“第十一出删去不用，四篇”字樣。底本有兩個“第十一出”。

名門之女，却也清白之家，况兼窈窕幽閒，初非村野，何故紅顔薄命，一至于此？今當暮春天氣，你看飛絮落花，撲簾盈砌，撫時對景，不覺淚滴風前。愁縈心曲，好傷感人也。（唱）

**【桂枝香】**流鶯百囀，落英千片。買春光撒地榆錢，牽愁緒倚墻柳線。

（白）咳！我想那些有福之人，當此之時，羅綺成羣，輪蹄如織，或遊郊外，或樂園中，何等快活！偏我金翠蓮呵，（唱）

終朝淚漣，終朝淚漣，啼痕界面。對着這空花如霰，恨纏綿，擱筆難題扇，推簾只問天。

（衛氏内白）問天，問天，打你一頓皮鞭！你這浪蹄子，又在那裏長吁短嘆，敢是想你的孤老麼？（翠蓮）你聽這惡婦，又來辱罵了。我只得忍耐他些罷。正是：名花寂寞無人惜，一任狂風驟雨來。（下）

（衛氏上。唱）

**【普賢歌】**面凹嘴闊耳輪掀，眼大眉粗鼻仰天。生來貌十全，鮮花插兩邊，引得男兒酥又軟。

（白）奴家衛氏，自從嫁了鄭屠，千般疼熱，萬种風流。幫着他宰猪宰羊，日日葷腥不斷。由着我打猫打鼠，夜夜恩愛不離。他是個强壯男子，我又是俊俏佳人，天生一對，地産一雙。果是男貪女愛，夫唱婦隨。誰想他一時大膽，不遵我的約束，買了一個金翠蓮爲妾。自從他進門之後，竟把我的恩情，奪去了一半，實實的氣他不過。前日與那天殺的，鬧過幾次，他已親口許下，説退還他的父親。今日等這天殺的出來，若不將翠蓮退出，我也不用打他罵他，只消一把鼻涕、一把眼淚淹也淹死這天殺的了。待我粧着惱的樣子，坐在這裏，等他出來，先給他個下馬威。（坐介）

（鄭屠上。唱）

**【字字雙】**身長力大眼睛圓，腼腆。猪羊牛馬殺成千，手便。

（衛氏嚷白）天殺的，快來！（鄭屠）阿喲！（唱）

河東獅子叫堂前，心顫。

（衛氏作怒介）（鄭屠怕介）

我只得再行舊例望垂憐，腿軟，腿軟。

(跪介。白)我的娘,你爲什麽又惱了?(衛氏啐面介)我把你這天殺的,前日的話,你忘了麽?(鄭屠)前日有什麽話?我記不起了。(衛氏作哭,揮涕介)天嗄!天嗄!前把那金翠蓮的事,説得停停當當,你説板門上打個摺兒,再不改的。怎麽説是忘了?(鄭屠)原來是這個事情!我的娘,你不要氣,我已經唤下原中店主人,等他來時,就把翠蓮退去就是了。(衛氏)你若今日退去就罷,若不退時,我與你這天殺的,就要結殺了。我且進去,吃些砂仁湯解解氣。你退了翠蓮,就進來回話。(虚白下)(鄭屠起介)奇了!我這麽一條漢子,不知爲什麽,見了老婆就諕得萎蕤了。没奈何,且等店主人來,把金翠蓮退去就是了。且住!前者身價三千貫,原是虚錢實契,並未與他。不要管,無色便思財。(坐介)

(店主上)爲憐父女無依靠,故作冰人託鄭家。今日鄭屠叫我,想是要還金翠蓮的身價了。此間已是。(進介)鄭大叔在家麽?(鄭屠)來得正好,來得正好。請坐。(店主坐介)(鄭屠向内云)金老兒,翠蓮,快些出來。(店主背云)想是這三千貫身價,今日要當着我的面還他了。

(金老、翠蓮上。唱)

【西地錦】父女他鄉淹蹇,含羞不敢聲言。

(金老白)大官人,叫我們出來怎麽?(鄭屠)你們在此一月有餘,每日長吁短嘆,想是不情願住在這裏。况你女兒不乖巧,常常得罪我的大奶奶。如今留你們不得了。當初原是店主做的保人,如今當着店主的面,退你們出去,限你十日之内,還我原價三千貫。(金老)住了!大官人此言,好不明白。我們父女自恨命蹇時乖,所以自嘆自悲,與大官人什麽相干?就是我的女兒,每日吞聲忍氣,有什麽得罪大奶奶之處嗄?(唱)

【駐雲飛】父女顛連,流落他鄉實可憐。不顧身微賤,願把衾裯薦。

(白)就是這三千貫身價,當日也虚錢實契,我何曾得過分文?(唱)

嗏!實契却虚錢,勾消前件。店主爲中,今日當他面,證據分明何待言?

(鄭屠白)現在契上寫明身價三千貫,有憑有據,你想要圖賴麽?(翠蓮哭介)還望店主人從公分剖。(店主)鄭大叔,你又來了!當日寫完了契,你説改日交清身價罷。我何曾看見分文?今日還是取笑呢,還是果然要身價錢?(鄭屠怒介)放你的狗屁!據契要錢,誰與你取笑?嗄!你們通同謀算,要賴我的身價?我鄭屠不是好惹的嗄!(唱)

【又一體】無日無天,拔出屠刀命不延。共有人親見,怎把財匡騙?

(白)在你原中身上,若十日之内,不還我的身價呵,(唱)

嗏!擦掌併摩拳,心懷不善。若不清償,定要伊賠墊。

(金老、翠蓮、店主同白)還求大官人哀憐。(鄭屠唱)

我不管哀憐只要錢!

(怒下)(金老、翠蓮哭介。白)這是那裏説起?如今怎麽處?(店主)且不用悲啼,到我店中,再作計較。(同出,走介)(金老、翠蓮同唱)

【哭相思】自恨窮途無識見,將身投入惡屠門。早知今日遭凌逼,何不當時不賣身。

(店主虚白)(同下)

## 第十二出　漏消息史進入林[1]

(三元官編)

(李吉上。唱)

【金錢花】心頭怒氣難平,難平,暗中指引官兵,官兵,一齊捉獲盡遭刑。得公賞,不微輕。報私怨,要分明。

(白)自家李吉是也。前者在史家莊上尋王四沽酒,叵耐史進這廝説我窺探莊門,有竊盗之意,因此懷恨在心。誰想他倒與少華山强人往來。前差王四到山,邀請朱武等于中秋夜賞月飲酒,結拜弟兄,朱武等答有回書。王四醉卧林中,這封書却落在我的手

① 原標題爲"群雄拒捕"。

内。我既懷舊恨，又見縣中懸了三千貫賞錢，要捉獲强人，爲此我去出首。不惟報了私讎，而且得了公賞，豈不快活？本縣已差都頭二名，帶了土兵，着我爲嚮導，前往史家庄擒賊。今日乃是中秋，我已打聽得朱武等在莊上飲酒，且待都頭、土兵到來，進莊擒獲便了。（下）①

（史進上。唱）（二莊客隨上）

【七娘子前】英雄落落交難訂，幸今日氣求聲應。

（白）我史進，自從少華山寨主，騷擾村莊，被吾擒獲，因見他三人義重，故將陳達釋放。他三人感我之情，往來甚密，常將金帛送來。我看他們雖然落草，頗有丈夫氣概，是以分毫未受，欲與他們結爲弟兄。已着王四前往少華山，約于今日中秋之夜焚香結拜。莊客們！（莊客應介）（史進）酒席可曾完備？（莊客）完備了。（史進）你在門首伺候。三位寨主到來，即忙通報。（莊客應介）

（朱武、楊春、陳達上。同唱）

【七娘子後】前度啣讎，今成刎頸，相邀八拜交情定。

（莊客白）三位寨主來了麽？（朱武等）快去通報。（莊客禀介）三位寨主到了。（史進）道有請。（朱武等進門。各揖見介）榮華如一芥，仁義值千金。却喜尋戈後，翻爲慶盍簪。（各坐介）（朱武）我們蒙大郎厚德，未曾圖報，又承見爱，欲結兄弟，使我等感之不盡。（史進）英雄相遇，正當如此，何必稱謝？（楊春）既是大郎盛意，我們只得從命了。（陳達）大郎年長，即爲大哥。我們三人，照舊序列便了。（朱武）説得有理。（史進）有僭了。快排香案過來。（莊客應介）（四人同拜。唱）

【玉芙蓉】香烟如篆凝，叩首心相訂。禮穹蒼，過往神明作證。要同王貢弹冠慶，休效張陳按劍争。

（合）

一言定，願終無變更。羡當年桃園三義，千載仰儀型。

---

① 底本中上述段落爲貼補一整頁。

(史進白)莊客們,取酒過來。我們立飲一杯,以定今日之情。然後到後面菜圃中,對月舉觴,以盡今宵之樂。(朱武等)大哥説的有理。(莊客捧盤送酒)(四人立飲。同唱)

【又一體】何須薦帛牲,一盞情皆定。喜今朝聚首,多是豪氣英英。椎牛釀酒來趨命,揭燭焚香待拜盟。

(史進白)三位兄弟,請到後面暢飲。(朱武等)大哥請。(仝唱)(合前)

一言定,願終無變更。羡當年桃園三義,千載仰儀型。

(同下)

(李吉上。唱)

【金錢花】心頭怒氣難平,難平,暗中指引官兵,官兵,一齊捉獲盡遭刑。得公賞,不微輕。報私怨,要分明。

(白)自家李吉是也。前者在史家莊上尋王四沽酒,叵耐史進這厮,説我窺探莊門,有竊盗之意,因此懷恨在心。誰想他倒與少華山强人往來?前差王四到山,邀請朱武等於中秋夜賞月飲酒,結拜弟兄,朱武等答有回書。王四醉卧林中,這封書却落在我的手内。我既懷舊恨,又見縣中懸了三千貫賞錢,要捉獲强人,爲此我出首。不惟報了私讎,而且得了公賞,豈不快活?本縣已差都頭二名,帶了土兵,着我爲嚮導,前往史家庄擒賊。今日乃是中秋,我已打聽得朱武等在莊上飲酒,且待都頭、土兵到來,進莊擒獲便了。①

(都頭二人帶土兵各執器械同上。唱)

【朱奴兒】奉公差擒拿不逞,硃牌上字字分明。窩主强徒共四名,齊捉獲解到公庭。

(李吉白)列位來了麽?(都頭白)那少華山强人,可在莊上?(李吉)已在史進家飲酒,趁此時前去便好。(都頭)如此,你先引路,我們隨你前行。(同唱)

---

① 底本上段内容與貼補在前面的内容大體相同,但有個别用字稍有不同。有可能是此處忘記删掉,或删除痕迹丢失。

把兇徒命,一朝斃傾,指日裏居民靖。

(同下)

(朱武、楊春、陳達、史進同上)

【又一體】醉酕醄不知露冷,見冰輪輝映中庭。丹桂飄香夜氣清,拚百甕飲到天明。

(史進白)三位兄弟,酒未盡興,還須暢飲。(朱武等)我們多已醉了。只是酒逢知己,且散步一回,看看月色,再飲便了。(衆看月介。白)妙嗄!(同唱)

看蟾光映,把金樽暫停,好領略中秋景。

(内吶喊介)

(二莊客上。白)不好了,不好了!天有不測風雲,人有旦夕禍福。大官人,不好了!(史進)爲什麽事情,這等着忙?(莊客)本縣差了都頭,帶了無數的土兵,圍住莊院,要擒拿三位寨主。若不綁出,就要打進來了。(朱武等)這却如何是好?(史進)不知何人走漏消息?但事已如此,爲今之計,惟有併力殺出,護送三位兄弟上山便了。(朱武等)若然如此,我們雖得免禍,恐怕連累大哥,如之奈何?(史進)既然拒捕,斷難此處安居。我無父母妻子之累,便離此地何妨?莊客過來,你一人進去,吩咐收拾細軟家資,隨我們上山。(一莊客應下)你一人傳齊衆庄客,殺出莊院便了。(一莊客應下)(朱武等)難得大哥如此豪爽,深爲可敬。(史進)三位兄弟,我史進呵,(唱)

【會河陽】不惜身家,要全義名,扶危濟困見交情。生平不畏强梁、不圖報稱,任一味天然性。

(朱武等)

果然,越顯得心中正,果然,越使我心欽敬。

(李吉領都頭、土兵繞場圍,下)(史進白)你聽,官兵已至門首。我等帶領莊客,突圍出去便了。

(衆莊客各持器械,又帶史進等四人持兵器上。唱)

【越恁好】各持鋒刃,各持鋒刃,殺退那官兵。齊心協力,管舉手要功成。

(史進白)三位兄弟,各持兵器,併力殺將出去。(朱武等)有理。(同唱)

那怕重圍如鐵城,須臾脱掙。光閃閃刀劍相輝映,密層層集士卒來圍定。

(都頭、土兵衝上。相殺介)(都頭敗介)

(莊客推車將細軟家資裝載上)(史進白)官兵已退,待我護送三位兄弟上山。莊客們,快些趲行!(同唱)

【紅繡鞋】一齊電走風行,風行;穿林越澗如騰,如騰。璧月掛,斗杓横。寒蟬静,夜鳥驚。山路杳,急兼程。

(頭目、嘍儸上。接介)(莊客推車下)(朱武白)多蒙大哥累次施恩,實難圖報,當推居首位,我等恭聽約束便了。(史進)咳!我本清白良民,偶爲義氣所重,故作此違法之事。如何便肯落草?(朱武等)既然如此,且在山中住下,待等逢赦之後,再與大哥重整莊院。(史進)山上亦非久居之地,不過暫住三五日,即往延安經略衙門中,尋我師父王教頭。此乃邊庭用人之處,博個出身,方遂吾願。(朱武)大哥執意如此,且在山中盤桓幾日,我等相送起身便了。(楊春、陳達)一宵辛苦,請到後邊安歇片時。(史進)請。(同唱)

【尾聲】巖前皓月空輝映,敗盡了賞蟾光的幾多佳興,只聽得山下鷄聲天漸明。

(下)

## 第十三出　店打宰夫傷畢命①

(魯達上。唱)②

【夜行船】仗劍從軍俠氣聞,何日裏得樹奇勳。壯志難酬,長纓莫請,鞅掌在風塵。

---

① 原標題爲"怒打鄭屠"。

② 此出底本上有貼補編者痕迹,按趙景深先生文章稱此出編者爲"藍畹"。

（白）結髪從戎上戰鞍，腰懸寶劍月光寒。生平任俠爲知己，肯作悠悠行路看。自家小种經略府提轄，姓魯名達，本貫關西人也。膽氣粗豪，心胸闊大。是不是輕生重義，遇知己肯贈頭顱；信不信扶弱除强，見不平便拚性命。不拘迂腐細行，自成磊落雄懷。這且不在話下。有一拳棒教師李忠，綽號“打虎將”，舊曾相識。近從遠方到此，今日不免請他酒肆中沽飲三杯，少叙交情。原約他在此處會的，怎麽尚不見到來？（内嗽介）（魯達）遠遠望去，正是他來了。

（李忠上）漫言漂泊無知己，正喜逢迎有故人。（見介）（魯達）賢弟遠來，尚未申敬，今請同至肆中豪飲一番，聊當洗塵。（李忠）極承大哥盛情，只是何以克當？（魯達）不要謙遜。前面州橋下，潘家酒樓甚好，請同至那邊。（李忠）請。（合）手把一樽拚痛飲，目空四海恣雄談。（下）

（史進上）燕趙悲歌士，相逢劇孟家。寸心言不盡，前路日將斜。我史進下得少華山，要尋訪師父王進，一路行來，已到渭州地面。聞得這裏有個經略府，莫非我師父就在此處？怎地問個信兒纔好。（内應場介）（史進）那邊有個軍官打扮的來了，且向他問個消息，就知道了。

（魯達、李忠上）不尋市上飯包漢，且覓橋頭酒肆傭。（史進）尊官請了。（魯達）請了。（史進）敢問這經略府中，可有位東京來的八十萬禁軍教頭王進麽？（魯達）足下何人，問他怎麽？（史進）小弟名唤史進，有事特來相訪。（魯達白）你莫非是“九紋龍”史大郎麽？（史進白）小弟正是。敢問職事哥高姓大名，何由得知小弟？（魯達）在下魯達，仰慕尊名久矣。（史進）原來是魯提轄。仁兄，此位尊姓？（李忠）小可李忠。（史進）久仰，久仰！（李忠）不敢。（史進）王教師可同提轄在經略府麽？（魯達）他在延安府老种經略處，不在這邊。（史進）原來如此。既然不在，小弟告辞。（魯達）忙什麽？難得到此相會，同飲三杯，以叙傾蓋。（史進）如此，小弟作東。（魯達）酒家！

（酒保上）來了。玉樓春色動，人醉杏花天。提轄老爹，請樓上坐。(魯達)好酒打幾角來。(酒保)用什麼下飯?(魯達)不用問,有好的只管拿來。(酒保應介。持酒上)(魯達)請坐了。(李忠、史進)請。(合唱)

【粉孩兒】殷勤的捧霞觴申夙悃。幸相逢萍水,片言投分。天涯兄弟誰似君,好開懷頻倒金樽。

(金翠蓮内哭介)(衆唱)

聽嬌聲一似鶯囀枝頭,緣何的有無限悲憤?

(酒保上。白)還要添什麼不要?(魯達)唗!該死的狗頭。(李忠、史進)大哥,爲甚發怒?(酒保)提轄老爹,爲什麼來?(魯達)洒家同二位老爺在此吃酒談心,你容什麼婆娘在後面啼啼哭哭,擾得好不耐煩。(酒保)原來爲此。老爹有所不知,這是東京來的父女二人,每日在此啼哭,他是哭慣了的耶。(魯達)唤他來,待洒家問他。(酒保應介)金伯伯!

(金老上)啞子吃黄連,有苦難分説。小二哥,有甚麼説話?(酒保)都是你們啼啼哭哭,連累我一桌子傢伙都打碎了。提轄老爹道你們哭得好,叫你去哭與他聽。(金老)待我去。三位老爹,老漢有罪了。(魯達)你是那裏人,爲什麼在後面啼哭,攪鬧洒家?快快從實説來。(金老)老漢姓金,東京人氏。(李忠、史進)到此作何勾當?(金老)來此渭州投親不着,流落旅店。不想老妻一病身亡,欲待回鄉,又遇魔君阻路。(魯達)那魔君是誰?(金老白)就是此間一個財主,叫做"鎮關西"鄭大官人。見了我女兒呵!(唱)

【紅芍藥】他心兒裏欲結姻親,虚填契逼娶紅裙。

(李忠、史進、魯達)有這等事?可曾許他?(金老)老爹,可憐我是落難之人,誰敢與他争執?又思量要得些錢鈔,(唱)

只得忍氣吞聲就從順。

(白)誰知他妻子曉得,(唱)

狠辣辣吼聲難近。

(魯達、史進白)那時便怎麼?(金老)那時鄭大官人呵,(唱)

把我的孩兒送還忽變嗔。

（魯達、史進白）你可曾得他些錢鈔？（金老白）當初文契，原是虛填三千貫，並未得他分文。後來他送還我女，反拿着文契呵，（唱）

苦追求要把賣身錢認。

（李忠、史進白）你這老人家，哭也没用嗄！（金老唱）

細思量有屈無伸，拚一命省費唇吻。

（魯達白）不要哭，我且問你，那個什麽"鎮關西"鄭大官人？（金老）就是狀元橋下賣肉的鄭屠。（魯達白）怎麽？是宰猪的鄭屠？（金老）正是。（李忠、史進）大哥，是何等樣朋友？（魯達）甚麽朋友？是宰猪屠户，腌臢潑賤。你們二位在此，我去就來。（李忠、史進）大哥要往那裏去？（魯達白）他叫什麽"鎮關西"，待洒家去把這狗頭鎮他一鎮。（李忠、史進）莫要性急，且請從容。（魯達）咳！你二人還不知我魯達的性兒。平生俠氣與天高，腰下常懸帶血刀。怒髮横生擒隻虎，雄眉直竪斬雙蛟。除不義，顯英豪，荆軻、豫讓等同胞。片言契合爲君死，泰山一擲等鴻毛。鄭屠，鄭屠！（唱）

【耍孩兒】那有關西容你鎮，幾見有屠猪户直恁的倚勢欺人？

（欲走介）（李忠、史進勸住介）

勸君家且按下千丈不平憤，又何必閒事縈方寸？且把臂傾良醖。

（魯達白）嗄，也罷！金老過來，洒家放你父女回東京去，如何？（金老）若得如此，就是再生之德了。只是店主人那裏肯放我們？（魯達）有我在此，他敢留你？（金老）那鄭大官人，着落在他身上要銀子，怎麽處？（魯達）那鄭屠的銀子，洒家還他。去罷！（金老）只是没有盤費。（魯達）盤費是要緊的。（向李忠、史進介）來，來！洒家今日不曾多帶銀子出來，你二位借些與我，明日便還。（史進）有。大哥只管拿去，還什麽？（李忠、史進出銀介）（魯達）老兒，這兩錠銀子，拿去做盤費，快去罷。（金老）多謝恩人。敢問尊姓大名？（魯達）不要問，你自去罷。（李忠、史進）這就是魯提轄。（金老）嗄！是魯提轄。待老漢去唤女兒出來拜謝。我兒快來。

（金翠蓮上）爹爹，怎麽説？（金老）這三位恩人要放我們回去，又贈盤費。和你去一同拜謝。(翠蓮)曉得。(金老)三位老爹在上,待我們父女拜謝。(魯達、李忠、史進)不消拜,去罷!(金老、翠蓮拜謝介。唱)

【會河陽】感得英豪救拔難人,啣環結草敢忘恩?

(魯達、李忠、史進)

家門,雖在東京,天涯比鄰,及早向前途遶。

(金老白)老漢去了。(魯達)去罷。

(酒保上。攔介)呔!那裏去?(魯達)敢是少你房錢、飯錢?有洒家在此,放這老兒還鄉去罷。(酒保)房錢、飯錢倒是小事。他欠鄭大官人的銀子,着落在我店中要的。(魯達)鄭屠的銀子,也是洒家還,放他去罷。(酒保)待還清了再放他去。(魯達)唗!這等可惡!二位賢弟,可護送他父女一程,恐店主人在前途攔阻。(李忠、史進應介)隨我們來。(金老、翠蓮應介。徑下)(酒保復攔介)啊呀!去不的嘘。(魯達白)這狗頭,這等大膽!(打酒保介。唱)

打伊恁一夥精光棍,怪伊同惡黨來紮囤。

(酒保叫饒介,逃下)(魯達白)他父女已去,我如今竟到狀元橋去,尋鄭屠那厮。(行介。唱)

【縷縷金】我揮拳臂,咬牙齦,怪他强横輩恁欺人。

(白)鄭屠!

(鄭屠上。白)嗄!(唱)

誰出言無狀,把咱名混?

(見介。背白)原來是魯達,想又吃醉了。(唱)

偏教弔客與喪門,還須要從順,還須要從順。

(白)提轄老爹,請了。(魯達)誰與你請了!洒家奉經略相公鈞旨,要十斤精肉,切作臊子,又要十斤肥的,也要切作臊子。(鄭屠)曉得了。夥計們,快選好的,切二十斤與老爹送去。(魯達)不要那腌臢潑才動手,你自與我切。(鄭屠背白)怎麽,要我自去切?這個意思,明明來尋鬧。(魯達)你説什麽?(鄭屠)我説老爹説的是,待我自去切就是了。(魯達)住了。還要十斤寸金軟骨，不要有一點肉在上邊，也要切作臊子。（鄭屠）寸金軟骨那裏有這許多？（冷笑介）這不是明明來消遣我麽？（魯達）洒家便消遣你，便怎麽？（打介。唱）

【越恁好】打你屠夫下賤，屠夫下賤，輒敢妄自尊。

（鄭屠白）魯達，你爲何平白來打我？（魯達唱）

你占人子女，虚填契詐良民。

（鄭屠喊介）（魯達又打介）

精拳再打伊面門，難消怒忿。

（打死介）（魯達背白）這狗頭，怎麽這樣不經打，就打死了？鄭屠，你這厮詐死，我去禀過經略相公，再來與你筭帳。（走介。唱）

料伊行眼看着殘生殞，待咱身好辦取忙逃奔。

（急下）

（衆地鄰上。唱）

【紅繡鞋】聽得連聲救人、救人，急急前來解紛、解紛。

（白）阿呀！鄭大官人竟被人打死了。（兩鄰）這是魯提轄打死的。快去報官。（地方）且把屍首擡到他自己家裏，告訴他妻子知道。（擡介。唱）

氣已絶，命無存。忙出首，到衙門。休放走那兇身，休放走那兇身。

（下）

（魯達上。白）雙手劈開生死路，一身跳出是非門。方纔那鄭屠被我三拳打死，地方必定報官，洒家就要吃官司了。爲此到下處收拾盤費，不如逃往他鄉，再作道理。（唱）

【尾聲】見不平難按心頭憤，這一回翻做了有家難奔。此去呵，又未知浪蕩天涯誰可親。

（下）

## 第十四出　路逢員外指安身①

（舊有，藍畹增改）

（趙愷上。唱）

【剔銀燈】樂事惟應爲善，向世人轉相告勸。隨地慈祥，常時惻隱，舉動皆成方便。流光如箭，惟願取螽斯慶衍。

（白）萬卷拋殘業未成，愧無言行著平生。熱心甘向貧交贈，肯許前人獨擅名。自家姓趙名愷，表字樂天，山西代州七寶村人也。家資豐厚，心地和平，院君李氏，才德俱優。同懷恤寡之心，共切憐孤之念。前因歲歉，賑濟貧民，收留一人，名唤花自溪。此人善於寫算，因此一應出入帳目，都是托他掌管。這且不在話下。只因我年過四旬，尚無子嗣，院君一向勸我納妾，因循未果。近日適有一金老父女，來自遠方，憑媒撮合，娶得伊女爲小星。過門之後，又復數日。可喜此女雖出小家，頗知大體。今日閒暇在此，不免請院君出來。

（趙忠先暗上）（趙愷）趙忠，傳話你妻子，伏侍院君、二娘上堂。

（趙忠應介）（傳話介）（内應介）

（李氏上。唱）

【又一體】筋力年來差倦，暗换却鏡中顔面。

（趙忠妻扶翠蓮上。唱）

試整新粧，漫移小步，相見還多腼腆。雛鶯新囀，又早是春風庭院。

（見介）（相叫介）（趙愷白）院君請坐。（李氏）員外請。（趙愷）你也坐了。（翠蓮應介）（趙愷）院君，二娘年紀幼小，恐未諳婦道，早晚須得院君訓誨纔好。（李氏）雖爾年輕，喜他德性婉順，諸凡勤慎。（趙愷）雖然如此，只是他，（唱）

【榴花好】【石榴花】（首至四）蓬門蓽户點點小嬋娟，想閨中訓未聞全，要伊朝夕費煩言，再休得一味生憐。

---

① 原標題爲"魯達逃難"。

（李氏、翠蓮合唱）

【好事近】（五至末）正當稚年，論治家百事須勤勉。要學取貞淑名彰，好博得賢達聲傳。

（花自溪上。白）今朝飽煖還多欲，前日饑寒又早忘。員外那裏？（見翠蓮介）（趙愷）你們回避了。（李氏、翠蓮）閒談正喜晝初永，清坐不知日又移。（下）（花自溪看翠蓮下。出神介）（趙愷）花兄，有什麽説話？（花自溪）這個……員外，南莊百花盛開，西溪紅英爛熳，無非請員外出去，消遣消遣之意嗄。（趙愷）如此，今日晚了，明日去罷。（花自溪應介）（趙愷）隨我進來一敘。（花自溪白）員外請。（趙愷白）地僻曾無佳客過，（花自溪白）村深惟有野人來。（下）

（魯達上。唱）

【好事近】義膽可包天，敢憚奔馳勞倦。茫茫岐路，不知家在誰邊。

（白）洒家魯達，只爲一時義憤，打死了鄭屠，恐怕追捕，星夜逃奔。離了渭州，行過幾處州縣，前面不知什麽地方了。只索趲行前去，再作道理。（行介。唱）

關河迢遞，影蕭蕭踪跡如蓬轉。楚囚悲那掛眉梢，英雄淚不灑風前。

（金老上。白）半子于歸日，桑榆喜有依。（見介）呀！這是恩人魯提轄嗄！緣何到此？（魯達）洒家不認得你。（金老）恩人怎麽忘了？老漢就是店中釋放的金老。（魯達）嗄，你就是金老？（金老）恩人，你好大膽！現今各處俱有明文張掛，又兼畫着恩人形像，註着年甲，緝捕甚緊。幸喜遇着我，倘行至城市之中，被做公的拿住，怎麽處？來，來！隨我到一個所在去。（魯達）那裏去？（金老）隨我來就是了。轉過溪橋，竟入莊舍。員外在家麽？

（趙愷上）鳥啼人自静，茶熟夢初醒。是那個？（金老）員外。（趙愷）原來是金太公。此位何人？（金老）這就是老漢時常向員外提的，恩人魯提轄了嗄！（趙愷）就是義士？請！（見禮介）久仰大名，今喜降臨，幸甚，幸甚！（魯達）不敢。（向金老介）此位是？（金老）趙員外，仁厚長者。（魯達）嗄！趙員外，幸得拜識，足慰平生。（趙愷）不敢。請坐。（各坐介）（金老）請問恩人，那日如

何就起風波？（魯達白）洒家打發你起身後，就到狀元橋下，正遇鄭屠那廝。（唱）

【又一体】激得我如燃惡氣滿胸填，

把那廝呵，

止不過三拳喪喘。

（白）洒家料來不好。（趙愷）那個自然了嗄。（魯達唱）

因此向天涯流浪，寧辞跋涉風烟。

（金老白）這都是老漢連累恩人了。（魯達）何出此言？（唱）

俺頭顱可捐，大丈夫肯把浮生戀？

金老，

道伊家葉落歸根，怎還在外州别縣？

（金老白）自從恩人救了老漢父女，那日呵，（唱）

【榴花好】【石榴花】（首至四）潜踪投奔欲返舊家園，

（白）不想女孩兒有天緣奇遇，來到這裏代州呵，（唱）

一言撮合綰良緣。

（魯達白）你女孩兒已配了人了？（金老）就與此間趙員外做了偏房。（唱）

衾裯却許抱星前，

（魯達白）難得遇此仁厚長者。（趙愷）不敢！（金老）如今豐衣足食，皆出大恩人所賜也。老漢呵，（唱）

啣環結草圖報意彌堅。

（魯達白）洒家有何德處？（趙愷）小妾常道義士豪俠，古今罕有。卑人呵，（唱）

【好事近】（五至末）威名久羡喜識韓，今日能如願。看一言肝膽同傾，是千里有緣相見。

（魯達白）洒家告辞了。（趙愷）義士往那裏去？（魯達）洒家犯了該死的罪名，住在這裏，倘有些風吹草動，可不連累了員外？（趙愷）阿呀！義士，如今外邊畫影圖形，在那裏緝獲，就要去，也要酌量一個安身之處便好。（魯達）洒家遊蕩江湖，那有安身之處？倘或被拿，就是這顆頭，也不值甚的。（金老）阿呀！恩人何出此言？員外，可有什麽計策，保全恩人此難便好。（趙愷想介）計便有一條在此，只是義士怎肯向此路而行？（魯達）洒家犯了法，有什麽不肯？（趙愷）若如此最好。此去三十餘里，有一座五臺山。山上有六七百衆僧人，爲頭的智真長老，是個大善知識。卑人向曾許下剃度一僧，已買下一道五花度牒在此。義士若肯削髮爲僧，方可埋踪隐跡。（金老）也罷。恩人權且應從，日後事平，再作區處。（魯達）待洒家思忖來。（想介）罷！既蒙員外做主，洒家情願做和尚便了。（趙愷）義士既然心允，今晚暫住寒家，待我連夜收拾囊缽禮物，送義士到山便了。（魯達）多謝員外。（趙愷唱）

**【尾聲】**你行踪莫使人瞧見，好學做埋頭書院。

（魯達）

怎説得張儉無家不受憐。

（趙愷白）請至後堂，小妾還要出來拜謝。（魯達）那個不敢當。（金老）這是應該的。（共下）

## 第十五出　五臺山智深剃度①

（舊有）

（知客僧上。白）山居十載百無成，客到先愁口氣生。若問蒲團近何似，空林帶角虎縱横。貧僧乃五臺山文殊院知客僧便是。今早七寶村趙檀越，着管家送賻銀三十兩、白米二十石到山打齋，未知爲着何事。已曾吩咐香積厨下，准備素齋，掃室焚香，在此俟候。你看遠遠的有兩個居士上山來了，且向山門外迎候他們者。

（趙愷、魯達上。唱）

**【出隊子】**心空神曠，是處山靈應接忙。松聲竹韻總笙簧，兜率遥看舍利光。把臂入林，敢求外望。

① 原標題爲“五臺削髮”。

(知客迎見介。白)員外光賁荒山,有失遠迎。(趙愷)不敢。弟子今日有事求見和尚,乞煩首座通報。(知客)方纔和尚已有法諭,若員外到時,請至客堂少坐。待和尚上堂,即請相見。(趙愷)弟子恭候。(知客)請同這位居士到那邊去,貧僧失陪。(趙愷)請便。(趙愷、魯達)曲徑通幽處,禅房花木深。(下)(知客)吩咐法堂擂鼓,請和尚陞座。(内撞鐘、擂鼓介)

(衆僧、二侍者引智貞長老上)寄跡空山四十年,並無佛法與君傳。有人問我西來意,水在長江月在天。老衲智貞是也。萬境平沉,三心不起。山中説法,直教頑石點頭;夜半臨堦,自有哪吒捧足。啓龍宫之華藏,建鷲嶺之道場。鞭策後學,不吝鉗錘;化度愚蒙,悉歸陶冶。惟願佛法共敷三藏秘,皇恩永被萬方遥。(衆)阿彌陀佛。(智貞)今日請老僧登座,有何公事?(知客)啓告和尚,七寶村趙居士到山打齋,有事求見。(智貞)請上堂相見。(知客)曉得。員外有請。

(趙愷、魯達上)指揮如意天花落,坐卧禅房春草深。(知客)和尚已登法座,請員外相見。(趙愷見介)久挹餘輝,曷勝銘佩,睽違蓮座,夢想爲勞。(魯達)和尚,洒家作揖了。(智貞)居士今日到荒山打齋,有何所願?(趙愷)弟子有一事啓告和尚。趙愷前有舊願,曾許剃度一僧,到今未曾了願。今有表弟魯達呵,(唱)

**【桂枝香】**心胸豪放,行爲鹵莽,時將故劍悲看,猛省得空花幻妄。

(魯達)

願辞家離俗,願辭家離俗,特参和尚,死生流浪。

(智貞)這也難得。(趙愷、魯達唱)

造禅堂,許入三摩地,同登極樂方。

(智貞白)這個因緣,事也不小。且請客堂待茶,待老僧與大衆商議,剃度便了。(趙愷、魯達)多謝和尚慈悲。溪聲便是廣長舌,山色無非清浄身。(下)(衆)和尚,方纔那人出不得家,和尚不可剃度他。(智貞)却是爲何?(衆)和尚,你不見麽?(唱)

**【又一體】**看他兇頑形狀,生成强項,分明是劣馬無繮,全不是空門法相,和尚還須酌量。

（智貞）

大衆何須酌量？

（衆）

倘犯清規踈曠，須招流謗，日後累禅堂，那時去住皆難措，終貽後日殃。

（智貞白）這事憑不得你我。此漢若有善根，自歸正覺。既是大衆疑慮，待老僧打坐，在此入定去，看此人善果如何，再當定奪。大衆可往齋堂，飯後聽者。（衆）領法旨。（下）（智貞打坐介。唱）

【北粉蝶兒】選佛名場，千載的選佛名場。誰肯把塵緣輕放，問青松僧臘偏長。死和生，生共死，恁可也回頭參量，一霎云亡，那答兒肯放過侯王將相？

（作入定介）（内奏樂介）

（衆謁諦執旛幢，二侍者引金身羅漢上）（向智貞參禮介。下）

（智貞出定介。白）善哉，善哉！首座那裏？

（知客、衆僧上）一塵曾不染，諸相本皆空。和尚，定中可有什麽見來？（智貞）大衆，你道方纔那人出不得家麽？（衆）便是。（智貞）你們那知其中妙果也！吩咐職事僧，領他到佛殿上淨髮披緇，然後到法堂受記。（知客）曉得。職事僧聽者。（内）怎麽説？（知客）和尚法旨，領那居士到佛殿上淨髮披緇，然後來法堂受記。（内應介）（知客）吩咐過了。（衆）請問和尚，那人有何善果，可爲佛門弟子？（智貞唱）

【沉醉東風】你那些大地愚盲，空習着樣子花腔，誰知他西來意有些停當。

（衆白）看他有些膽莽。（智貞唱）

膽莽的有一副赤肝腸，

（衆白）看他也不識字。（智貞唱）

他不識字偏把禅機言不商。

（衆白）敢是能行苦行？（智貞唱）

他不知有苦行爲法身亡。

（衆白）他出了家，可當什麽職事？（智貞唱）

他殺人心隊裏無雙，前途迷障，

（衆白）阿彌陀佛。他有這等念頭，和尚怎麽輕與他披剃？（智貞唱）

回頭是岸，也不須咱家喝棒。

（衆僧、趙愷引魯達僧粧上。白）看取蓮花浄，方知不染心。（衆僧）啓和尚，魯居士浄髪已完，求和尚賜取法名。（魯達跪介）（智貞摩頂介）靈光一點，價值千金。佛法廣大，賜名"智深"。（趙愷）蒙和尚大發慈悲，再請受記。（智貞）智深！（智深應介）（智貞）從今後呵，（唱）

【上小樓】發慈悲，上浄土，把五戒三皈講。

（智深白）請問和尚，何爲五戒？（智貞唱）

不將那物命損傷，淫盜邪殃，酒肉顛狂。

（智深白）何爲三皈？（智貞唱）

那佛、法、僧三寶尊，纔到龍華會上，這的是菩提果好生顒望。

（智深白）洒家都記得了。（智貞）天色漸晚，請趙居士在荒山草榻，明日去罷。（趙愷）弟子正要住在此，戒訓表弟一番。（智貞）也好。智深！（唱）

【煞尾】從今好作僧伽相，向二六時中禮法王。説與那看不破的衆生們，可也及早回頭想。

（下）

## 第十六出　七寶村趙愷株連①

（舊有，藍畹增改）

（花自溪上。白）癡心欲作有情人，反面便爲無義漢。恩多成怨古來言，覆雨翻雲何足歎？我花自溪，自那日見趙員外新納一寵，他生得天姿國色，玉貌娉婷，使我神魂飄蕩，情思難禁。幾欲調戲，苦無其便。前晚乘老趙往别處赴席，我就大着膽，踰墻過去，指望男貪女愛，成其好事，誰想此女假意撇情，便欲聲張，只

① 原標題爲"誣陷善良"。

得乏趣而歸。我想他既不從此事,自然要在老趙面前訴説,表他貞節。倘然老趙得知,必定當面叱辱,輕則趕逐出門,重則尚有不可料之事,不如先下手爲强。聞得他前者曾窩留一個逃來的斬犯在家,我若向當官出首,必然拿他去抵罪。區區非但免了目前出醜,還可謾謾謀占他家私,此女終當屬我。方纔已向知州衙門首過,即刻差人到此捉拿,先着我在此暗暗看守。遠遠望去,公差又早來也。

(二公差上)聯絡科房常作弊,憑依官府慣通贓。(見介)(花自溪)二位牌頭哥來了麽?(公差)正是。本人可在家麽?(花自溪)正在家裏。二位進去看見了,鎖了就走,不可容他停留片刻,這是要緊人犯嗄。(公差)是了,這個在行。(花自溪)我倒不便在此,先到衙門前等候。(公差)你先到那裏去,我們鎖了他就來。(花自溪)戚容恐動哀矜念,利口須堅質證詞。(下)(公差)趙員外在家麽?快快走出來。

(趙愷上。唱)

【不是路】膽顫心忡,門外何來聲勢兇。

(公差白)窩主在此了。(趙愷)嗄!二位是牌頭嗄,何事到此?(公差)我們無事也不敢登門。(唱)

鈞牌奉旨,有人出首特興戎。

(趙愷白)我是本分良民,並不爲非作歹。出首我何事來?(公差)只爲你窩留斬犯在家。(唱)

早露形踪,從來藏匿干連重,説不得輕造華堂惱主翁。

(白)快快把正兇放出來,你就没事了。(趙愷)二位,我何曾藏什麽斬犯在家?你們敢是錯聽了。(唱)

休胡哄,分明是捕風捉影相愚弄。

(公差白)我們奉牌票拘捕,如何得錯?既没有斬犯,你自到公堂上去分辨就是了。(趙愷)我就去也不妨。(唱)

正是有冤當控,有冤當控。

(公差鎖趙愷下)

(衆衙役引鍾必文上。唱)

【燕歸梁前】下車不聽民歌頌，堆案牘皆冤訟。

(白)當年猶記在書堂，説孝談忠志氣强。誰道一朝權在手，不由人不壞綱常。下官代州知州鐘必文是也。前者渭州移到關文，要捕那打死鄭屠的魯達。一向並無踪影，不想今早有個花自溪出首，道七寶村趙愷家中，窩藏一名斬犯，想來必是魯達了。已差捕快前往捉拿，怎麽還不見解到？

(公差押趙愷上。唱)

【燕歸梁後】覆地翻天頃刻中，只拚却殘生送。

(一公差白)禀老爺，小的蒙鈞牌，拿得窩主趙愷在此。(知州)帶趙愷進來。(公差應介)(帶趙愷進介)犯人當面。(知州)趙愷，你窩藏的魯達在那裏？快快放出來。(趙愷)爺爺，趙愷並没有藏什麽魯達在家。望爺爺詳察！(知州)哇！有人親眼見你藏在家中，到此出首的，你怎麽還敢抵賴？這是應斬人犯，你若藏匿過了，就該與本犯同罪了。快快招來，免受刑法！(趙愷)爺爺，念趙愷呵，(唱)

【五更轉】是守分儒，尊周孔，交游藝苑朋。

(知州白)那管你的交游，我這裏只要魯達！(趙愷唱)

那有他州漏犯來厮哄？

(知州白)你不招？扯下去，重責四十。(衙役應介。打介)(知州)你如今招也不招？(趙愷)阿呀，爺爺嗄！(唱)

這等無影無踪，是誰劈空揑訟？

(知州白)不招麽？(趙愷)冤枉難招。(知州)取短夾棍，夾起來。(趙愷)阿呀，爺爺！小人窩藏魯達，有何人知見？(知州)你説没人知見麽？少不得還你個對證。帶那原告人過來。(衙役應介)(帶花自溪上)出首人當面。(知州)花自溪，你去與趙愷面質。(花自溪應介)(趙愷)嗄！原來出首人就是你！(花自溪)不敢，就是區區。(知州)對證分明，你還敢辨麽？(趙愷)呔！花自溪，我趙愷何負於汝，今日如此相報？吓！(唱)

恨讎莫解，怨怎伸，天難控。

(花自溪白)恐怕日後連累員外，所以替你代首免罪。(知州)如

今是没得説了。從實招上來！（趙愷）罷！小人願招。（唱）

當日相留下榻只爲交情重。

（知州白）現今窩藏在那裏？（趙愷唱）

又向别處潛逃是我不合輕縱。

（知州白）既然放走，你的罪就難逃了。且待拿住魯達，再行審問。吩咐畫供。（衙役）犯人畫供。（趙愷唱）

【一封書】有魯達偶逢，絶不該款曲通。縱避繳飛鴻，到今日馬牛風。去後天涯並海角，難覓茫茫無定踪。事欺公，法難容，即上招詞親口供。

（衙役白）畫供畢。（知州）上了刑具，帶去收監。出首人趕出去。（衙役）領鈞旨。犯人上了刑具。（知州）吩咐掩門。（趙愷白）饒你人心似鐵，難逃官法如爐。（哭下）（各分下）

## 第十七出　金翠蓮探監訴控①

（舊有，藍畹增改）

（李氏院君上。唱）

【臨江仙】自信生平無宿怨，是誰搆造飛言。

（金翠蓮、趙忠妻上）

鼠牙雀角訟成冤，傷心迷黑霧，疾首籲蒼天。

（李氏白）我員外被人出首窩頓魯達一事，今早官差拿去，不知凶吉如何？（翠蓮）本人已不在此，並無對證。只須不認，諒也無妨。（李氏）但願如此便好。（趙忠妻）金公同趙忠前去打聽，待他們回來，便知端的。

（金老、趙忠上）世上風波原莫測，室中讎敵更難防。（見介）（李氏）你們回來了？員外之事怎麽樣了？（金老）阿呀，院君，（趙忠）二娘，（合）不好了！（李氏、翠蓮）怎麽樣？（金老、趙忠）員外一到公堂，只辨得幾句，就扯下去打了四十。（李氏、翠蓮）打了

① 原標題爲“探監分别”。

四十？阿呀，員外嗄！（金老、趙忠）那官府必定要員外招認窩藏魯達，員外訴説："何人知見？"（李氏、翠蓮）這句辨得好。那官府又怎麽問？（金老、趙忠）那贓官就命帶過首告人來做證見。（李氏、翠蓮）首告人是那一個呢？（金老、趙忠）院君，你道那出首人是那一個？（李氏、翠蓮）是那個？（金老、趙忠）就是那花自溪！（李氏、翠蓮）嗄，就是花自溪，那天殺的！（金老、趙忠）那時員外見了這賊子，驚得目定口呆，受刑不起，一筆招成下獄了。（李氏、翠蓮）阿呀，我那員外嗄！（哭介）（合唱）

**【掉角兒序】**驚得我魂飛半天，痛殺人心攢萬箭，狗私情愛起嬋娟，受官刑禍移良善。

（白）花自溪，你那負心賊嗄！（唱）

全不念遇急難，荷提攜，蒙豢養，啣恩非淺。有何讎怨，搆成罪愆？恨只恨一朝反噬，獸心人面。

（翠蓮白）大娘且停悲泣，聽賤妾一言告禀。（李氏）你有甚話？且自説來。（翠蓮）我想員外藏庇魯恩人，皆因推屋烏之愛。此番花自溪爲難釀禍，亦緣前晚調戲不從而起。（李氏、金老）嗄，原來有這等事！（翠蓮）今員外身陷重罪，皆妾之故也。此處官府，料難超豁。聞得太原种總制衙門，持心公正，執法平允，凡有冤獄，無不昭雪。賤妾拚得到彼控告，務要救出員外，以盡區區報德之心。（金老）好，正該如此。（李氏）二娘，你若果能行此，實員外之幸也。只是途路遥遠，汝身嬌小，如何去得？（金老）不妨。老漢雖然年紀高大，精力尚健，待我率領前去便了。（李氏）既是這等，我着趙忠妻子伴汝前往。（翠蓮）如此更好。即當先往監中，辭别員外，然後起身。（李氏）見了員外，囑其耐心，你一面去伸冤，我這裏把銀錢上下使用，必不致於受苦。（翠蓮應介）（金老、趙忠妻）我們也到監中去辭别員外。（翠蓮兜頭、束腰介）（李氏）我收拾包裹盤費在此，待你回來起身。（翠蓮應介）（李氏）啣冤公冶憐非罪，（翠蓮白）贖死緹縈願上書。（李氏作悲苦下）（翠蓮）蒼頭引路。（趙忠應介）（行介）（翠蓮唱）

**【步步嬌】**血淚千行珍珠滴，揾得鮫綃濕，無端飛禍及。怎説得女子從來閨門不出，雙臉暈微赤，遇途人怎免得多羞澀。

(到介)(趙忠白)來此已是監門首了，請少待。禁長哥有麼？

(禁子上)不犯蕭何律，安知獄吏尊。(趙忠)禁長哥，我們是趙員外家來的，要進去看看員外，有個薄敬在此，請收了。(遞包介)(禁子)送與我的？(趙忠)正是。(禁子)放你們進去，略説幾句話，就要出來的。(趙忠)這個自然。(禁子開門介)(衆進介)(禁子)怎麽有這許多人？(趙忠)共是四個。(禁子)隨我來。(向内叫介)趙愷，你家裏有人在此，出來見見。(禁子暗下)

(趙愷上)來了。(唱)

【秋蘂香半】重義心同金石，肯供出個人消息。

(金老白)員外，我女兒在此。(趙忠)二娘來看員外。(趙愷)在那裏？(翠蓮)阿呀，員外嗄！(趙愷)二娘，難爲你來看我。(各哭介)(翠蓮唱)

【忒忒令】爲奴身招來怨隙，致君家搆成讎敵。

(趙愷白)這是我命中所造，與汝何干？(翠蓮唱)

恨狂且傾陷，昧從前恩德。

(趙愷白)這忘恩負義的小人，少不得有天報的。(翠蓮唱)

筭只有叩廉明，乞平反，求昭雪，把冤獄頓釋。

(趙愷白)趙忠過來，聽二娘之言，莫非親自要往那衙門去控告麽？(趙忠)員外尚不知道？二娘呵，(唱)

【沉醉東風】怎忍見纍囚叢棘，拚得去鳴冤肺石，要博個現青天覆盆照日，脱拘攣圜扉早出。

(趙愷白)住了，他要到那裏去伸冤呢？(趙忠)二娘要往太原府种總制衙門，擊鼓告狀。特來辭過員外，回去就要起身了。(趙愷)嗄，有這等事！難道院君不阻他麽？(趙忠、金老唱)

他心堅意執，恨深怨積，一腔義憤，如何樣勸得？

(趙愷白)阿呀，二娘嗄！此去太原，千里之遥，况聞那總制衙門，十分利害。這個斷使不得的嘘！(唱)

【園林好】客途裏勤勞未習，公堂上威嚴未識。當自量裙釵弱質，須早把念休息，須早把事停息。

（翠蓮唱）

【江兒水】不獨悲愁集，秖應怨恨劇。要識受人恩惠當銘刻，只該見人過失相遮餙。怎反陷人罪犯多凌逼，誓不與他並立。此去憑天，便斷送紅顔何惜？

（趙愷白）雖是你一片懇至之心，要爲我伸冤。但在汝一女子，怎做得這樣大事？還是不去罷。（金老）員外，我女雖然嬌小，有老漢和趙媽媽同往，諒也不妨。此一去呵，（唱）

【五供養】似把登聞鼓擊，要哀叩天閽，求伸冤抑。

（趙愷白）你是老人家了，那裏受得這勞苦驚恐？（金老唱）

猛拚愚父女，一死報恩德。只願無辜寬釋，又何惜這衰殘筋力。

（合唱）

切齒忘恩輩，恨何極，相顧無言，止餘悲泣。

（翠蓮唱）

【玉嬌枝】我的心堅匪石，誓從今九死不易。此行凶吉雖難必，怎當得這寸腸奮激。由來負心天必殛，善人終得蒙矜恤。

（合）

便願得青蝇聚筆，只望取金雞啣勅。

（趙愷白）阿呀，二娘嗄！你立志若此，誠爲可敬。教我也難於阻擋，憑你便了。（哭介）（執手介）（趙愷）你如今回去，就要起身了？（翠蓮）正是。賤妾去後，員外且請寬心。（各哭介）（趙愷、翠蓮唱）

【川撥棹】添悲戚，看分抛在片刻。從今後兩地思憶，從今後兩地思憶。要重逢知他甚日，痛牽情淚共拭，狠傷心聲共失。

（禁子上。白）官府下來了，還不快些出去！（推翠蓮介）（趙愷、翠蓮唱）

【尾聲】怪這無情獄卒催何急，猶未訴不盡的離情萬一。

（禁子推翠蓮出介。推趙愷下）（翠蓮唱）

待明白了天樣沉冤我的願始畢。

（哭下）

# 第十八出　荷葉包寫狀鳴冤①

（舊有，藍畹改）

（荷葉包上。唱）

【普賢歌】訟師不獨筆如刀，要得興詞兩下挑。原告人將我邀，被告人把我招，不枉名稱荷葉包。

（白）小子姓何雙名傑保，在太原府前代書詞狀。那些人因見我慣會包攬詞訟，就順口叫我是“荷葉包”，“荷葉包”一陣叫，竟叫開了。（笑介）我就顧名思義，凡遇官司，衙門上下，兩造干證，總與他一包。今日來到府場上，看可有人來尋我，包官他詞訟必勝。正是：片言折獄輕重，一字分人死生。

（翠蓮上。唱）

【搗練子】心戚戚，意摇摇，千磨百難受勤勞。

（趙忠妻上）

但願嚴霜飛六月，不知可得遇臯陶。

（翠蓮白）老姆姆，一路來受盡艱辛，已到太原地方。不想爹爹在路勞苦，纔到此地，就病在旅店之中。無可奈何，只得我和你到總制衙門去控告便了。（趙忠妻）要去控告，須要寫張狀紙。（翠蓮）這是必要的，只是往那裏去寫？（趙忠妻）你看那邊府場上，有一先生，擺下狀式在那裏，煩他寫一寫罷。（翠蓮）盤費已盡，只有一股釵兒在此，拿去當作筆資。（趙忠妻）曉得。先生？（荷葉包）怎麽説？（趙忠妻）要煩先生寫張狀詞，可會寫麽？（荷葉包）怎麽説“可會寫”？但凡告狀人，遇着了我，官司包他就贏。這是百發百中的。（翠蓮）先生果然麽？（荷葉包）一些不錯，憑你什么事，立刻見效。學生寫的狀子，非但告去就准，只要筆頭上添這樣一個字，要打這個人一百，打了九十九下，也不饒；要問他徒罪，問了杖罪也不算。學生有名的“荷葉包”，包得定的。你

① 原標題爲“翠蓮寫狀”。

只要把事情實實説來,爲什麽起,還是鬬毆公事呢,還是户婚田土?(翠蓮)先生聽禀:(唱)

【鎖南枝】人無罪,禍忽遭,亡身破家在一朝。

(荷葉包白)家破身亡,這件事大得狠哩!敢問宅上尊姓,此事從何而起?(翠蓮)奴家金氏,丈夫趙樂天。因濟饑貧,誤救惡獸花自溪到家。不想這賊子呵,(唱)

憑空首向當官,恩反將讎報。

(荷葉包白)嗄!他竟恩將讎報?但不知他出首府上何事?(翠蓮)他出首"窩藏斬犯"一事。(荷葉包)把窩藏斬犯出首,要害府上?(翠蓮、趙忠妻)正是。(荷葉包)這狗骨之頭,這樣没良心的。只筭①有這樣事,也該隱瞞。請問此事,可有些因由的?(趙忠妻)並没有一些因由。(荷葉包)既没因由,此人那得就起此惡念?(翠蓮)事到如今,不得不説了。(荷葉包)正是。你竟老實告訴我,也寫得明白。(翠蓮)這賊子乘奴家丈夫出外飲酒,黑夜闖入卧房,意在調戲。那時奴家即爲喊破。(荷葉包)何如?我説畢竟有個緣故。(翠蓮唱)

他慮着風聲露,罪莫逃,因此捏虚詞,便誣告。

(荷葉包白)嗄!原來如此。小娘子請放心,我學生包你伸冤出罪便了。這個註語頭是要緊的。嗄,有了!

【又一體】告爲遭誣陷,受屈招,哀哀叩天把蟻命超。

(白)禍遭惡虎花自溪,因姦不遂,劈生禍端。(趙忠妻)正是。此處要寫得明白。(荷葉包)我在行的,不消叮囑得。(唱)

他未能青瑣偷香,讎口把飛言造。

(白)窩藏斬犯,並無實據。因嚴刑拷掠,含糊承認。這張狀子一進,那個罪就到了花自溪身上了。(唱)

首詞虚,有反坐條,懇天臺,把覆盆照。

(翠蓮、趙忠妻白)果然寫得好。(荷葉包)凡事經了學生的手,狀詞無有不准,官司無有不赢。(翠蓮)可要斟酌了?(荷葉包)不

① 應爲"就筭"。

消斟酌，只用謄清了。我且問你，這張狀子，還是要到縣裏，府裏，道里去告？（翠蓮、趙忠妻）要到總制衙門投告的。（荷葉包）怎……怎麽説？（翠蓮、趙忠妻）要到總制衙門投告。（荷葉包）呸！我只道你兩個婦人，作成我生意，原來在此胡鬧！（翠蓮、趙忠妻）我們爲欲伸寃，遠從代州到此。怎説胡鬧起來？（荷葉包）你們就是代州到此，眼睛或者是瞎的？難道四只耳朵，都是聾的？豈不聞總制衙門，出生入死，十分利害，怎敢大膽，就要去告狀？還不早早走你的路！（翠蓮、趙忠妻）請問總制衙門有何利害？（荷葉包）我不説總制衙門利害猶可，若説起來，不要説到那裏去告狀，就站在這裏，也要驚倒了。（翠蓮、趙忠妻）却是爲何？（荷葉包）那總制种大老爺，坐擁一十三州，管理八十五縣，欽頒定制，公卿將相，揖不齊肩，勑賜上方。污吏貪官，决不待奏，禍福憑其所降，死生在其所操。這個已經可怕了。他手下還有個總兵官，姓牛名健，咊，好生怕人！（翠蓮、趙忠妻）嗄！那牛總兵怎麽樣一個人？（荷葉包）那牛總兵生得來面如藍靛，髮似硃砂，一雙大耳，兩道濃眉。銅鈴眼，光如列炬；落腮鬍，硬似鋼針。身長丈二，膊闊三停。他坐在那裏，猶如五殿閻羅陞座；站將起來，賽過九天惡煞臨凡。（翠蓮、趙忠妻）告狀人可經由他案下麽？（荷葉包）那件事兒不經由？他每日清晨，坐在轅門上，也有投到這些軍政文書，糧務文書，屯田文書，造作文書，採辦文書，還有那水陸提塘，飛報文書，攘攘紛紛，絡繹不絶。到得午間，又坐在轅門上，都是傳出那調兵將令，防守將令，委署將令，稽查將令，斬人將令，更有那軍民詞訟，催解將令，樁樁件件，遣撥無遺。（翠蓮、趙忠妻）那文書軍令，自然每日如此。不知那告狀可有日期？（荷葉包）怎麽没有？凡是告狀之人，當堂擊鼓，攔街叫喊者，先提代書人綑打一百，那告狀人不能免虎囊弾之難。（翠蓮、趙忠妻）請問先生，何爲"虎囊弾"？（荷葉包）你們不曉得嗄！那牛總兵最惱的是刁潑叫喊之人。爲此在轅門上高高搭起蘆棚，三股木叉，四絡繩頭。有人投狀，猶如鷹拿燕雀，剥去衣裳，緊緊上下綑定，吊上竿頭，扯起在青雲之内。兩旁站立四十名无情牢子，腰下各掛大小虎囊一個。囊内裝着生泥摶就、爐中燒成的神弹子，大如核桃。那牛總兵喝聲放弹，只聽得乒乒乓乓，劈劈拍拍，望着高竿，不管死活，一頓狠弹。弹不着者，千中難一；弹着者，十死其九。放過四百餘弹，然後放下來，有命的收狀，無命的擡出。如此利害，不要説你兩個婦人，（唱）

**【又一體】**便鐵骨還傷損，銅筋難打熬。

（翠蓮白）千里到此伸冤，難道不進狀詞不成？（荷葉包唱）

已是訟成雀角，再復死類鴻毛，反被讎家笑。

（翠蓮白）奴家爲伸冤枉，即使刀鋸在前，鼎鑊在後，也不足懼。（唱）

只看我不膚撓，不目逃，就是湯也赴，火還蹈。

（荷葉包收筆硯，走介）（翠蓮扯介）（荷葉包白）不要扯我，留着這條窮姓①命罷。（翠蓮、趙忠妻）先生，寫了重重相謝。（荷葉包）不要這樣買命的。（翠蓮）先生方便，與奴寫一寫。（荷葉包）綑打一百，你們可替得我麼？（翠蓮）果是冤枉嘘！（荷葉包）你們冤枉，可在我的心上？（推介。掉筆介）阿呀，兩枝筆都掉了！罷，也不要了，這是那裏説起！（下）（趙忠妻）阿呀！二娘，方纔聽那先生説，虎囊弹如此利害，二娘怎受得起？不如息了此念，早早收拾回去罷。（翠蓮）老姆姆，説那裏話來？奴家出門之時，已把此身付之度外了。（唱）

**【淘金令】**東人怨深，凶吉應難料。閨人命輕，生死何須道。只要冤獄能明，一任殘生莫保。

（趙忠妻白）嗄，二娘，你既執意要去，嗄，也罷！到彼我自有個道理。只是無人與你代寫狀詞，這便怎麼處？（翠蓮）老姆姆，奴家自幼識得幾個字。你看地下有枝筆在此，不免扯下羅衫一幅，待奴家自寫便了。（趙忠妻）待老身向人家借些墨並硯臺來。（翠蓮）不用去借。（趙忠妻）不用墨與硯臺，怎麼樣寫？（翠蓮）罷！（咬指介）我就咬破指尖，寫紙血狀。（趙忠妻）阿呀，二娘嗄！你

---

① 應爲“性”。

便如此,我看了好痛傷也。(翠蓮寫狀介。唱)

漫道字多潦草,語不沉著,只這啼痕血跡也蒙鑒詔。

(合)

望天拯救,猶恐天高,怨氣難伸,憂心如擣。

(趙忠妻白)咳,可憐,可憐!(翠蓮)狀詞寫完,但今日天氣已晚,明早我同你到總制衙門去控告。(趙忠妻)曉得。二娘嗄,你

斑斑指血漬羅裳,覩處先教人斷腸。

(翠蓮)且聽雷霆施號令,休言星斗焕文章。

(哭下)

## 第十九出　制府廉明施惠露①

(舊有)

(四軍牢引牛健上。唱)

**【水底魚】**豹卒龍從,軍威萬國崇。轅門將令,山岳鬼神驚,節制大元戎。

(白)自家太原總制种老爺麾下,總兵官牛健是也。俺老爺坐居神州,威傾天下,權壓萬方。將相聞了膽懼,賊寇望之心寒。玉札金符,拿官吏等如潦草;鳳章龍誥,貶宗戚等若鴻毛。爲此着咱在轅門首收公文,投文狀,塘報月報,稟詞呈詞,糧草交單等,一一查驗,登記明白,然後進呈發落。恐有刁唆詞訟之人,到此遞狀,爲此轅門上,設下虎囊弹。這四十名勇健之士,以絶好訟刁筆之輩。倘有真確沉冤枉獄等情,先有本府移文,然後拿究。今日是投文日期,牢子們!(四軍牢)有。(牛健)將投文牌擡出,各路公文,收進班房掛號。將令貔貅出,羽書天上來。

(金翠蓮、趙忠妻上。唱)

**【憶多嬌】**哭得眼兒朦,走得髮兒蓬,盼望前途未知吉與凶,多應薄命今生緣不終。湛湛蒼穹,湛湛蒼穹,甚日得冤消恨融。

① 原標題爲"受弾鳴冤"。

(趙忠妻白)呀,二娘嗄! 這裡是總制衙門上了。今日正是投文日期,你看轅門上果有蘆棚叉木,兩下掛許多弹弓,好不驚殺人也!(金翠蓮)老姆姆,事到其間,也不必悲啼了。(唱)

【鬬黑麻】奴只得身向泉臺,命懸虎弓,再休想月缺重圓,殘花再榮。

(白)老姆姆,奴死之後,你有回去之日,若見員外,千萬不要説起奴家受此刑法而死。(趙忠妻)這是爲何?(金翠蓮)老姆姆嗄!(唱)

恐驚他魂魄喪,珠淚窮,病溺冤身,霜欺露蓬。

(合)

我心如箭攻,深讎剖骨同。死別生離,死別生離,頃刻夢中。

(趙忠妻白)二娘嗄! 我想將起來,老婢今年五十三歲,就死不爲殀矣。員外之恩,奴婢該當圖報。不若將老婢向前鳴冤,受弹而死。若得准此血狀,二娘與員外,還有相見之日。(唱)

【又一體】我是半百殘年,光陰易終,又没有三男四女可從。

(金翠蓮白)老姆姆,這是奴家身上之事,怎忍累及你?(趙忠妻)二娘,你我可是兩家出來的? 總爲員外報讎,死生大家做得。二娘嗄!(唱)

况你身懷孕,倘夢熊,

那員外呵,

子嗣多慳,仰伊紹宗。

(合前)

我心如箭攻,深讎剖骨同。死別生離,死別生離,頃刻夢中。

(趙忠妻鳴鑼介)

(軍牢奔上。白)嘚! 那個鳴鑼?(趙忠妻)告狀,爺爺。(牛健)誰人鳴鑼? 敢有軍情急報的麽?(軍牢)啓爺,是兩個婦人鳴鑼,告狀的。(牛健)帶進來。(軍牢)嗄! 告狀的當面。(牛健)唗! 掌嘴。該死的潑婦,問他何人代書? 先拿來綑打一百。(軍牢)何人代書?(金翠蓮)爺爺嗄! 老爺衙門法度利害,無人敢寫,是小婦人自己寫的血狀。爺爺!(軍牢)他自己寫的血狀。(牛健)你既曉得我法度利害,可曉得有虎囊弹麽?(金翠蓮)小婦人曉得的。情極無處伸冤，只得投向死地。望爺爺救命。（牛健）方纔是那個鳴鑼？（軍卒）是那個鳴鑼。（牛健）與我把那老婆子衣服剥了，與我捎起來。（金翠蓮）阿呀，爺爺嗄！小婦人代州雁門縣人氏，丈夫趙愷被人陷害在于死地，情極含冤，千里到此的。（牛健）咱也不懂，把那老婆子扯在高竿。（金翠蓮）阿呀，爺爺！待小婦人略訴口詞，就死也瞑目。爺爺嗄！（唱）

【撲燈蛾】趙愷荒歲中，趙愷荒歲中，賑濟貧窮衆，悮救一喬才，劫産恩將讎報也。陡遭冤訟，花自溪奸惡心胸，害良民奸謀百種，望龍圖將血詞詳察究根宗。

（牛健白）咱也不懂，放弹！（軍牢）放完。（牛健）放下來，可有氣息？（軍牢）有氣息。（牛健）好一個鐵骨的婦人。擡去班房安養。唤那小婦人來。小婦人，看這個光景，這冤情必竟是實的了。待大老爺陞堂，咱與你面禀便了。（軍牢）啓爺，二鼓了。（牛健）打導到轅門。

（衆小軍、中軍引种師道上。唱）

【杏花天】簡膺隻手扶麟鳳，輔明君功比夔龍。

（白）欽承君命鎮遐荒，肘後高懸金印黄。一點丹心思輔日，謾將謀略定封疆。下官种師道是也，官拜兵部尚書，總制三邊，綜核文武之職。因此欽承君命，移鎮太原，諸路緊急公文，便于遞發。今日投文日期，傳總兵官。（牛健）總兵官牛健叩頭。（宿①師道）今日各路有多少公文？（牛健）公文俱已掛號分明，共投手札禀詞一十七道，外有血狀一紙，受冤婦金氏，係代州雁門縣人氏，鳴鑼投入虎囊弹架。總兵不敢隱瞞，吴上大老爺詳察。（种師道看介）受冤婦金氏，係代州雁門人氏，代丈夫趙②愷伸冤，被告花

① 底本此頁上方的“种”字紙條，當是貼補掉落。

② 底本此三字被一紙條上書“种師道”所遮蓋，當是欲貼補旁邊一行的“宿元景”三字，錯行所致。

自溪。帶金氏進來。金氏！(金翠蓮)有。(宿元景①)看你小小年紀，千里到此告狀，莫非你丈夫冤情是假，被人刁哄到此，行苦肉之計，希圖逃法麼？(金翠蓮)爺爺，小婦人丈夫趙愷，因年荒歲歉，捐資在外濟貧呵，(唱)

【小桃紅】存心仁恕，週濟孤窮。

(宿元景白)孤窮者是誰？(金翠蓮)就是花自溪。荒歲被人謀殺，我丈夫力救。因見他是舊家子弟，落魄無依，(唱)

因救取伊貧困也，

我丈夫呵，

待他個骨肉恁相同，他當日受恩隆，忘取污泥中，全不念舊行踪。

(白)那時乘丈夫在外飲酒呵，(唱)

乘着月朦朧，搴奴鴛帳紅，

(种師道白)怎麼樣呢？(金翠蓮唱)

妄想圖乘鳳也。

(种師道白)你可從？(金翠蓮)小婦人那時喊破，那奸賊呵，(唱)

無端飲恨生冤，陷我家破入牢籠。

(种師道白)因姦不從，他將何事來陷害你家？(金翠蓮)爺爺嗄！(唱)

【下山虎】他到公堂胡哄，出首無踪。

(种師道白)將何事出首？(金翠蓮唱)

道窩藏逃軍犯，坐名罪同。

(种師道白)那逃軍是誰？(金翠蓮)是渭州經略府中，什麼提轄官，名唤魯達。向日與丈夫有一面之交。(唱)

他竟借影生風，惡機百种，又想占家資毒似蜂。

(种師道白)那問官如何斷了？(金翠蓮)那問官呵，(唱)

毫不能公聽訟，只一味羅鉗法不鬆。

(白)阿呀，爺爺嗄！小婦人呵，(唱)

---

① 底本中此頁有兩處“宿元景”未貼補爲“种師道”，當是紙條錯行或脱落。

入地無門叩，千里途窮，老爺，生死龍臺一筆中。

（种師道白）看你裙釵弱質，爲丈夫千里到此投狀，不避斧鉞，其志可嘉。本院就發牌前去，提甯犯同首人到此，面審便了。（种師道寫介。唱）

【鑾牌令】總制大元戎，牌仰雁門令。花自溪同趙愷，并吊案一宗，提解到太原府中。真和僞細究根踪，如違限，法不封，經承縣尹，一併參同。

（白）總兵官，將此提文，仰代州雁門縣，提甯犯趙愷、首人花自溪，來此聽審。如果係冤情，連問官一體拿究。（牛健）金氏呢？（种師道）金氏給發路費還家，不必在此伺候。吩咐掩門。（牛健）好了，你丈夫有生路了。（金翠蓮）多謝老爺主張。（牛健）金氏，你好造化。方纔大老爺吩咐，你不必在此聽審，與你盤費，你作速回去。我這裡就發牌，着人起程便了。中軍過來，將這角文書，發到代州雁門縣，提拿甯犯趙愷，首人花自溪，來此聽審。如果係冤情，連問官一齊拿究。（金翠蓮唱）

【尾聲】今朝喜得將冤控，多感臺前照察公。

（牛健）

管教你①夫婦團圓旦夕中。

（下）

## 第二十出　瑶壇潔静現祥雲②

（藍畹編）

（場上預設三清聖像）

（八道官上。白）鐃鼓聲喧沸海潮，幡幢影颭拂雲霄。一壇清醮多功德，争仰元門道法高。我等衆道官是也。前者圣旨宣召天

---

① 底本此頁後面緊跟第二十出第二頁，應爲裝訂錯誤所致。爲閲讀方便，已按文意將錯頁内容予以調整。

② 原標題爲“羅天大醮”。

師進京,在玉虛觀中,修建集福延禧羅天大醮,仰報天地之德。果是齋壇嚴肅,醮事虔誠。今當昇奏表文之期,此時主壇官長,將次到來,須索袛候者。

(四主壇官上。唱)

【亭前送別】圣主尚虛無,臣宰效奔趨。齋壇紛劍珮,法侶雜簪裾。看香烟凝結成雲霧,籠罩在妙高殿宇。

(到介)(内吹打介)(道官接介)

(道衆兩傍上,敲法器介。誦寶誥介)(主壇官禮拜介。起介)(主壇官白)請天師出來作法申表。(道官請介)

(四法官、四童兒捧劍笏擁天師上。唱)

【北小桃紅】只這瑤壇千尺勢凌空,星斗環朝拱。隱隱的珠幢高曳鳴鸞鳳,有上聖降雲中。

(道衆敲法器介)(天師唱)

聽一派金鐘玉磬齊敲動,檢緑字寶函虔誦。薦青詞瓊章恭捧,要得個一念格高穹。

(道衆敲法器介)(天師執笏申表)(一知磬、一表白、四道衆在旁作法事)(一表白宣表介。白)伏以天意垂慈,遍錫下民以純嘏。聖心致敬,仰酬上帝之鴻休,延有道之羽流,虔修齋醮。遣無違之符使,上達詞章。想天鑒之非遥,一誠有感;識皇圖之正永,萬壽無疆。歲慶豐登,願雨晹之時若,人歌樂利,冀福祉之日增,因肅威儀。用申祈禱,謹奉表以聞。(道衆敲法器介。申表介)

(二符官暗上。接表介。下)(衆唱)

【調笑令】看蒼穹,藹習習拂祥風。髣髴價電車馳逐上瑶空,想像那峙黄金天闕多高迥,只用着一陣兒神飈吹送。他職司傳遞當遵奉,直到了近靈霄的五色雲中。

(衆擺執事旛傘兩傍上)(道官白)行香執事俱已齊備,請諸位老爺同天師一同行香。(主壇官)吩咐擺齊執事而往。(衆應介)

(道衆敲法器介)(遶場下)

(場上暗收聖像介)(預設臺介)

(衆行香上)(復進壇内介)

(天師上臺介。白)聖主虔誠，自當上格天心。我當祈以甘霖，使萬民同沾惠澤，以見天人之感應。(衆)我等正欲仰觀天師大施法力。(天師仗劍作法介。唱)

【金蕉葉】又非是吸墨池江湖閉封，也不爲旱太甚詩歌蘊隆。没事兒起動他海底神龍，要洒一陣潤平疇的靈雨濛濛。

(雷公、電母、風伯、雨師上。遶場下)(衆白)你看叱咤之間，雷霆疾走，風雨驟至，果好法力也。(唱)

【秃厮兒】只見他掐劍訣大施妙用，書符篆廣運神通。口兒裹默默把元言誦，不移時雨飛雲湧，澤遍提□。

(童子持卿雲①上。舞介)

(衆士民歡躍上。白)妙嗄！(唱)

【賀圣朝】滿目輝煌，璀燦天章，是卿雲五色現嘉祥。則見那氤氤氳氳，瑞靄瑶閶，賁光華兆百昌，與虞廷相倣。因此上賡歌滿廟廊，齊賀取聖人朝昇平象，喜長此昇平有象。

(舞雲童子舞下)(天師下臺介)(衆白)雨過天晴，空中遍現五色卿雲，昭現祥瑞，此皆聖主心虔，天師道高所致。(天師)喜得法事已經圓滿。奉有圣旨，尚要到天平山去建醮，不敢稽遲，就此起身去也。(衆)我等當躬送一程，以展敬仰之心。(行介)(合唱)

【滿庭芳】多感得皇恩浩蕩，致使那天心應響。施教化君聖臣良，享樂利世安康。正遇着風光佳麗，更睹這雲物呈祥，同慶幸長調玉燭，齊誦禱永固金湯。看從今綿延寶祚共天長。

(下)

---

① 【眉批】《史記·天官書》記載："若煙非煙，若雲非雲，鬱鬱紛紛，蕭索輪囷，是謂卿雲。"卿雲，喜氣也。